지상에서 영원으로

지상에서 영원으로

지상에서 영원으로 상
From Here to Eternity

제임스 존스 장편소설 이종인 옮김

FROM HERE TO ETERNITY
by JAMES JONES (1951)

Copyright (C) James Jones, 1952
All rights reserved.
Korean Translation Copyright (C) The Open Books Co., 2008

Korean translation rights arranged with KEATING LITERARY AGENCY through EYA (Eric Yang Agency).

이 책은 실로 꿰매어 제본하는 정통적인 사철 방식으로 만들어졌습니다.
사철 방식으로 제본된 책은 오랫동안 보관해도 손상되지 않습니다.

미 육군에게

나는 네 빵과 소금을 먹었다.
네 물과 와인을 마셨다.
너의 죽음을 나는 옆에서 지켜보았고
네가 영위한 삶은 곧 나의 삶이었다.
─ 러디어드 키플링

이제 신사 사병들이 질탕하게 한판 벌이고 있구나,
지상에서 영원으로 저주받은 자들처럼.
하지만 하느님은 이런 우리를 자비롭게 여기나니,
가자! 벌이자! 한번 화끈하게 놀아 보자!
─ 러디어드 키플링, 『병영의 노래』 중 「신사 사병들」에서

스핑크스는 그녀 자신의 수수께끼를 자기 힘으로 풀어야 한다. 역사의 총체가 어떤 한 사람에게 응축되는 것이라면, 그 개인의 경험으로부터 역사를 설명하는 것이 마땅하고 옳은 일이다.
─ 에머슨, 『수상집: 첫 번째 시리즈』 중 「역사」에서

감사의 말

　이제와 돌이켜 보니 이 책의 집필은 공동 작업인 듯하다. 이것은 정말 놀라운 발전이다. 이 소설이 아직 절반도 채 완성되지 않은 2년 전쯤에 누군가가 나에게 공동 작업 운운했다면 나는 강력하게 부인했을 것이고 그 사람은 머쓱하여 물러섰을 것이다. 하지만 지금은 이게 공동 작업임을 절감한다.
　고(故) 맥스웰 E. 퍼킨스 씨에게 진정으로 고마움의 뜻을 전하고 싶다. 그는 이 소설의 착수를 지원했을 뿐만 아니라 그가 사망하기 바로 전까지도 이 소설의 완성을 독려하며 온갖 지원을 아끼지 않았다. 정기적으로 이 책의 집필을 독려하고 또 편집에도 도움을 주었던 존 홀 휠록 씨에게도 감사한다. 지난 3년 동안 아무 불평 없이 이 책의 편집을 도와주었던 버로스 미첼 씨에게도 감사드린다. 일리노이주 로빈슨의 해리 E. 핸디 부부에게도 감사드린다. 이들의 도움이 없었더라면 나는 작가로 입신할 생각을 하지 못했을 것이다. 7년 동안 정신적·물질적 후원을 아끼지 않아 그것이 내게 커다란 영양분이 되었다.
　이런 사람들의 도움이 없었더라면 이 책은 집필되지 못했을 것이다.

특별 노트

   이 책은 허구의 작품이다. 따라서 이 작품 속에 나오는 인물들은 저자가 지어낸 사람들이며 혹시 실재하는 사람들과 일치하는 측면이 있다면 그것은 우연의 일치일 뿐이다. 그러나 이 책에서 묘사된 부대 영창의 몇몇 사건들은 실제 있었던 일이다. 그 사건들은 스코필드 부대에서 벌어진 것은 아니고, 저자가 근무한 바 있는 미국 내의 모 부대에서 벌어진 것이다. 그것들은 저자가 직접 목격하고 체험한 진짜 장면들이다.

일리노이주 로빈슨에서
1950년 2월 27일

제1부
전출 명령
13

제2부
중대 현황
179

제3부
캐런과 로런
381

… 제1부
전출 명령

제1장

그는 짐 꾸리기를 마치고 나서 양손을 탁탁 쳐 먼지를 떨면서 3층 막사의 포치[1]로 걸어 나갔다. 이른 아침이라 다림질 자국이 산뜻한 여름 카키복을 아주 단정하게 차려입은 잘생기고 날렵한 젊은이였다.

그는 포치 난간에 팔꿈치를 기대고 서서 스크린 문[2]을 통해 그 친근한 부대 풍경을 내다보았다. 3층짜리 콘크리트 막사의 각 층마다 있는 포치 아래쪽으로 중대의 널찍한 연병장이 보였다. 그는 이제 자신이 뒤에 두고 떠나야 하는 이 낯익은 풍경에 대하여 아련한 느낌이 들면서 약간 수줍은 애정을 느꼈다.

저 아래쪽 연병장은 2월의 하와이 땡볕 아래서 아주 피곤한 권투 선수처럼 거칠게 헐떡이고 있었다. 더위를 알리는 아지랑이와 이른 아침의 공기에 부유하는 검붉은 먼지의 막을 뚫고서, 숨죽인 오케스트라 같은 소리가 올라왔다. 쇠바퀴를 단 수레가 벽돌에 부딪히는 소리, 기름을 먹인 가죽 어깨 끈

---

1 *porch*. 건물의 입구 부분에서 앞쪽으로 비쭉 튀어나오고 지붕이 있는 대피소. 이하 모든 주는 옮긴이의 주이다.

2 *screen door*. 망으로 된 문.

들이 부딪치는 소리, 닳아 빠진 군화의 밑창에서 흘러나오는 소리, 짜증 내는 부사관(副士官)들의 목쉰 욕설 소리.

지나온 세월 동안 이런 소리들은 나에게 하나의 유산이 되었지, 하고 그는 생각했다. 그런 소리들은 들을 때마다 그 자신의 존재를 증폭시키는 것 같았다. 그런 소리들은 부정한다고 해서 간단히 사라지는 것들이 아니었다. 그것들을 부정한다는 것은 곧 자신의 존재 목적을 부정하는 것이나 마찬가지였다. 하지만 넌 이제 그것들을 부정하려 하는구나, 하고 그는 중얼거렸다. 그들이 네게 주었던 그 보직을 거부함으로써.

연대 연병장 한가운데에서는 기관 단총 중대가 별 의욕 없이 탄환 장전 훈련을 하고 있었다.

그의 뒤에 있는 천장 높은 내무반에서는 조심스럽게 커튼을 흔드는 듯한 소리가 흘러나왔다. 병사들이 잠에서 깨어 내무반 주위를 조심스럽게 두리번거리면서, 지난밤 잠시 내버려 두었던 세상이 여전히 그대로 있는지 살펴보는 중이었다. 그는 내무반의 소리에 귀 기울이면서 바로 뒤에서 울려오는 발걸음 소리 또한 놓치지 않았다. 나팔 소대의 나팔병으로서 아침마다 일선 중대의 보병 훈련 소리를 자명종 삼아 느지막이 기상하는 것은 정말 행복한 일이었지, 하고 그는 생각했다.

「내 영내화는 짐에다 꾸리지 않았지?」 그가 다가오는 발걸음을 향해 말했다. 「아까 미리 말하려고 했었는데. 그건 너무 닳아서 말이야.」

「그건 침상에 놔두었어.」 그 목소리가 말했다. 「자네 로커에서 꺼낸 깨끗한 군복들과 뒤섞이게 하지 않으려고. 그 밖에 세면도구 상자, 옷걸이, 전투화 등은 다른 커다란 가방에다 싸두었어.」

「그럼, 짐 꾸리기는 끝난 것 같은데.」 젊은 병사가 말했다. 그는 일어서면서 가볍게 한숨을 내쉬었다. 복잡한 심정을 토로 하는 한숨이라기보다 긴장이 이완되면서 자연스럽게 흘러나온 한숨이었다. 「그럼 식사하러 가지. G 중대로 가서 전입 신고를 하려면 한 시간 정도 남았으니까.」

「난 아직도 네가 잘못하고 있다고 생각해.」 젊은 병사의 뒤에 있던 사람이 말했다.

「네가 무슨 말 하는지 알고 있어. 지난 2주 동안 내내 그렇게 얘기해 왔으니. 하지만 레드, 넌 아직도 제대로 이해하지 못하고 있는 거야.」

「그럴지도 모르지.」 레드가 말했다. 「난 남의 기분을 귀신처럼 살필 줄 아는 사람은 못 되니까. 하지만 다른 건 잘 알고 있지. 나는 나팔이라면 어느 정도 불어. 하지만 너를 못 따라간다는 것도 알지. 넌 이 연대에서 가장 훌륭한 나팔병이니까. 어쩌면 스코필드 부대 전체에서 가장 훌륭한 나팔병일지도 몰라.」

「그건 사실이야.」 젊은이는 깊은 생각에 잠긴 얼굴로 동의했다.

「그런데 왜 나팔 소대를 그만두고 전출을 가겠다는 거야?」

「레드, 나 또한 가기 싫어.」

「그렇지만 전출을 가게 되었잖아.」

「넌 잊어버렸나 보구나. 난 전출당한 거야. 자발적으로 전출을 신청한 게 아니라고. 분명 차이가 있어.」

「그러지 말고 내 말 잘 들어 봐.」 레드가 다소 흥분한 목소리로 말했다.

「아니야, 레드, 네가 오히려 내 말을 들어. 우리 초이스로 가서 아침이나 먹자. 저 친구들이 거기 달려가 맛 좋은 걸 다 먹어 치우기 전에.」 그는 고개를 돌려 막 기상하고 있는 내무반 쪽을 가리켰다.

「넌 아이처럼 행동하고 있어.」 레드가 말했다. 「내가 전출

당하지 않은 것처럼 너도 전출당한 게 아니야. 네가 나팔 소대장 휴스턴 준위를 찾아가서 그렇게 마구 지껄이지 않았더라면 이런 일이 벌어지지 않았을 거라고.」
「그건 그래.」
「휴스턴이 별 볼일 없는 녀석을 너보다 상급자인 선임 나팔병으로 임명한 건 사실이야. 그러나 그게 어쨌다는 거야? 그건 요식 행위일 뿐이야. 넌 아직도 네 보직을 가지고 있어. 장례식에 가서 진혼곡 나팔을 불 수도 있고 단기 근무자들의 각종 행진에 가서 해산 나팔을 불어 줄 수도 있어.」
「그만 해.」
「휴스턴이 너를 강등시킨 것도 아니잖아. 또 네 보직을 빼앗아 그 선임 나팔병에게 준 것도 아니잖아. 만약 그랬더라면 너의 이런 태도를 비난하지 않았을 거야. 하지만 넌 보직을 아직도 가지고 있잖아.」
「아니야, 난 보직이 없어. 휴스턴이 영감(중대장)한테 가서 나를 전출시켜야겠다고 말한 이후로.」
「만약 네가 영감을 찾아가서 사정한다면 금세 복직시켜 줄 거야. 휴스턴이 뭐라고 했든 간에.」
「그럴 수도 있겠지. 하지만 휴스턴의 졸병은 여전히 선임 나팔병으로 남아 있을 거야. 게다가 전출 서류가 이미 서명되어 봉인되었고 또 G 중대에 전달되었어.」
「서류? 흥.」 레드가 콧방귀를 뀌었다. 「서명된 서류라 해도 얼마든지 취소할 수 있어. 너 군대 생활이 몇 년이야? 짬밥 그릇 수로 따져 보면 그쯤은 알고 있을 텐데.」
「너 나랑 밥 먹으러 갈 거야 말 거야?」 그 젊은 사병이 물었다.
「난 빈털터리야.」 레드가 말했다.
「누가 너보고 돈 내라 그랬어? 내가 낼게. 전출 가는 마당에 한턱 쏘지 뭐.」

「넌 돈을 아껴 두는 게 좋을 거야. 난 취사장에 내려가서 먹으면 돼.」

「짬밥 먹기 싫어. 적어도 오늘 아침에는.」

「오늘 아침에 달걀 프라이가 나온다고 했어.」 레드가 취사장의 메뉴를 말했다. 「아주 뜨끈한 놈이라 맛도 좋을 거야. 네 돈은 전출 가는 곳에서 요긴하게 써.」

「그런 설교는 그만 하고.」 젊은 병사가 피곤한 목소리로 말했다. 「정말 사주고 싶어서 그래. 이 돈 쓰고 싶다고. 떠나는 마당에 확 써버리고 싶을 뿐이야. 갈래, 안 갈래?」

「좋아, 정히 그렇다면.」 레드가 마지못한 얼굴로 말했다.

그들은 계단을 내려가 나팔 소대의 숙소가 있는 A 중대 앞의 보도를 걸어서 길을 건너가 본부 건물을 따라 샐리포트[3]까지 갔다. 걸어가는 내내 하와이의 따가운 햇살이 그들의 머리 위로 내리쬐었다. 샐리포트에는 연대의 문장(紋章)이 페인트로 그려져 있었고, 연대의 각종 운동 트로피가 래커 칠한 상자 안에 넣어져 전시되고 있었다.

「네가 말이야.」 레드가 입을 열었다. 「볼셰비키라는 소문이 나돈다는 것은 정말 유감이야. 프루, 넌 온갖 문제를 네 손으로 일으키고 있는 거야.」 프루는 대답하지 않았다.

레스토랑은 텅 비어 있었다. 영 초이와 그의 아버지 올드 초이가 카운터 뒤에서 잡담을 하고 있었다. 검은 모자에 하얀 수염을 기른 올드 초이는 주방 안으로 곧 사라졌고 영 초이, 그러니까 젊은 샘 초이기 그들의 시중을 들기 위해 앞으로 나섰다.

「헤로, 프루.」 헬로*hello*를 헤로*herro*라고 엉터리로 발음하

---

3 *sally port*. 본부 건물로 들어가는 유개(有蓋) 터널을 말하는데, 이 명칭은 병영을 요새라고 부르던 시절의 유물이다.

는 초이가 말했다. 「길 건너편으로 전출 간다는 얘기를 들었어. 그거 사실이야?」

「그래, 오늘이야.」 프루가 대답했다.

「오늘!」 영 초이가 빙긋이 웃었다. 「농담하지 마! 오늘 전출이라고?」

「그렇다니까. 오늘이야.」

영 초이는 갑자기 슬픈 얼굴이 되어 고개를 흔들면서 그의 손을 잡았다. 그는 레드를 쳐다보며 말했다. 「이상한 사람이야. 나팔 소대를 그만두고 정규 근무를 하러 가다니.」

「이봐, 쓸데없는 소리 그만두고 음식이나 가져오는 게 어때?」 프루가 말했다.

「알았어, 금방 가지고 올게.」 영 초이가 빙긋이 웃었다.

초이는 카운터 뒤로 돌아서 주방의 회전문을 밀고 안으로 들어갔다. 프루는 그를 쳐다보다가 〈빌어먹을 구크(동양놈)〉 하고 말했다.

「영 초이는 좋은 놈이야.」 레드가 말했다.

「그건 나도 알아. 올드 초이도 그렇고.」

「늘 남을 도와주려고 하는 성실한 사람이야.」

「그래, 다들 잘 아는 얘기지.」

레드는 수줍은 듯 어깨를 한 번 으쓱하더니 입을 다물었다. 그들은 약간 어두우면서도 서늘한 그 식당에 아무 말 없이 앉아 벽 높은 곳에 걸려 있는 전기 선풍기가 힘겹게 돌아가는 소리를 들었다. 영 초이가 곧 달걀과 햄과 커피를 가지고 나왔다. 샐리포트의 스크린 문을 통해 선들 바람이 흘러들었고 그 바람에 섞여 D 중대의 장전 훈련에서 기관 단총의 수동식 노리쇠가 뒤로 젖혀지는 기계음이 희미하게 들려왔다. 그것은 프루가 앞으로 겪게 될 생활의 음울한 예고편이었다. 그것은 남들이 열심히 훈련할 때 느긋이 앉아서 이 순간을 즐기는 프루의 게으름을 가볍게 방해했다.

「당신은 최고의 나팔병인데.」영 초이가 슬픈 표정으로 고개를 저으며 말했다. 「당신은 말뚝 박아야 할 사람이에요.」

「샘, 말 한번 잘했어.」프루가 웃었다. 「난 30년쟁이야.」[4]

레드는 달걀을 자르다 말고 물었다. 「너의 와히니[5]는 뭐라고 할까? 네가 계급이 강등당한 채 전출되었다는 사실을 알면?」

프루는 고개를 흔들더니 묵묵히 식사에 열중했다.

「모든 게 너한테 불리해.」레드가 조근조근한 목소리로 말했다. 「심지어 너의 와히니도 네 편이 아니야.」

「그녀가 지금 당장 나한테 등을 돌리고 가버렸으면 좋겠군.」프루가 빙긋이 웃었다.

레드는 웃지 않았다. 「그런 전용 깔치는 참나무에서 아무 때나 따올 수 있는 도토리가 아니야. 창녀들이야 지천으로 있지. 첫 일 년 동안에는. 하지만 곧 지루해져. 함께 동거할 수 있는 여자는 정말 구하기 어렵지. 너무 소중해서 정말 잃어버리기가 아까워. 너는 소총 중대에 배속되어 정규 근무를 하게 되면 그 여자가 사는 할레이와까지 매일 밤 외출하지 못

---

4 30년쟁이의 원어는 *thirty-year man*인데, 장기 복무를 하게 될 사병을 통칭하는 영내 속어이다. 이 소설의 무대가 되는 1941년 당시 미군은 징병제가 아니라 모집제였고, 그래서 사병은 모두 자원 입대하여 3년을 근무하면 계약이 만료되어 제대하게 된다. 사병이 별 하자 없이 3년 근무를 마치고 본인이 원할 경우 자동적으로 재계약되어 근무 연한이 늘어난다. 3년 계약을 10회 반복하여 30년을 채우면 명예롭게 은퇴하여 육군에서 제공하는 연금을 받으면서 노후를 보낼 수 있다. 그러나 군대 생활을 비관하여 다시는 돌아오지 않는다며 제대했다가 재입대하는 병사들이 많다. 모든 사병은 30년 장기 근무를 채우기를 바라지만 군대 생활의 어려움 때문에 갈등을 겪는다. 〈30년쟁이〉와 〈재입대〉는 이 소설에서 자주 등장하는 용어인데 이하 이 용어로 통일했다.

5 *wahine*. 하와이 태생의 원주민 여자. 이와 반대로 본토에서 건너온 백인 여자는 하올레라고 한다.

할 거야.」

프루는 둥그런 햄의 뼈를 한참 내려다보다가 집어 들고는 골수를 쪽 빨아먹었다. 「레드, 이런 판국이니 그녀도 자기가 알아서 결심을 해야 돼. 사람이란 결국 어느 때가 되면 다들 자기가 알아서 결심을 하게 되잖아. 이 일은 이미 오래전부터 예견되었던 거야. 휴스턴이 자신의 똘마니 앤젤리나[6]를 선임 나팔병으로 임명했기 때문만은 아니야.」

레드는 그의 얼굴을 찬찬히 살펴보았다. 나팔 소대장 휴스턴 준위가 젊은 남자를 좋아한다는 것은 잘 알려진 사실이었다. 혹시 휴스턴이 프루에게 접근했는데 그가 거절했던 것일까? 그럴 리는 없었다. 프리윗은 만약 그런 일이 벌어졌다면 상대가 준위든 뭐든 박살 내버리고 말았을 것이다.

「좋은 얘기로군.」 레드가 씁쓸한 어조로 말했다. 「스스로 결심해야 한다는 얘기. 그럼 그녀의 마음은 어디에 있을까? 그녀의 머릿속에, 아니면 그녀의 사타구니에?」

「빌어먹을, 말조심해. 언제부터 나의 사생활이 너의 관심사가 되었냐? 참고로 말해 주지만 그녀의 마음은 사타구니에 있고, 난 그게 더 좋아. 알겠어?」 이 거짓말쟁이, 하고 그는 생각했다.

「오케이.」 레드가 말했다. 「그렇게 화내지 마. 너의 전출이 나와 무슨 상관이야? 내 인생의 관점에서 보자면 아무것도 아니야.」 그는 빵 한 조각을 집어 들어 식판에 남아 있는 계란 노른자위를 깨끗이 닦아 내 입안에 집어넣고 다시 커피로 목구멍을 씻어 내렸다. 그것은 마치 너의 전출 건에 대해서는 이제 손 씻겠다는 동작 같았다.

프리윗은 담배를 꺼내 불을 붙이면서 방금 식당에 들어온

---

[6] *angelina*. 장교의 애인 역할을 하는 남자 사병.

중대 행정병들을 쳐다보았다. 그들은 연대 인사과에 모여 근무해야 할 시간에 식당 한구석에서 커피를 시켜 놓고 노닥거리고 있는 것이었다. 그들은 모두 똑같이 생겼다. 빼빼 마르고 키가 큰 데다 창백한 얼굴이었고 문서를 다룬다는 오만한 자부심을 내보이고 있었다. 그들은 〈반 고흐〉니 〈고갱〉이니 하는 말을 내뱉었다. 그들 중 키 큰 행정병이 뭐라고 말하면 다른 행정병들은 그 말을 가로채려고 기회를 엿보고 있었다. 그 행정병이 잠시 뜸을 들이자 다른 키 큰 병사가 끼어들었고 아까 말했던 병사는 얼굴을 찌푸렸다. 다들 먼저 얘기하려고 야단이었다. 프루는 그런 모습을 쳐다보며 빙긋이 웃었다.

그는 이어 자신의 문제를 생각했다. 그건 정말 이상한 일이었다. 결정을 내리고 싶지 않은데도 결정을 내리도록 자꾸만 강요당하는 것이었다. 아주 힘들게 어떤 한 건을 결정하고 나면 한동안 그런대로 흘러가겠지, 하고 안도하게 된다. 하지만 그런 기대와는 다르게, 그다음 날이면 또 다른 사안을 결정해야 한다. 파도가 한 고비 지나가고 나면 또 다른 파도가 몰려오는 것이다. 그가 옳다고 생각하는 방향으로 결정을 하면 그다음에 계속 결정해야 할 일이 생겨나는 것이다. 1천 년이 1일처럼 계속 그 모양인 것이다. 반면에 레드나 저기 구석에 앉아 있는 행정병들은 어떤가. 그들은 한 번 그릇된 결정을 내리고 나니 그다음부터는 결정을 아예 면제받았다. 레드는 무조건 복종 방침을 정함으로써 〈안전에서 나오는 안락함〉이라는 패에다 다 걸기로 한 것이다. 언제나 그렇지만 〈안락함〉이 승부에서 이셨다 레느는 30넌 근무 후 은되하여 자신의 연금을 느긋이 즐길 수 있으리라. 레드라면 자존심 때문에 나팔 소대 같은 특과 보직을 박차지는 않으리라. 때때로 프루는 혼란을 느꼈으나 그 이유가 무엇인지는 잘 생각나지 않았다. 이처럼 새로운 결정을 계속 내려야 하는 끝없는 연쇄 과정이 애당초 왜 필요했는지, 그걸 기억할 수 없었다.

레드는 그에게 논리적으로 접근하려 했다. 「너는 PFC[7] 4호봉의 전문직이야. 하루에 두 시간만 근무하면 나머지는 다 자유 시간이라고. 얼마나 좋아. 연대마다 북과 나팔 소대를 두게 되어 있어. 그게 SOP[8]이야. 이건 민간 사회의 기능직이랑 비슷한 거라고. 우리가 특별한 능력을 갖고 있기 때문에 우대를 받고 있는 거야.」

「민간 사회의 기능직은 찬밥이야. 그들은 취직이라도 된다면 다행으로 여길 거야.」

「그건 요점이 아니야.」 레드가 반박했다. 「그렇게 된 건 대공황 때문이지. 내가 왜 이 빌어먹을 군대에 왔겠어?」

「몰라. 왜 왔는데?」

「왜냐하면……」 레드가 의기양양하게 뜸을 들였다. 「너와 똑같은 이유에서지. 군대 밖에서보다 군대 안에 있으면 더 잘 살 수 있기 때문이야. 난 굶어 죽기는 싫었어.」

---

7 이 소설 속의 사병 계급은 PVT, PFC, CPL, SGT의 4등급으로 되어 있다. PVT는 *Private Second Class*(이등병)로서, 한국 군대로 치면 이등병과 일등병에 해당한다. PFC는 *Private First Class*(일등병)로서 한국 군대로 치면 상등병과 병장이다. CPL부터는 *non-commissioned officer*(NCO: 부사관)라고 하는데 CPL은 *Corporal*의 약자로서 하사이고, SGT는 *Staff Sergeant*(중사), *Master Sergeant*(상사) 등으로 구분되는데, 하사든 중사든 상사든 통칭 *Sergeant*라고 부른다. 또한 병과 부사관을 통칭하여 사병 *Enlisted Man*이라고 하는데 줄여서 EM이라고 한다. 이 소설 속의 병사들은 모두 자원 입대한 직업 군인으로서, 각 계급 간의 상하 관계가 한국군처럼 엄격한 관계는 아니다. 소설 속의 주인공 프리윗은 입대 5년 차로서 현재 계급은 이등병이지만 과거에는 권투를 잘해서 하사를 거쳐 중사까지 올라간 적이 있었다. 그러나 권투 선수가 되기를 거부함으로써 현재 이등병으로 강등되었다. 이렇게 볼 때 사병들 사이에는 현재 계급만으로 그들의 상하 관계를 결정하기 어렵다. 따라서 아주 현저하게 근무 연한이 차이 나지 않는 한, 사병들 간의 대화는 모두 평어 처리했다.

8 *Standard Operating Procedure*. 관리 운용 규정.

「그거 말 되네.」 프루가 빙그레 웃었다.

「말 되고말고. 난 사리에 밝은 놈이지. 상식이 풍부하다고. 왜 내가 나팔 소대에 근무한다고 생각하나?」

「그게 사리에 맞았기 때문이겠지.」 프루가 말했다. 「하지만 난 그 때문에 군대에 들어온 게 아니야. 그 때문에 나팔 소대에 들어온 건 더더욱 아니고. 이건 과거에도 그랬고 지금도 그래.」

「아이고, 지겨워.」 레드가 싫증 난다는 표정을 지으며 말했다. 「또 그 30년쟁이 타령을 하려고 그러지?」

「좋아, 그만 하지.」 프루가 말했다. 「내가 그거 말고 뭐가 되겠어? 군대 말고 어디에 가겠어? 남자라면 모름지기 자기만의 장소가 있어야 해.」

「오케이. 하지만 네가 30년쟁이이고 나팔 불기를 그처럼 좋아한다면 왜 나팔 소대를 그만두나? 그건 말뚝 박을 놈의 행동처럼 보이지 않는데.」

「좋아. 이렇게 한번 보자고.」 프루가 말했다. 「대공황이 끝나 가면서 우리 나라는 물자를 많이 만들어 지금 전쟁 중인 영국에 보내고 있어. 게다가 평시 강제 징집을 시작했어. 너는 네 상식의 철창 뒤에 갇혀 군대에 머무르고 있는 거야. 마치 죄수처럼. 네가 입대 전에 사회에서 하던 일이 아직도 너를 기다리고 있을지 몰라. 하지만 이제 평시 강제 징집이 실시되었기 때문에 군대에서 빠져나가기도 그렇게 쉽지 않을걸.」

「난 시간을 벌고 있는 중이야.」 레드가 그에게 말했다. 「곡사포 더미 뒤에 평화기 도사리고 있을 때는 군 복무를 함으로써 굶주림을 피할 수 있었어. 하지만 우리가 이 빌어먹을 전쟁에 참전하게 되면 그때는 내 복무 기간이 끝날 거야. 고향에 돌아가 탱크용 잠망경을 만드는 안전한 직업을 잡을 거라고. 너 같은 30년쟁이는 총알받이 노릇을 하느라고 정신이 없겠지.」

프루가 그 말을 듣고 있는 동안, 레드의 표정 풍부한 얼굴이 갑자기 전투로 단련된 해골바가지로 둔갑했다. 마치 화염 방사기가 그 얼굴 위로 스치고 지나가면서 가볍게 키스하듯 화염을 발사한 것 같았다. 그 해골바가지는 그 자신의 건강에 대해서만 주저리주저리 늘어놓고 있었다. 프루는 올바르게 결정하는 것이 얼마나 긴급한 문제인지 그 이유를 기억해 냈다. 그것은 처녀성과 비슷했다. 한 번 결정을 잘못 내리면 영원히 잘못 내리는 것이었다. 그런 잘못된 결정을 내리면 그 다음에는 결코 전과 같을 수 없다. 음식을 너무 많이 먹어 뚱뚱해진 사람이 그것을 물리치는 방법은 그렇게 많이 먹지 않는 것뿐이다. 운동선수용 복대, 노 젓는 기계, 종합 다이어트 등 그 어떤 편법을 들이대도 살 빼는 지름길은 없는 것이다. 인생이라는 카드 패를 나눌 때는 세상에서 통용되는 카드를 사용해야 되는 것이지 자기만 아는 카드를 써서는 안 된다.

프루가 입대한 이유는 나팔병이 되기 위해서였다. 반면에 나팔 불기에 큰 뜻이 없는 레드는 계속 나팔을 불 수가 있었다. 그건 정말 역설적인 이치였다. 세상은 사람이 원하는 것은 빼앗아 가고 원하지 않는 것은 안기려 드는 것이다. 그건 누구나 환히 볼 수 있도록 입간판처럼 우뚝 서 있었는데 프루만 보지 못했다. 어쩌면 그 자신도 깜짝 놀랄 일이었다. 그는 진정한 나팔병이기 때문에 나팔 소대를 떠나야 했다. 반면에 어영부영하며 세월만 보내려 드는 레드는 떠날 필요가 없었다. 프루는 진정으로 나팔 소대에 남아 있고 싶었기 때문에 오히려 떠나야 했다.

「9시 15분이군.」 프루는 손목시계를 내려다보며 말했다. 「난 9시 반까지 G 중대로 가서 인터뷰를 해야 돼.」 그는 〈인터뷰〉라는 말을 하면서 입술을 살짝 비틀어 보였는데, 마치 표면 처리가 울퉁불퉁한 거울에 비친 것처럼 일그러진 표정이었다.

「잠시만 더 앉아 봐.」 레드가 말했다. 「난 가능하면 이 얘기는 안 하려 했어.」

프루는 그를 내려다보다가 무슨 말을 하려는지 다 안다는 표정으로 다시 앉았다. 「빨리 말해. 곧 가야 하니까.」

「프루, G 중대의 중대장이 누군지 알지?」

「응, 알고 있어.」

레드는 그에 편승하려는 듯 재빨리 말했다. 「데이나 E. 홈스 대위. 일명 다이너마이트 홈스야. 연대의 권투 코치이기도 하고.」

「그런데?」

「난 네가 왜 작년에 우리 A 중대로 전입 왔는지 그 이유를 알아. 또 딕시 웰스에 대해서도 알고 있지. 프루, 넌 내게 말해 주지 않았지만 난 알아. 모두 알고 있어.」

「그게, 뭐?」 프루가 말했다. 「난 남들이 알고 있는 것에 신경 쓰지 않아. 또 감출 수 있는 사항도 아니고.」

「프루, 넌 권투부를 그만두고 권투를 더 이상 하지 않겠다고 말했기 때문에 27연대를 떠나야 했지. 그들이 널 우리 연대 A 중대로 전출시켜 버린 거야. 너한테 악살을 먹이려고 말이야. 당시 그들은 너에게 심한 기합을 주었어. 그래서 넌 할 수 없이 전출 신청을 했던 거잖아.」

「난 내가 하고 싶은 대로 했을 뿐이야.」 프루가 말했다.

「그랬어? 근데 뭔가 못 깨달았어? 그들은 늘 너를 뒤따라 다닐 거야. 너를 가만히 내버려 두지 않을 거라고. 네가 알아서 기면서 그들의 게임에 동참하지 않는 한 그건 없어지지 않아.

아주 오래전, 그러니까 개척자 시대에는 사람들이 평화롭게 자기 하고 싶은 일을 할 수 있었을지 몰라. 당시에는 숲이라는 게 있었고 수틀리면 숲속으로 들어가 혼자 살면 됐으니까. 숲에는 먹을 것이 얼마든지 있었어. 그들이 이런저런 이유를 대면서 그 숲속까지 따라오면 또 다른 숲으로 이사를 가면 됐고. 당시에는 서쪽으로 가면 얼마든지 그런 숲이 많이 있었으니까. 하지만 지금은 그렇게 못해. 이제는 그들과 한편이 되어 그들의 게임을 뛰어 주어야 해. 네 편과 내 편을 갈라놓고 게임을 해야 한단 말이야.

내가 너한테 말을 하지는 않았지만, 지난해 볼 대회[9]에서 네가 뛰는 모습을 보았어. 나뿐만 아니라 수천 명이 봤지. 홈스도 분명 봤을 거야. 이제 G 중대로 가면 홈스가 압력을 가하지 않을까 걱정돼. 권투부로 들어오라고.」

「나도 걱정돼. 그동안 내가 A 중대에 있었다는 걸 모르는 것 같기도 하고.」

「하지만 네가 그 중대에 소속되면 중대장이 네 신상명세서를 보게 되겠지. 그러면 권투부에 들어오기를 바랄 거라고.」

「본인이 싫다는데도 반드시 운동부에 들어가야 해? 그런 육군 규정은 없는 것으로 아는데.」

「이봐!」 레드가 나무라는 듯한 목소리로 말했다. 「중대장이 그런 규정 따위를 신경 쓸 거라고 생각해? 큰 영감(연대장)이 계속 사단 권투 챔피언 기(旗)를 보유하기 바라는데도? 너처럼 명성 높은 권투 선수를 그냥 썩힐 것 같아? 그것도 자기 중대 소속인데? 연대를 위해 사단 권투 대회에 나가라고 하지 않을 것 같아? 더 이상 싸우지 않겠다고 한마디 했다고? 네가 아무리 단순하게 생각하는 것을 좋아한다고 해도 그쯤은 알 것 같은데.」

「모르겠어, 치프(추장) 초트가 그 중대에 있어. 치프 초트

---

[9] 연대 대항 사단 권투 대회.

는 파나마에 근무하던 시절 헤비급 챔피언이었다고 하더군.」

「그래. 하지만 치프 초트는 하와이 지구에서 가장 뛰어난 1루수이기 때문에 큰 영감의 총애를 받고 있지. 홈스도 그에게 압력을 가할 수 없어. 그래도 불이익이 있었어. 치프 초트는 G 중대에 4년이나 있었지만 아직도 하사야. 중사 보직을 못 받고 있다고.」

「그러게 말이야.」 프루가 말했다. 「치프가 다른 중대로 전출 간다면 너끈히 중사가 되었을 텐데. 거기 가서 너무 힘들면 딴 데로 또 전출 가면 되지, 뭐.」

「뭐라고? 그게 가능하리라 생각해? G 중대의 톱 킥[10]이 누구인지 알아?」

「알아, 워든이지.」

「그래, 알고 있군. 밀턴 앤서니 워든. 옛날에 우리 중대에서 중사로 뛰었지. 스코필드 사단 내에서 가장 야비한 개자식으로 널리 소문이 나 있어. 그자는 너를 독약보다 더 싫어해.」

「그거 이상한데.」 프루가 천천히 말했다. 「난 워든이 나를 미워한다고 생각하지 않는데. 나도 그를 미워하지 않고.」

레드가 씁쓸하게 웃었다. 「그자와 그처럼 여러 번 싸워 놓고도? 네가 그처럼 순진하다고는 생각하지 않는데.」

「워든은 개인감정 때문에 그런 게 아니라 중대 일 때문에 그랬던 거야.」

「야, 백말 궁둥이나 흰말 엉덩이나 뭐가 달라? 일이 곧 사람이지. 아무튼 그는 이제 중사가 아니야. 갈매기 둘에다 다이아몬드 하나까지 붙인 인사계시. 이봐, 프루, 모든 게 너한테 불리해. 넌 말이야, 상대방이 으뜸 패를 가지고 있는 카드게임에 끌려 들어가고 있는 거야.」

---

10 *top kicker*. 수석 부사관. 한국군으로 따지면 중대 인사계.

「나도 그건 알아.」 프루가 고개를 끄덕이며 말했다.

「빨리 가서 영감을 만나 봐.」 레드가 애원했다. 「이 아침에도 아직 시간이 있어. 난 너를 엉뚱한 방향으로 인도하지 않아. 난 평생 원하는 것을 얻기 위해 정치적 노름을 해온 놈이야. 일의 흐름을 짚을 줄 아는 놈이라고. 네가 지금 즉시 해야 할 일은 영감을 만나서 호소하는 거야. 그러면 영감은 전출 명령서를 박박 찢어 버릴지도 몰라.」

프루는 자리에서 일어서서 친구의 불안한 얼굴을 내려다보았다. 그의 얼굴에는 진심이 어려 있었다. 그 진심의 강도는 소방서의 물 호스에서 뿜어져 나오는 방화수처럼 강렬했다. 프루는 내심 놀랐다. 아직도 그에게 저런 진심이 남아 있다니. 그처럼 애원하면서 말해 주는 정성이 남아 있다니.

「레드, 난 그렇게 할 수 없어.」

이제야 포기할 수밖에 없다는 듯, 그리고 그걸 정말 믿는 듯 레드는 의자 등받이에 몸을 기대면서 도저히 이해가 되지 않는 벽창호를 상대로 연민의 눈길을 던졌다.

「난 네가 가는 게 정말 싫어.」

「레드, 어쩔 수가 없어.」

「좋아, 네 마음대로 해. 결국 네 일이니까.」

「그거 말 한번 잘했네.」 프리윗이 말했다.

레드는 이빨 사이에 끼인 것이 없나 확인하는 사람처럼 천천히 혀로 이빨을 핥았다. 「프루, 기타는 어떻게 할까?」

「네가 가져. 어차피 절반은 네 것이었잖아. 난 이제 필요 없어.」

레드는 기침을 했다. 「네 절반 값을 쳐주어야 하는데.」 그가 황급히 덧붙였다. 「난 현재 빈털터리야.」

프리윗은 빙그레 웃었다. 그것이 바로 그가 아는 레드의 모습이었다. 「레드, 내 절반을 네게 그냥 줄게. 아무 조건 없이. 뭐가 문제야? 그 기타 원해?」

「응, 하지만……」

「그럼 가져. 양심에 좀 꺼림칙하다고 생각한다면 오늘 아침 짐 싸는 것 도와준 값이라고 생각해.」

「그러긴 싫은데.」

「그럼 이렇게 생각해.」 프루가 말했다. 「내가 가끔 A 중대로 건너올게. 본국으로 돌아가는 것도 아니니까. 가끔 들러서 기타를 치면 되잖아.」

「아니, 넌 돌아오지 못할 거야. 너나 나나 그렇게 하지 못할 거라는 걸 알아. 어떤 병사가 전출을 가면 몸도 마음도 다 떠나가는 거야. 거리의 문제가 아니야.」

이런 솔직함 앞에 프루는 고개를 돌릴 수밖에 없었다. 레드의 말이 맞았다. 프루도 그것을 알았고 레드 또한 그가 알고 있다는 사실을 알았다. 군대 내에서 전출을 간다는 것은 민간인으로 말하자면 한 도시에서 다른 도시로 이사 가는 것과 같았다. 그의 친구들은 함께 따라가든지 아니면 그를 잃어버리는 것이다. 심지어 그가 사랑하던 도시에서 낯선 도시로 옮겨 갈 때도 사정은 마찬가지였다. 이런 이사에 많은 신나는 모험이 따르는 것처럼 얘기하는 것은 영화 속에서나 가능한 일이다. 레드와 프리윗 둘 다 그 사실을 알고 있었다. 프리윗이 바라는 것은 모험이 아니었다. 레드는 그 전출병에게 더 이상 모험이라는 환상이 없음을 알고 있었다.

「연대의 가장 훌륭한 나팔병이……」 레드가 맥없는 목소리로 말했다. 「나팔 소대를 그만두고 정규 근무를 하러 가다니. 누구도 그렇게 하지 않을 텐데.」

「기타는 네 거야.」 프루가 말했다. 「하지만 가끔 기타를 치러 A 중대에 들를게. 이제 그만 가봐야겠어.」 그는 레드와 눈길을 마주치지 않으려고 재빨리 몸을 돌렸다.

레드는 문 앞으로 걸어가는 친구를 보면서 측은한 마음이 들어 그 말에 반박하지 않았다. 프루는 거짓말을 그럴듯하게 하지 못하는 사람이었다.

　「행운을 빌겠어.」 레드는 프루의 등 뒤에다 대고 소리쳤다. 그는 스크린 문이 닫힐 때까지 쳐다보았다. 이어 커피 잔을 들고 영 초이가 김이 무럭무럭 나는 니켈 솥 앞에서 씨름하고 있는 곳으로 갔다. 초이는 각종 손잡이와 유리 계기판이 주렁주렁 달린 솥 앞에서 지금이 오후 5시라면 얼마나 좋을까 생각하고 있었다. 그럼 일과가 끝나고 이 지겨운 솥 대신에 시원한 맥주를 한잔할 수 있을 텐데…….

　샐리포트에 나선 프루는 전투모를 쓰고서 이마 쪽으로는 낮게, 머리 뒤통수 쪽으로는 높게 모자의 각도를 조정하고 옆으로 살짝 비틀었다. 전투모 옆면에는 보병의 상징인 녹색을 띤 청색과 도토리가 새겨져 있었다. 풀을 먹이고 심을 넣어 빳빳해진 모자는, 그 모자의 각도에 맞게 이발한 머리 정수리 부분에 단단하게 고정되었다. 그런 상고머리는 직업 군인의 자랑스러운 표시였다.

　그는 잠시 멈춰 서서 래커 칠을 한 트로피 케이스를 쳐다보았다. 샐리포트는 비 오는 날 깔때기가 빗방울을 수집하듯, 스크린을 뚫고 들어온 미풍을 자신의 그늘진 공간에 수집해 놓아 주위를 서늘하게 만들었다. 케이스를 장식하고 있는 각종 컵과 상패 중, 지난해 홈스의 부하들이 따낸 하와이 사단 순회 트로피가 으뜸의 자리를 차지하고 있었다. 두 명의 권투 선수가 사각의 황금 링 안에서 맞서고 있는 기념 패였다.

　그는 어깨를 한 번 으쓱한 뒤, 몸을 돌려 눈앞에 펼쳐진 광경을 내려다보았다. 그것은 늘 그를 감동시키는 광경이었다. 견고한 단 하나의 색조에, 깊어지는 원근법으로 더욱 은근한 분위기를 내고, 마지막으로 샐리포트의 입구에 의해 액자가 형성되는 하나의 풍경화. 연한 붉은색이 약간 가미된 초록색의 연병장, 그 위에서 푸른색 작업복을 입고 훈련하는 D 중대의 중대원들, 올리브 색깔의 후광. 그 뒤에 아우성치는 백색의 2대대 막사들. 그 막사들 뒤로 천천히 초록색의 빗금무늬처럼 일어서는 것은 잘 가꾸어 놓은 파인애플 밭. 잘 영농된 토마토 밭처럼 오점 하나 없는 파인애플 밭에서는 몇몇 허리 구부린 농부들이 일을 하고 있었으나, 너무 멀리 떨어져 있어서 뚜렷하게 보이지는 않았다. 이어 비가 모자란 적이 한 번도 없는 비옥한 들판 위로 산록들이 점점 높아지면서 펼쳐지고 있었다. 그리고 이제 올라갈 대로 다 올라갔다는 듯 와이아나에산맥의 연봉들이 그 노고(勞苦)를 반향(反響)하는 듯한 하늘을 깨물고 있었고, 연봉들은 다시 콜레콜레 고개에 의해 깊은 V자로 파여 있었는데 그 모습은 창녀의 이브닝드레스 비슷하여 그 너머에 뭔가 있을 것 같은 약속의 전망을 안겨 주었다. 하지만 겉모습만 그럴 뿐이었다. 그는 와이아나에 산꼭대기까지 올라가서 그 너머를 바라보았으나 약속은 무슨 약속, 여전히 산들만 계속되고 있을 뿐이었다.

그는 산의 옆구리를 따라 나 있고, 남쪽을 향해 사라져 가는 가느다란 허리띠 같은 산길을 쳐다보았다. 그것은 호노울리울리 산길이었다. 스코필드 부대의 장교들은 그들의 여자를 데리고 그곳으로 승마를 나갔다. 그 산길 옆에는 무수한 콘돔들이 내버려져 있었고, 산길의 가장자리에 늘어선 나무들은 느슨하게 매어 놓은 말들이 마구 물어뜯어 나무껍질이 멀쩡한 놈이 별로 없었다. 군인들의 눈은 언제나 하이킹에 나선 장교와 그의 여자를 좇으면서 마치 자신이 그 남녀가 되기라도 한 듯 대상적(代償的) 헐떡임을 경험한다. 그러다가 함께 그 풍경을 쳐다보던 동료 병사의 얼굴에서 그런 헐떡임의 기색이 엿보이지 않으면, 공연히 수치감 비슷한 것을 느끼게 된다.

    파인애플 나무가 그 자신의 생활을 즐겁게 생각한 적이 있었을까? 자신이 단체로 닦달당하는 7천 그루의 파인애플 중 하나라는 사실을 지겹게 생각해 본 적이 있었을까? 다른 7천 그루처럼 늘 같은 비료를 받아먹으며 그들과 함께 대오를 이루어 죽을 때까지 그렇게 서 있어야 하는 운명을 과연 즐겁게 생각했을까? 그는 알 수가 없었다. 그렇다고 해서 파인애플이 갑자기 자몽으로 둔갑할 수도 없는 노릇이었다.

    그는 권투 선수처럼 발끝으로 서서 가볍게 걸음을 옮기며 날렵하게 보도로 내려섰다. 약간 기울어진 전투모를 쓴, 청결하고 결연하고 깨끗한 젊은이는 완벽한 군인의 모습이었다.

제2장

　로버트 E. 리 프리윗은 나팔이나 권투를 배우기 훨씬 이전에 기타 치는 법을 배웠다. 그는 소년 시절부터 기타를 만졌고, 그래서 많은 우울한 노래와 슬픈 노래들을 알고 있었다. 웨스트버지니아주와 인접한 켄터키 산간 지방에서 성장하다 보니 자연히 그런 음악과 친숙해지게 되었다. 이것은 그가 직업 군인 되는 것을 진지하게 고려하기 훨씬 이전의 일이었다.
　웨스트버지니아주와 인접한 켄터키 산간 지방에서는 기타 치기가 다른 지역과 달리 신기한 재주로 여겨지지 않았다. 그 지방의 아이들은 기타를 콘트라베이스처럼 간신히 들어 올릴 나이만 되면 기타 코드 맞추는 방법부터 배웠다. 소년 프리윗은 그런 슬픈 노래들을 사랑했다. 고통을 보람 있는 어떤 것으로 바꾸어 놓을 수 있다면 그 고통은 결코 헛된 것이 아님을 어렴풋이 깨닫게 해주었기 때문이다. 슬픈 노래들은 그 후 오랫동안 그와 함께 남았으나 기타 치기는 그에게 아무것도 남겨 주지 않았다. 그는 곧 기타에 대하여 냉담해졌다. 아무런 매혹도 느끼지 못했다.
　그는 권투에 대해서도 매혹을 느끼지 못했다. 하지만 그는 아주 몸이 빨랐고 체구에 비해 엄청난 펀치를 갖고 있었다.

그런 펀치력은 군대에 들어오기 전 부랑자 생활을 하면서 필요에 의해 단련된 것이었다. 사람들은 언제나 남의 소질을 알아보았다. 그 소질은 자연히 드러나게 되어 있었다. 맥주가 생활의 와인이고, 스포츠가 생활의 자양분이며, 권투를 가장 남성적인 스포츠로 여기는 군대에서는 특히 그러했다.

사실을 털어놓고 말하자면 그는 직업 군인 노릇에 대해서도 별 매혹은 느끼지 못했다. 적어도 입대 당시에는 그러했다. 할란 카운티에서 석탄 광부의 아들로 태어난 그는 자연스럽게 군문을 두드리게 되었다. 그에게 개방되어 있는 직업이라곤 그것밖에 없었던 것이다.

그는 나팔을 만지기 전까지는 그 어떤 것에도 매혹을 느끼지 못했다.

그건 소속 대대의 맥주 회식에서 농담처럼 시작된 일이었다. 우연히 나팔을 잡고서 몇 가락 뽑아 보았는데 순간적으로 이건 예전에 겪었던 것들과 전혀 다른 어떤 것임을 알아보았다. 나팔을 분다는 것은 신성한 행위였다. 가령 밤중에 나팔을 불며 밤하늘의 별들을 쳐다보면 양자(陽子) 주위를 도는 전자(電子)처럼 무한한 우주의 한가운데 위치하고 있는 그런 느낌이 들었다. 그러면서 만약 외계인이 있다면 그들에게 지상의 나무는 얼마나 우스꽝스럽게 보일까 하는 우주적 생각에 빠져 드는 것이었다.

그는 잠시 동안 아주 거창한 환상에 빠지기도 했다. 가령 자신을 왕의 대관식에 나가 대관 나팔을 부는 사람으로 상상하는가 하면, 우울한 밤 모닥불 주위에 앉아 있는 고대 팔레스타인의 전사들을 상대로 나팔을 불어 그들을 편안한 잠자리로 안내하는 전령 같은 느낌도 들었다. 그런 환상의 순간이 찾아오면 그는 어릴 적에 배웠던 저 우울한 노래들이 가르쳐 주는 인생의 덧없음을 순간적으로 기억하게 되었다. 그러면서 이 나팔을 제대로만 불 수 있다면 인생의 의미를 찾아낼 수 있으리라는 느낌이 들었다. 그는 나팔을 양손으로 꼭 쥐면서 군대에 들어온 것은 결국 이 나팔을 불기 위해서가 아니었을까, 하고 생각하기도 했다. 나팔을 알기 전까지만 해도 군대는 그에게 온갖 시련을 안겨 주는 문제 많은 곳이었다. 하지만 이제 나팔이라는 소중한 존재를 알게 되어 비로소 자신의 소명이 어디에 있는지 깨달았다.

그는 어린 시절 직업 군인 생활에 대하여 많은 얘기를 들었다. 그는 피곤하고 더러운 얼굴의 오후반 광부들이 비좁은 탄광 계곡을 걸어 내려오면, 난간 없는 포치에 앉아 그들의 얘기를 듣곤 했다. 키가 크고 바싹 마르고 호리호리한 외삼촌 존 터너는 소년 시절 가출하여 멋진 모험을 기대하며 군대에 들어갔다. 외삼촌은 필리핀 폭동 사태가 발생했을 당시 그곳에서 하사로 복무했다.

프리윗의 아버지와 나머지 광부들은 평생 동안 산 너머로 가본 적이 없는 사람들이었다. 어린 소년이었지만 프리윗은 석탄 더미에 본능적인 혐오감을 느끼고 있었다. 자궁 속의 태아가 양막을 본능적으로 걷어차듯이. 그래서 존 터너 외삼촌이 군대 물을 먹었다는 사실은 소년에게 전혀 다른 나라에서 온 사람 같은 인상을 주었다.

키 큰 외삼촌은 자그마한 마당에 쪼그리고 앉아서 ─ 석탄 먼지가 너무 두껍게 쌓여 있어서 땅바닥에 그냥 주저앉지 못했다 ─ 가끔씩 과거를 회상했다. 백과전서파들이 〈섬은 황금〉이라고 명명한 석탄의 음울한 분위기를 떨쳐 버리기 위해, 외삼촌은 산 너머 세상에 대한 얘기를 했다. 그 세상에는 석탄 더미도 없으며 이곳처럼 나무의 껍질이나 잎새가 석탄 가루 때문에 까맣지도 않다는 것이었다.

존 외삼촌은 필리핀의 모로Moro족 의용군에 대한 얘기도 해주었다. 회교를 믿는 원주민 대장이 어떤 자원 용사를 부락민들 앞으로 불러내 온몸에 기름을 발라서 축성(祝聖)을 한 다음 하늘에 바친다는 것이었다. 이어 대장은 그 용사의 음경과 고환을 젖은 소가죽으로 단단하게 졸라매는데, 시간이 지나 그 가죽이 말라붙으면서 음경과 고환도 동시에 수축되어 그 고통 때문에 모로족 의용군은 미친 듯이 공격에 나선다는 것이었다. 이런 미친 병사들 때문에 미군은 사상 처음으로 45 구경 소총을 채택하게 되었다고 외삼촌은 설명했다. 38 구경의 6연발 탄환으로는 축성된 모로족 용사를 죽이지 못했기 때문이다. 하지만 45 구경은 상대방의 손가락만 맞혀도 거꾸러뜨리기 때문에 안심이라고 했다. 내 말이 틀린다면 내 손에 장을 지져, 하고 외삼촌은 말했다. 그래서 미 육군은 그때 이래 45 구경을 죽 사용하게 되었다는 설명이었다.

소년 프리윗은 손가락만 맞혀도 거꾸러뜨린다는 부분은 의심했지만 그 스토리만큼은 좋아했다. 그것은 어떤 역사의 식을 느끼게 했다. 젊은 휴 드럼 장군, 젊은 존 퍼싱 장군이 민다나오섬을 탐험했고 라나오 호수 근처를 현장 조사했다는 얘기만큼 흥미진진했다. 이런 장군들의 탐험은 외삼촌의 얘기대로 모로족이 훌륭한 전사이고 외삼촌의 적수가 될 만했다는 것을 입증했다. 때로로 존 외삼촌은 자기 얘기에 흥이 나면 군 시절 소속 연대의 노래였던 「삼보앙가의 원숭이는 꼬리가 없어」 같은 노래를 부르기도 했다. 또 같은 얘기에 심드렁해지면 무대를 필리핀에서 멕시코로 바꾸어 노년에 덜 근엄해진 블랙잭 얘기, 아직 너무 젊어서 근엄 따위를 떨 계제가 아니었던 샌디 패치 얘기 등을 해주었다.

존 외삼촌은 1916년 귀향해 1차 대전 내내 할란 탄광촌에 머물렀던 이유를 소년 프리윗에게 아주 분명하게 말해 주었다. 존 외삼촌은 농부가 되고 싶어 했다. 아마도 이 때문에 미국인의 위대한 복고적 로맨스 정신을 터득하지 못한 듯하다.

얼굴이 새까만 가난한 광부의 아들이니만큼 군대에 들어가 더 넓은 세상을 구경하면서 역사를 창조하고 싶어 했으리라, 하고 생각하기가 쉽다. 하지만 존 터너 외삼촌은 조카에게 모험에 대한 동경을 심어 주어 그것을 가지고 나중에 계속 자신의 양심을 가책할 그런 위인은 아니었다.

소년이 군문을 두드리게 된 것은 아주 다른 경로를 통해서였다.

소년이 중학교 1학년 때 어머니가 폐결핵으로 죽었다. 그해 겨울 탄광에서는 대규모 파업이 벌어졌는데 그의 어머니는 파업 사태 와중에 사망했다. 만약 어머니가 죽는 순간을 마음대로 고를 수 있었다면 분명 그 겨울을 선택하지는 않았으리라. 파업 주도자였던 소년의 아버지는 가슴이 찔리고 머리가 깨진 채로 감옥에 들어가 있었다. 존 외삼촌은 여러 명의 경찰로부터 총격을 받아 사망했다. 여러 해 뒤 이 파업의 날을 기리는 비가가 작곡되어 널리 불렸다. 노래 가사는 그날 할란의 하수구에는 사람의 피가 마치 빗물처럼 흘렀다고 말했다. 노래는 존 터너 외삼촌을 주동자로 지목했으나, 정작 본인이 살아 있었더라면 그 사실을 강력하게 부인했을지 모른다.

소년 프리윗은 그 전투 장면을 아주 가까이서 목격했다. 그가 직접 보았고 또 기억할 수 있는 것은 외삼촌 존의 움직임뿐이었다. 프리윗과 다른 소년들은 마당에 서서 구경했으나 그중 한 아이가 유탄을 맞자 놀라서 집으로 달아났고, 그래서 전투의 나머지는 보지 못했다.

존 외삼촌은 45 구경을 갖고 있었는데, 세 명의 경찰에게 총격을 가했다. 경찰 세 명 중 두 명은 경찰 총에 맞아 쓰러지는 외삼촌이 발사한 탄환에 맞았다. 외삼촌은 딱 세 방을 쏘았을 뿐이었다. 소년은 45 구경의 성능에 대해서 아주 관심이 많았지만, 경찰 세 명이 모두 머리에 총을 맞았으므로 45 구경이든 아니든 쓰러질 수밖에 없었다. 아쉽게도 존 외삼촌은 그들의 손가락을 쏘지 않았다.

소년의 어머니가 죽었을 때 그를 제지할 수 있는 사람은 감옥에 가 있는 아버지뿐이었다. 하지만 그의 아버지는 감방에 가기 이틀 전에도 그를 때렸기 때문에 소년은 아버지의 존재를 별로 인정하지 않았다. 결심을 한 그는 식료품 항아리에 들어 있던 2달러를 꺼내 챙겼다. 어머니는 어차피 그 돈과는 상관없는 사람이 되었고 아버지에게는 앙갚음할 수 있어서 잘된 일이었다. 소년이 마을을 떠버리자 이웃 사람들이 돈을 거두어 어머니의 장례를 치러 주었다. 소년은 장례식에 참석할 생각이 없었다.

가족을 소중하게 생각하는 사람들이 볼 때 가족의 해체는 어떤 비극적 느낌을 불러일으킨다. 하지만 살아남은 식구가 가족의 질곡에서 해방되어 일생의 야망을 추구할 수도 있다는 생각은 동시에 위로감을 안겨 주기도 한다. 가령 고양이는 없지만 지팡이에 스카프를 두른 딕 위팅턴[11]을 상상하는 것이다. 하지만 소년 프리윗에게는 역사를 창조하고 싶다는 꿈이 없었고 나아가 위팅턴 같은 인물이 되겠다는 생각도 없었다. 그는 런던 시장 얘기를 들어 보지 못했고 그런 정치적 야망도 없었다. 직업 군인이나 나팔 소대는 그보다 훨씬 뒤의 일이었다.

어머니는 임종 자리에서 아들에게 한 가지 사항을 약속해 달라고 말했다. 「로버트야, 내게 한 가지만 약속해 다오. 넌

---

[11] Dick Whittington(1358~1423). 고양이로 인해 거부가 되고 세 번이나 런던 시장을 역임한 거의 전설적인 인물.

아버지로부터 자존심과 끈기를 물려받았어. 그게 네 일생에 도움이 되겠지만 너무 성격이 강하다 보니 부자(父子)는 내가 없다면 서로 치고받고 죽일 지경까지 되었지. 그런데 내가 이제 더 이상 둘 사이에 서 있지 못하게 되었구나.」

「엄마, 엄마가 약속하라고 한 건 꼭 지킬게. 뭐든지 말만 해.」 소년은 자기 앞에서 죽어 가는 어머니를 내려다보면서 힘없는 목소리로 말했다. 소년은 불신하는 눈빛으로 연신 공중을 쳐다보며 천사들이 내려오지 않는지 살폈다.

「임종 자리에서 한 약속은 꼭 지켜야 하는 거야.」 어머니는 공기가 거의 차버린 폐 때문에 힘들게 헐떡거리며 말했다. 「지금 너에게 바라는 것은 임종의 약속이야. 자, 이제 약속해. 절대로 필요한 경우가 아니라면 그 누구도 해치지 않겠다고 말이야.」

「약속할게, 엄마.」 그는 어머니에게 맹세하면서 천사가 강림하기를 아직도 기다렸다. 「엄마, 무서워?」 그가 물었다.

「애야, 손을 이리 다오. 이건 임종의 약속이니 꼭 지켜야 해.」

「응, 엄마.」 그는 어머니에게 손을 내밀었다가 금방 뒤로 뺐다. 어머니에게서 죽음의 손길을 보았기 때문에 무서웠다. 이처럼 하느님에게 돌아가는 행위에서 그 어떤 아름다움도 고상함도 장엄함도 발견할 수가 없었다. 하지만 그는 좀 더 영생의 징조를 기다렸다. 그러나 천사는 강림하지 않았고, 지진도 홍수도 발생하지 않았다. 그는 후에 어머니의 죽음을 자주 생각했는데 한참 지난 후에야 임종 자리에서 어머니가 자기 자신보다는 아들의 장례를 더 걱정했다는 사실을 깨닫고 그것만이 처음 만난 죽음에서의 감동적 교훈이라고 생각했다. 그는 종종 자기 자신의 죽음에 대해서도 생각했다. 어떻게 죽음이 찾아올 것인지, 어떤 느낌일지, 마지막 호흡이라는 것은 어떻게 생긴 것인지 등을 생각했다. 이 우주의 중심

축인 그 자신이 존재하지 않게 된다는 사실은 참으로 받아들이기가 어려웠다. 하지만 그건 필연이었고 그 사실을 피하려 하지 않았다. 그는 단지 자신의 어머니처럼 초연하게 죽음을 맞이할 수 있기만을 바랐다. 어머니의 임종 현장에는 천사가 나타나지 않았기 때문에 영생은 아마도 감추어진 어떤 것일 거라고 생각했다.

소년의 어머니는 병풍처럼 둘러쳐진 산들에 의해 현대 세계와 격리되어 있던 과거 시대를 산 인물이었다. 만약 그녀가 임종의 약속이 소년에게 미칠 엄청난 영향을 미리 알았더라면 결코 그런 약속을 요구하지 않았을 것이다. 그런 약속은 단순 명료하고, 덜 복잡하고, 지금보다 훨씬 순진하고, 이제는 지나가 버린 먼 과거의 시대에 속하는 약속인 것이다.

열일곱 번째 생일을 맞은 지 사흘 후, 그에게 입대 허가가 떨어졌다. 그는 나이가 어리다는 이유로 여러 번 입대가 거부되었다. 이미 할란 카운티에서 성장할 때 인생의 시련을 알고 있었으므로 그런 거절쯤은 아무것도 아니었다. 그는 다시 부랑자 생활로 돌아갔고 다른 도시에 가서 또다시 입대 원서를 제출했다. 그는 동부의 여러 도시들을 전전하던 도중 입대 허가를 받았고, 그래서 마이어 부대[12]에 들어갔다. 그때가 1936년이었다. 당시 많은 젊은이들이 군문을 두드리고 있었다.

마이어 부대에서 그는 싸움과는 다른 권투를 배우게 되었다. 밴텀급이었지만 아주 몸이 빨랐다. 또 작은 덩치에 비해 펀치가 셌기 때문에 직업 군인으로서 장래가 밝았다. 권투 덕분에 첫 번째 계약 기간(3년)의 첫 해에 일등병으로 진급했다. 1936년 당시 입대 1년 차가 그런 직급을 따낸다는 것은

---

12 Fort Myer. 메릴랜드주 워싱턴 인근에 있는 군부대.

거의 죄악이나 다름없는 짓이었다. 왜냐하면 대부분의 사병은 게으른 나머지 두 번째 3년 계약에 들어가는 해(4년 차)에도 일등병으로 진급이 되지 않기 때문이었다. 그런 빠른 진급은 프리윗의 권투 재질을 잘 말해 주는 것이었다.

마이어 부대에서 그는 처음으로 나팔을 만져 보았다. 나팔은 그에게 커다란 감명을 주었고 그 즉시 권투부에서 탈퇴하여 나팔 소대에 들어가기 위한 훈련을 받았다. 그는 자신이 진정으로 좋아하는 것을 발견하자 시간을 낭비하지 않고 그 일에 몰두했다. 당시 그는 1부 리그에서 뛸 정도로 뛰어난 권투 선수는 아니었기 때문에 권투부 코치는 그를 계속 데리고 있을 필요가 없다고 판단했다. 권투부는 아무 섭섭한 감정 없이 그를 보내 주었다. 프리윗이 지구력도 별로 없고 거친 권투 경기를 감당할 만한 재목이 아니라고 보았던 것이다. 또 다른 권투 선수들이 늘 바라듯이, 블리스 부대[13]의 루 젠킨스 같은 챔피언이 되려는 야심도 없는 녀석이라고 판단하여 권투부 명단에서 제외해 버렸다.

그는 권투부 사람들이 어떻게 생각하든 개의치 않았다. 나팔에 소명 의식을 느낀 그는 1년 반 동안 열심히 나팔을 연습하여 또 다른 명성을 획득하게 되었다. 각고의 노력 덕분에 그는 일등병 3호봉으로 승급되었고, 나팔을 너무 잘 불어서 모든 나팔병의 소망인 알링턴 국립묘지에 나아가 휴전 기념일 진혼곡을 연주하게 되었다. 그는 타고난 나팔병이었다.

알링턴은 그의 전성기였고 커다란 체험이었다. 그는 마침내 자신의 자리를 발견했고 거기에 안착하게 되어 너무 기뻤다. 그의 첫 번째 계약 기간은 거의 만료되었고 그는 마이어 부대에 재입대하기로 결심했다. 그는 거기 나팔 소대에서 10회

---

13 Fort Bliss. 텍사스주 샌안토니오 인근의 군부대.

재계약, 30년 근무를 마치고 싶었다. 그는 이제 앞날이 환히 내다보였다. 쭉 곧게 뻗은 길이 그를 충만함의 세계로 인도할 터였다. 하지만 그것은 다른 사람들이 그의 인생극장 무대에 등장하기 전의 이야기였다.

그들이 등장하기 전까지만 해도 그의 인생은 오로지 그 자신의 문제였다. 그러니까 그와 그 자신 사이의 개인적 갈등만 있었다. 다른 사람들은 그 갈등에 끼어들지 않았다. 하지만 그들이 무대에 등장하자 그는 예전과 다른 사람이 되었다. 모든 상황이 바뀌었고 더 이상 숫총각이 아니었고, 따라서 플라토닉 러브를 주장할 수 있는 숫총각의 권리를 박탈당했다. 세상은 어느 정도 시간이 흘러가면 이 세상 사람들의 모든 처녀성을 빼앗아 가버린다. 설혹 그것이 동정(童貞)의 씨앗을 말려 버리는 일이 될지라도. 그 처녀성의 소유주가 그것을 어떻게 유지하려고 노력하는가 여부는 세상의 관심사가 전혀 아니다. 아무튼 다른 사람들이 그의 인생극장 무대에 등장하기 전까지 프리윗은 젊은 이상주의자였다.

마이어 부대의 병사들은 주말이면 휴가를 얻어 워싱턴 시내에 나가 놀았다. 그도 예외는 아니었다. 그는 시내에서 사교계의 여성을 만났다. 바에서 만났는데 그가 먼저 접근했다기보다 그녀가 그를 낚아챘다고 하는 편이 더 맞으리라. 그가 영화가 아닌 현실에서 상류 사회를 경험한 것은 그때가 처음이었다. 그녀는 예쁘게 생겼고 하이클래스였으며 장래 기자가 될 희망을 갖고 있는 현지의 여대생이었다. 그건 결코 영화에 나오는 위대한 사랑이 아니었다. 물론 광부의 아들이 고급 〈리츠〉 레스토랑에서 여대생과 식사한다는 것은 어느 정도 영화 스토리와 비슷했다. 그녀는 좋은 여자였으나 뭔가 불만인 듯했고, 그래서 두 사람은 만족스러운 사랑놀이를 했다. 프리윗이 그 여대생의 돈으로 데이트하는 것을 꺼리지 않았으므로 그들 사이에 돈을 쓰고 싶어도 쓰지 못하는 부잣집 딸의 고뇌 같은 것은 없었다. 또 순전히 육체적인 사랑이었으므로 계급이 한참 떨어지는 남자와의 결혼을 고민할 이유도 없었다. 그들은 6개월 동안 서로 재미를 보았으나 어느 날 프리윗이 그녀에게서 임질을 옮아 관계는 끝나고 말았다.

그가 육군 병원에서 비뇨기과 치료를 마쳤을 때 그의 나팔병 보직은 사라졌고 그와 함께 직급도 사라졌다. 육군은 당시 세균성 질환에 특효인 설파제의 효능을 의심했기 때문에 사용하지 않고 있었다(그러다가 2차 세계 대전에 참전하면서 대대적으로 사용하게 되었다). 임질 치료는 아주 아프고 오래 걸렸다. 특효약을 쓰지 않으니 기다란 갈고리와 커터를 사용해 요도 속에 불거진 임질의 낭포를 깨뜨리는 원시적 치료를 해야 했다. 그가 비뇨기과에서 만난 한 사병은 네 번째로 비뇨기과를 출입하고 있었다.

비공식적인 자리에서는 아무도 임질을 심각하게 생각하지 않았다. 임질에 걸리지 않은 사람, 그 병에 걸렸다가 곧 나은 사람에게 그것은 하나의 농담거리였다. 악성 감기 정도밖에 안 돼, 하고 그들은 말했다. 하지만 그들이 그 병으로 고생할 때에는 분명 농담거리가 아니었다. 아무튼 비공식적인 자리에서는 사나이의 명성을 조금도 해치지 않을 뿐만 아니라 그의 체면을 한 단계 높여 주는 사랑의 상처 정도로 여겨졌다. 니카라과에서는 임질을 앓다가 회복된 병사에게 〈보라색 심장 모양의 훈장〉을 준다는 소문도 나돌았다.

하지만 공식적인 자리에서는 얘기가 달라졌다. 우선 근무 기록이 나빠지고 자동적으로 직급을 잃게 된다. 서류상 오점으로 남는 것이다. 그는 나팔 소대로의 복직을 신청했으나 소대는 이미 과다 인원이었다. 그는 할 수 없이 얼마 남지 않은 계약 기간 동안 정규 근무를 해야 했다.

이렇게 하여 다른 사람들이 그의 인생 무대에 들어오기 시작했던 것이다. 자동차 운전은 아무나 할 수 있으나, 교통사고를 피하려면 자기 자신뿐만 아니라 다른 운전자들도 감안해 가면서 차를 몰아야 한다.

계약 기간이 끝났을 때 마이어 부대는 동일 부대에서 다시 근무하라고 지시했다. 그는 재계약 보너스 150달러를 챙기기 위해 재입대할 생각이었으나 이번에는 아주 멀리 떨어진 곳에 가서 근무하고 싶었다. 그래서 선택한 곳이 바로 하와이였다.

그는 떠나기 전에 그 사교계 여성을 만나러 갔다. 그는 임질을 옮겨 준 년은 죽여야 한다고 병사들이 말하는 것을 들었다. 혹은 임질 걸린 채로 다른 여자와 섹스를 하여 그것을 널리 퍼뜨려야 한다는 말도 들었다. 혹은 그 여자를 죽도록 패줘야 한다는 말도 들었다. 하지만 그가 볼 때, 임질로 고생했다고 해서 모든 여자에게 반감을 가질 필요도 없었고 또 그 외의 다른 보복을 할 필요도 없었다. 백인이든 흑인이든 황인이든 여자와 섹스를 할 때는 그런 위험을 감수해야 하는 것이었다. 술을 마시면 어쩔 수 없이 취하는 것이다. 하지만 그에게 환멸을 안겨 주고 또 이해할 수 없는 사항은, 나팔 부는 실력이 예전과 똑같은데도 나팔병 역할을 할 수 없다는 것과, 하필이면 사교계의 여성이 그런 못된 병을 옮겨 주었다는 것이었다. 더욱 화가 나는 것은 섹스를 하기 전에 그녀가 실은 보균자라면서, 양자택일하라고 했더라면 그건 전혀 그녀의 잘못이 아니었을 텐데 그렇게 해주지 않았다는 것이다. 그녀는 남자가 자신을 때리지 않을 것임을 알고 나서는 울음을 터뜨리며 미안하다고 말했다. 그녀가 어릴 때부터 알아 왔던 사교계 남자가 그 병을 옮겼다는 것이었다. 그녀 또한 환멸을 느꼈다. 부모 몰래 성병을 고치느라고 아주 힘들었다는 얘기도 털어놓았다. 그녀는 다시 한번 정말 미안하다는 말을 했다.

 그는 하와이의 스코필드 사단에 도착해서도 나팔병 보직 문제에 대해서는 분개하고 있었다. 그런 분노 때문에 그는 다시 권투부에 들었다. 이곳 파인애플 사단에서는 마이어 부대보다 훨씬 더 권투를 즐겼다. 다시 권투 글러브를 낀 것은 그의 잘못이었으나 당시에는 그렇게 느껴지지 않았다. 나팔병 보직을 잃은 것과 기타 속상한 일들이 겹쳐서 그런 결정을 내리게 되었던 것이다. 체중이 불어난 그는 일부러 체중을 더 늘려서 웰터급으로 뛰었다. 그는 27연대 내의 스모커 게임[14]에서 우승한 덕분에 하사로 승진했다. 이어 사단의 권투 시즌이 개막되자 스코필드 1부 리그에 들어가 웰터급 2위까지 올랐다. 이것 때문에 그리고 연대에서 다음 해에는 우승할 것이라고 기대했기 때문에 그는 중사로 승진했다. 게다가 은근히 그의 표정에 드러나는 씁쓸한 분위기가 그를 더욱 매력적인 인물로 만들었다. 하지만 정작 그 자신은 그게 왜 그런지 까닭을 알지 못했다.

 모든 것이 그런 식으로 순조롭게 흘러갔을 것이다. 그는 이미 나팔병 노릇은 아무것도 아니라고 자신을 설득해 놓은 상태였다. 하지만 곧이어 어머니에게 해주었던 임종의 약속이 생각났고 딕시 웰스 사건이 발생했다. 그 사건은 권투 시즌이 끝난 뒤에 벌어졌다. 어쩌면 그의 기질과도 상관있는 것이었는데 그는 매사에 냉소적인 측면이 많았다.

 딕시 웰스는 권투를 사랑하고 권투를 위해 사는 미들급 선수였다. 그는 대공황 시기에 권투 경기가 별로 좋지 않아 군대에 들어왔다. 싸구려 식당의 싸구려 권투 경기에 지나치게

---

14 중대 대항 연대 규모 대회.

많이 나가서 쉬 소모되는 일 없이, 권투 기량을 연마하고 완성하기 위하여 직업 군인의 길을 택했다. 또 싸구려 권투 선수가 되어 거친 밥을 먹으며 살아가는 것보다는 군대에서 때를 기다리며 더 큰 권투 대회로 진출하는 것이 현명한 방법이라고 생각했다. 딕시는 3년 계약 기간을 마치면 제대하여 곧바로 상위 체급으로 올라갈 계획이었다. 민간인 사회의 권투 관계자들이 그에게 눈독을 들이고 있었고 그는 호놀룰루의 시민 체육관에서 이미 몇 차례 경기를 치른 바 있었다.

딕시는 스피드가 뛰어난 프리윗과 연습 경기 하는 것을 좋아했다. 프리윗도 딕시와 스파링을 하면 배우는 것이 많았다. 그들은 자주 훈련을 했다. 딕시는 당시 과체중의 미들급이었고 프리윗 또한 과체중의 웰터급이었다. 군대에서는 권투 선수의 체중 관리를 그런 식으로 했다. 평소에는 자신의 적정 체중보다 4.5킬로그램 정도 더 나가도록 권장했다. 그러다가 계체량 직전에 바싹 몸무게를 빼고 통과하면 선수들에게 스테이크와 다량의 물을 주어 다시 회복하게 했다.

이번에 함께 연습을 하자고 먼저 제안한 것은 딕시였다. 호놀룰루 시내에서 경기가 예정되어 있었던 것이다. 펀치력이 뛰어난 170그램 글러브를 사용하자고 제안한 것도 딕시였다. 그들은 평소와 마찬가지로 헤드기어는 쓰지 않았다.

그런 우발적인 사고는 사람들이 생각하는 것보다 더 자주 벌어진다. 프루는 그런 사실을 알고 있었고 그 때문에 그에 대하여 죄의식을 느낄 필요가 없었다. 그는 마이어 부대에 근무하던 시절 앞날이 창창한 라이트급 선수를 한 명 알고 있었다. 그는 어느 날 밤 민간 체육관을 찾아가서 경기를 한번 치르자고 제안했다. 그 체육관에서는 새 글러브를 사용했는데 글러브를 묶어 주는 사람이 끈의 끝에 매달려 있는 금속 조각을 잘라 내는 걸 잊어버렸다. 글러브의 끈은 종종 경기

도중에 풀리기도 한다. 그렇게 되면 글러브의 끈이 어린아이들의 채찍 놀이 비슷하게 되어, 손목을 급히 비틀면 끈 끝의 금속 조각이 휙 하고 날아가게 되어 있다. 그런데 그만 그 금속 조각이 마치 과녁을 맞히는 화살처럼 라이트급 선수의 눈알에 꽂히고 말았다. 그의 뺨 위로 검은 먹물이 흘러내렸고 그는 의안을 끼워 넣어야 했다. 당연히 권투 선수로서의 명성은 끝장나고 말았다. 이런 불의의 사고가 가끔 발생하는 것이다.

프루가 딱 버티고 서서 가격을 날리려는 순간, 딕시의 얼굴이 크게 열렸고 그래서 강한 후크를 얼굴에 작렬시켰다. 딕시는 한순간 멍하니 서 있었다. 꼭 무슨 환청을 들은 사람 같았다. 딕시는 앞으로 폭 고꾸라졌는데 헛간의 건초 다락에서 쇳덩어리나 곡식 자루들이 갑자기 땅으로 떨어져 헛간 전체가 비틀거리는 형상이었다. 딕시는 매트에 얼굴을 박으며 쓰러졌고 옆으로 구르지도 않았다. 유도 선수가 바닥에 떨어질 때 낙법을 써서 맨땅에 헤딩하는 것을 피하듯이, 권투 선수도 몸을 보호하기 위해 얼굴부터 땅에 떨어지는 법이 없는데 딕시는 그렇게 쓰러졌던 것이다. 프루는 뜨거운 난로에 손을 댄 아이처럼 자신의 손을 잠깐 내려다보다가 링 아래로 내려가 의사를 부르러 갔다.

딕시 웰스는 일주일 동안 무의식 상태에 있다가 마침내 회복했다. 하지만 앞을 보지 못했다. 하와이 지구 육군 병원의 의사는 충격과 골절에 의하여 시신경이 완전 망가졌다고 진단했다. 프루는 두 번이나 그를 문병 갔지만 그다음부터는 가고 싶지 않았다. 마지막으로 찾아갔을 때 두 사람은 권투 얘기를 했는데 그때 딕시는 눈물을 흘렸다. 그 눈먼 눈에서 눈물이 흘러내리는 것을 보고서 프루는 두 번 다시 권투를 하지 않겠다고 결심했다.

딕시는 그를 미워하지도 않았고 씁쓸한 마음을 갖고 있지도 않았다. 단지 불운이었다고 생각했다. 마지막으로 찾아갔을 때 육군 당국에서 그를 본국으로 송환하여 제대병 요양원에 보내거나 아니면 그보다 약간 못한 하인즈 재향 군인 병원에 보낼 것이라고 말했다.

프루는 이런 일들을 많이 보아 왔다. 어떤 직업에 오래 종사하다 보면 그 업계의 종사자들이 일반 대중에게는 말해 주지 않는 애로 사항들을 알게 된다. 하지만 그런 사항들을 너무 민감하게 느끼는 것은 마치 그런 상처를 입는 것처럼 고통스럽다. 따라서 이렇게 자기변명을 하면서 마음을 달래야 한다. 저 친구의 잘려 나간 손은 나와 아무 상관도 없는 일이야. 내가 그렇게 만든 게 아니야. 그건 남한테 벌어진 일이고 나와는 무관한 일이야. 그런 일에 왜 내가 괴로워해야 돼.

그는 자신이 기억 상실증 환자 비슷하다는 생각을 했다. 어떤 낯선 땅에서 깨어났는데 그곳은 전에 와본 적이 없는 곳이고 또 그가 전혀 알아듣지 못하는 말을 쓰고 있다. 단지 어떻게 이곳까지 오게 되었는지 꿈결 같은 희미한 기억만 남아 있을 뿐이다. 그는 이 낯설고 물 선 지역의 사람들 사이에서 넌 어떻게 여기에 왔지, 하고 묻는다. 그러면서 그 자신이 내놓을 대답을 듣는 걸 두려워한다.

오, 하느님! 그는 소리쳤다. 나는 부적응자일까? 네게 벌어진 일을 다른 사람들은 전혀 아무렇지도 않게 생각해. 네가 남들과 특별히 달라야 할 이유가 뭐야? 하지만 권투는 그의 천직이 아니었고 나팔이 천직이었다. 그런데 나는 무슨 이유로 여기에 와서 권투 선수를 하고 있는 것인가?

그때 어머니에게 한 임종의 약속으로 심한 마음의 괴로움을 느끼지 않았더라면, 딕시 웰스 사건 이후에도 사태는 예전처럼 흘러갔을 것이다. 그 오래되고 유별난 침례교도 같은 약속은 하나의 결정타가 되었다. 어린 소년은 약속할 당시 침례교도처럼 상징적으로 그런 약속을 한 것이 아니라 문자 그대로 남에게 피해는 입히지 않겠다는 약속을 한 것이었다.

어떻게 보면 권투는 불필요하게 상대방에게 피해를 입히는 행위라고 그는 생각했다. 서로 아무런 감정도 가지고 있지 않은 두 남자가 링 위에 올라, 상대방을 파괴하려 하는 것이다. 그들만큼 배짱이 없는 구경꾼들에게 대상적 공포를 제공하기 위해서 말이다. 그런 뻔한 사실을 숨기기 위해 스포츠라는 미명을 만들어 내고 그에 더하여 경기 결과를 두고 도박을 벌이는 것이다. 그는 전에는 권투를 그런 관점에서 보지 않았다. 하지만 이제는 달랐다. 그가 가장 싫어하고 또 견딜 수 없는 것은 남을 속이는 것이었다.

권투 시즌이 이미 끝났고 계절은 봄이었기 때문에 그는 12월이 올 때까지 기다렸다가 자신의 결정 사항을 알릴 수도 있었다. 입을 꾹 다물고 권투 선수의 인기를 누리다가 권투 시즌이 돌아오기 직전에 그만두겠다고 말할 수도 있었다. 하지만 그런 짓을 할 정도로 부정직하지 못했다. 속이는 것을 그렇게 싫어하면서 남을 속일 수는 없는 노릇이었다. 그는 자신의 본심을 자연스럽게 속여 가면서 성공을 도모하는 사람들의 겉 다르고 속 다른 정직성을 경멸했다.

그가 권투부에서 탈퇴하겠다고 하자, 처음에는 사람들이 그의 말을 믿지 않았다. 하지만 그게 진심이라는 것을 알고서는 오로지 진급을 위해서 스포츠를 했을 뿐 그들처럼 스포츠 자체를 좋아한 것이 아니라는 결론을 내렸다. 그런 정의로운 분노를 바탕으로 하여 그들은 먼저 프루를 강등시켰다. 그래도 그가 마음을 돌리지 않자 정말 알 수 없는 놈이라는 표정을 지었다. 이어 그들은 괴롭히면서 기합을 넣기 시작했다. 그들은 그를 불러 일대일로 얘기를 하면서 너는 권투 선수로 장래가 밝다, 우리가 너에게 얼마나 기대를 걸고 있는지 아느냐, 우리를 실망시킬 것이냐며 회유하려 들었다. 또 27연대가 너에게 베풀어 준 은혜를 생각하면 어떻게 이럴 수 있느냐, 너는 부끄러운 줄 알아야 한다 등등 의리에 호소하려 들었다. 이렇게 저렇게 해도 소용없다는 것을 알자 그들은 보복 조치에 들어갔고 이어 다른 부대로 전출시켜 버렸다.

그는 이렇게 해서 스코필드 사단 전체에서 가장 훌륭한 나팔 소대를 두고 있는, 이 저지(低地)의 연대로 전출되었다. 그는 이 부대에서는 아무런 문제도 일으키지 않았다. 그의 나팔 연주를 듣고서는 마음이 혹하여 그의 전입을 받아들였다. 이 연대는 좋은 나팔병을 간절히 원하고 있었던 것이다.

제3장

프리윗이 전출 가기 위해 짐을 꾸리고 있던 그날 아침 8시, 수석 부사관 밀턴 앤서니 워든은 G 중대의 행정실에서 걸어 나왔다. 행정실 바로 앞은 왁스를 잘 먹인 복도였고 그 복도는 다시 사각 건물 내부에서 포치를 통해 바깥 거리에 있는 독서오락실과 연결되었다. 워든은 복도의 문턱에 기대서 양손을 호주머니에 찔러 넣은 채 담배를 피우며 바깥 연병장을 내다보았다. 중대의 소총수들이 소총을 들고 탄피를 허리에 두른 채 조조(早朝) 훈련에 나가기 위해 도열해 있었다. 그는 동쪽에서 비스듬히 흘러들어 오는 햇빛에 몸을 내맡긴 채 실내의 서늘함이 서서히 가셔지는 것을 느꼈다. 오늘도 무더운 날이 될 게 틀림없었다. 이제 곧 봄철의 우기가 들이닥칠 것이고 장마 전인 2월은 지난 12월 못지않게 무덥고 건조할 터였다. 우기가 시작되면 모든 것이 축축해지고 밤에는 추위를 느낄 징도가 된다. 그러면 가죽 닦는 비누가 사병늘에게 지급되고 가죽에 피는 곰팡이와의 대대적인 싸움이 전개된다. 워든은 방금 환자 명부와 일일 근무 인원 보고서를 작성해 연대에 올려 보냈으므로, 느긋하게 담배를 피우며 중대 병력이 훈련을 나가는 광경을 쳐다보고 있었다. 그는 이 무더운

날에 훈련에서 열외되었으니 얼마나 다행이냐는 생각을 하면서 다시 행정 업무를 보기 위해 보급실로 발길을 돌렸다. 이번에는 그 자신의 업무가 아닌 일을 대신 해주기 위해서였다.

밀턴 앤서니 워든은 34세였다. G 중대에서 톱 킥(인사계)으로 근무해 온 지난 8개월 동안 그는 중대의 행정 업무를 마치 전대처럼 허리에 둘러차고 그 위에 자신의 셔츠 단추를 꼭꼭 잠가 두었다. 때때로 그는 이 자랑스러운 사실을 자신에게 상기시키기를 좋아했다. 그는 행정 업무라면 정말 귀신이었다. 그는 이 사실 또한 즐겨 상기했다. 그는 느슨한 행정으로 구렁텅이로 빠져 들어가던 중대의 업무를 일신했다. 사실 단기간에 그처럼 중대 업무를 혁신하다니, 그가 생각해도 밀턴 앤서니 워든은 행정의 귀재였다. 그가 손대는 모든 일은 갑자기 예전의 흐릿한 빛을 잃어버리고 아침 햇살처럼 반짝반짝 빛나는 것이었다.

「영락없이 사막의 암자에 들어 있는 수도자의 꼬락서니로군. 삼베옷을 입고 재의 항아리를 바로 앞에 둔 수도자.」 그는 보급실의 이중문을 밀고 들어가면서 농담을 걸었다. 햇빛 환한 바깥에 있다가 어두컴컴한 실내로 들어서면서 잠시 눈이 밝아지기를 기다렸다. 보급실은 창문이 없었고 불타는 눈알 같은 두 개의 알전구가 천장에 체인으로 매달려 있어서 간신히 어둠을 몰아내고 있었다. 천장 높이의 붙박이장, 선반, 상자 등이 보급병 레바의 책상 뒤에 도열해 있었다. 일등병 4호봉인 레바는, 그 어두컴컴한 성(城)의 음울한 분위기가 그의 혈관 속으로 수혈되었는지, 창백한 얼굴에 심술궂은 표정을 짓고 앉아 있었다. 책상 램프가 그의 가느다란 코에 희미한 빛을 던지는 가운데, 레바는 두 손가락의 독수리 타법으로 열심히 타자를 치고 있었다.

가운데 이름이 사막의 수도자 성 앤서니의 이름을 딴 워든은 다시 농담을 걸었다.

「이봐, 니콜로, 조금만 더 수도하면 곧 성인의 반열에 들겠는걸.」

「지금 이런 상황을 보면서도 농담이 나옵니까?」 레바가 손동작을 멈추고 고개를 쳐들면서 말했다. 「새 전입병은 아직 안 나타났습니까?」

「와히아와의 성 니콜로.」 위든이 계속 농담을 걸었다. 「자네는 이 생활이 지겹지도 않나? 자네 불알에는 틀림없이 가죽 곰팡이가 슬었을 거야.」

「그 전입병 왔어요, 안 왔어요? 그 친구의 서류를 이미 준비해 놨어요.」

「아직 안 왔어.」 위든이 보급실의 카운터에 팔꿈치를 기대며 말했다. 「난 솔직히 말해서 그 친구가 안 왔으면 좋겠어.」

「왜요?」 레바가 무심하게 물었다. 「아주 훌륭한 군인이라던데.」

「그 친구는 말이야, 뭐라고 할까, 꼴통이야.」 위든이 다정한 목소리로 말했다. 「난 그 친구를 알아. 못 말리는 꼴통이지. 최근에 와히아와의 빅 수(창녀집)에 다녀왔나? 그 집의 여자 애들이 자네의 가죽 곰팡이를 말끔히 쓸어 내줄 텐데. 아주 좋은 가죽 비누를 본토에서 들여왔대.」

「그럴 여유가 어디 있어요? 쥐꼬리만 한 봉급으로 말입니다. 전입병 프리윗은 대단한 권투 선수라던데요. 다이너마이트의 권투부에 대단한 자원이 되겠어요.」

「그럼 나로서는 쓸데없이 밥만 축내는 군입이 하나 너 늘어난 것밖에 안 되겠군. 자네는 이미 새로 올 전입병이 권투 선수라는 얘기를 들었군. 하긴 그런 소문이 널리 퍼졌으니. 그 친구는 권투 시즌이 끝나는 2월까지 기다렸는데 정말 안 됐어. 이제는 올 12월까지 기다려야겠군. 하사 계급장을 따려면 말이야.」

「인사계님은 정말, 정말 불운한 분입니다. 모든 사람이 상사님을 이용하려고만 하죠?」 레바가 말했다. 그는 의자 등받이에 몸을 기대더니 손으로 여기저기 쌓여 있는 장비 더미를 가리켰다. 그는 지난 사흘 동안 그 장비 분류 작업을 하느라고 머리털이 다 빠질 지경이었다. 「어느 놈은 무 뿌리 씹고, 어느 놈은 인삼 뿌리 씹고, 군대 정말 불공평하네요. 나도 그런 한량하면서도 돈 되는 보직을 맡았으면 좋겠어요.」

「하지만 그자는 정말 꼴통이야. 아주 못돼 먹은 켄터키 놈이야. 하지만 6주 내에 하사로 진급할 거야. 그래도 여전히 못 말리는 꼴통임에는 틀림없어.」 워든이 빙그레 웃으며 말했다.

「그는 훌륭한 나팔병이에요. 난 그의 나팔 소리를 들어 보았어요. 아주 훌륭한 나팔병이에요. 아마 우리 연대 내에서 최고일 겁니다.」

「그럼 나팔 소대에 그대로 있어야지……」 워든이 카운터에 주먹을 쾅 내리치면서 말했다. 「왜 우리 부대로 전입 와서 내 골치를 썩이겠다는 거야?」 그는 접이식 카운터 윗부분을 밀고 합판으로 된 문을 발로 걷어차면서 카운터 안으로 들어가 바닥에 널려 있는 상의, 바지, 각반 등을 헤치고 앞으로 나아갔다.

레바는 다시 타자기를 내려다보며 독수리 타법을 시작했다. 길고 가느다란 코를 연신 훌쩍거리면서.

「이봐, 이 빌어먹을 신규 군복 불출 작업은 왜 마무리하지 않은 거야?」 워든이 레바에게 화를 버럭 냈다.

「상사님은 제가 뭐라고 생각하십니까?」 레바가 부드럽게 웃으며 반문했다.

「빌어먹을 보급병이지. 왜 이런 물자들을 제때 처리하지 않고 전입 운운하면서 노닥거리기만 하나? 이 작업은 이틀 전에 마쳤어야 하는 거 아니야?」

「그건 보급 부사관 오헤이어에게 물어보시죠. 난 여기 졸병일 뿐입니다.」

위든은 갑자기 화를 냈던 것처럼 갑자기 화를 멈추면서 생각에 잠긴 날카로운 눈빛으로 레바를 쳐다보다가 턱을 한 번슥 긁으면서 미소를 지었다.「자네의 저 고명하신 스승 미스터 오헤이어는 오늘 아침 출근이나 하셨나?」

「어쨌을 것 같습니까?」 레바는 가죽 포처럼 바싹 마른 몸을 책상에서 일으키더니 담배에 불을 붙였다.

「물론 안 했을 테지, 내 짐작엔 말이야.」

「뭐, 제대로 보셨네요.」

「아무튼 이제 겨우 8시야.」 위든이 레바에게 빙그레 웃어 보였다. 「그 정도 지위와 그 정도 끗발 있는 사람이 자네처럼 시간 맞춰 출근할 리가 만무하지.」

「물론 인사계님에게는 재미있는 일이겠죠. 웃어 줄 여유도 있고 말입니다. 하지만 저는 별로 재미없네요.」 레바가 약간 화난 목소리로 말했다.

「아마도 지난밤 노름방에서 딴 돈을 세고 있을 거야. 자네도 그처럼 한량한 생활을 할 수 있다면 얼마나 좋겠나.」

「그가 벌어들이는 돈의 10퍼센트만 떼 줘도 얼마나 좋겠습니까.」 레바는 독서오락실 길 건너편에 있는 보수 유지실을 떠올리며 말했다. 그곳은 평소 37밀리 박격포와 기관 단총과 탄약과 관련 장비들을 넣어 두는 곳이지만, 매달 봉급날 같은 땐 그런 상비들을 모두 비우고 네 군데 노름방이 개설되는데, 오헤이어가 운영하는 노름방의 실적이 늘 최고였다. 저지 연대의 모든 돈이 늘 그곳으로 몰려들고 있는 것이다.

「그의 일을 자네가 대신 다 해주기 때문에 그 정도는 떼 줄 줄 알았는데.」

레바는 그 무슨 썰렁한 농담이냐는 표정을 지었고 위든은 껄껄 웃음을 터뜨렸다.

「만약 내가 그 정도를 먹는다면 그다음에는 상사님이 또 일정 부분을 요구하셨겠지요. 아니면 나를 강등시켜 다른 곳으로 보냈거나.」

「그거 멋진 아이디어인데. 그 생각은 전혀 못했네.」 위든이 빙그레 웃었다.

「그렇게 재미있으십니까? 난 조금도 재미있지 않아요.」 레바가 우울하게 말했다. 「언젠가 난 이 빌어먹을 중대에서 전출 갈 겁니다. 그리고 이 보급실을 인사계님 손에 맡길 겁니다. 양식 32호와 33호도 제대로 구분 못하는 오헤이어를 데리고 한번 잘해 보십시오.」

「자네는 이 중대에서 전출 못 가.」 위든이 콧방귀를 뀌었다. 「만약 해가 지기 전에 이 보급실에서 나간다면 자네는 박쥐처럼 눈이 멀어 버릴 거야. 보급실은 자네의 혈관이나 마찬가지야. 몸에 피가 없이 숨 쉬며 사는 놈도 있나? 자네는 떠나고 싶어도 못 떠나.」

「오, 정말 그럴까요? 졸병으로 보급 부사관의 일을 대신 해주는 게 신물 납니다. 나는 이렇게 좆뺑이 치는데 짐 오헤이어는 온갖 칭찬을 받고 거액의 돈을 주물럭거리고 있습니다. 다이너마이트가 총애하는 라이트헤비급 권투 선수이고 또 노름방 운영의 일부 수익을 임대료 조로 연대에 바친다는 이유로 말입니다. 사실 그자는 훌륭한 권투 선수도 아니에요.」

「그렇지만 훌륭한 노름꾼이기는 하지. 그게 중요한 거야.」 위든이 무심하게 말했다.

「그래요, 저 빌어먹을 자식이 타짜라는 건 인정하겠어요. 하지만 연대에 바치는 돈 이외에 다이너마이트에게 매달 얼마나 상납하는지 궁금하군요.」

「이봐, 니콜로, 그렇게 말하는 것은 불법이야. 육군 규정에 그렇게 나와 있어.」

「육군 규정이 한 근에 얼마나 하는 겁니까?」 레바가 굳은 얼굴로 말했다. 「난 언젠가 그 자식 때문에 돌아 버릴 겁니다. 내일이라도 전출 가서 내 마음대로 운영할 수 있는 보급실을 꿰차야겠어요. 사실 최근에 좀 알아보기도 했어요. 밀트, M 중대에서 보급 부사관을 찾고 있어요.」 그는 갑자기 말을 멈추었다. 자신이 발설하지 않으려 했던 비밀을 토로했다는 생각이 들었던 것이다. 퍼뜩 워든이 아침부터 자기를 찔러 대는 바람에 감추려던 말을 해버렸다는 생각이 들었다. 놀람과 심술이 복잡하게 뒤섞인 표정을 지으며 레바는 책상 위의 타자기로 시선을 떨구었다.

워든은 레바의 얼굴에 떠오른 미묘한 표정을 놓치지 않으면서, 이 새롭게 발견한 사실을 마음속으로 조심스럽게 메모해 두었다. 이 보급병을 현재 보직에 그대로 묶어 놓으려면 뭔가 새로운 대응 방안을 찾아야 했다. 그는 레바의 책상 앞으로 다가서면서 달래는 어조로 말했다. 「걱정 마, 니콜로. 부대 형편이 늘 이렇지는 않을 거야. 나도 뭔가 복안이 있어.」 그는 막연하게 암시를 주었다. 「자넨 그 보직을 얻게 될 거고 자네 마음대로 보급실을 운영할 수 있을 거야. 자네가 혼자서 다 하고 있다는 걸 아니까 당연히 그런 조치를 해줘야지.」

「하지만 상사님은 해주지 못할 겁니다.」 레바가 불평했다. 「다이너마이트가 중대장으로 있는 한, 오헤이어가 권투부에 들어 있고 연대에 임대료를 바치는 한, 상사님은 코가 꿰어서 아무것도 못해요.」

「내 말을 믿지 못하겠다는 거야? 복안이 있다는데도?」 워든이 화난 어조로 말했다.

「난 엊그제 입대한 신병이 아니에요. 세상에 믿을 놈 하나도 없어요. 난 아무도 안 믿어요. 13년 동안 군대 밥을 공짜로 먹었겠어요?」

「야, 이 양식은 어떻게 처리하는 거야?」 워든이 여러 양식 더미 중 하나를 가리키며 물었다. 「내가 좀 도와줄까?」

「도와줄 필요 없어요.」 레바는 두께가 한 뼘이나 되는 양식 더미를 손으로 더듬으며 말했다. 「일은 많지만 뭔가 몰두해서 할 수 있는 일이 없어서 사기가 땅에 떨어졌어요. 그래서 연대 인사과 애들이 이런 말을 하는가 봐요. 〈게으른 자가 일이 없으면 사기가 떨어진다.〉」

「야, 그러지 말고 그 양식 절반만 내게 줘.」 워든이 짐짓 피곤한 목소리로 말했다. 「내 코가 석자인데 이제 보급병 일까지 도와주어야 하는군.」 그는 레바가 건네준 서류 더미를 받아 쥐고 빙그레 웃으며 시체같이 바싹 마른 이탈리아인에게 윙크를 보냈다. 「우리처럼 일 잘하는 사람이 달라붙으면 이런 것쯤은 하루 만에 해치울 수 있어. 일도 아니야.」 하지만 레바는 그 칭찬에 반응하지 않았다. 「우리 중대에 니콜로 자네 같은 병사가 없었더라면 난 어떻게 했을지 너무나 막막해.」

저 친구는 내 복안을 믿지 않는구나, 하고 워든은 생각했다. 물론 워든 자신도 그 복안을 믿지 않았다. 막연한 약속만으로는 저 황소 같은 자를 납득시킬 수 없어. 개인적으로 접근해야 돼. 저 친구의 우정, 자존심 등에 호소해야 돼.

「이번 보급 작업만 다 끝내 놓으면 말이야, 한두 달 쉬도록 해. 니콜로 자네는 취사병들 못지않게 불평이 많아. 개들은 취사 부사관 프림 때문에 못해 먹겠다며 자꾸 전출 가겠다고 타령이야. 하지만 말만 그렇게 하지 실제로는 가지도 않아. 소총병 생활이 죽도록 무서운 거지.」 그는 양식 더미를 카운터 위에 올려놓고 작업을 해야 할 깨끗한 파일로 분류해 놓았다. 그는 구석에서 등 높은 의자를 가져와 카운터 앞에 놓고서 만년필을 꺼내 들었다.

「나는 취사병들이 전출 간다 해도 그들을 비난하지 않겠습니다.」

「하지만 그 녀석들은 전출 가지 않을 거야. 그래 봐야 눈 하나 깜빡 하지 않아. 그리고 자네도 전출 가지 않으리라는 걸 알아. 자네의 경우는 사유가 다르지. 니콜로, 자네는 나에게 배신을 때릴 수가 없어. 나를 이 구렁텅이에 처박아 놓고 말이야. 자네는 나 못지않게 멍텅구리야.」

「그래요? 어디 두고 보세요, 밀트. 한번 두고 보라고요.」 하지만 레바의 어조는 바뀌어 있었다. 진지한 비난조가 아니라 노래 부르는 듯한 장난조였다.

워든은 그에게 콧방귀를 뀌었다. 「어서 일이나 해. 아니면 자네를 재입대시킬 거니까.」

「이 돼지우리에 말이지요.」 레바가 운을 맞추며 말했다.

오, 밀턴, 넌 정말 개자식이야, 하고 워든은 생각했다. 정말 밥 먹듯이 거짓말하는 개새끼라고. 이 부대의 운영에 도움이 되는 일이라면 네 어머니도 마피아 보스 럭키 루치아노에게 팔아먹을 놈이야. 부대의 보급 운영을 원활하게 하려고 거짓말을 해서 불쌍한 니콜로를 그 자리에 주저앉혔어. 넌 이제 하도 거짓말을 많이 해서 뭐가 진실이고 뭐가 거짓인지 제대로 구분도 못해. 네 부대를 우수 부대로 만들려는 욕심 때문에. 하지만 그게 과연 네 부대야? 네 부대가 아니라 홈스의 부대잖아. 〈다이너마이트〉 홈스는 권투 코치에다 승마수이고 또 큰 영감 델버트 대령에게는 제일가는 아첨꾼이지. 이건 네 부대가 아니라 홈스의 부대야. 왜 그자한테 직접 운영하라고 말하지 못하나? 왜 그자에게 효율성의 제단에 그자의 영혼을 바치라고 채근하지 못하나? 그래, 왜 그렇게 못하는 거지? 왜 이 부대를 벗어나지 못하는 거야? 언제 이 부대를 작파해 버리고 너의 자존심을 회복할 거야? 그렇게는 못해, 하고 그는 중얼거렸다. 그래, 이제 너무 세월이 흘러 네게 자존심 따위는 아예 남아 있지 않다는 것을 발견하기가 두려운 거지? 과연 네게 자존심이라는 게 있어? 하고 그는 자문했다. 없어, 밀턴, 넌 없어. 난 네게 그런 게 있다고 생각하지 않아. 그래서 이 부대를 떠나지 못하는 거야. 레바가 말한 것처럼 넌 코가 확 꿰었어.

그는 앞에 쌓아 놓은 서류 더미에 시선을 돌리면서 열심히 일하기 시작했다. 그는 백 퍼센트 효율을 발휘하여 재빠른 속도로 일을 처리했다. 오류도 없고 신속 정확했다. 너무 몰두하여 자기 자신이 거기에서 일하고 있다는 느낌조차 없었다. 어디 다른 데 갔다가 다시 와보니 일이 다 처리되어 있더라는 식의 그런 몰입이었다. 그의 뒤에 앉아 있는 레바 역시 일에 몰두했다.

그들이 그렇게 한 시간쯤 일하고 있는데 오헤이어가 보급실로 들어섰다. 그는 잠시 밝은 문간에 서서 눈이 밝아지기를 기다렸다. 그의 떡 벌어진 어깨가 실내에 그림자를 드리웠다. 그가 실내로 들어서자 오싹한 한기가 맹렬하게 일하는 두 사람의 온기를 식혀 버렸다.

오헤이어는 주위에 널려 있는 서류와 장비를 못마땅한 눈으로 쳐다보았다.「이거 왜 이렇게 어수선해. 레바, 여길 좀 깨끗이 정리해야겠어.」

그는 카운터를 통해 안으로 들어오려 했다. 위든은 오헤이어가 지나갈 수 있도록 서류를 모두 들고 일어서야 했다. 위든은 키 크고 날렵한 아일랜드인이 권투 선수처럼 사뿐히 장비 더미 사이로 걸어가 레바의 어깨 위로 내려다보는 것을 지켜보았다. 오헤이어는 호놀룰루 시내에 주문한 수제(手製) 군복을 입고 있었고 소매에는 중사 신분을 알려 주는 갈매기

세 개가 장식되어 있었다. 워든은 서류 더미를 다시 카운터 위에 올려놓고 작업을 했다.

「레바, 어떻게 되어 가나?」 오헤이어가 물었다.

「그저 그렇습니다, 중사님.」 레바가 고개를 쳐들며 뚱하게 대답했다.

「작업 일정이 늦어지고 있다는 건 자네도 알지?」 오헤이어는 사람 좋은 미소를 지었고 레바의 뚱한 표정에도 검은 눈빛은 전혀 동요가 없었다. 레바는 그를 잠깐 쳐다보다가 다시 서류 더미에 시선을 떨구었다.

오헤이어는 그 비좁은 공간을 한번 둘러보다가, 장비 더미에 시선을 주다가, 다시 서류 더미에서 한두 개를 들쳐 보았다. 「이건 사이즈별로 분류해 놓아야 하는데.」 오헤이어가 말했다.

「그건 이미 분류가 되었어.」 워든이 고개를 쳐들지 않고 말했다. 「우리가 정신없이 일할 때 자네는 어디 있었나?」

「분류되었다고요? 그럼 여기다 이대로 두지 말고 적당한 곳에다 놔둬야겠는데. 거치적거려서 말이야.」

「자네한테나 거치적거리겠지.」 워든이 무덤덤하게 말했다. 「나한테는 전혀 거치적거리지 않아.」 이거 상황이 묘하게 돌아가는데, 자제해야겠어, 하고 워든은 속으로 중얼거렸다. 왜 짐 오헤이어하고만 얘기하면 상황이 이렇게 미묘해지는 거지. 미묘한 상황은 언제나 그를 짜증 나게 했다. 저자를 계속 보급 중사로 내버려 둘 거면, 왜 저자를 부사관 학교에 보내지 않는 거지?

「이 서류 말이야, 바닥에 두지 말고 올려놔.」 오헤이어가 레바에게 말했다. 「영감이 이런 혼란스러운 건 좋아하지 않을 거야. 여긴 너무 혼잡해.」

레바가 의자 등받이에 몸을 기대며 한숨을 내쉬었다. 「알았습니다, 중사님. 지금 당장 할까요?」

「오늘 중에.」 오헤이어가 말했다. 그는 보급실 안쪽으로 몸을 돌리면서 벽에 붙박이로 설치되어 있는 커다란 네모꼴의 비둘기 구멍(분류함)을 살펴보았다.

워든은 집중이 잘 되지 않았다. 그는 일을 제대로 할 수가 없어서 짜증이 났고, 지금 당장 저자를 상대로 본심을 털어놓아야 하는 게 아닌가, 하는 생각도 들었다. 잠시 뒤 그는 보급 물자의 사이즈를 확인하려고 자리에서 일어서다가 오헤이어와 마주쳤다. 워든은 덧정 없다는 듯 양팔을 내리면서 고개를 한쪽으로 갸우뚱했다.

「제발!」 워든이 소리쳤다. 「여기서 나가 어디로든 좀 가버리게. 어디든 말이야. 뒤센베르크 자동차를 타고 드라이브나 가든가, 아니면 노름방에 가서 지난밤 수입을 계산하든가. 우린 자네의 일을 대신 해주고 있어. 딴 데 가 있어, 여기 일은 걱정하지 말고.」 그는 단숨에 말했으나 끝 부분은 약간 부드럽게 흐려졌다.

오헤이어는 만약의 사태에 대비하려는 듯 양팔을 절반쯤 내리고 천천히 미소 지었다. 그 미소 뒤에는 냉정한 노름꾼의 눈빛이 어른거리고 있었다.

「오케이, 톱. 전 인사계하고는 언쟁을 하지 않습니다.」

「인사계? 개뿔.」 워든은 상대방의 차가운 눈빛을 쳐다보았다. 이 능글맞은 노름꾼은 얼마나 밀어붙여야 속마음을 털어놓을까. 이 노름꾼의 계산적인 머리 어느 한구석에 분명 감정이라는 게 있을 터였다. 워든은 저자가 어떤 반응을 보일지 알기 위해서라도 지금 저자를 한 대 후려 패면 어떻게 될까, 하고 머리를 굴려 보았다. 레바는 책상에 앉아서 두 사람을 지켜보았다. 「난 인사계 자격으로 얘기하는 게 아니야. 밀턴 워든으로서 얘기하고 있는 거라고. 그러니 어서 여기서 썩 꺼져.」

오헤이어는 다시 미소를 지었다. 「오케이, 톱. 상사님이 무슨 자격으로 얘기를 하든 당신은 여전히 톱입니다. 나중에 보자고.」 맨 마지막 말은 레바를 쳐다보며 했다. 그는 워든을 비켜서 등을 보이며 아무 말 없이 보급실에서 나갔다.

「언젠가 저자는 나를 돌아 버리게 할 거야.」 워든이 문 쪽을 쳐다보며 말했다. 「아니, 내가 저자를 확 돌아 버리게 할 거야. 과연 저자가 돌아 버릴 정신이나 있는지 그건 의문이지만.」

「그가 권투하는 것을 보았나요?」 레바가 지나가듯이 물었다.

「봤지. 테일러에게 판정승을 거두는 걸 봤어. 내가 지금 저자 대신 해주고 있는 이 일에서도 그런 국물이 나왔으면 좋겠는데.」

「그는 테일러에게 파울을 여섯 번이나 했어요. 내가 세어 봤어요. 파울을 할 때마다 교묘하게도 종류가 다른 것이어서 주심은 경고만 주었지요. 테일러는 그 때문에 꼭지가 돌았어요. 테일러가 따라서 파울을 해오자 그는 화를 내지 않았어요. 정말 영리한 친구예요.」

「얼마나 영리한지 잘 짐작이 가지 않는군.」 워든이 생각에 잠긴 목소리로 말했다.

「그는 돈을 많이 벌어요. 나도 저 친구처럼 영리해서 그런 큰돈을 만져 봤으면 좋겠어요. 노름방에서 큰돈을 벌어 본국에 있던 가족을 전부 이리로 데려왔어요. 또 그의 아버지에게는 와히아와 미드웨이에다 식당을 차려 주었어요. 여동생에게는 시내에 고급 모자 가게를 차려 주었는데 부자들이 단골 고객이라고 하더군요. 그리고 가족들을 위해 와히아와에 방 열 칸짜리 집을 지었어요. 이 정도면 영리하지 않아요······.

지금은 시내의 사교계에 열심히 출입한다더군요. 사교계 여성도 하나 얻고.」

「아니, 언제부터 중국인 동거녀를 얻어 놓고 그 여자에게 달마다 생활비를 대준다는 거야? 이런 젠장! 저자가 그 여자와 결혼하여 은퇴한다면 딱 좋겠는데.」 워든이 희망 섞인 목소리로 말했다.

「우린 그렇게 운수가 좋지는 못할걸요.」

「저자는 프림보다 더 골칫거리야. 프림은 그저 술주정뱅이일 뿐이니까.」

「이제 하던 일이나 다시 하죠.」 레바가 말했다.

그들이 다시 서류 작업을 시작한 지 얼마 되지 않아 자동차 한 대가 굴러와 중대 건물 밖에 정차했다.

「이건 또 뭐야? 언제부터 중대 본부가 로열 하와이언 호텔이 되었나?」 워든이 소리쳤다.

「또 누굴까?」 레바가 못마땅한 표정으로 말했다.

워든은 키가 크고 날씬한 블론드 여자가 차에서 내리는 것을 보았다. 아홉 살 소년이 그녀를 따라 내렸고 무릎 높이의 보도 가드레일에 자꾸 매달리려 했다. 그 여자가 보도를 걸어 올라오자, 보라색 스웨터 아래에서 유방이 묵직하게 흔들거렸다. 워든은 그 모습을 유심히 쳐다보다가 여자가 브래지어를 차지 않았다고 결론지었다. 브래지어를 했더라면 유방의 움직임이 그처럼 크고 뚜렷할 수가 없었다.

「누구예요?」

「홈스의 마누라야.」 워든이 심드렁하게 말했다.

레바는 허리를 곧게 펴더니 다시 담배를 불 붙여 물었다. 「젠장, 왜 이런 때 나타나는 거야? 저 여자와 저 빌어먹을 스웨터. 행정실에 아무도 없다는 걸 알면 이리로 올 겁니다. 저 여자가 여기 나타날 때마다 나는 뉴콩크레스(창녀집)의 포주 키퍼 부인에게 3달러를 갖다 바쳐야 해요. 그 외에 시내까지 왕복 택시비가 추가로 1달러 더 들어가지요. 빅 수의 여자 애들은 저 여자의 이미지를 지워 버리기에 턱도 없어요.」

「잘생긴 여자로군.」 워든이 마지못해 인정하듯 말했다. 워든은 그녀의 몸에 딱 끼는 스커트를 쳐다보았다. 스커트 바로 밑 엉덩이 부분에는 팬티 라인이 가볍게 드러나 보였으나 밑으로 갈수록 가뭇없이 사라졌다. 보통 여자 같으면 감추려고 했을 텐데, 저 여잔 오히려 자신의 관능미에다 테를 둘렀군, 하고 워든은 생각했다. 워든은 여자에 일가견이 있었다. 지난 여러 해 동안 그는 마음에 드는 여자들만 골라서 동침해 왔다. 「나와 동침해 주지 않겠소?」 그렇게 물으면 그들은 하나같이 놀라는 표정을 지어 보였다. 심지어 술집에 매일 들르는 고주망태 여자도 그런 반응을 보였다. 물론 처음에는 그랬지만 결국에는 동의했다. 물론 워든이 그전에 이런저런 선결 조건들을 충족시켰기 때문에 가능한 일이었다. 속으로 아무리 화끈 달아 있어도 대뜸 〈좋아요, 당신하고 자고 싶어요〉라고 말하는 여자는 이 세상에 없다. 그들은 그렇게 할 수가 없는 것이다. 그 정도의 솔직함은 그들의 내부에 디자인되어 있지 않다.

「그래요, 저 여자는 잘생겼어요. 그리고 그게 어디에 소용되는지도 알고 있지요.」

「그래?」 워든이 말했다. 「그럼, 자네도 그녀를 건드려 보았나?」

「젠장, 난 아닙니다. 난 우선 갈매기가 안 되잖아요. 하지만 그녀가 여기서 오헤이어하고 말하는 것을 들은 적은 있습니다. 지난주에도 그녀를 크라이슬러에 태우고 와히아와까지 태워다 주었어요. 말로는 쇼핑하러 간다는데 쇼핑인지 섹스인지 누가 압니까?」 레바가 쇼핑이라고 말할 때는 오헤이어의 목소리를 흉내 냈다.

「야, 그럼 나도 자동차를 한 대 마련해야겠는데.」 워든은 말만 그렇게 했을 뿐 내심 레바의 말을 믿지 않았다. 여자들은 섹스를 늘 다른 이름으로 지칭한다. 직업적인 창녀를 빼놓고는 섹스를 섹스라는 고유 명사를 써서 노골적으로 지칭하는 여자는 이 세상에 없다.

「혹시 상사님한테도 접근해 오지 않던가요?」

「아니, 없었어. 그렇다면 내가 먼저 그녀에게 접근해 볼까?」

「그럼 마수걸이를 못한 건 상사님뿐인가 본데요. 아까 상사님이 약속한 하사 직급을 내가 따낸다면 나도 한번 대들어 볼 텐데. 아무튼 저 여자한테 수작을 붙여 보려면 최소한 하사는 되어야 해요. 우리 같은 졸병은 상대도 안 한다고 하니까.」 레바는 씁쓸한 어조로 말했다. 그는 갑자기 손가락 다섯 개를 쫙 펴더니 하나씩 꼽으며 이름을 댔다. 「오헤이어 중사, 블리스 부대 시절부터 다이너마이트와 함께 근무했고 현재는 팩트레인에서 홈스의 말을 관리하면서 일주일에 세 번 저 여자와 승마를 나가는 헨더슨 중사, 홈스의 하인이나 다름없는 클링 하사. 저 여자는 이런 부사관들과 잤어요. 중대원이라면 다 알고 있는 사실이에요. 저 여자는 남편의 부사관들에게 어떤 변태적인 관심을 갖고 있는 것 같아요. 이게 다 중대장이 저 여자한테 봉사를 안 해주기 때문이지요.」

「그런 걸 어떻게 다 알지? 자네 점쟁이야?」

그들은 잠시 그녀가 행정실의 문을 노크하는 소리를 들었다. 아무 대답이 흘러나오지 않자 그녀는 행정실의 문을 살짝 열었다.

「그 정도 알아내는 데 뭐 점쟁이씩이나. 저 여자가 지난해 라이트급에서 우승한 챔프 윌슨에게 키스하는 것을 못 보셨지요?」

「봤어. 그게 어쨌다는 거야? 윌슨은 다이너마이트가 총애하는 권투 선수이고 게다가 챔피언을 먹었잖아. 그건 자연스러운 반응인 것 같은데.」

「그게 바로 그 여자가 노리는 거예요. 다들 그렇게 생각할 거라고 통밥을 굴리고 대드는 거예요. 하지만 자세히 들여다보면 내막은 복잡해요. 그녀는 피, 콜로디온,[15] 땀이 범벅된 그의 입술에다 키스를 했어요. 그리고 맨살 양팔을 그의 등 뒤로 돌려서 등을 쓰다듬었어요. 저 여자가 포옹을 풀었을 때에는 드레스에 피와 땀 칠갑이었다고요. 이래도 감이 안 옵니까?」

「감은 나무에서 떨어지는 거지, 자네 입에서 나오는 게 아니야.」 위든이 의뭉스럽게 딴 얘기를 했다.

「저 여자가 상사님한테 아직 접근 안 한 것은 아마도 이 중대에 신입이기 때문일 겁니다.」

「신입? 내가 이 중대에 근무한 지 벌써 8개월이나 되었는데. 그 정도면 충분히 긴 시간 아닌가?」

레바는 가볍게 고개를 흔들었다. 「그녀는 절대 모험을 하지 않아요. 오헤이어를 빼놓고 다른 부사관들은 블리스 부대 시절부터 홈스가 데리고 있던 사람들이에요. 윌슨, 헨더슨, 클링. 블리스 출신 중에 그녀가 건드리지 않은 건 올드 아이크 갈로비치뿐인데, 그자는 너무 늙어서……」 레바는 행정실의 문이 닫히는 소리를 듣고서 입을 다물었다. 「이제 저 여자는 이리로 올 겁니다. 저 여자가 이리 올 때마다 나는 4달러가 날아가요. 빨리 하사 승진하여 한몫 끼지 못하면, 계속 들어가는 4달러 때문에 20퍼센트쟁이[16]들한테 빚을 지게 돼요.」

「고얀 여자로군.」 위든이 말했다. 「일이나 해.」 그는 통로에서 울려 오는 그녀의 발소리를 들었다. 포치를 지나 마침내 그가 있는 보급실 문 앞까지 왔다.

「수석 부사관은 어디 계신가요?」 홈스 부인이 실내로 들어

---

15 *collodion*. 상처용 연고.
16 부대 내에서 다음번 봉급을 담보로 20퍼센트 고리로 돈을 빌려주는 병사.

서며 물었다.

「제가 그 사람입니다, 부인.」 위든이 자신의 목소리에 기합을 넣으며 대답했다. 그것은 마른하늘의 벼락처럼 사람을 놀라게 하는 힘이 있었다. 그는 부사관이 된 이래로 그런 우렁찬 목소리를 의도적으로 개발해 왔다.

「아, 그래요? 안녕하세요, 인사계님?」

「홈스 부인, 무엇을 도와드릴까요?」 위든이 의자에서 일어서지 않으면서 물었다.

「아, 내가 누군지 알고 계셨네요.」

「부인, 왜 모르겠습니까? 저는 부인을 가끔 뵈었습니다.」 위든은 천천히 그녀를 위아래로 훑어보았다. 위든의 검은 머리와 짙은 눈썹 아래의 푸른 눈에는 은밀하면서도 형언하기 어려운 도전의 눈빛이 어른거렸다.

「제 남편을 찾고 있어요.」 홈스 부인이 남편이라는 말에 힘을 주면서 말했다. 그녀는 희미하게 웃어 보이며 대답을 기다렸다.

위든은 무뚝뚝하게 그녀를 쳐다보며 다음의 말을 기다렸다.

「혹시 남편이 어디 있는지 아세요?」 그녀가 다시 물었다.

「아니요, 부인. 모릅니다.」 위든은 다시 그녀의 말을 기다렸다.

「오늘 아침에 출근은 했나요?」 홈스 부인은 그를 빤히 쳐다보았다. 그 어떤 여자에게서도 일찍이 발견하지 못했던 아주 차가운 눈빛이었다.

「여기 중대에 말입니까, 부인?」 위든은 눈썹을 들썩였다. 「8시 반 이전에?」 책상에서 작업을 하던 레바는 빙그레 웃어 보였다. 위든이 말한 〈부인〉이라는 말에는 육군 규정이 정한 존칭의 뜻과는 전혀 다른 의미가 깃들어 있었다.

「남편은 여기 와 있겠다고 했어요.」

「그렇군요, 부인.」 그는 이제 작전을 바꾸어서 의자에서 일어서며 아주 공손한 태도를 취했다. 「곧 여기에 출근할 겁니다. 여기서 처리해야 할 일이 있어 놔서요. 오늘 오전 중에는 틀림없이 나오실 겁니다. 중대장님을 만나면 부인이 여기 왔었다는 말씀을 전해 드리지요. 메시지를 남기시면 전해 드리겠습니다.」

그는 미소를 지으면서 카운터 윗부분을 열고 카운터 반대편의 비좁은 공간으로 나섰다. 홈스 부인은 자기도 모르게 바깥의 포치로 물러섰다. 워든은 미소 짓는 레바를 무시하면서 밖으로 따라 나갔다.

「남편은 나에게 줄 물건을 여기다 남겨 둔다고 했어요.」 홈스 부인이 말했다. 그녀가 볼 때, 중대의 수석 부사관이 남편의 멜로드라마에서 소도구 이상의 존재로 다가온 것은 이번이 처음이었다. 그것은 그녀를 다소 난처하게 했다.

어린 소년은 자기 허리 높이밖에 되지 않는 파이프에 자꾸 턱걸이를 하려 했다.

「얘야! 그만둬!」 홈스 부인이 소리쳤다. 「차 있는 데로 가 있어!」 부인은 워든에게 다시 고개를 돌리며 말했다. 「내 생각에 남편은 그 물건을 구입해 가지고 와서 나한테 픽업하라고 한 것 같아요.」

워든은 활짝 웃었다. 그녀는 워든의 존재가 신경 쓰이지 않았다면 〈구입〉이라는 말을 하지 않았을 것이다. 그녀는 그의 미소가 무슨 뜻인지 알아차렸다. 눈빛의 초점이 흐려지는 듯하더니 곧 다시 눈을 똑바로 뜨고서 그를 쳐다보았다. 그는 여자가 보통 배짱이 아니라고 생각했다.

캐런 홈스는 그의 눈썹이 장난꾸러기처럼 약간 꿈틀하는 것을 보았다. 방금 엉뚱한 짓을 한 소년 같은 모습이었다. 그녀는 그의 소매, 돌려진 등, 두꺼운 손목과 근육질의 팔뚝을 뒤덮고 있는 부드러운 털을 보았다. 딱 맞는 상의 밖으로 널찍한 어깨 부분의 근육이 우람하게 튀어나와 있었다. 그가 걸어가자 그 근육이 가볍게 흔들거렸다. 그녀는 전에 상사의 이런 면을 자세히 본 적이 없었다.

「부인, 그럼 행정실에 가서 물건이 거기 있나 한번 살펴보기로 하죠. 제가 보급실에 있는 동안 중대장님이 잠깐 들렀다 가셨을지도 모르니까요.」 그가 그녀의 시선을 의식하며 공손하게 말했다. 활짝 웃는 바람에 그의 눈은 가느다랗게 떠졌고 얼굴에 약간 장난스러운 영악한 표정이 떠올랐다.

그녀는 방금 그 방에서 왔으나 그래도 그를 따라갔다.

「아, 여기에는 없는데요.」 그는 짐짓 놀라면서 말했다.

「그는 도대체 어디로 갔을까.」 그녀는 짜증 난다는 듯 혼잣말을 중얼거렸다. 남편 얘기가 나오자 그녀는 불쾌하다는 듯 얼굴을 찡그렸고 미간에 두 줄기 주름살이 잡혔다.

위든은 타이밍을 재면서 신중하게 기다렸다가 말을 건넸다.

「부인, 중대장님과 델버트 대령님은 장교 클럽에 올라가셔서 술 한잔하시면서 하인들의 문제를 의논하고 계실 겁니다.」

홈스 부인은 마치 그가 현미경 아래에 놓인 슬라이드나 되는 것처럼 차가운 눈으로 쏘아보았다. 하지만 그녀는 남편이 장교 클럽에서 델버트 대령의 비위를 맞추기 위해 남성 전용 파티를 개최하는 사실과, 중대장이 카나카[17] 여자 하인을 좋아한다는 사실을 알 리가 없었다.

하지만 위든은 그녀를 쳐다보면서 그 차가운 눈 뒤에 뭔가 알고 있다는 눈빛이 어른거리는 것을 보았다.

「상사님, 일부러 이렇게 수고해 주셔서 정말 감사합니다.」 그녀가 아주 아득한 목소리로 차갑게 말했다. 그녀는 몸을

---

17 *kanaka*. 하와이 원주민.

돌러서 중대 건물에서 떠나려 했다.

「천만에요, 부인. 도와드릴 수 있으면 언제라도 도와드리지요.」 그가 그녀의 등 뒤에 대고 쾌활하게 말했다.

그는 포치로 나와 그녀가 차에 올라 출발하는 것을 지켜보았다. 그녀가 감추려고 했음에도 불구하고 매혹적인 허벅지가 순간적으로 노출되었다. 그는 빙그레 웃었다.

그가 보급실로 돌아왔을 때 레바는 아직도 책상에 앉아 있었다. 「밀트, 최근에 키퍼 부인 집에 다녀온 적 있습니까?」 레바가 웃으며 물었다.

「없어. 그 부인은 요새 어떻게 지내나?」

「본국에서 새 여자 애들을 두 명 데려왔대요. 하나는 빨강 머리고 다른 하나는 갈색 머리라는데, 흥미 있어요?」

「아니, 없어.」

「없다고요? 오늘 밤 나와 함께 갈 줄 알았는데요. 어쩐지 상사님도 한 번 당길 것 같아서요.」

「니콜로, 지옥에나 가라. 내가 화대를 다 내야 하는 조건이라면 생각 없어.」

레바가 웃음을 터뜨리면서 그 길고 가느다란 코로 디젤 배기가스 같은 소리를 내뿜었다. 「그냥 생각나서 한번 해본 소립니다. 아무튼, 상사님, 저 홈스 마누라는 정말 한따까리하는 여자지요?」

「한따까리라니?」

「멋진 여자라는 뜻입니다.」

「야, 난 저보다 더 멋신 여사도 보았어.」 워든이 무관심하게 말했다.

「아, 집에 저런 삼삼한 마누라가 있고 침대까지 마련되어 있는데, 뭣 때문에 카나카 하녀의 궁둥이를 쫓아다니지요, 우리 중대장님은?」

「저 여자는 너무 차가워. 그래서 그럴 거야. 얼음이 따로 없어.」

「예?」 레바가 짐짓 어리둥절한 표정을 지어 보였다. 「그 말도 맞는 것 같군요. 그래서 부사관 친구들이 저 여자한테 금방 싫증이 나는 거로군요. 아무튼 여자 궁둥이가 아무리 좋다고 해도 리븐워스[18]에서 20년 썩는 걸 감수할 정도는 아니지요.」

「그건 나도 동감이야.」 워든이 말했다.

「저런 여자하고 놀아나는 녀석은 바보입니다. 그러다가 큰코다치지요. 게다가 장교 마누란데.」

「그래, 맞아.」 워든이 맞장구를 쳤다. 「저런 여자는 말이야, 화냥질을 해도 다 대책이 있다고. 간통하다가 현장에서 걸리면 〈강간이야!〉하고 소리치면 그걸로 끝이야. 물론 여자는 이혼을 각오해야 하겠지만. 같이 놀아난 녀석은 리븐워스 20년은 따놓은 당상이지.」

그는 문밖으로 연병장을 내다보았다. 그곳에서는 D 중대가 저지(沮止) 훈련에 한창이었다. 동남 방향의 트럭 출입구 쪽에 홈스 중대장 관사의 전면이 절반 정도 보였다. 옆 벽에 창문이 두 개 나 있는 집이었다. 뒤쪽의 창문은 침실의 것이었다. 홈스가 관사에 옷 갈아입으러 갔을 때, 급히 서류에 결재를 받을 게 있어서 워든은 침실까지 찾아간 적이 있었다. 그가 밖을 내다보고 있는데 자동차가 홈스 관사 앞에 멈추더니 캐런 홈스가 내렸다. 그녀는 긴 다리를 활기차게 뻗으며 포치까지 날렵하게 걸어갔다. 워든은 그 밑에 여자 구두 상자를 넣어 놓은 트윈 베드의 다른 하나는 어떻게 생겼는지 기억해 내려 애썼다.

---

18 Leavenworth. 캔자스주 미주리 강변에 있는 연방 형무소.

「헛소리 그만 하고 일이나 하지.」 그가 레바를 질책했다. 「9시 반에는 새 전입병을 받아야 해. 원래 8시 반에 홈스와 저 빌어먹을 취사병과 회의를 하게 되어 있었는데, 홈스가 나타나지 않으니 그 회의가 9시 반에 시작해 11시까지는 갈 것 같아. 그럼 전입병 맞이하는 건 정오나 되어야겠는데. 그러니 이 일을 빨리 해치우자고.」

「오케이, 톱.」 레바가 빙그레 웃으며 말했다. 「상사님이 하자는 대로 해야죠, 뭐.」

「그리고 말이야……」 워든이 말했다. 「므시외 오헤이어가 오늘 중에 보급실 청소를 해놓으라고 한 것 잊지 마.」

「쳇. 그 자식 얼굴이 내 궁둥이입니다.」

「네놈 궁둥이가 니미럴이다. 자, 어서 일해.」

제4장

 행정실에 앉아 있던 밀트 워든은 프리윗이 1층 포치의 콘크리트를 저벅저벅 밟으며 걸어오는 소리를 들었다. 늦게 시작되었던 불평꾼 취사병과의 회의는 아직도 계속되고 있었지만 워든은 그 회의에는 별 관심 없이 전입병의 발소리에 귀를 기울이고 있었다. 그의 마음은 현재 진행 중인 회의보다는 더 넓은 각도를 잡고서 자꾸 바깥으로 퍼져 나갔다. 그는 홈스의 말을 건성으로 들어 넘기면서 이렇게 자문했다. 이렇게 딴 데 신경 쓰지 않고 현재 벌어지는 일에만 집중할 수 있게 된다면, 그 기분은 어떨까? 워든은 그 질문에 대답할 필요가 없었다. 그것은 물론 좋은 기분일 터였다. 취사병의 불평으로 시작된 고정 상담 회의는 이제 홈스 중대장의 맞불평으로 이어졌고 뒤이어 서로 잘 해보자는 얘기로 끝날 것이었지만 아직 끝나려면 한참 더 있어야 했다. 이 윌러드라는 취사병은 가장 강력하게 불평해 온 병사였고 자신이 일등병 봉급을 받으면서 실은 취사 부사관 프림의 일을 대신하고 있다면서 그 보직을 자신에게 넘겨 달라고 요구했다. 또한 프림은 매일 술에 절어 있어서 근무를 아주 게을리하기 때문에 도저히 취사반 운영을 원활하게 이끌어 나갈 재목이 되지 못한다고 비난했다. 그러나 블리스 부대 시절부터 프림을 데리고 있었던 홈스는 윌러드의 불평을 노련하게 제압하면서 마침내 윌러드를 맞불평하고 나섰다. 홈스가 볼 때 윌러드는 아직 프림을 대신하여 취사반 운영을 맡을 정도로 근무 성적이 뛰어나지 못하다는 것이었다. 워든은 회의 결과가 어떻게 결론 나든 관심 없었지만, 프림이 좌천되기를 바라기 때문에 사이사이 프림에 대한 불평을 거들었다. 그렇지만 윌러드가 프림의 자리를 꿰차는 것을 바라지도 않았기 때문에 결론 없이 어서 회의가 끝나기를 바랐다. 그래서 전입병을 받아들이고 그다음에는 레바를 도와주러 가야 했다. 레바는 중대에서 가장 필요한 요원이었고 만약 그가 전출을 가버린다면 중대 행정은 회복될 수 없을 정도로 망가져 버릴 것이었다.

  회의 참석자들의 단조로운 목소리가 포치 앞까지 와 있는 프리윗에게도 들려왔다. 그는 등받이 없는 의자에 앉아 벽에 기대면서 대기했다. 그는 늘 호주머니에 넣어 가지고 다니는 석영 마우스피스를 만지작거렸다. 그것은 마이어 부대 근무 시절 주사위 노름을 해서 딴 돈으로 사들인 것으로서, 알링턴 국립묘지에서 진혼곡을 불 때 사용했던 바로 그 마우스피스였다. 그것을 꺼내어 쳐다보니 알링턴에서 연주하던 날이 회상되었다. 당시 대통령도 참모와 경호원들을 데리고 그 예식에 참석했었는데 대통령은 한 경호원의 부축을 받고 있었다. 그가 관중석에서 불었던 진혼곡에 메아리를 담당했던 흑인 나팔수가 있었다. 그 흑인은 프리윗보다 나팔을 더 잘 불었으나 백인이 아니라는 이유로 언덕에 위치하여 메아리 역할을 담당했다. 사실 메아리는 프리윗이 담당해야 마땅했다. 그날의 그런 일들을 회상하면서 그는 소중한 마우스피스를 상의 호주머니에 집어넣고 가슴을 한번 쓰다듬으며 기다렸다.

  G 중대의 보급실 쪽에서는 바쁘게 타자기를 두드려 대는

소리가 들려왔다. 취사장의 스크린 문 앞에는 한 취사 사역병이 쪼그리고 앉아 감자를 까고 있었다. 그는 가끔 작업을 중단하고 머리에 달라붙는 파리들을 손으로 찰싹 때려 잡았다. 프루는 그 사역병을 쳐다보면서 평일 9시 반의 햇빛 환한 소란스러움을 피부로 느꼈다.

「좋은 날이지?」 사역병이 말했다. 그는 몸집이 작고 곱슬머리인 이탈리아인이었으며, 비좁은 어깨가 러닝셔츠 바깥으로 비어져 나와 있었다. 그는 인상을 팍팍 쓰면서 18호 대형 솥의 구정물에서 감자 한 알을 꺼내 들었다. 마치 월척을 잡은 것처럼 의기양양하게 그 감자를 들어 보였다.

「그렇군.」 프리윗이 대꾸했다.

「이런 걸 하면서 시간을 보내기에는 날씨가 너무 좋군.」 그는 감자를 잠시 쳐들어 보이더니 다시 까기 시작했다. 「마음마저 환하게 해주는 날이지. 넌 우리 중대에 새로 온 전입병이지?」

「그래.」 이탈리아인을 별로 좋아하지 않는 프루가 심드렁하게 대답했다.

「정말, 네게 꼭 맞는 중대를 골랐군.」 그는 감자 껍질을 벗기면서 수염 없는 턱으로 맨살 어깨를 비비댔다.

「내가 고른 게 아니야.」

「물론 운동선수가 아니라면 별 볼일 없어.」 그가 프루의 대답을 무시하며 말했다. 「운동선수라면 뭐든지 다 환영이지만. 특히 권투 선수가 우대받지. 권투를 한다면 아주 좋은 중대를 골라 온 거야. 앞으로 엿새 내에 하사로 진급할 수도 있을 거야.」

「난 운동선수가 아니야.」

「그렇다면 친구, 안되었는데. 정말 안되었어. 내 이름은 마지오야. 그리고 보시다시피 나는 운동선수가 아니야. 그래도 감자 껍질 하나는 기막히게 잘 벗기지. 나야말로 끝내주는 감자 껍질 벗기기 선수지. 이 짓으로는 하와이 스코필드 사단에서 최고야. 메달도 받았어.」

「너 브루클린 어디 출신이니?」 프루가 빙그레 웃으며 물었다.

숱 많은 눈썹 밑의 검은 눈동자가 순간 불붙었다. 프루가 어두컴컴한 대성당에서 촛불을 붙인 것 같았다. 「애틀랜틱 애버뉴야. 너 브루클린을 잘 아니?」

「아니, 거긴 가본 적도 없어. 하지만 마이어 부대 근무 시절 브루클린 출신 병사를 하나 알게 되었지.」

눈 속의 촛불이 갑자기 꺼졌다. 「오, 그래? 그자의 이름이 뭔데?」 마지오는 밑져야 본전이라는 심사로 불쑥 물었다.

「스미스, 지미 스미스.」

「지저스 크라이스트!」 마지오가 감자 긁는 기구로 성호를 그으며 말했다. 「스미스라고? 브루클린에서 그런 자의 이름을 들어 본 적이 있다면, 토요일 정오 메이시 백화점의 진열장 앞에서 네 궁둥이에다 키스를 해주지.」

프루가 웃음을 터뜨렸다. 「아무튼 그게 내 친구 이름이었다니까.」

「그래?」 마지오가 새로 감자를 집어 들고 인상을 쓰면서 말했다. 「그렇다면 나도 과거에 호덴필[19]이라는 이름을 가진 유대인을 만난 적이 있지. 난 네가 브루클린을 좀 안다고 생각했는데.」 그는 잠시 입을 다물더니 다시 중얼거렸다. 「지미 스미스, 브루클린 출신, 거 정말 이상하군.」

프루는 미소를 지으며 남배에 불을 붙이다가 행정실에서 흘러나오던 단조로운 소리가 갑자기 한 옥타브 높아지는 것을 들었다.

---

19 Hodenpyl. 스코틀랜드 사람의 이름.

「저 소리 들었지?」 마지오가 감자 긁는 기구로 유리창을 가볍게 두드리며 말했다. 「이렇게 시끄러운 중대에 네가 전입 오려는 거야. 네가 좀 머리가 돌아가는 녀석이라면 지금 즉시 몸을 돌려 다른 데로 가는 게 좋을 거야.」

「난 그렇게 할 수가 없어. 요청에 의해 전출되었으니까.」

「그래?」 마지오가 뭔가 좀 안다는 표정으로 말했다. 「그럼 나 같은 또 다른 꼴통이 전입을 왔네. 이봐, 친구, 네 입장이 잘 이해가 돼. 하지만 내 입장에서 보자면 너를 잘 이해하지 못하겠군.」

「저 안에서 무슨 일이 벌어지고 있는데?」

「뭐, 별거 아니야. 늘 있는 일이지. 다이너마이트와 워든이 윌러드에게 궁둥이 빨기를 시키고 있는 거야. 조금도 이상한 일이 아니지. 윌러드가 오늘 닦달을 당할 차례인 것뿐이지. 저들이 윌러드를 조지고 나면 윌러드 놈은 다시 나를 조질 거야.

윌러드는 얼간이 같은 놈이야. 다른 부대에 가서도 훌륭한 취사병이 되기는 틀렸어. 다른 데서 좋은 취사병을 데려올 수 없기 때문에 저자가 선임 취사병이 된 거야. 프림이 만날 바닐라 추출액(술)을 처먹고 뻗어 있기 때문에 저자가 취사반 운영을 맡게 된 거야.」

「정말 개판 오 분 전인 중대에 전입 온 것 같은데.」 프루가 그에게 말했다.

「그래, 바로 그거야. 하지만 친구, 이 중대가 마음에 들 거야. 네가 운동선수라면. 난 신병 훈련을 6개월 전에 마쳤는데 벌써 뉴욕 김벨 백화점의 지하실에서 배송(配送) 직원으로 뛰던 시절이 그리워.」 그는 구슬픈 표정으로 고개를 흔들었다. 「만약 6개월 전에 군대가 이 모양이라는 걸 누가 알려 주었더라면, 백화점 지하실에서 짐 꾸리는 일이나 착실히 하면서 버텼을 텐데.」

그는 대형 솥에 손을 집어넣어 마지막 한 알 남은 감자를 꺼냈다. 「친구, 내게 신경 쓰지 마. 괜히 기분이 울적해서 한마디해 본 거니까. 지금 내게 필요한 건 키퍼 부인의 집으로 달려가는 거야. 그러면 또 한 주 괜찮아지는 거지.」 그는 한숨을 내쉬었다.

「넌 카드놀이를 좋아하니?」 마지오가 갑자기 물었다. 「큐브 놀이, 포커, 블랙잭, 하이카드, 주사위 놀이 따위를?」

「넌 꼭 오헤이어 노름방의 조수 같구나. 물론 그런 놀이를 다 좋아하지.」

「한때 그 일도 했지. 하지만 근무 시간이 너무 길어. 혹시 너 돈 있니?」

「약간.」 프루가 대답했다.

「그럼 오늘 밤 한판 놀아 볼 수 있겠구나.」 마지오가 검은 눈빛을 반짝거리며 말했다. 「간단하게 한 게임 해보자고. 내게 3달러 빚지고 있는 F 중대 친구에게서 돈을 받으면 말이야.」

「2인 게임은 별로 돈이 되지 않아.」

「아니야, 돈이 돼.」 마지오가 말했다. 「네가 빈털터리 신세인데 여자 궁둥이를 간절히 원한다면 말이야.」 그는 중사 수장(袖章)을 떼어 낸 프루의 빈 소매를 슬쩍 내려다보았다. 「친구, 본격적인 게임은 말이야, 이등병 봉급 21달러를 받을 때까지 기다려.」[20]

그는 일어서서 기지개를 켜더니 헝클어진 머리를 한 번 쓰

---

[20] 이등병의 봉급은 30달러이니 세탁비, 보험료, 각종 월부금, 중대 기금 1달러를 공제하고 나면 21달러가 된다. 반면 상사인 위든의 봉급은 64달러이다. 1941년 당시 최고급 캐딜락 차 한 대 값이 1,345달러라는 점을 감안하면 1달러의 가치는 2007년 현재 한화로는 3만 3천 원 정도에 해당한다. 이렇게 볼 때 창녀 화대 3달러는 약 10만 원에 해당한다. 나머지 이 책에서 자주 나오는 달러 표기는 이런 정도의 환율을 적용하면 대충 감을 잡을 수 있으리라 생각한다.

다듬었다. 「친구, 내가 너한테 좋은 정보 한 가지 알려 줄게. 여기선 말이야, 전쟁이 벌어지고 있어. 그리고 그 빌어먹을 전쟁에서 누가 이길지 나는 환히 알고 있어. 네가 정말 똑똑한 군인이라면 운동선수가 되어 운동 기술을 빨리 배워야 해. 빨리 영양가 있는 국물 열차에 올라타야 군인으로 성공할 수 있다고. 내가 똑똑했더라면 어릴 적에 가톨릭 청년회에 가입하여 운동을 배웠을 텐데. 당구가 아니라 말이야. 그랬더라면 다이너마이트의 똥통(미운 털) 리스트에 오르는 게 아니라 총애 리스트에 올랐을 텐데. 내가 어릴 때 자상한 어머니 말씀만 들었더라도 이렇지는 않았을 텐데. 젠장, 고집 부리다가 이렇게 감자 껍질이나 벗기고 있으니, 이 한심한 청춘이여. 하지만 이게 군대야. 군대라는 건 말이야, 커스터 장군 시절부터 이 모양이었어.」 그는 감자 껍질 벗기는 신세를 좀 더 한탄한 뒤에 취사장 안으로 들어갔다. 발할라[21]를 사기꾼에게 빼앗기고 나서 환멸에 빠진 작은 귀신 같은 모습으로.

프루는 빨간색과 검은색 페인트가 칠해진 통에다 담배꽁초를 던져 넣고 나서 복도를 따라 행정실을 지나 독서오락실로 들어갔다. 그 방의 당번병은 정규 근무를 피해 온 사병인데, 청소용 걸레를 양다리 사이에 삐딱하게 세워 놓은 채 좀먹은 안락의자에 앉아 따분한 표정으로 만화책을 뒤적이고 있었다. 그는 고개를 쳐들지도 않았다.

프루는 아주 낯선 기분을 느끼면서 독서오락실에서 물러나와 벽감의 흐릿한 조명 불빛 속에서 졸고 있는 당구대를 보았다. 그는 이 중대의 낯선 힘이 이미 자기 자신에게 작용하고 있다는 것을 느꼈다. 그는 마지오와 그가 일했다는 김벨 백화점의 지하실을 생각하면서 벽감의 스위치를 켜고 큐대

---

21 *valhalla*. 신들의 전당.

를 골라 초크를 바르고 한데 모여 있던 나인 볼을 깨뜨렸다.

오전의 고요함 속에서 낭랑하게 터져 나오는 당구공들의 접촉음 때문에, 한 남자가 복도에 나타나더니 벽감 쪽으로 머리를 비죽 내밀었다. 프리윗을 알아본 그는 자신의 가느다란 콧수염을 가볍게 매만지고는, 새로운 냄새를 맡은 개 코처럼 악마 같은 눈썹을 꿈틀거렸다. 그는 발끝으로 살금살금 프리윗의 팔꿈치까지 걸어와 커다란 목소리로 말했다.

「여기서 뭐 하고 있는 거야? 왜 중대 병력과 함께 훈련에 나가지 않은 거지? 자네 이름이 뭐야?」 그가 화난 목소리로 소리쳤다.

그 호통 소리에도 프루는 놀라지 않았다. 그는 큐대를 바라보던 고개를 천천히 돌리며 말했다. 「프리윗입니다. A 중대에서 전입 왔습니다. 워든, 당신은 나를 알고 있지요?」

그 덩치 큰 남자는 아무 말이 없었다. 그의 갑작스러운 분노는 돌연히 왔던 것처럼 돌연히 사라졌다. 그는 자신의 마구 헝클어진 머리카락 속으로 손가락을 집어넣어 슥슥 뒤로 빗어 넘겼다.

「아, 영감을 만나러 왔군.」 그는 영악하게 미소 지었다. 하지만 그 미소 역시 갑작스럽게 왔다가 돌연히 사라졌다.

「그렇습니다.」 프루가 당구공을 때리며 말했다.

「난 자네를 기억해.」 워든이 음울하게 말했다. 「아마 나팔병이었지……. 곧 자네를 부를게.」 워든은 프루가 대답하기도 전에 사라졌다.

프루는 당구를 치면서 다른 인사계와는 다르게 당장 중지하라고 명령하지 않은 것이 워든답다고 생각했다. 어쨌든 워든은 그런 식으로 일하지 않았다. 그는 공들을 하나씩 하나씩 포켓에 집어넣었고 마지막 아홉 번째 공만 실수를 했다. 당구대에 공이 하나도 없었으므로 그는 공들을 수거하여 테이블 한가운데에다 모아 놓고 큐대를 제자리에 갖다 놓았다. 갑자기 당구도 시들하다는 생각이 들었다. 그는 테이블을 잠시 내려다보다가 스위치를 끄고서 포치로 나왔다.

행정실에서는 여전히 갑론을박이 계속되고 있었다. 마지오는 열심히 감자 껍질을 벗기고 있었다. 취사장에서는 누군가가 솥과 팬을 물속에서 돌리는 둔중한 소리가 들려왔다. 보급실에서 들려오던 불규칙한 타자 소리는 이제 그쳤다. 그는 자신이 실체 없는 행위의 텅 빈 공간 속에 매달린 느낌이 들었다. G 중대의 아침은 그에게는 너무나 중요한 변화인 전입 사실과 무관하게 평소의 일정한 속도로 착실하게 흘러가고 있었고, 그는 그런 흐름의 한 부분이 아니었다. 그는 모든 고속도로들이 교차하는 지점 바로 위의 반공(半空)에 떠 있는 기분이었다. 여러 방향을 알려 주는 표지판들이 세워져 있고 알록달록한 색깔의 번호판을 단 차들이 쌩쌩 지나가고 있었지만 정작 그 누구도 잠시 멈춰 서서 그의 존재를 알아 주려 하지 않았다.

하얀 취사복을 입은 취사병이 벌게진 얼굴을 하고서 행정실 바깥으로 나왔다. 그는 마지오에게 그 감자들을 가지고 썩 꺼지라고 소리친 후에 다시 취사장 안으로 들어갔다. 그제야 프루의 일이 풀려 나가기 시작했다.

「봤지? 아까 말한 그대로야.」 마지오가 빙긋 웃으며 그에게 말했다.

그는 미소를 지으며 담배꽁초를 내던지고 마지막으로 담배 연기를 내뿜었다. 그 연기는 햇빛 환한 공중으로 떠올라 몇 번 커브를 그리더니 뚜렷한 형체를 이루었다. 저게 바로 G 중대로군, 하고 프루는 생각했다. 겉보기에는 아주 단순해 보이지만 감추어진 복잡한 디자인과 의미가 가득한 곳, 바로 그런 부대에 이제 그가 휘말려 들게 된 것이었다.

담배꽁초가 땅에 떨어지기도 전에 워든이 창밖에다 대고 소리쳤다. 「오케이, 프리윗!」 프루는 자신이 아주 미묘하게 감시되고 있었다는 사실을 알았다. 워든은 내가 독서오락실에서 나왔다는 것을 어떻게 알았을까? 워든에게는 거의 초자연적이라고 할 말한 냉소적인 통찰력이 있었다.

프루는 밖에다 벗어 두면 누가 훔쳐 갈까 봐, 모자를 어깨 위에 얹고서 끈을 겨드랑이 밑으로 돌려 가볍게 잡아맨 뒤, 안으로 들어갔다.

「이등병 프리윗, G 중대의 중대장님에게 신고합니다.」

그는 신고 요령대로 소리쳤다. 그의 내부에 있는 인간성은 최대한 배제하고, 완전 속 빈 껍데기가 된 사람의 목소리였다.

다이너마이트 홈스 대위는 하와이 스포츠 팬들에게 인기 높은 사람이었다. 튀어나온 광대뼈, 매부리코, 약간 대머리가 시작되는 머리를 가리기 위하여 한쪽으로 빗어 넘긴 머리카락 이외에 길쭉한 얼굴과 흰한 이마를 가진 대위는 전입병을 뚫어져라 쳐다보더니 전입 사실을 알리는 특명지를 가볍게 쳐들기는 했으나 정작 쳐다보지는 않았다.

「쉬어.」

중대장의 책상은 문 바로 옆에 있었고 그 왼쪽에 밀트 워든이 팔짱을 낀 채 팔꿈치를 책상 위에 올려놓고 앉아 있었다. 프루는 왼쪽 발을 가볍게 벌리고 양손을 등 뒤로 돌려 쉬어 자세를 취하면서 워든을 재빨리 쳐다보았다. 워든은 절반은 장난기가, 절반은 걱정기가 어린 눈으로 그를 쳐다보았다. 그는 반반의 준비를 갖추고 차례를 기다리는 사람 같았다.

홈스 대위는 회전의자를 오른쪽으로 돌려 창밖을 잠시 내다보았다. 프루에게 중대장의 튀어나온 턱, 꼭 다문 입, 날카로운 매부리코가 선명하게 보였다. 대위는 삐걱거리는 소리를 내며 회전의자를 다시 돌리더니 말하기 시작했다.

「프리윗, 새로 전입 온 병사들에게 몇 마디 해주는 것이 나의 방침이다. 네가 나팔 소대에서 어떻게 지냈는지는 내가 알 바 아니다. 하지만 나의 부대에서는 모든 것을 원칙대로 한다. 허튼짓을 하는 병사는 아주 신속하고 가혹하게 징벌을 받는다. 부대 영창으로 보내 그런 병사가 제대로 군인 노릇을 배우도록 조치한다.」

대위는 잠시 말을 멈추고 엄한 눈빛으로 프리윗을 쳐다보더니 꼬았던 발을 바꾸었다. 군화의 박차 소리가 쟁그랑 소리를 내면서 그 경고에 맞장구를 쳐주었다. 홈스 대위는 자신의 말에 스스로 감동하기 시작했다. 여기 사병들의 언어로 말하는 것을 두려워하지 않는 장교, 말을 빙빙 돌리지 않는 장교, 사병들을 잘 아는 장교가 여기 있다, 하고 그 매부리코의 기다란 얼굴이 말하는 듯했다.

「나는 부대를 아주 원만하게 운영하고 있다. 부대 운영을 방해하는 자는 용납하지 않는다. 하지만 자기 맡은 바 일을 잘하고, 자기 코를 잘 풀고 다니는 자는 아무 애로가 없다. 여기서는 진급 기회도 많다. 왜냐하면 우리 부대에는 정실(情實)이라고는 없기 때문이다. 모든 사병이 정당한 제 몫을 받아먹을 수 있도록 늘 살피고 있다. 뿌린 대로 거두고 심은 대로 얻는다.

프리윗, 너는 이제 깨끗한 출발점에서 다시 시작하는 거다. 네가 앞으로 어떻게 할 것인가는 순전히 네게 달렸다.

알겠나?」

「예, 중대장님.」 프루가 말했다.

「좋아.」 홈스는 고개를 단호하게 끄덕였다.

밀트 워든은 자주 벌어지는 이런 전입 신고식 장면을 예리한 눈으로 살펴보고 있었다. 〈모여!〉라고 왕이 한마디 소리치면 2만 명의 신하들이 벌벌 떨며 쪼그려 앉았지. 왕의 한마디가 법률이었던 쌍팔년도에 말이야. 워든은 속으로 이런 생각을 했다. 워든이 눈썹을 꿈틀거리면서 프루를 쳐다보자, 그의 악마 같은 작은 요정의 표정이 순간적으로 얼굴을 스쳐 지나갔다.

「우리 중대에서 보직을 받으려면……」 홈스 대위가 근엄한 목소리로 말했다. 「자신의 임무를 숙지하고 있어야 해. 군인 노릇을 제대로 해야 한다고. 자신의 임무를 잘 실천하고 있음을 보여 줘야 한다.

알겠나?」

「예, 중대장님.」 프루가 말했다.

「좋았어.」 홈스 대위가 말했다. 「장교와 사병 사이에는 서로 잘 이해하는 것이 언제나 중요해.」 이어 그는 의자를 뒤로 빼면서 프리윗에게 웃어 보였다. 「프리윗, 자네가 우리 배에 승선해서 기쁘네. 해군 친구들이 말하는 것처럼 말이야. 우리 부대에 훌륭한 병사가 늘 필요한데, 이렇게 와줘서 정말 기뻐.」

「감사합니다, 중대장님.」 프루가 말했다.

「임시로 우리 중대의 나팔병 노릇을 하면 어떻겠나?」 홈스는 잠시 말을 멈추고 담배에 불을 붙였다. 「자네가 지난해 볼 게임에서 8포대(포병 대대)의 코너즈와 시합하는 것을 보았네. 아주 멋진 경기였어. 조금만 더 운이 있었더라면 자네가 챔피언이 될 수도 있었지. 2라운드 때 자네가 그 녀석을 거의 KO시키는 줄 알았네.」

「감사합니다, 중대장님.」 프루가 말했다. 홈스 대위는 아주 흐뭇한 어조로 말했다. 이제, 그 얘기가 나오는구나, 하고 프루는 속으로 중얼거렸다. 어차피 예상했던 일 아니야. 마음 단단히 먹어. 네가 먼저 얘기할 필요는 없어. 상대가 물어 올 때까지 기다려.

「권투 시즌이 시작된 지난 12월에 자네가 우리 연대에 있는 줄 알았더라면 자네를 등용했을 거야.」 홈스가 미소를 지었다.

프루는 아무 말도 하지 않았다. 중대장 옆에 앉은 워든은 가볍게 콧방귀를 뀌면서 서류 더미를 뒤적였다. 술 취한 친구 옆에 앉아 나 저 사람 모르는데요, 하는 표정을 짓고 있는 금주(禁酒)꾼의 태도였다.

「프리윗, 우린 좋은 나팔병이 필요해.」 홈스가 미소를 지었다. 「지금 중대 나팔병을 맡고 있는 병사는 경험이 없어. 그의 조수는 영 형편없는 놈이야. 그 녀석이 실수로 남을 쏘지나 않을까 싶어 할 수 없이 그 자리에 박은 거야.」 중대장은 웃음을 터뜨리며 프루를 쳐다보았다. 같이 웃어 주기를 바라는 표정이었다.

살바토레 클라크를 나팔병의 조수로 임명하자고 제안한 건 밀트 워든이었다. 클라크가 보초를 나갔다가 실수로 오발하여 거의 죽을 뻔했다가 살아난 일이 있은 다음에 취해진 인사 조치였다. 워든은 서류를 뒤적거리며 다시 한번 눈썹을 꿈틀거렸다.

「원래 나팔병 보직은 PFC(일등병)야. 내일 아침 일찍 워든 인사계가 자네를 그 자리에 임명하도록 하겠네.」

중대장은 반응을 기다렸으나 프리윗은 대답하지 않았다. 프리윗은 열린 창문으로 흘러들어 오는 햇빛을 보면서 이 인터뷰가 얼마나 오래 걸릴까, 하고 의아해했다. 저들이 아직도 그 소식을 모르다니 이상한데, 하는 생각도 들었다. 아침 8시에 깨끗하게 다려 입은 제복이 이제 땀에 젖어 축축해졌고 중대장의 말 때문에 더욱 젖어 오기 시작했다.

「물론 PFC 보직이 성에 차지 않겠지. 우리 부대의 부사관은 정원이 이미 차버렸어. 하지만 단기 복무 부사관이 두 명 있어. 내달이면 제대하여 본국으로 돌아가지.」 홈스가 자상하게 미소 지으며 말했다.

「권투 시즌이 끝나서 아쉬워. 안 그랬더라면 자네는 오늘 오후부터 훈련에 들어갈 수 있을 텐데. 사단 규모의 권투 대회는 지난 2월 말로 끝났어. 하지만 올가을의 스모커 게임에 뛰면 돼.

볼 게임에 나갔던 우리 부대 애들을 보았나? 좋은 놈들이 많아. 그래서 올해에도 트로피를 지킬 수 있을 거야. 그중 한두 선수에 대해서는 자네의 의견도 듣고 싶네.」

「중대장님, 저는 이번 볼 게임을 전혀 구경하지 않았습니다.」 프루가 말했다.

「뭐라고? 경기를 구경하지 않았다고?」 홈스는 의외라는 듯이 말했다. 그는 이상하다는 듯 프루를 쳐다보다가 의미심장하게 위든을 쳐다보았다. 위든은 책상에서 금방 깎은 연필을 들고서 심을 살피고 있었다. 「근데 말이야, 자네가 우리 연대에 1년 내내 근무했는데 왜 아무도 그 사실을 몰랐지? 내가 권투 코치이고 또 우리 중대가 사단 챔피언이기 때문에 자네가 나를 찾아올 줄 알았어.」 홈스 대위가 부드럽게 말했다.

프루는 무게 중심을 오른발에서 왼발로 옮겨 놓으면서 한 번 심호흡을 했다. 「중대장님께서는 제가 권투부에 들기를 바라시는 것 같습니다.」 이제 본론이 나오는군. 그래, 공을 꺼내 들었으니 잘 드리블해서 골대에다 집어넣어야지. 프루는 오히려 홀가분한 심정이었다.

「물론이지. 누구라도 그럴 거야. 자네 같은 재원은 정말 소중하니까. 게다가 자네는 웰터급이 아닌가. 우리는 그 체급이 취약해. 만약 올해 챔피언을 따지 못한다면 그 체급 때문일 거야.」

「중대장님, 전 권투를 그만두었기 때문에 27연대에서 저지 연대로 전출되었습니다.」

홈스는 다시 한번 워든에게 의미심장한 눈빛을 보냈다. 전에 소문을 듣기는 했지만 이렇게 당사자로부터 그 얘기를 들으니 믿을 수밖에 없다는 표정이었다. 「권투를 그만두었다고? 무엇 때문에?」

「중대장님께서는 딕시 웰스에게 벌어진 일을 알고 계실 겁니다.」 프루는 워든이 서류 뭉치를 내려놓고 미소 짓고 있는 것을 느낄 수 있었다.

홈스는 눈을 동그랗게 뜨고 놀라는 표정을 지어 보였다. 「아니, 몰라. 무슨 일인데?」

프루는 거기 열중쉬어 자세로 중대장과 인사계에게 딕시 웰스 스토리를 말해 주었다. 두 사람이 이미 소문을 들어 알고 있어서 같은 얘기를 반복한다는 것이 무의미했지만, 중대장이 요구했으니 반복해야 했다.

「그건 안된 일이군. 자네의 심정은 충분히 이해할 수 있어. 하지만 권투에서는 그런 일이 가끔 발생해. 권투를 할 때는 그런 가능성을 늘 염두에 두어야 해.」

「바로 그 때문에 권투를 그만두겠다고 생각하게 되었습니다, 중대장님.」

「하지만 말이야……」 홈스의 목소리는 이제 다소 차가워져 있었다. 「그걸 한번 이렇게 생각해 보라고. 모든 권투 선수들이 그렇게 생각한다면 일이 어떻게 되겠나?」

「그들은 그렇게 생각하지 않습니다, 중대장님.」

「알았어.」 홈스가 한결 차가운 목소리로 말했다. 「그럼 우리가 어떻게 해야 한다고 생각하나? 단 한 사람이 다쳤다고 권투 프로그램을 아예 폐지해야 하나?」

「중대장님, 저는 그렇게 말씀드리지 않았습니다…….」

「그렇게 말한 거나 다름없어. 한 사람이 전사했다고 해서 전쟁을 하지 말라는 얘기와 같아. 본국에서 멀리 떨어진 이곳에서 권투 경기는 아주 굉장한 사기 진작 방법이야.」

「저는 프로그램을 폐지해야 한다는 얘기가 아닙니다.」 프루는 지루한 얘기를 반복해야 한다는 데 무기력감을 느꼈다. 하지만 공을 끝까지 드리블하여 골대에 넣어야 했다. 「단지 권투가 싫은데도 권투를 계속할 필요는 없다는 겁니다.」

홈스는 차가운 눈빛으로 그를 쳐다보았다. 그 눈빛에는 약간 짜증이 섞여 들기 시작했다.

「그 때문에 27연대에서 우리 연대로 전출되었다는 말인가?」

「그렇습니다. 제가 권투를 하지 않겠다고 의사를 밝혔는데도 계속 시키려고 했습니다.」

「알았어.」 홈스 대위는 이 인터뷰에 갑자기 흥미를 잃어버린 표정이었다. 그는 손목시계를 내려다보더니 톰슨 소령의 부인과 12시 30분에 승마 약속이 있다는 것을 기억해 냈다. 그는 자리에서 일어서서 책상 위의 〈미결 서류함〉에 넣어 둔 모자를 집어 들었다.

그것은 아주 값비싼 스테츤 모자였다. 테가 앞뒤로 약간 올라간 것이었는데 꼭대기 부분의 사각은 날카롭게 접혀 있었다. 보병 모자는 가느다란 끈이 머리 뒤에 오게 되어 있는데, 홈스의 모자는 기병 모자처럼 턱에다 매는 끈이 매달려 있었다. 모자 옆에는 그가 늘 들고 다니는 승마 채찍이 놓여 있었다. 그는 채찍도 함께 집어 들었다. 그는 늘 보병 장교이기만 한 것은 아니었다.

「좋아.」 홈스가 심드렁한 목소리로 말했다. 「싫어하는데도 억지로 권투를 시켜야 한다는 육군 규정은 없어. 우리 부대는 27연대처럼 강요하지 않아. 난 그런 건 싫어해. 권투부에 들기 싫다면 안 들어도 돼.」 그는 문 앞까지 걸어가더니 갑자기 몸을 돌려 물었다.

「나팔 소대는 왜 그만두었나?」

「중대장님, 그건 개인적인 문제였습니다.」 프루는 사병이라 하더라도 개인적인 문제는 묻지 않는다는 육군 규정 뒤에 몸을 숨겼다.

「하지만 나팔 소대장의 요청으로 전출되었잖아.」 홈스가 말했다. 「그 소대에 있을 때 무슨 일이 있었나?」

「아무 문제 없었습니다. 단지 개인적인 문제일 뿐입니다.」

「오, 그래?」 하지만 홈스는 그것을 개인적인 문제라고 생각하지 않았다. 그는 이 문제를 어떻게 접근해야 할지 자신 없는 표정을 지으며 워든을 쳐다보았다. 그 대화를 흥미롭게 지켜보던 워든은 갑자기 관심 없다는 듯 벽 쪽을 쳐다보았다. 홈스가 헛기침을 하면서 관심을 촉구했으나 워든은 모르쇠로 나왔다.

「상사는 뭐 할 말이 없는가?」 홈스가 마침내 말로 관심을 유도했다.

「누구? 저 말입니까? 예, 있습니다, 중대장님.」 워든은 갑자기 노기를 띠면서 대답했다. 위로 치켜올린 그의 두 눈썹은 토끼를 공격하기 직전의 해리어 사냥견의 그것이었다.

「프리윗, 자네는 나팔 소대에서 직급이 뭐였나?」

「일등병 4호봉이었습니다.」 프루가 진지하게 쳐다보며 말했다.

워든은 홈스를 쳐다보며 한 번 더 눈썹을 치켜올려 보였다.

「그러니까, 자네는……」 워든은 약간 놀라는 목소리였다. 「말단 이등병으로 강등되어 소총병으로 전출되는 것을 받아들였단 말인가? 자네 총 쏘는 게 그렇게 좋나?」

「상사님 말씀이 무슨 뜻인지 잘 모르겠지만, 저는 거기에 아무 유감도 없습니다.」 프루가 시무룩하게 말했다.

「아니면, 나팔 불기가 지겨워졌나?」 워든이 다시 물었다.

「그건 개인적인 일이었습니다.」

「그게 개인적인 일인지 아닌지는 중대 지휘관이 결정할 문제야.」 워든은 프루의 대답을 즉각 시정하고 나섰다. 홈스는 흡족하다는 듯 고개를 끄덕였다. 워든은 프루에게도 능글맞은 미소를 지어 보였다. 「나팔 소대장 휴스턴이 자네를 제치고 졸병 매킨토시를 선임 나팔병에 임명한 것이 뱰 꼴려서가 아니고?」

「제가 말씀드릴 수 있는 건, 제가 전출되었다는 것과 개인적인 일이었다는 것뿐입니다.」

워든은 의자 등받이에 몸을 기대며 가볍게 콧방귀를 뀌었다. 「정말 웃기는 일로 전출을 신청했군. 요즘 군에 들어오는 애들은 왜 이렇게 어린애들뿐이야. 자네 같은 병사는 좋은 보직이란 나무 위에서 자라는 흔해 빠진 사과가 아님을 깨달아야 해.」

프루와 워든 사이에 극적인 적대감이 불타오르는 바람에 행정실 공기 속에 오존층이 무겁게 형성되었고 그 바람에 홈스 대위의 존재는 잠시 잊혔다. 그러나 대위는 늘 그랬듯이 자신의 존재를 주장하고 나섰다.

「자네는 말이야……」 홈스가 말했다. 「볼셰비키라는 소문이 많이 퍼져 있어. 이봐, 프리윗, 군대에서는 말이야 볼셰비키 가지고는 장사가 안 돼. 그걸 가지고는 누구한테도 팔아먹지 못해. 우리 부대의 정규 근무가 나팔 소대의 특과 근무보다 아주 고되다는 것을 금방 알게 될 거야.」

「중대장님, 저는 예전에 보병 사단에서 정규 근무를 해본 적이 있습니다. 난 그런 근무를 또 하게 되어도 *신경 쓰*지 않습니다.」 이 거짓말쟁이, 하고 그는 혼잣말을 했다. 신경 쓰지 않는다고? 군대에 오면 사람들은 왜 이렇게 거짓말을 밥 먹듯이 하게 되는 거지?

「그래, 그렇다면 이제 정규 근무를 제대로 할 수 있는 기회를 잡았군.」홈스는 약간 비아냥거리듯이 말했다. 그 어조에는 온기가 하나도 없었다.「자네는 신병이 아니니까 군대에서는 개인이 그리 중요하지 않다는 걸 알 거야. 모든 군인은 저마다 성취해야 할 책임이 있어. 육군 규정을 넘어서는 도덕적 책임도 있고. 이 중대장도 완전 자유로운 주체인 것처럼 보이지? 실은 그게 아니야. 아무리 계급이 높다고 해도 그 위에 늘 상급자가 있어. 자네보다 사태를 더 잘 파악하는 상급자가 말이야.

 워든 상사가 자네를 적당한 소총 분대에 배치할 거야.」

 이제 중대 나팔병 얘기는 더 이상 나오지 않았다. 그는 워든에게 몸을 돌렸다.「내가 오늘 결재할 건수가 있나, 상사?」

「예, 있습니다, 중대장님.」지금까지 추상적인 얘기를 듣고 있던 워든이 갑자기 정신을 차리며 말했다.「중대 재무 상태를 확인하여 보고서를 작성해야 합니다. 마감이 내일 아침입니다.」

「인사계가 작성하도록 해.」중대 재정은 오로지 장교만이 확인해야 한다는 규정을 가볍게 무시하면서 홈스가 말했다.「서류를 만들어 놓으면 내가 내일 아침에 들어와 서명할게. 자세한 사항을 신경 쓸 틈이 없어. 그게 전부인가?」

「아닙니다, 중대장님.」워든이 씩씩하게 말했다.

「그 외에 준비할 서류가 있으면 인사계가 다 처리하도록 해. 오늘 오후에 제출할 서류라면 나 대신 서명하고. 난 오후에 돌아오지 않을 테니까.」그는 화난 표정으로 워든을 쳐다보더니 프리윗을 아예 무시한 채 문 쪽으로 걸어갔다.

「알았습니다, 추웅성!」워든은 비좁은 방 안이 떠나갈 듯 큰 소리로 경례를 붙였다.

「쉬어.」홈스는 승마 채찍을 살짝 모자 테두리에 갖다 대면서 사라졌다. 잠시 뒤 열려 있는 창문으로 그의 목소리가 흘러들어 왔다.

「워든 상사!」

「예, 중대장님.」 워든이 창문 쪽으로 일어서며 말했다.

「부대 꼴이 이게 뭔가? 여기 단속을 좀 잘해야겠어. 저길 좀 봐. 저기 쓰레기장 옆 말이야. 여기가 부대인가 돼지우리인가? 빨리 치워! 지금 즉시!」

「즉시 실시하겠습니다, 중대장님! 마지오!」 워든이 소리쳤다.

러닝셔츠만 입은 마지오의 앙상한 몸뚱이가 창문 앞에 나타났다. 「예!」

「마지오, 자네 작업복 상의는 어떻게 했나? 어서 가서 상의를 입고 와. 여긴 해수욕장이 아니야.」 홈스가 말했다.

「옛! 즉시 입고 오겠습니닷!」 마지오가 말했다.

「마지오, 다른 취사 사역병을 불러서 저기 좀 치워. 중대장님이 방금 하신 말씀 못 들었어?」

「알았습니다, 상사님.」 마지오가 체념한 목소리로 말했다.

워든은 창틀에 팔꿈치를 내려놓고 홈스의 널따란 등짝이 D 중대원들의 한가운데로 움직여 나가는 것을 지켜보았다. 그들이 〈충성!〉 하고 경례를 붙이자 홈스가 가볍게 〈쉬어!〉 하면서 계속 걸어갔다. 홈스가 지나가자 푸른색 작업복을 입은 병사들은 다시 저지 훈련에 몰두했.

「저 날라리 기병대.」 워든이 중얼거렸다. 「몸무게가 20킬로그램 늘어 버린 에롤 플린[22] 같군.」 그는 천천히 책상으로 걸어가서 벽에 걸려 있는 운두가 평평한 보병 모자를 주먹으로 한 번 쥐어박았다. 「내가 이놈의 모자를 기병 모자 같은 깃으로 바꾸면 저 빌어먹을 자식은 나를 죽이려 들 거야.」 이어 그는 다시 창문 쪽으로 걸어갔다.

22 Errol Flynn(1909~1959). 오스트레일리아 출신의 액션 스타로서 로빈 후드 역으로 유명함.

홈스는 델버트 대령을 찾아가기 위해 연대 본부 바깥의 계단을 올라가고 있었다. 워든은 장교들에게 반감을 갖고 있었다. 일단 장교가 되면 그리스도 같은 사람이라도 결국은 개자식이 되어 버린다. 그리고 사병들을 아주 못살게 군다. 부하들을 괴롭히기만 할 뿐 정작 그들 자신이 할 줄 아는 것은 거의 없다. 그러다 보니 그런 개자식이 될 수밖에 없다.

그때 연대 본부 계단 너머로 홈스 관사의 침실 창문이 보였다. 트럭 출입구 사이로 바라보이는 그 창문은 유혹하는 눈빛으로 그를 쳐다보고 있었다. 어쩌면 지금 이 순간 저 커튼이 내려진 창문 뒤에서 그녀가 목욕을 하기 위해, 선술집의 스트리퍼처럼 나른하게 옷을 하나씩 하나씩 벗으며 블론드의 기다란 몸뚱이를 드러내고 있을지 모른다. 어쩌면 그녀는 지금 외간 남자를 방 안에 들였을지도 모른다.

워든은 자신의 내부에서 커다란 풍선이 부풀어 오르기라도 하는 것처럼 자신의 가슴이 남성적 기백으로 확 넓어지는 것을 느꼈다. 그는 창문에서 떨어져 다시 책상으로 돌아와 앉았다.

프루는 책상 앞에 선 채로 그의 조치를 기다렸다. 그는 아주 피곤했다. 지휘관의 지시를 거부한 데 따르는 공포와 긴장감으로 겨드랑이에서는 쉴 새 없이 땀이 흘러내렸다. 8시까지만 해도 빳빳했던 칼라는 축 늘어져 있었고 등에는 땀이 많이 흘러 셔츠가 딱 달라붙었다. 조금만 더 버티면 이 인터뷰도 끝나는 거야, 하고 그는 속으로 중얼거렸다. 그러면 쉴 수가 있어.

워든은 책상에서 서류 한 건을 집어 들고 읽기 시작했다. 마치 방 안에 자기 혼자 있다는 듯한 태도였다. 그가 마침내 고개를 쳐들었을 때 그의 얼굴에는 놀람과 분노의 표정이 스쳐 지나갔다. 어떻게 이 병사가 부지불식간에 불청객처럼 이곳에 들어와 있는가, 하는 표정이었다.

「그래, 용건이 뭐지?」 위든이 말했다.

프루는 대답도 당황도 하지 않으면서 그를 빤히 쳐다보았다. 두 사람은 아무 말 없이 서로 쳐다보기만 했다. 게임을 시작하기 전에 상대방을 탐색하는 장기 선수들 같았다. 두 사람의 얼굴에 노골적인 증오심은 떠오르지 않았으나 냉정한 적개심 같은 것이 흐르고 있었다. 그들은 인생의 약속이라는 대전제 아래 출발했으되 서로의 불가피한 논리에 의해 정반대되는 귀결점에 도착한 두 명의 철학자 같았다. 하지만 그 정반대의 두 결론은 같은 피, 같은 살, 같은 유산에서 태어난 쌍둥이 형제였다.

위든이 먼저 침묵을 깨뜨렸다. 「프리윗, 자네는 조금도 변하지 않았군.」 약간 조롱하는 목소리였다. 「아무것도 배우지 못했어. 어떤 현자가 말했듯이, 바보들은 천사들이 발 딛기 무서워하는 곳에 겁 없이 뛰어들지. 그런 바보들을 상대하는 사람은 그저 가만히 있기만 하면 돼. 그러면 바보가 자동 뻥으로 그 모가지를 올가미에다 들이대니까.」

「아마도 상사님이 그런 바보의 상대자인가 보죠.」 프루가 말했다.

「아니, 난 아니야. 자네를 좋아하니까.」

「저도 상사님을 좋아합니다. 제가 보기에 상사님도 별반 변한 것 같지 않은데요.」

「바보가 자동 뻥으로 그 모가지를 올가미에다 들이댄다.」 위든은 안되었다는 듯 고개를 흔들었다. 「그게 방금 전에 자네가 한 짓이야. 그렇지 않나? 다이너마이트의 권투부 가입을 거부하다니.」

「상사님은 운동부와 특과병을 싫어하는 것으로 아는데요.」

「싫어하지. 하지만 나 또한 일종의 특과라는 것을 자네는 생각해 보았나? 나도 정규 근무를 하지 않기는 마찬가지야.」

「생각해 보았습니다. 그래서 왜 상사님이 나팔 소대 사람들을 그토록 미워하는지 잘 이해가 되지 않았습니다.」

「왜냐하면 특과병이나 운동부나 모두 요령 좋게 정규 근무에서 열외된 자들이기 때문이지. 그자들은 거친 보병 생활을 할 재목이 안 되니까 국물 열차에 올라탄 거야.」 워든이 빙그레 웃으며 말했다.

「그리고 나머지 사람들의 생활을 아주 엉망진창으로 만들어 버리죠, 상사님처럼.」

「그건 아니야. 난 다른 사람들의 생활을 지옥으로 만드는 놈이 아니야. 난 단지 이 세상을 비웃는 신성(神性)의 도구일 뿐이야. 때때로 이런 도구 역할이 나도 마음에 들지 않아. 설사 내가 똑똑한 놈으로 태어났다 할지라도 이렇게 행동하는 것을 피하지는 못했을 거야.」

「모든 사람이 똑똑할 수는 없지요.」

「그건 사실이야. 창피한 일이기도 하고. 자네 군대 생활이 몇 년인가? 5년 혹은 5년 반쯤 되었지? 이제 새내기 신병 같은 티를 벗어 버리고 똑똑해질 때가 되었어. 한평생 멍청하게 살지 않으려면 말이야.」

「나는 똑똑하게 되지 않는 게 좋을 듯합니다.」

워든은 팔짱을 풀고 담뱃불을 붙이며 시간을 끌었다. 「자넨 나팔병으로 한량하게 지냈어. 그런데 저 호모 휴스턴이 네 감정을 건드렸다고 해서 그 특과 보직을 발로 걷어차 버렸어. 그리고 여기 와서는 홈스가 권투부를 권유했는데 그것마저 걷어차 버렸어. 프리윗, 자네가 조금이라도 철이 있다면 홈스의 권유를 받아들였어야 해. 우리 중대에서 소총병 생활은 견디기가 어려워.」

「나는 어떤 사람하고도 어울릴 수 있습니다. 한번 모험을 걸어 보겠습니다.」

「그래? 하지만 그게 뭔가? 언제부터 군대가 훌륭한 소총병을 알아주었나? 보병 노릇을 충실히 잘한다고 해서 우리 중대에서 높은 보직을 따낼 수 있을 것 같나? 중대장 얘기를 그렇게 묵살해 놓고? 자넨 눈썹이 휘날리도록 뛰어도 PFC마저 따내지 못할 걸세.

프리윗, 자네는 운동부가 딱이야. 호놀룰루 신문을 자네 이름으로 도배하고, 그리고 영웅이 되는 거야. 보병 소대에서는 아무리 열심히 뛰어도 진짜 군인이 될 수 없어. 이놈의 세상이 그렇게 되어 먹었단 말이야.

나중에 마음이 바뀌어 다이너마이트의 권투부에 들어가더라도 이거 하나는 잊지 마. 운동선수들은 이 중대를 운영하지 못해. 홈스가 뭐라고 하든 말든.

프리윗, 여기는 A 중대가 아니야. 내가 수석 부사관으로 있는 G 중대야. 이 부대는 내가 실제적으로 운영해. 홈스가 중대장이기는 하지만 다른 장교들과 다름없어. 서류에 사인이나 하고, 박차 차고 말이나 타러 가고, 빌어먹을 장교 클럽에 올라가 술이나 처먹는 한심한 자라고. 이 중대를 실제로 운영하는 건 나야.」

「그래요?」 프루가 빙긋이 웃었다. 「그렇다면 운영을 제대로 못하고 있는 거네요. 정말 상사님이 이 부대를 운영하는 거라면 왜 프림이 아직도 취사 부사관입니까? 레바가 실무를 혼자 다 하고 있는데 오헤이어가 보급 부사관인 이유는요? 상사님이 〈운영한다는〉 이 중대의 부사관들이 거의 전원 홈스의 권투 선수인 것은요? 실제로 부대를 운영하신다고요? 그런 소리는 그만두십시오.」

워든의 눈이 번쩍거렸고 흰자위가 순간적으로 붉어졌다. 「자네는 아직 실상의 절반도 모르고 있어. 조금만 더 이 부대에 있어 봐. 좀 더 많은 것을 알게 될 테니. 아직 정규 근무 부사관들인 갈로비치, 헨더슨, 돔 등을 알지 못하니까 그런 소리를 하는 거야.」

워든은 입 가장자리에 물고 있던 담배를 꺼내서 재떨이에다 담뱃재를 천천히 떨었다. 「하지만 정말 중요한 건 이거야. 내가 여기 버티고 설거지를 해주지 않으면 홈스는 자기가 토해 놓은 토사물에 코 처박고 질식사할 거야.」 워든은 이어 담배를 재떨이에 마구 비벼 끄고서 기지개 켜는 고양이처럼 천천히 의자에서 일어섰다. 「프리윗, 그래서 우리는 서로의 입장을 이렇게 최종적으로 확인했군.」

「저의 입장은 명확하게 알고 있습니다. 하지만 상사님의 입장에 대해서는 잘 모르겠습니다. 제 생각에…….」 복도에서 누군가 다가오는 소리가 들려 대화는 끊어졌다. 그것은 이등병과 상사의 계급이 전혀 끼어들 여지 없는 사담이었던 것이다. 워든은 그에게 빙그레 웃어 보였다.

「쉬어, 쉬어, 쉬어.」 그 목소리는 문에서부터 들려왔다. 「나 때문에 일어서지 마.」 두 사람은 일어서 있었다. 그 목소리의 주인공은 프리윗보다 더 키가 작은 사람이었는데 상체를 곧추세운 자세로 재빨리 행정실 안으로 들어섰다. 그는 산뜻한 맞춤 제복을 입었고 어깨에는 소위 견장을 달고 있었다. 그는 프리윗을 보더니 걸음을 멈추었다.

「자네는 처음 보는 병사인데?」 그 키 작은 사람이 물었다. 「이름이 뭔가?」

「프리윗입니다.」 프리윗이 워든을 쳐다보니 그는 쓴웃음을 짓고 있었다.

「프리윗, 프리윗, 프리윗. 자네는 새로 전입 온 친구로군. 이름이 생소한 것을 보니.」

「오늘 아침 A 중대에서 전입 왔습니다.」

「아, 그럴 줄 알았어. 내가 이름을 모르는 걸 보니 기존에 우리 중대에 있는 병사가 아니야. 중대원들을 이름으로 부르려고 무려 3주에 걸쳐서 중대원 이름을 모두 외웠거든. 나의 아버지는 중대원 이름을 모두 알고 있는 장교가 좋은 장교라고 하셨어. 가능하다면 별명까지도. 자네의 별명은 뭔가, 병사?」

「프루라고 합니다.」그는 이 재빠르게 지껄이는 사람에 대하여 아직 명확한 감을 잡지 못했다.

「그래, 그 별명을 기억하기로 하지. 난 최근에 허드슨강의 웨스트포인트를 졸업하고 이 부대에 전속된 컬페퍼 소위야. 자네는 웰터급 권투 선수지? 권투 시즌 전에 우리 부대로 오지 못한 게 아쉽군. 프리윗, 자네의 승선을 환영하네. 우리 부대의 영감이나 해군에서는 신병에게 이렇게 말하지.」

컬페퍼 소위는 행정실의 서류 박스를 이리저리 뒤지면서 재빨리 돌아다녔다. 「자네가 연대 회보를 읽었다면 내 이름을 알고 있을 거야. 나의 아버지와 할아버지는 이 중대에서 군 생활을 시작하여 중대장이 되었다가 다시 이 연대의 연대장이 되었고 이어 장군이 되셨지. 난 그분들의 뒤를 따르고 있어. 그런데 가만있어 봐. 내 골프 백이 어디 있지, 워든 상사? 15분 안에 프레스콧 대령의 따님과 골프 약속이 있고 그 후에는 점심을 먹고 오후에도 골프를 해야 돼.」

「저기 파일 캐비닛 뒤의 벽장에 있습니다.」워든이 심드렁하게 대답했다.

「아, 그렇군.」남부 연방군의 컬페퍼 준장의 아들, 컬페퍼 숭장의 손자, 컬페퍼 중령의 증손자는 가볍게 밀했다. 워든은 의자에 앉은 채 꼼짝도 하지 않았다. 「상사, 내가 꺼내 갈 테니 신경 쓰지 말아요. 오늘 18홀을 돌아야 해요. 밤에는 성대한 파티가 있어서 운동으로 몸매를 좀 다듬어야 해요.」

그는 초록색 금속 파일 캐비닛 뒤에서 골프 가방을 꺼내다가 테이블 한구석에 있는 서류를 쳐서 땅에 떨어뜨렸다. 그는 서류를 주워 들 생각도 하지 않고 바람처럼 행정실 밖으로 달려 나갔다. 프리윗에게는 아무 말도 건네지 않았다.

워든은 밥맛없다는 표정을 지으며 땅에 떨어진 서류를 주워서 원래 있던 자리에 놓았다. 「자네를 배치해 주지. 빨리 처리하고 나는 다른 일을 해야 돼.」

워든은 홈스의 책상 뒤로 돌아가 중대 인원 차트 앞에 섰다. 그 차트는 갈고리 후크에 매달려 있었는데 소대별, 분대별로 사병의 이름이 적힌 자그마한 딱지가 부착되어 있었다.

「자네 사물은 어디 있나?」

「아직 A 중대에 있습니다. 깨끗한 제복들과 함께 꾸리기가 싫었습니다.」

워든은 악동 같은 웃음을 씩 웃어 보였다. 「여전히 멋쟁이로군. 조금도 변하지 않았어. 프리윗, 훌륭한 군인이 되려면 옷 잘 입는 것만으로는 부족해. 그 이상의 것이 있어야 해.」

그는 홈스의 책상 서랍에서 빈 딱지를 하나 꺼내서 그 위에 프리윗의 이름을 적었다. 「보급실 바깥벽에 기관 단총 운송 수레가 세워져 있어. 저 수레를 가져가서 네 짐을 한 번에 실어와. 네다섯 차례 왕복해야 하는 걸 덜어 주지.」

「감사합니다, 인사계님.」 프루는 그런 호의에 놀랐고 그런 놀람의 표정을 감추지 못했다.

워든은 그런 놀람의 표정에 흐뭇해하면서 빙긋 웃어 보였다. 「자네가 제복을 뭉개 버리는 게 안돼서 얘기해 준 거야. 이미 정력을 낭비했는데, 그런 사소한 일에 또다시 정력을 낭비하는 게 안됐다고 생각했어.

자, 이제 좋은 분대에다 배치해 주지. 치프 초트의 분대는 어떤가?」

「아니, 뭐라고요? 지금 농담하시는 겁니까? 나를 빅 치프의 분대에다요? 홈스의 권투 선수가 지휘하는 분대에 넣으리라 생각했는데요.」

「그랬어?」 워든의 눈썹이 위로 올라가면서 가볍게 꿈틀거렸다. 그는 프루의 딱지를 초트 하사 이름 밑의 차트에다 부착했다.

「자, 봤지? 내가 이 부대에서 자네를 생각해 주는 유일한 친구일 거야. 자네는 그걸 알지도 못하지만. 그럼 보급실로 가서 관물을 지급받도록 해.」

보급실에 가니, 바싹 마른 데다 대머리이고 심술궂은 얼굴을 한 레바가 하던 일을 중단하고 이불 시트, 매트리스 커버, 텐트, 담요, 배낭, 기타 관물들을 지급하고서 불출 양식에 프루의 서명을 받았다.

「헬로, 프루.」 레바가 빙그레 웃었다.

「헬로, 니콜로. 아직도 이 부대에 있는 거야?」 프루가 말했다.

「우리랑 한동안 함께 있을 건가, 아니면 잠시 있을 건가?」 레바가 말했다.

「한동안 있을 거야.」 워든이 대신 대답했다.

그는 초트의 분대가 사용하는 2층 침상으로 프루를 데려가서 빈 침상을 하나 가리켰다.

「저기에다 오후 1시까지 관물을 모두 정리해.」 워든이 말했다. 「오후 1시부터는 작업에 나가야 할 거야. 다른 정규 근무 보병들과 마찬가지로.」

프루는 관물 정돈을 시작했다. 아무도 없었기 때문에 커다란 내무반은 아주 조용했다. 그의 구두굽 소리가 아주 요란하게 났다. 내무반은 한 사람이 혼자 있기에는 너무 컸다. 그가 로커를 여닫을 때 나는 소리는 내무반 안에서 좌우상하로 크게 울려 퍼졌다.

제5장

 행정실을 나선 홈스 대위는 기분이 좋았다. 취사병 윌러드를 상대로 중대장의 입장을 충분히 천명한 것이었다. 또 27연대에서 전속 왔다는 웰터급 프리윗에 대해서도 중대의 사정을 잘 알려 놓았다고 생각했다. 그는 이미 프루가 왜 권투를 그만두었는지 그 사유를 알고 있었다. 하지만 인터뷰를 마친 후 프리윗이 여름 전에 마음을 돌려 가을의 스모커 게임에 나설 것이라고 확신했다.

 홈스 대위는 연대 본부 건물의 계단을 올라가는 것을 좋아했다. 그 계단은 콘크리트가 아니라 회색과 흑색이 섞인 대리석 같아 보였다. 세월이 콘크리트의 거친 표면을 닦아 냈고 빗물과 인적이 날카로운 모서리를 갈아 내어 이제 아주 반질반질한 윤기가 흘렀다. 혹시 비라도 내리면 계단이 수분을 그대로 함유하기 때문에 거룩한 약속처럼 그 위에 무지개가 서렸다. 무지개의 약속은 〈군대란 영원한 존재야〉라고 그에게 말하는 듯했다.

 홈스가 굳건히 믿는 신념에 두꺼운 콘크리트와 모르타르 바른 벽돌이 병풍처럼 둘러쳐져 그 신념에 강인한 현실 감각을 부여했다. 군대는 영원한 존재이다. 그의 당번병은 하루에

한 번 승마화에 가죽 비누를 칠하여 반짝반짝 닦아 놓았다. 그가 계단 위로 먼저 오른발 이어 왼발을 내디딜 때 잘 닦아 놓은 가죽은 보기 흉한 까치발로 수축되는 것이 아니라 부드럽게 오그라들었다가 다시 원래대로 펴졌는데, 그건 당번병이 승마화를 잘 관리하고 있다는 표시였다. 하루에 한 번씩, 달마다 나오는 봉급처럼 어김없이 닦아 놓는 것이다.

하지만 그의 성취감은 곧 델버트 대령을 만나야 한다는 전망에 의해 크게 희석되어 버렸다. 그가 영감을 싫어한다는 뜻은 아니었다. 자기보다 계급이 높고, 소령 진급의 결정권을 가진 사람을 만날 때는 매사 조심해야 하기 때문에 여간 부담스럽지 않았다.

2층 포치의 중간쯤에서는 작업복을 입은 졸병이 번들번들한 바닥을 대걸레로 열심히 닦고 있었다. 그는 걸레를 바닥에서 떼는 법 없이 이 벽에서 저 벽까지 한 번에 걸레질을 하고 있었다. 홈스 대위는 그 병사가 걸레질을 멈추고 자신을 지나가게 해줄 것이라고 기대하면서 발걸음을 멈추었다. 하지만 그는 걸레질에 몰두한 나머지 홈스를 보지 못했다. 그가 멈출 기세를 보이지 않자, 홈스 대위는 머릿속으로 대령 생각을 곰곰이 하면서 걸레질과 걸레질 사이를 비켜 가며 저쪽으로 건너뛰었다. 그때 대걸레의 수염이 홈스의 뒤꿈치에 닿자, 사병은 깜짝 놀라면서 〈충성!〉 소리와 함께 경례를 붙였다. 대걸레는 그의 왼쪽 손에 느슨하게 놓여 있었다. 그는 겁먹은 표정으로 잠시 대걸레를 내려다보더니 재빨리 두 손으로 잡고서 다시 홈스를 쳐다보았다. 사병들이 이처럼 장교에게 공연한 공포를 느끼는 것에 평소 혐오감을 느끼고 있던 홈스는 경멸의 시선을 한 번 던지더니 아무 말 없이 연대장의 사무실을 향해 걸어갔다.

델버트 대령은 사무실에 있었다. 그의 커다란 책상 뒤, 번쩍거리는 빈 공간에는 커다란 깃발이 세워져 있었는데 하나는 미국 국기였고 다른 하나는 연대기였다. 그런 커다란 집기와 깃발 때문인지 대령은 아주 자그마한 사람처럼 보였으나 실제로는 덩치가 아주 큰 사람이었다. 홈스 대위는 대령의 회색 콧수염을 바라보면 자기도 모르게 당황하면서 어쩔 줄 몰라 했다. 아무리 이러지 말아야지 각오를 해도 대령 앞에 가면 소용이 없었다. 바닥에 엎드려 자고 있는 검은 스패니얼 개와 두 개의 평범한 의자를 제외하면, 그 사무실은 군인의 집무실답게 텅 비어 있었다.

홈스가 침착하고 몰개성적으로 경례를 붙이는 일상적 요식 행위가 벌어졌다. 그 순간 방 안의 모든 것이 정지했고 심지어 스패니얼 개도 숨을 쉬지 않는 듯했다. 영감 역시 몰개성적으로 답례를 하자 방 안의 사물들이 모두 본래의 빛을 되찾았고 대령도 미소를 지었다. 그는 미소를 지을 때 정말, 정말 아버지 같았다.[23]

「그래, 오늘은 무슨 용건인가, 다이너마이트?」 대령은 의자를 뒤로 밀고 양손으로 무릎을 찰싹 치면서 물었다.

홈스 대위는 미소를 지으면서 벽에 놓인 의자를 꺼내 왔다. 그는 속으로 이 우스꽝스러운 불안감을 어떻게 다스려야 좋을까 생각했다.

「연대장님, 저의 옛날 부하 하나가…….」

「지난 일요일 야구 게임이 영 형편없었어. 자네도 그 게임을 보았나? 완패야, 아주 완패를 당했다고. 21연대 놈들이 우리를 마구 짓밟았어. 1루수 빅 치프 초트 때문에 그나마 그 정도였지, 그 친구가 없었더라면 더 형편없을 뻔했어. 정말 최고의 1루수였어. 본부 중대로 전속시켜서 중사를 시켜 줘야

---

23 부대의 지휘관을 가리키는 영감이라는 말의 원어는 *Old Man*인데 이 단어에는 아버지라는 뜻도 있다.

겠어.」 델버트 대령은 환하게 웃었고 짧은 콧수염은 중간이 끊어져 멀리 날아가는 새처럼 보였다. 「제대로 된 야구 팀을 우리가 보유하고 있다면 정말 그 친구를 본부 중대로 데려왔을 거야. 아무튼 그 친구는 유일하게 제대로 된 야구 선수야.」

홈스 대위는 대령이 계속 얘기하도록 내버려 둘 것인지 아니면 적당히 틈을 봐서 얘기를 끊고 들어갈 것인지 곰곰 따져 보았다. 만약 대령이 더 얘기할 생각이라면 끼어들기보다는 끝날 때를 기다리는 게 좋겠다고 판단했다.

「금년에 야구 농사는 틀린 것 같아. 그놈의 야구 때문에 우리 연대의 운동 실력이 한물간 거 아니냐는 쫑코를 많이 받았어.」 대령은 계속 말했고 홈스는 제대로 판단했다고 생각했다. 「우리 연대에서 자네의 권투부만이 지난 한 해 동안 챔피언을 낸 유일한 종목이야.」

「감사합니다, 연대장님.」 홈스가 틈새를 노려 재빨리 말했다.

「다이너마이트, 모든 병사들이 좋은 운동이 좋은 군인을 만든다는 걸 숙지해야 돼. 지난해 우리 연대의 운동부 명성이 큰 상처를 입었어. 시내의 신문들조차 우리를 조롱하고 있어. 이런 사태는 결코 좋은 게 아니야. 다이너마이트, 자네가 우리의 지평선에 떠오르는 유일한 밝은 별이야.」

「감사합니다, 연대장님.」 도대체 이 대화가 어디로 흘러갈지 의아해하면서 홈스가 말했다.

델버트 대령은 뭔가 생각하는 듯 눈살을 찌푸리더니 다시 말했다. 「대위, 올해에도 권투에서 챔피언 자리를 유지할 수 있겠나?」

「현재까지는 50대 50입니다. 점수 면에서는 27연대를 앞지르고 있지만 확신할 정도로 리드를 잡은 것은 아닙니다.」

「그럼 챔피언이 되지 못할 거라는 얘기인가?」

「그런 것은 아닙니다, 연대장님.」

「그러니까 말이야, 이기든지 이기지 못하든지 둘 중 하나 아닌가?」

「그렇습니다.」

「그럼 어느 쪽이야?」

「물론, 우리가 이깁니다.」 홈스가 대답했다.

「좋아, 좋아. 하지만 지난 2년 동안 우리 연대의 운동부는 열심히 하지 않은 것 같아.」

「그렇습니다. 그래도 코치들은 최선을 다했습니다.」

대령은 동의한다는 듯 고개를 주억거렸다. 「나도 그렇게 생각해. 하지만 결과가 중요하단 말이야. 우리 S-3(작전과)은 아주 훌륭해. 병사들이 작전 계획에 따라 열심히 훈련하고 있어. 그렇지만 평시에는 일반 사람들에게 우리 군의 모습을 좋게 보여 주어야 해. 그러는 데는 운동부만 한 게 없어. 특히 대규모 운동 행사가 없는 이곳 하와이에서는 더욱 그래. 나는 지금까지 자네를 빼고 운동부 코치들과 얘기를 해봤어. 자네는 아직 시즌이 끝난 게 아니니까. 시먼스 소령을 축구부 코치에서 해임할까 하네.」

대령은 의미심장하게 미소를 지었고 자그마한 콧수염은 다시 새끼 매가 되었다. 「결과, 결과, 바로 결과가 중요해. 물론 소령은 본국의 보직을 요청했네.」

홈스 대위는 고개를 끄덕이면서 재빨리 머리를 굴리기 시작했다. 이건 최근 소식인데. 오늘 결정된 사항인가 봐. 안 그랬더라면 내가 틀림없이 그 소식을 들었을 텐데. 그럼 소령 자리가 하나 비겠는데. 외부에서 충원을 해오지 않는 한. 물론 소령 TO가 비는 것은 아니지만 소령이 담당하는 보직이 하나 비게 되었다. 그 보직을 꿰차고 열심히 일하다 보면 승진은 자연스럽게 따라오는 것이다.

대령은 커다란 손을 아무것도 없는 책상 위에 내려놓았다.

「자네가 나를 찾아온 용건은 뭔가, 다이너마이트?」

홈스는 잠시 자신의 용건을 깜빡할 뻔했다. 「연대장님, 제가 전에 데리고 있던 부하 하나가 일주일 전에 저를 찾아와 함께 일하고 싶다며 전출을 요청했습니다. 그 친구는 해안 포병 대대인 포트 카메하메하에 근무하고 있습니다. 블리스 부대에서 제 밑에 있었습니다. 연대장님께서 그 친구가 우리 중대로 전입해 올 수 있도록 조치해 주시면 감사하겠습니다.」

자그마한 콧수염의 양 자락이 약간 위로 올라갔다. 「음, 또 다른 권투 요원을 차출하려는 건가? 우리 연대의 병력이 약간 초과 상태이기는 하지만 그런 정도는 조치할 수 있을 거야. 사단 인사 참모실에 편지를 써놓겠네.」

홈스 대위는 허리를 숙여 대령의 개를 쓰다듬었다. 「감사합니다, 연대장님. 하지만 그 친구는 권투 선수가 아닙니다. 취사병인데 아주 일을 잘합니다. 내가 써본 취사병 중 최고였습니다.」

「오, 그래.」 대령이 말했다.

「블리스 부대에서 저와 함께 근무했습니다. 그 병사에 대해서는 제가 개인적으로 보증하겠습니다.」

「그 문제는 조치해 놓도록 하지. 자네 부대는 어떻게 돌아가나? 다들 활기차게 근무하고 있지? 자네 중대는 정말 흥미로워. 나의 평소 지론을 증명해 주고 있어. 좋은 운동선수는 좋은 부사관, 나아가 좋은 지도자가 되지. 좋은 지도자는 이어 좋은 조직을 만들고 말이야. 아주 간단한 논리야. 이 세상에는 소들이 아주 많은데 누군가가 그 소들을 몰아 주어야 해. 소몰이꾼이 없다면 아무것도 성취할 수가 없어.」

「감히 말씀드리지만 제가 연대 내에서 가장 멋지게 중대를 운영하고 있다고 자부합니다.」 홈스 대위는 부끄러움 때문에 잠시 눈빛이 흐려지고 초점이 맞지 않았다.

「그래. 자네 중대의 수석 부사관 워든이야말로 내 논리의 산증인이야. 그 친구는 운동이라면 못하는 게 없이 열심히 뛰다가 지금은 안방 살림의 성배(聖杯)를 높이 쳐들고 있지.」

홈스 대위는 성배라는 말에 가볍게 미소를 지었다.

「그 친구도 전에는 사고 많이 쳤어. 하지만 훌륭한 군인이란 늘 꼴통 기질이 있어. 좋은 군인이란 원래 워든 상사처럼 거칠고 활기찬 사람이야. 그런 꼴통 짓을 어느 정도 하다가 그다음에는 좋은 군인 노릇을 깊이 생각한단 말이야. 할아버지께서 내게 그렇게 말씀하셨네.」

홈스 대위는 전적으로 동의한다는 듯 고개를 크게 주억거렸다. 하지만 그 철학은 대령의 할아버지가 생각해 낸 것이 아니었다. 그 얘기는 널리 알려져 있었고, 그 이전부터 군대 내에 전해져 오던 것이었다. 아무튼 좋은 얘기였다. 워든 얘기도 맞는 얘기였다. 대위는 한결 기분이 좋아졌.

델버트 대령은 갑자기 회전의자를 곧추세우며 책상 앞으로 다가와 날카로운 목소리로 말했다.

「대위 한번 말해 봐. 내년의 권투부 전망은 어느 정도야? 금년 12월 경기는 우승한다고 했으니 그렇다 치고. 내년은 어떨까? 내년까지 내다보려면 일찍 계획을 세워야 하네. 그게 나의 할아버지가 남기신 교훈이야. 올해 우승하는 것만으로는 충분하지 않아. 내년에도 이기는 계획이 있어야 해. 이 세상에서 승자만이 전리품을 얻어. 나는 저 세상은 아직 안 가봐서 모르지만 이승과 별반 다르지 않을 거라고 생각해. 고공 비행사들은 아무리 하늘 높이 올라가도 아무것도 없다고 하기는 하지만……. 어때, 내년에도 이길 승산이 있나?」

홈스 대위는 갑자기 쫄리는 기분이 들었다. 소령 자리에는 조건이 붙어 있었다. 금년에 우승하는 것은 물론이고 내년 우승의 계획까지 내놓아야 하는 것이었다. 홈스는 가슴이 답답해 왔다.

「글쎄요, 연대장님, 갑작스럽게 질문하셔서……..」

「어때, 금년 못지않은 우승 기회가 있을 것 같나?」

「연대장님, 그건 장담을 못 드릴 것 같습니다. 권투부 중 3명이 단기 복무자이면서 1부 리그 애들인데, 이들이 올해 제대하게 됩니다.」

「그래, 그건 알고 있어. 하지만 자네는 윌슨 중사와 오헤이어 중사를 데리고 있지 않나. 혹시 충원할 길은 없을까?」

「올해 볼 게임에서 특히 잘한 친구를 하나 데리고 있습니다. 블룸 일병이라고. 이 친구를 내년에 미들급 선수로 키울 생각입니다.」

대령은 홈스를 빤히 쳐다보았다. 홈스는 아무리 시선을 대령의 얼굴에 고정시키려고 애써도 자꾸만 눈빛이 초점을 벗어났다. 대위는 왼쪽 뺨이 근질거려 껌이라도 씹고 싶었다. 하지만 연대장 앞이라 그럴 수 없었다. 그는 괜히 이곳에 올라왔나 보다 하는 생각이 들었다.

「블룸?」 대령이 말했다. 「납작 머리에 곱슬머리이고 덩치가 큰 유대인 병사 말인가? 그 친구밖에 없어?」

「없습니다. 이 문제에 대해서 연대장님께 말씀드리려고 했는데, 헤비급에 그럴듯한 선수가 없습니다. 초트 하사가 오래전 파나마에서 헤비급 챔피언이기는 했습니다만, 여기 중대장으로 부임한 이래 그 친구를 링에 올리려고 했으나 잘 되시 않았습니다.」

「아, 그 친구는 안 나가려 할 거야.」

「그렇습니다, 연대장님.」

「초트 하사는 하와이에서 최고 가는 1루수야. 그런 훌륭한 선수를 잃을 수야 없지. 안 그래?」

「그렇습니다.」

「초트한테는 눈독 들이지 마.」

홈스 대위는 고개를 끄덕였다. 대령은 야구 팀이 지는 것으로 예상하고 있었다. 하지만 권투 팀은 우승하기를 바라고 있는 것이다. 늘 이기기만을 바란다. 승자에게만 국물이 있는 것이다. 저 빌어먹을 대령의 개는 아직도 쿨쿨 자고 있었다. 뒷다리는 평평하게 펴고 배는 바닥에 붙이고서, 영화 광고 속의 남자 주연 배우가 칼날같이 다린 아침 바지를 엑스 자로 꼬고 서 있듯이, 앞 두 다리만 느긋하게 엑스 자로 꼬고 있었다. 연대의 모든 장교는 저 빌어먹을 개의 대가리를 쓰다듬어야 하는 것이다.

이봐, 말 나온 김에 다 말해 버려, 하고 홈스는 생각했다. 말해서 뭘 어쩌겠다는 거야?

「연대장님, 오늘 신병을 하나 받았습니다.」 그는 이 얘기는 안 하려고 했으나 털어놓고 말았다. 「이름은 프리윗입니다. 27연대 소속이었을 때 권투 선수로 뛰었습니다. 당시 웰터급 준우승자였습니다. 이 병사가 나팔 소대에서 저희 중대로 전입 왔습니다.」

아버지 같은 미소가 다시 나타났다. 「좋아, 그거 잘되었군. 그 병사가 우리 연대에 있었다고? 나팔 소대에?」

「예, 연대장님.」 홈스는 갑자기 피로를 느꼈다. 저 빌어먹을 스패니얼. 「우리 연대에 있은 지 1년쯤 되었다고 합니다. 작년 권투 시즌 이래 말입니다.」 저렇게 잠자고 처먹고 애무만 받다니. 개 팔자 한번 늘어졌네. 저 빌어먹을 스패니얼은 어떻게 저리도 한량해.

「좋았어! 나팔 소대라. 금년 시즌에 투입하지 못한 게 너무 아쉽군. 그 병사를 링에 올렸더라면 좋았을 텐데. 하지만 나팔 소대에 그런 인재가 있는지 어떻게 알았겠나. 그 병사와는 얘기해 보았나?」

「예.」 젠장, 이왕 이렇게 된 거 있는 대로 다 말해 버리자. 「그런데 그 전입병은 권투를 하지 않으려 합니다.」 홈스, 네가 정말 깡다구 있는 장교라면 이 프리윗 녀석도 초트처럼 권투를 거부한다고 솔직하게 말해야 하지 않나? 그렇지 않아? 홈스의 머릿속으로 그런 생각이 흘러갔다.

「그 친구, 그런 걸 거부하면 안 돼.」 델버트 대령은 목에 힘을 주면서 말했다.

「아무튼 안 나가겠다고 고집을 부립니다.」 홈스 대위는 자신이 지금 실수를 하고 있음을 깨달았다. 젠장 괜히 말했구나, 그럼 이제 얘기를 어떻게 끌고 나가야 하지? 그는 프리윗에게 중대 나팔병 자리를 제안했던 얘기는 말하지 않기로 했다.

「그런 고집은 있을 수 없어.」 대령의 눈빛은 차가웠다. 「현재로서는 그렇겠지. 마음을 돌려 링에 오르도록 하는 게 자네의 임무야.

만약 그 병사가 그게 연대에 보탬이 되는 일이라는 것을 알았더라면 나가려고 했을 거야. 자네는 그 병사를 설득해야 돼. 연대가 얼마나 그 친구를 필요로 하는지 깨닫게 하란 말이야.」

연대, 그래, 그게 전부지, 하고 홈스는 생각했다. 델버트 대령이 지휘하는 연대의 명예와 명성. 대령은 왜 그 병사가 안 나가려 하는지 물어보지도 않는구나. 적어도 나는 그 친구에게 그 이유를 물어보기라도 했지. 하지만 너도 마찬가지야. 나 알고서 몰라보는 시늉만 했잖아.

대령의 아버지 같은 미소는 초점이 흐려진 눈빛을 약간 희석시켜 불완전한 초상을 만들어 냈다. 「그 친구가 필요하다면 설득을 하도록 해. 자네가 말한 것으로 보아 그 병사가 필요한 것 같은데?」

「예, 필요합니다, 연대장님.」

「그럼 설득하도록 해. 솔직한 내 입장을 털어놓겠네. 우린 내년에도 우승해야 돼. 우리가 이길 수 있는 건 권투뿐이야. 이걸 명심하게. 자네가 직접 감독해. 가끔씩 애들에게 연습을 시켜. 오후에 체육 시간을 마련해서 말이야. 지금부터 육성을 하라고. 그게 중요해. 지금 계획하라고.」

「예, 연대장님, 곧 시작하겠습니다.」

하지만 그의 목소리는 서랍 여는 끼익 소리에 압도당했다. 인터뷰가 끝났다는 전통적인 표시였다. 델버트 대령은 서랍에서 고개를 들고서 물어보듯 홈스를 쳐다보았으나 대위는 이미 일어서서 의자를 벽에다 갖다 놓고 있는 중이었다. 아무튼 대령은 취사병 스타크의 전출에 대해서는 청신호를 보냈다. 그게 오늘 방문의 주된 목적이었다.

서랍 여는 소리에 스패니얼은 일어서서 다리를 하나씩 번갈아 가며 앞으로 쭉 펴면서 지겹다는 듯이 혓바닥을 내밀며 하품을 했다. 개는 입맛을 다시더니 못마땅하다는 표정으로 홈스를 노려보았다. 홈스는 여전히 양손을 의자 위에 올려놓은 채 생각에 잠겨 스패니얼을 돌아다보았다. 잘 먹어서 피둥피둥한 그 검은 개는 거만한 몸짓으로 바닥 위에서 몸을 한번 쭉 펴더니 다시 명상의 자세로 돌아갔다. 대위는 갑자기 의자 위에 자기 손이 놓여 있다는 사실을 의식하고 재빨리 손을 떼고 몸을 돌려 몰개성적인 경례 의식에 돌입했다. 웨스트포인트 시절, 상급자에 대한 경례는 곧 신에 대한 표경(表敬)이라는 가르침을 받았기 때문에, 대위는 순간적으로 영감에게 마음이 끌리는 것을 느꼈다. 하지만 그것이 아무것도 바꾸어 놓지 못한다는 것을 그는 잘 알았다.

「아.」 홈스가 문 가까이 다가갔을 때 대령이 말했다. 「미스 캐런은 요즘 어떻게 지내나? 컨디션이 좀 좋아졌나?」

「요사이 좀 좋아졌습니다.」 홈스 대위가 몸을 돌리며 대답했다. 대령의 눈은 조금 전의 그 흐릿한 눈빛을 잃어버리고 대신 바닥에 빨간 불이 켜진 아주 깊은 우물이 되었다.

「훌륭한 부인이야.」델버트 대령이 말했다. 「지난번 장교 클럽에서 있었던 헨드릭 장군의 파티에서 본 게 마지막이었지. 이번 주에 내 아내가 브리지 파티를 열 건데, 자네 부인도 함께 참석했으면 좋겠다고 하더군.」

홈스 대위는 의지를 발동하여 고개를 흔들었다. 「아내도 그 얘기를 들으면 좋아할 겁니다. 하지만 참석할 정도의 컨디션은 아직 아닌 듯합니다. 연대장님도 아시다시피, 몸이 너무 안 좋아서요. 그런 파티에 가면 금방 피곤해합니다.」

「그거 안되었군. 아내한테도 그럴 거라고 말은 해두었네만. 그럼 곧 다가오는 준장의 파티에는 그녀가 참석할 수 있겠나?」

「그럴 거라고 생각합니다, 연대장님. 아내도 그 파티를 놓치는 것은 아쉬워할 겁니다.」

「아무튼 그녀가 와주기를 희망하네. 우리 모두는 그녀와 함께 대화를 나누는 걸 좋아하니까. 정말 매력적인 부인이야, 대위.」

「감사합니다, 연대장님.」홈스는 바닥에 빨간 불이 켜진 아주 깊은 우물을 돌아다보지 않으려고 애쓰면서 말했다.

「그런데 대위, 내주에 간단한 스태그(남성 전용) 파티를 열려고 하네. 클럽 위층의 같은 방을 잡아 놓았어. 물론 자네도 초대되었네.」

「가도록 하겠습니다.」홈스는 약간 부끄러워하며 미소를 지었고, 순간 그의 눈빛이 흐려졌다.

「좋아, 좋아, 아주 좋아.」대령은 고개를 한쪽으로 갸우뚱 기울이고 코밑으로 상대를 바라보면서 말했다. 이번에는 다른 서랍을 열었다.

홈스 대위는 방을 나섰다.

비록 코너에 몰릴 정도로 닦달을 당하기는 했지만 스태그 파티는 기분 좋은 일이었다. 어떻게 내년도 우승까지 미리 예상할 수 있단 말인가? 하지만 그는 아직 대령의 똥통 리스트에 오른 것은 아니었고, 게다가 스태그는 고급 장교들만이 오는 배타적 파티였다.

하지만 근본적인 측면에서 살펴볼 때 그것은 아무것도 바꾸어 놓지 못했다. 점심 식사를 하기 위해 집으로 돌아가는 그 순간, 포치와 계단은 아까 느꼈던 그 영원함의 느낌을 상실했다. 언젠가 그는 본국의 보직을 배정받을 것이다. 기병대가 있는 부대로 말이다. 하와이섬을 한번 구경하겠다고 보병 근무를 신청한 것은 얼마나 우스꽝스러운 아이디어였던가. 말이 좋아 태평양의 천국이지, 실제로는 오지의 똥통에 지나지 않았다.

아무튼 평생을 이곳 스코필드 사단에서 보낼 건 아니잖아, 하고 홈스는 혼잣말을 했다. 그러자면 어떻게 해야지?

그는 먼저 캐런과 말을 해보아야 했다. 대령은 그녀가 준장 파티에 나오기를 바란다. 어떻게든 아내를 설득해 그 파티에 참석시켜야 한다. 만약 아내가 저 영감에게 잘 대해 주기만 한다면 권투부가 금년이나 내년에 우승을 하지 못한다고 해도 소령 진급을 노려 볼 만하다. 그는 캐런이 대령과 동침이나 뭐 그런 짓을 하라고 하는 것도 아니었다. 단지 영감에게 사근사근하게 대하기만 하면 되는 것이다.

홈스는 트럭 출입구를 걸어 나가면서 PX에서 나오던 병사들의 경례를 건성으로 받아넘기며 길을 건너 관사로 갔다.

제6장

캐런 홈스는 기다란 블론드 머리를 빗다가 뒷문이 쾅 하고 열리는 소리와 주방 바닥을 터벅터벅 걸어오는 남편의 발걸음 소리를 들었다.

그녀는 한 시간 가까이 머리 빗질을 하고 있었다. 그녀는 아무 생각도 할 필요 없이 머리를 빗기만 하면 되는 그 행위를 좋아했다. 자유롭게 되어야 한다는 생각으로부터도 자유롭게 된 상태에서, 기다란 황금빛 머리카락이 빳빳한 빗살에 감기고 혹은 풀려 나가는 것을 생생하게 느끼다 보면 어느덧 황홀감에 빠져 들어 자신이 빗질을 하고 있다는 사실조차 망각해 버렸다. 주위에는 아무것도 존재하지 않게 되고 오로지 자신의 리드미컬한 팔을 비추는 거울만 의식되었다.

바로 그 무아의 황홀감 때문에 그녀는 빗질을 좋아했다. 마찬가지 이유로 요리하기도 좋아했다. 그녀는 하고자 마음만 먹으면 탁월한 요리사가 될 수도 있었다. 그녀는 또한 엄청나게 많은 책을 읽었다. 하고자 마음만 먹으면 형편없는 책들도 즐길 수 있었다. 정확하게 말해서 그녀는 통상적인 육군 장교의 아내로서는 너무도 어울리지 않는 사람이었다.

문이 쾅 하고 닫히는 소리는 그 황홀감을 깨뜨려 버렸고 그녀는 거울 속에서 자신의 사안(死顔)을 보았다. 핏기 없고 창백한 그 얼굴은 방부 처리사라는 현대의 흡혈귀가 피를 모두 제거해 버린 가면 같았다. 립스틱 바른 그녀의 입술은 아직 심홍을 완전히 제거하지 못한 피투성이 상처였다. 그 가면은 그녀에게 서둘러 자신(가면)의 존재를 인정하라고 재촉하고 있었다.

가면, 나를 좀 놓아 줘, 하고 그녀는 가면을 상대로 말했다.

악이 그 망토를 네 어깨 주위로 넓게 펼치며 올 때, 네가 겁먹고 위축해 버리면 그 악은 너를 더욱 숨 막히게 끌어안을 거야, 하고 가면은 대답했다.

그녀는 머리빗을 내려놓고 양손으로 얼굴을 감싸 쥐었다. 주방을 재빨리 건너오는 〈군대의 악운〉의 발걸음 소리 때문에 캐런의 얼굴은 이제 감정이 완전 배제된 백지가 되어 있었다.

홈스는 여전히 모자를 쓴 채 방 안으로 들어섰다.

「오, 난 당신이 집에 없는 줄 알았지. 옷을 갈아입으러 왔어.」 그가 약간 미안한 목소리로 말했다.

캐런은 내려놓았던 빗을 집어 들고 다시 빗질을 시작했다. 「차가 밖에 주차되어 있었는데도요?」

「그래? 못 보았어.」

「오늘 아침 중대 행정실에 갔었어요, 당신을 찾아서.」

「왜? 내가 부하들 많은 중대에 오는 걸 싫어하는지 알잖아?」

「당신에게 물건 구입을 부탁하려고요.」 그녀는 거짓말을 했다. 「당신이 거기 있는 줄 알았어요.」

「중대에 들어가기 전에 볼일이 있었어.」 홈스는 거짓말을 했다. 그는 넥타이를 풀어 침대 위에 던지고 군화를 신은 채 털썩 주저앉았다. 「내가 다른 데 좀 들르면 안 되나?」

「아니요, 난 당신의 행적에 대해 물어볼 권리가 없어요. 그렇게 합의했잖아요.」

「그럼 중대에 출근 안 한 얘기는 왜 꺼내?」

「왜냐고요? 당신은 여자들을 멍청하다고 생각하는 경향이 있는데 내가 그렇지 않다는 것을 보여 주고 싶어서요.」

홈스는 군화를 벗어 침대 옆에 세워 두고서 땀에 젖은 셔츠와 바지를 벗었다. 「그게 무슨 소리야? 도대체 지금 뭘 비난하는 거야?」

「아무것도 비난하지 않아요.」 캐런이 미소를 지었다. 「당신이 얼마나 많은 여자를 사귀는지 그건 내가 알 바 아니에요. 하지만 딱 한 번만이라도 당신이 그 점에 대해 솔직해졌으면 좋겠군요.」

「또 그 소리!」 그는 밥맛 떨어진다는 표정을 지으며 소리쳤다. 승마 약속의 흥분이 갑자기 사라졌다. 「이봐, 난 옷 갈아입고 점심 먹으려고 집에 온 것뿐이야.」

「내가 집에 없을 거라고 생각했을 텐데요.」

「그래, 집에 없으리라 생각했어. 그런데…… 집 안에 들어와 보니까 있더군.」 그는 거짓말이 들통날까 봐 중간에 재빨리 말을 바꾸었다. 「얼마나 많은 여자? 이 순간에 그 얘기가 왜 나오나? 만나는 여자 없다는 말을 얼마나 해줘야 내 말을 믿겠나?」

「데이나, 나도 조금은 머리가 있는 여자예요. 그걸 좀 인정해 줘봐요.」 그녀가 거울을 향해 웃음을 터뜨리다가 갑자기 멈추었다. 자신의 얼굴에 떠오른 증오심에 충격을 받았기 때문이었다.

「만약 내게 여자가 있다면…….」 그는 양말을 신으며 짐짓 구슬픈 목소리로 말했다. 「내가 그걸 당신에게 말하지 않았을까? 내가 그걸 숨길 이유도 없잖아? 어차피 당신과 내가 이렇게 된 바에.」 그가 씁쓸하게 말했다. 「도대체 무슨 권리로 나를 비난하는 거야?」

「무슨 권리?」 그녀가 거울 속의 남편을 쳐다보며 말했다.

그녀의 노려보는 눈빛에 홈스는 위축되었다. 「좋아, 또 그 얘기가 나오는군. 내가 그것을 극복하려면 도대체 얼마나 시간이 흘러야 돼? 얼마나 여러 번 말해야 시원하겠어? 그건 정말 우연한 사고였어.」

「사고였으니까 괜찮다는 말이로군요. 그게 모든 상처를 씻어 내주는군요. 마치 아무 일도 없었던 것처럼.」

「난 그렇게 말하지 않았어. 난 그게 당신에게 큰 고통을 주었다는 걸 알아. 하지만 나도 사전에 그걸 알지 못했어. 너무 늦어서 그렇게 되어 버리기 전까지는 나도 몰랐어. 그러니 내가 미안하다는 거 외에 뭐 더 할 말이 있겠어?」 그는 거울 속의 아내를 쳐다보면서 짐짓 화난 표정을 지으려 했으나 잘 되지 않아 고개를 떨구었다. 바닥에 떨어진 군복은 땀으로 얼룩이 져 있었는데 홈스는 그걸 보면서 부끄러운 생각이 들었다.

「데이나, 그만해요. 내가 그 얘기 싫어한다는 걸 당신도 잘 알죠? 난 잊어버리려고 애쓰고 있어요.」 캐런이 신경질적인 목소리로 재빨리 말했다.

「알았어. 하지만 당신이 먼저 그 얘기를 꺼냈잖아. 나도 그 문제는 잊고 싶어. 하지만 우리 두 사람은 그걸 못 잊는 것 같아. 난 그 문제를 8년 동안 품고 살아왔어.」 그는 피곤하게 일어서서 옷장으로 걸어가 새 옷을 꺼냈다. 얼굴에는 순간적으로 패색이 스쳐 지나갔다. 오후의 승마 데이트에 대한 기대감은 이제 사라져 버렸고 〈나가서 뭘 해〉 하는 기분까지 들었다.

「나도 그걸 품고 살아오긴 마찬가지였어요. 하지만 당신은 쉽게 잊어버렸어요. 적어도 그걸로 상처를 받지는 않았어요.」

그녀는 남편에게서 약간 떨어져서 몰래 손으로 자신의 배를 쓰다듬었다. 손가락 끝에 상처의 두꺼운 돌기가 만져졌다. 여기에 악의 상처가 남아 있어. 포도 껍질이 탁 터져서 씨앗은 모두 흩어지고 빈 껍질만 덩굴 위에서 말라 가고 있어. 그녀의 우울한 생각이 재빨리 머릿속을 흘러갔다. 그 은밀하고 축축한 행위의 지저분함, 그 미끈미끈하고 탁한 공기의 어둠이 다시 몰려와 그녀를 짓눌렀다. 연통에 연기가 흘러 나가면서 연통 내벽에 달라붙어 있는 검댕이 우수수 떨어지는 그런 느낌이 들었다. 더럽다, 숨 막힌다, 축축하다는 기억이 몰려왔다. 그녀는 필사적으로 그 기억으로부터 달아나고 싶었다.

옷장 앞에 선 홈스는 그래도 승마 데이트에 나가기로 결심했다. 젠장, 될 대로 되라는 느낌에다 술 한 병을 들고 나가면 이 김 새는 기분이 다소 가셔지리라는 속셈이었다. 아주 불쾌하기 짝이 없는 상황이었지만 그래도 홈스는 자기 자신을 상대로 씩 웃어 보였다.

그가 새 내의를 갈아입고 돌아왔을 때 그의 표정은 이제 바뀌어 있었다. 낙담과 죄책감은 사라졌고 그 자리에 확신이 자리 잡고 있었다. 그는 최후의 방어 수법으로 비열하면서도 거짓된 슬픔의 표정을 지었는데 그것이 늘 패배의 수렁에서 그를 건져 주었다.

캐런은 그런 태도 변화를 감지했다. 거울 속에 비친 홈스는 내의만 입고 있었다. 승마를 너무 많이 해서 — 그는 블리스 부대에서 폴로 팀의 주장이었다 — 다리는 안짱다리가 되어 있었고, 가슴에 수북한 검은 털은 쿠션처럼 티셔츠를 받치고 있었다. 턱수염이 짙은 그의 얼굴은 정력적인 신부(神父)의 푸른색 관능과, 저 뽐내는 듯한 고통의 분위기를 갖고 있었다. 그는 셔츠 칼라 부분까지만 면도를 했고, 그 때문에 가슴과 등의 털은 하얀 목 부분에 이르면 작은 굴뚝 속으로 바쁘게 흡입당해 들어가는 화염의 형상이었다. 그녀는 남편의 그런 모습에 메스꺼움을 느끼면서 심호흡을 했다. 숨을 깊이 들이마시자 배가 안으로 쏙 들어갔다. 그녀는 진흙투성이 갈고리에 걸린 커다란 물고기를 보았다. 그게 그녀의 모습이었다. 캐런은 거울 속의 남편 모습이 보기 싫어서 화장대의 거울 옆쪽으로 잠시 자리를 옮겼다.

「오늘 아침 델버트 대령을 만났어. 헨드릭 장군의 파티에 당신도 올 수 있겠느냐고 묻더군.」 그는 커다란 턱을 단단히 다물고서 그녀를 빤히 쳐다보았다. 그는 다시 거울 앞에 와서 자신의 모습을 보면서 바지를 입었다.

캐런은 홈스의 동작을 쳐다보면서 다음 말이 무엇인지 미리 알고 있었다. 팽팽하게 당겨진 기타 줄처럼 자신의 신경이 날카로워지는 것을 어쩔 수가 없었다.

「우린 그 파티에 가야 돼. 그걸 면할 길이 없어. 대령의 아내가 다과회를 연다더군. 그건 못 갈 것 같다고 말해 놓았어.」

「장군의 파티에서도 나를 좀 빼주세요.」 하지만 캐런의 목소리는 명령조가 아니었고 강경하지도 않았다. 「가려면 당신 혼자서 가세요.」

「언제까지나 나 혼자 갈 수는 없어.」 홈스가 호소하는 목소리로 말했다.

「내가 아프다고 하면 되잖아요. 그 말대로 행동할게요. 그 사람들에게 내가 환자나 다름없다고 하세요. 실제로 내 형편이 정말 그러니까. 그렇게 말해도 거짓말은 아닐 거예요.」

「시먼스가 축구부 코치에서 해임되었어. 소령 보직이 하나 비어 있다고. 영감이 내게 그 말을 하면서 당신이 파티에 올 수 있겠느냐고 물었어.」

「지난번 파티 때도 가운이 거의 뜯긴 상태로 집에 돌아왔어요.」

「그가 좀 짓궂긴 하지. 하지만 아무 의미도 없는 거야.」

「아닌 것 같은데요.」 캐런이 혐오스럽다는 듯이 말했다. 「동침할 남자가 필요하다면 내가 직접 고르겠어요. 그 배불

뚝이 영감 말고.」

「난 지금 심각하게 말하는 거야.」 홈스가 벗어 놓은 셔츠에서 견장을 떼어 내 새 셔츠에 옮겨 달면서 말했다. 「당신이 영감에게 잘 대해 주면 엄청 효과가 있을 거야. 시먼스의 보직이 비어 있으니까.」

「난 그동안 당신의 일을 죽 도와주었어요. 그건 당신도 알 거예요. 정말 싫은 파티도 꼬박꼬박 참석했어요. 사랑스러운 아내 역할을 하는 것이 거래의 일부였으니까. 하지만 아무리 당신을 위하는 일이라도 델버트와 동침하는 건 안 돼요.」

「누가 당신한테 그러라고 했어? 그저 영감에게 좀 상냥하게 대해 달라는 거야.」

「그런 호색한 난봉쟁이 영감태기한테는 상냥하게 대할 수가 없어요. 정말 구역질이 나요.」 그녀는 무의식적으로 빗을 집어 들고 무심히 빗질을 하기 시작했다.

「소령 진급을 따낼 수만 있다면 구역질 나는 것쯤은 참을 수도 있잖아? 지금 소령 계급에다 웨스트포인트를 졸업했으면 다가오는 전쟁이 끝날 무렵에, 나는 장군으로 승진하게 될 거야. 당신은 그저 미소를 지으며 영감이 자기 할아버지 얘기하는 것을 묵묵히 들어 주기만 하면 돼.」

「그에게 미소를 짓는다는 것은 내 사타구니에 손을 대도 좋다는 초대장이에요. 그는 아내가 있어요. 왜 자기 아내한테 그걸 바라지 않지요?」

「그래, 왜 그럴까?」 홈스가 비난하는 어조로 물었다.

캐런은 그 비난에 얼굴을 찡그렸다. 그게 순전히 수사적인 질문이라는 것을 뻔히 알면서도 역겨웠다. 이런 지겨운 고통받는 애인 역할을 강요당해야 하다니. 그녀의 온 신경이 당겨진 기타 줄처럼 팽팽했다.

「그것이 우리 계약에서 당신이 맡아 주어야 할 일이었잖아.」홈스가 슬픈 어조로 말했다.

「좋아요, 좋아. 참석하겠어요. 이제 다른 얘기를 해요.」

「점심은 뭐야? 난 아주 배가 고파. 오늘 오전은 아주 힘들었어. 델버트 얘기를 한참 들어 주었지. 얘기를 듣다 보면 다리가 마비될 지경이야. 속 썩이는 취사병 녀석과 한참 논쟁을 벌였어. 프리윗이라는 신병도 골칫거리고.」홈스가 그녀를 찬찬히 쳐다보며 말했다. 「아주 피곤한 오전이었어.」

그녀는 그가 말을 마치기를 기다렸다가 대꾸했다. 「오늘은 하녀가 오지 않는 날이에요.」

홈스의 눈 가장자리가 고통스럽게 찌그러졌다. 「그래, 오늘 무슨 요일이지? 목요일? 오늘이 수요일인지 알았네.」그는 손목시계를 내려다보더니 어깨를 한 번 으쓱했다. 「클럽에 올라가기는 너무 늦었는데, 그래도 한번 가볼까?」

캐런은 남편의 눈길을 의식하면서 빗질을 계속하려 했다. 남편에게 점심을 차려 주지 않는다는 죄책감에서 벗어나기 위해서였다. 그는 집에서 점심을 먹는 법이 없었고 점심 대령은 그들의 합의서에 들어 있지 않았다. 그런데도 남편은 그녀에게 무정한 죄인 같은 심정을 강요하고 있었다.

「PX에 들러 간단히 샌드위치로 때워야겠는데.」홈스가 체념하는 목소리로 말했다. 그는 잠시 뭉그적거리더니 다시 침대 위에 앉았다. 「당신은 점심으로 뭘 먹나?」그는 고양이가 생선 생각해 주는 어조로 물었다.

「난 보통 수프를 먹어요.」그녀가 심호흡하면서 말했다.

「그래. 난 수프는 안 먹는데.」

「당신이 물어보기에 대답했어요. 내가 왜 거짓말을 해야 돼요?」그녀가 언성이 높아지려는 것을 가까스로 참으며 말했다.

「여보, 아무렇지도 않아. PX에 가면 되니까 신경 쓰지 마.

당신은 신경이 예민하니까 조금만 거슬려도 참지를 못해. 그러니 침대에 가서 좀 누워.」 그가 황급히 일어서면서 말했다.

「난 잘못된 게 없어요. 난 침대에 매일 드러누워 있는 환자가 아니에요.」 그녀는 감히 〈여보〉라는 말을 쓰다니 불쾌하다고 생각했다. 그는 이처럼 상황이 엉켜 버리면 일부러 〈여보〉라는 말을 썼고, 그 말은 나비 채집판 위에다 다른 나비들과 함께 그녀를 꿰어 고정시키는 쇠꼬챙이처럼 들렸다. 그녀는 자리를 박차고 일어서서, 당신은 개자식이라고 말하고서, 짐을 꾸려 집을 나서는 그녀 자신을 상상했다. 집을 나가서 취직을 하고 돈을 벌고 아파트를 얻어 독립적인 생활을 하는 여인. 하지만 어떤 직업을? 그녀는 자문했다. 이처럼 허약한 신체로 일을 할 수 있을 것 같아? 과거에 어떤 훈련을 받았는데? 마누라 노릇 하는 것 이외에?

「여보, 당신은 신경이 허약해. 조용히 누워서 편안하게 있으라고.」 홈스는 다가와 그녀의 어깨에 손을 얹고서 잠시 힘을 주더니 호소하는 눈빛으로 거울 속의 그녀 얼굴을 쳐다보았다.

캐런은 그녀를 찍어 누르는 그 손길을 어깨에 느꼈다. 그건 그녀의 인생을 지금껏 찍어 눌러 온 손길이기도 했다. 순간 어릴 적의 일이 생각났다. 숲속에 산책을 나갔다가 그녀의 드레스가 가시철조망에 걸렸다. 그녀는 철망에서 벗어나기 위해 옆으로 비틀고, 위로 올리고, 잡아당기고 하다가 드레스의 절반 이상이 찢겨져 나간 다음에야 철망에서 벗어날 수 있었다. 어머니가 곧 다가와 그녀를 도와줄 텐데 그녀는 잠시도 가만있지 못했다.

「바로 그거야, 마음 편하게 있는 거라고.」 홈스가 미소 지었다. 「평소 내가 집에 없을 때처럼 수프를 마련해서 먹어. 나는 당신이 준비한 것을 같이 먹으면 되지. 어때, 그렇게 하겠어?」

「구운 치즈 샌드위치를 만들어 드리죠.」 캐런이 힘없는 목소리로 말했다.

「오케이, 치즈 샌드위치 좋지.」

그는 그녀를 따라 부엌까지 갔고 그녀가 점심을 준비하는 동안 부엌 테이블에 앉아서 그녀의 동정을 살폈다. 그녀가 커피를 타는 동안 그는 호소하듯이 그녀를 쳐다보았다. 그녀가 프라이팬에 기름을 둘러 버너 위에 올려놓았을 때에도 여전히 쳐다보았다. 캐런은 자신의 요리 솜씨를 자랑스럽게 생각했다. 그녀가 유일하게 잘할 줄 아는 기술이었고 단 한 치의 동작이나 시간 낭비 없이 해낼 수 있는 일이었다. 하지만 어떻게 된 일인지 지금은 커피 끓이는 요령을 잊어버려서 커피 물이 넘쳐 흘렀다. 그녀가 놀라서 커피 주전자를 움켜잡는 바람에 손을 데었다.

홈스는 놀라면서 재빨리 일어나 식탁 타월로 스토브를 닦아 냈다. 「자, 자, 아무렇지도 않아. 내가 닦아 낼게. 당신은 가만 앉아 있어. 당신은 피곤해.」

캐런은 양손으로 얼굴을 감싸 쥐었다. 「아니에요, 피곤하지 않아요. 만들어 드릴게요. 커피 물을 잘 보지 못해서 미안해요. 내가 해드릴게요.」

그때 그녀는 토스트가 타는 냄새를 맡았다. 치즈 샌드위치가 타기 직전에 버너의 불을 껐으나 한쪽은 꺼멓게 그을려 있었다.

「괜찮아. 잊어버려, 여보. 괜히 당황하지 마. 난 아무래도 상관없으니까.」 홈스가 일부러 씩씩하게 말했다.

「그을린 면을 긁어낼게요.」 캐런이 말했다.

「아니야, 이대로도 좋아. 맛 좋은데. 정말이야.」

그는 정말 맛 좋다는 듯이 우적우적 씹어 먹었다. 하지만 커피는 마시지 않았다.

「커피는 PX에 가서 마실게.」 홈스가 미소 지었다. 「결재할 서류들이 있어서 중대로 돌아가야 해. 당신은 들어가서 좀 쉬어. 정말 멋진 점심이었어.」

캐런은 스크린 문 앞에 서서 골목길을 걸어 내려가는 그를 쳐다보았다. 그가 완전히 사라지자 그녀는 침실로 다시 들어갔다. 그녀는 양손으로 옆구리를 짚으며 일부러 긴장을 풀려고 애를 썼다. 그녀는 한두 번 자지러들듯이 기침을 했으나 울지는 않았다. 그녀는 억지로 깊은 숨을 내쉬었다. 간신히 옆구리의 근육을 이완시켰으나 머릿속의 신경 회로는 과열되었는지 계속 뜨거웠다.

그녀의 손은 저 스스로의 의지를 가진 것처럼 아랫배를 문지르면서 툭 불거진 상처를 매만졌다. 내 몸은 더러워, 고름이 가득 찼어, 부패한 치즈처럼 흐물흐물하는 것 같아, 하는 공포의 느낌이 목구멍으로 올라오기 시작했다. 포도 껍질이 탁 터져서 씨앗은 모두 흩어지고 빈 껍질만 덩굴 위에서 말라 가고 있어, 아무런 열매도 맺지 못하고.

아니, 그건 사실이 아니잖아, 그건 너도 알고 있잖아, 하고 그녀는 혼잣말을 했다. 그에게 아들을 낳아 주었잖아? 그러니 누가 네 생활이 열매 없다고 할 수 있겠어? 너는 지금껏 엄마 노릇을 해왔잖아. 그렇잖아?

아니야, 그것만으로는 부족해. 뭔가 좀 더 있어야겠어. 처녀+결혼+어머니+할머니=명예, 인생의 목적, 죽음이라는 방정식 위에 혹은 그 너머에 뭔가 더 있을 것 같아. 간이식당, 아침 코너, 형광등을 갖춘 아메리카식 호미 키친을 소유하는 것 이외에, 지금까지 말하지도 듣지도 않아서 까맣게 잊어버린 또 다른 언어가 있을 것 같아. 난 그 언어를 기억해 내야 돼.

고장 난 화장실 집기들과 빗물에 씻겨 나가 밝은 색이 칙칙하게 되어 버린 레이블이 붙어 있는 텅 빈 깡통들 사이에서,

캐런 홈스는 그런 문명의 허섭스레기가 아닌, 인생의 진정한 의미를 간절히 찾고 있었다. 그런 쓰레기 더미를 뒤지느라고 손에 묻게 될 오물 따위는 전혀 문제가 되지 않았다.

 오물? 이미 내 몸에 오물이 묻을 대로 묻었는걸, 뭐, 하고 캐런은 생각했다.

제7장

 프리윗은 낯선 느낌을 털어 내기 위해 침상에 앉아 솔리테르[24]를 하면서 점심 식사 시간을 기다렸다. 그때 G 중대의 나팔병인 앤더슨과 클라크가 텅 빈 내무반으로 들어왔다. 프리윗은 이미 A 중대에서 자기 관물들을 가져다 잘 정돈해 놓았다. 앙상한 매트리스 위에 시트를 깔아 네 귀퉁이가 반듯한 침대로 꾸몄고 제복은 로커에다 걸어 놓았다. 또 전투용 배낭과 고참용 더플백도 잘 말아서 로커 한구석에 집어넣었다. 마지막으로 군화를 개인 신발장에 세워 놓으니 그걸로 관물 정돈은 끝이었다. 그는 깨끗한 맞춤 푸른색 작업복을 꺼내 입은 뒤 카드를 들고서 침상 위에 앉았다. 마지오 같은 신병이 몇 시간 걸려서 해야 할 일을 그는 30분 만에 해치운 것이었다. 비록 정돈을 다 하기는 했지만 불쾌감은 여전했고 만족스러운 느낌이 들지 않았다. 난 뿌리 없는 사람이구나, 언제나 돌아다니는 사람이구나, 하는 느낌이 어김없이 찾아왔다. 한 군데 멈추어서 오래 지내는 법이 없으니 집이라고 할 만한 곳도 없었다. 하지만 솔리테르를 하다 보면 적어도 그

---

24 *solitaire*. 혼자 하는 카드놀이.

순간만은 모든 것을 잊을 수 있었다. 솔리테르는 유배자들의 게임이었다.

프리윗은 G 중대의 나팔병들을 보는 순간 그들이 누구인지 알아보았다. 그는 카드를 내려놓고 그들이 내무반을 가로질러 가는 것을 쳐다보았다. 그는 예전에 그들이 중대 안뜰에서 밤마다 기타 치는 소리를 들은 적이 있었다. 나팔을 부는 솜씨보다 기타를 치는 솜씨가 훨씬 더 좋았다······.

나팔병들을 보는 순간 나팔 소대의 공기와 분위기가 연상되었다. 그는 갑자기 참을 수 없는 향수병을 느꼈다. 아침 훈련 때면 야구장 관중석에 나가 비바람에 닳아 빠진 나무 의자 위로 세게 내리쬐는 태양을 쳐다보며 나팔 부는 연습을 했었지. 관중석의 냄새가 코에 삼삼하군. 각각 음계가 다른 나팔들에서 흘러나오던 나팔 소리. 그 소리는 공중의 바람을 타고 골프장까지 울려 퍼졌다가 숲의 가장자리까지 퍼져 나갔지. 나팔 소리들은 처음에는 자신 있게 흘러나오다가 막판에 가면 엉거주춤한 채 미완으로 끝나곤 했지. 때때로 아주 기막힌 나팔 소리가 다른 모든 소리를 제압하고 그 순간을 사로잡아 은은히 멀리 퍼져 나갔어. 그러면 눈에 보이지 않는 사람들의 귀까지 사로잡았지. 그는 나팔을 불 때 코에 얼얼하게 와 닿던 그 짜릿한 금속성의 냄새가 그리웠다.

그는 부러워하는 눈빛으로 두 병사가 침상의 열들 사이로 지나가는 것을 바라보았다. 시간은 오전 11시였고 나팔 소대원들은 소속 부대로 해산했다. 그날의 임무가 끝난 것이었다. 앤더슨과 클라크는 연습 시간에 시계만 쳐다본다고 나팔 소대 내에서 소문이 나 있었다. 그들은 연습이 끝나면 재빨리 야구장 관중석을 벗어나 중대로 돌아갔다. 훈련에 나갔던 중대 병력이 내무반으로 돌아오기 전에 한 시간 동안 기타를 연습하기 위해서였다.

그들에게 나팔 불기는 아무런 의미가 없었다. 보병 근무를 면제받고 기타 연습 시간을 확보하기 위한 하나의 방편에 불과했다. 그들은 기타를 치고 싶어 했으나 연대 군악대에는 기타병 보직이 없었다. 이 두 병사는 프리윗이 소중하게 여기는 것을 갖고 있었으나 그것을 간절히 원하지 않았다. 정말 이상한 일이었다. 살아가다 보면 정말 원하지 않는 것을 해야만 생활이 유지되는 것이다. 역설적이게도 나팔 불기를 사랑하는 사람은 그것을 사랑하기 때문에 그만두어야 하는 것이다. 그건 불공평했다.

앤더슨은 프리윗을 보는 순간 걸음을 멈추었다. 계속 걸어갈까 아니면 돌아갈까 망설이는 눈치였다. 이내 결심을 하고 프리윗 쪽은 쳐다보지 않은 채 지나갔다. 시선은 내무반 바닥에 고정시킨 채. 클라크는 앤더슨이 발걸음을 멈추자 따라 우뚝 서면서 어떻게 해야 할지 몰라 사수를 쳐다보았다. 앤더슨이 다시 걸어가자 뒤따르기는 했으나 프리윗의 시선을 못 본 체하지는 않았다. 가볍게 목례를 하기는 했으나 기다란 이탈리아인의 코가 그의 수줍은 미소를 거의 감추어 버렸다.

그들은 기타를 꺼내서 맹렬하게 치기 시작했다. 그렇게 열중함으로써 내무반의 낯선 존재를 잊어버리기라도 하려는 것처럼. 한참 뒤에 기타 소리가 잦아들더니 마침내 멈추었고, 그들은 프리윗 쪽을 쳐다보았다. 그들은 자기들끼리 구수 회의를 했다.

프리윗은 그들의 기타 소리를 들으면서 처음으로 그들이 훌륭한 기타 연주자라는 것을 깨달았다. 예전에 나팔 소내에 있을 때는 그들의 존재를 거의 의식하지 않았으나, 이제 G 중대로 오고 보니 개인적으로 인식하게 된 것이었다. 심지어 그들의 얼굴도 바뀌어 보였다. 예전처럼 흐리멍덩한 얼굴이 아니라 뚜렷한 개성을 가진 얼굴이었다. 그것은 전에도 느꼈던 사항이었다. 어떤 사람하고 몇 년 동안 함께 있었으나 그의 진가를 모르다가 갑자기 그 사람의 중대에 배속되면서 그가 흐리멍덩한 사람이 아니라 뚜렷한 개성을 가진 개인임을 알아본 적이 있었던 것이다.

앤더슨과 클라크는 구수(鳩首) 회의를 마치고 그들의 기타를 치워 놓았다. 그들은 다시 아무 말 없이 프리윗 곁을 지나 포치 끝에 있는 화장실로 갔다. 의식적으로 그를 피하고 있었다. 프리윗은 담배에 불을 붙이면서 그들을 멍하니 쳐다보았다. 자신이 낯선 사람이라는 느낌이 더욱 강렬해졌다.

그는 자기가 그들의 기타 연습을 중단하게 만든 것 같아서 미안했다. 그들은 그가 좋아하는 블루스와 컨트리 음악을 연주했다. 그것은 지겨운 삶을 한번 바꿔 보기 위해 군대에 들어온 예전의 부랑자들, 들판 노동자들, 공장 근로자들이 좋아하고 또 즐겨 연주하는 노래였다. 프리윗이 카드를 집어 들고 새 게임을 하려는데, 두 기타 연주자가 계단을 향해 포치를 내려가며 하는 얘기가 들려왔다.

「넌 어떻게 생각해?」 열린 문으로 앤더슨의 화난 목소리가 들려왔다. 「연대에서 가장 훌륭한 나팔병이 전입을 왔으니…….」

「그래, 하지만 그는 나팔하고는 손 씻었다고…….」 클라크가 난처하게 대답했다. 그들이 나누는 그다음 말은 잘 들리지 않았다.

프리윗은 카드를 내려놓고 담배를 바닥에 집어 던지며 일어섰다. 그는 재빨리 달려가 계단을 걸어 내려가는 그들을 붙잡았다.

「이리 와봐.」 그가 말했다.

계단 아래쪽에 내려가 있던 앤더슨은 머리만 보였다. 그는 난처한 표정으로 고개를 돌렸는데 부풀어 터지기 직전의 풍선 같았다. 그 살벌한 목소리에 놀라 그는 어떻게 대응하겠다는 생각도 없이 재빨리 계단을 올라왔다. 클라크도 어쩔 수 없이 사수를 따라 올라왔다.

프리윗은 서론은 생략하고 본론에 들어갔는데 화가 난 나지막한 목소리였다. 「난 너희 보직에 관심 없어. 내가 계속 나팔을 불 생각이었다면 소대에 그냥 남았을 거야. 여기서 너희 밥그릇 빼앗을 생각은 전혀 아니었어.」

앤더스는 불안한 듯 몸을 좌우로 흔들었다. 「알았어.」 그는 프리윗의 시선을 피하며 불안한 목소리로 말했다. 「넌 나팔을 잘 부니까 언제라도 내 일을 가져가도 돼.」

「네 말은 무슨 뜻인지 알겠어.」 북극 빙산이 무너져 내리듯 하얀 분노의 벽이 그의 눈 위로 내려왔다. 「하지만 난 남의 돈을 공짜로 먹으려 하지 않아. 카드 게임을 할 때를 빼놓고는. 난 그런 식으로 놀지 않는다고, 알았어? 내가 정말로 나팔병 노릇을 할 생각이었다면 여기 기어들어 와서 너희 밥그릇을 빼앗지는 않아.」

「오케이, 프루, 진정해.」 앤더슨이 달래듯 말했다.

「날 프루라고 부르지 마.」

클라크는 말없이 서서 당황하는 기색으로 미소를 지었다. 그는 선한 눈을 크게 뜨고서 앤더슨과 프리윗을 번갈아 쳐다보았다. 그는 한 사람이 크게 다쳐 피를 흘리는 싸움을 구경하고 있지만, 괜히 나섰다가 바보가 될까 봐 어쩔 줄 몰라 하는 방관자 같았다.

프리윗은 당초 홈스가 나팔병 보직을 제안했으나 거절했다는 얘기를 하려 했으나, 앤더슨의 겁먹은 표정을 보고서 마음을 바꾸었다.

「정규 근무를 좋아하는 사병은 없어.」 앤더슨이 떠듬떠듬 말했다. 그는 프리윗처럼 성질이 불같은 상대를 경계하는 눈빛이었다. 「내가 알링턴에서 진혼곡을 연주한 너처럼 나팔

실력이 좋지 못하다는 것을 알아. 넌 마음만 먹으면 내 보직을 가져갈 수 있을 거야. 하지만 그게 정당한 처사라는 생각은 안 들어. 내가 볼 때…….」 그의 말은 마치 미완인 것처럼 공중에서 끝났다.

「야, 우는 소리 그만 하고 걱정 붙들어 매.」

「고마워…… 프루……. 난 네가 나를 섭섭하게…….」 앤더슨이 고통스럽게 말했다.

「지옥에나 가라. 그리고 나를 프루라고 부르지 마. 너한테는 프리윗이야.」 그는 몸을 돌려 내무반 안으로 들어갔다. 그는 시멘트 바닥에서 아직도 연기를 피워 올리는 담배를 집어 들고 다시 한 모금 깊숙이 빨았다. 그들이 천천히 계단을 내려가는 소리가 들려왔다. 그는 갑자기 쓸쓸함을 느끼면서 아까 놀았던 카드를 집어 들어 북북 찢기 시작했다. 그는 찢어 버린 카드를 침상 위에 내팽개쳤다. 그래도 분이 풀리지 않아 남아 있던 카드들도 반으로 찢어 버렸다. 물론 그런 얘기를 지껄일 수도 있었겠지만 아무리 생각해도 괘씸한 놈들이었다. 하지만 출발이 무슨 이 모양이란 말인가. 내가 그놈들에게서 그 시시껄렁한 보직을 빼앗으려고 여기 온 놈처럼 보이다니.

그는 호주머니에서 마우스피스를 꺼내어 손바닥에 올려놓고 가볍게 무게를 달아 보면서 엄지손가락으로 오목 들어간 부분을 쓰다듬어 보았다. 아주 멋진 마우스피스였다. 주사위 노름을 해서 딴 30달러로 사들인 최고의 품목이었다.

그는 어서 주말이 돌아오기를 바랐다. 이 쥐구멍 같은 부대를 벗어나 할레이와로 올라가 바이올렛을 만나 보고 싶었다. 부대 내에서는 많은 친구들이 와히니와 동거를 하고 있다며 떠들고 돌아다닌다. 하지만 실제로 그런 여자를 확보한 병사는 아주 드물다. 그들은 오로지 입으로만 지껄이면서 상대방과 자기 자신에게 멋진 여자를 낚았다는 환상을 주입하고 있는 것이다. 그러나 실제로 그런 여자는 없고 그들이 기껏 하는 일이라고는 서비스 룸스나 뉴콩그레스 같은 창가(娼家)에 가서 한 번에 3달러 주고 떡을 치는 것뿐이다. 프리윗은 바이올렛과 동거하게 된 것을 아주 큰 행운으로 여겼다.

그는 분노와 혐오감을 느끼면서 침상에 앉아 점심 식사 시간과 주말을 기다렸다.

PX로 가는 길에 클라크는 앤더슨을 자꾸만 곁눈질했다. 클라크는 여러 번 망설이다가 입을 열었다.

「앤디, 그렇게 골똘히 생각할 것 없어. 그자는 좋은 친구야. 딱 보니까 알겠던데.」

「나도 그건 알고 있어. 하지만 입 좀 닥쳐.」

「알았어, 알았다고. 식사 시간에 늦겠어.」

「식사 따위는 알 게 뭐야.」 앤디가 말했다.

식사 호각이 울리자 프루는 식당 안으로 바삐 들어가려는 사람들 사이에 끼였다. 그들이 계단과 포치에 일제히 몰려드는 바람에 식당은 병사들을 재빨리 받아들이지 못했다. 그렇게 활발히 움직이는 병사들은 군인 모집 광고에 나오는 병사 같았다. 환하게 웃고, 손을 깨끗하게 씻었고, 푸른 작업복에 물방울이 튀어 있는 모습이 정말 그러했다. 그러나 가까이 보면 그들의 손목 부분에 땟국이 흐르고, 관자놀이 뒷부분과 목덜미에 뽀얀 먼지가 앉아 있는 것을 볼 수 있었다. 그래도 그들은 쾌활하게 장난질을 했다. 자신의 손바닥으로 사타구니를 추켜올리며 〈야, 이거나 먹어!〉 하면서 유쾌하게 소리쳤다. 하지만 프루는 그런 대열에서 비켜서 있었다.

프루를 아는 두세 명의 사병이 그에게 간단히 목례를 보내오더니, 다시 다른 친구들과의 장난질로 돌아갔다. G 중대는 여러 명의 병사로 이루어진 단일한 공동체였으나, 그는 그 한 부분이 되지 못했다. 사기그릇과 날붙이가 쨍그랑 소리를 내며 부딪치고 웅얼거리는 대화 소리가 요란한 가운데 그는 아무 말 없이 혼자서 밥을 먹었다. 가끔 호기심에 찬 눈빛들이 그에게 쏟아지는 것을 느꼈다.

식사를 끝내자 그들은 삼삼오오 짝을 이루어 위층으로 올라갔다. 배가 불러서 그런지 장난기는 많이 가라앉아 있었다. 하지만 포만감보다는 한 시간의 휴식이 끝난 뒤, 부른 배를 부여안고 오후 작업에 나서야 하는 불쾌한 전망 때문에 다소 시무룩해져 있었다. 여기저기서 장난질을 하려던 친구들은 다른 병사들의 차가운 시선에 부딪혀 아예 시작도 하지 못하고 그만두었다.

프루는 식판을 들고서 취사장 안으로 들어가는 줄을 섰다가 잔반을 커다란 잔반통에다 쏟아 넣었다. 이어 식판과 물컵을 취사병의 싱크대 안에 넣었는데, 마침 거기 서 있던 마지오가 그에게 싱긋 윙크를 했다. 프루는 다시 침상으로 돌아갔다. 담배를 불붙여 물고 성냥골을 식당에서 재떨이로 쓰려고 가져온 빈 깡통에다 던져 넣었다. 그는 주위의 소음에도 아랑곳하지 않고 침상 위에 드러누웠다. 한 팔을 머리 뒤에 괴고 담배를 피우고 있는데 저기 치프 초트가 걸어오는 게 보였다.

이 덩치 큰 촉토족(族) 인디언은 그 때문에 치프(〈추장〉)라는 별명이 붙었다. 천천히 말하고, 천천히 움직이며, 평온한 눈빛에 무표정한 얼굴을 가진 사내였다. 하지만 운동 경기에 나서면 사람이 일변하여 표범처럼 빠르게 움직였다. 치프는 수줍은 미소를 잠깐 지어 보이며 프루 옆의 침상에 앉았다. 그들은 체질적으로 의례적 절차를 싫어했기 때문에, 그런 상황에서라면 악수를 해야 마땅하나 그렇게 하지 않았다.

덩치 큰 치프가 천천히 움직일 때면 주위 20미터까지 그의 자신감과 침착함이 전염되었다. 프루는 그를 보는 순간 레드, 치프, 그리고 그 자신 이렇게 셋이 초이스 식당에서 아침을 같이 먹던 때가 생각났다. 그는 치프를 보며 그런 옛 추억을 상기시키면서 그의 분대에 들어오게 되어 기쁘다는 말을 하고 싶었다. 하지만 서로 어색할 것 같아 그만두었다.

지난해 가을 축구 시즌 때 치프는 매일 훈련에서 제외되었고 그래서 프루, 레드, 치프 세 명은 매일 초이스 식당에서 함께 아침 식사를 했다. 레드와 프루는 나팔 소대였기 때문에 역시 훈련에서 열외된 상태였다. 이 덩치 크고 달덩이 같은 얼굴의 촉토족 인디언을 알게 된 이후, 프루는 그가 나오는 게임이나 육상 대회는 모조리 구경 갔다. 사실 웨인 초트는 그해 내내 모든 운동 경기에 출전했다. 가을의 미식축구 시즌에서는 가드로 뛰면서 군대식 60분 게임을 모두 소화한 유일한 선수였다. 겨울에는 농구 팀의 가드로 뛰면서 연대에서 세 번째로 높은 득점을 올린 선수로 기록되었다. 여름에 야구 경기를 할 때에는 1루수로 뛰었는데, 미 육군 전체를 통틀어 가장 훌륭한 1루수일 것이라는 말도 있었다. 봄의 육상 경기 때 치프는 투포환과 투창 분야에 나서서 늘 1, 2등을 다투었다. 뿐만 아니라 단거리 육상에서도 간간이 좋은 기록을 보였다. 맥주를 많이 마셔서 똥배가 나오기 전인 젊은 시절에는 필리핀 사단 내의 육상 1백 미터에서 육군 최고 기록을 세웠는데, 그 기록은 몇 년이 지난 지금도 건재하다.

그는 G 중대에서 근무한 4년 동안 난 한 차례도 사역(작업)에 나가지 않았다. 만약 그가 홈스 지시대로 중대를 위해 권투 글러브를 낀다면 그는 2주 내에 중사로 승진할 터였다. 그가 왜 다른 중대로 전출 가서 좋은 기회를 엿보지 않는지, 또 왜 홈스를 위해 권투 글러브를 끼지 않는지 아무도 알지 못했다. 그가 그 문제에 대해서 일절 말을 하지 않기 때문이다. 그는 계속 G 중대에 머무르면서 만년 하사로 남았고, 매일 밤 초이스에 가서 의식을 잃을 때까지 맥주를 마셨다. 그래서 평균 주 3회, 5인 작업조가 쇠바퀴가 달린 기관 단총 수레를 끌고 와 뻗어 버린 치프를 내무반까지 실어 날라야 했다.

그의 신발장에는 필리핀, 파나마, 푸에르토리코 등에서 받은 금메달이 가득했다. 그는 돈이 없을 때는 그 메달을 맡기고 맥주를 마셨다. 때때로 부대의 운동선수들에게 그 메달을 팔거나 전당 맡기기도 했다. 그는 새 부대로 전출 갈 때마다 뒤에다 표창장을 한 상자 남겨 놓고 갔다. 호놀룰루 전역에 걸쳐 있는 그의 팬들과 숭배자들은 그가 밤마다 초이스에 가서 눈빛이 흐릿해질 때까지 맥주를 마신다는 것을 알면 충격을 받으리라. 그의 거대한 통 같은 배에 얼마나 많은 맥주가 들어가는지는 아무도 정확하게 알지 못했다.

프루는 치프를 쳐다보면서 이 모든 것들을 재빨리 회상했다. 그는 자신이 하고 싶은 말을 먼저 할 수가 없었으므로 치프가 말해 오기를 기다렸다.

「인사계가 너를 내 분대에 넣었다고 하더군.」 그가 곰처럼 낮은 목소리로 말했다. 「그래서 이리로 오는 걸 알았는데, 부대 현황을 말해 줄게.」

「좋아, 말해 봐.」

「아이크 갈로비치가 소대 부사관 대리야.」

「그에 대해서는 좀 얘기를 들었어.」

「앞으로 더 듣게 될 거야.」 치프는 느릿느릿한 목소리로 진지하게 말했다. 「한 인물 하는 녀석이지. 현재는 소대를 맡고 있는 중사야. 원래는 윌슨이 정규 소대 부사관이지만 권투 시즌에는 훈련에서 빠져. 그래서 3월까지는 윌슨을 보지 못할 거야.」

「챔프 윌슨은 어떤 친구야?」 프루가 물었다.

「그런대로 괜찮은 친구야. 별로 말도 없고 또 사람들과 어울리지도 않아. 그가 권투하는 것을 보았나?」

「응, 아주 터프하더군.」

「그의 권투 경기를 보았다면 그에 대해서 이미 많이 안다고 할 수 있지. 그는 홈스의 말들을 돌보는 헨더슨 중사와 단짝이야. 이 둘은 블리스 부대 시절부터 홈스 밑에 있었어.」

「그가 싸우는 걸 보니 좀 야비한 구석이 있던데.」

치프는 그를 빤히 쳐다보았다. 「좀 그런 데가 있지. 하지만 건드리지만 않으면 아무 문제 없어. 기어오르지 않는 한 그 누구에 대해서도 관심이 없어. 하지만 엉기는 놈은 가만두지 않고 계급으로 찍어 눌러 결국에는 영창에 보내 버려. 윌슨이 두 명 정도 그런 식으로 영창에 보내는 걸 보았어.」

「알았어. 고마워.」

「넌 여기서 내 얼굴을 자주 보지 못할 거야.」 치프가 말했다. 「갈로비치가 소대의 일은 모두 책임져. 윌슨이 여기 있을 때도 올드 아이크가 일 처리를 다 해버려. 내가 하는 일이라고는 토요일 아침마다 분대원의 관물을 점검하는 거야. 하지만 그것도 올드 아이크가 나중에 다시 확인해. 하사들이 보고서를 제출했는데도 말이야. 그러니 결국 갈로비치가 다 하는 셈이야.」

「그럼 넌 뭘 하는데?」

「별로 없어. 올드 아이크가 다 하니까. 사실 이 부대에서는 하사가 별로 필요 없어. 분대라는 개념이 없으니까. 모든 일은 분대 단위가 아니라 소대 단위로 움직여. 훈련도 분대가 아니라 소대 단위로 나가.」

「그럼 분대원 보직표가 아예 없다는 거야? 브라우닝 자동소총수나 수류탄 척후병 임무도 정해져 있지 않고? 그럼 개나 걸이나 다 소대원이야?」

「그렇다고 봐야지.」 치프가 천천히 말했다. 「물론 교범에는 그런 임무를 지정해야 한다고 되어 있어. 하지만 훈련을 나가면 하사가 종대의 맨 앞에 서고 그 뒤로는 아무나 막 서는 거야.」

「야, 그게 무슨 전투 대형이야? 마이어 부대에서는 분대원마다 임무가 지정되어 있었는데.」

「여긴 마이어가 아니라 파인애플 부대야.」

「파인애플이라고? 뭐 그런 것이 있지?」

「넌 아마 이해하지 못할 거야. 하지만 실상이 그래. 올드 아이크가 곧 나타나서 널 점검할 거야. 그리고 임무를 일러 줄 테지. 하사가 분대원을 장악하는 것은 아침에 일어나 화장실 청소를 할 때뿐이야. 그나마 올드 아이크가 언제나 감시해.」

「이 갈로비치는 엄청난 친구로군.」

치프는 셔츠 호주머니에서 다듬 연초 봉지[25]를 꺼냈다. 「정말 그렇지.」 그는 소시지처럼 두꺼운 손가락으로 연초를 조심스럽게 말았다. 「그 친구도 블리스에서 홈스 밑에 있었어. 원래는 보일러병이었지. 겨울이면 보일러를 고쳤대. 당시는 직급이 PFC였을 거야.」 그는 갓 말아 낸 갈색의 담배에 불을 붙이고 성냥골을 프루 침상의 깡통에다 버렸다. 그는 더 이상 프루를 쳐다보지 않고 천천히 담배를 빨아 내뱉더니 공중에 흩어지는 연기를 쳐다보았다. 「올드 아이크는 우리 소대의 밀집 대형 담당이야. 훈련 계획표를 보면 우리는 매일 아침 한 시간의 밀집 대형 훈련을 하게 되어 있어. 훈련 교관은 늘 갈로비치고.」 말아 낸 담배는 곧 타버렸고 치프는 여전히

---

25 1941년 당시에 미국 군대 내에서는 담배 회사들이 만들어 낸 테일러메이드 *tailor-made* 궐련이 아니라 연초 봉지인 듀크 믹스처 연초 봉지가 사병들에게 지급되었다. 테일러메이드 담배는 궐련 혹은 테일러메이드로 번역했다.

프루를 쳐다보지 않은 채 꽁초를 깡통에다 버렸다.

「알았어. 그런데 뭐가 문제야? 뭘 걱정하는 거야?」

「누구? 나? 네가 시즌이 지나간 지금이라도 훈련을 하려는 건지, 아니면 여름까지 기다렸다가 스모커 게임에 뛰려는 건지 궁금했어.」

「둘 다 아니야. 난 권투 그만두었어.」

「오, 그래?」 치프가 무표정하게 말했다.

「내가 돌았다고 생각하는 거지?」

「아니, 그렇게 생각 안 해. 하지만 나팔 소대를 그만두었다는 얘기를 들었을 때는 좀 놀랐어. 연대에서 너만큼 나팔을 잘 부는 친구도 없는데 말이야.」

「난 그만두었어. 섭섭한 것도 없고. 난 앞으로 영원히 권투 안 할 거야. 그 점에 대해서도 섭섭하지 않아.」 프루가 결연하게 말했다.

「그럼 넌 걱정할 게 하나도 없겠네?」

「하나도 없어.」

치프는 일어서서 프리윗 옆의 침상으로 갔다. 「갈로비치가 곧 올 거야.」

프루는 고개를 쳐들고 치프를 바라보며 물었다.

「그런데 치프, 저 마지오라는 친구는 어느 분대야? 키 작은 이탈리아 놈 말이야.」

「내 분대야. 왜?」

「그 친구 맘에 들어. 오늘 아침에 만났는데 좋은 친구더군. 같은 분대 소속이라니 정말 잘되었네.」

「좋은 놈이지. 한 달 전에 신병 훈련을 마쳤는데 주로 취사장에서 일하면서 다른 사역도 해. 아무튼 좋은 놈이야. 조그만 놈치고는 유머 감각도 뛰어나고. 사람들을 늘 웃기고 있어.」

갈로비치가 통로 저쪽에서 그들을 향해 걸어왔다. 프루는 그를 쳐다보고 깜짝 놀랐다. 그는 무릎을 굽히고 커다란 발을 엉거주춤하게 내디디며 침상 사이를 걸어왔다. 그의 상체와 머리는 걸을 때마다 흔들거렸는데 마치 등에 무거운 금고를 지고 오는 사람 같았다. 기다란 팔이 거의 무릎까지 내려와 있어서 걸을 때마다 주먹으로 몸의 균형을 잡는 원숭이를 생각나게 했다. 덩치에 비해 아주 작은 머리는 상고머리로 짧게 깎았고 V자 형 앞머리가 거의 눈썹까지 내려와 있었다. 딱 달라붙은 자그마한 귀와 툭 튀어나온 기다란 턱은 원숭이와의 유사성을 더욱 강조했다. 원숭이에게서는 도저히 볼 수 없는 푹 꺼져 들어간 눈과 가느다란 목이 아니었더라면 정말 원숭이라고 해도 되겠는걸, 하고 프루는 생각했다.

「저 친구가 갈로비치야?」 프루가 물었다.

「응.」 느리고 깊숙한 목소리의 골 사이에서 가벼운 흥얼거림이 전해져 왔다. 「저 친구가 얘기하는 걸 한번 들어 봐.」

그 유령은 프리윗의 침상 끝에서 멈춰 섰다. 올드 아이크는 주름 잡힌 붉은 눈을 굴리며 두 사람을 바라보았다. 생각에 잠긴 듯 입술을 오물거리는 모습이 영락없이 이빨 없는 노인의 형상이었다.

「프리윗?」 갈로비치가 물었다.

「전데요.」

「소대 부사관을 대리하고 있는 갈로비치 중사다.」 그가 자기 신분을 뽐내며 말했다. 「이 소대에 배치된 이상 너는 내 지휘를 받아야 하고, 따라서 나의 부하다. 부대 현황을 알려 주려고 일부러 이렇게 찾아왔다.」 그는 말을 멈추고 옹이 진 양손을 침대 끝에 내려놓고 보기 흉하게 입술을 안으로 오므리면서 프루를 쳐다보았다.

프루는 자신의 놀람을 표시하기 위해 치프 쪽을 쳐다보았으나 인디언 추장은 이미 침상에 드러누워 버린 후였다. 치프의 양발은 침상 밖에 덜렁 늘어뜨려져 있었고 그의 머리는 베개 위에 사각으로 접어 놓은 올리브 색깔 담요를 짓누르고 있었다. 그는 전혀 관심 없다는 듯 그 광경에서 완전히 비켜나 있었다.

「그를 쳐다보지 마라.」 갈로비치가 명령했다. 「난 그가 아니라 네게 말하고 있는 거다. 그는 하사에 불과하다. 소대의 정식 부사관은 윌슨이지만 내가 그를 대신하여 모든 것을 처리한다. 따라서 내 말은 곧 윌슨의 말이다.

아침에 기상하면 먼저 침상 정돈을 한다. 주름이 잡혀 있어서는 안 되고 베개 위에 담요를 말아 놓아서도 안 된다. 나는 매일 아침 침상 검사를 하고 제대로 정돈이 안 된 것은 일부러 흩뜨려 놓아 다시 정돈하게 한다.

내 앞에서 절대 요령을 피워서는 안 된다. 알겠나? 이 분대는 매일 포치 바깥에 있는 독서오락실을 청소하는 임무를 맡고 있다. 먼저 네 침상을 정돈하고 이어 걸레를 가져다 포치를 청소한다.

충분한 면제 사유가 없는 한, 소대원이 사역이나 훈련에서 열외되는 경우는 없다.」 그 자그마한 빨간 눈은 어디 한번 대들어 볼 테면 대들어 보라는 식으로 프루를 쏘아보았다. 만약 저항하는 자가 있다면 그자를 즉각 제압함으로써, 올드 아이크는 윌슨, 홈스, 중대, 훌륭한 군인 생활, 평화 시의 유비무환, 귀족 계급의 영속화라는 대의(大義)에 충성심을 바칠 것이었다. 하지만 아무도 그 대의를 명확하게 정의하지 못했다. 대의의 정의나 명칭 따위가 뭐 그리 중요하겠는가. 그 대의 자체가 충성심을 강제하는 기능을 제대로 발휘한다면 아무 문제 없는 것이다.

「한 가지 말해 두겠는데, 이 부대에서는 터프 가이인 체하면서 성깔을 부려 봐야 아무런 도움도 되지 않는다. 그건 영창으로 가는 지름길일 뿐이다. 앞으로 5분만 있으면 사역 나팔이 울릴 것이다. 그러면 너도 집합해야 한다.」

올드 아이크는 프루를 노려보며 연설을 마쳤고 이어 옆 침상에 누워 있는 초트를 못마땅하게 노려보았다. 그는 자기 침상으로 돌아가더니 비 맞은 중처럼 뭐라고 중얼거리면서 아까 닦던 구두를 다시 집어 들었다.

그가 가버리자 치프 초트는 무거운 몸집을 서서히 들어 올리며 프루를 쳐다보았다. 침상의 스프링은 항의의 외침처럼 삐걱거렸다.

「이제 저 친구의 밀집 대형이 어떤 것인지 감이 좀 오지?」

「응, 감이 좀 오는데. 소대의 다른 친구들도 다 저 모양인가?」

「꼭 그렇다고 할 수는 없겠지.」 그는 또다시 담배 한 대를 천천히 말았다.

「저 친구가 냄새를 맡은 것 같아. 네가 홈스의 권투부에 들어가지 않기로 했다는걸.」

「어떻게 알았을까, 그렇게 빨리?」

치프 초트는 어깨를 한 번 으쓱하더니 과장이라고는 조금도 없는 목소리로 말했다. 「그건 알 수가 없지. 하지만 냄새 맡은 것 같아. 만약 네가 권투 선수 자격으로 우리 부대에 전입 왔다고 생각했다면, 은쟁반에 받쳐서 이 중대를 네게 상납했을 거야. 그리고 여기서부터 휠러 기지까지 네 궁둥이를 빨아 주었을 거야.」

프루는 느닷없는 궁둥이 운운에 웃음을 터뜨렸다. 하지만 치프의 엄숙하고 동그란 얼굴에는 유머나 감정의 표시가 전혀 없었다. 어느 편인가 하면 치프는 여기에 무슨 웃음거리가 있느냐는 듯 약간 놀라고 있었다. 그것이 프루를 더욱 웃겼다.

「이제 소대 부사관이 어떤 자인지 명확히 알겠군. 내가 이 성스러운 부대에서 임무를 시작하기 전에 혹시 더 알려 줄 사항은 없나?」

「뭐 별로 없어.」 치프가 느릿느릿 말했다. 「신발장 바닥에다 술병을 감추면 안 돼. 영감이 부대원들의 음주를 싫어하기 때문에 일요일 아침마다 검사해. 거기다 놔두면 내가 먼저 집어 가거나 아니면 영감이 가져가 버릴 거야.」

프루는 빙긋 웃었다. 「공책을 꺼내 와서 받아 적어야겠는걸.」

「또 저녁 10시 이후 막사에 여자를 데려와서는 안 돼. 백인 여자는 괜찮아. 하지만 누렁이, 검둥이, 튀기 여자는 안 돼. 그랬다가는 행정실의 홈스에게 그 여자를 갖다 바쳐야 하고 홈스는 다시 큰 영감한테 상납하게 되는 거지.」 치프는 지휘관들이 카나카 여자들을 좋아하는 것을 꼬집으며 농담을 했고, 프루는 질세라 소매에다 받아 적는 시늉을 했다.

「그 밖에?」

「그게 전부야.」

검은 피부의 여자 얘기가 나왔기 때문에 프루는 자연스럽게 할레이와에 사는 동거녀가 생각났다. 오늘 아침부터 그 여자 생각을 한 것이 벌써 세 번째였다. 하지만 이상하게도 이번에는 그 생각이 그에게 고통을 안겨 주지 않았다. 이제 동거녀 생각이 자유롭게 났다. 사랑스러운 여자들이 동서남북 네 귀퉁이에 서서 그들을 픽업하여 사랑해 주기를 기다리는 것 같은 착각이 들었다. 그는 그게 사실이 아니라는 것을 뻔히 알면서도 그 여자들이 그가 하자는 대로 할 것 같은 환상에 빠졌다. 또한 느릿느릿하고 무표정한 치프 초트의 우정이 그의 허전한 가슴을 채워 주었다.

아래층에서 호각이 울렸고, 동시에 위병소 나팔병이 중대 마당에 나와 작업 나팔을 불었다. 그는 아주 객관적인 입장에서 그 나팔 소리를 들었다. 아주 엉성한 연주였고 자신이 부는 나팔 소리의 절반에도 못 미치는 솜씨였다.

「이제 네가 집합해야 할 시간이야.」 치프가 침상에서 커다란 몸집을 천천히 일으키면서 엄숙하게 말했다. 「난 낮잠이나 한 숨 더 자두어야겠군.」

「이런 심술쟁이!」 프루가 작업모를 집어 들며 말했다.

「낮잠을 잔 후에는 오후 4시쯤 초이스로 내려가 맥주를 얼마나 마셔야 뻗어 버리는지 시험하지. 요새는 훈련 시즌이라 이렇게 한량해.」

프루는 껄껄 웃으며 통로를 걸어 내려가다가 인디언 추장 쪽으로 고개를 돌렸다. 「이제 옛날의 다정했던 아침 대화는 끝장난 것 같군.」 프루는 괜한 말을 했다는 생각이 들면서 갑자기 당황했다.

「뭐라고?」 치프가 무표정하게 말했다. 「아, 옛날에 초이스에서 나누었던 대화? 그런 것 같군.」 치프는 재빨리 몸을 돌려 자기 침상으로 걸어갔다.

제8장

 군대에는 작업이라고 하는 아주 중요하지만 별로 알려지지 않은 일과가 있다. 작업은 청소, 보수 등 군 생활에 아주 필수적인 행위이다. 소총을 소유하고 있는 자라면 작업이 무엇인지 안다. 가령 숲속에 들어가 15분 동안 요리조리 피해 달아나는 다람쥐를 사격한 사람이라면, 집에 돌아가 45분 동안 그 총을 청소해야만 다음번에 나갈 때 그 총을 다시 사용할 수 있다. 맛 좋은 음식을 요리하여 그것을 국자로 퍼서 그릇에 담아 본 여자라면 작업이 무엇인지 안다. 멋진 식사가 끝난 후 그녀는 주방으로 들어가 그릇에 눌러 붙은 국물과 미끈미끈한 기름을 닦아 내야만 다음번 식사에 그 그릇을 활용할 수 있다. 그런데 이 작업이라는 것이, 아는 사람이라면 다 알듯이 한없이 피곤하다. 왜 그러한가? 생색도 안 나는 그런 일을 한없이 반복해야 하기 때문이다. 아무리 해도해도 끝이 없다는 것이 바로 피곤함의 근원이다.

 그러나 다람쥐를 향해 사격을 한 다음 그 총을 어린 아들에게 주어 청소하라고 지시하는 아버지나, 걸쭉한 음식을 먹고 나서 기름 둥둥 뜨는 그릇을 딸에게 설거지하라고 시키는 어머니는, 그 작업에 대해서 다른 생각을 갖게 된다. 바로 이

다른 생각을 군대에서는 장교들이 갖고 있다. 반면에 부모를 대신하여 청소를 하거나 설거지를 하는 아들딸은, 영내에서 사병들이 갖고 있는 작업관에 동감할 것이다.

작업은 군대에서 일과의 절반을 차지한다. 오전에는 훈련을, 오후에는 작업을 하는 것이다. 하지만 이 절반의 일과는 미국 전역의 우체국 외벽에 붙은 사병 모집 광고에는 언급되어 있지 않다. 그 광고는 사병 생활의 로맨스를 칭송하고(단, 아내가 있을 경우), 아무 조건 없는 높은 봉급을 보장하며(단, 보직을 받을 경우), 지도자가 될 기회를 제공하며(단, 장교일 경우), 평생 도움이 되는 기술을 배우게 해준다고 선전한다. 그 광고를 보고서 오른손을 번쩍 들어 참가 표시를 하고 군대에 들어온 신병은 아주 늦은 시점에 가서야, 포스터에는 안 나왔던 작업이라는 게 존재함을 알게 된다.

대부분의 작업은 힘들지 않고 단지 피곤할 뿐이다. 하긴 그런 작업이 정말 필요하다는 당위론은 있다. 가령 야구 경기를 하자면 누군가는 다이아몬드에 말똥 거름을 뿌려야만 내야의 잔디가 초록색을 유지할 것이다. 그런데 야구 선수가 그 거름 뿌리는 일을 할 수 없으니, 누군가 대신 해주어야 하는 것이다.

문제는 작업이 그저 피곤한 것만으로 끝나지 않는다는 것이다. 보병 연대의 작업은 피곤한 특성 이외에 품위 없다는 특성마저 갖추고 있다. 만약 자신이 타고 다니는 말의 빗질을 자신이 직접 해야 한다면 기병 노릇은 그리 낭만적인 게 못 된다. 자신의 군화를 직접 닦아야 한다면 제복에는 모험적인 구석이 별로 없게 된다. 바로 이런 이유로, 각종 지저분한 일에서 면제된 장교들만이 멋진 전쟁 회고록을 집필할 수 있다. 야전에 나가서 총을 쏘고 온 이후에 탄약 벨트를 보수해야 하는 병사는 따분함을 느낄지는 몰라도 환멸을 느끼지는 않는다. 하지만 그 병사가 매일 오후 기혼 장교 숙소 구역에 가서 잔디밭에 거름을 뿌리거나, 창문을 닦아 주거나, 마당을 쓸거나, 그 거리를 청소해 주어야 한다면 그는 환멸을 느낄 뿐만 아니라 자신이 품위 없다는 생각을 갖게 된다. 그는 정말로 사역[26]의 본질을 알게 되는 것이다.

장교 클럽에서 파티가 벌어진 이후에는 누군가 충성스럽고 애국적인 자가 그곳의 재떨이를 떨어 주고 빈 술병을 치워 주어야 한다. 하지만 이게 전부는 아니다. 더욱 극심한 애국심의 테스트가 있는 것이다. 소위 쓰레기 수거 작업이다.

연대 휘하의 12개 중대가 이 일을 맡아야 하므로 12일에 한 번씩 이런 애국심을 발휘할 기회가 각 중대에 부여된다. 보통 3인 작업조를 편성하여 이 작업에 투입하는데 이들은 트럭을 타고 나가 일반 쓰레기와는 다른 특수 쓰레기를 수거해 오게 된다. 일반 쓰레기는 카나카 쓰레기 차가 나와서 기존 장교 숙소로부터 수거해 간다.

겉보기에 이 작업은 애국심 운운할 것이 없어 보인다. 그러나 장교 부인들이 버리는 쓰레기를 살펴보면 그렇지도 않다. 그들은 집 안에 소각장이 없기 때문에, 또 화장실의 배관이 막힐 것을 우려하기 때문에, 민간인 수거원이라 거북한 카나카 쓰레기차를 사용하려 하지 않기 때문에, 그들이 사용한 생리 패드를 이 특별 쓰레기통에다 버리는 것이다.

그런 패드들이 들어 있는 단 하나의 통을 치워 주는 것은 상당히 애국적인 행위가 될 수도 있을 것이다. 그러나 수거 트럭에 그런 쓰레기들이 가득 들어차게 되는 오후 일과가 끝날 무렵이면, 청소 사역병들에게 요구되는 애국심의 강도는 엄청난 것이 된다. 트럭 적재함에 타고 가는 것이 아니라 쓰

---

26 사역을 가리키는 영어는 *fatigue*인데 여기에는 피곤함이라는 뜻도 같이 들어 있다.

레기 투기장까지 약 3킬로미터를 걸어가야 하는 사역병들은 정말 특별 훈장을 받을 자격이 있다. 그들이 트럭 뒤에서 걸어가는 동안 썩은 생선 냄새가 온몸에 달라붙어, 가장 친한 친구들도 그날만큼은 그들 곁에 오려 하지 않는다.

이쯤되면 가장 애국적이고 가장 헌신적인 보병의 무감각한 위장(胃腸)도 반항하고 싶어지는 것이다. 워든이 G 중대의 사역을 감독해 온 이래 프리윗이 가장 반항적인 위장을 가지고 있다 해도 무방하리라.

프루가 2열 작업조의 선두에 서야 할 때가 되면 워든이 그에게 가장 애국심을 요구하는 작업을 배정한다는 사실이 점점 분명해졌다. 날이 갈수록 그 강도는 세졌다.

그런 작업들 중 하나로 정육점 작업이 있었다. 정육점은 장교 아내들뿐만 아니라 12개 중대 모두에게 고기를 공급했다. 특별 병과인 푸주들(사병들)은 스테이크나 살점을 베어내는 한량한 일을 주로 하고 무거운 갈비뼈를 옮기거나 기타 힘든 일은 작업조를 시켜서 했다. 이 작업을 오후 내내 하고 나면 프루의 맞춤 푸른색 작업복은 피와 오물로 뻣뻣해졌다. 뿐만 아니라 그의 얼굴, 귀, 머리카락에 비릿한 고기 냄새가 달라붙어 걸어가기만 해도 몸에서 고약한 냄새가 진동했다. 프루가 작업을 마치고 통로로 들어서려는데 워든이 마침 거기 서 있었다. 샤워를 금방 하고 나서 셔츠 소매를 두 번 정도 걷어 올린 품이 시원하고 깨끗한 모습이었다. 워든은 사람 좋게 웃었다.

「빨리 가서 씻어야 할 거야. 식사 시간이 거의 끝나 가니까. 중대 병력이 귀대한 지 벌써 15분이나 되었어. 아니면 현재 복장으로 식당에 가서 밥을 먹고 씻는 건 나중에 하든지.」

「안 돼요, 먼저 씻어야 해요.」 프루가 진지한 목소리로 말했다.

「여전히 멋쟁이로군. 좋을 대로 해서.」

어느 날 위든이 그를 멈춰 세우고 권투나 야구를 하지 않겠느냐고 물었다. 「좀 피곤해 보이는데. 운동부는 작업에서 제외시켜 준다고.」

「왜 내가 작업을 싫어할 거라고 생각하십니까?」

「자네가 싫어한다고는 말하지 않았네. 단지 좀 피곤해 보인다는 거지. 좀 수척해 보이기도 하고.」

「상사님, 나를 강요해서 다시 권투를 시킬 수 있다고 생각하신다면……」 프루가 빙긋 웃어 보이며 말했다. 「잘못 짚었는데요. 당신이 내게 안겨 주는 작업은 얼마든지 해낼 수 있습니다. 아니, 상사님과 다이너마이트가 공동으로 어떤 일을 안겨도 끄떡없어요. 난 당신보다 두 배나 강인합니다. 상사님 소매의 갈매기만 아니라면 풀밭으로 데려가 떡이 되도록 두드려 팼을 겁니다. 만약 내 주먹으로 그렇게 할 수 없다면 칼을 준비하고 어느 날 밤 시내의 리버 스트리트에 매복하고 있다가 콱 찔러 버릴 겁니다.」

「이 친구, 이 갈매기 계급장 때문에 그렇다는 거야?」 위든도 빙긋이 웃었다. 「난 이 상의를 언제나 벗을 각오가 되어 있어. 지금 벗을까?」

「지금 약 올리는 거죠? 그렇게 해서 나를 영창에다 1년 동안 처박으려는 거죠? 나도 다 통밥이 있는 놈입니다.」 프루는 2층으로 올라가기 위해 몸을 홱 돌렸다.

「이봐, 무슨 근거로 홈스가 이 일과 관련이 있다고 생각하는 거야?」 위든이 그의 등 뒤에다 대고 소리쳤다.

다른 불편한 점도 있었다. 그는 G 중대에서 맞는 첫 번째 주말을 이용하여 할레이와로 가서 동거녀와 담판을 지을 생각이었다. 하지만 첫 주는 새로 전입해 온 병사로서 위든이 작성한 작업조 명단에 올랐기 때문에 주말 사역을 해야 했다. 워든은 작업 편성의 권한을 최대한 활용했다.

그 주가 흘러가면서 취사장 사역자 리스트에 그의 이름이 오르지 않자 프루는 군인의 본능을 작동시켜 이거 심상치 않다고 생각하면서 의심을 품었다. 주말 작업조 명단이 게시판에 공고되는 금요일, 그의 의심은 사실로 확인되었다. 워든은 주중의 취사장 사역을 면제해 주는 대신 주말에 일을 안긴 것이었다. 워든은 프루가 생각했던 것보다 훨씬 더 영악한 사람이었다. 프루는 일요일에 취사장 당번이었고 토요일에는 행정실 당번이었다. 할레이와로 갈 시간이 단 하루도 없는 것이었다.

그러한 작업 배치에는 악마적인 세련됨이 있었다. 토요일 취사장 사역은 토요 점호가 면제되지만, 일요일 행정실 당번은 주말 근무뿐만 아니라 다른 병사들과 마찬가지로 점호까지 받아야 했다. 워든은 영악한 사람이었다. 그 점에 대해서는 의심할 여지가 없었다. 카드에서 그가 선을 잡고 있는 이상 아무도 그가 패를 돌리는 방식에 시비를 걸 수가 없었다.

워든은 토요일 아침 일찍 점호를 하기 위해 옷을 떨쳐입고 나와 포치 청소를 열심히 하고 있는 프리윗을 감독했다. 그는 싱긋이 웃으면서 문설주에 기대서 있었다. 하지만 프루는 묵묵히 일하면서 그의 존재를 무시해 버렸다. 그는 권투부에 안 든다고 홈스가 이런 기합을 넣는 것인지, 아니면 그냥 마음에 안 든다는 쩨쩨한 이유로 워든이 주도적으로 이런 조치를 취한 것인지 감이 잡히지 않았다.

워든은 일요일 아침 11시쯤 식사를 하기 위해 주방 안으로 들어왔다. 그는 톱 킥이기 때문에 중대 병력들처럼 시간표에 맞추어 식사를 하지 않아도 되었다. 워든은 핫케이크와 달걀, 소시지를 먹었다. 프림이 취사장 일을 돌보지 않고 술 취한 채 계속 잠만 자기 때문에 중대의 식단은 날이면 날마다 핫케이크와 베이컨뿐이었다. 워든은 커다란 식기장이 그 위에 놓여 있는 알루미늄 테이블에 앉아 맛있다는 듯 식사를 했다. 워든의 그런 모습은 땀을 뻘뻘 흘리며 취사장에서 일하는 사역병들에게 잘 보였다. 이어 그는 거대한 붙박이 냉장고를 지나 취사실 문턱까지 왔다. 인사계는 문설주에 몸을 기대고 아주 느릿느릿한 동작과 평화로운 얼굴로 말했다.

「이게 누군가? 젊은 친구 프리윗 아닌가? 자네, 정규 근무를 해보니 어떤가? 소총 중대의 생활도 그런대로 할 만한가?」

취사병과 사역병들이 일제히 쳐다보았다. 주말에는 아예 영내에 없는 워든이 취사실에까지 나타났기 때문이었다. 뭔가 큰 구경거리를 기대하는 표정들이었다.

「톱, 난 이 일이 좋습니다.」 프루가 일부러 힘을 주며 빙긋이 웃어 보였다. 그는 허리까지는 알몸이었고 무명 바지와 신발은 땀과 구정물로 얼룩진 채 김이 무럭무럭 오르는 싱크대에서 고개를 막 쳐들고 말했다. 「그래서 이 부대로 전입 왔고요. 이 생활 정말 멋져요. 난 진주를 발견했어요. 앞으로 또 진주를 발견하면 상사님도 끼워 드리죠. 50대 50으로. 상사님이 아니었다면 어떻게 이런 진주를 발견했겠습니까.」

「그래, 그래. 자넨 정말 동업자로는 딱이야. 정직하기도 하고. 다이너마이트는 블리스 부대에서 프림과 갈로비치를 데려왔지. 나는 A 중대에서 프리윗을 데려오고 말이야. 이렇게 같은 부대에서 근무하다 보면 서로 배려해 주게 된단 말이야. 프리윗, 자네가 이 일을 그토록 좋아한다니 좀 더 안기도록 함세.」

그는 프루를 빤히 쳐다보았다. 그의 눈썹이 이마 위로 꿈틀거렸다. 프루는 나중에 그 눈빛을 어떤 비밀스러운 합의의 표정으로 기억했다. 워든의 눈동자는 취사병, 사역병, 주방, 그 밖의 모든 것을 제치고 오로지 프루만을 알아보는 그런 신비한 눈동자였다.

프루는 싱크대 바닥에 가라앉아 있는 손잡이 없는 무거운 머그잔에다 손을 얹으면서 워든이 가버리기를 기다렸다. 하지만 워든은 그가 물 밑에서 머그잔을 잡고 있다는 사실조차 알고 있는 것 같았다. 그가 씩 웃으면서 가버렸기 때문이다. 하지만 그가 가버리자 프루는 의기양양해하며 그 머그잔을 들어 올리는 낭만적 자세를 취해 보이면서 자기 자신을 영락없이 멍청한 자로 만들어 버리고 말았다.

워든의 위협에도 불구하고 그의 이름은 주말 사역자 명단에 오르지 않았다. 두 번째 주말 그는 자유롭게 할레이와에 갈 수 있었다. 그것은 그가 A 중대 있을 때 워든에게서 자주 발견했던 저 기이한 사실의 결과였다. 워든은 나름대로 아주 기이한 방식으로 공평함을 유지했다. 그 자신이 스스로 구축한 공평함의 원칙에서 벗어나는 일이 결코 없었다.

그는 두 번째 주가 시작되었을 때 바이올렛에게 편지를 썼어야 마땅했다. 실제로 편지를 쓸까 잠시 생각한 적도 있었다. 하지만 그렇게 하지 않았다. 편지란 장거리 전화와 마찬가지로 멀리 떨어져 있는 상대를 설득시키기에는 턱없이 부족했다. 사실 바이올렛은 그가 직접 찾아가서 얼굴을 보기 전에는 존재하지 않는 인물이나 마찬가지였다. 그가 찾아가야 그녀는 지난번 두고 온 모습 거기서부터 다시 생활을 시작해 나가는 것이다. 그때까지 그녀는 오로지 그의 마음속에서만 존재하는데, 누가 자신의 상상을 상대로 편지를 쓸 마음이 나겠는가.

그는 어린 시절 어머니가 여러 친척과 친지들에게 편지를 쓰는 모습을 자주 보았다. 그들 중에는 그가 얼굴 한 번 본 적 없는 사람들도 있었다. 편지 쓰기는 어머니의 취미였는데, 어린 소년이던 그때에도 편지 쓰기는 이상하게 보였다. 켄터키 주 할란에서 다른 도시의 다른 사람들에게 편지를 써 보내서 어떻게 하겠다는 것인가? 그런 사람들은 어머니가 몇 년 동안 보지 못했던 사람들이고 심지어 앞으로 영원히 보지 않을 사람들이었다. 답장을 기다리는 동안 그의 아버지는 광산 함몰 사고로 죽을 수도 있었다. 파업이 터지던 그해 겨울, 어머니가 돌아가시던 시기에 어머니 앞으로 여섯 통의 편지가 왔다. 그는 편지 봉투에 쓰인 어머니의 이름을 보았다. 이미 돌아가신 분의 이름을. 그는 편지를 개봉하여 조심스럽게 읽어 보았으나 그 어떤 편지도 어머니의 죽음을 언급하지 않았다. 그는 편지들을 난로에 집어넣어 불태워 버렸다. 그 당시엔 시간이 아니라 공간상 격차가 있는 느낌이 들었다. 프루는 그 후 왜 그런 느낌이 들었는지 그 까닭을 알 수가 없었다.

그래서 그는 바이올렛에게 편지를 쓰지 않았다. 편지 쓰기는 생활, 움직임, 생각 등 편지 쓰는 사람의 객관적 현실을 제대로 전달하지 못하는 수단이기 때문이다. 그는 외출하여 그녀를 방문할 때를 기다렸다.

그녀는 한 손을 문설주에 기댄 채 스크린 문 밖을 내다보며 그를 기다리고 있었다. 다른 한 손은 반대편의 문설주를 짚고 있어서 마치 세일즈맨의 출입을 저지하려는 듯한 자세였다. 밤이든 낮이든 그가 고속도로 교차점에서 그 자갈길을 걸어 올라가면 그녀는 똑같은 자세로 서서 그를 기다렸다. 그가 방금 전에 전화를 하고 지금 간다고 말한 것처럼. 그가 찾아오는 시간을 그처럼 정확하게 안다는 것은 좀 오싹한 일이었다. 하지만 그녀와 관련된 다른 일들이 이상하지 않은 것처럼 그런 기다림 또한 그리 이상한 것이 아니었다.

그는 카후쿠에서 그녀를 처음 만나 카니발에 데려간 이래 아무리 애를 써도 그녀를 완벽하게 이해할 수가 없었다. 이 세상 어디의 카니발이 다 그렇듯이, 서로 좋아져 정을 나누게 되었는데 알고 보니 그녀는 숫처녀였다. 그 사실조차 놀라운 것이었으나, 그때 이래 프루는 그런 놀라움으로부터 회복할 기회가 없었다.

바이올렛 오구레. 오-구-레. 오구레 중 레의 r 발음은 약하게 하여 거의 d같이 발음해야 한다. 심지어 그 이름조차 이상하고 예측 불가였다. 낯선 땅에 가면 그 땅이 이상하게 보일 것이라는 점은 이해할 만하다. 외국인들 사이에서 생활해야 하므로 어느 정도 그것을 예측하는 것이다. 그러나 친숙한 이름에 외국 성이 붙은 성명은 판독하기가 어렵다. 바이올렛은 일본, 중국, 하와이, 포르투갈, 필리핀 3세 여자들의 이름처럼 영국식 꽃 이름이다. 하지만 이들의 성은 그 앞 여러 세대의 힘난한 인생 역정을 말해 주고 있다. 이들의 부모는 짐승처럼 수입되어 와 빅 파이브[27]의 사탕수수 밭과 파인애플 나무를 경작해 주었다. 이 여자들이 낳은 아들들은 거칠게 마구 자라다가 술집 바깥의 보도에서 구두를 닦는 어린 소년으로 정착되는 경우가 많다. 이 소년들은 앵무새처럼 같은 말을 지저귄다. 「난 절반은 일본인이고, 절반은 스코필드인이에요.」 혹은 비굴하게 웃으면서 이렇게 말한다. 「난 절반은 중국인이고, 절반은 스코필드인이에요.」 이 섬에서 잠시 군인으로 복무하다가 신비하게도 미국이라는 〈본토〉로 사라져 버린 남자들이 퍼뜨려 놓은 씨앗의 결과인 것이다.

바이올렛은 아주 친숙한 것과 굉장히 기이한 것이 묘하게 합쳐진 여자였다. 그녀는 호놀룰루 시 비슷하다. 이 도시에는 선교사들이 소유한 고층의 은행 건물들이 있는가 하면, 아알라 공원 바로 옆에는 일본어 영화를 상영하는 판잣집 같은

27 *Big Five*. 하와이의 5대 농장.

극장이 있는 것이다. 이런 다기원적(多起源的) 혼합은 그 누구도 제대로 이해하지 못하는 것인데, 특히 바이올렛은 자신이 원해서 그런 존재가 된 것이 아니다. 프루는 그녀의 이름을 정확하게 발음하는 법을 배웠고, 그것이 그가 그녀에 대해서 알고 있는 것의 전부였다.

그는 닭똥 등으로 지저분한 앞마당으로 들어섰고 그녀는 집에서 만든 덧붙인 포치로 나왔다. 그는 그녀의 손을 잡고 썩어 가는 3단 계단을 내려오게 도와주면서 집 뒤쪽으로 갔다. 그것은 그들이 만날 때마다 되풀이하는 의식이었다. 그녀의 집을 찾아올 때 그는 앞쪽의 방에는 초대되어 본 적도 없고 들어가서도 안 되었다.

뒤쪽의 포치는 앞쪽 포치와 다르게 스크린 문이 없었다. 바닥에서 천장에 이르는 덩굴들이 그곳을 한적한 동굴 혹은 오구레 가족의 거실 같은 분위기를 만들어 주었다.

집 뒤에는 양계장이 있었는데 그 판잣집의 축소판이었다. 양계장 안의 암닭들은 부지런히 돌아다니면서 모이를 쪼았고, 성배(聖杯)를 든 자처럼 만족스럽게 꼬꼬 소리를 내다가는, 마치 성인처럼 의젓한 자세로 풀 위에다 똥을 누었다. 양계장과 가족의 시금털털한 냄새가 집 전체에 배어 있었다. 닭똥 냄새는 바이올렛과 그 가족의 생활상을 프루에게 생생하게 전달했다.

부엌 바로 옆에 딸려 있는 그녀의 침실은 늘 혼잡했다. 도금이 벗겨진 철제 침대의 시트는 언제나 구겨져 있었고 침대 발치에는 옷들이 무질서하게 널브러져 있었으며 의자는 하나뿐이었다. 집에서 만든 화장대 위에는 화장분이 흐트러져 있었고 방 한구석에는 집에서 만든 옷장이 놓여 있었는데 하와이 특유의 초록색 꽃무늬가 요란한 옷들이 걸려 있었다. 바이올렛은 언젠가 좋은 날이 오겠지 하는 희망 속에서 그

옷들을 고이 간직하고 있었다.

프루는 구크(동양인풍) 셔츠와 바지를 벗고 알몸이 된 채, 오래 동거한 익숙한 솜씨로 그 혼잡한 옷더미 속에서 자신의 바지를 찾아내려 했다. 그 혼잡함은 그에게 문제가 되지 않았다. 구두를 한쪽으로 치우고 의자에 있던 옷을 침대로 옮기면서 그는 이 허약한 판잣집이 편안하다고 생각했다. 바이올렛보다 더 편안하게 여기는 자세였다.

길 양쪽의 언덕을 따라 형성되어 있는 판자촌은 켄터키주 할란의 고향 마을과 비슷하다는 생각이 들었다. 단지 여기는 광산촌의 먼지와 석탄 더미만 없을 뿐이었다. 녹슨 펌프, 아연 물통과 돌 국자 등이 갖추어진 깨진 싱크대 등은 어릴 적 고향 집의 분위기를 그대로 갖추고 있었다. 그는 가난이 무엇인지 잘 아는 사람만이 취할 수 있는 그런 편안한 자세로 이 가난한 집의 방 안을 돌아다녔다.

그는 바지를 찾으면서 다른 부대로 전출 간 건과, 왜 그토록 오래 찾아오지 못했는지에 대해 말했다.

「보비, 왜 전출을 갔죠?」 바이올렛이 늘 그를 웃기는 혀 짧은 소리로 물었다. 그녀는 침대 위에 앉아서 그가 양말과 신발을 벗고 캔버스 천 낚시화로 바꿔 신는 것을 쳐다보았다.

밝은 햇살이 이제야 생각났다는 듯 단 하나뿐인 창문으로 흘러들었다. 햇살은 방 안의 어둠침침한 분위기와 쉰 듯한 옷들의 냄새를 다소 씻어 내주었다. 햇살은 그의 몸에 서늘하게 와 닿았고 그는 반바지에 홀터를 입은 바이올렛을 쳐다보았다. 갑자기 욕정이 솟구쳐 올라 아랫배가 딱딱해졌고 그의 뺨에는 땀이 솟았다.

「뭐라고? 아, 전출 건?」 그가 멍한 어조로 말했다. 「내가 전출을 신청한 것이 아니라 전출당했어. 내가 소신을 말했다고 휴스턴이 전출 조치해 버렸어.

「이봐, 집 안에 아무도 없는 것 같은데 한 번 하는 게 어때?」

그는 귀 뒤에 피가 몰려드는 것을 느꼈다. 3주 만이야, 아니 한 달이 다 되었어, 너무 오래 굶었어.

「잠깐만요, 중대장을 찾아가서 계속 근무하게 해달라고 말하지는 않았나요?」

「그렇게 할 수도 있었겠지만, 그렇게 하지 않았어. 아부하기 싫어서.」 프루는 신경질적으로 턱을 주억거리며 말했다. 「이건 군대 때문이야. 군에 있으면 그걸 더욱 밝히게 되고, 더욱 배고프게 돼.」

「그런 정도의 언쟁이면 화해할 수 있는 거 아니에요? 좋은 보직을 가지고 있으면 지키려 하는 게 사람의 심리 아닌가요?」

「그럴 수도 있지. 하지만 난 그 정도로 간절하게 그 보직을 원하지 않았어. 그러다 보니 특별히 조치할 게 없었어. 자, 이리 와, 이리 오라고.」

「지금은 안 돼요. 그런 좋은 보직, 좋은 직급을 잃는다는 건 안타까운 일이에요.」 그녀는 프루의 얼굴을 빤히 쳐다보며 의아한 표정을 지었다.

「그건 그렇지.」 젠장, 좋은 보직? 흥. 「집 안에 술 남은 거 없나?」

「지난번에 자기가 가져온 병에 좀 남아 있어요. 난 손도 대지 않았어요. 그건 당신 거니까.」 그녀는 자랑스러운 어조로 말했다. 「부엌에 있어요. 아주 오래전에 가져온, 뚜껑을 따지 않은 것도 한 병 있어요. 술 마실래요?」

「응.」 그는 그녀를 따라 부엌으로 들어갔다. 「예전처럼 자주 오지 못할 것 같아. 또 한 달 봉급이 21달러밖에 안 되기 때문에 예전처럼 돈을 가져다줄 수도 없어.」

바이올렛은 고개를 끄덕였다. 기이하게도 그녀는 그런 건 어떻게 되어도 상관없다는 표정이었다.

「언덕 위의 장소로 가자, 우리만의 장소로.」그는 다정하게 말했다. 동시에 자신이 애원하고 있다는 느낌이 들어 부끄러웠다. 오랫동안 섹스를 하지 않았다는 것은 남자의 기를 흩뜨려 놓았고, 그는 이제 자신의 피가 전보다 더 거세게 더 걸쭉하게 펌프질하는 것을 느꼈다.

「좋아요.」찬장의 문에는 유리가 달려 있지 않았다. 그녀는 유리가 없다는 사실에 부끄러움을 느끼면서 찬장 안으로 손을 넣어 술병을 꺼냈다. 그녀가 손을 내뻗는 동안 프루가 다가와 등 뒤에서 그녀의 유방을 감싸 쥐었다. 바이올렛이 화를 내며 팔을 아래로 내리자 프루는 그녀를 빙글 돌려 양팔을 옆구리에 고정시키면서 키스를 했다. 그녀는 손에 술병을 쥐고 있었다. 맨발의 그녀는 프루처럼 키가 크지 않았다.

그들은 메마른 풀을 밟으며 언덕으로 올라갔다. 프루는 술병을 들고 있었다. 햇빛은 그들의 맨살 등 위로 쏟아져 내렸다. 언덕 위에는 나무들이 여러 그루 자라고 있었다. 두 사람은 평평한 풀밭에 앉았다. 죽은 풀들은 갈색이었고 아직 살아 있는 풀들은 초록이었다. 그들이 앉아 있는 곳에서 바이올렛의 집이 빤히 내려다보였다.

「멋진 광경이군.」프루가 말했다.

「아니요, 지저분해요. 정말 지저분해.」

그들의 발아래 판잣집들이 좍 펼쳐져 있었다. 여행자의 지도에는 나오지도 않는 이름 없는 마을이었다. 바람이 세게 불어오면 훅 날아가 버릴 듯한 마을. 언덕 꼭대기에 앉은 그들은 U자 형의 한쪽 꼭대기에 올라와 있는 형상이었다. 아래쪽으로 내려가면서 판잣집들이 다닥다닥 붙어 있었고 맨 밑바닥은 길이었으며 그 반대편에 초록색 사탕수수 밭이 펼쳐져 있었다.

「나도 어렸을 때 이런 곳에서 자랐어. 단지 마을 규모가 여기보다 좀 컸을 뿐이야. 가난하기는 너나 마찬가지였지.」 그렇게 말하니 잊어버렸던 기억들이 감정과 회한을 뒤섞으며 일시에 머릿속에 몰려왔다. 그런 기억들은 서로 연결되어 있는 것이 아니기 때문에 남들에게 조리 있게 얘기해 줄 수도 없었다. 그런 기억들을 잊고 있었다는 것, 그런 기억들이 이제 아무 의미 없게 되었다는 느낌이 그를 압도해 왔다.

「고향 마을을 좋아하지 않았어요?」 바이올렛이 물었다.

「좋아하지 않았어. 하지만 고향을 떠난 이래 그보다 더 지옥 같은 곳들을 떠돌아다니며 살았어.」 그는 몸을 돌려 등을 대고 드러누우면서 나무 잎새들 사이로 비쳐 들어오는 햇빛을 쳐다보았다. 일요일 오후에 외출을 나왔다는 느낌이 살포시 그를 덮어 왔다. 어릴 적에 가을이 되어 잎새가 떨어질 때면 느꼈던 그런 아련한 기분이었다. 인생이 이럴 수만 있다면. 한평생이 사흘간의 휴가처럼 느껴질 수만 있다면. 이봐, 프리윗, 그건 꿈에 지나지 않아, 하고 그는 중얼거렸다.

그는 술병을 들어 한 모금 마시고 나서 병을 바이올렛에게 건네주었다. 그녀는 술을 마시고 팔꿈치로 몸을 기댄 채 아래쪽의 판잣집들을 내려다보았다. 그녀는 프루와 마찬가지로 위스키를 스트레이트로 마셨다. 마치 물을 마시는 양.

「이건 정말 끔찍해요. 사람이 이런 데서 살아서는 안 되는 거예요. 엄마와 아빠는 홋카이도에서 이곳으로 이민 오셨어요. 이 판잣집이나마 우리 집도 아니에요.」 그녀가 병을 건네주러 하자 그는 바이올렛의 팔을 잡으며 자기 쪽으로 잡아당겼다. 그가 키스하자 그녀가 처음으로 반응해 왔다. 양손으로 그의 뺨을 감싸며.

「보비, 보비.」

「자, 이리 와. 이리로.」

하지만 바이올렛은 몸을 뒤로 빼면서 싸구려 손목시계를

내려다보았다.「곧 엄마와 아빠가 집에 올 시간이에요.」

프루는 몸을 일으켜 풀 위에 앉았다.「그게 무슨 상관이야?」 약간 짜증 난 목소리였다.「여기까지 올라오지는 않잖아.」

「보비, 그래서 그런 게 아니에요. 밤이 될 때까지 기다려요. 밤에 하도록 해요.」

「아니야, 그게 무슨 시간이 정해져 있어? 내킬 때 해야 좋은 거야.」

「그 얘긴 그만 해요. 난 내키지 않아요. 부모님이 곧 돌아오실 거예요.」

「밤에 우리가 한 침대에서 잔다는 것을 알고 계시잖아?」

「내가 엄마, 아빠를 의식한다는 것 잘 알잖아요.」

「그래. 하지만 부모님은 알고 계셔.」 갑자기 과연 그들이 정말 알고 있는지 의문이 들었다.「그렇지 않아?」

「오후에는 안 돼요. 부모님이 아직 밭에서 일하고 계세요. 게다가 당신은 군인이고요.」 그녀는 말을 멈추고 풀밭 위에 있던 술병에 손을 뻗었다.「난 레일레후아 고등학교를 졸업했어요.」

난 중학교 1학년에 다니다 작파했는데, 하고 프루는 생각했다. 그는 와히아와에 있는 레일레후아 고등학교에 가본 적이 있었다. 그냥 평범한 학교였다.

「군인이 어때서? 군인이 아니라 군바리라고 말하려 했지? 군인이든 군바리든 그게 어쨌다는 거야? 남들과 똑같은 사람일 뿐이야.」

「알아요.」

「군인들도 남들과 하나도 다를 게 없어.」

「알아요. 하지만 자기가 모르는 게 하나 있어요. 너무나 많은 니세이(2세) 여자 애들이 군인과 사귀고 있는 거예요.」

「그게 어쨌다는 거야?」 그는 순간 옛날 노래가 하나 생각났다. 〈얘야, 마누엘로, 착한 애야. 더 이상 장난질을 하면 안 돼. 네 누나가 군인을 따라가서 언제 돌아올지 몰라.〉

「군인들은 니세이 애들에게 섹스만을 원해요.」

「니세이들은 민간인들과도 데이트를 하잖아? 섹스도 좋아서 하는 거잖아? 그게 뭐가 잘못되었어?」

「잘못된 건 없죠. 하지만 와히니 여자는 조심해야 돼요. 조신한 니세이 여자는 군인들과 데이트하지 않아요.」

「그건 조신한 백인 여자도 마찬가지야. 아니, 그 어떤 여자도 군인과 데이트하기를 꺼려. 하지만 그들도 따지고 보면 PFC랑 별반 다를 바가 없어. 그들도 다 똑같은 걸 원해.」

「그건 그래요. 하지만 나한테 화내지 말아요. 사람들이 군인을 그런 식으로 본다는 얘기예요.」

「그럼 왜 네 식구들이 나를 쫓아내거나 다른 조치를 취하지 않는 거야? 아니면 뭐라고 말이라도 하거나. 그토록 군인을 싫어한다면 말이야.」

바이올렛은 깜짝 놀랐다. 「우리 부모님은 그렇게 하지 않을 거예요.」

「젠장, 네 이웃들이 내가 여기 드나드는 것을 다 보았잖아.」

「그래요. 하지만 아무 말도 하지 않을 거예요.」

프리윗은 등을 대고 누워 있는 그녀를 쳐다보았다. 햇빛이 그녀의 몸 위에 아롱져 있었고 반바지는 그녀의 엉덩이와 허벅지를 바싹 졸라매고 있었다.

「여기서 벗어나는 것은 어때?」 그가 조심스럽게 물었다.

「좋아요.」

「곧 그럴 기회가 올 거야.」

「하지만 자기와 동거는 하지 않아요. 내가 그렇게 할 수 없다는 걸 알죠?」

「우리는 지금 사실상의 동거야. 다른 게 있다면 네가 부모님과 함께 살고 있다는 것뿐이야.」

「차이가 많아요. 이 문제는 아무리 얘기해 봐야 소용없어요. 내가 동거할 수 없다는 걸 자기는 잘 알아요.」

「알았어.」 프루가 말했다. 어차피 영내 일과는 월요일부터 시작되니까, 내일까지 기다려 줄 수 있는 문제였다. 그는 등을 대고 누워 믿을 수 없을 정도로 푸른 하와이의 하늘을 올려다보았다.

「서쪽을 한번 봐. 서쪽에 폭우가 몰려들고 있군. 저 먹구름을 좀 봐.」

「구름은 정말 아름다워요. 새까만 것이. 마치 깎아지른 절벽처럼 구름 위에 또 구름이군요.」

「저건 집중 호우야. 우기의 시작을 알리는 거지.」

「우리 집 지붕은 새요.」 바이올렛이 술병에 손을 뻗으며 말했다.

프루는 몰려드는 먹구름을 쳐다보았다. 「그럼 왜 네 식구들은 너를 내쫓지 않지? 만약 사정이 그렇다면. 그리고 나를 집으로 들이는 너를?」

「난 부모님의 딸이잖아요.」 그녀가 놀라는 표정을 지으며 말했다.

「오, 그래? 이봐, 돌아가는 게 좋겠어. 곧 비가 쏟아질 것 같아.」

폭우는 산봉우리 위에 한참 웅크리고 있더니 쏟아지기 시작했다. 저녁이 되면서 아주 세차게 퍼부었다. 바이올렛이 어머니를 도와 저녁 식사를 준비하는 동안 프루는 뒤 포치에 혼자 앉아 있었다. 그녀의 아버지는 앞방에 혼자 앉아 있었다.

그녀의 늙은 부모는 비가 쏟아지기 전에 집에 도착했다. 그들은 타고 온 포드 모델 T 픽업 트렁크에 앉아 있는 사람들에게 일본 말로 뭐라고 지껄였고 포드 차는 그다음 집을 향해 비탈길을 내려갔다. 그 차는 다섯 세대의 공동 소유였다. 공동 소유는 그들이 산기슭의 작은 계곡을 따라 낡은 나무 판때기로 건설한 수 킬로미터의 인공 수로도 마찬가지였다. 그 수로는 건설 현장의 비계를 연상시켰다. 태곳적 주위의 산들을 건설할 때 그런 수로같이 생긴 발판을 썼는지도 모른다.

그들은 프루와 바이올렛이 앉아 있는 뒤 포치를 통해 황급히 집 안으로 들어왔고 곧 호미를 챙겨서 인공 수로가 물을 대는 자그마한 밭을 가꾸기 위해 다시 나갔다가 비가 오자 집으로 돌아왔다. 프루는 허리가 굽은 그들을 쳐다보았다. 얼굴엔 시들어 말라빠진 사과처럼 주름살이 많았다. 그는 그들이 견디어 내고 있는 이 비참한 삶에 의분을 느꼈다. 그들은 아직 마흔도 되지 않았을 텐데 마치 바이올렛의 조부모나 되는 것처럼 늙어 보였다.

그들의 밭은 자그마한 땅을 잘 활용해 완벽한 네모와 세모 꼴로 가꾸어 놓은 정원이었다. 무, 양배추, 상추, 타로토란, 기타 대여섯 가지의 낯선 야채를 가꾸었고 그 옆에는 물을 댄 논도 있었다. 그것은 그들의 근면함을 잘 말해 주었다. 그들은 밭에서 일을 하다가 비가 쏟아지자 호미를 치우고 다시 뒤 포치로 들어왔다. 그들은 프루에게 말을 걸지 않았고 아예 그가 거기 있지 않은 듯 행동했다.

포치에 혼자 앉아 그들이 저녁 식사를 짓는 소리를 들으며 그는 또다시 전에 느꼈던 분노, 상실감, 고독감을 느꼈다. 이 세상의 그 어떤 사람들과도 소통되지 못한 채 자신만의 방에 들어앉아 있는 사람의 무기력함을 느꼈다. 하지만 부엌에서 흘러들어 온 야채와 돼지고기 삶는 냄새가 잠시 고독감을 잊게 했다. 그 따뜻하면서도 축축한 냄새는 이곳에 사람들이 살고 있어서 저녁을 짓는구나 하는 느낌을 안겨 주었다.

그는 빗소리를 들으며 먼 하늘에서 울려 퍼지는 천둥소리에도 귀를 기울였다. 비를 피해 포치 안으로 날아온 곤충들의 흥분과 소란스러움이 마치 자신의 것인 양 느껴졌고 가끔 맨손으로 모기를 때려잡으면서 단조로운 빗소리에 한 가닥 추임새를 넣어 주었다. 포치는 그를 상당히 보호해 주었으나 가끔 들이치는 빗방울은 막아 내지 못했다. 바닥을 때리는 빗방울과 그 분무는 유쾌한 차가움을 그에게 안겨 주었다. 하지만 저 비의 장막 뒤에 사람들이 있어서 저녁을 준비하고 있다는 사실은 그에게 안도감을 주었다.

바이올렛이 부르는 소리에 그는 부엌으로 건너갔다. 고통을 안겨 주는 군대, 워든의 감시하는 이상한 눈빛은 이제 저 멀리 있는 어떤 것으로 느껴졌다. 일과가 시작되는 월요일 아침은 하나의 악몽, 아주 오래된 종족의 기억, 달처럼 차갑고 아주 멀리 떨어져 있는 어떤 것으로 느껴졌다. 그는 싱거운 냄새가 나는 야채와 돼지고기 앞에 앉아서 맛있게 저녁을 먹었다.

식사를 마치자 바이올렛의 부모는 그릇들을 싱크대에 집어넣고 아무 말 없이 앞방으로 건너갔다. 그 방에는 화려하고 자그마한 제단이 모셔져 있는데 프루는 그 방에 초대받은 적이 단 한 번도 없었다. 그들은 식사 내내 단 한 마디도 하지 않았고 프루도 이미 오래전에 그들과 말을 해보려는 노력을 포기했다. 그와 바이올렛은 부엌에 조용히 앉아 향기로운 차를 마시며 판잣집을 뒤흔드는 바람 소리와 양철 지붕을 사정없이 두드리는 빗소리를 들었다. 이어 그도 바이올렛처럼 식기를 낡아 깨진 싱크대에 던져 넣었다. 이제 집으로 돌아온 것 같은 편안한 느낌이 온몸에 퍼졌다. 그가 아쉽지만 참아야 하는 것은 한 잔의 커피였다.

바이올렛의 방으로 들어가자 그녀가 일부러 방문을 활짝 열어 놓은 탓에 불 켜진 앞방이 환히 보였다. 그녀가 당연하다는 듯 알몸을 그에게 기대어 오자 그는 그 황금빛 몸에서 반사되는 반짝거리는 빛을 볼 수 있었다. 그 당연시하는 태도가 그에게 쾌감을 주었다. 그것은 군인이 좀처럼 맛볼 수 없는 항상성 혹은 연속성의 느낌을 주었다. 하지만 활짝 열어 놓은 문 때문에 자신의 몸이 보일지도 몰라 짜증이 났고, 그럼에도 불구하고 자신의 욕정을 억제하지 못하는 사실에 부끄러움을 느꼈다.

그는 한밤중에 깨어났다. 폭우는 그쳤고 열어 놓은 창문으로 달빛이 밝게 비쳐 들었다. 바이올렛은 그에게 등을 돌리고 팔베개를 한 채 누워 있었다. 몸이 딱딱하게 굳어 있는 것으로 보아 자고 있지는 않았다. 그는 바이올렛의 알몸 엉덩이에 손을 대어 그녀를 자기 쪽으로 끌어당겼다. 엉덩이의 신비한 굴곡과, 저 아래쪽 치구와 음문으로 이어지는 부분에서는 최고의 보석을 잘 다듬어 놓은 절묘한 장인 정신이 느껴졌다. 그런 정신에 접한 순간 그는 자신의 온몸이 정화되는 것 같았고 자신의 눈에 액상(液狀)의 황금빛 가루가 떠도는 것을 느꼈다.

그녀는 안아 달라는 듯 몸을 돌렸고, 그는 바이올렛이 자지 않고 뜬눈으로 무슨 생각을 하고 있었는지 의아했다. 그녀의 몸을 끌어당기면서 그는 자신이 그녀의 얼굴이나 이름을 잘 알지 못한다는 생각이 들었다. 이 사랑의 행위에서 두 사람의 환상이 아주 가깝게 밀착되어 어느 것이 그의 환상이고 어느 것이 바이올렛의 환상인지 모를 지경이 되었지만, 그래도 그는 여전히 그녀를 알지 못했고 바이올렛 또한 프루를 알지 못했다. 두 사람은 서로의 영혼을 만질 수가 없었다. 뻣뻣하고 네모나고 털투성이인 남자들의 세계에서 활동하는 남자에게, 모든 여자는 부드럽고 둥근 것, 불가해하고 기이한 존재였다. 그런 생각이 프루의 머리를 스치고 지나갔다.

그는 아침에 알몸인 채로 잠에서 깼다. 문은 여전히 열려 있었고 바이올렛과 그녀의 어머니는 부엌에서 바쁘게 돌아치고 있었다. 그는 벌떡 일어나 몸을 가리고 바지를 찾아 입고 싶은 충동을 간신히 억눌렀다. 무엇보다도 모든 여자들이 그토록 싫어하는 알몸 상태에 부끄러움과 이어 당혹감을 느꼈기 때문이다. 좀 있다가 프루가 부엌에 들어서자 그 어머니는 알은체도 하지 않았다.

아침 청소가 끝나자 그녀의 부모는 황황히 이웃집으로 놀러 갔다. 그동안 생각을 잘 정리해 둔 프루는 그 얘기를 꺼내야겠다고 결심했다.

「네가 와히아와로 이사하여 나와 동거했으면 좋겠어.」 그가 퉁명스럽게 말했다.

바이올렛은 포치에 의자를 내다 놓고 그에게 몸을 절반쯤 돌린 채로 앉아 있었다. 오른쪽 팔꿈치를 왼쪽 손으로 받치고 절반쯤 오므린 오른손으로 자신의 뺨을 괴었다. 「왜, 보비?」 그녀는 계속 기이하다는 듯 그를 쳐다보았다. 그 기이함은 그녀가 그를 쳐다볼 때마다 나타나는 표정이었다. 그녀에게 쾌감을 주고 또 아주 단순하게 보이는 저 은밀한 메커니즘을 매번 새로 발견하는 듯한 그런 표정이었다. 「보비, 내가 그렇게 할 수 없다는 걸 잘 알잖아요? 그런데 왜 그걸 강요하는 거예요?」

「내가 여기 아무 때나 올 수 없기 때문에 그래. 전출당하기 전엔 아무 때나 올 수 있었지만 지금은 아니야. 만약 와히아와에서 동거한다면 매일 밤 너를 찾아올 수 있어.」

「지금처럼 지내는 게 뭐가 문제예요?」 그녀가 아주 차분한 목소리로 물었다. 「자기가 주말에만 찾아와도 난 괜찮아요. 전출당하기 전처럼 매일 찾아오지 않아도 돼요.」

「주말 한 번으로는 충분하지 않아. 난 그렇게는 못해.」

「만약 나하고 헤어지면 주말 한 번마저 없어지는 거잖아요. 월급 21달러인 병사와 동거하려는 여자는 아마 없을 거예요.」

「난 네 부모님이 옆에 있는 게 싫어. 너무 신경 쓰여. 그들은 나를 좋아하지 않아. 동거할 수 있으면 동거하는 거고, 이런 어정쩡한 상태는 싫어. 내 생각은 그래.」 그는 새로 들여온 봄철 외투의 장단점을 말하는 점원처럼 사무적인 어조였다.

「보비, 동거하려면 지금 나가는 직장을 그만두고 와히아와에서 직장을 잡아야 해요. 하지만 술집에서 여급으로 일하지 않는 한, 직장은 어려울 것 같군요. 난 여급 일은 싫어요.

과거에 카후쿠에서도 일을 그만둔 적이 있어요. 가족이나 다름없던 그 집을 떠나서 이 빌어먹을 곳으로 왔어요. 좋은 직장 그만두지 말라는 부모님의 만류에도 불구하고. 그렇게 한 것은 당신이 매일 밤 나를 찾아올 수 있게 하기 위해서였지요. 당신이 원했기 때문에 그렇게 한 것이었어요.」

「그랬지. 그 말은 맞아. 하지만 사태가 이렇게 꼬여 버릴 줄 어떻게 알았겠어?」

「도대체 어떻게 할 생각이에요? 보비, 자기는 동거할 수 있을 정도로 봉급이 많지 않아요.」

「과거에는 그럴 만한 수입이 되었어. 이번 달은 일등병 4호봉 봉급이 나올 거야. 우선 그거면 우리 둘이서 한 달은 버틸 수 있어. 그동안 네가 직장을 잡고 내가 돈을 보태면 돼. 네 봉급과 내 21달러면 여기서 사는 것보다는 더 잘살 수 있어. 게다가 넌 여기서 사는 것을 싫어하잖아. 네가 동서하시 않을 이유가 없어.」 그는 말을 멈추고 천천히 숨을 들이쉬었다. 자신이 이토록 빨리 말할 수 있다는 사실에 은근히 놀라면서.

「내가 갈 수 없다고 말하고, 왜 그렇게 강요하느냐고 말했을 때, 내 말을 믿지 않았군요. 보비, 자기는 나에게 강요할 수 없어요. 엄마와 아빠는 동거를 좋아하지 않아요. 절대 허락하지 않을 거예요.」

「왜 허락하지 않는다는 거지?」 그는 너무 빨리 말하지 않으려고 애쓰면서 반문했다. 「내가 군인이라서? 넌 내가 군인인지 아닌지 신경이나 써? 내가 군인인 것이 신경 쓰인다면 애당초 왜 나와 데이트를 시작한 거야? 왜 여기에 오도록 한 거야? 네 부모님이 와히아와에 가는 것을 말린다고 해도 너를 영원히 가두어 놓을 수는 없어.」

「부모님은 창피를 당할 거예요.」 바이올렛이 말했다.

「오, 허튼소리!」 프루가 벌컥 화를 내며 말했다. 「그럼, 내가 군인이 아니라 해변에서 노는 구크라면 문제가 없다는 얘기로군.」 그는 얘기가 결국 이렇게 끝나리라는 것을 알고 있었다. 바이올렛의 부모는 할란 카운티의 광부만도 못하게 살면서, 딸이 군인과 동거를 하면 동네 창피라고 생각하는 것이었다. 그들은 빅 파이브가 그들의 궁둥이에 채찍질을 하면서 노예 노동을 시켜도 그것은 군대 생활이 아니라서 창피하지 않다는 식이었다. 이 한심한 가난뱅이들아, 가난한 자들의 최대 적은 역시 그들 자신이로다, 하고 프루는 생각했다.

「우리가 결혼을 안 해서 창피하게 되는 거예요.」 바이올렛이 부드럽게 말했다.

「결혼!」 프루는 깜짝 놀랐다. G 중대의 훈련 중사인 돔의 모습이 떠올랐다. 대머리에 덩치가 크고 눈을 껌뻑거리는 돔. 뚱뚱하고 나태한 필리핀 아내에게 늘상 바가지를 긁히면서 혼혈아 일곱 명을 낳은 돔. 돔이 영내에 들어와 그토록 심술을 부리는 것은 놀라운 일이 아니었다. 그는 필리핀 아내를 얻었기 때문에 유배자처럼 해외 기지를 전전해야 하는 것이다.

그가 놀라는 표정을 짓자 바이올렛은 미소를 지었다. 「거봐요. 당신은 나와 결혼하지 않으려 해요. 내 입장에서 한번 보자고요. 내가 당신과 동거를 한다고 해도 언젠가 당신은 본토로 돌아갈 거예요. 그때 나를 데리고 갈 건가요? 우리 부모와 등지게 해놓고 나서 부모도 당신도 없이 나 혼자 살아나가도록 내팽개칠 거잖아요. 게다가 아이까지 딸려 있을지도 모르죠.」

「네가 나와 결혼하면 부모님이 좋아할까?」

「아니요. 하지만 동거보다는 낫죠. 또 이런 어정쩡한 상태보다도 낫고요.」

「결혼 안 해서 부모님이 창피해한다? 그럼 내가 너와 결혼하면 따라나설 거야?」 그가 심술궂게 물었다.

「물론이죠. 그때는 사정이 확 달라지니까. 당신이 본토로 돌아갈 때 나도 따라가는 거죠. 나는 당신의 아내니까.」

나의 아내라, 그는 생각했다. 뭐 못해 줄 것도 없잖아? 그의 내부에서 바이올렛과 결혼하고 싶은 생각이 솟구쳤다. 하지만 잠깐. 바로 이런 생각이 솟구쳤기 때문에 다른 녀석들도 결국 결혼을 했지. 훈련 중사 돔처럼 말이야. 한편에는 자유가 있고 다른 한편에는 매일 원할 때마다 만질 수 있는 여자 궁둥이가 있다. 일부러 잘난 체하며 여자 사냥에 나설 필요도 없고 몇 달씩 공을 들일 필요도 없다. 혹은 그 대타인 창녀를 찾아갈 필요도 없다. 늘 여자 궁둥이가 옆에서 대기하고 있다. 그러니 매력적이지 않은가?

「내가 너와 결혼해서 본토로 너를 데려간다 해도……」 그가 조심스럽게 말했다. 「아무런 차이는 없어. 우리는 둘 다 소외자가 되는 거야. 미국에서 우리와 어울리려고 하는 사람은 없을 거야. 게다가 내가 너하고 결혼했다고 해서 너를 반드시 미국에 데려가야 할 의무도 없는 거야. 결혼했다는 것은 아무 의미도 없어. 대부분의 사람들에게 그렇단 말이야.」 훈련 중사 돔을 봐라, 하고 그는 생각했다. 여자 궁둥이가 탐나서 결혼했지만 이미 코가 꿰인 몸이 되었고 그 마누라라는 여자는 갑자기 안면 몰수하고 궁둥이를 거두어 가버리지 않았는가.

「아무튼 자기는 나와 결혼할 생각이 없군요.」 바이올렛이 말했다.

「그래, 맞아.」 그녀의 말이 사실일 뿐만 아니라 그의 양심을 찔러 댔기 때문에 언성이 높아졌다. 「내가 와후에서 평생을 보낼 거라면 결혼할 수도 있겠지. 난 전 세계로 근무지를 이동해야 한단 말이야. 난 30년쟁이야. 장교가 아니라서 마누라와 함께 이동할 수 있는 비용이 정부에서 나오지도 않아. 현재는 이등병이라 네 생활비도 제대로 대줄 수 없어. 나 같은 놈이 어떻게 결혼을 한단 말이야? 난 군인이야.」

「그럼 지금 이대로 지내면 되잖아요.」

「그건 안 돼. 왜냐하면 일주일에 한 번만으로는 충분하지 않기 때문이야.

이 나라는 곧 전쟁에 참가하게 될 거야. 난 그 전쟁에 나가야 해. 어떤 장애물 때문에 전쟁에 못 나가서는 절대 안 돼. 나는 군인이니까.」

바이올렛은 의자 등받이에 몸을 기대고 머리를 젖히면서 양팔을 의자 팔걸이에 늘어뜨렸다. 그녀는 기이한 표정을 지으며, 의자에서 몸을 더 비틀면서 의자 등받이 너머로 프루를 쳐다보았다. 「그래요, 그런 생각이었군요?」

프루는 벌떡 일어서서 그녀에게 다가가며 소리쳤다. 「내가 왜 너하고 결혼을 해야 돼? 왜 코가 납작한 혼혈아를 한 다스나 낳아야 해? 빌어먹을, 와히니 남편이 되어 파인애플 밭에서 평생 노예처럼 일해야 돼? 혹은 스코필드 택시를 몰아야 해? 내가 왜 군대에 들어왔다고 생각해? 평생 탄광촌에서 내 심장과 자부심을 닳아뜨리기 싫어서였어. 나의 아버지, 할아버지 들처럼 석탄 가루 뒤집어쓴 자식들을 낳아 키우는 것이 싫었기 때문이었어. 도대체 여자들은 뭘 바라는 거야? 남자의 심장을 뽑아다가 철사 줄 위에다 꿰어 두었다가 어머니 날에 어머니에게 주고 싶다는 거야? 도대체 너는 뭘…….」

그의 눈에 위든을 상대할 때나 바이올렛을 억지로 설득시키려 들 때 떠오르던 차가운 빙산 덩어리는 이제 없었다. 노천 광산의 모닥불이 처음에는 젖은 짚단을 태우는 것처럼 타다가 마침내 활활 피어오르는 것처럼 그의 눈에 불빛이 이글거렸다. 그는 크게 심호흡을 하면서 자신을 다잡았다.

바이올렛은 그의 눈에서 하얀 빙산 덩어리가 굴러 떨어지는 것을 보았다. 마치 빙하 시대의 빙하들이 지구를 뒤덮었듯이. 그녀는 의자 등받이에 몸을 기댄 채 그 빙산이 떨어져 내리는 것을 온몸으로 받아 냈다. 죄수들이 강력한 물 호스에서 뿜어져 나오는 물줄기를 온몸으로 견뎌 내는 것처럼. 그 차가운 힘에 맞서서 싸우는 것이 아니라 그 힘이 자신을 때리도록 내버려 두었다. 등이 굽고 말라비틀어진 사과 같은 얼굴을 가진 그녀의 부모와 그 부모들이 수백 년 동안 고통을 참아 왔던 것처럼.

「바이올렛, 미안해.」 그가 빙산 뒤에서 말했다.

「괜찮아요.」

「너를 기분 나쁘게 하려는 건 아니었어.」

「괜찮다니까요.」

「이제 네게 달렸어. 전축 건은 내 생활을 크게 바꾸어 놓았어. 이건 새로운 노래이고 그래서 다른 리듬을 갖고 있어. 옛 노래와 새 노래는 아무래도 같을 수가 없지.

내가 여길 찾아오는 건 이게 마지막이야. 네가 이사를 나오든지 말든지 그건 네 마음이야. 사나이가 인생을 바꾸려고 할 때는 나머지 것도 다 바꿔야 하는 거야. 옛날 생활을 생각나게 하는 것은 가만 놔둘 수가 없어. 그러면 아무것도 바꾸지 못해. 내가 여길 계속 찾아와야 한다면 나는 이 전출을 불만스럽게 생각하고 그걸 바꾸려 들 거야. 난 그렇게 할 생각이 없어. 아무도 나한테 그렇게 하도록 강요 못해.

그래서 이제 네 마음에 달렸어.」

「보비, 난 갈 수 없어요.」 그녀는 의자에 앉은 자세를 조금도 흩뜨리지 않고 차분한 목소리로 말했다.

「좋아. 그럼 난 떠날게. 난 와히아와에서 동거하는 자들을 많이 봤어. 그들과 와히니는 파티도 함께 가고 영화관에도 바에도 함께 가. 다들 그렇게 하면서 놀아. 여자들은 외롭지 않고. 그렇게 살면서 외로움을 더는 거야.」

「군인들이 떠나가고 나면 그 여자들은 어떻게 되는 거죠?」 그녀가 언덕 꼭대기의 나무들을 쳐다보며 물었다.

「몰라. 그 생각은 별로 안 해봤어. 또 다른 군인을 얻겠지. 자, 난 이제 간다.」

그가 다시 돌아왔을 때, 그는 신발을 신은 채였고 바지 호주머니에는 거의 찬 술병과 거의 빈 술병을 찔러 넣고 있었다. 그가 이곳에서 소유하고 있는 것이라고는 그 술병뿐인데 그걸 이제 가지고 가겠다는 것이었다. 비록 사소한 것이었지만 그것들은 안전 통행의 담보로 여기 맡겨져 있던 것들이었다. 부대 바깥에서 영위했던 잠시 빌린 생활의 담보물이었다. 이제 그것들을 수거해 감으로써 그 생활을 취소하는 것이었다.

바이올렛은 여전히 자세를 바꾸지 않고 의자에 앉아 있었다. 그는 여자에게 미소를 지어 보이고 입술을 안으로 오므렸다. 하지만 여자는 그것을 보지 못했고 또 보려고 하지도 않았다. 그는 계단을 내려가 집 앞으로 나섰다.

코너를 돌아서자 그녀가 등 뒤에서 말했다. 「잘 가요, 보비.」

프루는 한 번 싱긋 웃었다. 「알로하 누이 오에(잘 있어).」

그는 강한 연극적 분위기를 느끼면서 끝까지 그 역할에 충실했다.

그는 그 자그마한 언덕을 내려오면서 뒤돌아보지 않았다. 하지만 그녀가 한 손을 문설주에, 다른 한 손을 반대편의 문설주에 짚고서 마치 세일즈맨의 출입을 저지하려는 듯한 자세로 그를 지켜보고 있음을 알았다. 목덜미에 그녀의 시선이 느껴졌다. 그는 뒤돌아보지 않고 교차점까지 걸어갔다. 언덕 아래로 내려가는 그의 비극적인 모습은 그녀에게 상당한 인상을 남기리라고 마음속으로 상상했다. 순간, 프루 자신이 그 문턱에 서 있는 느낌이 들었다. 그런데 정말 이상한 것은, 지금 이 순간처럼 프루가 그녀를 사랑해 본 적이 없었다는 것이다. 지금 이 순간 그녀는 곧 그 자신이 되었다.

하지만 그게 사랑은 아니야, 하고 그는 생각했다. 그게 그녀가 원하는 게 아니야. 아니, 여자들은 그걸 원하지 않아. 그들은 남자가 여자에게서 자기 자신을 발견하는 것을 원하지 않아. 남자가 아예 여자 속에 빠져서 사라져 버리는 것을 원해. 그런데 이상한 건 말이야, 그런 여자 자신이 남자에게서 자기 자신을 발견하려 든다는 거야. 그러니 사랑이라는 건 말이야, 이건 굉장한 연극배우가 아니고서는 해먹지 못하는 놀이야. 정말이야.

그는 언덕 아래쪽 도로변에 내려와 그녀의 집이 보이지 않는 지점에 서자 비로소 배우의 역할을 끝내고 고개를 돌려 위쪽을 쳐다보았다. 그리고 깊은 상실감을 느꼈다.

그가 볼 때, 모든 인간은, 바에서, 기차에서, 사무실에서, 거울에서, 사랑에서(특히 사랑에서) 자기 자신을 찾으려고 한다. 자기 자신을 다른 사람, 다른 장소에서 찾으려 하는 것이다. 사랑은 자기 자신을 주어 버리는 것이 아니라, 자기 자신을 발견하고 묘사하는 것이다. 이렇게 볼 때 사랑의 개념은 지금껏 잘못 정의되어 온 것이다. 인간이 만져 볼 수 있고 또 이해할 수 있는 자기 자신의 어떤 부분이라는 것은, 결국 그가 그 자신에게서 발견하는 그 부분뿐이다. 그런데도 그는 자기 자신의 벌집 속에 밀봉된 상태를 견디지 못한다. 어떻게든 그것으로부터 도망쳐서 그보다 더 큰 벌집에 연결되기를 바라는 것이다.

그가 지금껏 발견한 유일한 코드, 유일한 언어, 유일한 의사소통 방식은 나팔이었다. 그 나팔만 있으면 자신의 의사를 상대방에게 전달하여 납득시킬 수 있었다. 만약 지금 여기에 나팔이 있었더라면 그는 자신의 의사를 그녀에게 이해시킬 수 있었으리라. 그녀에게 작업 나팔을 불어 주었다면, 그의 피곤함, 무거운 배를 안고 작업 나가서 엉뚱한 사람의 거리를 청소해 주어야 하는 자의 고단함, 여기 그대로 주저앉아 한잠 자고 싶은 자의 아쉬움 따위를 납득시켰으리라.

하지만 넌 나팔이 없잖아. 여기뿐만 아니라 그 어디에 가도 나팔을 불 수 없잖아. 너의 혀는 이미 뜯겨져 나갔어. 네게 있는 것이라고는 술 두 병뿐이야. 하나는 거의 가득 차 있고, 다른 하나는 거의 비어 버린.

그런데 말이야, 그 술병을 가지고 영내로 들어갈 수가 없어. 그는 혼자 중얼거렸다. 헌병 놈들이 그걸 압수해 가지고 지들이 다 먹어 버린다고. 그렇다고 부대 울타리에다 숨겨 둘 수도 없어. 그런 위스키들만 찾아내어 챙기는 놈들이 있거든. 그놈들은 밤마다 울타리만 살핀다고. 이봐, 내 안의 〈나〉라는 친구, 우리 가서 한잔할까? 난 그렇게 하는 게 좋겠다고 생각해. 우린 아주 가까운 사이잖아. 때때로 우리는 거의 쌍둥이처럼 서로를 들여다보잖아. 마치 거울을 보듯이. 특히 술에 취했을 때 네 얼굴이 잘 보여. 자, 저기 저 나무로 가자고.

언덕 아래쪽, 교차점으로 가는 길의 중간쯤에 마디가 옹이

진 오래된 케아웨나무가 서 있었다. 그 나무는 날개를 활짝 펴고 그 자그마한 들판에 그늘을 드리워 주고 있었다. 전에 바이올렛을 찾아왔을 때 그 나무 밑으로 가서 한 잔씩 하곤 했는데, 먹고 버린 갈색 병들이 풀밭 사이에 나뒹굴고 있었다. 그는 발을 높이 쳐들면서 무릎 높이로 밀생한 풀들을 가로질러 그 나무 있는 곳으로 갔다. 나무 바로 밑에는 평평한 풀밭이 있어서, 그 거칠거칠한 나무껍질에 몸을 기대고 술을 마실 수 있었다. 무릎 높이의 풀 때문에 도로에서는 나무 밑에 앉아 있는 사람이 전혀 보이지 않았다. 사실 누구나 이처럼 혼자 있는 시간이 필요했다. 영내로 돌아가 내무반에 들어가면 고독은 있을지 몰라도 혼자 있는 시간은 없었다.

풀들의 처녀성을 약탈하기 위해 하루 종일 내리쬐는 태양으로부터 주변의 자그마한 풀밭을 보호해 주고 있던 케아웨나무. 그 거칠거칠한 팔을 쫙 벌려서 하루 종일 풀들에게 보호막의 그늘을 제공했던 나무. 지금껏 딸이나 다름없는 풀들의 처녀성을 보호해 주었다면, 이제는 돌아온 탕자에게 혼자 있는 시간을 주려고 그늘을 드리우는 나무. 프루는 그 나무 아래서 위스키를 마시면서 워든, G 중대, 운동부, 바이올렛 등을 생각했다. 우스꽝스럽게도 이사를 하려면 짐과 통조림 제품을 집어넣을 수 있는 박스들을 미리 준비해야 한다는 생각도 했다. 하지만 케아웨나무의 입장에서 본다면 처녀인 풀밭이나 탕자인 프루나 모두 보호의 대상이기는 마찬가지였다. 모성(母性)인 나무는 그 보호 대상을 가리지 않는다.

그는 풀밭에 나뒹구는 빈 병들에다 두 병을 더 보탠 후 부대로 돌아가는 차를 얻어 타고 영내의 혼잡한 고독으로 복귀했다. 그 차는 할레이와에 수영을 갔다 돌아오는 제13야전포병 대대 사병들을 가득 태운 트럭이었다. 그는 혼자 있음이 보장되지 않는 내무반으로 들어가 술기운을 빌려 깊은 잠에 빠져 들었다.

　월말이 되어 봉급날이 돌아왔을 때, 그는 일등병 4호봉의 마지막 봉급을 수령했다. 당초 그 돈으로 바이올렛과 와히아와에서 살림을 차릴 계획이었으나, 이제 물 건너간 얘기가 되고 말았다. 그는 심한 아이러니를 느끼면서 오헤이어의 노름방에서 현금 박치기 주사위 노름으로 15분 만에 그 돈을 모두 날리고 말았다. 술 한 병, 여자 궁둥이 한 번 살 돈도 남기지 않고 몽땅 날렸다. 그것은 아주 멋진 제스처였다. 그가 초반 몇 판에 들이밀었던 통 큰 베팅은 그 후 자주 사람들의 입에 오르내렸다.

제2부
중대 현황

제9장

 3월에 시작되는 하와이의 우기는 다른 지역으로 따지면 겨울에 해당한다. 겨울의 여러 달 동안 하늘은 약간 흐릿해지고, 안개가 더 많이 끼고, 전보다 덜 푸르며 태양도 덜 뜨겁게 작열한다. 하지만 하와이의 겨울은 다른 지역의 9월 말 여름 날씨와 별반 다를 바가 없다. 기온도 전과 똑같고, 스코필드 부대가 자리 잡은 파인애플 고원의 용수(用水) 부족은 여름이든 겨울이든 똑같은 것이다.

 하와이에서는, 겨울이라고 해서 추위로 고생하는 일이 없다. 겨울이 오기 전 10월의 익은 감 냄새 나는 서늘한 기운도 없으며 꽁꽁 얼리고 난 뒤에 찾아오는 4월의 따뜻한 훈기 같은 것도 없다. 하와이의 절기에서 규칙적으로 바뀌는 것이 있다면 우기의 내습인데, 지난해의 하와이 겨울을 기억하는 사람들은 늘 그 계절을 환영했다. 물론 여행객들은 이런 사람들의 무리에서 제외해야 한다.

 우기는 어느 날 느닷없이 찾아오지 않는다. 2월이 되면 일과성 폭우가 한두 차례 찾아온다. 그것은 뭐라고 할까, 죽기 직전의 사람이 갑자기 발길질을 하면서 버둥거리는 것과 비슷하다. 하지만 폭우가 가져오는 습윤함과 이제 곧 해갈되겠구나 하는 기대는 우기가 닥쳐올 때까지 계속된다. 목마른 대지가 어느 정도 수분을 빨아들인 직후 일과성 폭우는 지나가고, 뜨거운 햇볕이 진흙을 바싹 구운 케이크처럼 건조시킨다. 그러면 둥그런 GI(미국 군인)의 군화 밑에서 땅이 먼지를 풀풀 날리며 바스러지는 메마른 갈라짐의 기억을 남긴다.

하지만 3월 초에 들어서면 장마가 짧아지기도 하고 혹은 길어지기도 하는 불확정의 시기는 사라지고 본격적으로 비가 내리퍼붓기 시작한다. 대지는 그 비를 저 깊은 중심부에서 자신의 목구멍 초입까지 힘껏 빨아들이다가 이제 더 이상 받아들이지 못하면 그 물을 뱉어 낸다. 사막에서 탈수증에 걸린 사람이 물을 많이 마시지 못하고 토해 내듯이, 대지가 그 심장부에 받아들이지 못하는 물을 게워 내면 그 물은 부대가 위치한 거리와 언덕, 붉은 고원에 점재한 협곡과 농수로를 타고 흘러내리며 하나의 용용한 흐름을 이룬다. 그리하여 그 대지 위에 있는 모든 존재와 사람들은, 신혼여행 중인 신부처럼 이제 더 이상의 주입은 안 된다고 호소하기에 이른다.

이러한 우기에 스코필드 부대는 내무 교육을 실시한다. 야전 훈련은 모두 실내 강의로 대체된다. 병사들은 독서오락실에 집합하여 각종 병기의 제원을 파악하고 그 성능을 암기한다. 밀집 대형과 확대 밀집 대형 훈련은 사라지고, 그 대신 포치에서 도상 훈련으로 대체되며, 실탄이 장전되지 않은 총으로 사격하는 시늉을 하다가 만다. 그들이 실내의 아늑한 단조로움을 즐기는 동안, 비는 세차게 막사의 창문을 두드려 댄다.

우의는 두 가지가 있다. 하나는 고무로 된 것인데, 말이 좋아 우의지 마치 압지나 되는 것처럼 물을 마구 빨아들여 안 입는 것보다 못한 물건이다. 다른 하나는 물을 막아 내기는 하는데 동시에 땀의 배출을 막아 버려 너무 땀이 차다 보면 차라리 물 빨아들이는 우의가 낫겠다고 생각하게 되는 물건이다. 이런 두 종의 우의가 침상 발치에 걸려 있던 야전 배낭의 한구석에서 꺼내져 등장하는 것이다. 비가 잠시 멈추어 병사들이 야간 산책을 나갈 수 있을 정도가 되는 저녁에는, 〈야전 점퍼〉라는 신종 상의가 거리와 도로에 등장한다.

바로 이런 우기에 사단 예배당 뒤에 있는 유개(有蓋) 권투 볼에 사람들이 무더기로 몰려드는 것이다. 사단 예하의 각 부대에서 몰려든 그들은 축을 향해 달려드는 바퀴의 살과 비슷하다. 그들은 담요를 들고 나오는데 그것은 종종 치질을 유발하는 콘크리트 좌석의 한기를 다스리고 또 무릎을 덮기 위해서다. 추가 보온책으로 5백 밀리리터의 위스키를 몰래 들여오기도 하는데, 물론 헌병의 눈을 속일 수 있는 경우에 한한다. 다른 데는 가을에 해당하는 이 3월에, 하와이 스코필드 부대의 권투 볼 장에 설치된 링에서 두 이름 없는 전사가 싸운다. 본토의 가을이라면 10월이고, 이때는 전국의 수천 개 마을이 미식축구 결승전인 볼 게임에 열광하게 되는데, 마침 권투 볼 장은 이름도 비슷해서, 경기장에 권투 구경 나온 사람들은 마치 본국의 볼 게임을 관람하는 환상에 빠져 든다.

3월 2주 차에 들어 스모커 게임이 아직 3회 남아 있는 상황인데도 하와이 사단의 우승 팀은 이미 결정되었다. 다이너마이트 홈스의 〈베어캣 커브스〉는 30점 차이로 27연대에 밀리고 있었고, 점수 차이가 너무 벌어져서 남은 세 게임을 모두 가져간다고 하더라도 격차를 만회할 수가 없었다. 두 명의 황금 권투 선수가 상감되어 있는 트로피는 샐리쇼트의 선시실에서 꺼내져 금년 시즌의 우승 팀에게 전달될 예정이었다.

다이너마이트가 축 처진 어깨와 짜증스러운 얼굴로 부대 안을 배회하는 모습이 자주 목격되었다. 그가 권투부 코치에서 해임될지 모른다는 소문이 나돌았다. 그리고 몇 해 만에 처음으로 G 중대는 한 달 사이에 두 명의 사병이 군법 회의에 회부되어 영창으로 보내졌다.

톱니 같은 콘크리트 벽을 가진 그 거대한 팔각형의 건물에 입장한 구경꾼들이 볼 때, 누가 선수로 나오고 또 누가 이기는지는 그리 중요하지 않다. 싸움 구경에서 오는 그 흔쾌한 분위기와 흥분을 즐기는 것, 이것이 중요했다. 그것은 본국에서의 어린 시절, 가령 고등학교 시절에 운동을 하던 때를 연상시켰다. 고등학교 운동선수들은 마치 그 운동 게임에 자신의 생명이 달려 있는 것처럼 정말 못 말리는 열정으로 파이팅 정신을 보였다. 그들은 아직 어린지라 경기에 지면 펑펑 울어 댔다. 하지만 외투 깃을 올려 세우고 크누트 로크니 영화에 나오는 우울한 주인공들처럼 경기에서 지면 밥그릇 떨어지는 것을 걱정해야 하는 코치들은 어린 학생들의 그런 열정에 동조하지 않았다. 사실 그것은 산타클로스를 믿는 것 같은 어린 한때의 열정으로서, 앞으로 경험과 상식이 넓어지면 그런 순진함은 곧 사라질 터였다. 나이 들어 때가 묻으면 그런 충성심이라는 것도 따지고 보면 하나의 상품으로 얼마든지 교환 가능한 물건으로 전락하고 말게 됨을 깨닫는 것이다. 하지만 권투 볼의 콘크리트 관람석에 앉은 구경꾼들은 그런 순진함을 떠올리면서 그 시대의 아련한 추억을 헛되이 반추해 보는 것이다.

연대는 다이너마이트가 우려했던 것처럼 그 패배로부터 심각한 타격을 입지는 않았다. 연대의 충성심이라는 것은 이 중대에서 다른 중대로 자주 옮겨 다니기 때문이다. 그 우울함이라는 것도 권투 볼 장에서 내무반까지 걸어오는 시간, 혹은 화장실에서 벌어지는 간이 크랩 게임이 시작되는 시간까지만 지속되었다. 권투부의 영화(榮華)는 갑자기 기울어졌다. 봉급날이 다음 해의 권투 시즌보다 훨씬 가까이 있었고 리버 스트리트와 누우아나 사이의 창녀집들은 새로운 여자들을 본국에서 다량 입하했다는 소문이 퍼졌다.

소문과는 다르게, 구관이 명관이라고 연대의 명예를 지킬 수호자는 다이너마이트뿐이라고 결론이 났다. 델버트 대령과 인터뷰를 하여 아슬아슬하게 판결 유예를 받아 낸 다이너마이트는 차트와 지도를 모두 수집해 내년의 화끈한 우승을 위한 계획에 들어갔다. 이번에 빼앗긴 트로피를 원래 자리에 되돌려 놓기 위하여 절치부심했다. 〈트로피는 반드시 돌아온다〉라고 그는 말했다. 마지막 게임인 스모커 6회전이 끝나기도 전에 그는 내년도 계획을 세우며 선수들을 보강하기 시작했다.

어느 날 밀트 워든이 행정실의 복도 문 앞에 서 있는데 홈스가 출근하여 카메하메하 부대에서 취사병 스타크를 전입시키기로 했다는 날벼락 같은 얘기를 했다. 그날은 비가 많이 오고 있었고 워든은 중대장이 은빛 장막을 뚫고 성큼성큼 걸어오는 것을 지켜보았다. 중대장은 진흙투성이의 중대 마당도 개의치 않았다. 그는 벨트 달린 맞춤 외투를 입고 있었는데, 외투 깃을 귀 뒤까지 바짝 치켜세운 차림이었다. 그는 빗방울이 튕겨 오르는 것도 개의치 않고 부츠 신은 발을 활발하게 내디뎠다. 하지만 수치스럽게도 워든의 마음에는 중대장에 대한 존경심이 조금도 들어 있지 않았다. 중대장의 활발한 걸음걸이는 중대가 제대로 돌아가는지 알아보려는 일상적인 순시 차원이 아니었다. 워든은 뭔가 조짐이 좋지 않다는 예감이 들었다.

「부츠에 안장이라.」 그는 도전적으로 중얼거렸으나 그 목소리는 홈스가 들을 수 있을 정도는 아니었다. 그는 자신의 독립된 위상을 자기에게 증명하기 위해, 다가오는 중대장에게 등을 돌리며 행정실 안으로 들어갔다.

「이것들을 빨리 조치하기 바라네.」 홈스는 빗방울을 뚝뚝 떨어뜨리며 행정실 안으로 들어오더니 외투 안주머니에서 서류를 꺼내며 말했다. 「마촐리는 어디 있나?」

「연대 인사과에 갔습니다.」 워든이 맥없이 말했다. 「오늘 아침 인사과의 오배년 특무 상사가 행정병들을 소집했습니다.」

「그럼 인사계가 좀 처리해 주게.」 홈스가 서류를 내밀며 말했다. 「추천서가 필요해. 멋진 추천서 말이야.」

「이 스타크라는 병사는 블리스 시절 내가 데리고 있던 녀석이야. 연대장에게 이미 말해 놓았어. 영감이 사단 인사 참모실에 편지를 보내 다 조치해 주겠다고 했어.」 홈스는 기병모자를 벗어서 요란하게 물방울을 떨어냈다.

「젠장, 모자가 왕창 젖었군. 스타크는 좋은 놈이야. 난 옛날 부하를 위해서는 내 힘껏 다 해줘.」

「알겠습니다.」 워든은 서류를 검토하며 말했다.

「오늘 발송했으면 좋겠어.」 그는 행복한 어조로 말했다. 「기다렸다가 내가 직접 발송할 생각이야. 그 외에 상사와 의논할 게 좀 더 있어. 우리 중대에 PFC 보직이 비어 있지?」

「예, 중대장님.」 워든은 계속 서류를 검토하며 말했다.

「상사, 내 말을 듣고 있나?」

「예, 중대장님.」 워든은 마치 전시하듯 서류를 들어 보였다. 「취사병은 이미 정원이 다 찼습니다.」 워든은 지나가듯이 말했다. 「이 전입병의 자리를 마련해 주려면 누군가를 강등시켜야 합니다. 이 문제를 프림 중사와 얘기해 보셨습니까? 그는 현재의 취사병을 그대로 둘 생각일 텐데.」 프림 중사의 입장을 말하는 워든의 어조는 지나가는 것이 아니었다.

홈스의 얼굴엔 순간 행복한 동그라미가 사라지고 짜증 섞인 세모와 네모가 들어섰다. 「상사, 프림 중사가 내 결정에 시비를 걸 거라고는 생각하지 않네.」

「그에게 레몬 추출액 한 병을 주면 시비를 걸지 않을 겁니다.」
「뭐라고?」
「그가 현재대로 취사반을 운영할 생각이라면 시비 걸지 않을 거라고 했습니다.」

홈스는 못마땅한 눈초리로 상사를 쳐다보았다. 「프림과 스타크는 블리스 부대에서 같은 취사반에 있었어. 난 하급자의 조언이 내 판단에 영향을 미친다고 생각하지 않아.」

「물론 그렇습니다.」 워든이 중대장을 쳐다보며 말했다.

「상사, 난 내가 뭘 하고 있는지 잘 알아. 내가 하는 대로 따라와. 조언이 필요하면 요청하겠네.」

「알겠습니다, 중대장님.」 워든이 여전히 홈스를 쳐다보며 말했다. 홈스는 워든만 한 인사계가 없다는 것을 잘 알고 있었다. 워든도 중대장이 그걸 알면서 교묘하게 그런 내색을 하지 않는다는 것을 알고 있었다.

홈스는 자기가 겁먹을 사람임이 아님을 납득시킬 때까지 한참 동안 마주 쳐다보더니 윗부분이 뾰족한 기병 모자를 집어 들고 물방울을 다시 한번 떨었다. 홈스는 〈당신 마음대로 하시오〉라고 말하는 듯한 워든의 눈초리를 더 이상 견뎌 내기 어려웠다.

「정말 많이 젖었군.」 홈스가 다시 말했다.

「그렇군요.」 워든이 말했다. 홈스는 책상에 앉아 뭔가 끼적거리기 시작했다. 바로 전에 자신의 유리한 상황을 잘 활용하여 사태에 감연히 맞섬으로써 승리를 거두어 기분이 좋아져 있었다.

「중대장님, 이 건을 며칠만 보류하실 수 없겠습니까? 레바의 보급 보고서 작성이 너무 늦어져서 제가 도와주고 있는 실정입니다. 우선 바쁜 것부터 먼저 해치워야 합니다. 이 전출 건은 아무 때나 조치할 수 있습니다.」 중대장은 며칠 지나면 화끈 달았던 마음이 식어 자비로운 마음을 잊어버릴지 몰랐다. 그는 전에도 그런 적이 있었다.

홈스는 탁 소리를 내며 연필을 내려놓았다. 「오헤이어 중사는 뭘 하고 있나? 그가 보급 부사관 아닌가?」

「그렇습니다!」

「그럼 그 친구한테 시켜. 그건 그의 일이야.」

「오헤이어는 그걸 할 수가 없습니다. 빌어먹을 노름방을 운영하느라고 너무 바쁩니다.」

「할 수 없다니? 그는 보급 중사야. 그가 해야 할 일이야. 상사, 내 판단을 의심하는 건가?」

「아닙니다!」

「좋아. 그렇다면 오헤이어에게 시켜. 자기 봉급 값은 해야지. 내가 이 부대의 중대장인 한 모든 사병은 자신의 임무를 수행해야 한다. 내가 말하는 대로 운영되어야 한다. 그리고 상사, 지금 즉시 그 문서를 작성해 주기 바란다.」

「알겠습니다, 중대장님! 지금 즉시 작성하겠습니다.」 젠장, 보급실 일이 어떻게 되든 내가 알게 뭐야, 하고 워든은 생각했다. 그럼 이제 블리스 출신이 다섯 명이나 되어 이 중대를 말아먹겠구나. 그는 책상에 앉아 홈스를 무시하고 자신을 한없이 왜소하게 만드는 그 서류의 작성에 착수했다.

「그리고, 상사.」 홈스가 냉정한 목소리로 말했다. 「그 비어 있는 PFC 보직 건 말인데, 마촐리를 시켜서 블룸에게 준다는 중대 인사 명령을 내도록 해.」

워든은 눈썹을 꿈틀거리면서 타자기에서 눈을 들었다. 「블룸이라고요!」

「그래, 블룸. 블룸은 좋은 놈이야. 좋은 부사관이 될 자질을 갖고 있어. 갈로비치 중사가 나한테 그러는데 열심히 근무할 뿐만 아니라 중대의 그 어떤 병사보다 진취적이라고 하더군.」홈스가 차분한 어조로 말했다.

「블룸은 안 됩니다!」

「아니야, 그렇게 명령을 내.」홈스가 느긋한 목소리로 말했다. 「내가 한동안 그놈을 유심히 봐 왔어. 난 자네가 생각하는 것보다 더 세심하게 이 중대의 맥박을 짚고 있어. 운동 잘하는 친구들이 결국 군인 노릇도 잘해. 블룸은 올해 볼 게임에서 네 차례 승리했어. 내년에 블룸을 가지고 사단 챔피언을 만드는 것도 불가능한 일만은 아니야. 윌슨 중사가 그 친구와 함께 뛸 거야.」

홈스는 워든의 대답을 기다리는 눈빛으로 쳐다보았다. 「상사, 내일 마촐리 시켜서 명령서 작성할 거지?」그는 부드럽지만 단호한 어조로 말했다.

「알겠습니다, 중대장님. 그렇게 하지요.」그는 고개를 쳐들지 않고 말했다.

「고맙네.」홈스는 의기양양하게 연필을 집어 들며 말했다.

워든은 서류 작성을 끝냈다. 과연 홈스가 진심으로 그렇게 한 말인지 아니면 한번 해본 말인지 잘 분간이 되지 않았다. 하지만 홈스에게 그 서류를 건네주면서 중대장의 복잡한 심리 상태의 일면을 다시 한번 엿본 기분이었다. 그 괴상한 심리 상태 덕분에 중대의 부사관들 절반 이상이 자격도 되지 않는데 현재의 부사관 보직을 꿰차고 있었다.

홈스는 아주 기분 좋다는 듯 그 서류를 읽어 보았다. 「상사, 이 인사 공문 제대로 된 거지?」

「예? 전 언제나 인사 공문을 규격대로 작성합니다.」홈스는 인사 조치의 타당성을 묻는 것이었으나 워든은 일부러 서류 작성의 정확성을 강조했다.

「자, 자, 상사.」그는 하급 사제를 달래는 듯한 주교의 손짓을 하면서 말했다. 「난 자네가 뛰어난 인사계라는 것을 알아.

단지 이 인사 조치에 착오가 없는 건지 다시 한번 확인하는 거야.」

「전 이미 공문을 작성했습니다.」

「알아.」 홈스가 미소를 지었다. 「상사는 레바와 보급실을 너무 걱정하고 있어. 취사반과 보급실 걱정은 그만 하고 본연의 업무 이외에 이 일만 잘 처리한다면 부대의 효율성도 훨씬 높아지고 또 잘 돌아가는 부대가 될 걸세.」

「중대장님, 그 문제는 누군가가 걱정해 주어야 합니다.」

「상사, 그 문제는 상사가 걱정하는 것처럼 그리 심각하지 않아. 자네는 왜 그렇게 찾아서 걱정을 하나?

그리고 방금 생각난 건데 그 프리윗이라는 병사는 정규 근무를 착실히 하고 있나?」

「잘하고 있습니다. 훌륭한 군인입니다.」

「그렇겠지. 난 그걸 기대하고 있어. 사병으로서 정규 근무를 좋아하는 자 중에는 훌륭한 군인이 없어. 이번 여름에 그 친구가 중대 스모커 대회에 뛰게 될 거야. 군대에서는 사자도 다스린다는 옛말도 있지 않나.」

「그 점은 중대장님이 잘못 보신 것 같습니다.」 워든이 무뚝뚝하게 말했다. 「중대장님이 그 친구 권투하는 걸 보기는 틀린 것 같습니다.」

「상사, 그렇게 확신하지 말고 우기가 끝날 때까지만 기다려 봐. 올 여름에는 작업이 이만저만 있는 게 아니야.」 홈스는 워든에게 다 알면서 뭐 그러냐는 듯 윙크를 한 번 하더니 비에 젖어 거무튀튀하게 된 승마모를 집어 들었다. 홈스는 이미 프리윗을 내년도 우승에 기여하는 선수 명단에 집어넣고 있었다. 이렇게 다 계획에 들어 있는데 권투부에 안 들고 어떻게 배긴단 말인가?

워든은 중대장이 빗속을 뚫고 텅 빈 중대 마당을 가로질러 가는 것을 지켜보았다. 갑자기 그는 왜 자신이 홈스를 미워하는지 그 이유를 깨달았다. 그가 언제나 홈스를 두려워하기 때문이었다. 홈스 자체, 그의 덩치나 정신을 미워하는 것이 아니라 그가 상징하는 것을 미워했던 것이다. 다이너마이트는 적당한 기회만 잘 잡으면 언젠가 훌륭한 장군이 될 것이다. 훌륭한 장군은 일정한 유형을 따르는데, 홈스는 그 유형을 갖추고 있었다. 훌륭한 장군들은 모든 부하를 하나의 덩어리로 보는 정신 구조를 갖고 있다. 보병, 포병, 박격포의 숫자 따위를 도상에 올려놓고 더하기와 빼기를 잘하는 것이다. 그들은 하나같이 블랙잭 퍼싱 장군을 닮았다. 퍼싱은 프랑스에 파견된 미군의 도덕성을 걱정한 나머지, 또 본국에 있는 어머니들의 심적 고통을 덜어 주기 위해서, 창가를 불법화시키려 했었다. 그러면서도 병사들이 전장에서 죽어 갈 때면 그들을 자랑스럽게 여겼다.

그의 마음속에서 피어오르는 분노의 안개, 비에 흠뻑 젖은 대지의 노골적인 알몸, 외투 속에 웅크린 채 혼자 걸어가는 홈스의 모습, 이런 것들이 워든의 마음속에 이런 이미지를 불러일으켰다. 여기 유령 같은 도시의 거리가 있다. 강력한 바람이 불어와 하수구에 뒹굴던 찢어진 종잇조각들을 알 수 없는 어디론가 쓸어 간다. 종잇조각들이 나부끼는 소리가 구슬프다. 이 얼마나 황량한 풍경인가. 위층에서는 점심 식사를 하러 가기 위해 손을 씻는 사병들의 부산한 소음이 흘러내려 왔다. 열린 창문에서 한기가 몰려 들어와 그는 몸을 부르르 떨었다. 워든은 의자 등받이에 걸려 있던 야전 점퍼를 입었다.

그는 창문을 계속 내다보았다. 이제 분노는 사라지고 그 자리에 형언하기 어려운 우울증이 밀고 들어왔다. 그는 왜 우울한지 그 까닭을 알지 못했다.

열린 창문 안으로 레바의 대머리가 불쑥 들어왔다. 점심을 먹으러 가자는 것이었다. 그와 워든은 중대의 식당에서 식사를 하지 않고 취사반의 주방에서 따로 먹었다.

「점심 메뉴는 뭐야?」 워든이 물었다.

「BS와 C랍니다.」 레바가 심술궂은 표정을 슬쩍 지어 보이며 식당 쪽으로 걸어갔다.

구운 쇠고기 해시와 국물! 또 그 메뉴야! 취사반장 프림의 근무 태도는 갈수록 더 나빠지고 있었다. 프림이 GI 레몬 추출액을 사들이는 뒷돈을 대느라고 중대 재정이 계속 축나고 있었다.

워든은 책상에 앉아 서랍 속에 손을 넣고서 늘 거기다 두는 45 구경 권총을 꺼냈다. 손에 잡아 보면 알맞은 무게로 안겨 오는 멋진 총이었다. 그의 아버지가 1차 세계 대전에 참전했다가 가져온 것과 똑같은 총이었다. 동일한 무게, 동일한 형태, 동일한 푸른 색깔. 워든과 친구 프랭키 린지는 가끔 그 총을 아버지 서랍에서 슬쩍하여 찌그러진 병뚜껑을 공이 없는 노리쇠 앞의 빈 부분까지 억지로 집어넣으며 장난을 했다. 자그마한 돌을 탄환 대신 총구에 집어넣고 격발을 하면 그 돌이 약 50센티미터 앞에 툭 떨어지기도 했다.

중대원들은 점심 식사를 하기 위해 계단을 걸어 내려갔다.

워든은 파일 캐비닛이 들어 있는 자그마한 문 없는 벽장에다 대고 총알 없는 권총을 겨누고 방아쇠를 살짝 당겼다. 이어 노리쇠를 잡아당기니 방 안에 음울한 금속성의 격발 소리가 퍼졌다. 밀턴은 왼손 바닥으로 책상을 쾅 내리쳤다.

「야, 이 개자식아! 내가 네놈 속을 꿰뚫어 보지 못하는 줄 알지?」 그가 자신을 향해 크게 말했다.

그는 의자에서 일어서서 죄 없는 벽장을 노려보며 눈을 가늘게 뜨고 눈썹을 꿈틀거렸다.

「이 빌어먹을 직업 군인 노릇 계속할래? 너 그렇게밖에 못해? 왜, 내가 어때서? 난 늑대들 사이에서 성장한 정글 소년 라스운이다. 빌어먹을 놈의 군대 때려치우면 그만이야. 하지만 저 빌어먹을 상어를 내 가만 놔두지 않을 거야……. 아니야, 넌 소리만 크게 지를 뿐 아무것도 못해!」

그는 책상을 돌아 나와 벽장 쪽으로 걸어가면서 방아쇠를 천천히 잡아당겼다.

노리쇠가 격발되었고 어김없이 시계의 타종 같은 소리가 들렸다. 총알이 나가기를 기대했는데 그저 찰칵 금속성 소리만 나 실망스러웠다.

그는 무거운 권총을 벽장 테이블 위에 털썩 내려놓았다. 「내주에 계속!」 그는 총을 내려다보며 말했다. 권총의 단순한 선과 총기류 특유의 색깔은 여자의 종아리처럼 아름답고 완벽했다. 하지만 여자의 종아리는 나머지 다른 것들의 상징에 지나지 않아, 하고 그는 생각했다. 종아리 하나만 가지고 만족하는 남자가 과연 있겠어?

그는 화를 벌컥 내며 총을 집어 들고 노리쇠를 격발시킨 뒤, 탄창에서 총알을 하나 뽑아 들고 약실에다 밀어 넣었다. 이제 장전된 총을 머리에 기울이면서 손가락으로 가볍게 방아쇠 위에 얹어 놓았다.

정상과 비정상을 구분하는 경계선은 어디에 있는가, 하고 그는 생각했다. 지금 이 순간 방아쇠를 잡아당긴다면 그는 비정상이 될 것이다. 나는 비정상인가? 장전된 총을 머리에 겨누었기 때문에? 혹은 방아쇠울 안으로 손가락을 밀어 넣었기 때문에?

그는 그 확실한 죽음의 전달자를 한참 응시하다가 다시 내려놓았다. 권총을 꺾어 약실을 노출시키면서 거기서 총알을 빼내 책상 위에 떨어뜨렸다. 그는 총알을 탄창에 집어넣고 그 탄창을 이어 탄창 박스에다 넣었다. 권총을 서랍 속의 그 자리에 원위치시켰다. 그리고 등받이에 몸을 기대며 식당에서 흘러나오는 요란한 밥 먹는 소리를 들었다.

잠시 뒤 그는 일어서서 750밀리리터 위스키 한 병을 파일 캐비닛의 두 번째 서랍에서 꺼내 목젖이 울릴 정도로 크게 한 모금 마셨다. 이어 포치로 나가서 주방으로 들어섰다. 레바는 손으로 식판을 든 채 철제 싱크대에 기대어 밥을 먹고 있었다.

기회는 워든이 예상했던 것보다 더 빨리 찾아왔다. 다음 날 오후에는 날이 좀 개었다. 정오쯤에 비가 잠시 멈추더니 오후가 되자 잠시 물러갔다. 아마도 우장군(雨將軍)은 세력을 다시 규합하여 다음 공격에 나설 모양이었다. 하늘은 잿빛으로 낮게 드리웠고 그 툭 튀어나온 배를 쿡 찌르면 비가 한바탕 쏟아질 것 같았다. 홈스는 중대 마당을 건너왔는데 이번에는 행정실로 들어오지 않고 바깥에 서 있었다. 사복 차림이었다. 부드러운 밤색의 평직 양복을 입고 외투는 손에 들고 있었는데, 델버트 대령과 함께 시내로 나가서 오늘은 아예 돌아오지 않는다고 말했다.

워든은 갑자기 그 일을 해치워야겠다는 생각이 들었다. 그는 왜 그런 생각이 들었는지 알지 못했다. 그 일은 한 여자를 만나는 것 이상의 의미를 갖고 있었다. 시내에 나가면 그가 차지할 수 있는 여자들은 얼마든지 있었다. 그것은 한 여자를 차지하는 것보다 더 근원적인 문제였다.

그때까지 그는 그 생각을 꾸준히 해왔지만 그건 머릿속에 들어 있는 하나의 아이디어에 불과했다. 그런 생각이 떠오르기 전만 해도, 군대 관련 여자들은 철저히 피한다는 것이 그의 원칙이었다. 그들은 투명도 좋은 다이아몬드보다 더 차갑기 일쑤였다. 게다가 그들과 놀아 봐야 재미도 없었다. 그들은 욕정이 아니라 권태 때문에 간통을 했다. 레바가 말해 준 것, 그리고 워든 자신이 직접 목격한 것을 종합해 볼 때 캐런 홈스는 그런 여자들 중 하나였다.

하지만 그는 그 아이디어를 밀어붙일 생각이었다. 복수나 보복이라기보다는 그 자신을 표현하기 위해, 홈스나 기타 장교들이 그들도 모르게 워든에게서 빼앗아 간 개성을 회복하기 위해 해치워야 했다. 그는 평생을 조직을 위해 일해 오던 자가 자신을 표현하기 위해 자살을 감행한 심정을 갑자기 이해하게 되었다. 그 자신의 존재를 증명하기 위한 유일한 방법이 그것이었기 때문에 우스꽝스럽게도 자기 자신을 파괴할 생각을 했던 것이다.

「중대장님, 저녁 점호 전에 돌아오실 건가요?」 워든이 읽고 있던 서류에서 고개를 들지 않으면서 지나가듯 물었다.

「아니.」 홈스가 기분 좋은 어조로 말했다. 「내일 아침 점호에도 못 돌아올지 몰라. 컬페퍼에게 나 대신 두 번의 점호를 좀 맡으라고 했어. 만약 소위가 안 나타나면 상사가 점호를 취해도 좋아.」

「알겠습니다.」

홈스는 이제 행정실 안으로 들어와서 이리저리 걸으며 뭔가 기대된다는 듯 아주 흥분한 표정이었다. 워든은 그런 표정을 자주 보지 못했다. 어둠침침한 비 오는 날이라서 실내에 켜놓은 전등 불빛 아래, 홈스의 혈색 좋은 얼굴은 평소보다 더 깅럴된 행복의 색깔을 발산하고 있었다

「일만 하고 놀지 않으면 바보가 돼.」 홈스는 윙크를 하며 말했다. 그것은 남자의 윙크였고, 이제 막 배출을 기다리는 저 검은 색깔의 소용돌이를 암시했다. 그 윙크는 순간적으로 두 사람을 갈라놓는 계급 신분의 심연 위에서 가교 역할을 했다.

「상사, 자네도 하루 휴가를 가도록 하게. 이 어두운 행정실

에 앉아 하루 종일 서류하고 씨름만 하니 좋을 게 없어. 이 세상에는 행정 업무 이외에도 신나고 즐거운 것이 얼마든지 있어.」

「저도 그럴까 생각 중이었습니다.」 위든이 맥없이 말했다. 그는 손에 든 서류를 내려놓고 책상 위의 다른 서류를 집어 들며 동시에 연필을 꺼내 들었다. 오늘은 목요일이니까, 하녀가 안 오는 날이야. 아주 좋은 날이지. 그는 홈스의 얼굴에 환하게 퍼져 나가는 행복한 표정을 쳐다보면서, 바로 그 순간, 평소와 다르게 홈스가 마음에 든다는 생각을 하면서 내심 놀랐다.

「자, 이제 가네. 상사, 자네한테 맡기네.」 중대장의 목소리에는 커다란 신뢰와 믿음이 깃들어 있었다. 그는 갑자기 정이 발동하여 위든의 등을 한두 번 가볍게 두드려 주었다.

「중대장님이 돌아올 때까지 잘 지키고 있겠습니다.」 위든은 이미 배우의 역할로 돌아갔고 그 목소리는 배우답게 죽어 있었다.

「밀턴, 넌 말이야, 여자에 대한 너의 직감을 믿을 수밖에 없어.」 위든은 혼잣말을 했다. 「잘 계산하고 안전하게 플레이해야 돼.」 그는 홈스가 출발하는 것을 지켜보면서 책상에 앉아 마촐리가 돌아오기를 기다렸다. 이 결정적인 순간에도 당직 부사관에게 마촐리가 올 때까지 맡아 달라고 하면서 행정실을 비우는 것은 너무 불안했다.

행정병이 돌아오기 전에 비가 내리기 시작했다. 위든은 그동안 밀려 있던 일들을 해치우며 시간을 보냈다. 마촐리가 복사하여 홈스의 서명을 받아야 할 편지를 서너 통 작성했고, 또 훈련 교범을 참조해 가며 다음 서너 주의 훈련 스케줄을 짰다.

그는 축축한 행정실에 앉아 맹렬하게 일을 했다. 그의 증오를 모두 종이 위에다 옮겨 놓으면서 주변의 모든 것을 잊어버렸다. 그는 기관 단총의 공격에도 아랑곳하지 않고 미친 듯 공격해 오는 일본 놈처럼 미친 듯 일을 했다.

중대 행정병 마촐리의 온몸에서 빗물이 뚝뚝 떨어졌다. 10여 통의 마닐라 봉투를 비에 젖지 않게 하려다가 그처럼 비를 많이 맞은 것이었다.

「지저스 크라이스트.」 마촐리가 소매를 걷어붙이고 일하는 워든을 쳐다보며 말했다. 「밖이 굉장히 춥습니다. 얼어 죽기 전에 문을 닫아야겠습니다.」

워든은 고개를 쳐들고 교활한 미소를 지어 보였다. 「그래, 행정병 나리께서 추우시다? 얼어 죽을 지경이시다?」

「그래요, 얼어 죽을 지경이에요.」 마촐리는 서류를 내려놓고 창문을 닫으러 갔다.

「열어 놔!」 워든이 소리쳤다.

「굉장히 춥다니까요.」

「그럼 얼어 죽어. 난 창문 열어 놓는 것이 좋아.」 갑자기 워든의 얼굴이 굳어졌다. 「오전 내내 어디 가서 지랄하고 자빠졌다가 이제 나타나는 거야?」

「어디 갔었는지 아시잖아요.」 행정병은 새침한 표정으로 말했다. 「연대 인사과에 갔었어요.」 민간인 시절 상과 대학을 다녔던 마촐리는 자신의 지적 우월감을 은연중에 과시했다. 그는 자신이 문법에 맞게 말하고 글을 쓴다는 사실을 자랑스럽게 여겼고 초이스 식당에서 벌어지는 행정병 모임에 꼬박꼬박 참석했다. 때때로 마촐리는 화기 소대의 부사관인 피트 카렐슨과도 자주 대화를 나누었다. 소문에 의하면 카렐슨은 과거 한때 부자의 아들이었다고 한다. 「톰, 특무 상사 오배년과 일하다가 왔어요. 제가 무슨 눈먼 여자들하고 노닥거리다…….」 마촐리는 더욱 새침한 표정이었다.

「그랜트가 오늘 야전 병원에 입실했어.」 워든이 그의 말을 뚝 잘라먹으며 말했다. 그는 환자 명부를 펼쳐서 해당 페이지를 마촐리의 코밑에 들이댔다. 「그랜트가 입실했다는 걸 모르나? 그 친구는 임질에 걸렸다는 거야. 임질 처리는 어떻게 해야 하는지 알아?」

행정병은 급소를 찔린 채 뒤로 물러나며 죄송한 표정을 지었다.

워든은 심술 사나운 미소를 지어 보였다. 「알긴 아는가 보군. 임질에 걸려서 입실한 경우, 육군 규정 107조항에 의거하여 그 기간을 근무 기간에서 제외해야 돼.」 워든은 행정병의 행정 착오를 지적하며 결정타를 날렸다.

「그랜트의 개인 환자 명부를 작성했나? 일일 근무 보고서 내역을 준비해 두었어? 봉급표 변경 사항을 작성했나? 내가 하라고 한 카드 인덱스를 정리했나? 환자 명부 작성은 네 일이야. 이런 행정 업무는 네가 다 처리해야 돼. 내가 행정병까지 겸임할 수는 없다고.」

「오늘 아침 환자 명부가 나왔을 때는 시간이 없었습니다. 위생병들이 그것을 오전 11시 전에 주는 법이 없어요. 그들은……」

「이봐 대학생, 쓸데없는 변명은 듣기 싫다.」 워든은 그 변명을 여지없이 격파하면서 비난을 퍼부었다. 「환자 명부는 9시 반에 나왔어. 오배년은 10시경이나 되어 전령을 보냈어. 넌 오전 내내 궁둥이 딱 붙이고 빈들거리며 낱말 맞추기 퍼즐 놀이나 했어. 내가 얼마나 말해 주어야 알아듣겠나? 일을 그때그때 해치우라고 했잖아. 일이 들어오는 즉시 해치우란 말이야. 스케줄이 뒤처지기 시작하면 절대 못 따라잡아.」

「오케이, 톱. 지금 즉시 처리할게요. 장부 좀 보여 주세요.」 마촐리가 새침한 표정을 모두 거두고 기죽은 목소리로 말했다. 그는 손을 내뻗었다. 하지만 워든은 공세 고삐를 늦추지 않았다. 키가 크고 가슴이 두껍고 잘생긴 워든은 약간 혐오스럽다는 표정을 지으며 행정병을 노려보았다. 한심하다는 기색이 꿈틀거리는 그의 눈썹에서 느껴졌다.

「이 서류들을 다 철하는 즉시 말씀하신 일에 착수하겠습니다.」 그는 워든의 조롱하는 표정을 피하면서 서류철을 꺼냈다.

워든은 환자 명부를 행정병의 책상에다 던졌다. 「내가 이미 다 해놨어. 이미 다 돼 있다고.」 그가 여전히 혐오스럽다는 어조로 말했다.

파일 캐비닛 앞에 있던 마촐리는 그에게 존경의 눈빛을 던졌다. 「감사합니다, 톱.」

「지옥에나 가. 너 조심하지 않으면 이등병으로 강등되어 정규 근무로 쫓겨 갈 거야. 너 같은 대학생은 정규 근무를 했다가는 죽어 버리고 말 거야. 미국의 학교 제도가 얼마나 엉터리인지 가장 잘 보여 주는 게 바로 너야. 약골에 입만 살아가지고.」

마촐리는 그 협박을 믿지 않았지만 그래도 만약의 경우를 대비하여 약간 슬픈 표정을 지어 보였다. 워든은 그런 수작을 속속들이 꿰뚫어 보았다.

「야, 내가 농담하는 것 같아?」 그가 더욱 괄괄한 목소리로 말했다. 「오늘 아침처럼만 해봐. 그럼 취사반에 끌려가서 싱크대 속에서 작은 그릇 건져 내느라고 작업복 바지가 다 젖을 테니까. 여기 인사계는 나지 네가 아니야. 뭔가 한량하고 좋은 것이 있으면 그건 내가 먼저 차지한다. 알았나? 한량하고 좋은 게 없는데 삭업거리기 있다, 그러면 그건 네가 한다. 알았나? 넌 여기 행정실에서 내 따까리 노릇을 잘해야 언내에 올라가 개통 철학자들과 어울릴 수 있는 거다. 알았나?

그래, 오늘의 토론 주제는 뭐였나?」

「반 고흐였습니다. 그는 화가예요.」

「화가라고? 그런데 너는 어빙 스턴의 『불꽃의 생애』라는 전기를 읽어 보았나?」

「예, 혹시 상사님도?」 마촐리가 놀라며 물었다.

「나는 읽지 않았다.」

「톱, 한번 읽어 보세요. 아주 좋은 책입니다.」

「그럼 서머싯 몸의 『달과 6펜스』를 읽어 보았나?」 워든이 물었다.

「물론이죠. 혹시 상사님도?」 행정병이 또다시 놀라면서 말했다.

「안 읽었다. 나는 책이라면 골치가 아프다.」

「상사님, 지금 나를 놀리시는 겁니까?」 마촐리가 워든을 빤히 쳐다보며 말했다.

「누구? 나 말인가? 이봐, 대학생 괜히 아첨하지 마라.」

「틀림없이 읽어 놓고 시침을 떼는군요.」 마촐리는 서류철을 내려놓고 의자에 앉아 담배에 불을 붙였다. 「상사님, 『달과 6펜스』의 모델이라는 고갱에 대해서는 할 말 많습니다.」

「할 말 많다고? 그렇게 아는 게 많으니 먹고 싶은 것도 많겠구나. 빨리 파일 정리를 끝내도록 해. 나도 해야 할 일이 많아.」

「오케이.」 마촐리는 화를 내며 일어서서 일하러 갔다.

워든은 마촐리의 성난 표정을 쳐다보면서 웃음을 터뜨렸다. 「그러니까 그랜트가 임질에 걸렸다 이 말씀이야……」 워든이 대화를 이끌어 가기 위해 다른 얘기를 꺼냈다.

「난 그에게 섹스는 프로하고만 해야 한다고 말해 주었습니다.」 마촐리가 화난 얼굴로 밥맛없다는 듯이 말했다. 「아니면 적어도 콘돔을 착용하거나.」

「이봐, 양말을 신고 어떻게 발을 씻겠나?」 워든이 가소롭다는 듯이 코웃음을 쳤다.

「그 얘기는 전에도 들었어요.」 행정병이 심드렁하게 대답했다.

「그랜트 그 자식 어디서 걸렸다고 하던가?」 워든이 다시 콧방귀를 뀌었다.

「리츠 룸스라고 하더군요.」 마촐리는 여전히 혐오스럽다는 표정이었다.

「그 개자식은 그런 병에 걸려도 싸. 그런 싸구려 창가에 갔으니 임질에 안 걸려? 그 자식은 퇴원하면 말단 이등병으로 강등이야. 지 매를 지가 번 거지, 뭐.」 워든이 의자에서 일어나 주먹으로 책상을 세게 내리치자 마촐리가 자기도 모르게 벌떡 일어섰다.

「하사, 이걸 하나의 교훈으로 마음속에 깊이 새기도록 해. 자네가 그토록 좋아하는 그 하사 갈매기를 잃지 않으려거든.」 워든이 거칠게 말했다.

「지금 제 말씀 하시는 겁니까?」 마촐리가 놀라며 물었.

「그럼 여기 자네 말고 누가 있어? 부대 성(性) 위생 강좌에서 가르치는 것처럼, 콘돔을 착실히 끼어서 변태가 되란 말이야, 알았나?」

「아니, 그러지 말고 제 말씀 좀 들어 보십시오.」 마촐리가 화난 목소리로 말했다.

「자네야말로 내 말을 들어. 나는 아주, 아주 중요한 볼일이 있다. 그래서 아마도 오후 4시까지는 행정실로 돌아오지 못할 거다. 넌 내가 돌아올 때까지 행정실을 착실히 지켜야 한다. 알겠나? 화장실 가는 것도 안 돼. 만약 그랬다가는 내일 낮장 강등이다. 알겠나?」

「톱, 너무합니다. 오늘 오후에 해야 할 일이 많습니다.」

「내 볼일은 철저히 공무다. 넌 미술인지 마술인지 노가리를 까면서 오전 시간을 다 날려 보냈어. 넌 특과병이야. 만약 이 보직이 싫다면 언제든지 떠날 수 있다. 오늘 아침 초이스에 가서 커피를 몇 잔이나 마셨나, 엉?」

「커피 마시러 딱 한 번 갔을 뿐입니다.」

「4시에 돌아온다. 그러니 너는 내가 돌아올 때까지 책상에 딱 달라붙어 있어. 타이핑해야 할 공문이 여섯 건 있고 또 내주 훈련 스케줄도 타이핑해야 돼. 네가 미뤄 둔 파일 작업을 제외하고 말이야.」

「오케이, 톱.」 마촐리는 워든이 우의를 입고 서류를 한 묶음 집어 드는 것을 보면서 맥없이 말했다. 상급자의 횡포라는 검은 날개를 타고 날아가는 자신의 오후 낮잠 시간을 안타까워했다. 워든이라는 이름이 무슨 뜻인가? 죄수를 감시하는 감독자라는 뜻 아닌가? 남들이 하고 싶어 하는 것을 못하게 하는 자가 아닌가? 저자는 조울증 환자야. 마촐리는 갑자기 그런 생각을 했고 그것이 약간 기분을 좋게 했다. 아니면 편집증 환자일 거야.

그는 창문에 달라붙어 오후의 어두컴컴한 비의 장막을 뚫고서 워든이 어디로 가는지 살펴보았다. 공무라고? 쳇, 차라리 내 궁둥이라고 해라.

워든은 마촐리의 그런 움직임을 예상했다. 그래서 그는 중대 마당을 돌아서 샐리포트 위의 연대 본부로 향했다. 비는 줄기차게 내려 그의 뻣뻣한 전투모를 후줄근하게 만들었고 우의 안으로 계속 들이쳐 등이 젖기 시작했다. 그는 본부의 계단을 올라갔다.

본부 포치에서 중대 마당 쪽으로 돌아보니 마촐리의 머리와 어깨가 행정실의 불빛 때문에 어둡게 보였다. 아예 창문에다 코를 딱 붙이고 쳐다보는 것 같았다. 정말 한심한 녀석이야. 저 토끼 대가리는 도대체 군인이 무엇인지 감을 못 잡아. 한량하게 미술 얘기나 하면서 민간인 기질을 내보이고 있어.

워든은 커다랗게 웃음을 터뜨렸다. 그러나 그 소리는 모든 것을 감추어 주는 비의 장막에 갇혀 사라졌다. 그는 신분의 성스러운 가면을 곧 모독할 것이라는 생각을 하니 마음속에서 풍차가 마구 돌아가면서 연기를 피워 올리는 느낌이었다. 어쩌면 그 여자는 집에 없을지도 몰라, 하고 그는 생각했다. 아니야, 있을 거야. 이렇게 비가 오는데 어디 가겠나.

그는 우의 안주머니에서 서류를 꺼내 비에 안 젖었는지 살펴보았다. 그건 진짜 서류였다. 홈스가 시내로 나가기 전에 사인했어야 마땅한 서류였다. 보이 스카우트, 언제나 미리 대비해 두는 것이 좋아. 그는 빙그레 웃었다.

그는 출입문 바로 안쪽에 있는 연대 게시판 앞에 잠시 멈춰 섰다. 게시판 한쪽에는 〈영구 게시〉라는 스텐실 표시 아래, 양피지에 붉은 정자체로 인쇄된 매크레이[28]의 시 「플랑드르

---

28 McCrae(1872~1918). 캐나다 사람으로 1차 세계 대전에 참전했다가 전사했다. 「플랑드르의 들판에서」는 1915년 12월 8일 『펀치』지에 실린 것인데, 그 전문은 이러하다.

> 플랑드르의 들판에서 양귀비꽃들이
> 십자가들 사이에서 정연한 줄을 이루며 흔들린다.
> 이곳은 우리가 누워 있는 곳이다. 그리고 하늘에는
> 종달새가 용감하게 노래 부르며 날지만
> 지상의 대포들 사이에서는 거의 들리지 않는다.
>
> 우리는 죽은 사람들이다. 불과 며칠 전만 해도
> 우리는 살아 있어서 동트는 새벽을 느꼈고 저무는 석양을 보았다.
> 사랑을 했고 사랑을 받았다. 그러나 이제 우리는
> 플랑드르의 들판에 누워 있다.
>
> 적들을 물리치려는 우리의 감투 정신을 물려받아라.
> 우리는 힘없는 손으로 그 횃불을 당신에게 던진다.
> 그것을 당신의 것으로 삼아 하늘 높이 쳐들라.
> 만약 당신이 우리 죽은 사람의 믿음을 배신한다면
> 우리는 잠들지 못하리라. 양귀비꽃들이
> 플랑드르의 들판에서 피어난다고 해도.

의 들판에서」가 게시되어 있었고 양피지 가장자리는 1차 세계 대전 당시 영국군의 전투모를 쓴 고통받는 병사들의 모습이 장식되어 있었다. 그 옆에는 1차 세계 대전에서 활약하다 은퇴한 무명 장군의 시 「전쟁의 말」이 게시되어 있었는데 노병(老兵)을 벨만 울리면 달려오는 군마에 비유한 내용이었다. 그리고 그 옆에는 군인 정신, 상무 정신, 단체 정신을 칭송하는 델버트 대령의 최근 훈시문이 게시되어 있었다. 이런 정신은 높은 도덕성의 구체적 결과라는 것이었다. 그것은 군목과 성 위생 강좌도 주장하는 바였지만 그런 원천은 직접적으로 언급되지 않고 암시되어 있었다.

위든은 본부의 홀을 가로질러 다른 쪽 계단을 내려가다가 여단에서 온 두 대령을 보았다. 그들은 유리문을 댄 트로피 진열장 앞의 어두운 통로에 서서 대화를 나누고 있었다. 오후 2시인지라 홀은 텅 비어 있었고 사무실 문도, 거의 매일 사무실에서 살다시피 하는 인사과 특무 상사 오배넌의 사무실 말고는 다들 문이 닫혀 있었다. 그는 주위에 사람이 없기를 바라면서 아는 사람인지 어쩐지 살피기 위해 두 대령을 자세히 들여다보았다. 모르는 대령들이었다. 하지만 그는 너무 오래 쳐다보고 말았다.

「오, 상사.」 한 대령이 말했다. 「이리 좀 오게.」

위든은 계단을 서너 개 다시 올라와 대령들이 있는 곳으로 다가와 경례를 했다. 손목시계를 내려다보려는 충동을 가까스로 참으면서.

「상사, 델버트 대령은 어디 있나?」 키가 큰 다른 대령이 물었다.

「모르겠습니다. 보지 못했습니다.」

「오늘 출근하지 않았나?」 뚱뚱한 대령이 약간 목소리를 헐떡거리며 물었다. 그 대령은 손수건으로 이마를 닦았고 비에 젖은 개버딘 외투의 단추를 풀었다. 그 외투는 키 큰 대령의 것과 똑같은 것이었지만 색깔의 농도가 달랐다.

「그건 확실하지 않습니다.」 워든이 말했다.

「상사, 여기서 일하지 않나?」 키 큰 대령이 짜증 나는 목소리로 물었다.

「예, 저는 본부에서 일하지 않고 중대에서 근무합니다.」 워든이 재빨리 머리를 돌리며 말했다.

「어느 중대인가?」 뚱뚱한 대령이 시근덕거리며 물었다.

「A 중대입니다.」 그는 거짓말을 했다. 「A 중대의 데드릭 상사입니다.」

「아, 그렇군. 난 자네를 알고 있다고 생각했어. 여단의 부사관들을 다 아는 걸 원칙으로 삼고 있지. 잠시 잊어버렸네.」 뚱뚱한 대령이 말했다.

「상사, 장교를 보면 경례를 해야 한다는 걸 잊어버렸나?」 키 큰 대령이 물었다.

「알고 있습니다. 하지만 너무 바쁜 일이 있어서 그걸 생각하다가 깜빡했습니다.」

「변명은 필요 없어.」 키 큰 대령이 날카롭게 말했다. 「상사, 부사관으로 근무한 지는 몇 년이나 되었나?」

「9년 되었습니다.」

「꽤 오래되었군. 그렇다면 그런 기본적인 것은 숙지하고 실천할 줄 알아야지. 마침 다른 부사관들이 주위에 없어서 자네의 행실을 보지 못한 게 다행이군.」 키 큰 대령이 말했다.

「시정하겠습니다.」 워든은 손목시계를 내려다보고 싶어서 온몸이 근질거렸다. 저자는 지금 재미 삼아 간단한 기합을 주는 걸 거야, 하고 워든은 생각했다. 어쩌면 사관학교 시절이 그리운 건지도 모르지. 1학년 하급생을 조지는 상급생처럼.

「가보게, 상사. 앞으로는 조심해.」 키 큰 대령이 말했다.

「예, 조심하겠습니다.」 워든은 대령들이 마음을 바꿀까 봐 재빨리 계단 쪽으로 달려갔다. 홈스의 아내가 오후에 외출을 할지도 몰랐다. 만약 외출한다면, 저 두 대령 때문에 그녀를 놓치게 될지도 몰랐다……. 그는 속으로 웃음을 터뜨렸다. 저토록 근엄하게 군기를 훈시하는 두 대령이 지금 내 머릿속 생각을 안다면 어떻게 반응할까.

「저 친구 정말 바쁜가 보군.」 뚱뚱한 대령의 말이 워든에게 들려왔다.

「한심해. 저자들은 누가 저들에게 갈매기를 달아 주는지 신경도 안 써. 예전에는 안 그랬는데.」 키 큰 대령이 말했다.

「데드릭은 늘 멍청한 자였어.」 뚱뚱한 대령이 말했다. 「늘 그랬던 것으로 기억돼.」

「하지만 육군이 이 지경이 되었다니 정말 창피한 일이야.」 키 큰 대령이 말했다. 「옛날엔 부사관들이 저런 행동을 하면 그날로 당장 강등이었어. 이젠 군대도 옛날 같지 않아.」

「그런데 델버트는 어디에 있을까?」 뚱뚱한 대령이 말했다.

워든은 속으로 웃음을 터뜨리면서 건물 내부의 계단을 내려가, 저녁 점호 때까지 열려 있는 쇠문을 지나 샐리포트로 들어섰다. 그의 발걸음은 아주 황급했다.

초이스에 있던 누군가가 그의 이름을 불렀으나 손짓만 해 주고는 샐리포트에서 빠져나가 와이아나에 애버뉴를 지나 장교 숙소 지역으로 갔다. 그는 빗속을 뚫고 걸어가 홈스의 구석진 숙소 바로 뒤의 골목까지 갔다. 그는 커다란 느릅나무 밑에서 비를 피하면서 숨을 돌렸다. 걸음을 멈추니 가을 같은 한기가 우의 틈새를 비집고 들어왔다. 그는 오늘이야말로 계획을 실행할 좋은 날이라고 생각했다. 그녀가 다른 부사관들에게도 그렇게 헤프게 나왔다면 이번에 그를 받아 주지 않을 이유가 없었다. 그는 마음을 굳게 먹고 홈스 집으로 다가가 문을 노크했다.

안에서 검은 그림자가 움직이면서 거실의 불빛을 잠깐 가렸다. 그는 문틈으로 불빛을 가리는 길고 날씬한 맨다리를 보았다. 가슴속의 엔진이 숨 가쁘게 돌아가기 시작했다.

「홈스 부인.」 그가 소리쳤다. 그는 비 때문에 머리를 양어깨 사이에 움츠리고 있었다.

집 안의 그림자는 아무 소리 없이 다시 움직였고 문을 통과해 주방으로 나오더니 반바지에 홀터를 입은 캐런 홈스가 되었다.

「무슨 일이세요? 아, 워든 상사로군요. 안녕하세요, 상사님. 안으로 들어오세요, 비가 내리치니까. 남편을 찾아오셨다면 지금 집에 없는데요.」

「아.」 워든이 스크린 문을 열고 처마에서 들이치는 비를 피해 안으로 들어섰다. 「제가 그것 말고 무슨 용건이라도 있다고 생각하셨습니까?」

「아무튼 지금 집에 없어요. 그게 대답이 되었는지 모르겠군요.」

「나는 지금 중대장님을 찾아다니고 있습니다. 혹시 어디에 있는지 아세요?」

「전혀 모르겠는데요. 혹시 장교 클럽에 가서 한 잔, 아니 한따까리 하고 있는지. 당신은 전에 술 한 잔을 한따까리라고 했지요.」 캐런이 희미하게 웃으며 말했다.

「아, 클럽에요? 내가 왜 그 생각을 못했을까요? 오늘 중대장님이 서명해야 할 중요한 서류들이 있습니다.」

그는 그녀를 빤히 쳐다보았다. 아주 짧은 반바지 밖으로 노출된 기다란 다리와, 홀터가 살짝 가리고 있는 배꼽, 그 위의 불룩한 유방을 넋 나간 듯이 쳐다보았다. 그녀는 워든의 그런 시선을 아무 흥미 없다는 듯이 무관심하게 바라보았다.

「반바지를 입기에는 좀 춥지 않습니까?」 그가 물었다.

「그렇네요.」 캐런 홈스가 웃지 않으면서 그를 쳐다보았다. 「오늘은 매우 서늘하군요. 하지만 때때로 온기를 유지하기도 대단히 어렵지요. 상사, 당신의 용건은 무엇입니까?」

워든은 자신의 호흡이 아주 느려지고 무거워지면서 사타구니 아래로 내려가는 것을 느꼈다.

「당신과 한 번 자고 싶습니다.」 그는 지금 비가 오고 있다고 말하는 것처럼 무심하게 말했다. 그는 그렇게 말하리라 계획했고 또 그렇게 말하고 싶었다. 하지만 막상 입 밖으로 뱉어 놓고 보니 그렇게 우스꽝스러울 수가 없었다. 그는 무표정한 얼굴의 무표정한 눈빛이 약간 벌어지는 것을 보았다. 너무나 미세한 움직임이어서 자칫하면 보지 못할 뻔했다. 밀턴, 자네는 정말, 정말 뻔뻔한 놈이로군, 하고 그는 생각했다.

「좋아요.」 캐런 홈스는 무관심하게 말했다.

빗방울을 뚝뚝 흘리면서 포치에 서 있던 워든은 그녀의 말을 듣기는 했지만 청취하지는 못했다.

「금방 말한 서류란 뭔가요?」 그녀가 손을 내뻗으며 말했다. 「어디 한번 봐요. 내가 당신을 도와줄 수 있을지도 몰라요.」

워든은 우의 호주머니에서 서류를 꺼내면서, 자신이 의식적으로 지어 보이는 미소가 얼굴 위에서 케이크처럼 굳어지는 것을 느꼈다. 「봐야 아무것도 모르실 겁니다. 이건 공무거든요.」

「난 남편의 일에 늘 관심을 갖고 있어요.」 캐런 홈스가 말했다.

「물론 그러시겠죠. 그도 당신의 일에 그처럼 관심을 갖고 있나요?」

「내가 그 서류 처리를 도와주기를 바라나요?」

「그의 이름을 서명할 수 있습니까?」

「예.」
「그의 서명과 똑같게?」
「그렇게 할 수 있을지는 모르겠군요.」 그녀가 웃지 않으면서 말했다. 「한 번도 안 해봤어요.」
「나는 대신 서명할 수 있습니다. 그의 빌어먹을 장교 계급장을 다는 것 이외에는 그가 하는 일을 모두 할 수 있습니다. 그게 내가 할 수 없는 일의 경계입니다. 하지만 이 서류는 사단으로 올라가는 것이기 때문에 그가 서명해야 합니다.」
「그럼 내가 클럽으로 연락을 하는 게 낫겠군요. 거기 있을 테니까.」
「한두 잔 하면서.」
「하지만 상사, 당신을 위해 기꺼이 그를 불러 드리죠.」
「그만두시죠. 나는 술 마시는 남자를 방해하고 싶지 않습니다. 나 또한 지금 당장 술 한 잔이 당깁니다. 아주 간절하게.」
「아니, 공무라면서요?」
「아무튼 그를 클럽에서 찾아내지 못할 겁니다. 델버트 대령과 함께 시내에 나갔다고 짐작하고 있습니다.」 워든이 그녀에게 빙긋 웃어 보였다.
캐런 홈스는 대답하지 않았다. 그녀는 웃지 않는 차가운 얼굴로 그를 바라보았다. 하지만 그가 아예 거기 없는 것 같은 표정이었다.
「저를 집 안에 들여놓을 겁니까?」
「아, 그러세요, 상사, 어서 들어오세요.」
그녀는 오래 서 있어서 관절이 뻣뻣한 여자처럼 천천히 걸으면서 주방으로 들어가 그를 안으로 맞아들였다.
「상사, 술은 뭘로 하시겠어요?」
「아무거나 상관없습니다.」
「당신이 바라는 건 술이 아니에요.」 캐런 홈스가 말했다.

「당신은 술 마시러 온 게 아니에요. 당신이 정말로 원하는 건 이거예요.」 그녀는 자신의 몸을 내려다보며 양손으로 옆구리의 부드러운 선을 한 번 쓰다듬어 내렸다. 그 동작은 제단 앞에 선 죄인의 제스처 같았다. 「바로 이게 당신이 원하는 거죠? 당신네 남자들은 다 똑같아요. 모두 이것만 원하고 있어요.」

워든은 한 줄기 공포가 자신의 척추를 따라 흘러내리는 것을 느꼈다. 밀턴, 이거 스토리가 어떻게 흘러가는 거지? 「그렇습니다. 그게 내가 원하는 겁니다. 하지만 술도 한잔하고 싶군요.」

「좋아요. 하지만 내가 술을 타다 주지는 않겠어요. 당신이 타서 마시거나 아니면 스트레이트로 드세요.」 그녀는 에나멜 칠을 한 주방 테이블 옆의 의자에 앉아 그를 쳐다보았다.

「스트레이트라도 무방합니다.」

「술병은 저기 있어요.」 그녀가 찬장을 가리키며 말했다. 「가서 꺼내 와요. 내가 꺼내 주지는 않겠어요.」 그녀는 에나멜 칠을 해서 서늘한 주방 테이블 위에다 손을 내려놓았다. 「술을 마시려면 발품을 좀 팔아야 해요.」

워든은 테이블 위에 서류를 내려놓고 찬장에서 술병을 가져왔다. 베이비, 그런다고 내가 주눅 들 것 같아. 「당신도 한잔 드시겠습니까? 서류는 잠깐만 기다리세요. 도와주실 길이 있을 겁니다.」

「술은 별로 생각 없어요. 아니, 어쩌면 한잔하는 것도 괜찮을지 모르겠군요. 그렇지 않아요, 상사님?」

「그래요, 어쩌면 한잔 필요할지 모르겠습니다.」 그는 싱크대에 비치되어 있는 술잔 중에서 두 개를 꺼내 들어 절반쯤 따랐다. 야, 이거 도대체 어떻게 된 여자지? 하는 생각이 그의 머리에 맴돌았다.

「여기, 처녀성을 위하여!」

「나도 그걸 위해 건배하겠어요.」 그녀가 술잔을 쳐들며 말했다. 그녀는 술을 한 모금 홀짝거리고는 얼굴을 찌푸리며 술잔을 내려놓았다. 「상사, 당신은 엄청난 모험을 걸고 있어요. 과연 그럴 만한 가치가 있을까요? 데이나가 갑자기 집에 들이닥치면 어떻게 하죠? 내가 안전하다는 건 당신도 알아요. 내 말은 사병의 말보다 언제나 더 무게가 나가요. 내가 〈강간이야!〉 하고 외치면 당신은 리븐워스에서 20년을 살아야 해요.」

「그는 갑자기 들이닥치지 않을 겁니다.」 그가 빙긋이 웃으며 그녀의 술잔을 채워 주었다. 「난 그가 어디에 가 있는지 압니다. 아마 밤새 돌아오지 않을 겁니다. 게다가……」 그는 자신의 잔을 채우고 고개를 들면서 말했다. 「필리핀에서 근무하던 내 친구 두 명이 이미 리븐워스에 가 있습니다. 나는 친구들과 재회하게 되는 겁니다.」

「그들은 무슨 짓을 저질렀는데요?」 그녀는 다시 한 모금 마시더니 또다시 얼굴을 찌푸렸다.

「그들은 대령의 아내가 탄 마차에 함께 있다가 맥아더 부대의 동양인 감시자에게 들켰습니다.」

「남자 둘이?」

워든이 고개를 끄덕였다. 「여자는 대령의 아내 혼자였습니다. 그녀가 적극적으로 유혹했지만 그래도 그들은 20년 선고를 받았습니다. 동양인 감시자는 대령의 당번병이었습니다. 그자는 질투심에 시로잡혀 밀고를 했다더군요.」

캐런 홈스는 알겠다는 듯 미소를 지었으나 웃음을 터뜨리지는 않았다. 「상사, 당신은 무모하게 행동하고 있어요.」 그녀가 빈 술잔을 내려놓고 의자 등받이에 몸을 기대며 말했다. 「하녀가 곧 나타날지 몰라요.」

워든은 고개를 가로저었다. 그는 마음속에서 그녀가 유혹적인 자세로 침대에 드러눕는 광경을 상상했다. 이제 최초의 장애물은 통과했으므로. 「하녀는 오지 않을 겁니다. 목요일은 그녀가 쉬는 날입니다. 그리고 오늘은 목요일입니다.」

「상사, 별걸 다 생각해 두었군요.」

「그렇습니다. 내 입장에서는 그렇게 할 수밖에 없지요.」

캐런 홈스는 테이블 위에 있는 서류를 집어 들었다. 「우선 이 서류를 처리해야겠군요. 이 서류는 아무것도 아니죠, 그렇죠?」

「아니, 진짜 서류입니다. 중대 공문이에요. 내가 홈스의 결재가 필요 없는 문서를 가지고 접근했으리라 생각합니까? 당신이 나를 거부하고 나를 잡아 넣으려고 할 때 내가 꼼짝없이 당하기 위해? 자, 이제 덜 서먹하게 되었으니 나를 밀트라고 불러 주십시오.」

「상사, 난 당신의 그 점이 마음에 들어요. 당신은 자신감이 있어요. 그건 내가 당신에 대하여 싫어하는 점이기도 해요.」 그녀는 서류를 조각조각 찢어서 테이블 뒤의 쓰레기통에다 버렸다. 「남자들과 그들의 자신감. 당신들은 이 두 가지를 치러야 할 대가라고 생각해요. 당신은 늘 대가를 치르고 있지요?」

「피할 수만 있다면 대가는 안 치르는 게 좋지요.」 위든은 이러한 사태 전개를 예상하지 않았으므로, 이거 스토리가 도대체 어디로 흘러가는 거야, 하는 생각이 들었다. 「그 서류의 사본이 행정실에 있습니다. 그래서 서류를 다시 작성하는 건 그리 어렵지 않을 겁니다.」

「적어도 당신의 자신감은 진짜예요. 가짜 자신감 혹은 허장성세가 아니에요. 많은 남자들이 허풍만 떨 뿐 자신감은 없어요. 한 잔 더 부어 줘요. 그리고 말해 줘요. 어떻게 해서 그런 자신감을 갖게 되었는지.」

「내 동생이 사제입니다.」 그가 술병에 손을 뻗으며 말했다.

「그런데요?」

「그게 제가 설명할 수 있는 전부입니다.」

「동생이 사제인 것하고 당신이 자신감 넘치는 것하고 무슨 관계가 있죠?」

「베이비, 절대적으로 관계가 있습니다. 우선 나의 이런 행동은 자신감이 아니라 솔직함입니다. 내 동생은 사제이기 때문에 독신을 고집합니다. 그는 턱수염이 많은데도 바싹 면도를 하고, 육신의 죄를 믿으며, 신도들에게 숭배를 받습니다. 사제 노릇을 아주 잘하고 있어요.」

「그래서요?」

「뭐가 그래서입니까? 나는 동생을 한참 쳐다보다가 정직함을 믿기로 했는데, 그건 독신 생활의 정반대를 의미하는 겁니다. 나는 동생처럼 나 자신의 육체를 미워하지 않기로 했습니다. 그게 나의 단 하나 실수인데 그다음부터는 모든 일이 쉬워졌습니다.

나는 육신의 죄악을 믿지 않기로 했습니다. 공정한 창조주라면 그의 피조물이 식욕을 갖고 있다고 해서 영원한 지옥불이나 유황불에 떨어뜨릴 수는 없는 겁니다. 그 식욕이라는 것도 창조주가 그에게 준 겁니다. 그 식욕 때문에 잘못을 저질렀다면 15미터의 벌점을 주면 되지, 그 식욕이라는 게임을 아예 몰수할 필요가 있겠습니까? 그렇지 않아요?」

「사람에 따라 다르게 생각할 수도 있어요.」 캐런이 말했다. 「그럼 당신의 입장은 뭐예요? 죄악에 대한 징벌은 불필요하다 그건가요?」

「아, 당신은 문제의 핵심을 찔렀군요.」 위든이 빙그레 웃었다. 「나는 그 〈죄악〉이라는 말을 싫어합니다. 하지만 징벌이라는 것은 별개입니다. 그것은 분명 존재하기 때문에 논리적 연장선상에서 영혼의 부활이라는 황당한 개념을 받아들일 수밖에 없습니다. 동생과 내가 다른 점은 바로 이 부분입니다. 내 이론을 동생에게 납득시키기 위해서는 그 녀석을 두드려 패는 수밖에 없었어요. 오늘날까지도 내 철학이 수용할 수 있는 부분은 영혼의 부활, 그것 하나뿐입니다. 어떻게, 한 잔 더 하시겠습니까?」

「그러니까 당신은 죄악이라는 개념을 전혀 믿지 않는다는 거군요?」 캐런 홈스가 처음으로 흥미롭다는 듯 눈빛을 반짝거리며 물었다.

워든은 한숨을 내쉬었다. 「내가 볼 때 의식적으로 정력을 낭비하는 것, 그것이 유일한 죄악입니다. 나는 종교, 정치, 부동산 사업 등 이런 의식적인 부정직함이야말로 의식적인 정력의 낭비라고 생각합니다. 사람들은 엄청난 정력을 소비해 가면서 남들의 거짓말을 믿어 주는 척합니다. 그래야 사람들은 그들 자신에게 자기의 거짓말이 진실이라고 증명할 수 있으니까요. 가령 내 동생처럼 말입니다. 나는 진실이 무엇인지 결코 잊어버리지 못하기 때문에 다른 정직한 사회 부적응자들과 마찬가지로 사병이 되어 군대에 흘러든 겁니다. 자, 어떻게, 한 잔 더 하시겠습니까? 내가 하느님, 사회, 개인의 문제를 명쾌하게 설명했으니, 우리는 한 잔 더 해야 하는 겁니다.」

「그러니까……」 그녀의 눈빛에 나타났던 흥미의 반짝거림이 사라지고 대신 차가운 표정이 떠올랐다. 「그는 씩씩하기만 한 게 아니라 똑똑하기까지 하군요. 이런 씩씩한 남자의 올곧은 자부심을 보듬어 안게 되었으니 가녀린 여자들은 너무나 다행이지 뭐예요. 그런데 금방 의식적으로 정력을 낭비하는 것, 그것이 유일한 죄악이라고 하셨지요? 그렇다면 정액을 낭비하는 것도 죄악 아닌가요? 여자를 임신시키지 않는 한?」

워든은 빙긋이 웃으며 술병을 기울여 경의를 표시하고서 술을 따르기 시작했다. 「부인, 당신은 내 철학의 취약한 부분을 건드렸습니다. 난 당신에게 사기를 치려는 의도는 조금도 없습니다. 내가 말하려고 하는 건 이런 것이었습니다. 오난[29]처럼 그것을 땅에 쏟아 버린다거나 돈 주고 사서 쏟아 버린다면 그건 죄악이지요. 하지만 야전(野戰) 생활이 너무나 힘들기 때문에 그런 것들도 때때로 죄악이 아닐 수 있습니다. 내가 말하고자 하는 것은 유익함이 담보된다면 그것(정액의 낭비)도 죄악은 아니라는 겁니다.」

캐런 홈스는 술잔을 쭉 비우고 테이블 위에 내려놓으며 결정타를 날렸다.

「유익함이라? 죄악에서 유익함을 거쳐 이제 변증법으로 들어가는 거군요.」

「부인, 늘 이런 식으로 말하지는 않겠죠?」

「난 변증법 따위는 믿지 않아요. 당신이 말하는 소위 유익함의 정의에 대해서도 듣고 싶지 않아요.」

그녀는 한 손을 등 뒤로 돌려 홀터의 똑딱단추를 풀고 그것을 바닥에 내던졌다. 그를 쳐다보는 그녀의 눈빛에는 기이하면서도 난해한 무관심이 뒤섞인 액상(液狀)의 연기가 흐르고 있었다. 그녀는 반바지의 지퍼를 열고 의자에서 꼼짝도 하지 않은 채 바지를 벗어 바닥에 내던졌다.

「이게 당신이 원하는 거예요. 모든 얘기는 결국 이걸로 귀결돼요. 씩씩한 남자, 똑똑한 남자들이 원하는 것은 하나같이 이거예요. 그렇지 않아요? 당신은 씩씩하고 똑똑하고 덩치 큰 남자예요. 하지만 뿌리를 내릴 수 있는 연약한 여자의 몸이 없으면 당신은 어린아이처럼 무기력해요.」

워든은 그녀의 쏙 들어간 배꼽과 거기서 줄발하여 부성한 거웃 속으로 사라지는 상처의 흔적을 보았다. 오래된 상처여서 이제는 거의 그림자처럼 보였다.

---

29 구약 성서에 나오는 인물로 아내를 임신시키기 싫어 수음을 한 자.

「예쁘지 않아요? 이건 하나의 상징이에요. 정력의 낭비를 가장 잘 보여 주는 상징이에요.」

위든은 조심스럽게 술잔을 내려놓고 의자에 앉아 있는 그녀에게 다가갔다. 젖꼭지는 밤에 오므라드는 꽃처럼 단단하게 쪼그라들어 있었다. 그것은 그가 언제나 사랑하는 여자의 풍만함이었다. 그 풍만함은 언제나 거기에 있었다. 향기에 가려져, 언급되지 않은 채로, 시인되지 않은 채로, 때때로 부인되기도 하면서, 그곳에 늘 존재했다. 암사자와 암캐의 속성을 동시에 섞어 놓은 그 사랑스러운 풍만함. 남자들은 그 압도적인 힘에 위축되면서 그것이 실은 별것 아니라고 아무리 부정해도 결국에 가서는 그 풍만함에 굴복하고 만다.

「기다려요, 여기서는 안 돼요, 이 탐욕스러운 리틀 보이. 침실로 들어와요.」

그는 〈이 탐욕스러운 리틀 보이〉라는 말에 분노를 느꼈으나 동시에 그것이 사실임을 인정하면서 저처럼 많은 어둠을 감춘 저 여자는 도대체 어떻게 생겨 먹은 여자인가 하는 생각이 머릿속에 맴돌았다.

그는 카키복 아래 아무것도 입고 있지 않았다. 그녀는 방문을 닫자 양팔을 활짝 벌리며 맹목적으로 그에게 달려들었다. 팔을 치켜 올렸기 때문에 둥그런 유방이 위로 쏠렸고 팔과 겨드랑이 사이에 공간이 생겼다.

「자, 여기서, 지금. 여기서 지금.」

「어느 것이 홈스의 침대죠?」 그가 물었다.

「저기 반대편 것.」

「그럼 저리로.」

「좋아.」 그녀가 웃으며 말했다. 처음으로 크게 웃었다. 「밀트, 오쟁이 지우기 한번 제대로 하려는 거군요.」

「홈스와 관련된 일이라면 난 뭐든지 제대로 합니다.」

「그건 나도 그래요.」

그는 그녀 안의 붉은 중심을 향해 점점 더 가까이 다가갔다. 하지만 아무리 다가가려 해도 그것은 조금씩 뒤로 물러나는 것 같았다. 그가 그토록 소망하던 빛, 하지만 이제 그것은 그를 눈부시게 했고 눈멀게 했다. 그가 목구멍 가득 깊은 숨을 내몰아 쉬며 돌진하는 동안, 뒤쪽의 스크린 문이 쾅 하고 열리는 소리가 들려왔다.

「이봐요.」 캐런이 말했다. 「누가 왔어요.」 그들은 신경질적으로 다가오는 발걸음 소리를 들었다. 조금도 망설이지 않고 뚜벅뚜벅 걸어오는 소리가 벽을 통해 흘러들었다. 「밀트, 빨리 움직여요. 옷을 가지고 저 벽장 속으로 들어가 문을 닫아요. 빨리, 서둘러요. 어서요, 어서.」

워든은 다른 침대로 뛰었다가 옷을 재빨리 집어 들고 벽장 안으로 들어가 문을 닫았다. 캐런은 중국 비단으로 만든 기모노를 두르고 트럭 출입로를 통해 부대가 보이는 창문가의 화장대 앞에 앉았다. 침실 문 앞에서 노크 소리가 나는 순간, 그녀는 침착하게 머리를 빗고 있었다. 하지만 얼굴은 아주 창백했다.

「누구세요?」 캐런은 자신의 떨리는 목소리가 들키지 않기를 바라며 소리쳤다.

「나야.」 소년의 목소리가 말했다. 「아들이야.」 그는 거만하게 다시 노크했다. 「들어가게 해줘.」

「좋아, 어서 들어와. 문 잠기지 않았어.」

긴 바지와 알로하셔츠를 입은 데이나 홈스의 아홉 살짜리 축소판이 방 안으로 들어섰다. 그 소년은 잘못 결합된 부부의 소생들에게서 자주 보이는 야비하고 시무룩한 표정을 짓고 있었다.

「학교가 일찍 끝났어.」 소년이 시무룩하게 말했다. 「엄마 얼굴이 너무 하얘. 무슨 일이야, 또 아파?」 소년은 건강한 아이가 만성 환자를 대할 때 자동적으로 내보이는 못마땅한 표정을 지으며 엄마의 얼굴을 찬찬히 살펴보았다. 게다가 소년은 지난 1~2년 동안 아버지에게서 배운, 여자를 우습게 보는 태도마저 취하고 있었다.

「요 며칠 사이 컨디션이 안 좋아.」 캐런이 소년에게 사실대로 말했다. 그녀는 너무 옹색한 태도를 취하지 않으려고 애썼다. 그녀는 지난 1년 사이에 부쩍 아버지를 닮은 아들을 쳐다보면서 이 턱이 길고 둥그렇고 명랑한 얼굴을 가진 아이가 한때 자신의 배 속에서 자랐다는 사실에 현기증과 함께 오래된 혐오감이 목구멍을 타고 올라오는 것을 느꼈다. 그 소년을 쳐다보는 순간, 벽장에 외간 남자를 숨겨 둔 데 대한 그녀의 죄책감이 사라져 버렸다. 그 대신 학교 사감의 눈을 피해 처음 창가를 찾아가는 젊은 학생처럼, 사람의 눈을 피해 은밀한 행위를 벌여야 한다는 데 짜증과 분노가 밀려왔다.

「오늘 오후에 중대에 놀러 갈 거야.」 소년이 유년이라는 포위당한 도시의 총안(銃眼)에서 그녀를 빠끔 내다보며 말했다. 「내 군복 줘.」

「아버지한테 괜찮다는 허락 받았니?」 캐런은 갑자기 아들의 인생이 환히 내다보이면서 눈에 눈물이 솟구치는 것을 느꼈다. 그녀는 아들의 어깨에 팔을 두르고 많은 것들을 이야기해 주고 싶은 마음이 들었다. 「아빠는 오늘 거기 안 계셔. 그건 너도 알지?」

「어떻게 알았어? 아빠는 오후에 중대에 있는 적이 없어. 내가 중대에 들러도 신경 안 써. 내가 사병들하고 어울리지만 않으면 괜찮다고 했어. 엄마가 중대를 싫어한다고 해서 나를 집에다 묶어 둘 권리는 없어.」

「애야, 난 너를 집에 묶어 둘 생각이 아니란다. 난 중대를 싫어하지도 않아. 난 단지……」

「난 엄마 말 신경 안 써.」 소년이 주먹을 호주머니에 집어넣으며 말했다. 「아무튼 난 갈 거야. 아빠가 가도 된다고 했어.」

「난 단지 네가 가도 아빠가 뭐라고 하지 않는지 신경이 쓰이는 거야. 넌 먼저 아빠에게 물어봐야 해.」

「아빠는 오늘 정오에 시내에 나갔어. 아빠한테 물어보려면 내일 아침까지 기다려야 해. 엄마는 우리가 중대원인 것처럼 말하네.」

「좋아.」 캐런은 자신이 심술궂지 않은지 살피면서 말했다. 많은 부인들이 남편에 대한 분노와 심술을 무방비 상태인 아이들에게 전가한다는 것을 알고 있었다. 그녀는 결코 그런 짓은 하지 않겠다고 자신과 약속했다. 「어차피 갈 거라면 왜 집에 와서 내게 말하는 거니?」

「난 엄마한테 얘기하려고 온 게 아니야. 내 군복을 입고 가야 하는데 엄마가 좀 도와주기를 바랄 뿐이야.」

「그럼 가서 군복 가져와.」 아무튼 아직도 그녀가 아들에게 해줄 수 있는 일이 한 가지 있었다. 데이나가 집에 없을 때에는 그녀가 아들을 도와주어야 하는 것이다. 지난 2년 동안 학교와 일상생활에서 아들의 교육은, 다른 많은 일들과 마찬가지로, 그녀의 소관 밖 일이었다. 그녀는 무관심이라는 오래된 습관으로 빠져 드는 자신을 발견했고 그와 동시에 벽장 속에 숨어 있는 밀트를 아주 유쾌하게 떠올렸다. 적어도 한 여인이 자기 자신을 표현할 수 있는 방법 하나가 마련된 것이었다. 시대가 바뀌어 이제 정조대는 제거되었고, 마녀 사냥에 쓰이던 각종 차꼬와 물고문 의자도 사라졌지만, 그래도 여전히 남아 있는 전통적 비난은 그녀의 입안을 씁쓸하게 했다.

「자, 빨리.」 소년이 초조한 목소리로 말했다. 「난 바빠. 오늘 저녁 프림 중사가 밥 짓는 것을 도와주기로 했단 말이야.

또 병사들과 함께 식사를 해야 돼.」

「프림 중사가 그렇게 해도 괜찮다고 했니?」 그녀가 아들을 따라가기 위해 일어서면서 물었다.

「괜찮다고 해야지, 어떡하겠어? 아버지의 부하인데. 서둘러, 빨리 해야 돼.」

아이의 방에 들어간 캐런은 아들이 옷 벗는 것을 도와주었다. 그 자그맣고 날렵한 몸을 쳐다보면서 과연 이 낯설고 이상한 아이가 육아 책에서 말하는 예뻐해 주고 사랑해 주어야 할 아이인가 하는 생각이 들었다. 그 아이는 그녀의 몸에서 나온 뼈요 신경이요 인대였다. 애 아버지가 자신을 모범으로 하여 만든, 사진처럼 똑같은 복사본이었다. 메릴랜드주 볼티모어 출신의 캐런 제닝스라는 인화지를 사용하여 만든 사진, 남자는 낡은 박스형 카메라를 써서 그 사진을 찍었다. 이제 사진이 완성되었으므로 더 이상 그 사진기를 어떻게 사용할 것인지 신경 쓰지 않는 것이다.

내가 2세를 낳아 주었지, 하고 그녀는 생각했다. 필름을 뽑아내 인화지를 만들고 그 사진을 현상했지. 이제 그 볼품없는 가죽 덮인 카메라 통은 선반에 고이 모셔 두었지. 이젠 쓸모가 없게 되었어. 그 사진기의 어두운 내부는 우연히도 나쁜 빛에 너무 많이 노출되어 망가져 버렸어. 이봐, 아주머니, 그거 아주 그럴듯한 얘기군. 그걸로 자서전 한번 써보지. 아주 내용이 좋군. 그런데 자서전을 쓸 때 사랑을 너무 낭만적인 물건으로 만들지는 마. 맹목적이고 형언하기 어려운 자기 연민의 외로움이 그녀의 목구멍을 치밀고 올라오면서 눈물이 나오려 했다.

그녀는 아들이 원피스 제복을 입는 걸 도와주었다. 일부 단추는 아이 손으로 잠글 수 없어서 그녀가 대신 해주었다. 소년은 모자를 삐딱하게 썼고 그에게는 너무 커 보이는 군용 넥타이를 맸다. 그녀는 갑자기 아들의 장래 모습을 미리 예행 연습한 느낌이 들었다. 장교 견장을 어깨에 달고, US와 X자로 겹쳐 놓은 두 개 소총의 휘장을 칼라에 단 신임 소위의 모습. 그런 모습이 가져오는 저 고통스러운 환상들. 얘야, 하느님이 너를 보호해 주시길 빈다, 하고 그녀는 속으로 중얼거렸다. 또 너와 결혼하여 너를 꼭 닮은 아이를 낳게 될 그 여자에게도 하느님의 가호를 빈다. 네브래스카 농촌 출신이지만 농부로는 만족하지 못해 더 큰 야망을 품었고, 그 부친이 마침 상원 의원을 알고 있어서 육사에 들어간 남자가 시작한 군인 장교 가문의 2세.

「내 아들.」 캐런은 소년의 어깨에 양팔을 두르며 말했다.

「엄마, 그러지 마. 좀 껴안지 말라고.」 소년은 싫다는 표정으로 말했다. 그는 엄마의 포옹에서 빠져나오면서 비난하듯이 쳐다보았다.

「애야, 모자가 비뚤어졌어.」 캐런이 모자를 고쳐 주었다.

아들은 엄마를 한 번 쳐다보고 거울 속에서 자신의 모습을 확인하더니 고개를 끄덕였다. 그는 서랍에서 용돈을 꺼내 호주머니에 집어넣었다.

「난 영화관에 갈 거야. 아빠가 괜찮다고 했어. 앤디 하디 영화야. 아빠가 좋다고 했으니 내 마음에 들 거야. 그리고 말이야, 날 기다리지 마. 난 아이가 아니니까.」

그는 엄마가 자기 말을 알아들었는지 확인하기 위해 엄마를 한 번 더 쳐다보고는, 어른이 된 우쭐한 기분으로 집에서 나갔다.

「차 조심해라.」 캐런은 그렇게 말해 놓고 아차 하면서 입술을 깨물었다.

뒷문이 쾅 하고 닫히자 그녀는 침실로 돌아가 침대 위에 조용히 앉았다. 그녀는 양손으로 얼굴을 감싸며 구역질이 가라앉기를 기다렸다. 눈물이 나오려는 게 아닌가 두렵기도 했다. 그녀는 손을 내려다보면서 자신이 떨고 있다는 것을 알았다. 잠시 뒤 그녀는 정신을 차리고 벽장에 가서 문을 열었다. 그녀와 워든이 당한 품위 없는 창피에 몸을 부르르 떨면서 차마 워든을 쳐다볼 용기가 나지 않았다.

「이제 당신은 그만 가보는 게 좋을 것 같아요.」그녀가 문을 열면서 말했다.「우리 애였어요. 다시 외출했어요. 그리고……」그녀는 놀라면서 말끝을 흐렸다.

워든은 비좁은 공간에서 자신의 옷가지 위에 가부좌를 틀고 앉아 있었다. 다양한 종류의 스커트들이 미친 터번처럼 그의 머리를 장식해 주고 있었다. 게다가 그가 웃음을 터뜨리는 바람에 그의 널찍한 어깨는 마구 흔들렸다.

「무슨 일이에요? 무엇 때문에 웃어요? 왜 바보같이 웃어요?」

워든이 머리를 흔들자 드레스 한 벌이 그의 얼굴 위로 떨어졌다. 그는 가볍게 숨을 내쉬어 그 드레스를 옆으로 제치면서 그녀를 쳐다보았다. 그는 여전히 웃고 있고 눈썹은 심하게 꿈틀거렸다.

「그만두지 못해요. 그만둬요.」그녀의 목소리는 날카로웠다.「이건 우습지 않아요. 우스울 게 뭐가 있어요? 그렇게 바보같이 웃다가 들키면 리븐워스 20년행이 될 수도 있어요. 뭣 때문에 그렇게 웃는 거예요?」

「나는 옛날에 출장 세일즈맨을 한 적이 있어.」그가 숨을 몰아쉬며 말했다.

그가 정말 우스워서 웃는다는 것을 알고서 그녀는 침대 위에 털썩 주저앉았다.「뭐였다고요?」

「출장 세일즈맨.」그가 여전히 벽장에 들어앉은 채 웃음을 터뜨리며 말했다.「2년 동안 세일즈맨 노릇을 했는데, 여기 하와이 와서 남의 집 벽장에 들어가 숨기는 이번이 처음이네.」

캐런은 그의 웃는 얼굴, 위로 꿈틀거리는 눈썹, 뾰족한 귀 등을 쳐다보며 그가 사티로스 같다고 생각했다. 출장 세일즈맨과 농부의 딸. 미국 대륙에서 벌어지는 전형적인 러브 스토리요 로미오와 줄리엣이네. 그래, 위대한 미국표(標) 유머가 아니고 뭐야. 당구장에 늘상 출입하는 기생 오입쟁이가 늘 터뜨리는 저 느물거리는 농담과 뻔뻔스러운 윙크의 상징이 바로 이런 거 아니야. 그런 생각이 들자, 그녀는 갑자기 웃음이 터져 나왔다. 만약 이 광인의 장난기가 느닷없이 발동했더라면 저자는 벽장에서 과감하게 나와 우리 아들에게 나 잡아봐라, 했을지도 모르지. 그녀는 마음속으로 그 장면을 상상했다. 그러자 걷잡을 수 없는 웃음이 터져 나왔다.

 그녀는 침대에 털썩 주저앉았다. 간통 중에 들킬 뻔했다는 수치심은 온데간데없이 사라져 버리고, 그 가슴까지 저리게 만드는 웃음 때문에 숨을 제대로 쉬기가 어려웠다. 그리고 속절없게도 눈물이 비어져 나왔다.

 워든은 사태를 파악하지 못해 멍하니 그녀를 쳐다보았다. 그는 가부좌를 풀고 머리 위의 드레스들을 한쪽으로 치우면서 일어나 그녀에게 다가갔다. 그는 이 여자에 대해 뭔가 잘못 짚었다는 생각이 들었다. 레바 녀석의 정보도 영 틀려먹은 것이었다. 그것은 아무리 머리를 쥐어짜도 그의 이해 범위 내에 들어오지 않는 사항이었다.

 「이봐, 이봐, 이봐.」 그가 맥없이 말했다. 겉보기가 실제와는 전혀 다른 세상 속으로 들어간 어떤 남자가, 그 앞에 있는 어떤 여자에게 도저히 의사소통할 길이 없어서 멍하니 바보처럼 서 있는, 바로 그런 상황이었다. 「이봐, 울지 마. 난 말이야, 누가 우는 걸 보면 정말 마음이 아파.」 그가 더듬거리며 말했다.

 「당신은 내 상황이 어떤 건지 잘 몰라요.」 캐런이 몸을 부르르 떨면서 비 맞은 강아지처럼 징징거렸다. 「저 두 부자(父子), 난 정말 견딜 수가 없어.」

「아.」 워든은 어떻게 하다가 자신이 이런 어색한 상황에 뛰어들게 되었는지 난처해하면서 그녀의 어깨에 팔을 둘렀다. 「이젠 괜찮아. 그 애는 갔잖아. 자, 자, 진정해.」 그의 손바닥에 잡히는 그녀의 유방은 날려고 하나 날지 못하는 어린 새처럼 따뜻하고 부드러웠다.

「이러지 말아요.」 그녀는 짜증을 내며 그에게서 몸을 떼어냈다. 「당신은 몰라요. 신경 쓰지도 않아요. 이건 당신한테 아무런 일도 아니니까. 그저 여자 엉덩이만 바라고 찾아왔잖아요. 내 문제가 당신에게 무슨 문제겠어요. 나를 내버려 둬요.」

「오케이.」 그는 일어서서 셔츠를 가지러 갔다. 이제 살았구나 하는 묘한 느낌이 몰려왔다.

「지금 뭐 하는 거야?」 그녀가 신경질적으로 소리쳤다.

「가려고. 그게 당신이 원하는 거 아니었나?」

「당신도 나를 원하지 않는 건가요?」

젠장, 방금 여자 엉덩이라고 하더니 이번에는 원하지 않는다고 하네. 도대체 어떻게 하라는 거야, 똥개 훈련도 아니고. 워든은 이런 생각을 하면서 대답했다. 「난 당신이 나보고 가라는 줄 알았어.」

「갈 테면 가. 난 당신에게 아무것도 강요하지 않아. 당신을 비난하지 않아. 조금도. 왜 당신이 여기 머무르겠어. 난 이제 당신 눈에 여자도 아닌데.」

「당신은 멋진 여자야.」 그가 얇은 기모노의 내부를 뚫어져라 쳐다보며 말했다. 「정말 아름다운 여자야. 내 말을 믿어.」

「당신을 빼고는 아무도 그렇게 생각하지 않아. 난 한심한 여자라고. 제대로 하는 게 없어. 이 세상에서 나를 필요로 하는 곳은 아무 데도 없어.」

「당신은 정말 소중한 존재야.」 위튼이 되돌아와 그녀 옆에 앉으며 말했다. 「이 세상에서 아름다운 여자는 그 어떤 것보다 더 소중한 존재야.」

「그건 남자들이 늘 하는 말이잖아. 자기를 위해 아름다운 창녀가 되어 달라고 할 때 써먹는 말. 하지만 나는 그런 존재조차 되지 못해.」

「당신은 선탠이 훌륭해.」 그는 창밖의 빗소리를 들으며 그녀의 등을 가볍게 문질렀다. 「카네오헤의 해변에 나가서 선탠을 하기에 아주 좋은 날이군. 거기는 비가 오지 않을 거야.」

「난 카네오헤 싫어. 빌어먹을 와이키키처럼 혼잡하고 사람들이 많아.」

「난 블로홀 근처의 아주 은밀한 작은 해변을 하나 알고 있어. 그 장소에 대해서 알고 있는 사람은 아무도 없어. 아무도 거기 안 와. 완만한 절벽을 타고 올라가면 모래 해변을 거느린 자그마한 만이 있어. 모래는 부드러우면서도 단단하지. 그리고 주위에는 암벽이 둘러쳐져 있어서 고속도로를 지나가는 차들의 눈에 전혀 띄지 않아. 어린아이 때 깊은 덤불 속에 숨어서 다른 사람들이 열심히 당신을 찾을 때의 느낌 바로 그거야. 여기선 말이야, 수영복을 입을 필요도 없어. 아주 완벽하게 선탠을 할 수 있다고.」

「거기 데려다줄 거야?」

「뭐라고? 물론이지. 그러고말고.」

「그럼 밤에 갈 수 있어? 달빛 속에서 수영을 하고 그런 다음 그 자그마한 해변에 누워 있을 수 있어? 아무한테도 안 보이고 거기 있는 것을 전혀 들키지 않는 그 해변에서 나를 사랑해 줄 수 있어?」

「물론이지. 꼭 그렇게 하자고.」

「오, 난 정말 그렇게 해보고 싶어.」 캐런이 존경하는 눈빛으로 그를 쳐다보았다. 「나한테 그렇게 해준 사람은 아무도 없었어. 정말 데리고 갈 거야?」

「물론이지. 언제?」

「다음 주. 다음 주에 가자. 내가 데이나의 차를 가지고 시내 어디에서 픽업할게. 샌드위치와 맥주를 사서 출발하는 거야.」그녀는 그에게 환히 미소를 지어 보이더니 그의 목에 팔을 두르고 키스를 했다.

「오케이.」워든은 그 키스를 응대하면서 양손으로 척추 사이의 등 근육을 허리에서 어깨까지 부드럽게 쓰다듬었다. 그녀의 입술은 부드럽게 그를 탐색해 왔고, 유방의 이중 압박은 그의 가슴을 짓눌러 왔다. 그녀의 얼굴은 아까 주방에서 보았던 그 세련된 냉정함의 표정은 완전 사라지고 어린애처럼 환한 빛을 내뿜고 있었다. 이거 도대체 어떻게 된 거지? 이봐, 워든, 자네는 어떤 지옥에 들어선 거야? 여자의 직관에 대해서는 일가견이 있다고 하더니, 그 직관 다 어디로 갔어? 이건 어떻게 되어 가는 스토리야?

「이리 와, 이리로, 리틀 베이비, 내게로 와.」그가 목쉰 소리로 부드럽게 말했다.

과거에 그가 끄집어내려고 했으나 번번이 실패했던 부드러운 느낌이 그의 내부에서 천연의 샘물처럼 솟아올랐다.

「오, 난 일이 이렇게 될 줄은 전혀 몰랐어.」캐런이 말했다.

바깥에서는 비가 계속 내리면서 사정없이 지붕을 두드려 댔다. 거리에서는 오후 작업조의 대빗자루 소리가 빗소리를 뚫고서 부드럽게 들려왔다.

제10장

　이등병 블룸을 일등병으로 진급시킨 것은 G 중대 병사들에게 별로 놀라운 일이 아니었다. 지난해 12월부터 일등병 보직이 비면 그게 블룸에게 돌아갈 것이라고 예상되었다. 그는 지난해 갑자기 스모커 게임에 뛰어들었을 뿐만 아니라 볼 게임에 나가 네 차례나 우승했기 때문에, 중대의 연간 사진첩을 장식하는 여러 웃는 얼굴들 중 하나였다. 블룸은 권투 정치학이라는 튼실한 지렛대를 잘 이용해 별 볼일 없는 병사에서 일약 총애받는 병사로 뛰어올랐다. 그가 PFC든 아니든 올드 아이크는 블룸을 밀집 대형 훈련에서 열외시켜 주는 유일한 병사로 지목했고 또 장래 하사로 진급할 재목으로 여겼다. 운동부원이 아닌 병사들의 이런 노골적인 정실 인사에 대한 적개심이 하늘을 찔렀다. 홈스 대위는 이런 인사 조치가 중대의 대다수 사병들에게 미친 악영향을 파악했다면, 처음에는 충격을 받았을 것이고 이어 기분 나빠 하다가 종내는 분노를 터뜨렸을 것이다. 하지만 사병들의 분노는 극히 일부만 중대장의 귀에 들어갔을 뿐이었다. 그나마 홈스의 부사관들이 중대장의 귀에 들어가도 무방하다고 생각될 정도로 희석시킨 다음에 보고했기 때문에 그는 한 귀로 듣고 한 귀로 흘려보냈다.

기존의 운동부원들은 블룸과 별로 친하지는 않았지만 형제애를 발휘하며 그를 품 안에 환영했고 그의 입장을 강하게 옹호했다. 그들은 운동선수가 더 좋은 지도자가 된다는 원칙을 수호하기 위해 그렇게 할 수밖에 없었다. 그것은 보직 임명에서 제외된 정규 근무의 사병들이 불평을 터뜨릴 때마다 운동부원들이 내세우는 핑계이기도 했다.

　노름꾼이며 전 김벨 백화점 지하실의 배송 담당 직원이었던 리틀 마지오가 특히 분개하며 화를 냈다.

　「입대하기 전에 이놈의 군대가 어떻게 생겨 먹었는지 미리 알았더라면 얼마나 좋았을까.」 프루와 함께 치프 초트의 분대원인 마지오가 말했다. 그의 침상은 프루에게서 두 침상 떨어진 곳에 있었다. 「그래, 하고많은 병사 중에서 하필 블룸에게 PFC를 줘? 권투 선수라서?」

　「앤절로, 그럼 뭘 기대했는데?」 프루가 빙긋 웃었다.

　「그자는 군인도 아니야. 그냥 권투 선수일 뿐이라고. 난 신병 훈련 마친 지가 한 달밖에 안 되었지만 그자보다는 훌륭한 군인이야.」 마지오가 씁쓸하게 말했다.

　「군인 노릇은 돈 되는 게 아니야.」

　「그렇지만, 군인이 군인 노릇을 잘하는 게 제일 중요한 것 아니야? 잠깐만, 친구. 내가 이놈의 군대에서 제대할 때까지만 기다려. 징병제든 지원제든 다시는 이놈의 군대에 발을 들여놓지 않을 테니까.」

　「헛소리. 넌 30년쟁이가 될 자격이 충분해. 난 1백 미터 떨어진 곳에서도 그걸 알아볼 수 있어.」

　「그런 말 하지 마. 난 진심이야. 난 너를 좋아하지만 군대에 계속 있어야 한다면 너라도 사양하겠어. 30년쟁이! 이봐, 친구, 나는 좀 빼줘. 장교의 시종, 마당쇠, 심부름꾼 노릇을 하면서 봉급을 타먹어야 하는 이 생활, 정말 사양하겠어.」

「넌 재입대할 거야.」 프루가 말했다.

「난 돼지 똥구멍 속으로 재입대할 거야.」 마지오가 옛날의 나팔곡 가사를 패러디하면서 말했다. 「그 보직은 네게 돌아가야 마땅한 거였어. 내가 볼 때 넌 우리 중대에서 가장 훌륭한 군인이야. 다른 놈들은 네 신발 끈을 맬 정도도 못 돼.」

우기 동안 실시된 실내 교육 덕분에 마지오는 프루가 아주 훌륭한 군인이라는 것을 알게 되었다. 프루는 소총, 권총, BAR(브라우닝 자동 소총), MG(기관 단총) 등을 아주 잘 알고 있었고 또 능숙하게 다루었다. 첫 번째 입대 때 그런 것을 완벽하게 습득한 것이었다. 프루가 27연대에서 뛰어난 권투 선수였으면서도 홈스 부대에서 권투 선수가 되기를 거부했다는 사실을 알고서 마지오의 존경심은 더욱 커졌다. 그는 왜 거부했는지 잘 이해가 되지 않았지만, 김벨 백화점과 군대 밥을 먹으면서 다지게 된 언더도그[30]에 대한 우호감으로 인해 더욱 프루를 존경하게 되었다. 마지오는 멀리서 프루를 관찰하면서 그를 존경했었는데, 권투 선수가 되기를 의도적으로 거부했다는 사실을 알고서 적극적으로 프루에게 접근하여 사이좋게 지내자고 제안했다.

「네가 홈스를 위해 권투 선수를 하겠다고 말했다면 네가 그 보직을 얻었을 거야. 내 불알을 걸고 말하지만 네가 얻었을 거라고. 그러면 너는 30년을 한량하게 보낼 수 있었을 텐데!」

프루는 빙그레 웃으며 동의했으나 아무 말도 하지 않았다. 그 문제라면 할 말이 별로 없었던 것이다.

「자, 화장실에 가서 카드나 한 판 놀리자고. 논 솜 많이 따면 시내로 나갈 수 있을지도 모르지.」 마지오가 말했다.

「오케이.」 프루가 빙그레 웃으며 그를 따라갔다. 우기는 그

---

30 *underdog*. 불리한 입장에 있는 사람.

에게 지낼 만한 계절이었다. 독서오락실에서 한량하게 강의를 듣거나 포치에 나가 각종 화기를 분해 결합하거나 전투 대형을 도상 연습만 하면 되었다. 밖에서 내리는 빗소리는 듣기 좋은 음악이었다. 강의나 도상 훈련은 단 한 명의 장교 혹은 부사관이 교관으로 나오기 때문에 올드 아이크 갈로비치의 감시의 눈을 피할 수도 있었다. 올드 아이크는 프루가 권투 제안을 거부했다는 사실을 안 이래, 중대장 홈스의 체면을 지키기 위해 혈안이 되어 있었다. 게다가 권투 시즌이 끝나면서 프루가 중대에 일으켰던 긴장감이, 비록 일시적이기는 하지만 상당히 완화되어 있었다.

1층 화장실의 천장에 매달린 알전구 세 개는 희미하게 빛나고 있었다. 벽에 붙은 소변기와 칸막이도 없는 변기, 그리고 세면대 사이에 마지오의 담요가 깔려 있었다. 여섯 사람이 그 담요 주위에 둘러앉았다.

카드를 섞던 마지오는 지붕 없고 좌석 없는 대변기에 바지를 내린 채 쪼그려 앉아 똥을 싸고 있던 세 명의 병사를 쳐다보며 코를 쥐었다. 「이게 카드실이야 화장실이야? 옷 좀 제대로 입으라고, 옷!」

일을 본 남자들은 잡지에서 고개를 들어 욕을 한 번 하고는 다시 볼일로 돌아갔다.

「앤절로, 카드를 돌려.」 중대 나팔병인 앤더슨이 말했다. 「그래, 빨리 돌려.」 견습 나팔병인 샐버토어 클라크가 길쭉한 이탈리아인 코를 찡그리며 수줍게 웃었다. 「웝(이탈리아 놈), 어서 카드를 돌려. 안 그러면 널 엎드려뻗쳐 시켜 놓고 카드를 네 항문에다 밀어 넣을 거야.」 클라크는 짐짓 터프 가이 노릇을 하려다가 계속하지 못하고 그만 수줍은 웃음을 터뜨리고 말았다.

「조금만 기다려. 카드를 곧 돌릴 테니까. 현재 카드를 쌓고 있잖아.」 마지오는 활짝 편 왼손에 카드를 올려놓고 검지를 구부려 전문가처럼 카드를 잡았다.

「삽으로는 똥을 쌓을 수 없는 거야.」 프루가 농담을 했다.

「이봐, 내가 이 카드 쌓는 걸 어디서 배웠는지 알아? 브루클린의 애틀랜틱 애버뉴에서 배웠다고. 거기선 말이야, 로열 플러시[31] 아니면 패라고 내놓지도 못해.」 그는 전문 노름꾼처럼 오른손과 왼손에 있는 카드들이 하나씩 겹치도록 섞어서 쌓고는 패를 돌리기 시작했다. 게임은 다섯 장으로 하는 스터드 포커였다. 넉 장은 펴서 보여 주는 업 카드이고 나머지 한 장은 손에 감추고 보여 주지 않는 홀 카드[32]였다. 여섯 명은 자신의 카드에 몰두했다.

프루는 5센트짜리 니켈 동전 열 개를 담요 위에 내려놓고 클라크에게 윙크를 했다. 그 돈은 화기 소대의 중사이며 마촐리 일병의 지적인 친구 피트 카렐슨에게서 빌린 것이었다. 카렐슨은 프루가 기관 단총에 대해서 잘 아는 것을 보고 그를 마음에 들어했다.

「이봐, 난 여기서 돈 좀 따가지고 오헤이어의 노름방에 가서 일확천금을 얻고 싶어.」 샐 클라크가 열띤 목소리로 말했다. 그건 거기 모인 여섯 명의 공통된 꿈이기도 했다. 「그 돈을 가지고 호놀룰루로 나가는 거야. 뉴콩그레스 호텔을 하룻밤 몽땅 전세 내는 거지. 내가 그냥 구경하면서 침만 흘렸던 깔치들을 내 마음대로 갖고 노는 거야.」 클라크는 누가 같이 데려가 주지 않는 한, 저 혼자서는 절대 창가 근처에도 못 가는 병사였는데, 스스로 그런 호언장담을 해놓고서 껄껄 웃음을 터뜨렸다. 「프루, 뉴콩그레스에 안 가봤지? 키퍼 부인의 집 말이야?」

---

31 *royal flush*. 포커의 제일 높은 패.
32 *holecard*. 앞면을 엎어 놓은 카드.

「난 아직 거기 갈 만한 돈이 없어.」 프루가 말했다. 프루는 따뜻한 보호의 감정을 느끼면서 샐을 쳐다보다가 이어 샐의 친구 앤디를 살펴보았다. 앤디는 시무룩한 표정으로 카드에 열중하고 있었다. 프루는 다시 샐을 쳐다보았다. 그가 거기 모인 친구들과 사귀게 된 것은 주로 샐 덕분이었다.

사람 좋아 보이는 수줍어하는 눈빛과 당황하면 나타나는 미소를 가진 샐 클라크는 마을의 백치 소년 같은 사람이었다. 마을의 백치는 적의, 시기, 불신, 출세하고픈 마음 등이 전혀 없어서 도무지 이 험악한 세상과는 어울리지 않는 그런 인물을 가리킨다. 서로 뜯어먹으며 남들을 이용할 기회만 노리는 사업가들은 이 백치에게 먹을 것을 주고, 옷을 입혀 주고, 또 부드럽게 보호해 준다. 그렇게 함으로써 백치의 순진한 마음이 자신들의 사악함에 대해 하느님 앞에서 대신 빌어 줄 것이라고, 형이상학적인 생각을 하는 것이다. 혹은 그들의 양심을 어느 정도 완화시켜 주리라고 생각하는 것이다. 이와 마찬가지로 샐 클라크는 중대의 백치로서 잘 보호되고 존중되는 것이다.

앤더슨은 여러 번 프루에게 우정의 접근을 해왔다. 특히 프루가 봉급을 다 날린 봉급날, 그에게 돈을 빌려주겠다고 제안해 오기까지 했다. 하지만 그가 다가올 때마다 프루는 그를 물리쳤다. 왜냐하면 앤디의 눈은 그를 정면으로 쳐다보지 않고 다른 데를 쳐다보았기 때문이다. 프루는 자신을 두려워하는 자를 친구로 삼고 싶지 않았다. 하지만 깊고 부드러운 사슴 같은 눈빛을 가진 샐 클라크가 서로 친구하는 것이 좋지 않겠느냐고 말해 오자, 그는 갑자기 거절하기 어렵다는 것을 깨달았다.

……우기가 시작되기 전 따뜻한 2월의 어느 밤이었다. 하늘의 별들은 손에 잡힐 정도로 가깝게 느껴졌다. 그는 맥주

를 많이 마시고 온몸에 취기를 느끼면서 초이스의 연기 가득한 식당을 나섰다. 그는 밤의 소리들이 파고들어 오는 불 켜진 터널인 샐리포트에 우뚝 멈춰 섰다. 중대 마당 건너편 2대대의 불빛이 아직 켜져 있었고 그림자 같은 물체가 그 바로 앞의 포치에 어른거렸다. 어두운 4각의 중대 마당에는 맥주 피처 주위로 담배꽁초의 불빛이 반짝거렸고, 누군가가 그 담배를 빨아들이면 한결 꽁초의 불빛이 환해졌다가 곧 다시 어두워졌다.

나팔병용 확성기가 놓여 있는 모퉁이로부터 4부 화음의 기타와 성악이 흘러나왔다. 그건 경험 법칙으로 알게 된 화음이었으나 잘 짜여 있는 것이었고, 그래서 중대 마당을 가로질러 낭랑하고 아름답게 퍼져 나갔다. 그 천천히 움직이는 화음 속에서 프루는 샐의 낭랑한 비음을 읽어 낼 수 있었다. 샐은 스크랜턴 출신의 코가 길쭉한 웝이지만, 산간에 사는 사람들보다 더 힐빌리(컨트리)풍이었다. 그들은 「트럭 운전사 블루스」를 부르고 있었다.

〈머리부터 발끝까지 너무나 피곤해⋯⋯ 하지만 계속 차를 몰아야 해⋯⋯ 트럭 운전사 블루스⋯⋯ 얻은 것도 별로 없는지라 잃을 것도 별로 없어⋯⋯ 아주 처량한 느낌이야⋯⋯ 트럭 운전사 블루스.〉

샐 클라크의 단순하면서 슬픈 목소리는 그를 감동시켰다. 그는 위든과 이런 갑갑한 상황에 대한 분노와 짜증이 사라지고 그 자리에 말로 표현할 수 없는 깊은 고독이 자리 잡는 것을 느꼈다. 그런 느낌이 노래 가사에 다 표현되어 있었으나 가사는 아무것도 말하지 않았다. 트럭 운전사가 피곤하여 우울하다는 것 이외에는.

그 음악은 사람들이 피우고 있는 담배 불빛을 통해 강렬하면서도 밝게 전해져 왔다. 그는 노래에서 모든 사람의 저 오래된 비밀을 발견할 수 있었다. 만져 볼 수 없고, 형언할 수 없고, 묘사할 수 없는 비밀. 노래 가사는 아무것도 말하지 않았으나 동시에 말할 수 있는 모든 것을 전달하고 있었다. 켄터키의 산간 지방에서 소 썰매를 몰았던 애꾸눈 남자의 노래, 인디언 보호 구역에서 살아야 하는 촉토 인디언의 노래, 왕을 기념하기 위한 거대한 기념물을 세우기 위해 거대한 돌 밑에 롤러를 집어넣어야 했던 사람의 노래. 그 간단하면서도 무의미한 노래 가사 속에서 프루는 그 자신, 치프 초트, 피트 카렐슨, 클라크, 앤더슨, 그리고 워든을 보았다. 그들은 저마다 다른 고민을 가지고 씨름하고 있었다. 저마다 동일한 원천에서 흘러나온 비밀의 길을 따라가고 있었으나 결국에는 피할 수 없는 종말에 이르고 말 것이었다. 이들은 전투가 개시될 때 하나의 전열을 형성하며 나아갈 것이다. 나무가 울창한 정글에서 야간 행군에 나선 병사들처럼. 그들은 각자 자신이 들었던 정글의 저 웅얼거리는 소리를 부대원들에게 전달하고 싶어 하나 그것은 그의 귓속에만 들어 있는 소리일 뿐 결코 다른 부대원에게 전달하지 못한다. 클라크의 비음 가득한 노래가 클라크의 존재가 거기 있음을 전달하지 못하는 것처럼. 그래서 그들은 각자 어둠 속의 적지에서 느닷없이 나타난 자기만의 문제를 스스로 해결해야 하는 것이다.

아침마다 초이스에 모여 예술과 인생을 논하는 마촐리와 기타 행정병들은 눈먼 자들이다. 프루는 그들을 잘 알았다. 그들은 세련된 대화에 몰두하고 무의미한 논쟁에서 안전함을 느끼기 때문에 정말 중요한 사항이 그들 가까이 놓여 있다는 것을 알지 못한다. 그 중요한 것은 순간적으로 깨달을 수 있을 뿐, 그 어떤 날카로운 분석으로도 도달하지 못한다는 것을 알지 못한다. 그것은 힐빌리 노래의 저 바닥 없는 심연으로부터 불현듯 그 모습을 드러낸다. 그 기교 없는 단순함은 그들의 번드레한 언사가 결코 표현해 주지 못하는 것을 표현한다. 그 기본적 단순함은 인생의 진실을 섬광처럼 드러낸다. 설명될 수 없고 이해될 수 없고 표현될 수 없는 진실을.

행정병들, 왕들, 사상가들. 그들은 말을 지껄이고 그 말을 가지고 세상을 다스린다. 트럭 운전사, 피라미드 건설자, 정규 근무 보병들. 이들은 말을 하지 못하기 때문에 그 말 없음으로 세상을 구축한다. 그래서 말을 지껄이는 자는 그 말을 가지고 세상을 다스리는 방법에 대해 말하지만, 트럭 운전사와 보병 근무자는 그 말에 의해 파괴된 세상을 구축한다. 그것이 그들이 발언하는 방식이다. 그는 샐 클라크의 고통스러운 비음이 섞여 드는 노래에서 그것을 느낄 수 있었다.

〈너무나 피곤해…… 얻은 것도 별로 없는지라 잃을 것도 별로 없어…… 아주 처량한 느낌이야…… 트럭 운전사 블루스.〉 그는 맥주를 마시며 파티하는 사람들 사이를 지그재그로 뚫고 나가 기타 연주자 주변에 모여 있는 사람들 옆으로 갔다. 한가운데에는 다섯 명의 공연자가 있었다. 구경꾼들은 원을 그리고 서서 음악을 듣거나 따라 부르면서 공연 그룹을 우월한 존재로 인정해 주고 있었다. 앤디와 클라크가 「샌안토니오의 장미」를 연주하고 있었다. 프루는 가장자리에 서서 듣기만 했을 뿐 가운데로 들어갈 생각은 하지 않았다. 그때 앤디가 그를 보았다.

「헤이, 프루.」 앤디가 호소하는 목소리로 불렀다. 「기타 칠 사람이 필요해. 어서 와서 끼여.」

「아니, 됐어.」 그는 앤디의 목소리에 들어 있는 아첨기에 창피함을 느꼈다. 마치 자신이 그런 아첨을 떨기나 한 것처럼. 그는 돌아서서 가려고 했다.

「그러지 말고, 어서 와.」 앤디가 사람들 사이로 소리쳤다. 그는 프루를 찾아서 열심히 눈알을 굴렸다.

「그래, 프루, 어서 와.」샐도 눈을 크게 뜨고 기대감으로 눈빛을 반짝거리며 말했다.「이봐, 우린 재미있는 시간을 보내고 있어. 오늘 밤에는 맥주도 있어.」그는 갑자기 생각난 듯이 말을 덧붙였다.「난 좀 피곤해. 네가 들어와서 이것을 좀 맡아 주면 어떨까?」아주 좋은 제안이었고 그런 솔직한 태도가 프루의 마음을 움직였다.

「오케이.」그는 안으로 들어와 기타를 받아 들고 그룹 한가운데 앉았다.「뭘 연주할까?」

「〈붉은 강 계곡〉은 어때?」그게 프루의 18번임을 알고 있는 샐이 자연스럽게 말했다.

프루는 고개를 끄덕이고 몇 번 소리를 내보더니 연주에 들어갔다. 그들이 연주하는 동안 클라크가 맥주 피처를 그에게 내밀었다.

「그건 앤디의 새 기타처럼 좋지는 않아.」클라크가 눈짓으로 프루의 기타를 가리키며 말했다.「그가 새것을 사면서 내게 아주 싼값으로 팔았어. 낡았지만 내가 기타 치기를 배우는 데는 그만이야.」

「그렇군.」프루가 말했다.

샐은 맥주 피처를 쥐고서 그들 앞에 쪼그려 앉았다. 그는 아주 기분 좋게 웃었고 눈을 절반쯤 감고 고개를 뒤로 젖힌 채 낭랑한 콧소리로 노래 불렀다. 그의 음성이 다른 사람들을 압도했다. 연주가 끝났을 때 샐은 빈 맥주 캔의 윗부분을 제거하고 만든 프루의 맥주잔을 받아 들고 가득 채워 주었다.

「여기, 프루, 맥주 한잔해. 연주를 하고 나면 목이 좀 마를 거야. 노래를 부르면 늘 그렇지.」

「고마워.」그는 맥주를 마시고 손등으로 입을 닦으며 앤디를 쳐다보았다.

「나의 〈말하기 블루스〉는 어때?」앤디가 말했다. 그건 그가 특별히 아끼는 곡인데 사람들이 많이 있을 때는 잘 신청하지 않는 곡이었다. 하지만 이제 그것을 프루에게 제안하고 있는 것이다.

「좋아.」 프루는 코드를 한두 번 맞춰 보더니 곧 연주에 돌입했다.

「난 네가 우리와 함께하기를 바랐어.」 샐 클라크가 음악 소리보다 더 큰 목소리로 말했다. 「네가 들어오기를 바랐다고, 프루 보이.」

「그동안 좀 바빴어.」 그가 고개를 쳐들지 않으면서 말했다.

샐이 동정심 가득한 표정으로 고개를 끄덕이며 말했다. 「그랬다는 걸 알아. 이 낡은 기타를 치고 싶으면 아무 때나 내 로커에서 꺼내 가. 나한테 물어볼 필요 없이. 로커는 언제나 열려 있어.」

프루는 고개를 쳐들고 샐을 보았다. 이제 새로운 친구를 사귀게 되어 기뻐하는 기다란 올리브빛 얼굴이었다. 「오케이, 샐. 고마워. 정말 고마워.」 그는 기타 줄에 고개를 떨구면서 자신의 온몸이 따뜻해지는 것을 느꼈다. 이제 그 또한 두 명의 친구를 새로 사귄 것이었다…….

「창녀가 둘이야.」 마지오가 손에 홀 카드로 들고 있던 퀸 패를 앞에다 펴놓은 퀸 옆에다 갖다 대며 말했다.

「총알이 둘이야.」 프루가 손에 들었던 에이스를 펴 보이며 말했다. 그는 양손을 뻗어 담요 위에 가득한 동전들을 끌어들였다. 지난 두 시간 동안 그가 따들인 4달러 옆에 또다시 동전을 가득 끌어가자 신음과 욕설의 합창이 터져 나왔다. 「야, 조금만 더 따면 오헤이어의 노름방에 가서 일확천금할 수 있겠는데.」

그들이 노름을 하고 있는 동안, 위병소의 나팔병이 비에 젖은 중대 마당 한구석에서 축축한 소등나팔을 불었다. 그러자 취침하기 전에 오줌을 누려는 병사들이 갑자기 화장실로 몰려들었다. 야간 당직은 내무반을 돌며 전원 스위치를 껐다. 어두워진 내무반에는 무거운 정적이 감돌았고 취침의 바스락거림 소리가 들려왔다. 하지만 화장실의 카드 게임은 그것과 관계없이 계속 진행되었고 노름꾼들은 엄청난 열정 ─ 통상적으로 남자들이 여자에 대해 갖고 있다고 믿어지지만 실제로는 별로 느끼지 못하는 그런 열정 ─ 으로 게임에 몰두했다.

「야, 미리 읽었어야 하는 건데.」 마지오가 시무룩하게 말했다. 그는 속셔츠의 줄을 잡아당기더니 앙상한 어깨를 긁으며 비극적인 표정을 지었다. 「에이스 원 페어란 말이지, 프리윗. 마지막 패를 떠서 에이스 원 페어를 만든 자는 사기를 친 자이거나 아니면 이 게임에서 축출해야 할 자야.」

「앤절로, 넌 클론다이크에서 우물을 파는 자의 엉덩이처럼 차가운 놈이야.」

「그래? 네가 그렇다면 그런 거지. 카드들 내게 건네줘. 내가 선이야.」 그는 클라크에게 시선을 돌렸다.

「이봐, 긴 코, 저 말 들었어? 프리윗이 그렇다면 그런 거야.」 마지오는 카드를 섞어서 프루에게 커트를 하라고 내밀면서 자신의 큰 코를 손가락으로 만지작거렸다. 「우리 아버지가 펜실베이니아주 스크랜턴에 가신 적이 있었던가? 만약 브루클린을 떠나서 그리로 가신 적이 있다면 넌 틀림없이 내 동생이야. 난 거기에 돈을 걸겠어. 물론 돈이 있을 경우의 얘기지만.」

샐 클라크는 수줍게 웃었다. 「내 코가 너만큼 크지 않아서 동생이 되기에는 틀렸는걸.」

마지오는 양손을 비비더니 엄지와 나머지 손가락으로 자신의 코를 가볍게 문질렀다. 「자, 간다. 난 이제 운수를 바꿨어. 아까보다 훨씬 나은 패가 나올 거야.」 그는 패를 돌리기 시작했다. 「클라크, 네 본명 치올리는 어디로 가고 클라크야 클라크이길? 넌 이탈리아 사람을 배신한 자야, 치올리.」

「젠장.」 샐이 빙그레 웃었다. 그는 마지오처럼 정색하며 농담을 하지는 못했다. 「난 어쩔 수 없었어. 이민국 사람들이 치올리의 스펠을 제대로 못 쓰는 걸 어떡해?」

「앤절로, 카드를 돌려. 님을 봐야 뽕을 따고, 카드를 돌려야 돈을 따지.」 프루가 말했다.

「아까처럼 잃어 가지고는 돈을 딸 수가 없어.」 마지오가 말했다. 「치올리, 넌 웝이야. 지저분한 매부리코의 웝이라고. 난 널 몰라. 잭이 나왔으니 베팅을 해.」

「5센트 걸었어.」 앤디가 니켈을 던져 넣었다.

클라크는 순한 눈을 가느다랗게 뜨면서 약간 장난스러운 표정을 지었다. 「난 거친 놈이야, 앤절로. 날 건들지 마. 난 너를 박살 내버릴 거다. 프리윗에게 정말인지 아닌지 한번 물어봐.」

「야, 5센트 가지고는 큰돈 못 벌어.」 마지오가 앤디에게 말했다. 「10센트로 올리자.」 그는 다임 동전을 집어넣었다. 「정말 그래, 프리윗? 이 치올리 소년이 정말 터프 가이야?」

「나도 받았어.」 프루가 말했다. 「터프하고말고. 내가 그에게 호신술을 가르쳐 주고 있거든.」 그는 홀 카드를 내려다보았다. 샐은 커다란 코를 찡그리며 빙그레 웃었다.

「그럼 터프 가이 맞네. 난 죽었어.」 마지오가 클라크에게 말했다. 「이봐, 이봐, 잘하는데.」 그는 또 이런 말도 했다. 「이봐, 너 하기 달린 거야, 유대인 소년. 10센트 걸어라, 이 화상아.」

유대인 줄리어스 서스맨 이등병은 줄창 돈을 잃고 있었다. 「나도 받았어. 야, 이거 왜 이렇게 안 풀리지. 도대체 넌 이렇게 지저분하게 패 돌리는 방법을 어디서 배웠니?」

「야, 아까 브루클린에서 배웠다고 했잖아. 너도 브롱크스에서 잠시 바람 쐬러 나왔다면 브루클린이 어디 있는지 알 텐데? 카드 돌리기 하면 이 앤절로지. 자, 퀸이 제일 높은 패야.」

「5센트 걸었어.」 서스맨이 얼굴을 찡그리며 말했다. 「앤절로, 넌 타고난 또라이야. 그게 너의 본질이야. 완전 11병동(정신병동) 소년이지. 그러니 재입대하도록 해.」

「나보고 말뚝을 박으라고? 이 돼지 똥구멍에 말뚝을 박느니 차라리 네놈 눈에다 박겠다.」 마지오는 홀 카드를 내려다보았다. 「봉급날까지 두 주나 남았구나. 나는 50 구경 대포처럼 호놀룰루를 쑥대밭으로 만들어 버릴 거야. 서비스 룸스여, 조심하라!」 그는 남은 카드 덱을 집어 들고 말했다. 「자, 마지막 카드 돌린다.」

「서비스 룸스 좋지.」 서스맨이 말했다. 「여자 궁둥이를 한번 만지고 말이야. 내 오토바이를 한번 타보라고. 정말 죽여 줘, 앤절로.」

「야, 이 친구 말 좀 들어 봐.」 앤절로가 주위를 돌아보며 말했다. 「와이키키 비치 키드네. 오토바이와 줄 하나짜리 기타라. 마지막 패 돌린다. 베인 상처, 불에 덴 상처, 얻어맞은 상처.」

「빨리 돌려.」 프루가 말했다.

「이 친구 급하기는 급했네.」 앤절로가 패를 돌리자 그의 가느다란 손이 가볍게 경련을 일으키며 에너지를 뿜어냈다. 「애들아, 난 이번에도 먹을 거야. 오, 앤디는 잭 원 페어[33]네. 지저스 크라이스트! 난 아예 눈을 감아 버려요. 잭 원 페어부터 베팅!」

「그건 기타가 아니고 우쿨렐레라는 하와인 민속 악기야.」 서스맨이 설명했다. 「그것만 있으면 와히니 꼬시는 것은 문제없어. 그게 중요한 거지. 깔치 꼬시는 데는 내 오토바이가 G 중대 사람의 돈보다 더 위력 있어.」

---

33 *jack one fair*. 같은 카드 두 장.

「그 악기에다 줄을 세 개 더 붙이지그래? 어차피 연주하지 않을 거면.」 마지오가 말했다.

「난 연주할 필요 없어. 그건 순전히 폼이야.」 서스맨이 말했다.

마지오는 슬쩍 자신의 홀 카드를 내려다보았다. 「한 줄짜리 악기를 연주하고 오토바이를 사야만 와히니를 꼬실 수 있다면 차라리 공중에다 3달러를 뿌려 버리겠다.」

「야, 앤절로, 그럼 지금 3달러 뿌려 봐.」 자신의 오토바이를 이 세상에서 가장 귀중한 물건으로 생각하는 서스맨이 약간 시무룩하게 말했다.

「내가 언제 지금 뿌린다 그랬어? 앤디, 25센트 받고 25센트 추가로 더 걸었어. 리디, 넌 따라오려면 50센트 걸어야 해.」

「이런 호랑 말코!」 이등병 6호봉인 리돌 트레드웰이 소리쳤다. 펜실베이니아 남부 출신인 리디는 지금껏 단 한 판도 먹지 못했다. 그는 두툼한 가슴과 배를 들먹거리며 천천히 한숨을 내쉬더니 자신의 패를 섞어서 담요 가운데 던지며 〈난 죽었어!〉를 외쳤다. 그의 통통한 얼굴에 미소가 떠올랐다. 비록 뚱보이지만 그 지방 밑에 엄청난 힘이 도사리고 있음을 보여 주었다. 덩치가 작은 마지오에 비해 그는 가부좌를 튼 뚱뚱한 부처처럼 보였다. 「야, 너희 때문에 난 빈털터리야. 너희 같은 사기꾼들과는 도저히 같이 못 놀겠어.」

「야, 너 아직도 20센트 있잖아. 좀 더 버텨. 난 이제 끗발이 오르기 시작했단 말이야.」

「쳇, 맥주 두 병 사 먹을 돈밖에 없어. 목말라서 도저히 안 되겠어. 아무튼 오늘은 더 이상 안 할 거야.」 트레드웰이 일어서며 말했다.

「야, 너 12킬로그램짜리 BAR나 메고 돌아다녀라. 그러다가 정작 그 총을 쏠 때가 되면 부사관들에게 빼앗겨 버려.」 마지오가 말했다.

「마지오, 그걸 어떻게 알았지?」 리디 트레드웰은 이미 일어섰기 때문에 노름패의 일원이 아니었다. 그는 그들 뒤에 1분쯤 서 있다가 밖으로 나갔다. 홀가분해하는 모습이 오히려 10달러 따고 노름판을 떠나는 듯했다.

「야, 저 또라이!」 마지오가 머리를 흔들며 말했다. 「어쩐지 저놈 돈은 먹기 싫더라니. 하지만 말이야, 이제 확실히 알았어. 이 중대의 사병들은 나와 프리윗 빼놓고는 모두 또라이야. 때로는 프리윗도 또라이가 아닐까 하는 생각이 들 때가 있지만. 앤디, 어떻게 할 거야?」

「도대체 뭘 들고 그렇게 큰 소리야?」 앤디가 마지오가 펼쳐 보인 패들을 검토하면서 물었다.

「야, 보면 몰라. 클럽(클로버) 네 개가 떡하니 펼쳐져 있잖아. 손에 또 다른 클럽이 하나 있고 말이야. 그게 뭐겠어, 플러시가 아니면?」

「너 허풍 치고 있는 거지?」 앤디가 말했다.

「베팅을 받고서 한번 알아봐. 내가 간절히 충고하는 바야.」

「넌 마지막 카드에서 베팅을 올렸어. 그러니 확실한 패를 잡고서 나를 궁지에 몰아넣고 있는 거야.」 앤디가 시무룩하게 말했다.

「야, 마지막 카드는 클럽이 아니라니까. 자꾸 그렇게 뜸 들이지 마. 내 베팅을 받을 거야 말 거야?」 마지오가 말했다.

앤디는 바닥에 깔려 있는 자신의 잭 원 페어와 손에 들고 있는 세 번째 잭을 내려다보았다. 「받아야겠는걸. 달리 선택이 없어. 저 녀석 마지막 카드에서 클럽을 떴나 본데.」 앤디가 말했다.

「허튼소리! 넌 클럽이 넉 장 펴져 있는 것을 잘 보았잖아. 그러니 베팅하고 말고는 네 마음이야. 뻑하면 상대방 탓하지 말고. 너도 잭 트리플 아니야?」

「받았어.」앤디가 말했다.

「돈을 찔러야 돈을 먹지.」마지오가 말했다.

앤디는 마지못해 쿼터 동전을 던졌다.

「프루, 넌 어떻게 할 거야?」마지오가 재촉했다.

「나도 받았어.」프루가 앤디의 얼굴을 살피며 말했다. 「내가 아무래도 패가 제일 낮은 것 같은데. 하지만 앤디가 잭 원 페어뿐이라면 나도 이길 수 있어.」프루도 동전을 던져 넣었다.

「음, 이걸 보고 다들 눈물을 흘리라고.」앤절로가 껄껄거리며 다섯 번째 클럽을 보여 주었다. 그는 손을 쭉 뻗쳐 동전들을 긁어모으면서 동전들이 손가락 사이로 빠져나가게 했다. 그는 수전노처럼 껄껄 웃음을 터뜨렸다.

「넌 이제 빠지는 게 좋을 거야.」마지오가 프루에게 말했다. 「남 좋은 일 하지 않으려면. 아까 내가 코 문지르는 것 봤지? 난 이제 빅 버지니아(창녀)의 그곳처럼 뜨겁다고.」

「네 끗발이 오래가지 않을 거야.」프루는 담배를 마지막으로 한 모금 빨고서 꽁초를 소변기에다 버렸다.

「이봐, 그 꽁초, 그 꽁초 버리지 마. 이 자본가 화상아.」마지오는 소변기까지 기어가서 꽁초를 꺼내 한 모금 크게 빨았다. 「계속 놀자. 리디는 빠졌지. 앤디, 네가 패 돌려. 아이고 씹이야, 난 김벨 백화점 지하실에서 일했잖아. 그래서 테일러메이드 담배는 피워 보지 못했다고. 난 프롤레타리아야, 프리윗 넌 자본가고. 넌 군인 아니야.」

「나도 한 모금 줘, 나도.」클라크가 말했다.

「야, 너도 담배 사 피울 형편이 안 되는가 보구나. 이제 월말이고 봉급날은 2주나 남았는데. 야, 나도 간신히 건져 왔어. 한 모금 더 빨고 줄게.」마지오는 아주 짧은 꽁초를 클라크에게 넘겨주었고, 앤디는 두 번째 업 카드(펴놓는 카드)를 돌렸다. 클라크는 꽁초를 넘겨받아 조심스럽게 빨기는 했으나 손가락을 살짝 데었다. 그는 꽁초를 소변기에다 던져 넣었다.

「그러니까 프리윗, 내가 네 돈을 다 따먹으리라는 걸 믿지 않는군. 이번에 나한테 에이스가 나왔어. 내가 건다, 25센트.」

「지저스 크라이스트!」 프루가 말했다.

「자꾸 대드는 건 네 잘못이야. 난 이미 경고했어.」 마지오가 말했다.

앤디는 세 번째 카드를 돌렸고 여전히 마지오의 에이스가 제일 높은 패였다. 마지막 다섯 장이 다 돌 때까지 그 에이스가 으뜸패였고 결국 마지오가 그걸로 그 판을 먹었다. 그는 그다음 세 판을 내리 먹었다. 그의 자그마한 몸에서 뿜어져 나오는 에너지가 그가 원하는 패를 그에게 가져다주고 다른 사람에게 좋은 패가 가는 것을 막는 듯했다.

「야, 난 뜨거운데. 그걸 배로 느낄 수 있어. 프리윗, 담배 한 개비 줘. 담배가 당기는군.」 마지오가 말했다.

프루는 빙그레 웃으며 거의 비어 버린 담뱃갑을 꺼냈다. 「1차 내 돈을 가져가고, 그다음에는 담배마저 내놓으라고 하는군. 난 이 담배 사느라고 돈을 빌려야 했어.」

「또 한 갑 사. 이제 돈을 갖고 있잖아.」

「야, 네가 사. 내가 이런 식으로 게임할 때마다 담배를 대야 한다면 게임을 하지 않는 게 낫겠어. 자, 세 돛대 남은 거 꺼내서 갈라 줄게.」 그는 세 개비 남은 담배를 꺼내 하나는 마지오와 서스맨에게, 또 하나는 앤디와 샐에게, 그리고 나머지 하나는 자기가 가졌다. 그들은 포커를 하면서 자기들 담배를 서로 돌려 가며 피웠다. 앤절로가 계속 땄다.

앤절로가 패를 돌리고 있는데 화장실 문이 쾅 열리면서 블룸이 들어섰다. 문을 너무 세게 밀어서 그 문이 먼저 벽에 쾅 부딪혔고 이어 원위치로 돌아가면서 요란스러운 소리를 냈다. 블룸은 느글거리는 자신감을 내뿜으며 담요 주위에 둘러앉아 있는 병사들에게 다가왔다. 곱슬머리를 요란스럽게 흔들어 댔고 널쩍한 어깨는 문간을 거의 다 메울 지경이었다.

「야, 좀 조용히 해.」 마지오가 말했다. 「야간 당직을 여기 불러서 게임을 끝장내려고 그래?」

「야간 당직은 지옥에나 가라고 해.」 블룸이 평소의 커다란 목소리로 말했다. 「그리고 너 자그마한 웝도 지옥에나 가.」

마지오의 얼굴이 일순 일그러졌다. 그는 벌떡 일어나 담요 주위를 돌아 산처럼 우뚝 선 블룸에게 다가갔다.

「이봐, 난 어떤 놈이 나보고 웝이라고 부르면 아주 기분이 나빠.」 마지오가 긴장된 목소리로 말했다. 「난 덩치도 안 크고 단단하지도 않아서 다이너마이트의 3류 권투 선수는 아니야. 하지만 나도 깡다구라면 남 못지않게 있는 놈이야. 난 네놈하고 주먹으로 하지 않겠어. 의자나 칼로 네놈을 작살내고 말겠어.」 마지오는 블룸을 노려보았다. 그의 작은 얼굴은 경련을 일으켰고 그의 눈은 이글이글 불타고 있었다.

「오, 그래?」 블룸이 말했다.

「그래. 그렇게 말했다. 어쩔래?」 마지오가 조롱하듯 말했다. 블룸은 한 발자국 다가서더니 겁주는 자세로 자신의 거대한 머리를 마지오의 가녀린 어깨 위로 기울였다. 싸움이 시작되기 직전의 갑작스러운 정적이 찾아왔다.

「블룸, 그만 해.」 프루가 그렇게 말하고서 자신의 목소리가 너무 큰데 깜짝 놀랐다. 「앤절로, 여기 와서 앉아. 난 네 것 받고 5센트 더 걸었다.」

「나도 콜이야.」 마지오가 돌아다보지도 않고 말했다. 「넌 이제 그만 가 봐.」 마지오는 제자리로 돌아가면서 등 뒤로 고개를 돌리며 말했다. 블룸은 자신만만하고 야비한 웃음을 터뜨렸다.

「나도 끼워 줘.」블룸이 서스맨과 샐 클라크 사이를 파고들면서 말했다.

「이미 다섯 명이나 하고 있어.」마지오가 말했다.

「그래? 그게 어쨌다는 거야? 일반 포커에서는 일곱 명까지 할 수 있어.」

「이건 스터드야.」마지오가 말했다.

「그럼 열 명도 할 수 있겠네.」블룸이 말뜻을 못 알아듣고 대답했다.

「우린 누가 더 들어오는 것을 바라지 않아.」프루가 담배 연기 때문에 눈을 깜빡거리며 홀 카드를 들여다보았다.

「뭐? 왜 이러는 거야? 내 돈은 돈이 아니야?」

「네 주머니에 들어 있으면 아니지. 그건 아마 가짜 지폐일 거야.」마지오가 말했다.

「앤절로, 넌 또라이야.」블룸이 크게 웃음을 터뜨렸다.

「나보고 앤절로라고 하지 마. 너에게 난 마지오일 뿐이야.」

「이봐, 너무 그러지 마. 너도 언젠가 PFC가 될 거야.」블룸은 아래를 내려다보면서 상의 소매에 붙은 작대기 두 개를 쓰다듬었다.

「난 정말로 그렇게 되기를 바라지 않아. 그랬다가는 개새끼가 될지 모르거든.」

「야, 내 말 하는 거야? 나를 개새끼라고 하는 거야?」

「그 신발이 네 발에 맞으면 신으면 되는 거야.」마지오가 대꾸했다.

블룸은 잠시 당황하는 표정으로 앤절로를 쳐다보았다. 자신이 모욕당한 것인지 아닌지 확신이 서지 않았고 왜 이처럼 적개심이 팽배한지 이해하지 못했다. 그는 슬쩍 웃어 주는 것으로 작전을 바꾸었다.

「앤절로, 넌 또라이야. 잠시 네가 진담을 하는 줄 알았잖아. 누구 담배 없냐?」 아무도 대답하지 않았다. 블룸은 주위를 돌아다보다가 프루의 상의가 불룩한 것을 보았다. 「프리윗, 한 개비 주라.」

「없어.」

「없다고? 네 주머니에 들어 있는 건 뭐야? 그러지 말고 한 개비 주라.」

프루는 무표정한 얼굴을 쳐들었다. 「빈 갑이야.」 그는 블룸의 눈을 빤히 쳐다보며 거짓말을 했다. 「방금 다 해치웠어.」

「그래?」 블룸이 냉소적인 웃음을 터뜨렸다. 「그 말을 믿는 자는 거꾸로 물구나무선 자야. 그럼 네가 피우고 있는 것 좀 빨게 해줘.」

「그러지, 친구.」 프루는 경멸스럽다는 표정을 지으며 피우고 있던 담배를 내던졌다. 꽁초는 블룸 근처의 소변기 위에 떨어졌다.

「야, 저걸 나보고 피우라는 거야? 저 오줌통에 나뒹군 놈을? 야, 저런 걸 피우는 놈도 있냐?」

「난 방금 전에 그거 피웠어.」 앤절로가 말했다. 「맛만 좋더구먼.」

「그래? 난 그 정도로 타락하지는 않았어, 이 또라이야. 그 정도가 되느니 차라리 말똥을 주워 말아 피우겠다.」

「좋을 대로 해.」 마지오는 소변기로 기어가서 방금 떨어진 담배꽁초를 집어 들고 한 모금 빨았다. 「이런 거 주워 피워도 엉뚱한 짓 아니야. 타락하는 건 더욱 아니고.」

샐 클라크가 카드를 거둬들여 새로 섞으면서 블룸이 나타나서 갑작스럽게 서먹해진 분위기 속에서 난처해하고 있었다. 그는 그런 분위기를 모르는 체하려는 것 같았다. 「저 친구도 끼워 줄까?」 클라크가 프루에게 부드럽게 물었다.

「끼워 주지, 뭐.」 프루가 말했다.

「야, 너 뭐야? 쟤의 프라이데이(하인)야? 넌 똥 눌 때도 쟤한테 물어보니?」 블룸이 비웃었다.

샐은 고개를 푹 숙이고 얼굴을 붉히면서 대답하지 않았다.

「그래, 내 프라이데이다, 어쩔래?」 프루가 샐의 얼굴을 한번 쳐다보면서 블룸에게 내질렀다. 「그래서 떫으냐?」

블룸은 아무 상관 없다는 듯 어깨를 한 번 으쓱했다. 「나하고는 상관없는 일이야.」

샐은 패를 돌리면서 고맙다는 눈빛으로 프루를 한번 쳐다보았다. 하지만 블룸은 그것을 보지 못했다.

블룸이 끼면서 게임의 중심은 사라지고 화기애애한 분위기도 흐트러지고 말았다. 모두 묵묵히 게임만 할 뿐 더 이상 농담은 하지 않았다. 꼭 오헤이어의 노름방에서 포커를 하는 기분이었다. 마지오가 여러 판을 땄고 그때마다 블룸은 욕설을 퍼부었다.

「제발 입 좀 닥쳐!」 줄리어스 서스맨이 참지 못하고 말했다. 「널 보면 내가 유대인이 아니었으면 하고 생각하게 돼.」

「뭐? 넌 뭐야? 유대인이 부끄럽다고? 그렇다면 넌 지저분한 스페인계냐?」

「어쩌면 그럴지도 모르지.」

「그래 맞아.」 마지오가 말했다. 「저 친구는 지저분한 유대놈이 아닐지 몰라. 난 그만 놀래. 지겨워졌어. 오헤이어한테 가서 이 동전 더미를 큰돈으로 키워야겠어.」

「헤이, 잠깐만, 돈 따고 떠나면 그건 말이 안 되지.」 블룸이 벌떡 일어서면서 말했다.

「왜 돈 따고 일어서면 안 돼? 그럼 넌 내가 돈 잃고 일어서길 바라나? 도대체 어디서 노름을 배웠어? 어머니의 자선 재봉회에서 배웠나?」

「돈 따고 일어서면 안 돼. 여기서 딴 돈을 노름방에 가져가다니 더욱 말이 안 돼.」 블룸이 식식거리며 말했다.

「그래? 그럼 가나 안 가나 한번 봐.」

「야, 너희, 쟤 가게 그냥 내버려 둘 거야? 너희 돈 따가지고 가는데도.」 블룸이 둘러앉은 도박꾼들에게 말했다.

「그럼 우리가 왜 이 게임을 시작했다고 생각해?」 프루가 말했다. 「오락하자고 벌였나? 게임이 끝나자마자 본전을 모두 돌려주려고 지금까지 이렇게 놀았나? 노름방에 가서 큰돈을 만들지 않을 거라면 이 새 모이 같은 돈을 가지고 뭐 할 거야? 제발 말이 되는 소리를 좀 해.」

「뭐? 너 지금 뭐 하는 거야? 저 웝의 대변인이야? 난 이 게임에서 2달러나 잃었단 말이야. 의리 있는 친구는 친구들 돈 따고서 일어서지 않아. 프리윗, 난 네가 의리 있는 친구인 줄 알았어. 남들이 네가 권투를 하지 않으려 한다고 말을 해도 말이야. 다들 네가 비겁하다고 말해도 나는 너를 옹호했단 말이야. 그런데 이제 보니 그게 아닌 것 같군.」

프루는 10센트 동전 몇 개와 5센트 동전 몇 개를 호주머니에 집어넣고 일어섰다. 그의 양손은 허리 부분에 느슨하게 내려져 있어서 일전불사의 태도였다. 입술은 꽉 깨물어 핏기가 없었고 눈은 판자 위에 그린 눈처럼 평평해졌다.

「잘 들어, 이 개자식아.」 프루가 황홀한 일탈의 감정 같은 차가운 냉기가 목구멍을 타고 오르는 것을 느끼면서 말했다. 「그 거대한 아가리를 내게서 빨리 치워. 안 그러면 재봉틀로 확 꿰매 놓을 거니까. 그렇게 하는 데는 링도 필요 없어. 의자도 필요 없고.」

「그래?」 블룸이 뒤로 물러서며 말했다. 「좋아, 난 여기 버티고 서 있다. 네가 원한다면 아무 때나 좋아.」 그는 상의 단추를 끄르고 바지 속에 들어가 있던 부분을 잡아 뽑았다.

「내가 나서면 네놈은 상의를 벗을 시간조차 없을 거야.」

「말이야 하기 쉽지.」 블룸이 여전히 상의를 잡아 뽑으며 말했다.

프루는 상의를 만지작거리는 블룸에게 돌진하면서 선방을 놓으려 했다. 그때 마지오가 그를 가로막고 나섰다.

「잠깐만. 이렇게 하면 네 입장만 곤란해질 뿐이야.」 마지오는 양팔을 활짝 벌리며 만류했다. 「이건 나 때문에 벌어진 일이지 너 때문이 아니야. 진정하라고.」 그는 차분한 목소리로 말했다. 아까 프루가 마지오를 진정시켰다면 이번에는 역할이 서로 바뀌었다. 마지오는 아직도 양팔을 벌린 상태였다.

프루는 갑자기 멈춰 서면서 양팔을 옆구리에 딱 붙이고 긴장을 풀었다. 「좋아.」 그는 그렇게 말하고서 그 잔인한 살의와 야성적인 황홀에 대하여 일순 부끄러움을 느꼈다. 도대체 블룸의 어떤 점이 미워서 그토록 구타하고 싶었을까 하는 생각이 들었다. 「양팔을 내려. 아무 일도 없을 거야.」 프루가 마지오에게 말했다.

「내 그럴 줄 알았다니까.」 블룸이 셔츠 아랫부분을 바지 속에 다시 집어넣고 단추를 잠그며 말했다. 그는 싸움이 중단된 것이 자신의 승리인 것처럼 의기양양했다.

「이제 그만 가봐.」 마지오가 인상을 쓰며 말했다.

「그러지. 내가 너희한테 돈을 더 보태 줄 줄 알았냐? 너희가 사기꾼 집단이라는 걸 미처 알지 못했을 뿐이야.」 그는 마지막 말을 던지고 그곳을 떠났다. 사기꾼들에 대해 경멸을 표시한다는 듯 문을 쾅 하고 닫았다.

「정직하게 게임하는 자가 언제나 이겨. 아무도 네게 같이 놀자고 하지 않았어.」 마지오가 블룸의 등 뒤에 대고 소리쳤다. 「난 언젠가 저 친구를 혼내 주고 말 거야. 저 친구 때문에 내 꼭지가 돌아 버릴 거야.」

「난 저 친구에게 아무런 유감도 없어. 하지만 어떻게 된 일인지 저 친구만 만나면 화가 난단 말이야.」 프루가 말했다.

「난 저 자식 혼내 줄 거야. 아주 형편없는 개자식이야. 정말 마음에 안 들어.」 마지오가 말했다.

「우리가 그를 다정하게 대해 주지 않은 것 같아.」 프루가 말했다.

「저런 친구는 다정하게 대할 수가 없어. 저 친구가 하사 되었다고 해서 우리에게 다정하게 할 것 같아? 오히려 우리를 더 괴롭힐 거야.」

「글쎄.」 프루가 생각에 잠기며 대꾸했다. 그는 어떤 특질, 어떤 특성, 어떤 성격 차이 때문에 어떤 친구는 마음에 들고 어떤 친구는 그렇지 못한지 의아했다. 그는 똑같은 말이라도 마지오의 말은 기분 좋게 받아넘기면서 블룸의 말은 그렇지 못했다. 블룸의 말이 농담이라는 걸 알면서도 유쾌하게 반응할 수가 없었다. 블룸에게 무슨 말을 걸면 그는 그걸 한 번 비틀어서 마치 상대방이 그를 모욕하려 했던 것처럼 만들어 버리고 만다. 그는 늘 상대방을 야비한 친구로 만들어 버리려고 한다. 그걸 생각하자 프루는 또다시 화가 치밀었다. 아까 불끈한 김에 달려 나가 그자를 한번 패주었더라면 좋았을걸 하는 생각이 들었다. 그랬더라면 지금의 이 단조로움은 깨뜨릴 수 있었으리라. 프루는 노름에서 계속 승리하여 돈을 땄으면 좋겠다는 생각이 들었다. 그는 많은 것을 원했다. 지난번 봉급날 이래, 바이올렛의 집에 찾아간 이래, 그는 섹스를 하지 못했다. 그는 여자의 육체가 너무 그리웠다.

「이봐, 난 오헤이어한테 가서 이 동전으로 큰돈을 벌 생각이야.」 마지오가 말했다.

「일단 돈을 따면 그 돈을 가지고 곧바로 시내로 가버려.」 프루는 그렇게 말하고 제자리로 돌아갔다.

줄리어스 서스맨은 일어서서 간신히 남긴 몇 푼 안 되는 돈을 헤아리고 있었다. 「게임이 진행 중일 때는 재미있었는데. 아주 분위기 좋은 게임을 블룸이 망쳐 놓았어. 근데 난 오토바이 기름값도 챙기지 못했네. 너 좀 더 놀지 않을래?」 그가 마지오에게 말했다.

「아니, 난 노름방에 가야 해.」

「그럴 줄 알았어.」 서스맨은 창가로 가서 양손을 호주머니에 찔러 넣고 밖을 내다보았다. 「개자식, 저 개자식 때문에 화가 나. 이 비가 좀 그치면 오토바이 드라이브를 나가서 깔치를 하나 꼬실 수 있을 텐데. 기름 탱크에 기름이 가득하면 말이야.」 그는 창가에서 돌아서서 한숨을 쉬었다. 「어디 가서 돈을 좀 꾸어 기름값을 마련해야겠다.」

「앤절로, 같이 따라가 주기를 바라?」 샐 클라크가 벤치에 앉아 솔리테르 패를 떼어 보다가 일어서며 말했다. 「내가 너 대신 그들을 혼내 줄게.」

「아니야, 내가 직접 혼내 주어야 해. 내 돈을 직접 걸고 말이야.」

「내가 옆에서 지원하면 네가 돈을 딸 거야.」 샐이 말했다. 「난 자력으로 돈을 따지는 못하지만, 따는 사람을 옆에서 지원할 수는 있어.」

마지오가 그에게 고개를 돌리면서 빙그레 웃었다. 「프라이데이, 넌 여기 남아 쟤들이나 혼내. 만약 내가 돈을 따면 여기 돌아와 너희 모두에게 5달러를 빌려줄게. 헤이, 프루, 여기 와서 프라이데이 좀 말려 줘. 자꾸 날 따라가려고 하면서 내 말을 안 들어.」

프루는 고개를 쳐들었지만 웃지도 않았고 대답도 하지 않았다.

「나도 데려가 주면 공짜로 지원해 준다니까. 한 푼도 안 받고 말이야.」 샐이 말했다.

「제발 입 좀 닥쳐.」 앤디가 시무룩한 표정으로 말했다. 「저 친구가 너 안 데려가려고 하는 걸 몰라? 넌 자존심도 없니?」

「저기 가봐야 아무도 없어. 그래서 안 데려가려는 거야. 매달 하순에는 크게 노는 포커 게임 한 테이블과, 소액을 거는 블랙잭 게임 두 군데밖에 없어.」 마지오가 말했다.

「우리는 영화관에 갈 거야.」 앤디는 프루에게 걸어왔다. 「프루, 20센트만 빌려줘. 영화관에 가게. 난 20센트가 있는데 클라크 것이 없어.」

「자, 모두 가져가.」 프루가 호주머니에 있던 60센트를 다 꺼내 주며 말했다. 「난 필요 없어.」

「이거 정말 미안한데.」 하지만 앤디는 손을 뒤로 빼지 않았다.

「그래, 네가 미안해한다는 걸 잘 알아.」 프루가 말했다.

「정말 미안해. 20센트면 되는데.」 앤디는 프루를 쳐다보았다. 그는 거짓말을 하고 있기 때문에 눈빛이 흐려져 있었다. 그는 거짓말할 생각은 아니었으나 아무튼 그 돈이 필요했다.

「입 닥치고 가져가. 그리고 넌 대화를 할 때 언제 상대방의 눈을 들여다볼 거니? 너의 그런 태도가 영 마음에 안 들어.」 프루가 말했다.

「오케이, 프루, 그럼 다 가져가도 되는 거지?」 앤디가 물었다.

「그렇다니까. 입 다물고 어서 가서 다 써버려.」

「오케이. 샐, 영화 시간까지 2인 카지노나 하자.」 앤디가 샐에게 말했다.

프루는 못마땅한 표정으로 앤디를 쳐다보더니 세면대로 걸어갔다. 그의 배 안에서는 여자에 대한 욕망이 꿈틀거렸다.

「헤이, 프루, 포치로 잠깐 나와 봐.」 마지오가 머리로 문 쪽을 가리키면서 조심스럽게 말했다.

「왜? 넌 돈 있잖아. 가서 한번 붙어 봐.」 그는 자신의 목소리가 약간 야비하다는 느낌이 들었다. 그래도 마지오 쪽으로 걸어갔다.

「잠깐만 포치로 나와 보라니까.」

「알았어.」 그는 세면대에서 문 쪽으로 걸어갔다. 앤디는 그를 쳐다보지 않았으나 샐 클라크는 고개를 쳐들고 사슴 같은 눈빛으로 미소를 지어 보였다.

「프라이데이, 좋은 시간 보내라고.」 프루가 부드럽게 말했다.

제11장

 마지오는 포치에 서서 그를 기다리고 있었다. 추위 때문에 앙상한 어깨를 움츠리고 스크린 문을 통해 밖에서 계속 내리고 있는 빗줄기를 쳐다보았다. 보도에 떨어지는 빗소리가 포치를 가득 채우면서 내무반에서 흘러나오는 코 고는 소리를 잠재웠다.
「내가 돈 따면 나랑 시내로 나갈래?」 프루가 다가오자 마지오가 말했다.
「지금 뭐 하는 거야? 나한테 미안해서 그런 소리를 하는 거야?」 프루가 짜증 난 목소리로 말했다.
「너무 우쭐대지 마. 난 단지 혼자서 시내에 나가는 게 싫었을 뿐이야. 시내에 아는 사람이 별로 없어.」
「그건 나도 마찬가지야.」
「시내에 나가서 혼자 있는 건 영내보다 훨씬 외로워.」
「돈이 있으면 안 그래. 넌 어서 노름방에 건너가 한번 붙어 봐. 만약 돈을 따면 그 즉시 그 돈을 갖고 혼자서 시내에 나가. 오헤이어 노름방에서는 그리 오래 걸리지 않을 거야.」
「그런데 프루, 넌 블룸이 너를 화나게 해도 그리 화를 내지 않는 것 같더라. 그 자식이 밥맛없는 놈이라는 건 누구나 알고 있어.」

「난 그 자식 신경 안 써. 하지만 나를 건드리면 그 자식의 대갈통을 날려 버릴 거야. 그건 그놈만 그런 게 아니라 누구라도 마찬가지야. 알았어?」

「그건 너한테 도움이 되지 않을 거야.」 앤절로가 합리적인 지적을 했다.

「그럴지 모르지. 하지만 내 기분은 훨씬 좋아질 거야.」

「그놈이 네가 비겁하다는 둥 온갖 헛소리를 지껄였지만 아무도 그 말을 믿지 않을 거야.」

프루는 화장실로 되돌아가려다 걸음을 멈추고 말했다. 「앤절로, 그 얘기는 이제 그만 하자. 남들이 그 말을 믿든 말든 나는 신경 안 써. 그런 놈들은 가서 전봇대로 자기 이빨이나 쑤시라고 해. 난 뭔 지랄을 하든 강 건너 불구경하듯 할 테니까.」 프루가 진지하게 말했다.

「오케이, 그 얘기 꺼내서 미안해. 내가 상의 꺼내 올 때까지 기다려. 추워서 죽을 지경이야. 여행 포스터에는 하와이에 겨울이 있다는 말이 없었는데, 이게 웬 겨울이람.」

그는 취침하는 병사들의 숨소리가 가득한 내무반으로 살금살금 기어들어 갔고 프루는 빙긋이 웃었다. 앤절로는 상의는 입고 우의는 들고 왔다. 그가 자랑하는 빳빳하게 날을 세운 모자는 머리에 쓰고 있었다. 그는 신병 훈련을 마친 이래 일주일에 한 번씩 경건한 심정으로 그 모자의 날을 세워 놓았다.

「어디 있을 거야?」 마지오가 바지 단추를 끄르고 상의를 바지 안으로 집어넣으며 물었다. 그들은 계단을 내려가 1층 포치까지 갔다. 그곳에서는 빗소리가 끊임없이 들려왔다. 빗소리가 하도 오래 계속되었기 때문에 이제 아무도 그 소리에 귀 기울이지 않았다.

「난 독서오락실에 있을게. 아니면 화장실에 있을 거야.」

마지오는 갑옷을 입고 마상 시합에 나서는 기사처럼 우의를 입었다. 「오케이. 내가 돈을 따면 그 돈을 넣어 수송할 신발장이나 준비해 두고 있어.」

「네가 돈을 땄으면 좋겠다. 난 근 한 달 동안 여자 궁둥이라고는 만져 보지 못했어.」

「네가 뻑하면 신경질을 내는 것도 무리는 아니야. 나도 지난 봉급날 이래 굶었어.」 앤절로는 빙그레 웃으며 말했다. 그는 모자를 눈썹까지 눌러 내리고 칼처럼 예리한 모자챙 위로 프루를 쳐다보았다. 「가기 전에 담배나 한 개비 줘.」

「지저스 크라이스트!」 프루는 인상을 찡그리더니 호주머니에 손을 넣어 보이지 않는 담뱃갑으로부터 돛대가 남은 것을 꺼내 주었다. 「내가 언제부터 네 따까리였냐?」

「무슨 소리야? 돛대 남은 담배를 털어 가서 기분이 언짢아? 돈 따면 한 갑 사서 줄게. 이제 갈 테니 성원해 줘.」

「야, 입속이 건조하냐? 내가 입속으로 침 뱉어 주랴?」

「야, 저 말하는 매너 좀 보소. 침은 땅바닥에 뱉는 거지.」 앤절로가 짐짓 놀라는 척하면서 눈썹을 슬쩍 들어 올렸다.

「내가 너를 위해 해줄 수 있는 게 없을까? 내 입을 재떨이로 쓸래? 내 불알 까서 공깃돌 만들어 줄까? 뭐든지 필요한 거 있으면 말해.」

「필요한 거 없어. 하지만 고마워. 넌 좋은 친구야. 언제 브루클린에 놀러 오면 나를 꼭 찾아. 잘 대접해 줄 테니까.」 그는 프루가 건네준 성냥갑에서 한 개비를 꺼내 담배에 불을 붙인 후 다시 건네주었다. 청동의 불빛이 어린애 같은 마지오의 얼굴을 잠시 비추었다. 「그럼 이따가 봐.」 그는 50센트짜리 시가에 불을 붙인 부자처럼 풍성하게 담배를 빨아들이며 말했다. 그는 씩씩하게 빗속으로 걸어 들어가 비의 장막을 헤치며 앞으로 나아갔다. 앙상한 어깨는 한껏 곧추세웠고, 가느다란 팔은 마구 흔들었으며, 빈약한 상체는 좌우로 흔들렸다. 그의 몸을 감싼 우의는 너무 커서 제멋대로 나풀거렸다.

프루는 그의 뒷모습을 쳐다보며 약간 아쉬운 미소를 지었다. 아까의 야비한 감정은 모두 사라지고 그가 돈을 좀 따왔으면 좋겠다는 심정이었다. 그는 거기 서서 비가 쏟아지는 중대 마당과 불이 켜진 샐리포트를 한참 쳐다보았다. 초이스의 문이 열릴 때마다 노랫소리와 외침 소리가 들려왔고 빈 깡통들이 구르는 소리가 새어 나왔다. 그는 예전에 많이 놀았던 동전 치기 포커 게임으로 되돌아왔다. 10센트가 1달러처럼 보이는 게임에 열을 올리면서 몇 잔의 술과 여자 궁둥이 한 번 만져 볼 수 있는 돈을 벌어들이려 애쓰는 그런 상태가 된 것이었다.

설사 마지오가 돈을 딴다고 하더라도 네가 원하는 것은 발견하지 못할 거야. 너는 지금 여자 궁둥이를 그처럼 간절히 바라지만 그 어떤 창녀집에도 네가 바라는 것은 없어. 그런 생각이 프루의 머리를 스쳐 지나갔다. 맥없이 바이올렛을 놓아 버리고 나서는 괜히 그랬나, 그렇게 하지 말걸, 하고 생각하는 너는 영 형편없는 바보야. 바이올렛은 오늘 밤 뭘 하고 있을까, 갑자기 생각나네. 물론 그것이 늘 바라던 바로 그것은 아닐지라도 적어도 일주일에 한 번은 그곳에 올라갈 수 있었잖아. 아니면 한 달에 한 번이라도 바이올렛을 찾아갈 수 있었잖아. 괜히 고집부리다 이젠 그것도 물 건너 갔잖아. 이젠 옛날처럼 창녀집에나 찾아가야 해. 그러나 거기 가봐야 네가 원하던 것은 찾을 수가 없어. 게다가 돈도 모자라. 그 돈을 마련하기 위해서는 힘들게 쥐어짜야 하는데 그래도 마련하지 못할 때가 많아. 봉급날 빼고는 말이야. 하지만 봉급날 창녀집에는 사람이 너무 많아서 3분 안에 사정(射精)하지 못하면 다음에 다시 오라는 대기표를 받아 들고 나와야 해. 하지만 바이올렛의 경우는 달랐어. 정말 제대로 된 여자와 섹스를 하는 기분이었어. 지금이라도 그녀를 찾아가서 사정해 볼까? 하지만 그는 그것이 부질없는 짓임을 알았다. 그건 이미 지나간 과거였다. 그녀는 또 다른 군인을 만났거나 아니면 일본인 니세이를 만났을 것이다. 그게 그녀가 원하는 바이기도 했다. 어쩌면 그녀와 결혼하는 것이 정답 아니었을까? 나팔 소대에 계속 머무르는 것이 정답 아니었을까? 아니, 그것도 다 소용없을지 몰라. 나는 내가 바라던 것을 영원히 못 찾을지 몰라. 그는 거기서 생각을 멈추고 화장실로 돌아갔다.

앤디와 샐 클라크는 아직도 화장실에 있었다. 낡은 나무 벤치에 앉아서 2인 카지노를 하고 있었다. 나무 벤치는 표면이 일어나 있었고 샤워장에서 튄 물 때문에 겉면이 부분적으로 마모되어 있었다.

「네가 밖에 나가 있던 동안 블룸이 여기 다시 왔었어.」 앤디가 카드에서 고개를 쳐들면서 말했다.

「그래? 뭣 때문에?」 프루가 아무 관심 없다는 어조로 말했다.

「시내에 나가는 택시비 50센트를 빌리려고.」 앤디는 다시 카드를 내려다보며 시무룩하게 말했다.

「그래서 네가 빌려줬냐?」

「내가 왜? 내가 널 배신할 것 같아?」 앤디는 고개를 쳐들고 프리윗을 쳐다보았다. 그가 농담하는 것을 알고 다시 앤디의 목소리가 낮아졌다. 「우린 80센트밖에 없어. 그에게 50센트를 빌려주었다가는 영화관에 갈 수가 없어.」

「난 네가 빌려준 줄 알았지. 여기서는 마지오를 빼놓고 네가 제일 부자잖아.」

「아무튼 난 안 빌려줬어. 그게 네가 생각하고 있는 바라면. 네 돈을 회수하고 싶으면 언제든지 말해. 돌려줄 테니까.」

「아니, 아니야. 그 돈 내게 있어 봐야 별 소용도 없어.」 프루가 사람 좋은 어조로 말했다.

「난 네가 앤절로와 함께 시내에 나간 줄 알았는데.」 앤디가 시무룩하게 말했다.

프루는 그 시무룩한 어조를 의식하고 그에게 고개를 돌렸다. 「마지오가 돈을 딸 경우에.」

「우리도 그렇게 짐작했어.」 앤디가 샐을 의미심장하게 쳐다보며 말했다.

「네가 뭘 짐작했다는 거야? 누군가 짐작했다면 샐은 아니고 아마도 네가 했겠지. 도대체 내가 앤절로와 외출하는 게 뭐가 잘못되었다는 거야?」 프루가 그들에게 다가가 앤디 앞에 서면서 물었다.

「잘못될 거야 없겠지. 빈털터리인 친구들을 나 몰라라 한 것 이외에는.」 앤디가 어깨를 한 번 으쓱했다.

「그러니까 너희가 갈 데 없기 때문에 내가 여기 함께 남아서 영화 구경을 가야 한다는 얘기야?」

「그렇게 말하지는 않았어. 블룸은 오늘 밤 내가 그와 함께 시내에 나가기를 바랐어.」 앤디가 기어들어 가는 목소리로 말했다.

「그럼 가지 그랬어. 그게 네 마음을 불편하게 한다면. 나로서는 전혀 기분 나쁘지 않아. 난 네가 누구랑 시내로 나가든지 관심 없어. 그럼 프라이데이는 뭐 하냐?」

「그는 혼자서 영화관에 가면 돼. 난 택시비 50센트만 가지고 가니까.」

「야, 정말 몸이 달았구나.」

「난 영화관에 가지 않을 거야.」 프라이데이가 명랑한 목소리로 말했다. 「난 30센트 아끼고 여기서 이 카드 도르는 법을 익힐 거야.」

「그건 네가 알아서 해. 넌 돈이 있으니까 원하면 혼자서 영화 보러 갈 수 있어.」 앤디가 말했다.

「넌 시내 나가서 뭐 할 건데?」 프루가 물었다.

「그냥 여기저기 돌아다닐 거야.」

「택시비 50센트 가지고는 별로 할 게 없어. 거기 도착해서는 뭘 할래? 그리고 어떻게 돌아올래?」

「블룸이 그러는데 와이키키에 아는 호모가 하나 있대. 그자는 돈이 많으니까 블룸과 내가 그자에게서 돈을 뜯어낼 수 있대.」

「내가 너라면 가지 않을 거야.」

앤디는 화난 표정으로 쳐다보았다. 「왜 안 된다는 거야. 그렇게 말하기는 쉽지. 게다가 넌 앤절로와 함께 시내에 나간다며?」

「왜냐하면 블룸이 네게 거짓말을 했기 때문이지. 너 와후에서 근무한 지 얼마나 되었니? 지금쯤은 호놀룰루 호모들이 돈을 빼앗기지 않는다는 것을 알 만할 텐데. 그들은 몸에 돈을 가지고 다니지 않아. 좁은 곳인 데다가 군인들이 너무 많아. 돈을 가지고 다니다가는 매일 밤 털릴 거야.」

앤디는 그를 쳐다보지 않으려 했다. 「블룸은 돈을 뜯는 게 여의치 않으면 술이라도 빼앗아 먹을 수 있다고 했어. 차비도 챙기고. 뭐가 달라?」

「그는 거짓말을 한 거야. 그게 다른 거야. 왜 네게 거짓말을 하려 했을까? 그는 호놀룰루에서 호모를 벗겨 먹을 수 없다는 걸 알아. 그런데도 왜 진실을 말하지 않았을까? 난 내게 거짓말하는 자는 믿지 않아. 어쩌면 그는 호모의 뚜쟁이일지도 몰라. 넌 잘못하다가 후장을 대주게 돼. 블룸에게는 뭔가 수상한 구석이 있어.」

「그래서 블룸을 따라가지 말라고?」 앤디가 프루의 눈을 쳐다보지 않은 채 화난 어조로 말했다. 「내가 호모에게 당할 놈 같이 보여? 도대체 네가 뭔데 내 인생에 이래라저래라 하는 거야? 넌 마지오랑 시내에 나갈 거잖아?」

「좋아, 그렇다면 너 좋을 대로 해.」

「그가 나한테 가자고 했지 내가 가자고 하지 않았어. 그래서 난 갈 거야. 아무것도 안 하고 영내에 남아 있다 보면 내가 썩어 버리는 것 같아. 비가 와서 기타도 칠 수가 없어. 나한테 화를 내려면 내. 하지만 난 갈 거야.」

「젠장, 난 화를 내지 않아. 단지 네가 좀 멍청하다고 생각할 뿐이야. 네가 호모를 털어 볼 생각이 있다면 너 혼자 가.」 프루는 벤치 한 끝에 앉아서 앤디가 가지런히 모아 놓은 카드 더미를 집어 들고 옛날에 배운 한손 커팅(카드를 돌리는 것)을 하기 시작했다. 그는 떠돌이 시절 박스카 안에서 그 기술을 배웠던 기억이 났다.

또한 떠돌이 시절이던 열두 살 때 처음으로 호모를 만났다. 50세쯤 된 중늙은이였는데, 그를 유혹하여 박스카 안으로 데려갔다. 그건 유혹이라기보다 강간이었다. 차 안에 있던 또 한 명의 남자가 프루의 발을 꽉 잡았던 것이다.

그는 입을 꽉 다물고 차갑고 초연한 눈빛으로 앤디를 쳐다보았다. 또한 떠돌이 시절이었는데 당시 프루는 열다섯이었다. 조지아에서 어떤 호모가 그를 치근거리자 가파른 비탈길에서 그자를 밀어 쓰러뜨렸는데 얼마 뒤 신문에서 그가 시체로 발견되었다는 기사를 읽었다. 당국은 그 결과 미국 전역의 떠돌이 노동자 검거에 나섰는데, 그는 가까스로 검거망을 피했었다.

「너 좋을 대로 해.」 그가 심드렁한 목소리로 앤디에게 말했다. 「만약 호모에게 후장을 떼이면 그때는 군목을 찾아가 봐. 네게 군목 상담 카드를 빌려줄게. 아직 한 번도 구멍이 뚫리지 않은 거야.」

「야, 날 겁주는 거야?」 앤디가 코웃음 쳤다. 「야, 넌 지금 갈 거니?」 앤디가 프라이데이에게 말했다. 「난 곧 사복으로 갈아입어야겠다. 15분 안에 독서오락실에서 블룸을 만나기로 했어.」

「프루 말을 듣는 게 좋겠어. 블룸이랑 안 가는 게 좋을 것 같아.」 샐 클라크가 말했다.

「제발 나를 좀 가만히 놔둬. 영내에서 죽치고 있을 수는 없단 말이야. 넌 영화 구경 갈 거야?」

「그래야 될까 봐. 카드 연습은 내일 하지, 뭐. 프루, 너 10센트 빌려서 나랑 함께 가지 않을래? 10센트만 가져오면 돼. 내게 30센트가 있으니까.」

「난 괜찮아, 프라이데이.」 프루는 그 진지한 표정의 갸름하고 길쭉한 올리브빛 얼굴을 쳐다보며 따뜻한 느낌이 자신의 얼굴에 퍼지는 것을 느꼈다. 「앤절로한테 기다리겠다고 약속했어.」

「그럼 그렇게 해. 시내에서 좋은 시간 보내.」 샐 클라크가 말했다.

「오케이. 블룸이 너한테 호모 사냥 가자고 하면 절대 안 가겠다고 해. 알았지?」

「난 안 갈 거야. 난 호모를 싫어해. 그들은 나를 불편하게 하고 겁나게 해.」 샐 클라크가 진지하게 말했다.

「만약 그런 사냥을 나가야 한다면 너 혼자 가.」 프루는 그들이 떠나는 것을 지켜보았다. 그러고는 솔리테르 패를 떼보면서 기다리기 시작했다. 그는 오래 기다리지 않았다. 앤디와 샐이 가버린 지 10분 정도 되었을 때 리틀 앤절로가 화강실 안으로 뛰어들었다. 문을 너무 세게 닫아 쾅 하고 거친 소리가 났다.

「그래, 얼마나 땄어?」 프루가 고개를 쳐들며 물었다.

「땄냐고? 땄지! 첫판에 약 40달러를 건졌어. 그 정도면 시내에 나가기 충분한 돈 아니야?」

「충분하군. 그래, 얼마나 잃었어?」 프루가 짧게 물었다.

「잃었냐고? 그래, 잃었지. 두 번째 판에서 47달러를 잃었어.」 앤절로는 뭔가 집어 던질 것을 찾기 위해 주위를 두리번거리다가 아무것도 없자 새로 날을 세운 모자를 집어 들고 화장실 바닥에 패대기쳤다. 그는 모자를 세게 걷어찼고 빳빳하게 각이 선 모자를 쑥 들어가게 짓밟으면서 지저분한 바닥에 내굴렸다.

「내가 한 꼴 좀 봐.」 그는 슬픈 표정으로 벽 쪽으로 걸어가 망가진 모자를 집어 들었다. 「왜 내게 40달러를 땄을 때 일어서지 않았느냐고 좀 물어봐. 자, 어서 물어보라고.」

「물어볼 필요도 없어. 난 이미 그 이유를 알고 있으니까.」

「난 좀 더 딸 줄 알았어.」 앤절로는 프루가 비난하지 않자 스스로 자책하면서 말했다. 시내를 한 번 아니라 두 번 나갈 수 있는 돈을 따고 싶었어, 젠장.」 그는 흙이 묻고 지저분해지고 쑥 들어간 모자를 삐딱하게 쓰고 두 손으로 허리를 짚으면서 프루를 쳐다보았다. 「젠장, 젠장, 젠장, 난 도대체 뭘 한 거야.」

「이제 그만 해둬.」 그는 손에 잡고 있던 카드 더미를 내려다보다가 위의 몇 장과 아래의 몇 장을 절반으로 찢어 버렸다. 나머지 카드들은 너무 두꺼워서 약간밖에는 찢지 못했다. 프루는 카드 더미를 공중에 던지고서 그것들이 낙엽처럼 흩어지며 바닥에 떨어지는 것을 보았다. 「여자 궁둥이는 물 건너 갔군. 이 카드는 내일 아침 화장실 작업조더러 치우라고 하지, 뭐. 젠장, 카드가 뭔지.」

「앤디와 프라이데이는 영화를 보러 갔나?」 앤절로가 희망 섞인 목소리로 물었다.

「응.」

「그가 네게 돈을 돌려주지 않았나?」

「아니.」

「젠장, 1달러만 있으면 다시 시도해 볼 수 있는데. C 중대에는 1달러만 들고 가면 끼워 주는 노름판이 있어.」

「난 땡전 한 푼 없어. 야, 노름은 그만 잊어버려. 오헤이어 노름방에 가지고 갈 돈을 마련하려면 밤새 노름을 해도 안 될 거야.」

「그건 그래.」 앤절로는 우의와 상의를 벗기 시작했다. 「노름은 안 되겠어. 난 50센트 들고 시내로 나가 호모나 찾아봐야 할까 봐. 전에 호모를 만난 적은 없지만 다른 놈들도 하는데 나라고 못할 게 없지. 그렇게 힘들지는 않을 거야. 좀 구역질이 나기는 하지만. 어떤 때는 호모 생각을 하면 너무 구역질이 나서 속에 있는 것을 화장실 바닥에 다 게워 버리고 그 위에서 질식사할 것 같은 심정이야.」

프루는 자신의 무릎 사이에 다소곳이 놓아둔 양손을 내려다보았다. 「하긴 이 모든 것이 순전히 네 잘못이라고 비난할 수만은 없을 것 같아.」

「프루, 가자. 넌 어디 가서 1달러를 빌릴 수 있을 거야. 설사 호모를 못 만나더라도 히치하이크해서 돌아오면 돼.」

「아니, 난 싫어. 난 시내에 나갈 기분이 아니야. 내가 따라갔다가는 분위기만 망칠 거야. 게다가 난 호모를 싫어해.」

「난 옷을 갈아입어야 해. 그럼 안녕, 내일 아침에 만나. 내가 아침 점호까지 돌아온다면. 내가 오지 않으면 영창으로 면회 와.」

프루는 웃음을 터뜨렸다. 하지만 보통 사람은 알아보기 어려운 그런 웃음이었다. 「그래, 담배 한 갑 사가지고 가지.」

「지금 외상으로 담배 한 개비 얻을 수 없을까?」 마지오는 미안한 표정으로 프루를 쳐다보았다. 「프루, 아까 돈 있을 때 담배 한 갑 사는 것을 잊어버렸어.」

「그래. 여기 있어.」 프루는 구겨진 담뱃갑을 꺼내서 쌍돛대 남은 것 중에서 하나는 마지오에게 나머지 하나는 자기가 가지고 빈 갑을 소변기에 내버렸다.

「이게 돛대였구나.」 마지오가 말했다.

「괜찮아. 말아서 피우는 담배 많이 있어.」

마지오는 고개를 끄덕였고 프루는 그가 사라지는 것을 지켜보았다. 앙상한 몸집에 어깨가 비좁고 뼈가 비틀어진 마지오는 도시 거주자의 족속이었다. 그의 운명은 잘 단장된 센트럴 파크의 풀밭을 밟는 것 이외에는 대지에 발을 내디딜 운명이 아니었다. 그들의 인생이라는 것이 통조림처럼 깡통 속에 미리 단장되어 있는 것이었다. 심지어 그들의 삶을 묘사한 영화, 그 삶을 잊기 위해 마시는 맥주 이런 것들조차 모두 깡통 속에 들어서 나오는 것이다. 마지오는 평온한 숨소리가 가득한 내무반으로 들어가 어둠 속에서 외출복을 찾을 것이다. 구크 셔츠와 싸구려 바지와 2달러짜리 신발.

프루는 아까 찢어 버린 카드들을 발로 밀어제치면서 창밖에 쉴 새 없이 내리는 빗소리를 들었다. 아무래도 잠잘 기분이 아니어서 잠시 독서오락실로 내려가기로 했다.

독서오락실은 거의 비어 있었다. 두 명의 사병이 비좁은 방의 양쪽 벽에 설치해 놓은 담배 자국 가득한 인조 가죽 의자에 앉아 있었다. 독서오락실은 포치에 덧붙여서 지은 방으로, 허리에서 천장까지 부분은 스크린을 둘렀다. 그 방의 당번병이 원래 벽 쪽에 딱 붙어 있는 의자들을, 비 맞는다고 약간 안쪽으로 들여놓았기 때문에, 그러잖아도 좁은 공간이 훨씬 더 비좁게 되었다. 두 명의 사병은 고개를 쳐들지 않았다. 그들은 보고 있던 낡은 만화책의 페이지를 연신 넘기고 있었다.

그는 당구대 벽감의 문턱에 섰다. 소등나팔이 울려 퍼지기

한 시간 전인 밤 10시라서 그곳도 텅 비어 있었다. 그는 저쪽 구석에 있는 탁구대를 쳐다보면서 내가 왜 여기에 왔지 하는 생각을 했다. 그 탁구대는 그물조차 없었고 다음 봉급날 블랙잭 게임의 테이블로 등장할 때까지 아무도 거들떠보지 않을 터였다. 탁구대 앞쪽으로는 지난 봉급날 일주일 전부터 고장 났던 라디오가 놓여 있었다. 프루는 스크린을 통해 비에 젖은 거리와 그 너머의 철로와 철로 너머의 양철 지붕 수납고를 쳐다보았다. 수납고는 봉급날이 되면 노름방으로 탈바꿈하여 연대의 모든 돈이 모여드는 곳이 되었다. 지금은 중순경이어서 지난번 봉급날 크게 돈을 딴 사병들 사이에서 한 게임 정도의 노름만 벌어지고 있었다. 영내 생활은 시간이 아니라 월급날로 길이를 잰다. 지난번 봉급날, 다음번 봉급날 하고 시간 단위를 말하는 것이다. 그 두 봉급날 사이에는 아주 긴 시간이 가로놓여 있지만 그것은 아무도 기억하지 않는 것이다. 합판으로 만든 잡지 전시대 또한 벽 쪽에서 약간 안쪽으로 들여다 놓았다. 그는 전시대로 걸어가서 잡지를 둘러싸고 있는 가죽같이 보이지만 실은 마분지인 표지들을 살펴보았다. 표지의 한가운데 검은 부분에는 중대명과 연대명이 양각되어 있었다. 그는 잡지를 여러 권 집어 들고 비가 들이치지 않을 만큼 멀찍이 떨어진 의자에 가서 앉아 페이지를 넘기기 시작했다.

온갖 잡지가 다 있었다. 양면 페이지 화보로 세상을 보여주고 〈시간의 행진은 이렇게 진행된다〉는 분위기를 가진 『라이프』. 화보 잡지가 장사가 된다는 것을 알고서 『라이프』를 흉내 내려는 2류 잡지인 『룩』. 아름다운 숙녀가 비행기 기장과 함께 정글에 추락하여 온갖 모험을 겪는 얘기가 풍성한 『아르고시』와 『블루북』. 멋진 상의에 바지를 차려입고 손에는 멋진 엽총을 들고 파이프 담배를 피우는 사냥꾼들이 등장하는 『필드 앤드 스트림』. 그 외에 『콜리어스』, 『레드북』, 『코스모폴리탄』, 『아메리칸』, 『레이디스 홈 저널』, 『새터데이 이브닝 포스트』 등이 있었다. 이 잡지들의 표지에 등장하는 젊은 여배우와 제작자들은 고급, 중급, 하급이라는 주제에 따라 분류되고, 때때로 그 표지 사진들은 넘쳐흘러서 다수의 광고 사진으로 이어지는 것이었다.

사병들의 오락을 위해, 중대의 이름으로 정기 구독하고 중대의 예산으로 구독료를 지불하는 잡지들이었다.

그는 기사는 읽을 생각을 하지 않고 무심히 페이지를 넘기면서 사진과 광고만 보았다. 광고는 이렇게 말했다.

〈당신의 미래에는 《포드 차》가 있습니다.〉, 〈이 나라가 필요로 하는 제품은…….〉, 〈25센트로 돈을 절약시켜 주는 엔진 오일을 사세요.〉, 〈왜 지미의 학교 성적이 좋은지 그 이유를 말씀드리지요. 그는 《켈로그 콘플레이크》를 먹습니다.〉, 〈알 스미스는 잠자면서 여행하는 것을 좋아합니다. 그렇다면 풀먼을 타세요.〉, 〈콘돔이 더 잘 됩니다.〉(프루는 이 광고를 보고서 빙긋이 웃었다), 〈자, 이제 당신은 캐딜락을 소유할 수 있습니다. 겨우 1,345달러입니다.〉, 〈그녀에게 그녀가 꿈꾸던 아메리칸 주방을 선사하세요.」

거기에는 『포스트』 과월호도 있었다. 하도 보아서 찢어지고 둘둘 말린 것인데 날짜는 1940년 11월 30일이었다. 그 잡지는 금광 혹은 훌륭한 아편이었다. 생각할 거리를 많이 제공했다.

표지는 화가 노먼 록웰이 그린 목가적인 미국 전원의 풍경이었다. 프루는 그 표지를 오래 들여다보았다. 한 젊은이가 바닥에 자신의 외투를 깔고 누워서 우쿨렐레를 튕기면서 파이프 담배를 피우고 있었는데, 그의 맨발은 여행용 가방 위에 놓여 있었다. 가방에는 엄지를 우뚝 치켜 세운 오른손과 〈마이애미〉라는 글자가 새겨져 있었다. 그가 벗어 놓은 신발은 바닥에 가지런히 놓여 있었다. 그는 떠도는 자인 게 분명했다. 프루는 그 젊은이가 대학생일 거라고 짐작했다. 아무래도 그렇게 보는 것이 타당할 것 같았다.

그 잡지 안에는 그가 좋아하는 〈팔말〉 광고가 있었다. 밝은 바탕 색깔에 사격에 나선 행복한 군인들의 모습을 보여 주었다(평화 시의 징병제가 실시된 이래 잡지에는 군대에 관한 것이 많이 등장했다). 군인 셋은 엎드려 사격 자세였고 나머지 둘은 뒤의 풀밭에 쪼그려 앉아 사격 자세를 취하고 있다. 그 둘 중 한 명이 담배 두 개비를 들고 있는데, 하나는 〈팔말〉이고 다른 하나는 길이가 짧은 담배였다. 아주 행복해 보이는 군인이었다.

프루는 이 광고를 한참 들여다보면서 이 그림을 그린 화가의 관찰력에 감탄했다. 빳빳하게 날을 세운 전투모로 보아 징병제 실시 전의 군인들이었다. 전투모 옆면에는 보병의 상징인 녹색을 띤 청색과 도토리가 새겨져 있었다. 구형 크롬 총검과 갈색 가죽으로 가장자리를 만든 흰 고무 천 칼집, 어깨에 행동의 여유를 주기 위해 등 부분을 약간 찢어 놓은 구식 군복 천으로 만든 전투복, 보풀을 넣은 어깨받이와 양가죽으로 만든 팔꿈치받이, 아직 와후까지는 오지 않았고 프루가 그림으로만 보았던 새 MI 소총, 이런 것들이 모두 그림 속에 등장했다. 공기 중에 화약 냄새 자욱하고 손안에 무거운 탄창의 느낌이 생생한 사격 시즌 분위기가 그 그림 속에서 물씬 풍겼다. 그가 전문적인 관점에서 살펴보았을 때 한 군데 흠이라면 병사들이 각반을 차고 있지 않다는 것이었다. 어쩌면 본국에서는 이제 각반을 지급하지 않는지도 몰랐다. 그는 신발장 안쪽에다 붙여 놓으면 그럴듯하겠다고 생각하여 그 그림을 찢어 냈다.

그림 속에 나와 있는 테일러메이드 담배의 하얀 빨대 부분을 보자 그는 담배 생각이 나서 자기도 모르게 호주머니에 손을 넣었으나, 아까 화장실에서 앤절로와 나눠 피운 쌍동대가 마지막 테일러메이드였다는 것을 기억해 냈다. 그는 그 그림을 접어서 호주머니에다 집어넣고 다른 호주머니에서 〈듀크스 믹스처〉 연초 봉지를 꺼내 담배 한 대를 말아 불을 붙이고 계속 읽어 나갔다.

그는 여러 권의 잡지들을 앞면에서 뒷면까지 넘겨 보았다. 바보 같은 기사들은 읽지 않고 광고만 살폈다. 대부분의 광고에는 여자들이 나왔고 그가 찾는 것도 바로 그것이었다. 칼라 사진은 여자들을 묘사하는 데 사실감이 높았지만 손으로 그린 그림 속의 여자들보다 옷을 더 많이 입고 있었다. 잡지의 뒷부분에 나와 있는 손으로 그린 드로잉 속의 여자들은 유방이 컸고 사타구니 부분에는 부채 같은 주름살이 잡혀 있었으며 전반적으로 육감적인 분위기가 강했다. 이런 그림들이 최고였다.

그리고 〈트리번스 세안(洗顔) 화장 비누〉 광고가 있었다. 키가 큰 블론드 여자가 수영복을 입고 해변에 누워 있는데 잘생긴 머리와 어깨를 가진 남자가 그녀에게 키스하고 있다. 약간 비현실적인 느낌이 드는 그림이었다. 여자는 한쪽 엉덩이를 모래에 대고 누워 양팔을 머리 위로 쭉 뻗고 있었고 입고 있는 수영복은 표범 가죽처럼 보였다. 이 여자는 입술을 약간 비쭉 내밀고 있었는데, 섹스를 간절히 원하는 여자들이 짓는 표정 바로 그것이었다. 이 그림이 다른 그림보다 특히 더 좋았다.

세 개의 좋은 그림 중 마지막 것은 티셔츠에 반바지를 입고 있는 부인의 드로잉이었다. 〈더체서 레이지데이스〉라는 광고였는데 그 옷을 입고 잠을 자고 놀이를 하고 게으름을 피우라는 〈더체서 속옷 회사〉 광고였다. 그 티셔츠는 완벽한 유방의 압박 아래 가볍게 부풀어 올라 있었다. 음영을 이루는 반원과 빛의 점들은 셔츠 밑의 탄력 좋은 유두를 암시하고 있었다. 옷은 아무런 차이도 만들어 내지 못했다. 만약 화가가 몇 개의 선들만 제거했더라면 그것은 완벽한 누드가 되었을 것이다. 하지만 프루는 그 그림을 뚫어져라 쳐다보면서 옷의 평면을 뚫고 들어가 그 밑에 있는 살의 입체에 도달하고 싶었다. 마치 그 그림이 3차원이라도 되는 것처럼. 몇 개의 연필 라인이 부풀어 오르고, 펄떡이고, 뜨거운 피를 가진 사랑스러운 여자를 암시할 수 있다니 놀라운 일이었다.

그는 자신의 손바닥에서 땀이 나고 허벅지 안쪽의 근육이 펄떡거리는 것을 느꼈다.

야, 이제 그만둬. 지금 여자 알몸 그림이나 구경하고 있을 때야, 하고 그는 혼잣말을 했다. 봉급날이 먼 중순경에다 넌 빈털터리잖아. 게다가 시간이 너무 늦어서 20퍼센트쟁이한테 3달러를 빌려서 와히아와의 빅 수에 다녀오기도 틀렸어. 이봐, 고상한 기삿거리가 많은 『새터데이 이브닝 포스트』를 읽는 게 좋겠어.

하지만 『포스트』에서 그가 본 것은 또 다른 광고였다. 〈그레이하운드 버스 라인〉의 양면 페이지 광고였는데 남부의 석양이 얼마나 아름다운지를 노래한 것이었다. 광고 한가운데 비키니 수영복을 입은 여자의 전신 사진이 들어 있었다. 그녀의 부드러운 엉덩이 선이 스커트 스타일의 수영복을 비집고 노골적으로 튀어나와 있었다.

알았어, 이제 광고를 이렇게 해야 팔아먹을 수 있단 말이지. 그는 그런 그림들에 강한 분노를 느꼈다. 그런 걸 소위 〈핀업 걸〉이라고 하는데 이제 징집되기 시작하는 청년들이 그 그림을 로커에다 붙여 놓으면 좋을 거라고 생각하는 듯했다.

이런 그림을 보면서 수음을 하라는 말이지. 그러면 자동적으로 창녀집을 모두 폐쇄시킬 수 있을 것이고, 우리의 젊은 청년들이 오염되지 않을 거라고 생각하는 거지. 거지발싸개 같은 생각.

그는 『포스트』에서 그 사진을 찢어 내 손으로 마구 구긴 다음 비좁은 독서오락실 바닥의 고인 물웅덩이에다 내던졌다. 그는 일어서서 그 종이 덩어리를 발로 짓이긴 다음 다시 내려다보았다. 그는 아름다운 여인을 그토록 파괴해 버린 데 대해, 육감적인 여성의 엉덩이를 종이 뭉치로 만들어 버린 것에 대해 부끄러움을 느꼈다.

그는 어두운 계단을 걸어 올라가면서 자신의 남성성이 내부에서 꿈틀거리는 것을 느꼈다. 부정되고, 침묵을 강요당하고, 비난받고, 가두어지고, 매도되고, 타기되고 혐오되는 그 남성성. 이제 쉰내를 풍길 정도로 흘러넘치는 그 남성성이 탁하고 걸걸한 가래가 되어 자신의 목구멍을 딱 가로막고 있는 것을 느꼈다. 그는 많은 사병들이 어느 날 갑자기 결혼하는 것이 조금도 이상한 일이 아니라고 생각했다. 그리고 결혼을 하지 못하는 병사에게 남아 있는 길이라고는 딱 하나밖에 없는 것이다.

제12장

 때는 3월 중순이었다. 홈스가 포트 카메하메하 취사병의 전출을 신청하는 서류를 가져온 지 열흘도 되지 않았는데 그 서류가 승인이 난 상태로 워든에게 되돌아왔다. 포병 부대에서 보병 부대로 넘어오는 전출 건치고는 아주 단시간이었다.
 마촐리가 연대 본부에서 그 전출 서류를 가져온 날 오후, 밀트 워든은 책상에 앉아 캐런 홈스가 그에게 준 스냅 사진을 보면서 의아해하고 있었다. 그 사진은 그가 작업 중이던 서류들 위에 놓여 있었다. 오른손 주먹으로 뺨을 받치고 앉아 있는 워든은 이해할 수 없는 성인용 영화를 보고 있는 소년의 표정을 짓고 있었.
 그녀는 달빛 수영을 나간 그날 저녁에 그 사진을 워든에게 주었다. 그가 캐런의 자동차에 올라타자마자 요청하지도 않았는데 그녀가 먼저 건네주었다. 그녀는 이렇게 자신의 독사진을 건네주어야 마땅하다고 생각하는 듯했다.
 그녀는 자기 사진 중 가장 좋은 것을 골라서 가지고 왔다. 그녀가 입고 있는 하얀 수영복은 검게 탄 살과 선명한 대조를 이루었다. 그녀는 집 앞마당의 파인애플 같은 종려나무 아래 군용 담요를 깔고서 비스듬하게 누웠다. 그녀는 선글라스를 끼고 독서를 했는데 자신의 긴 다리를 강조하기 위해 한쪽 다리를 약간 들고 있었다. 허벅지 라인과 종아리 라인이 둥그런 무릎 부분에 와서 절묘하게 연결되어 있었다. 그 사진에 고스란히 간직되어 있는 그녀의 여성스러움은 남자의 시선을 끌어당기고 있었다. 혼잡한 거리를 걸어가다가 다리가 길고 선탠이 잘되어 있고 유방이 오뚝한 여자를 만나면 저절로 남자들의 고개가 돌아가게 되는 그런 매력을 발산했다. 오늘 이미 열다섯 번째로 생각하는 바이지만 만약 그게 전부였다면 얼마나 좋았을까. 하지만 이 사진은 그것만 보여 주는 게 아니라고 그는 생각했다. 그는 여자의 육체를 처음 경험하여 넋이 나가 버린 소년이 아니었다. 그 수영복을 입고 있는 여자의 존재는 의식하지 않고, 그 여자의 잘 그을린 육체에만 시선이 집중되는 그런 나이는 더더욱 아니었다. 그 정도로 오로지 여자의 육체만 의식할 수 있다면 얼마나 좋을까? 하지만 그는 그렇지 못했다. 수영복을 입고 있는 여자가 무슨 생각을 하고 있는지, 그것도 그녀의 육체 못지않게 중요한 것이었다. 여자를 만난 지 2주 동안 여자의 존재는 완전 무시해 버리고 그 여자의 육체에만 집중할 수는 없었다. 만약 그렇게 할 수 있다면 그것도 그런대로 좋은 일이겠지만 그는 결코 그렇게 할 수가 없었다.

    그는 또다시 달빛 아래에서의 수영 데이트를 회상했다. 그녀는 호놀룰루 시내의 카우카우 코너에서 그를 픽업했다. 그곳은 관광객들이 렌터카를 가지고 몰려드는 번잡한 곳이었기 때문에 아는 사람에게 들킬 염려가 거의 없었다. 그는 자신이 길을 알기 때문에 차를 직접 몰고 블로홀 근처의 자그마한 비밀 해변으로 달려갈 생각이었다. 그는 과거에 트럭을 타고 이 해변을 지나가면서 여자를 꼬셔서 여기 데려오면 정말 좋겠구나 하고 여러 번 생각했었다. 그리고 과거에 이 해변까지 직접 현지답사를 하기도 했었다. 하지만 그녀는 남편 차를 워든이 몰도록 내버려 두는 것을 두려워했다. 그래서 그가 길 안내를 하고 그녀가 운전을 했다. 그녀는 우회전할 곳을 두 번이나 놓쳐서 해변으로 오는 내내 불안해했다. 그들은 카우카우 코너에서 카이무키를 거쳐 와이알라에 애버뉴를 지나 칼라니아나올레 고속도로를 타고 블로홀까지 왔다. 그 데이트를 망친 첫 번째 사건은 그녀가 운전을 한 것이라고 워든은 회상했다. 그녀는 관사에서 이미 두 타입의 전혀 다른 여성상을 보여 주었었다. 그런데 야외 밀회에 나선 그녀는 그 두 타입과는 전혀 다른 제3의 여성상을 보여 주었다. 그들은 블로홀 근처의 작은 주차장에다 차를 주차했다. 맑은 날에는 여기서 몰로카이섬이 보인다는 표지판이 서 있는 곳이었다. 그들은 해변으로 내려갔다. 그녀는 너무 즐겁고 행복하다고 열띤 어조로 말했다. 분위기는 아주 그만이었다. 환한 보름달, 하얗게 부서지는 자그마한 파도, 암벽들 사이에 위치한 자그마한 해변, 달빛 속에 신비감이 묻어나는 모래사장, 고속도로 연도에 도열한 케아웨나무들 사이로 불어오는 산들바람……. 그는 술 한 병을 가져왔고, 그녀는 커피가 가득 든 보온병과 샌드위치를 준비해 왔다. 심지어 담요도 가지고 왔다. 그야말로 그 모든 것이 갖추어져 그림 같은 풍경이었다. 그녀는 암벽을 타고 내려가다가 미끄러져 팔뚝의 살갗이 벗겨졌고 해변까지 내려와 보니 그녀가 제일 자랑스럽게 여기는 드레스기 돌부리에 걸려 찢어져 있었다. 그들은 알몸 상태로 손을 맞잡고 물속으로 들어갔다. 그의 생각에, 정말 달빛 속의 멋진 수영이 되었어야 마땅했다. 마치 벼랑 위까지 달려갈 듯이 밀려오는 무릎 높이의 파도는 더욱 분위기를 은은하게 만들어 주었다. 하지만 그 순간, 그녀는 너무 춥다면서 해변으로 돌아가서 담요를 온몸에 뒤집어썼다. 그때 그는 섹스는 물 건너갔다는 것을 알았다. 우선 이곳으로 데려온 것이 결정적 실수였다. 그는 정말 멍청한 짓을 했다고 느끼면서 그녀를 따라 해변으로 나왔다. 하지만 그는 섹스의 욕구가 너무나 간절했기 때문에 추위를 전혀 느끼지 못했으며 오히려 그 때문에 그 생각이 더욱 간절해졌다. 하지만 그녀가 춥다면서 그처럼 온몸에 담요를 두르고 있는 상황에서 어떻게 섹스가 가능하겠는가. 그도 그녀를 따라 같이 별도의 담요를 둘러쓰는 수밖에 없었다. 그때 워든은 그녀에게 술을 마시게 하면 어떨까 생각했다. 그전까지는 그녀가 술을 마시든 말든 문제가 되지 않았으나, 그날 밤따라 그녀는 술을 마시지 않겠다고 하여 그는 당황했다. 그녀는 로마인들을 용서해 주는 기독교 순교자처럼 아주 슬픈 표정을 지으며 말했다. 자신은 이처럼 모든 일에 협조를 해주지 않아 분위기를 망치는 여자라는 것이었다. 또 자기가 참여하는 일은 결국 이렇게 엉망으로 끝나고 만다는 것이었다. 게다가 자기는 야외 데이트가 어울리지 않는 여자라는 말도 했다. 관사의 침실에서 야외 데이트 얘기를 했을 때는 좋을 것처럼 생각했으나 막상 나와 보니 자기는 어울리지 않는 여자라는 것이었다. 그래서 워든이 자기가 아닌 다른 여자를 데리고 야외 데이트를 나가는 게 더 좋지 않을까 하는 생각도 든다고 말했다. 차를 타고 시내로 돌아오던 중, 그녀는 뭐든지 공평하게 해야 한다면서 아까 주었던 사진을 되돌려 주고 싶다면 그렇게 해도 무방하다고 말했다. 그는 그 순간 죄책감을 느꼈다. 그가 먼저 사진을 요구한 것도 아니고 또 해변 데이트가 너무 바보 같은 아이디어였다는 것을 깨달은 터인지라, 그 사진을 간직하고 싶다고 말했다. 그렇게 말해 놓고 보니 정말 간직하고 싶어졌다. 바로 그 순간, 워든은 별로 그렇게 하고 싶은 생각도 없는 상태에서 봉급날 이후에 만나자는 다음번 데이트 약속을 해버렸다. 그녀가 홈스에게서 돈을 별로 받지 못하고, 그나마 언쟁을 벌여야만 겨우 돈을 받을 수 있다는 얘기를 들었기 때문이었다. 이어 그는 별 기대를 하지 않으면서 그녀에게 술을 한 모금 마시라고 말했다. 만약 그녀가 술에 취하면 어디론가 가서 방을 하나 잡고 섹스를 할 수 있지 않을까 하는 막연한 희망이 있었다. 하지만 그녀는 술을 마시지 않으려 했다. 미리 알리바이를 만들어 두지 않았기 때문에 밤새 집을 떠나 있을 수 없다고 말했다. 게다가 그녀는 차 안에서는 섹스를 하려 들지 않았다. 그건 너무 품위 없는 짓이라는 것이었다.

그녀가 시내에 들어와 다음번 데이트 날짜를 수줍게 확인하며 그를 차에서 내려 주자 워든은 홍등가의 중심 지구인 호텔 스트리트에 있는 〈우패트〉로 갔다. 거기서 왕창 술에 취한 워든은 키퍼 부인의 뉴콩그레스 호텔을 급습하여 거기서 화끈하게 몸을 풀었다. 그러면서 그 여자와 더 이상 데이트하지 않겠다고 결심했다. 자신이 먼저 데이트 신청을 한 것 따위는 전혀 문제가 되지 않는다고 일방적으로 생각해 버렸다. 마촐리가 행정실 문을 밀고 들어올 때, 워든은 여전히 다음번 데이트를 생각하면서 어떻게 해야 할지 난처해하고 있었다. 도대체 그날의 달빛 데이트는 무슨 의미인지, 왜 일이 그렇게 돌아갔는지, 또 느닷없이 다음번 데이트 신청을 한 것은 무슨 심사였는지 도무지 이해가 되지 않았다. 아무리 머리를 굴려도 감이 잡히질 않았다. 뭐라고 꼭 꼬집어서 말할 수 있는 어떤 것이 파악되지 않았다. 그는 그녀의 독사진을 집어 들고 지갑의 SP[34] 통행증 뒤에다 잘 감추어 두었다. 그는 부대 정문에서 헌병들에게 그 지갑을 내보일 때나 행정실에서 다이너마이트 앞에서 지갑을 꺼내 들 때, 묘한 음모를 꾸미

---

34 *Shore Patrol*. 해안 순찰대.

는 느낌이 들었다. 아무튼 현재로서는 그런 음모의 느낌이 정확하게 말할 수 있는 전부였다.

마촐리는 재미있다는 표정을 지으며 터져 나오는 웃음을 간신히 참았다. 그는 취사병 전출 문서를 다른 문서들 사이에 감춘 채 서류 더미를 위든에게 내밀었다. 그는 위든이 서류를 검토하는 동안 그의 우레와 같은 폭발을 기다리고 있었다. 위든은 두툼한 훈령, 일반 명령과 특수 명령, 전쟁부(戰爭部: 국방부) 회람 등을 초조하게 넘기면서 뭔가를 찾고 있었다. 마침내 위든이 전출 명령서를 찾아냈다.

그건 정말 대단한 문서였다. 각종 채널을 통해 올라가 각종 채널을 따라 내려왔다. 서류가 멈춘 곳마다 승인 서명이 되어 있었다. 위든은 다른 부서에서 인력의 과다 혹은 부족 등을 이유로 그 전출 건에 시비를 걸 것을 간절히 바랐었다. 하지만 아무런 견제 없이 통과된 것을 발견하고 그는 고개를 쳐들었고 거기 마촐리가 서 있었다.

「왜 거기 멍청하게 서 있나? 할 일이 그리도 없나?」 위든이 날카롭게 말했다.

「왜 할 일이 없겠습니까? 그냥 가만히 서 있을 수도 없습니까? 이렇게 서 있기만 해도 상사님의 눈에는 거슬립니까?」

「그래, 거슬려. 난 그렇게 가만히 서 있는 놈은 견딜 수가 없단 말이야. 난 그런 놈이야. 일이 그렇게 없다고 하니 내가 일을 좀 떼어 주지.」

「지금 연대 인사과에 올라가 봐야 해요. 오배넌이 지금 즉시 오라고 소집했어요.」

「그럼 어서 가봐. 항문에 손가락 찔러 넣고 거기 서 있지 말고.」 위든이 일부러 야비하게 말했다. 하지만 이 지랄 같은 전출 건의 상황 속에서도 잠시 기쁨을 느꼈다. 캐런 홈스라는 저 무서운 심연과 불발로 끝난 수영 파티에서 벗어나 자신의 본거지로 돌아왔기 때문이었다. 비록 황량한 땅이기는 하지만.「마촐리, 왜 그러고 있어. 연대에 안 올라가고?」

「저도 그러고 싶어요.」 마촐리는 예상했던 분노의 대폭발이 일어나지 않자 크게 실망하면서 맥없이 말했다.「그런데 톱, 이번 전출 건에 대해 어떻게 생각하세요?」 그는 조심스럽게 찔러 보았다. 워든은 아무 대꾸도 하지 않았다.「정말 대단한 일 아니에요?」 그가 전략을 바꾸어 약간 근심하는 듯한 어조로 말했다. 그러나 워든의 폭발을 기대하는 마음은 아직도 살아 있었다.「대령의 편지라 그런지 조치 한번 빠르네요.」

그러나 워든은 멍하니 쳐다보기만 할 뿐 아무 말도 하지 않았다. 마촐리는 완전 예상이 빗나갔다는 생각을 하며 행정실에서 나갔다. 밀트 워든은 씁쓸한 마음으로 다시 일을 손에 잡았다. 마촐리의 빤한 심보를 훤히 꿰뚫어 보고 적절히 대응했다는 것을 하나의 차가운 위로로 삼으면서. 마촐리 놈의 속을 들여다보는 것처럼 캐런 홈스의 심연을 들여다볼 수 있다면 얼마나 좋을까. 이 전출 건이 가져올 후폭풍을 그처럼 환히 꿰뚫어 볼 수 있다면 얼마나 좋을까.

밀트 워든이 이런 엉터리 보직을 결코 받아들이지 않았던 때가 있었지, 하고 그는 생각했다. G 중대의 수석 부사관 부임은 정말 괜한 일이었다. 아무리 일을 그르치는 것을 SOP(정상적 운영 절차)로 삼는 군대 사회라고 하지만, G 중대 톱 킥은 생선 썩는 냄새가 진동하는 더러운 자리라고 소문이 나 있었다. 스코필드 부대의 부사관들은 모두 그렇게 생각하고 있었다. 상사 계급장을 달기 위해, 밀트 워든은 연대의 다른 부사관들이 손도 대지 않으려 하는 이 형편 무인지경의 부대를 떠맡았다. 마침내 30년 근무를 채우고 은퇴자 명단에 오른 저 악명 높은 스나피 카트라이트 상사로부터 이 자리를 인계받았다. 야, 밀트 워든, 이 바보야, 이 자리가 그렇게 탐나더냐?

그는 필요한 노트를 하기 위해 그 서류를 자기 책상으로 가져갔다. 지금껏 그를 언제나 구원해 주었던 저 오래된 분노가 그의 목구멍을 타고 치밀어 오르기 시작했다. 그는 아까 작업하다 만 서류들을 경멸스럽다는 듯 마촐리의 파일 바구니에다 집어 던졌다.

내 전임자 카트라이트도 한때는 좋은 사람이었겠지. 하지만 30년을 근무하다 보니 그도 닳고 닳게 되었겠지. 커다란 칼이 마모되다 보니 마지막에는 바늘같이 되어 버린 거라. 그 단단하던 무쇠는 어디로 가버리고 흔적조차 찾을 수 없게 되었지. 과거에 중국 대륙을 휘젓고 다녔다는 풍운아 카트라이트가 5년만 기다리면 타먹을 수 있는 연금에 목매달려 감찰단의 지적에 걸리지 않기를 기도하는 신세가 되어 버렸지. 군인 영화에 나오는 용감한 배우 빅터 매클래글렌의 흉내를 내면서 때때로 자신의 공포를 감추기도 했었지. 야, 군인 생활을 그렇게 마감해서 되겠어? 야, 난 연금 타먹을 때가 오면 그 연금 받으려고 온갖 아첨을 떨지는 않겠어. 오히려 그 연금 뼈다귀를 네놈들의 똥구멍에다 처박아 넣겠다고 소리치겠어.

하지만 어떻게 보면 그게 늙어 가는 과정의 일부 아니겠나, 하고 그는 생각했다. 과거의 단단했던 사람들도 모두 그렇게 끝나는 것 같아. 존스는 존스를 흉내 내고, 스미스는 스미스를 흉내 내면서 다들 과거에 한가락 놀았던 역할을 연기하는 거라. 사람이 이렇게 마모되는 것이 어디 군대뿐이랴.

아무래도 한잔 당겨야겠는걸, 강한 걸로, 하고 워든은 생각했다. 그는 위스키를 감춰 둔 파일 캐비닛으로 걸어갔다. 독한 술은 너를 더욱 분노하게 만들지. 워든을 흉내 내는 워든이 되어 가는 너에게 자극을 주지. 이봐, 가짜는 가고 진짜를 내세워야 하는 거야.

하지만 모든 것은 결국 늙게 된다. 내 머리에도 이미 희끗희끗한 새치가 났어. 조직의 파상 공세에 의해 인간이 침식되는 걸 노화의 자연스러운 과정으로 여겨서는 절대 안 돼. 인간이라는 이 거대한 바위가 저 음모의 파도에 자꾸 침식되도록 내버려 두어선 안 돼. 애정을 가장한 저 파도와 공포로 밀어 올리는 저 바람에 이 바위가 풍화되도록 해서는 안 돼. 그건 결코 늙어 가는 과정의 일부가 되어서는 안 돼. 만약 그게 진실이라면 늙어 가는 것에는 아무 의미도 없고, 난 그것을 결코 좋아할 수 없어. 그런 과정이라면 절대로 받아들이지 않겠어.

 가만있어, 좀 숨 돌릴 기회를 잡고 콧수염이나 다듬어야겠는걸. 그래야 여자들에게 매력적으로 보이지. 그렇지 않아, 이 화상아? 그는 혼잣말을 하면서 홈스의 책상에서 종이 자르는 가위를 꺼내 벽장의 거울 앞으로 갔다. 오후 사역을 마치고 중대로 돌아오는 병력들의 소음이 들려왔다. 피트 카렐슨의 부드럽고 교양 있는 목소리가 계단 위쪽에서 흘러 내려왔다.

 거울 속에서 화난 표정으로 자신을 노려보고 있는 커다란 얼굴과 핏줄이 튀어나온 손과 가위를 바라보며 이 전출 건을 겪고 보니 도저히 일할 마음이 나지 않는다고 생각하면서, 워든은 바로 이게 늙어 간다는 건가 하고 생각했다. 〈지렛대와 적당한 위치를 다오. 그러면 세계를 움직여 보이겠다〉라고 아르키메데스는 말했다. 그들이 지금 필요로 하는 것은 그를 적당한 곳에 세워 놓을 위치였는지도 모른다. 그들은 어떻게든 그를 움직여 보려고 하는 것이었다.

 이봐, 자네 한 잔 더 해야 할 것 같은데. 아직 분노가 덜 풀린 것 같아. 워든은 중얼거렸다. 그는 이번의 이 건은 술 한 잔으로 풀 수 있는 문제가 아니라고 생각했다. 아니, 술을 두 잔 하는 것으로 해결될 문제가 아니었다. 이번 건은 무거운 샌드백을 마구 두드리는 그런 몸 풀기가 필요할 것 같았다. 그래,

바로 그렇게 해야 할 것 같은데. 그는 혀로 콧수염을 한 번 핥으면서 충분히 짧아졌는지 확인했다. 그는 잘되었음을 확인하고 뒤로 물러서서 팔을 들어 가위를 어깨 너머로 던졌다. 부자가 거지에게 1달러를 던져 주듯이. 그는 가위가 쨍그랑 하고 떨어지는 소리를 기분 좋게 들었다. 중대 예산은 충분하니까 새것을 또 사면 될 터였다. 다이너마이트보고 다시 사라고 해. 그건 그의 관심사야. 그는 한쪽 날이 3센티미터 정도 망가진 그 가위를 〈지급〉이라고 되어 있는 함에 들어 있는 전출 서류 위에다 올려놓았다. 워든은 그의 샌드백인 피트 카렐슨을 만나기 위해 위층의 내무반으로 올라갔다. 마촐리와 지적인 토론을 즐기며 그 행정병보다 세상 보는 눈매가 한 수 위인 카렐슨은 정신적 샌드백으로는 그저 그만이었다. 마촐리는 스피드를 연습하는 간단한 펀칭 백으로는 좋으나, 지구력 훈련에 제격인 샌드백이 될 정도의 무게는 갖고 있지 못했다.

「피트, 난 이놈의 인사계 노릇이 지겨워졌어.」 비 오는 날의 조용한 프라이버시를 깨뜨리면서 워든이 말했다. 「난 이 계급장 반납할 거야. 군대 생활을 하던 중에 이처럼 개판인 부대는 난생처음이야. 다이너마이트 같은 자는 그가 그토록 뽐내는 군복을 더럽히는 자야. 그자와 저 애송이 컬페퍼 말이야.」

피트 카렐슨은 옷을 벗고 있었다. 그는 거의 친구나 다름없게 된 무릎 관절염을 구슬리려고 침상에 걸터앉았다. 그러고는 모자와 데님 상의를 벗고서 아래위의 틀니를 뽑았다. 그는 프라이버시가 침해된 것에 약간 짜증을 내면서 고개를 쳐들었다. 하지만 미친 밀턴이 또다시 광분하려고 시동을 거는 게 아닌지 걱정되었다. 카렐슨은 사태의 진상을 정확히 파악하기 전까지는 밀턴의 미친 짓에 끼어들지 않겠다고 마음먹었다.

「옛날 군대에서 장교는 어디까지나 장교였고 장교복이나

걸치고 있는 옷걸이는 아니었지.」 카렐슨이 신중하면서도 진지하게 말했다. 그는 테이블 위의 물잔에 틀니를 떨어뜨리며 이 대화가 좋게 끝나기를 빌었다.

「옛날 군대? 치질로 피 흘리는 항문이라고 해!」 위든은 그 진부한 말을 마구 짓밟으면서 기세 좋게 말했다. 「자네가 좋아하는 그 옛날 군대 얘기를 들으니 똥물이 목구멍으로 넘어오려고 해. 옛날 군대 따위는 없었어. 남북 전쟁에 참가했던 병사들은 인디언 전쟁에 참가한 병사들에게 그런 말을 써먹었지. 프랑스 혁명에 참가했던 자들이 1812년 나폴레옹 군대에게 써먹었던 것처럼. 순전히 면피용으로 말이야. 자신들이 형편없는 자이고 똥 같은 짓을 한다는 것을 감추기 위해서 말이야.」

「자네는 옛날 군대에 대해 잘 알고 있군. 자네는 아마 브래독 장군[35]밑에서 근무했지?」 카렐슨은 대응하지 않으려 했으나 할 수 없이 대꾸했다. 밀트가 또다시 발광이 도졌다는 것을 확실히 알고서 저런 광인을 다루는 유일한 방법은 냉정을 유지하는 것뿐이라고 속으로 다짐했다. 물론 그것은 〈옛날 군대를 그처럼 잘 아니 브래독도 알겠군〉 하고 비꼬는 말이었다.

「그건 아니지만, 그래도 군대 밥 먹을 만큼 먹어서 옛날 군대 운운하는 헛소리에 넘어갈 군번은 아니야. 난 재입대는 딱 한 번뿐이야.」 위든이 소리쳤다.

카렐슨은 대꾸하지 않고 허리를 굽혀 흙 묻은 군화 끈을 풀면서 계속 냉정을 유지하려 애썼다. 위든은 자신의 침상에 털썩 주저앉더니 주먹으로 절제 침내 난간을 쾅 쳤다.

「피트, 자네에겐 이 중대에 대해서 말할 필요도 없을 거야. 자넨 애송이가 아니니까. 난 이 부대에서 인생을 썩히기에는

---

[35] Braddock(1695~1755) 미대륙에서 프랑스와 전투 중 사망한 영국 장군.

너무 좋은 군인이야. 저자들은 아주 천천히 그러나 확실하게 나를 질식사시키고 있어, 이 운동부원들 말이야! 블리스에서 온 친구들. 그런데 이번에 블리스 출신이 또 온다고.」

올드 피트의 얼굴에 희미한 미소가 감돌았다. 적당한 말이 생각날 때마다 튀어나오는 그의 버릇이었다. 그는 여전히 냉정을 유지하면서 말했다. 「이놈의 군대는 말이야, 터니[36]가 프랑스에서 해병대 권투 선수로 뛴 이래 운동 군대였어. 앞으로도 계속 그럴 거고.」 행정병 마촐리 녀석은 이 전출 건을 은근히 재미있다고 여겼겠군, 하고 카렐슨은 생각했다.

「새로운 블리스라니, 무슨 말이야?」 피트는 확실한 의안에 추서하는 상원 의원처럼 시침을 뚝 떼며 물었다. 「포트 캄의 취사병 전출 건이 벌써 결재 났단 말인가?」

「그 건 아니면 뭐겠어? 취사병이래. 취사반에 취사병이 넘쳐 나는데 말이야. 나야말로 이 상황을 헤쳐 나가기 위해서는 노련한 요리사가 되어야 할 것 같아. 아무튼 그자는 이 스타크를 데려오겠다는 거야.」

「그래? 그거 심각한데.」 피트가 가볍게 맞장구를 쳐주었다. 「그런데 이 친구에 대해서 나도는 얘기는 또 뭐야? 영감은 이자를 취사반 담당 부사관으로 만들 거라는데? 그럼 프림은 어떻게 되는 거야?」

「난 내일 당장 전출 갈 거야.」 워든이 기세 좋게 말했다. 「현재 계급장을 그대로 유지한 채. 내 말 알아들어? 수평 이동할 거라고. 연대 내 10개 중대 중 아무 데나 마음대로 골라 갈 수 있어. 협조도 평가도 안 해주는 이런 중대에서 뭣 빨려고 내 꽁무니가 다 닳아 빠질 때까지 일해야 돼?」

「물론 그렇겠지.」 피트가 갑자기 냉정함을 떨쳐 버리고 열

---

[36] Tunney(1898~1978). 미국 해병대 출신의 헤비급 권투 챔피언.

띤 목소리로 말했다. 「너무나 당연한 얘기지. 자네가 다른 중대 수석 부사관으로 옮겨 간다면 난 내일 당장 육군 참모총장이 되겠네. 단지 친한 친구들을 뒤에 두고 가기가 뭣해서 그렇게 하지 못하는 것뿐이지. 도대체 왜 그렇게 말하는지 사정이나 좀 알자고.」

「난 이 노릇 못 해먹겠어. 난 이 빌어먹을 연대에서 가장 유능한 부사관이야. 그건 다들 알고 있어. 피트, 난 계급장 반납할 거야. 진심이야. 이렇게 수모를 당할 바에야 차라리 시키는 대로 하는 말단 이등병이 낫겠어. 이런 더러운 꼴을 당할 줄 알았더라면 A 중대에 참모 중사로 그대로 남는 건데 정말 잘못했어.」

「우린 자네가 유능한 사람이라는 걸 잘 알아.」 피트가 씁쓸하게 말했다.

「난 이 부대에서 인생을 썩히기에는 너무 좋은 군인이야. 그건 틀림없는 사실이야.」 워든은 그렇게 말하면서 피트를 상대로 마치 소방 호스의 물줄기를 쏟아 내듯이 부대에 관한 욕설을 퍼부었다. 왜 원숭이 갈로비치가 1소대를 지휘하고 있나? 왜 노름꾼 짐 오헤이어가 중대의 보급 부사관을 담당하고 있나? 다이너마이트는 클럽에서 포커하면서 물처럼 잃어 주는 돈을 어디서 조달하나? 장교들? 웨스트포인트 출신의 사교꾼들이지. 폴로, 포커, 브리지, 포크 사용하는 법 등을 배우고서 사교계 사람들과 어울리는 일이나 잘하는 자들이지. 돈 있는 여자를 아내로 삼아서, 그 여자에게 손님 접대를 시키고 구크 하녀들에게 영국식 스타일의 서빙 방법을 가르치도록 하지. 그자들은 식민지 시대의 영국 귀족 겸 장교들이랑 다를 게 없어. 개인적인 수입을 가진 직업 군인이지. 마치 식민지 시대의 로드 키스-마이-애스[37]처럼.

홈스가 마누라를 어디서 얻었는지 아나? 볼티모어의 힘 있고 돈 있는 가문의 젊은 처녀를 전문으로 소개하는 워싱턴의 마담뚜를 통해서였어. 그런데 다이너마이트는 한 가지 계산 착오를 일으켰어. 그 여자의 집은 빈털터리였던 거야. 홈스가 네 마리의 폴로 말과 은제 등자 두 벌을 사고 나니 그다음에는 여자 집에 돈이 없었던 거야.」

그는 사자후를 터뜨리다 말고 태풍의 눈 안에 들어앉은 사람처럼 조용한 호기심으로 눈을 반짝거리고 있는 피트를 쳐다보았다. 워든은 홈스 마누라 얘기는 그만 해야겠다고 생각하면서 피트가 이미 알고 있는 중대 현황 쪽으로 얘기를 돌렸다. 헨더슨 중사는 왜 지난 2년 동안 훈련을 단 하루도 받지 않았나? 홈스가 팩트레인에서 기르는 폴로 조랑말을 돌보기 때문 아닌가?

「오, 지저스 크라이스트!」 피트는 손가락으로 양 귀를 막으며 소리쳤다. 폭포수처럼 쏟아져 나오는 워든의 말은 그의 냉정함을 완전 박살 내버려 이제 그를 비틀거리게 만들었다. 「닥쳐, 나를 좀 그만 내버려 둬. 이 부대를 그토록 미워하고 또 현직을 유지한 채 다른 중대로 옮겨 갈 수 있다면 왜 그렇게 하지 않나? 나한테 와서 이렇게 떠들어 댈 게 아니라.」

「왜냐고?」 워든이 성난 목소리로 소리쳤다. 「자네가 내게 그 이유를 물었기 때문이지. 내가 너무 마음이 약하다 보니 온갖 똥물을 뒤집어쓰고 있는 거라고. 그게 이유야. 만약 내가 없어지면 이 부대는 태풍 앞의 판잣집처럼 무너져 버릴 거야.」

「육군 본부에서 왜 아직도 자네의 그런 탁월한 재능을 발견하지 못했을까?」 피트도 따라서 소리쳤다. 하지만 워든의 말이 모두 사실이었기 때문에 그 대화가 더욱 비참해졌다. 만약 그게 사실이 아니고 워든이 그저 허풍을 떤 것이라면 그토

---

37 *Lord Kiss-My-Ass*. 〈엿 먹어라 귀족〉의 뜻.

록 받아들이기 어렵지는 않았을 것이다.

「피트, 왜냐하면 저자들이 다 바보 멍청이이기 때문이지.」 워든이 갑자기 나지막한 보통 때의 목소리로 말했다. 「담배나 한 개비 줘.」

「그 빌어먹을 계급장 떼고 붙이다가 다 닳아 빠지겠다.」 피트가 워든에게 소리쳤다. 「어떤 때는 자네처럼 멋진 자가 왜 이런 험악한 세상에 태어났는지 의문이 드는군.」

「피트, 오버하지 마. 나도 때때로 그런 생각이 들기는 해. 자, 담배 한 개비 달라고 했어.」

「난 오버하는 게 아니야. 자네가 아무리 그래도 군대를 바꾸어 놓지는 못해.」 피트는 소리를 지르다가 워든이 더 이상 소리치지 않는다는 것을 발견하고 목소리를 낮추었다. 「그러니 너무 열 내지 말고 진정하는 게 좋아.」 그는 비에 젖어 구겨진 담뱃갑을 빙그레 웃고 있는 워든에게 던졌다. 자그마한 내무반에 일순 침묵이 감돌았고 열린 창문을 타고 빗방울이 흘러내렸다.

「이런 비에 젖은 것 말고는 없어? 불도 안 붙잖아.」 워든이 짐짓 얼굴을 찡그리며 말했다.

「그럼 뭘 바랐나? 황금 필터가 붙어 있는 놈을 원했나?」

「물론 그 정도는 되어야지.」 워든은 정신적 관장(灌腸)을 끝냈으므로 이제 침상에 드러누웠다. 양팔을 목뒤로 돌리고 양발을 교차시켰다.

「자네가 아무리 그래도 군대를 비꾸어 놓지는 못해.」 피트가 다시 말했다. 그는 타월을 집어 들기 위해 맨발로 침상에서 일어섰다. 그의 맨엉덩이가 드러났다. 지난 1년 2주에 한 번씩 엉덩이에 매독 주사를 맞아 와서 주사 자국이 가득했다. 좁은 어깨와 부드러운 엉덩이 등은 아무리 쓰러뜨려도 쓰러지지 않는 어린아이들의 오뚝이 인형을 연상시켰다. 하지만 내무반의 침묵을 깨뜨릴 피트의 멋진 말이 곧 나올 것이었다.

「이 중대라고 다른 중대보다 특별하게 나쁜 것도 없어. 군대는 늘 그런 식이었어.」 피트가 갑자기 평정심을 회복하고서 차분한 목소리로 말했다. 「베네딕트 아널드[38]가 웨스트포인트를 영국에 넘기려고 희한한 수작을 부리다가 잘린 이래로.」

「피트, 베네딕트 아널드가 뭐 하는 놈이야?」

「괜히 의뭉 떨고 있어, 이 빌어먹을 워든.」

「피트, 너무 흥분하지 마. 냉정한 마음을 유지해.」

「내가 자네의 수작을 모르는 줄 알아? 조용한 내무반에 들어와 그처럼 나를 괴롭힌 이유를? 자네만 똑똑한 줄 알지? 자네가 톱 킥이라고 내가 무한정 자네를 받아 줄 줄 알았지? 나도 언젠가 이 부사관 내무반을 떠날 거야. 설혹 이등병 내무반에 들어간다고 하더라도. 자네 그러는 거 정말 지겨워.」

워든은 깜짝 놀라면서 그를 쳐다보았다. 정말 기분 나쁜 표정이 그의 얼굴에 나타났다.

「만약 자네가 그 장광설처럼 정말 부대를 걱정한다면 왜 프리윗을 우리 소대로 배정하지 않았나? 내가 지난번에 그렇게 말했는데도. 그리고 지금이라도 왜 그렇게 하지 않나?」

「피터, 난 그가 갈로비치의 소대에 있기를 바라. 그게 이유야.」

「그가 나의 화기 소대로 왔다면 큰 자산이 되었을 텐데.」

「그는 현재 위치에서도 큰 자산이야.」

「아마도 부대 영창에 보낼 자산이겠지. 그 친구의 해박한 기관 단총 지식이라면 지금 당장 화기 소대의 분대장을 시켜도

---

38 Benedict Arnold(1741~1801). 미국의 장군이었다가 영국으로 넘어간 배신자. 뉴욕 웨스트포인트 요새의 지휘관으로 임명되면 그 요새를 영국 측에 넘기고 2만 파운드를 받아 내려고 음모를 꾸미다가 발각돼 영국 측으로 도망친 인물.

돼. 그리고 보직이 나는 즉시 나의 차석으로 삼을 생각이야.」

「그 친구는 지금 당장 보직을 주지 않을 생각이야. 먼저 교육을 시켜야 해.」

「아마도 그 친구에게 보직을 주는 명령서에 다이너마이트의 서명을 받지 못하는 거겠지. 어쩌면 그 친구를 우리 소대에 집어넣는 것도 자네로서는 버거운 일이겠지. 다이너마이트가 말을 듣지 않으니까.」

「난 그를 좀 더 큰 것을 위해 훈련시키고 있어.」

「좀 더 큰 거라니, 가령 어떤 것?」

「가령 통신 교육을 권하면서 예비 장교 후보로 추천하는 거지.」 워든이 약간 농담조로 말했다.

「아니, 말이 난 김에 아예 그 친구를 육군 대학에 보내지 그러나?」

「그것도 한 가지 아이디어네. 그렇게 해야 할지도 모르겠군. 나의 이 위대한 마음이 움직이는 방식을 어떻게 그리도 잘 꿰뚫어 보았지?」

「자네의 그 알량한 마음? 내가 지금 어떻게 생각하는지 알고 싶어? 난 자네가 또라이라고 생각해. 정말로 홱 돌아 버린 자야. 정신 병원에서 금방 탈출해 온 자 같아. 자네는 지금 자네가 무엇을 하려고 하는지도 모르는 것 같아. 프리윗을 보나 이 새로 온다는 취사병을 보나.」

어쩌면 피트의 말이 맞을지도 몰라, 하고 워든은 생각했다. 그의 말이 맞는 걸까? 맞아, 맞고말고 이런 험악한 세상에서, 자기가 앞으로 무엇을 할 생각인지 명확하게 알고 있는 사람이 과연 몇이나 될까? 뭔가 행동을 하면 전혀 예상하지 못한 엉뚱한 결과가 나오는 이런 세상에서? 내가 바로 그런 세상에 있는 거야.

「내 말이 틀렸나?」 피트가 말했다.

위든은 빙그레 웃으며 애정 어린 눈빛으로 그를 쳐다보았다. 피트는 비누통과 면도기를 꺼내기 위해 신발장으로 갔다. 피트는 방금 전만 해도 위엄이 있었으나 위든의 미소 앞에서 자꾸만 사라져 가는 자신의 위엄을 유지하려고 애쓰고 있었다. 그의 몸에서는 노인의 퀴퀴한 냄새가 풍겼다. 젊었을 때는 오리가 깃털로 물을 떨어 내듯이 체내에 흡수한 알코올을 기막히게 떨어 냈으나 이제는 그것이 되지 않아 알코올과 내장의 냄새가 뒤섞여 그런 퀴퀴한 냄새를 풍기는 것이었다.

하지만 피트는 여전히 날카로운 친구였다. 밀트 위든도 저런 식으로 늙어 가려는가? 옛날 군대를 위해 뚜쟁이 노릇을 하는 노병? 이제 더 이상 존재하지 않는 그 창녀를 위해? 자신의 체면을 지키기 위해? 하지만 그의 체면이라는 게 뭐가 있나, 하고 밀트는 생각했다. 이빨은 이미 함몰되어 울고 있는 원숭이처럼 되지 않았나. 22년의 근무 기간 동안 시렁에 방치되어 잊혀 버린 한물간 사과 꼴이 되어 버리지 않았나. 그 와중에 좋은 과즙은 모두 증발해 버리고 쭈그렁바가지가 되어 버리지 않았나. 아무도 건드리지 않았기 때문에 외형은 그대로 유지하고 있지만 누가 조금만 건드려도 시렁에서 떨어져 먼지 가루가 되어 버릴 그럴 상태가 아닌가.

중대 내에는 올드 피트가 먹물 근성을 발휘해 가며 공들여 가꾸어 놓은 전설이 있었다. 그는 미네소타의 부잣집 출신이었고 1차 세계 대전 당시 세상을 구하겠다는 일념으로 사병 입대했다. 그러나 프랑스 주둔 당시 육군 병원의 간호사로부터 임질을 얻어 걸렸고 그 후 공짜 치료를 받기 위해 군에 계속 남았다. 당시엔 임질 치료비가 너무 값비싸고 희귀했으며, 또한 그의 집안에서 그와 의절해 버렸기 때문이었다. 피트가 이 전설을 좋아하는 것으로 보아 그건 사실이 아닌 듯했다. 당시 사회적 부적응자, 반항을 위한 반항을 하는 자, 역설적

감상성과 역설적 로맨스를 믿는 자가 너무나 많았기 때문에 피트도 덩달아 뛰어들었을지 모른다. 하지만 뒤집어 보면 장교들 또한 그들과 별반 다르지 않다. 가짜 성공과 가짜 실패를 구분하는 기준은 무엇인가? 가짜 하느님과 가짜 악마를 구분하는 기준은? 만약 피트의 전설이 사실이라고 한다면 그건 피트에게도 또 그 누구에게도 낭만적이지 않을 것이다. 하지만 그 전설 중 일부는 사실일 거라고 워든은 생각했다. 가령 임질 걸린 부분이 그러한데, 그게 프랑스의 육군 간호사에게서 옮은 것인지, 파리의 창녀에게서 옮은 것인지, 아니면 시카고에서 우연히 만난 여자에게서 옮은 것인지는 불확실했다. 그의 심한 관절염을 보면 임질을 앓았던 것은 분명한 사실이다. 그 병은 어떤 사람의 경우 골수까지 파고들어 영원히 사라지지 않는 것이다.

하지만 그의 틀니가 움푹 함몰된 부분을 채워 주면, 턱 부분에, 옛날 가방 끈 길었던 시절의 먹물 분위기가 망각된 약속의 메아리처럼 나타났다. 이빨 없는 입이 눈빛을 흐리게 하지만 않는다면, 유일하게 만족감을 안겨 주는 기관 단총을 잘 알고 사랑하는 자의 명민함이 그 눈빛에 어른거렸다. 이제 영내에서의 유일한 취미가 포르노 사진 수집인 이 노인에게도 기관 단총은 애지중지하는 물건인 것이다.

「이봐, 망각된 약속의 메아리, 어디 가나?」 피트가 일본식 게다를 신고 문 쪽으로 걸어가자 워든이 물었다.

「수석 부사관께서 뭐라고 하지 않으신다면 샤워를 하려고. 자네는 내가 어디로 간다고 생각하나? 이 타월을 들고 영화관에 갈 거라고 생각하나?」

워든은 침상에서 벌떡 일어나 양손으로 얼굴을 비볐다. 캐런, 전출 건, 프리윗, 피트, 자기 자신 등을 모두 잊어버리고 싶어 하는 동작이었다.

「그거 안됐군. 난 방금 초이스로 가서 맥주를 푸려던 참이었는데. 자네도 함께 데리고 말이야.」

「난 빈털터리야. 돈 없어.」

「내가 살게. 나의 파티니까.」

「일없어. 자네는 고작 맥주로 나를 매수할 수 있다고 생각하지? 여기 들어와 오후 내내 나를 들볶아 놓고 맥주 두 병 사주면 그 모든 게 없어진다고 생각하는 거지? 고맙지만, 사양하겠네. 설사 그게 이 세상 최후의 맥주라고 할지라도 자네가 사주는 맥주는 안 먹어.」

워든은 피트의 엉덩이를 살짝 치면서 미소 지었다. 「그게 정말 마지막, 앞으로 영원히 손 못 대게 될 맥주라도?」

피트는 얼굴에서 맥주 한잔하고 싶은 표정을 지워 내려고 애쓰면서 워든을 쳐다보았다. 「정말 마지막이라면 못 마실 것도 없지. 하지만 하느님이 그처럼 야박하게 하리라고는 생각하지 않아.」

워든은 매력적으로 미소를 지어 보였다. 피트가 금방 항의하기는 했지만 그 미소 하나로 오후 한 나절의 장광설은 이제 기록에서 완전 없어져 버렸다.

「자네하고 나하고 초이스로 가서 실컷 퍼마시고 의자와 탁자를 박살 내버리자.」

피트는 싱긋 웃었으나 완전히 넘어올 기세는 아니었다. 「대신 술값은 자네가 내야 해.」

「내가 낸다니까.」 워든이 말했다. 「깡그리 다 내가 낼게. 내가 이 모든 세상을 책임진 자인데, 그 정도 못하겠어. 어서 가서 목욕하고 와, 기다리고 있을게. 앞으로 이틀 후면 이 스타크란 놈이 어떻게 생겼는지 보게 될 거야.」

그들은 그렇게 오래 기다릴 필요가 없었다. 왜냐하면 전입병 스타크는 그다음 날 더플백과 관물을 챙겨서 나타났기 때문이다.

우기의 종말을 알리는 청명한 날들의 첫 번째 날이었다. 오전 내내 비가 오더니 갑자기 정오에 들어서 날이 갰고 금방 씻어 놓은 듯한 공기는 부드러우면서도 먼지가 없었다. 들이대는 물체마다 예리한 선명도와 짙은 초점을 제공하는 검은 수정과도 같은 공기였다. 모든 것이 깨끗하게 보였고 깨끗한 냄새가 났다. 날씨가 바뀔 때마다 따라오는 축제의 느낌이 있었다. 이런 날에 일을 해야 한다니 지겨웠다. 하지만 워든은 업무를 처리하기 위해 신병의 도착을 대기해야 했다.

워든은 이런 날 깡통 소시지와 깡통 요리콩의 메뉴를 내놓는 것은 정말 프림답다고 생각했다. 부대에서는 그 고정 메뉴를 때때로 〈스타스 앤드 스트라이프스(미국 국기의 무늬)〉라고 불렀으나, 프림이 하도 똑같은 메뉴만 지겹게 내놓으니까 〈쥐밥과 개밥〉이라고 부르기도 했다.

무자비한 운명의 손아귀에 사로잡힌 프림의 무기력을 내심 한탄하고 있던 워든은 히컴 기지의 택시가 중대 마당을 돌아 들어오는 것을 보았다. 그 택시는 생소한 주소를 물어보는 이방인처럼 보였다. 택시에서 한 남자가 내려 짐을 아직 물기 있는 풀밭에 내려놓았다. 공기는 물방울처럼 청명했다. 워든은 그 광경을 쳐다보다가 운명의 적수를 맞이하기 위해 중대 마당으로 나갔다. 적어도 행정실에 앉아서 수비적인 행동을 취하기보다는 그렇게 공세적으로 나감으로써 운명과 첫 악수를 해야겠다는 생각이었다. 그는 만반의 준비가 다 되어 있나고 생각했다.

「야, 저 운전사 녀석 전에 보병이었는가 본데.」 신병은 떠나가는 택시를 쳐다보며 중얼거렸다. 「택시비를 엄청 뜯어 가는군.」

「어쩌면 구크 마누라를 두었는지 모르지.」 워든이 말했다. 「게다가 하올레 튀기 아이들을 반 다스나 두었는지도 모르고.」

「내 잘못이 아니에요. 정부는 사병의 이사 비용을 대주어야 마땅해요.」

「대주지. 전출을 자원한 자를 제외하고는.」

「어떤 경우든 다 대주어야 해요.」 워든의 가벼운 쫑코를 의식하면서 스타크가 끈질기게 말했다.

「앞으로 그렇게 될 거야. 전력을 강화하기 위해 시민군을 구축하고 다가오는 전쟁에 참전한다면.」

「전쟁이 터진다면 자원에 의한 전출은 없을 거예요.」 두 사람은 피트 카렐슨이라면 이해하지 못할, 은밀한 지식의 눈빛을 교환했다. 워든은 미리 준비하고 있었음에도 불구하고 상대의 깊은 통찰력에 고개가 끄덕여졌다. 그 어떤 것에도 관여하지 않고 늘 워든의 밖에 있으면서 워든 자신을 관찰하는 마음속의 마음이 순간 작동했다.

「장교들한테는 이사 비용을 대줘요.」 스타크는 느릿느릿한 어조로 말했다. 「모두 보병이라면 쉽어요. 심지어 전(前) 보병도 그 모양이지요.」 스타크는 상의 호주머니에서 〈골든 그레인〉 연초 쌈지와 종이 한 장을 꺼냈다. 「짐을 어디다 둘까요?」

「취사병 내무반에.」

「영감은 지금 봐야 하나요, 아니면 나중에?」

「다이너마이트는 현재 여기 없어. 오늘 중에 돌아올 수도 있고 돌아오지 않을 수도 있지. 하지만 자네를 만나려 할 거야.」

연초 쌈지의 끈을 이빨로 문 채 담배를 말던 스타크는 워든을 찬찬히 쳐다보았다. 「내가 오늘 온다는 것을 모르나요?」

「알지.」 워든은 가장 큰 가방과 자그마한 캔버스 가방을 들면서 말했다. 「중요한 사무가 있어, 클럽에서.」

「그는 별로 달라지지 않았군요.」 스타크는 두 개의 푸른색 더플백을 들고 뒤따랐다. 두 개의 가방이 스타크의 등에서 적절히 균형을 잡았다. 그들은 포치를 지나 식당으로 들어갔다. 사람이 없고 불이 꺼져 있어 식당은 꼭 유령 같았다. 워든은 뒤쪽, 독서오락실 맞은편에 있는 취사병 내무반의 문을 열었다.

「여기다 짐을 내려놓고 정돈해. 영감이 돌아오면 연락하지.」

스타크는 무거운 짐을 내려놓은 뒤 허리를 쭉 펴고서 방 안을 둘러보았다. 이제 그가 다른 취사병들과 함께 나누어 써야 할 숙소였다.

「드디어 도착했군요. 나는 포트 캄에서 이곳에 오기 위해 20퍼센트쟁이들에게 돈을 빌려야 했습니다.」 그는 덧정 없다는 표정으로 바지 자락을 엄지로 슬쩍 들어 올리며 말했다. 「내가 거길 떠날 때, 덩치 큰 암소가 평평한 바위에 대고 오줌을 싸는 것처럼 비가 왔습니다.」

「내일도 비가 올 거야.」 워든이 문으로 걸어가며 말했다.

「톱, 여기 침대를 2층 침대로 하면 훨씬 공간이 생길 텐데요.」

「여긴 프림의 영역이야. 난 절대로 참견 안 해.」

「올드 프림! 난 블리스 시절 이래 그를 보지 못했습니다. 그는 잘 있습니까?」

「잘 있지. 그래서 이곳은 내가 손을 대지 않는 거야.」

「그도 별로 변하지 않았군요.」 스타크가 더플백의 조임 끈을 풀고 그 안에 손을 집어넣었다. 「톱, 이게 제 서류입니다.」

워든은 행정실로 돌아와 스타크의 인사 기록을 면밀히 읽어 보았다. 메일런 스타크는 24세였고 3년 근무를 두 번 마쳤으며 현재는 세 번째였다. 영창에 들어간 적은 없었다 인사 기록은 그 정도가 전부였다.

워든은 등받이에 몸을 기대고 다리를 책상 위에 올려놓으면서 커다란 어깨와 팔뚝의 긴장을 풀며 느긋한 자세를 취했다. 군대에는 나이란 게 없다는 게 참 이상한 일이야, 하고 그는 생각했다. 고향으로 돌아간다면 24세의 스타크는 34세의 워든보다는 다른 세대, 다른 인종으로 취급을 받을 것이었다. 하지만 이곳 영내에서, 워든과 스타크는 40세인 레바, 겨우 21세인 프리윗과 동시대인이었다. 그들은 비슷한 생각, 공통적인 지식, 아주 유연하면서도 단호한 얼굴, 뭔가 비꼬는 듯한 어조 등을 공유했다. 하지만 이들은 아직 애송이인 마지오, 마츨리, 샐 클라크의 동시대인은 아니었다. 또 윌슨, 헨더슨, 터프 손힐, 오헤이어 등과도 동시대인이 아니었다. 이봐, 그렇게 낭만적인 생각은 그만둬, 하고 워든은 생각했다. 낭만적인 생각은 별도로 하더라도 워든, 스타크, 레바, 프리윗에게는 남들에게서 찾아볼 수 없는 유사성 혹은 차이성 혹은 동시대성이 감지되었다. 아니, 그것을 느낄 수 있었다. 어떤 때는 피트 카렐슨도 그런 유사성을 보여 주었으나 자주 그렇지는 않았다. 피트는 아주 화가 나거나 크게 취했을 때 그런 동시대인 같은 느낌을 주었다. 그것은 꼭 집어 말하거나 설명할 수 있는 게 아니라 온몸으로 느끼는 어떤 것이었다. 그가 이런 특징을 어떻게 표현하면 좋을까 골똘히 생각하고 있는데 마침 홈스가 행정실에 나타났다.

중대장의 의례적인 신병 인터뷰와 덕담이 끝나 갈 무렵, 워든의 〈마음속 마음〉은 취사반 상황을 어떻게 조치해야겠다는 결론을 내렸다.

메일런 스타크는 홈스 중대장의 훈시 동안 행정실 안에 차려 자세로 서 있었다. 그전에 스타크와 홈스는 악수를 나누었고 홈스는 기쁘다는 듯 환히 웃었다. 스타크는 양손을 등 뒤로 돌려 전투모를 쥔 채로 홈스를 주시했다. 스타크는 간단히 고맙다는 말 외에는 더 이상 말을 하지 않았다. 훈시가 끝나자 그는 새 중대장을 주시하면서 멋지게 경례를 붙이고는 곧 물러갔다.

메일런 스타크는 중키에 허스키였다. 그를 표현하는 말로는 허스키가 제격이었다. 그는 허스키한 얼굴을 갖고 있었다. 얼굴 한가운데의 코는 살짝 휘어져 있지만 끝이 퍼져 있어서 허스키한 인상을 주었다. 목소리도 허스키였다. 머리도 목 위에 허스키하게 놓여 있었다. 권투 선수들이 습관적으로 턱을 안으로 집어넣는 형상을 연상시켰다. 어깨를 굽히고 양손으로 뭔가를 강하게 잡아채려는 사람의 허스키한 태도였다. 그래서 메일런 스타크는 아주 독특한 인상을 갖고 있었다. 땅이 자기 밑에서 꺼지는 것을 막아 내기 위해 그 땅에 필사적으로 매달리는 사람 같은 느낌을 주었다. 오른쪽 콧방울에서 입 가장자리로 이어지는 선(線)은, 왼쪽의 선에 비해 3배나 깊었다. 그의 입은 비틀어지지는 않았지만, 이 깊은 선 때문에 그가 냉소적으로 미소 짓는 것 같기도 하고, 피곤하게 소리치는 것 같기도 하고, 호전적으로 조롱하는 사람 같기도 한 인상을 주었다. 하지만 정확하게 꼬집어서 그중 어떤 것인지는 알 수도 없고 찾아낼 수도 없었다. 왜냐하면 스타크는 실은 그중 어떤 것도 의도하지 않았기 때문이다.

「저 친구는 좋은 놈이야, 워든 상사.」 스타크가 간 뒤 홈스가 말했다. 흐뭇해하면서도 완전히 만족한 것 같지는 않은 얼굴이었다. 「난 좋은 사병은 보기만 해도 알아봐. 스타크는 훌륭한 취사병이 될 거야.」

「저도 그렇다고 생각합니다.」

「자네도?」 홈스가 놀라며 말했다. 「전에도 말했지만 진짜 군인은 아무 나무에서 자라는 무성한 이파리 같은 게 아니야. 그러니 좋은 군인을 만나려면 잘 살펴보아야 해.」

워든은 그 말에는 대답하지 않았다. 다이너마이트는 아이크 갈로비치를 중사로 승진시킬 때도 그 말을 했던 것이다. 그 당시에는 아쉽다는 표정을 전혀 짓지 않았다.

홈스 중대장은 헛기침을 한 번 하고 나서 진지한 얼굴로 내주의 훈련 스케줄을 마촐리에게 구술하기 시작했다. 아까 훈시 중에 행정실 안으로 들어왔던 마촐리는 서류 분류 작업을 중단하고 구술 내용을 타이핑했다. 중대장은 양손을 뒷짐 진 채 행정실 안을 왔다 갔다 하면서 생각에 잠겨 고개를 뒤로 젖히고 천천히 구술했다. 마촐리의 타이핑 속도를 배려한 것이었다.

마촐리는 별로 성의 없이 타이핑을 했다. 나중에 워든이 FM(야전 교범)을 꺼내 참조하면서 그 스케줄을 다 뜯어고친다는 것을 알기 때문이었다. 그러면 마촐리는 타이핑을 다시 해야 했고 다이너마이트는 그처럼 수정된 것을 전혀 눈치채지 못한 채 서명했다.

홈스가 가버리자 워든은 취사병 내무반으로 달려갔다. 그날따라 다이너마이트가 훈련 스케줄에 자꾸 참견하는 것에 별로 성을 내지도 않았다. 그는 공기 탁한 밀실에서 놓여난 사람처럼 기쁘게 숨을 쉬면서, 홈스가 구술한 스케줄이 워든의 개입으로 휴지가 되어 버린 사실을 발견하면 어떤 반응을 보일까 궁금했다. 걱정하지 마, 그는 발견하지 못할 거야, 하고 워든은 생각했다. 발견한다면 아마 미친 듯이 화를 낼 것이었다. 하지만 현재로서는 홈스의 구술이 시간을 끄는 바람에 취사병들이 내무반에 들어오기 전에 스타크와 단독 면담을 하지 못할까 봐 그것만이 걱정이었다.

「2층으로 가지.」 워든은 내무반에 혼자 있는 스타크를 발견하고 말했다. 스타크는 낡은 선탠 반바지를 집어 들고 고민하고 있었다. 버리기는 아깝고 두자니 거추장스러운 반바지였다. 「내 방으로 가. 자네와 은밀한 얘기를 나누고 싶네. 취사병들에게 내가 자네와 함께 있는 것을 들키기는 싫어.」

「오케이, 톱.」 스타크는 상사의 긴급한 목소리를 의식하면서 반바지를 손에 든 채 일어섰다. 「누나가 결혼한 이래로 이 반바지를 가지고 다녔는데.」

「빨리 버려. 전쟁이 터져서 진지로 나가게 되면 지금 가지고 있는 것 절반도 못 가지고 갈 거야.」

「그렇군요.」 스타크는 반바지를 문 옆의 쓰레기 더미 위에 내던졌다. 그는 자그마한 내무반을 둘러보면서 지난 7년간의 군 생활에서 생긴 짐들이 담긴 세 개의 더플백을 내려다보았다.

「짐이 좀 많지 않아?」 워든이 말했다.

「꼭 필요한 것들입니다.」

「신발장은 기억을 담아 둘 공간이 없어. 더플백은 더욱더 없지. 옛날에 나는 일기를 썼는데 지금은 그게 어디 가 있는 지도 몰라.」

스타크는 작은 가방에서 한 젊은 부인과 세 명의 남자 아이들이 있는 사진 액자를 꺼내어 로커 선반에 펴놓았다. 「자, 이렇게 해놓으니 집같이 되었군요.」

「중요한 건이야. 어서 가.」

「톱, 바로 따라갑니다.」 스타크가 버린 물건들과 반바지를 집어 들며 말했다. 「쓰레기를 치울 수 있는 건 이처럼 전출할 때뿐이라서요.」 그가 미안하다는 어조로 말했다.

포치에 나오자 스타크는 멈춰 서지도 않은 채 그 쓰레기들을 병사용 쓰레기통에다 버리고, 워든을 따라 계단을 올라갔다. 그러나 층계참까지 오자, 가느다란 둥근 군대식 레이스가 달리고 금속 고리는 오래전에 사라져 버린 선텐 반바지가 쓰레기통 가장자리에 덩그러니 매달려 있는 것을 잠깐 내려다보더니 다시 몸을 돌렸다.

「앉아.」 워든이 올드 피트의 침상을 가리키며 말했다. 스타크는 아무 말 없이 시키는 대로 했다. 워든은 자신의 침상에 앉아서 담배에 불을 붙였다. 스타크는 자신의 연초 쌈지를 꺼내 담배를 말았다.

「테일러메이드 담배를 피우겠나?」

「난 이게 더 좋습니다. 언제나 골든 그레인을 피워요. 연초를 구할 수만 있다면. 골든 그레인이 없으면 테일러메이드가 아니라 컨트리 젠틀맨을 피웁니다. 담배 회사에서 나온 것보다 내가 이렇게 직접 말아서 피우는 것이 더 좋아요.」 스타크가 침착하게 기다리면서 말했다.

워든은 찌그러진 재떨이를 두 침상 사이의 바닥에 놓았다. 「스타크, 난 다 까놓고 플레이하는 걸 좋아해. 카드 다섯 장을 다 펴놓고 말이야.」

「나도 그걸 더 좋아합니다.」

「난 말이야, 자네가 우리 부대에 온다고 하기에 아주 불쾌하게 생각했어. 왜냐하면 자네가 블리스에서 홈스 밑에 있었기 때문이지.」

「짐작은 했습니다.」

「자네 텍사스 출신인가?」

「예, 스위트워터에서 태어났습니다.」

「왜 포트 캄을 떠났나?」

「거기가 싫었습니다.」

「싫었다.」 워든이 그 말을 따라 했다. 그는 로커로 가서 세면도구 통 뒤에 숨겨 놓은 750밀리리터짜리 로드 캘버트 위스키 병을 꺼내 왔다. 「토요일에도 내 로커는 안 뒤져. 한잔하겠나?」

「예, 한 모금 하고 싶습니다.」 그는 병을 받아 들고 레이블에 나와 있는 장발의 귀족을 내려다보았다. 그 진지한 모습은 거액이 걸린 포커 판에서 홀 카드를 내려다보는 노름꾼의 그것과 비슷했다. 그는 병을 들어 나발을 불었다.

「스타크, 취사반을 운영해 본 적 있나?」

스타크의 목젖이 잠시 멈추었다. 「그럼요.」 그는 잠시 병을 내리고 대답하더니 다시 마셨다. 「포트 캄에서도 제가 운영했어요.」

「내 말은 실질적으로 운영했느냐 그거야.」

「그럼요. 바로 그 말입니다. 난 작대기 하나였을 때도 취사반장 대리였습니다. 말만 대리였지 실은 제가 운영했습니다.」

「메뉴와 식품 구매도 자네가 직접 했나?」

「그럼요. 취사반 일은 전적으로 제가 다 했어요.」 그는 마지못한 표정으로 술병을 돌려주며 말했다. 「술 맛 좋은데요.」

「자네의 직급은 뭐였나?」 워든이 더 이상 술 마실 생각을 하지 않으며 물었다.

「PFC였습니다. 6호봉 대기 순위였지요. 하지만 그 호봉을 얻지는 못했습니다. 나는 TO 상에 취사 이등병이었습니다. 봉급은 제대로 받지 못하면서 사실상의 취사반장 노릇을 한 거지요. 갈매기와 봉급만 없었을 뿐, 그 외의 것은 모두 제가 했습니다.」

「그래서 거기가 싫었군.」 워든이 미소라기보다 웃음을 터뜨리며 말했다.

스타크는 워든을 빤히 쳐다보았다. 웃는 것도 우는 것도 조롱하는 것도 아닌 묘한 표정이 얼굴에 떠올랐다. 「대우는 형편없고 일만 많은 것이 나의 직책이었습니다.」

「좋아.」 워든은 기분 좋게 말하고 난 뒤 술을 한 모금 마셨다. 「난 취사반에 훌륭한 책임자가 있기를 바라. 믿을 수 있고 또 급호도 제대로 된 책임자 말이야. 우선 일등병 4호봉으로 시작하면 어떻겠나?」

「좋은 것 같군요. 그다음은요?」

「그다음은 프림의 직책을 맡는 거야.」

스타크는 담배를 말면서 약간 뜸을 들였다. 「난 당신을 잘 모릅니다. 하지만 그 베팅에 응하겠습니다. 톱.」

「내 거래는 이거야. 이 중대는 블리스 출신이 네 명이나 돼. 모두 중사지. 그러니 좀 문제가 있어.」

「알 것 같습니다.」 스타크가 고개를 끄덕이며 말했다.

「그 나머지는 간단해. 취사반을 깨끗하게 정돈하고 자네가 프림보다 더 뛰어난 취사병임을 보여 주기만 하면 돼. 자네는 오늘부로 일등병 4호봉의 선임 취사병이야. 자네가 해야 할 일은 프림이 나타나지 않을 때마다 개입하며 취사반을 장악하면 돼. 그런데 프림은 매일 나타나지 않을 거야.」

「전 여기 신병입니다. 취사병들은 결속력이 강해요. 게다가 프림이 반장으로 있습니다.」

「보직에 대해서는 걱정하지 마. 그건 내가 알아서 처리해 줄 테니까. 취사반에 문제가 있으면 나를 찾아와. 취사병들은 잠시 자네를 씹을 거야. 특히 뚱뚱한 친구 윌러드를 조심해. 그는 선임 취사병인데 프림의 일을 대신 하고 있지. 하지만 다이너마이트는 윌러드를 좋아하지 않아.

다들 자네를 씹어 대겠지만 싸우지 마. 일단 몸을 낮추라고. 문제가 있으면 내게 가져와. 자네 의도대로 해줄 테니까.」

「불쌍한 프림이 좀 힘들어지겠네요.」 스타크가 워든이 건넨 술병을 받아 들며 말했다.

「아직 그를 못 만나 보았나?」

「블리스 이래 못 봤습니다.」 스타크가 아까운 듯이 술병을 건네주며 말했다. 「술 맛 좋은데요.」

「나도 위스키를 좋아하지.」 워든이 손등으로 입을 닦으며 말했다. 「프림도 술을 좋아해. 아니, 좋아하는 정도가 아니라 아예 결혼해 버렸지. 프림은 기적을 보았거나 고무 방망이로 두개골을 세게 얻어맞은 사람 같아.」

「블리스 시절에도 조용한 친구였습니다. 혼자 어디론가 사라져서 술을 푸곤 했죠.」

「지금도 그래. 요새는 혼자 술 취하고 혼자 술 깬다는 것이 좀 다르지만.」

「조용한 친구들은 그게 나쁩니다. 혼자 취하고서는 반드시 뚜껑이 열려 버립니다.」

「그렇다고 생각하나?」 워든이 그렇게 말하는 순간 그의 〈마음속 마음〉이 작동하기 시작했다. 연기가 나는 곳에 불이 있지. 이런 진부한 말 뒤에는 거짓말쟁이가 숨어 있어. 「그렇지 않은 사람도 있어.」

스타크는 어깨를 한 번 으쓱해 보였다. 「톱, 한 가지 말씀드릴 게 있습니다. 만약 제가 이 취사반을 넘겨받으면 제 방식대로 운영할 겁니다. 뒤에서 감 놔라 배 놔라 하는 것은 절대 안 됩니다. 내가 취사반을 운영하고 있는 이상 행정실에서 개입하는 것은 안 됩니다. 이게 지켜지지 않으면 거래고 뭐고 없습니다.」

「물론이지. 네 아이니까 네 마음대로 키워.」

「제 말은 그게 아닙니다. 이쁘든 밉든 제 아이라는 겁니다. 행정실에서는 일절 간섭을 해서는 안 됩니다. 안 그러면 이 일을 맡지 않겠습니다.」

워든은 빙그레 미소를 지었고 눈썹이 장난꾸러기처럼 약간 위로 올라갔다. 이거 만만치 않은 놈인데. 이렇게 일괄적으로 거래하는 것보다는 건당으로 하나씩 약속하는 것이 더 나을까. 그러나 그의 입은 정반대로 말했다. 「물론이지.」

「오케이, 그럼 한 모금 더 어떻습니까?」 스타크가 계약서에 서명을 한 사람처럼 말했다.

워든은 술병을 건넸다. 이제 한 판이 지나갔고 딜러는 카드를 수거하고 있었다. 긴장이 끝나자 가벼운 대화가 흘러나왔다.

「상사님은 이 거래에서 뭘 건지는지 모르겠군요.」

「나? 아무것도 건지는 건 없어. 말채찍을 든 사람 얘기를 들어 보았나? 난 그 채찍일세. 이 중대는 홈스가 운영하는 거야.」

이제 술병이 자유롭게 두 사람 사이를 오가면서 대화의 색깔을 더욱 이채롭게 해주었다.

「그럼 블리스 출신이 현재 몇 명입니까?」

「자네까지 다섯이야. 챔프 윌슨이 1소대를 맡고 있지. 프림은 취사반, 나머지 두 명은 소대 부사관 대리인데 헨더슨과 올드 아이크 갈로비치야.」

「아이크 갈로비치! 지저스 크라이스트! 블리스 시절에는 보일러병이었는데. 영어도 제대로 못해요.」

「그래, 바로 그 친구야. 아직도 영어를 제대로 못해. 다이너마이트의 밀집 대형 전문가지.」

「이런 세상에!」 스타크는 정말 놀란 표정이었다.

「그러니 내가 얼마나 고민이겠나?」 워든이 빙그레 웃어 보였다. 아름다운 색깔의 술병은 자꾸만 두 사람 사이를 왕복하면서 비현실적인 얘기들, 그들 두 사람에 관한 얘기들, 기타 잡다한 얘기들을 베틀처럼 직조했다.

「……그래, 자네 말이 맞아. 자네는 블리스에서 근무했으니까 그게 유리한 점이야…….」

「하지만 취사병들은 그걸 좋아하지 않을 겁니다…….」

「그놈들은 신경 쓸 거 없어. 내가 버티고 있는 한 문제없을 거야…….」

「오케이, 톱. 상사님이 앞장을 서신다면…….」

「난 한 번 한다면 하는 놈이라니까…….」

「……연대가 돌아가는 형편을 보면, 홈스와 델버트 대령은…….」

「……내가 그들을 상대하려니 너무나 골이 아파…….」

「……그래도 그 두 사람이 상사님께서 의지해야 할…….」

「……그리고 말이야. 우리 중대의 현황을 좀 보라고. 아주 철저히 운동 부대야. 돔은 다이너마이트의 권투부를 훈련시 킨다는 그 공로 하나로 중사가 되었어. 그 친구는 그게 아는 것의 전부야……」

워든이 그렇게 말하는 순간에도 〈마음속의 마음〉은 작동하고 있었다. 군인의 가장 큰 낙은 노가리를 까는 것이지. 거기다가 술까지 곁들이면 더욱 재미가 있지. 어쩌면 그걸로 골치 아픈 현실에서 도피하는지도 몰라. 원래 노가리는 남자가 여자를 상대로 까는 것이 정석인데 그게 약간 변형된 것이지. 남자가 자신의 원대한 포부와 희망찬 인생관을 구수하게 늘어놓으면 여자는 열심히 듣고 있다가 당신은 정말 멋진 남자라고 맞장구를 쳐주는 것이 노가리의 원형이지. 하지만 군대엔 여자가 없으니까 군인들끼리 상대방의 머리를 가슴에 품어 안으며 머리카락을 쓰다듬어 줄 수는 없는 노릇이지. 이런 화끈한 포옹은 없더라도 어쨌든 노가리는 현실 도피의 효과가 있는 거야.

워든은 그런 〈마음속의 마음〉을 의식하면서 스타크처럼 자기가 현재 하고 있는 말에 집중할 수 없을까, 하고 생각했다. 여자, 남자, 중대의 복잡한 사정, 이런 것을 머릿속 한구석에 깔아 놓지 말고 말이야.

「한 모금 더 줘요. 그 키 큰 블론드 마누라는 여전히 잘 있습니까?」 스타크가 말했다.

「누구?」

「그의 아내 말입니다. 그 이름이 뭐였더라. 캐런. 중대장은 아직도 그 여자와 결혼 생활을 하고 있습니까?」

「아, 그 여자.」 워든이 말했다.

그의 〈마음속 마음〉이 다시 작동하기 시작했다. 이건 은근슬쩍 알아봐야 할 사항이 아닌가. 남의 이야기인 척하면서. 물론 고통스러운 이야기가 되겠지. 하지만 장기적으로는 유익한 정보야. 물론 네가 그 얘기를 감당할 수만 있다면. 어디 용기 있어? 물론 용기가 있지, 하고 워든은 속으로 중얼거렸다.

「그는 아직도 결혼한 상태야. 그녀는 가끔 중대에 나타나기도 해. 왜?」

「그냥 한번 물어봤습니다.」 이제 혀가 노글노글해진 스타크가 약간 철학적인 표정으로 말했다. 「웬일인지 홈스가 지금쯤 그녀와 헤어졌을 거란 생각이 들었습니다. 그 여자는 블리스 시절 발정 난 암캐 같았습니다. 하지만 그녀는 그 짓을 싫어하는 것처럼 꾸몄고 상대한 남자들에게도 그런 인상을 주었습니다. 그들 말로는 블리스 중대 병력의 절반 이상이 그녀를 거쳐 갔을 거라고 하더군요.」

「중대원의 절반 이상이?」

「그렇다니까요. 심지어 그녀가 아랫도리에 임질 걸렸다는 말도 들었어요. 그녀가 중대의 창녀 신세를 면할 수 있었던 건 결혼 중이기 때문이었어요.」

「그러니까 사실상 길거리에 서서 호객 행위를 했다는 건가?」

스타크는 고개를 뒤로 젖히며 웃었다. 「뭐, 그렇게 말할 수 있겠죠.」

「하지만 난 그런 얘기를 별로 믿지 않아.」 워든이 별 관심 없는 얘기라는 듯이 말했다. 「군부대에서는 그런 얘기가 많이 나돌아. 어떤 여자는 심지어 사단 병력을 상대했다는 말도 있더군. 대부분 희망 사항을 사실인 것처럼 뻥튀기한 거야. 그렇지 않나?」

「예? 뻥튀기라고요? 이건 지어낸 얘기가 아닙니다. 내가 직접 그 여자와 한 빠구리를 했다니까요. 블리스 시절에요. 그러니 이건 뻥이 아닙니다.」

「아, 그렇게 얘기하니까 생각이 나는군. 이 부대에서도 그녀에 대한 얘기가 많이 흘러 다니고 있어.」〈마음속의 마음〉이 다시 작동했다. 그날 오후, 열린 창문으로 빗소리가 은은하던 그날 오후, 관사에서 그녀가 뭐라고 했더라? 아, 이제 생각난다. 그녀는 이렇게 말했었지. 당신도 나를 원하지 않는 건가요?

「그 말을 아마 다 믿어도 될 겁니다.」 스타크의 노글노글해진 혀는 부드럽게 돌아갔다. 「그 여자는 아주 헤펐으니까요. 난 독신녀가 남자들과 자는 것은 보았습니다. 또 유부녀가 남편을 배신하는 것도 보았습니다. 하지만 결혼한 여자가 아무 놈이나 붙들고 자는 것은 정말 경멸합니다. 창녀는 아예 자신이 창녀라고 드러내 놓고서 돈을 법니다. 하지만 재미 삼아 그 짓을 하는 여자는 문제가 있어요. 그 짓을 한 후에는 그 짓을 싫어하는 것처럼 꾸미는 여자는 더욱 그렇지요.」

「그러니까 그 여자가 그렇다는 거야?」 워든이 물었다. 「홈스의 마누라가?」

「그렇다니까요. 그 여자가 블리스 시절에 왜 저하고 빠구리를 했겠습니까? 당시 난 말단 이등병에다 그녀에게 들일 쇠푼이 전혀 없는 상태였는데.」

워든은 어깨를 한 번 으쓱했다. 「그래? 아무튼 나하고는 상관없는 일이야. 그렇게 잘 준다면 나도 언제 한번 챙겨야겠는데.」

「상사님이 똑똑한 분이라면 그런 걸레는 건드리지 않을 겁니다. 그 여자는 말이에요, 아주 지독한 잡년이에요. 내가 일찍이 상내해 본 그 어떤 창녀보다 더 지독하고 더 질퍽한 년이에요.」 스타크는 자신의 말을 확실히 납득시키려는 듯 결연한 표정이었다.

「자, 여기, 한 모금 더 빨아.」 워든이 병을 건네며 말했다. 「괜히 흥분하지 말고.」

스타크는 쳐다보지도 않고 병을 받아 들었다. 「난 부잣집 여자들은 많이 만나 보지 못했어요. 하지만 그들은 호모보다 더 나빠요. 정말 마음에 안 들어요.」

「그건 나도 그래.」 레바가 말한 것처럼, 중대 병력이 그녀를 거쳐 갔다면…… 그녀는 아마도 고슴도치일 거야. 스타크는 이어 다른 화제로 넘어갔고 워든은 건성으로 대답하는 자신의 목소리를 들었다. 레바와 스타크, 이 두 녀석은 똑똑한 놈들이야. 인생의 요령을 아는 놈들이라고. 그들은 애송이가 아니야.

하지만 레바는 떠돌아다니는 소문만을 전했고 직접적인 경험은 없었다. 그런데 스타크는 5년 전 당시 19세의 나이로 그녀와 직접 섹스를 했다고 하지 않는가. 그거 정말 상당한 경험이었겠는데. 자식, 분명 그런 경험이 있었기에 저처럼 호언장담하는 게 틀림없어. 5년이 지난 일을 저처럼 생생하게 말하는 걸 보면. 당시 스타크는 첫 번째 3년 근무를 막 시작한 애송이 중의 애송이였을 텐데.

아니, 나와 함께 달빛 수영 파티를 갔던 그 여성이 정말 그런 짓을 했단 말인가? 블리스의 중대원 절반과 놀아났단 말인가? 야, 이걸 어떻게 해석해야 하지? 정말 답이 안 나오는걸. 그래, 정답을 모르겠는데. 하지만 정답을 알고 있다고 주장하는 자가 둘이나 되지 않는가. 과연 이들의 판단을 믿을 수 있을까? 아니, 믿을 수 없어. 그들이 알고 있는 사실을 받아들일 수 없어. 하지만 그렇게 부정하는 너도 정답은 모르잖아? 그럼 너의 최종 입장은 뭐야?

워든은 술병을 꽉 잡고 벌떡 일어나 저 노글노글한 혀를 마구 놀리는 두개골을 박살 내버려 저 밉살스러운 혀가 두개골 밖으로 쑥 비어져 나와 더 이상 날름거리지 않게 하고 싶었다. 스타크가 금방 말한 사실 때문에 그런 것도 아니고, 그가 데리고 잤던(왜 너는 스타크처럼 빠구리라고 말하지 못하나?) 여자가 스타크와도 동침한 적이 있어서 그런 것도 아니었다. 아니, 그런 것들 때문이 아니었다. 오히려 그 사실 때문에 스타크에게 기이한 우정과 동료 의식마저 느꼈다. 마치 같은 칫솔을 나누어 쓴 두 사람처럼. 그런데 세상에 칫솔을 함께 나누어 쓰는 놈이 어디 있나? 그 생각이 떠오르자 저 날름거리는 혀를 술병으로 박살 내고 싶었고, 바로 그 순간 어처구니없게도 뭔가를 박살 내버리고 싶은 충동이 불끈 일었던 것이다. 하지만 잠깐만, 진정하라고. 그녀와 스타크가 잤다고 해서 네가 스타크에게 화를 낼 이유가 무엇인가? 또 중대원 절반이 그녀를 거쳐 갔든 말았든 그게 너와 무슨 상관인가?

「……난 우리가 이 일을 잘 해내리라 생각합니다.」 스타크는 계속 말하고 있었다. 「우리는 좋은 카드를 손안에 다 들고 있으니까.」

「그럼.」 위든은 날아오는 술병을 공중에서 붙잡아 로커에 도로 놓아두었다. 「메일런, 오늘 이후에는 나와 만나는 일이 없을 거야.」 다시 〈마음속의 마음〉이 작동했다. 그래 저 친구의 이름을 불러도 무방하지. 사실 저 친구나 자네나 구멍 동서가 아닌가. 그러고 보니 중대에 자네 동서 참 많네. 「문제가 있으면 행정실로 올라와.」 그는 〈마음속의 마음〉에 귀 기울이면서 건성으로 말했다. 「자네는 문제가 많을 거야. 하지만 저녁 점호 이후에는 이 부대의 다른 부사관들을 잘 모르는 것처럼 나도 잘 모르는 사람인 양 대해 주게.」

「오케이, 톰.」 스타크가 현명한 처사라며 고개를 끄덕였다.

「이제 빨리 내려가서 짐을 정리하도록 해.」 위든은 자신이 이런 와중에서도 그런 침착한 목소리를 낼 수 있는 데 스스로 놀랐다.

「크라이스트, 그걸 깜빡 잊어버렸네요.」 스타크가 황급히 일어서며 말했다.

워든은 활짝 웃으면서 그가 떠나가는 것을 지켜보았다. 이어 양팔을 머리 뒤에 두르면서 침상에 누웠다. 잠시 어디 가 있던 〈마음속의 마음〉이 다시 작동하기 시작했다. 어금니가 아파서 잘 씹지 못하면서도 치과에는 가기 싫어하는 남자처럼 혼자서 자기의 고민을 반추할 때면 그놈의 〈마음속 마음〉이 어김없이 찾아와 그에게 거북살스럽지만 피할 수 없는 대화를 제안하는 것이었다.

그는 마음속으로 그 장면을 상상할 수 있었다. 스타크는 그녀의 팔을 잡았을 것이고, 그와 그랬던 것처럼 그녀는 침대 위에 누워 있었을 것이다. 모든 비밀이 다 개방된 채로. 그는 장거리 육상 선수처럼 가쁜 숨을 몰아쉬었을 것이고 그의 펄떡거리는 눈은 꼭 감겼으리라. 스타크의 정신은 몸 밖으로 빠져나와 모든 것에 아득해지면서 동시에 모든 것을 알았으리라. 저기 침대 위에 놓인 자신의 몸과 자신을 연결시켜 주는 것은 가느다란 은빛의 끈밖에 없다고 생각했으리라. 어쩌면 메일런 스타크는 너보다 더 큰 쾌감을 그녀에게 안겨 주었을지 몰라. 그는 아파서 잘 씹지 못하는 어금니를 건드린 것처럼 고통스러웠다. 중대 병력이 너보다 더 큰 쾌감을 주었을지 몰라. 심지어 홈스도 너보다는 더 큰 쾌감을 주었을 거야. 그는 전에는 홈스가 그녀와 동침하는 장면을 생각하지 않았다. 하지만 이제는 생각이 되었다. 그러니 혹시 그 여자는 나와 그 짓을 하고는 돌아서서 그날 밤에 홈스와 그 짓을 한 게 아닐까. 아니, 그 후에도 계속 하지 않았을까.

이봐, 자네 왜 그래? 그게 어쨌다는 거야? 넌 그 여자를 사랑하는 것도 아니잖아? 그 여자가 누구랑 잤든 그게 자네와 무슨 상관이야? 앞으로 만나지도 않을 거잖아? 수영 파티의 밤에 그렇게 결심했잖아?

하지만 그는 며칠 후 그 결심을 번복하고 다음번 데이트에는 나가기로 마음먹었다. 키퍼 부인의 집에서는 3달러가 들지만 이건 공짜인데 마다할 이유가 없었다. 게다가 이제 상황이 더욱 그쪽으로 움직여 가고 있었다. 그는 이 수수께끼에 대한 답을 알아내고 싶어졌다. 자신의 지적 호기심을 충족시키기 위해서라도 한 번 더 만나야 했다.

인마, 넌 말만 그렇게 했을 뿐, 수영 파티의 밤에도 그녀를 계속 만날 생각을 했어.

그랬을지 모르지. 하지만 이 전출병 건을 잘 넘겼잖아. 확다 뒤엎어 버릴까 하다가 그렇게 하지 않았어. 운만 좋으면 이 거래가 잘 굴러갈지도 몰라. 넌 그렇게 생각하지 않나?

말을 바꾸려 하지 마. 넌 그 여자와 헤어져서 돌아서는 그 순간부터 다음번 데이트에 나가려고 했어. 우패트에 가서 진탕 술을 마시고 남의 동정을 얻으려 했던 그 순간에도 말이야.

야, 넌 뭐야? 썩 꺼지지 못해? 네가 뭔데 늘 나를 감시하고 지랄이야? 너의 피와 살도 못 믿겠다는 거냐?

뭐, 피와 살? 네가 가족에 대해서 얼마나 안다고 내 앞에서 그런 말을 해? 난 너를 제일 믿지 못해.

이봐, 난 할 일이 많아. 이 취사반 거래는 한동안 아주 살얼음판처럼 아슬아슬할 거야. 정말 운이 좋아야 성사시킬 수 있다고. 하지만 해낼 수 있으리라고 봐. 그러니 내게 자꾸 시비 걸지 마. 이건 실제적인 문제라고. 워든은 침상에서 벌떡 일어나 행정실로 내려갔다. 〈마음속 마음〉이 또다시 무슨 딴죽을 걸어오기 전에 스타크의 진급 기안서를 작성하기 위해서였다.

그들은 행운이 있었다. 홈스 대위는 그날 밤 저녁 식사를 하기 위해 클럽에 가기 직전 잠시 행정실에 들렀다가 책상 위에 놓여 있던 진급 기안서를 보고 바로 서명했다. 그 결과 스타크는 일등병 4호봉의 선임 취사병이 되었고, 윌러드는 일등병 6호봉의 2등 취사병으로 강등되었다. 다른 취사병 PFC

심스는 6호봉 자격이 박탈된 채 정규 근무로 돌려졌다. 홈스가 계획한 그대로였다. 단지 변화가 있다면 심스에게 PFC 직급을 그대로 유지하게 한 것이었다. 중대장은 그런 인사 구상을 했을 때 워든이 잠시 반대할 것으로 예상했기 때문에 그런 기안서를 보고 다소 놀랐다. 워든이 어린애처럼 시비 아닌 시비를 붙일 것이라고 은근히 예상했던 것이 이렇게 당초 의도대로 되었기 때문에 거뜬한 마음으로 서명을 했다. 비록 중대 전체의 이익을 위한 조치일지라도 홈스는 중대장의 직급으로 인사를 강요하는 것은 싫어했던 것이다.

나머지 일은 일사천리로 진행되었다. 너무 쉬워서 믿기지 않을 정도였다. 스타크는 기존 취사병들의 반발을 예상했었다. 그들은 신참이 취사반 지휘를 맡는 것에 반대했다. 바람의 방향이 바뀌고 자신의 별이 지고 있는 것을 본 뚱보 윌러드는 반항의 선두에 나섰다. 윌러드가 동요하면서 노골적으로 반발하자, 스타크는 어느 날 그를 풀밭으로 데려가 흠씬 두드려 패주었다. 그러자 불평은 잠잠해졌다. 나머지 취사병들이 애를 먹일 때 스타크는 행정실로 가져가 도움을 요청했다. 워든의 결정이라고 하면 취사병들도 할 수 없이 따랐다. 일주일이 지나가자 홈스 대위는 취사반장 적격자를 찾았다며 좋아했다. 그는 워든에게 신병일수록 조기 훈련이 중요하다고 재삼 강조했다.

스타크는 취사반을 사랑했고 그것을 완전히 〈자기 것〉으로 장악했다. 그 사랑은 여자들이 맘에 드는 남자를 만났을 때 일편단심 애오라지 바치는 사랑과 똑같은 것이었다. 스타크는 취사병과 취사 사역병들에게 고되게 일을 시키는 만큼 자기 자신도 고되게 일했다. 잠자고 있던 중대 예산도 새롭게 집행되었고 스타크는 새 식기들을 구입했다. 또 새로운 취사 장비의 구입도 건의했다. 가끔 식탁에 신선한 꽃들이 장식되기도 했는데 G 중대에서만 찾아볼 수 있는 특징이었다. 식당에서 음식을 흘리는 것은 더 이상 허용되지 않았고 스타크는 폭군처럼 이 새로운 규칙을 강요했다. 케첩을 너무 세게 뿌려서 식탁보를 더럽힌 병사는 식사 도중 갑자기 식당 밖으로 퇴출되었다. 취사장 사역병들은 고된 생활을 하게 되었으나, 스타크의 슬프고 웃고 조롱하는 얼굴은 언제나 부드러운 빛을 띠고 있었고, 그래서 사역병들은 그를 미워할 수가 없었다. 그들은 스타크가 그들 못지않게 열심히 일한다는 것을 알았다. 그들은 그가 취사병들에게 일을 시키는 방식에 은근한 미소를 지었다. 뚱보 윌러드도 열심히 일하지 않을 수 없었다.

두 주가 채 지나지 않은 3월 말, 키가 껑충 크고 시체같이 마른 프림 중사는 졸병으로 강등되었다. 홈스 대위는 필요할 때면 누구 못지않게 냉정해질 수 있는 사람이었다. 그는 프림을 불러들여서 노골적으로 군인답게 말했다. 아무튼 모두 프림의 잘못이었다. 홈스 대위처럼 그에게 기회를 많이 준 지휘관도 없었기 때문이다. 다른 사람이 그보다 더 취사반을 잘 운영한다면 그에게 그 일이 돌아가야 마땅한 것이다. 홈스는 그에게 연대 내의 다른 중대로 옮겨 가거나 아예 다른 연대로 옮겨 가는 것 중 하나를 선택하라고 말했다. 높은 계급의 부사관이 말단 이등병으로 강등되어 같은 중대에 남는 것은 사병들의 사기를 위해서 좋지 않기 때문이었다.

매일 한낮에 일어나 중년의 술꾼 같은 퀴퀴한 냄새를 풍기던 프림은 이제 그가 들어설 자리가 없는 깨끗한 주방을 넋 나간 사람처럼 배회했다. 그는 창피했기 때문에 아예 다른 연대로 가겠다고 했다. 그는 아무 말도 하지 않았다. 실제로 할 말이 없었다. 그의 좋은 시절은 끝났고 그도 그걸 알고 있었다. 넋 나간 듯하면서 무표정한 얼굴로 자신의 운명에 대면했다. 그는 망가진 사람이었다.

「중대장님.」 프림이 행정실에서 나간 후 워든이 말했다. 「이 명령서를 어떻게 작성할까요? 능력 부족으로 강등되었다고 할까요?」

「그러지, 뭐. 그게 강등의 사유잖아.」

「능력 부족으로 하지 말고 명령 불복으로 하면 어떨까요? 명령 불복으로 강등되는 자는 흔하니까 말이에요. 명령 불복으로 인사 조치당한 자는 여전히 군인입니다. 하지만 능력 부족이라고 하면 그는 끝장난 거나 마찬가지입니다.」

「그렇군, 상사. 명령 불복으로 해. 아무도 눈치채지 못하겠지? 프림이 우리 부대의 효율성을 저해하지 않는 한, 다른 부대에서 기회를 갖도록 해야지. 아무튼 블리스에서 내 밑에 있던 자가 아닌가.」

「예, 그렇게 하겠습니다. 중대장님.」

인사 명령서는 그런 식으로 작성되었지만 워든은 그게 쓸데없는 제스처임을 알고 있었다. 프림이 고무 방망이로 얻어맞은 듯한 표정을 하고서 다른 부대에 나타나는 순간, 그들은 스토리를 파악하고 말 것이기 때문이다.

그날 밤 스타크는 전통적인 진급 인사의 절차대로 시가를 한 박스 사서 식사 시간에 사병들에게 하나씩 나누어 주었다. 모두 새로운 메뉴, 새로운 관리, 새로운 보직을 환영했다. 이등병 프림은 맨 뒤의 테이블에서 혼자 식사를 했고 완전히 잊힌 존재였다. 그의 옷소매에서는 갈매기 수장이 제거된 얼룩덜룩한 흔적만 남아 있어서 군대 생활의 어려움을 잘 보여 주고 있었다.

스타크, 워든, 레바, 초트, 피트 카렐슨은 축하의 의식을 가졌고 초이스의 별실에서 맥주를 뿌리며 스타크의 작대기 셋(하사)을 축하해 주었다. 그날 밤 초이스에서는 네 건의 싸움이 있었고 치프 초트는 평소와 마찬가지로 수레에 실려 내무반으로 갔다. 레바가 두 바퀴 달린 기관 단총 수레를 가져와 나머지 작업조 네 명과 함께 어렵사리 초트를 수레에 실었다.

그런 축제가 진행되는 동안 스타크는 테이블에 조용히 앉아 있었다. 그의 두 눈 밑의 어두운 그림자는 그 눈을 두 개의 어두운 우물 바닥에서 타오르는 기름 같은 인상을 안겨 주었다. 그는 저녁 7시에서 11시까지 사병들이 마신 맥주값을 모두 계산했다. 그도 많이 마셨다. 그 돈을 마련하기 위해서 20퍼센트쟁이한테서 엄청 돈을 꾸어야 했지만. 그는 축제의 광경을 묵묵히 쳐다보았다. 예의 그 웃는 듯하고, 우는 듯하고, 조롱하는 듯한 표정은 그의 얼굴에서 지워지지 않았다.

프리윗은 저녁나절에 초이스에 들른 G 중대원 중 한 명이었다. 스타크는 신임 부사관이 전통적으로 사는 공짜 맥주 한 병을 그들 모두에게 제공했다. 거기 들러 그 맥주 한 병을 가져가는 것 역시 하나의 전통이었다. 프리윗이 거기 들렀을 때 워든은 술 취한 어조로 조롱했다.

「어이, 웬일이야?」 상사는 머리가 흐트러지고 술이 좀 취한 상태로 물었다. 「넌 돈이 없지? 빈털터리지? 맥주도 없고 돈도 없고 작대기도 없지. 불쌍한 친구. 맥주 한 박스 사주지. 공짜 맥주를 받으러 온 폼이 너무 처량하군. 그건 식량 구호권을 타기 위해 줄 서는 것처럼 사나이의 자존심에 먹칠하는 거지. 이봐, 초이! 여기 이 친구한테 파브스트 맥주 한 박스 갖다줘. 계산은 내 앞으로 달아 놔!」 워든은 소란스럽게 웃어 젖혔다.

스타크는 생각에 잠긴 눈으로 워든을 쳐다보다기 이어 더욱 사려 깊은 눈으로 프리윗을 쳐다보았다. 두 사람을 쳐다보던 스타크의 눈은 깊은 생각으로 인해 주름살이 잡혔다. 이어 스타크는 공짜 맥주 한 병 이외에 추가로 한 병 더 사겠다고 말했다. 하지만 프루는 거절하고 그곳을 떠났다. 스타크는 납득한다는 듯이 고개를 끄덕였다.
 그날 밤 위든은 우람한 팔뚝으로 뒤통수를 괴고서 자신의 비좁은 침상에 누웠다. 피트는 술에 취해 곯아떨어졌고 심하게 코를 골았다. 그는 상대방을 막는 데 트리플이면 충분한데 플러시를 잡은 느낌이 들었다. 어둠 속에서 그는 만족감을 느끼며 장난꾸러기처럼 눈썹을 한 번 꿈틀했다. 그는 깊이 잠든 피트 쪽을 한 번 쳐다보다가 몸을 오른쪽으로 돌리면서 잠을 청했다.
 피트를 불쌍하게 여기지 마. 〈마음속의 마음〉이 침묵을 깨뜨리며 말을 걸어왔다.
 뭐야? 또 자네인가? 난 자네가 멀리 여행을 떠난 줄 알았는데.
 아니, 난 아직도 여기 있어. 나를 영원히 떼어 놓을 수 있다고 생각했나? 자네는 지난 2주 동안 나를 피하면서 재미있게 보냈지. 그래서 스타크 건은 이제 완결되었어.
 난 소크라테스 따위는 관심 없어. 자네는 내가 일부러 자네를 피해 왔다고 생각하나?
 그럼, 아니야?
 이런 젠장, 자네는 도대체 어떻게 된 거야? 옛날에는 나뿐만 아니라 다른 사람들도 잘 믿어 주더니. 옛날이라고 해봐야 그리 먼 옛날도 아니야. 고작 10년 전이야. 그런데 이제 자네는 나의 명예를 건 말도 믿지 않는군.
 그래, 그랬지. 우리가 과거에 뛰어들었던 싸움이 생각나나? 우린 이 사람도 믿었고 저 사람도 믿었지. 그런데 사람이란 알고 보니 요물이었지. 그렇지 않나? 난 자네를 몇 번 믿어 준 적이 있었지. 그랬다가 말이야, 정말 골로 가는 줄 알았다고.
 지금 과장하고 있는 거야. 냉소적인 어조로. 그렇게 나오지 마.

나한테 그런 식으로 말할 거야? 내가 자네한테 해준 모든 것을 무시하면서?

난 자네하고 결혼하지 않았어. 그런 식으로 물고 늘어지는 품이 꼭 우리 어머니 같네.

나를 모욕하지 마, 밀턴. 넌 스타크와 거래하면서 무리수를 두었어. 다행히 잘 풀렸지만. 하지만 그것이 중대 전체를 바꾸어 놓지는 못해. 여전히 옛날 그대로라고. 오헤이어와 운동부원들은 단 한 치의 땅도 잃지 않았어. 게다가 그건 너의 공로도 아니야. 스타크 같은 에이스 패를 홀 카드로 들고 있으면 누구나 다 그 정도 조패는 할 수 있다고.

좋아, 이 개자식, 내가 졌다. 그래, 네가 원하는 게 뭐야?

캐런과의 데이트에 나갈 거야?

나간다고 했잖아.

네가 지난번 달밤 수영 파티 직후부터 나갈 생각이었다는 건 인정하지 않았잖아.

젠장, 그것도 인정해.

인정하기만 할 뿐 진심으로 만나고 싶지는 않잖아.

이런 의심 많은 화상, 진심으로 만나고 싶어. 이제 됐냐? 이 도덕적 협박꾼아? 이제 더 뭘 바라는 거야?

현재로서는 없어. 그럼 나중에 또 봐.

「에라, 이 의심 많은 개자식아. 난 절대로 네놈같이 되지 않을 테다.」 워든이 커다랗게 소리 질렀다.

「뭐라고요?」 피트가 갑자기 벌떡 일어나 침상에 앉으면서 말했다. 「중대장님, 제가 한 게 아닙니다. 제가 안 했다니까요. 전 갓 태어난 양 새끼처럼 순결합니다, 중대장님.」

「이 무슨 자다가 봉창 두드리는 소리야? 피트, 어서 자. 이 술주정뱅이.」 워든이 베개를 베며 소리쳤다.

제13장

 그다음 날 아침 스타크가 식료품실에서 주문장을 작성하고 있는데 프림이 주방으로 들어왔다.
 곧 떠날 예정이어서 작별 인사를 하러 온 것이었다. 취사장 사역병을 포함한 취사장 근무자들은 옛 친구의 주검을 보려고 모자를 주물럭거리며 관대에 다가서는 사람들처럼 프림을 어색하게 대했다. 당신이 그렇게 강등된 것은 내 책임이 아니야, 하고 말하려는 듯한 자세였다. 그러나 정작 프림이 근처에 다가오자 그 사병들은 마치 굉장히 중요한 일인 것처럼 작업에 열을 올렸다. 하지만 프림은 개의치 않는 것 같았다. 그는 취사병이나 사역병들에게 작별 인사를 하러 온 것이라기보다 주방 그 자체에 인사를 하러 온 것이었다.
 스타크는 열린 창문을 통해 프림이 식료품실 쪽으로 다가오는 것을 알았다. 스타크는 계속 서류 작성을 했으나 프림이 방 앞까지 오자 서류를 옆으로 밀어 놓고 웃고, 슬프고, 조롱하는 표정으로 예전의 취사 중사를 쳐다보았다. 그는 다른 취사병들처럼 이 인사를 건너뛸 수는 없다는 것을 알고 있었다.
 「작별 인사를 하려고 왔지.」 프림이 어색하게 말했다. 「괜찮지?」

「나? 물론 괜찮지. 어서 들어와.」

프림은 벽들을 지나서 다가왔다. 그는 깡통과 자루가 가득 쌓여 있는 선반들을 위아래로 쳐다보았다. 그는 파인애플을 넣어 두는 10호 깡통에 가볍게 손을 댔다. 45킬로그램짜리 설탕 포대를 주먹으로 가볍게 쳐보기도 했다.

「밀가루는 재고를 다시 확보해야 할 거야, 잊지 마.」 프림이 말했다.

「물론이지. 그걸 자네한테 지적해 준 건 나였어.」

스타크는 주문장을 다시 집어 들지 않았다. 그는 조용히 앉아서 상대가 말해 오기를 기다렸다. 프림은 취사장 사역병실로 통하는 문을 닫고 책상으로 왔다.

「자, 스타크, 이게 다 자네 거야. 물론 자네는 이걸 운영할 자격이 충분하지.」

「고마워.」 스타크의 오른쪽 입에 깊은 주름이 지면서 잠시 지워지지 않았다.

「난 이렇게 되어도 싸. 나도 그쯤은 알아. 아무런 불평도 없어.」

「그렇게 생각한다니 잘되었네.」 스타크가 말했다.

프림은 그의 말을 무시했다. 「난 끝났어. 스타크, 자네는 좋은 기회를 잡았다고 생각할 테지. 어쩌면 잡은 건지도 모르고. 금방 전입해 왔고 이 주방이 모두 자네 휘하에 있으니. 이런저런 변화를 시도하고 또 취사병과 사역병들에게 소리도 지르겠지. 원전 세롭고 자네는 이걸 좋아해. 모든 것이 장밋빛이고.」

프림은 잠시 말을 끊었다. 아주 힘들게 다리를 궤짝 위에 올려놓더니 자신의 무릎에 기댔다.

스타크는 아무 말도 하지 않았다.

「내가 처음 취사반을 맡았을 때도 그랬어. 넌 앞날에 아무

나쁜 것도 보이지 않을 거야. 하지만 이 새로운 것이 지나가고 나면 그걸 보게 될 거야. 6개월이 지나지 않아 홈스는 새로 총애하는 사병을 데려올 거고 워든은 다른 속셈을 내보일 거야. 그러면 너는 감자 한 알 얻는 데도 싸우지 않으면 안 될 거야. 취사반 운영을 놓고 감 놔라 배 놔라 하는 놈들이 너무 많을 거야. 네가 어디로 고개를 돌려도 그들은 너를 조이려 들 거야.

잠시 뒤 그건 너를 아주 피곤하게 만들지. 3년 만기가 끝나면 열성적인 취사 부사관은 존재하지 않게 돼. 그러면 그다음부터는 어디로 가나 똑같게 돼.

스타크, 난 지금 제정신이야. 물론 밤이 되면 또 취하겠지만, 지금은 판사처럼 정신이 맑아.

난 이렇게 되어도 싸다고 생각하기 때문에 아무런 불평이 없어. 난 아무런 변명도 하지 않아. 하지만 그처럼 압력을 많이 받다 보면 사람은 피곤해지는 거야. 사람을 닳아 빠지게 하는 거야. 네가 사랑하는 것이 정치가들에 의해 절단 나는 것이 너무 가슴 아픈 거야. 20년을 근무한 후 나는 말단 이등병으로 돌아가.」

「당신은 블리스 시절에도 열성적인 취사 부사관은 아니었어.」 스타크가 말했다. 「그냥 나처럼 취사병이었어. 내가 취사반장이 된 것과 마찬가지 방식으로 취사반장이 되었어. 당신은 블리스에서 홈스 밑에 있었다는 그 이유 하나로 여기 와서 기존의 반장을 밀어내고 반장이 되었던 거야.」

「그건 그래. 나한테 피해라고는 조금도 준 적이 없는 사람이었지. 영리한 자는 너무 늦기 전에 떠나는 거야. 그런데 난 그렇게 하지 못한 거야. 20년이 지난 다음 말단 이등병이 되는 것보다 20년 내내 말단 이등병이었던 게 더 좋았을 거야. 오전 8시부터는 훈련을 하고 오후 1시부터는 사역을 해야 하지. 스타크, 영리하게 굴어. 그리고 적당한 때가 되면 떠나. 이게 내가 자네한테 해주는 충고야.」

「난 영리했던 적이 없었어.」 스타크가 말했다.

「알아. 네가 똑똑해질 거라고 기대하지 않아. 세상에는 똑똑한 사람과 똑똑하지 못한 사람, 이렇게 두 부류가 있어. 똑똑한 자는 출세하고 그렇지 못한 자는 제대하는 거지.」

「제대? 그다음에는 뭐 하게?」

「몰라. 그렇지만 신병을 받아들이고 그만큼 제대를 시키잖아. 하지만 젊은 사람은 기회가 있어. 난 제대를 하지 못했고 자네도 마찬가지일 거야.」

「난 똑똑하지 않다고 말했어. 그리고 곧 전쟁이 터지게 되어 있어서 제대는 하려고 해도 못해.」

「그건 그래.」 프림이 말했다. 「그렇지만 어떤 사람이 어떤 것을 사랑하면 그걸 잘 지키지 못하게 돼. 네 눈에 상처가 있다면 다른 사람들은 그걸 자꾸 치려고 해. 내가 주방을 사랑한 것처럼 자네가 주방을 사랑한다면 주방에서 나와서 정규 근무를 해야 돼. 반대로 정규 근무를 좋아한다면 주방에서 일해야 돼. 행정을 싫어한다면 오히려 행정을 해야 하는 거야. 그렇게 하면 안전하고 또 출세할 수 있어. 왜냐하면 그들이 자네에게 피해를 입힐 만한 약점이 없기 때문이지.」

스타크는 빙그레 웃었다. 「그거 좋은 충고네. 하지만 이미 말했듯이, 나는 똑똑하지 않아.」

하지만 프림은 미소 짓지 않았다. 「스타크, 하나만 더 말해주지. 워든이란 자를 조심해. 네가 그에게 좋은 일을 해주고 있기 때문에 지금은 워든이 너의 편이야. 하지만 워든을 너무 믿지 마.」

「난 어떤 사람이라도 너무 믿지 않아.」 스타크가 대답했다.

「오케이, 자네는 열성적이야. 아무런 충고도 필요하지 않아……. 나하고 악수해 주겠나?」 프림이 말했다.

스타크는 주문장을 내려다보다가 〈물론이지〉 하고 대답했다.

「내가 몇 살쯤 되어 보이나?」 프림이 악수를 하면서 물었다.

「모르겠는데.」 스타크가 고개를 저었다.

「난 서른여덟이야. 그런데 쉰여덟처럼 보이지?」 프림이 씁쓸하게 웃었다.

「뭐 스물여덟처럼 보이는데.」 스타크가 농담을 하면서 말했다.

프림이 문을 열자 싱크대에서 나오는 증기가 식료품실을 가득 채웠다.

「난 초이스에는 더 이상 가지 않을 거야. 하지만 영내 맥주 가든에서 만나면 그땐 내가 한잔 사지.」

「오케이, 프림, 잘 가.」

그는 키가 크고 깡마른 프림이 취사장 사역병실로 걸어 나가는 것을 지켜보았다. 그는 벽에 붙여 만든 냉장고 앞에 잠시 멈추어 섰다가 다시 걸어갔다. 스타크는 책상에 앉아 주문장을 집어 들었다. 이어 주문장을 내려놓고 연필을 꺼냈다. 주문장은 중요한 서류였다. 1년 365일 아침마다 작성해야 하는 서류였다. 윤년에는 366장을 작성해야 했다. 스타크는 주문장을 찢어서 바닥에다 뿌렸다. 그는 책상에서 일어나 싱크대 위에서 땀을 뻘뻘 흘리며 일하는 사역병들을 쳐다보았다. 그는 문에 기대어 사려 깊은 눈으로 그들을 쳐다보았다. 풍자적으로 웃고, 슬픈 듯이 소리치고, 호전적으로 조롱하는 듯한 표정은 여전했다.

잠시 뒤 그는 책상으로 돌아가 빈 주문서 양식을 한 장 꺼냈다. 주문서는 중요한 서류, 메뉴만큼이나 중요한 것이었다.

제14장

  그건 결국 나팔 소대를 빠져나왔기 때문에 시작된 일이었어, 하고 프루는 생각했다. 그 나머지 일들은 모두 거기서 시작된 것이었다. 그것은 계단 올라가기와 비슷했다. 일단 한 계단을 올라가면서 그 바로 위의 계단으로 통하게 되는 것이다. 계단의 맨 아래에 위치해 있으면 그 위의 계단을 차근차근 밟아 결국 목적지로 가게 되는 것이다. 이렇게 하는 것이 2층으로 올라가는 유일한 방법이다. 반대로 아래층으로 가고자 할 때는 계단을 내려가야 한다. 나의 경우는 아래쪽으로 내려가는 계단이지, 하고 프루는 생각했다. 아래쪽으로 계속 내려가다 보면 난간의 수평 라인이 더 이상 내려갈 수 없는 지점이 나온다. 그것을 건너뛰려면 부상을 각오해야 한다. 그 지점 너머는 보이지 않기 때문에 수학적으로 볼 때 어떤 지점이라고 할 수 없으며, 결코 확신하게 붙잡을 수 없는 시각적 환상이 된다. 그는 나팔병을 그만두었을 때 이러한 하향 계단에 들어서는 첫걸음을 뗐다. 그 이후 벌어진 강등, 바이올렛과의 이별, 권투 선수가 되기를 거부한 것, 기타 각종 불이익은 모두 계단의 난간들인 것이다. 그러한 과정을 거쳐 현재의 돈 없고, 계급 없고, 여자 없는 상태에 도달했다. 온갖 경멸을 감내해야 하는 현재 상태. 특히 여자 문제는 심각해서 그 생각을 할 때마다 내장이 뒤집히는 듯했다. 그는 과거를 둘러보면서, 특히 그가 내디딘 첫걸음을 생각하면서 이 모든 괴로움을 잊을 수 있었다. 그는 자신의 자유 의지로 그 첫걸음을 내디뎠다. 그리고 그것이 어떤 결과를 가져올지 그 당시도 지금도 잘 알고 있었다. 자유 의지를 행사할 경우 그에게 열려 있는 길은 단 하나밖에 없었다. 상황이 이럴진대 그가 나팔 소대를 나온 것은 첫 걸음이라고 할 수도 없었다. 어디를 가든 첫걸음 따위는 없는 것이다. 계단의 난간들이 만나는 저 신비한 지점 위쪽으로 거슬러 올라가면 ― 그게 얼마나 오래 올라가는지는 알 수 없지만 ― 그가 태어나기 이전의 하느님의 문제로 소급하는 것이다. 각 계단은 결코 우연한 것이 아니다. 그것들은 단단하게 구축되어 균형을 유지하고 있는 하나의 전체이다. 그 계단이 발아래서 갑자기 허물어지는 일은 있을 수 없다. 그것들은 오래전부터 거기 있었으며, 결정 아닌 결정, 계획 아닌 계획으로서 각 계단은 후속이 아닌 후속을 가져오는 것이다. 그는 이것을 명확히 인식하여 긍정적으로 받아들였으며 자신이 내린 선택 이외에 다른 선택이 없다는 것을 깨달았다. 이러한 하향 계단을 몇 개가 아니라 1백 개, 아니 5백 개, 아니 셀 수 없을 만큼 많은 개수를 내려간 후에야 그의 다리가 비로소 피로을 느낄 터였다.

프림이 치욕스럽게 전출 간 지 이틀 후, 그는 새 취사 부사관의 지휘 아래 첫 번째 주방 사역을 나갔다. 그가 그토록 기다려 온 3월 말의 봉급날이 돌아오기 사흘 전이었다. 그는 자신의 차례가 돌아온다는 것을 알고 있었고, 워든은 그 사실을 알기 때문에 봉급날에 주방 사역이 되도록 해놓을 것이라고 예상했다. 워든은 전에도 그렇게 한 적이 있었다. 그래서 평일에 주방 사역을 하게 되자 그는 놀랐을 뿐만 아니라 기뻤다. 워든은 계속 그렇게 할 경우 문제를 예상한 것 같았다.

　다른 중대원들과 마찬가지로 프리윗은 취사반 쟁탈전을 무심하게 지켜보았다. 누가 이기든 상관없었으나 결말이 어떻게 날 것인지 미리 알고 있었다. 그것은 장기 교본에 실려 있는 복잡하면서도 비인간적인 행마의 수순이었다. 옆에서 구경하는 사람들은 그 수순의 논리적 결론에 찬탄을 터뜨리기는 하겠지만, 그래 봐야 그건 장기일 뿐 구경꾼의 인생에 영향을 미치지는 못하는 것이었다. 그는 스타크가 이겼을 때 별로 신경 쓰지 않았다.

　그러나 진급 축하의 밤, 스타크가 워든의 조롱에도 불구하고 두 번째 맥주를 사주겠다고 한 이후, 그는 스타크가 이긴 것이 기뻤다. 그는 스타크에게 마음이 끌렸고 또 감사하는 마음을 갖게 되었다. 그러나 자존심을 지켜야 했기 때문에, 받아 마시고 싶은 마음이 간절했지만 그 두 번째 맥주를 사양할 수밖에 없었다. 자신의 그런 사정을 이해해 주리라고 생각했다. 프리윗은 정말 남자들 사이의 이해를 필요로 했다. 그것은 여자의 육체를 필요로 하는 것보다 더 절실한 이해였다. 그는 스타크가 멋진 사내라고 생각했고 그의 이해를 얻고 싶었다. 그는 주방 사역을 아주 싫어했다. 식사 시간이 끝나면 좋은 음식이 미묘한 화학적 변화를 거쳐 쓰레기가 되어 버리는 것이 너무나 싫었다. 그렇지만 속으로는 은근히 그것을 기다리고 있었다. 또 취사반에 내려가 열심히 일해 줄 생각도 있었다.

　하지만 초장부터 일이 잘못되기 시작했다. 그는 블룸과 리돌 트레드웰과 같은 작업조에 들어가 있었다. 그것은 블룸과 함께 접시 닦는 일을 하거나 아니면 블룸과 리돌이 함께 접시를 닦고 프루는 혼자서 제일 지저분한 냄비와 팬 닦는 일을 해야 한다는 것을 뜻했다. 하지만 누구보다 앞장서서 더 좋은 일을 가져온다는 것은 해본 일이 없는 리돌이 이번에도 블룸을 젖힌다는 것은 생각조차 하기 어려운 일이었다. 따라서 프루가 먼저 나서서 접시 닦기 일을 확보한 다음에 리돌을 끌어들이고, 그다음에 남은 일을 블룸에게 주도록 해야 되었다. 현재 PFC이고 권투 덕분에 곧 하사가 될 블룸. 병사들이 프루 이등병을 비겁한 자라고 말할 때 그를 옹호했다고 말하는 블룸. 하지만 프루는 그 블룸과 함께 일하는 것이 싫었다.

앤젤로 마지오는 그날 식당 당번이었다. 그는 블룸이 식당 당번을 맡고 자신은 더 힘든 주방 일을 맡고 싶어 했지만 그렇게 되지 않았다.

프루는 아침 일찍 눈을 떴다. 전날 밤 잠들기 전에 그는 아침 일찍 취사장으로 내려가 접시 닦기 일을 확보해야겠다고 생각했다. 만약 리돌이 블룸보다 먼저 취사장에 내려온다면 리돌과 함께 접시 닦기 일을 하면 되는 것이었다. 그는 침상에 누운 채로 동쪽 하늘이 훤해지는 것과 산들 사이의 공간이 희미하게 밝아지는 것을 보았다. 아직 덜 깬 잠이 커다란 고양이처럼 그의 가슴을 눌러 왔다. 그는 고양이를 밀쳐 내고 벌떡 일어나 작업복으로 갈아입은 뒤 취사장으로 내려갔다. 이른 아침의 희붐한 공기가 폐부를 찔러 왔다. 새벽잠을 자기에 딱 좋은 때이나 그는 일 때문에 일찍 나선 것이었다. 취사장은 텅 비어 있었다. 온갖 취사 장비들이 떡 버티고 선 취사장은 살풍경했다. 그는 거기 주저앉아 담배를 피웠다. 과거 떠돌이 시절 낯선 마을에 주차한 박스카에서 기어 나와 밝은 불빛이라고는 전혀 없는 주위를 두리번거리던 새벽녘이 생각났다. 하지만 프루는 담배를 피우면서 취사장에 제일 먼저 나온 것은 잘한 일이라고 생각했다.

스타크가 부사관이 되면서 선임 취사병의 보직을 도로 받은 뚱보 윌러드가 그날의 작업조 지휘자였다. 그가 취사장에 나타나면서 일이 틀어지기 시작했다. 프루는 취사병의 내무반에서 자명종 소리가 나더니 곧 꺼지는 것을 들었다. 그는 바지의 단추를 잠그면서 잠이 덜 깬 듯 툴툴 짜증을 내며 취사장으로 나왔다. 선임 취사병의 임무인, 오일 분무식 스토브에 불을 붙이고 커피 솥을 끓이기 위해서였다.

「야, 이게 누구야. 벌써 나왔네.」 윌러드는 악의가 번득이는 눈을 가느다랗게 뜨면서 지저분하게 조롱해 왔다. 「아침잠을 두 시간이나 포기하다니, 정말 쉬운 일을 바라는 모양이군.」

「아니. 너는 잠이 많아서 그렇게 생각할지 모르지.」 그는 다른 사병들과 마찬가지로 그 살진 취사병을 좋아하지 않았으나, 그렇다고 그를 신경 쓰는 것은 아니었다.

「그렇지만 쉬운 일을 포기하지는 않겠지?」 윌러드가 기분 나쁘게 웃었다. 「평소 일찍 일어나는 스타일인가 보지?」

「그래, 패트스터프(뚱보).」 일찍 깨야 하는 짜증을 남에게 풀려는 그 취사병의 태도에 열을 받아 프루는 그가 싫어하는 별명을 말했다. 「뭘 말하려는 거야? 내가 언제나 너처럼 힘든 일을 선택하기 좋아한다고 말해야 해?」

「난 취사장 사역을 더 이상 안 해서 좋아.」 윌러드가 설설 끓는 커피를 한 번 저어 온도를 안정시키면서 말했다.

「넌 취사장 사역을 매일 하고 있는 거야. 너무 둔해서 그걸 알지 못할 뿐이야.」

「하지만 그 일에 대해서 추가 보수를 받지.」

「그건 네 공로가 아니야. 네가 요리한 음식을 먹어야 한다면 너는 돼지처럼 살이 찌는 게 아니라 아주 날씬해질 거야.」

「나한테 똑똑한 척하지 마. 내일 또 취사장 사역을 하기 싫으면.」

「엿 먹어라.」 프루는 일부러 윌러드에게 물어보지 않고 커피를 따르고 깡통 우유를 흘러 넣었다.

「그건 취사병용 커피야. 허가받을 때까지 기다려.」

「네 허가는 죽기 전에는 못 받을 거야. 패트스타프, 뚱보는 왜 그렇게 야비하고 인색하지? 자기가 먹을 것이 충분치 않을 걸 두려워하기 때문에? 뚱보 노릇도 해먹기 힘들 거야.」 프리윗은 스토브 옆으로 자리를 옮겼다. 따끈한 커피가 목구멍으로 넘어가면서 남은 졸음과 아침의 한기를 몰아냈다.

「이 빌어먹을 자식. 너 혼자 잘났지? 그런 식으로 나한테 잘난 척하다가는 봉급날 취사장 사역에 걸리도록 할 거야. 나 정도 직급의 병사가 일개 사역병의 건방진 말을 들어 주어야 한다고는 생각지 않아.」

「계급으로 찍어 누르겠다고?」 프루가 커피 한 잔을 또 따르며 말했다. 「자기 책임은 남한테 떠넘기면서, 자기한테 불리하면 계급 타령이야? 패트스타프, 난 네가 겁쟁이라는 걸 진즉 알고 있었어.」

「내가 겁쟁이라고? 겁쟁이가 뭔지도 모르면서. 이 똑똑한 친구, 오늘 솥과 팬 일을 좀 맡아 보시지.」

프루는 웃음을 터뜨렸으나 이번에는 그리 재미있지 않았다. 저 뚱보가 옛 권투 선수인 그를 두려워하고 있다는 것은 알았지만, 동시에 윌러드가 하루 종일 해코지를 할지 모른다고 생각했기 때문이다. 입 닥치고 윌러드의 조롱을 묵묵히 들어 주지 않은 것 때문에.

나머지 사역병들이 갑자기 몰려오자 윌러드는 그쯤에서 대화를 끝냈다. 주방은 순간적으로 유쾌한 온기와 소음으로 가득 찼으나, 아침을 제때에 맞춰 내놓기 위한 작업에 돌입하자 불쾌한 열기와 광적인 흥분의 도가니로 바뀌었다. 스타크는 한 손에 서류를 든 채 그 소음 한가운데 서서 모든 것을 감독했다.

프루는 번철 앞에서 달걀과 베이컨을 튀기고 있었다. 스타크가 취사반장을 맡기 전까지만 해도 윌러드가 독점하고 사역병들에게는 내주지 않던 일이었다. 하지만 스타크가 윌러드가 튀긴 달걀이 맛없다고 판정한 이후 이 일도 사역병 몫으로 돌아왔다.

「스크램블드에그에 넣을 우유의 양을 잘 맞추어야 한다고 몇 번이나 말해야 알아들어?」 스타크가 말했다. 「이 잘못된 것은 내버려.」

「그건 낭비인데. 기왕 하던 것 끝내고 말지.」

「식탁에 내놓았다가 병사들이 먹지 않으면 그게 더 낭비야. 내버려.」

「하지만 다시 시작할 시간이 없어, 메일런.」 윌러드는 스타크의 이름을 부르면서 그 위기에서 빠져나가려 했다.

「내버리라고 했잖아. 음식이 남는 거야 어떡하겠어. 하지만 이런 개죽을 병사들에게 먹일 수는 없어. 알았어?」

「메일런, 내가 만든 달걀은 개죽이 아니야.」

「패트스토프, 내버려.」 스타크는 2루에서 관중들의 함성에도 불구하고 공정한 판정을 내리는 2루 심판처럼 말했다. 「갖다 버리고 돌아와서 오븐의 불을 좀 줄여. 병사들에게 개죽을 먹이지 않으려면. 하루에 두 번씩 돌려놔야 해. 자, 어서 서둘러.」

「젠장, 왜 이런 일이 내게만 벌어지지?」 윌러드가 천장을 쳐다보며 말했다. 「이봐, 사역병, 네 이름이 뭐야, 이거 갖다 버려.」 윌러드가 프루에게 소리쳤다.

「패트스토프, 내 이름 알면서 왜 그래.」 프루가 말했다.

「저것 봐.」 윌러드가 스타크에게 도끼눈을 뜨면서 말했다. 「저건 명령 불복이야. 저 친구는 하루 종일 내게 저런 식으로 대했어.」

「네가 갖다 버려.」 스타크가 말했다. 「저 친구도 아침 식사 준비 중이잖아. 그리고 음식을 망쳐 놓은 것은 너야.」

「좋아, 갖다 버리지. 취사반장이 자신의 취사병을 지원해 주지 않는다고 하니.」

「뭐라고?」 스타크가 물었다.

「아무것도 아니야.」 풀밭에 끌려 나가 두드려 맞은 일을 기억하고 있는 윌러드가 우물거렸다.

윌러드가 음식을 버리러 가자 프루가 말했다. 「저 친구는 저것 때문에 나한테 앙심을 품을 거야.」 그리고 알루미늄 테이블 쪽으로 의자를 가져와 거기 앉아 아침 식사를 시작했다.

「너한테 감정이 있는 거야?」

「아까 커피를 마실 때 마셔도 돼냐고 미리 물어보지 않았어.」

스타크가 예의 그 기이한 웃음을 웃어 보였다. 「저 친구는 늘 끗발만 내세우려 해. 의무병을 했더라면 딱 좋았을 친구야. 궁둥이가 무거우니까 한자리에 앉아서 약 짓는 일은 잘할 거야. 하지만 취사병으로는 영 틀렸어. 하는 음식마다 망쳐 놓아. 저 친구는 말만 많고 남의 입장은 전혀 생각하지 않아.」

프루는 스타크의 말에 수긍하면서 고개를 끄덕였다. 용기 없는 자들은 늘 말만 많은 법이었다. 하지만 일은 스타크가 예상한 대로 돌아가지 않았다. 정반대로 돌아갔다. 그리고 프루는 그런 낌새를 전혀 눈치채지 못했다. 윌러드는 그 문제를 더 이상 꺼내지 않았지만 속으로 꽁하고 있었다. PFC 블룸이 곧 사역하기 위해 취사장에 도착하자, 윌러드는 프루가 주방에서 제일 꺼리던 일인 솥과 팬을 맡게 했다.

「그래, 어떤 일을 맡을 거야?」 블룸이 프루 옆에 앉아서 커피를 마시며 단도직입적으로 물었다. 「싱크대에서 그릇 헹구는 일이 가장 쉬워. 난 싱크대 담당이 괜찮겠어. 넌 뭘 맡을래?」

「아직 모르겠어.」 프루는 속으로 리디 트레드웰의 게으름을 욕하면서 대답했다.

「아직 모른다고!」 블룸이 소리쳤다.

「응, 네가 냄비와 팬을 맡을지 모른다고 생각했어.」

「야, 농담하냐? 난 아냐.」

「냄비와 팬을 좋아하는 친구도 있어.」 프루가 희망적으로 말했다. 「그걸 맡으면 일을 빨리 끝내고 오전 중에 쉴 수 있다는 거야.」

「그럼 리디한테 맡기면 되겠군.」 블룸이 말했다. 「리디는 기꺼이 맡을 거야. 너와 나 사이니까 하는 말인데, 난 그 친구와 일하는 게 싫어. 너무 느려. 너와 나 사이니까 하는 말인데, 이 접시 닦는 일을 빨리 마치고 오전과 오후에 느긋하게 쉬자.」

「아니야, 저녁에 먹을 감자를 깎아야 해.」 프루가 말했다.

「이런.」

「그럼 넌 냄비와 팬 안 맡을 거야?」

「내가 미쳤어? 안 맡아.」

「그럼 내가 맡아야지. 너하고 리디는 접시를 닦도록 해.」

「야, 진심이야?」

「그럼. 나 그 일 좋아해.」

「그래? 그럼 왜 그 일을 맡지 않았어? 나한테 물어볼 필요 없이.」

「난 너도 그걸 좋아하는 줄 알았어. 널 제칠 수가 없잖아.」

「그래?」 블룸은 약간 의심하는 눈빛이었다. 「난 접시가 좋아. 그 일을 너한테서 떠맡지 않겠어. 네가 싱크대를 헹구고 리디가 닦으면 되겠군. 가장 늦게 왔으니까.」

그렇게 말하면서 블룸은 상대가 마음을 바꿀 여지를 주지 않으려는 듯 재빨리 주방 안으로 들어갔다. 그는 이게 웬 횡재냐 싶은 듯 작업모를 싱크대 위의 수도꼭지에다 걸었다. 그는 프리윗보다 한 수 더 영악하게 플레이한 것이 너무 기뻤다.

프루가 주방의 이중 싱크대에서 달걀 팬을 닦고 있는데 리돌 트레드웰이 주방에 나타났다. 일직 사관의 호통에 다른 중대원들과 함께 내무반에서 쫓겨난 것이었다. 리디는 프루를 잠시 쳐다보더니 약간 놀라는 표정으로 주방 사역실 안으로 들어섰다. 리디는 너무 기분이 좋아 정신이 없는 나머지, 마침 반대편에서 오던 식당 당번 마지오와 부딪칠 뻔했다.

「갑니다! 비키세요! 뜨거운 음식이에요!」 마지오가 손에 든 두 개의 빈 쟁반을 앞으로 내밀며 말했다. 「나와 테이블 당번들은 열심히 일합니다.」 그는 자신의 부하를 잘 보살피는 장교의 음성을 흉내 내며 말했다. 「우린 꽁무니가 다 빠질 정도로 열심히 일하고 있습니다. 죽도록 일을 시키고 있어요. 뜨거운 음식! 이쪽으로 뜨거운 음식이 나옵니다!」 그는 쟁반에다 음식을 담으려고 주방으로 달려가며 권위의 채찍을 휘두르고 있었다. 하지만 여덟 명의 테이블 당번병을 포함해 아무도 그 권위에 신경을 쓰지 않았다.

「내가 어떻게 일하고 있는 것 같아?」 그가 가쁜 숨을 몰아쉬며 프루에게 물었다. 「난 정말 좆뺑이 치고 있어. 내일 하사로 진급할 거야.」

프리윗은 잠시 일을 멈추고 그에게 빙그레 웃어 주었다. 그는 다시 일로 돌아가 음식 찌꺼기가 묻어 지저분한 냄비를 닦고, 씻고, 헹구었다. 하지만 그가 아무리 열심히 일해도 닦아야 할 냄비가 계속 내려왔다. 한 번에 그렇게 많은 냄비를 사용하여 요리를 하는지 의문이었다. 도저히 냄비 내려오는 속도를 따라갈 수가 없었다. 프루는 통로 건너편, 주방 사역실에서 리디가 비누 바구니를 수도꼭지 위에 걸고 그것을 세게 틀면서 블룸에게 이게 어떻게 된 거냐고 묻는 소리를 들었다.

「몰라.」 곧 하사가 될 블룸이 심드렁하게 말했다. 「프루는 첫 번째 선택권을 갖고 있었는데 저걸 선택했어. 정말 문제는 리디, 네가 늦게 나왔다는 거야. 네가 늦으면 나머지 사람들에게 피해가 가. 네 싱크대에는 접시가 이미 절반쯤 가득하잖아.」

「내가 늦었다고 생각해?」 만년 말단 이등병으로 지낼 재목인 리돌 트레드웰이 말했다. 「넌 뭘 모르는구나. 난 싱크대에 접시들이 가득할 때 비로소 주방에 나타나. 오늘은 네가 재수 좋은 거야.」

「그럴지도 모르지.」 미래의 하사 블룸이 FM(야전 교범)의 사기 진작 기술을 생각하며 말했다. 「난 프리윗보다는 너와 함께 일하겠어. 너와 나는 열심히 하면 일을 빨리 끝낼 수 있어. 그러려면 네가 일에 열중해야 돼. 더욱 의욕적으로 일하면서 일에 보람을 느껴 봐.」

「난 보람 많이 느껴. 그러는 네가 보람을 못 느끼지. 난 이대로가 좋다고.」 만년 이등병 트레드웰이 투덜거렸다.

냄비와 팬이 자꾸만 쌓였다. 프루는 취사병들이 그처럼 많은 냄비와 팬을 한자리에서 사용하는 경우를 본 적이 없었다. 시간이 한참 지나서야 윌러드가 장난을 치고 있다는 것을 알게 되었다. 처음에는 땀을 흘리며 고약한 냄새에 시달리다 보니 공상을 하거나 과장된 생각을 하는 것이라며 자신을 나무랐다. 또 맡은 일이라면 어떻게든 완수한다는 자존심을 지키기 위해 힘들더라도 묵묵히 감내했다. 그러나 냄비가 계속 쌓여 오자 그 어떤 취사병도 이토록 많은 냄비를 사용하지 않는다는 결론에 도달했다. 부인들까지 초청하여 장교 클럽에서 파티를 벌인다고 해도 이 정도의 냄비는 소용되지 않을 것이었다.

오전 중반에 이르러 마지오는 테이블 당번병들을 훈련장으로 보내고 테이블을 깨끗이 닦았다. 블룸과 트레드웰은 접시 닦기를 마치고 오전 휴식도 없이 저녁에 먹을 감자 껍질을 벗기기 위해 한자리에 앉았다. 하지만 싱크대에서 기름이 덕지덕지한 냄비를 닦고 있던 프루는 기름으로 더러워지지 않은 깨끗한 물에서 감자를 꺼내 껍질을 벗기는 그들이 한없이 부러웠다. 아무튼 시간이 이 정도 흐르자 스타크는 뭔가 일이 잘못되어 가고 있다는 것을 파악했다. 윌러드는 지나치게 영리하여 프루의 일이 늦어지고 있다는 불평을 하지 않았던 것이다.

「프리윗, 오늘 냄비와 팬 닦는 일이 좀 늦어지는 것 같은데?」 스타크가 곁에 다가와 허리 높이까지 쌓여 있는 냄비들을 둘러보며 말했다. 「지금쯤이면 끝날 시간인데.」

「내가 좀 느린가 봐.」 프루가 말했다.

「취사병들이 요리하려면 곧 팬을 필요로 할 거야.」

「지금 당장 필요로 하는가 봐. 난 평소보다 세 배나 닦았으니까.」

「취사병은 요리하려면 팬이 있어야 해.」

「그 안에다 침을 뱉으려고 팬을 필요로 하는 건 아니겠지? 훌륭한 취사병은 필요 이상의 팬을 사용하지 않는다는 말을 들었어. 훌륭한 취사병은 사역병의 일을 덜어 준다는 얘기도 들었고.」

「그게 기본 수칙이지.」 스타크가 골든 그레인 쌈지를 꺼내 담배를 하나 말면서 말했다. 훌륭한 경찰이나 부사관이 직급으로 찍어 눌러야 할 때면 내보이는 저 겸손한 표정이 스타크의 얼굴에 나타났다.

「그럼 나의 근무 성적을 보고해. 난 지금보다 더 빨리 일할 수는 없으니까.」

「난 필요 이상으로 사역병에게 일을 시키는 것을 좋아하지 않아.」 스타크가 무덤덤하게 말했다. 뭔가 상대방을 이해해 주려는 태도였다. 그것은 프루의 마음을 따뜻하게 했고 아까 윌러드가 더 이상 괴롭히지 않을 거라고 말한 것도 스타크였음이 기억났다.

「내 입장을 한번 들어 보려나?」

「그러지. 난 양쪽의 이야기를 듣는 걸 좋아해.」 스타크가 말했다. 「네 입장은 뭔데?」 그의 눈에는 권위가 어려 있었으나 중립을 지향하는 엄정함이 있었다.

「윌러드가 의도적으로 팬들을 자꾸만 닦으라고 내려 보내고 있는 거야. 오늘 아침 내가 그의 비위를 맞추지 않았다는 이유로. 이게 내 입장이야.」

「그러니까 너의 뒷담화를 깠다는 얘기야?」

「응. 만약 내 말이 믿기지 않는다면 저기 있는 저 친구를 한 번 보라고. 두 얼굴을 가진 뚱보 녀석을.」 윌러드는 주방 한쪽 구석에서 몸을 굽혀 일하는 척하면서 그들의 말을 엿듣고 있었다.

「윌러드, 이리 와봐! 지금 당장! 여기 이 친구는 언덕 아래쪽으로 쏴대는 45 구경처럼 열나게 일을 하고 있어.」 윌러드가 다가오자 스타크가 말했다. 「네가 일부러 일하는 척하면서 팬을 많이 써서 이 친구 일을 세 배로 늘려 놨다며? 어떻게 된 거야?」

「요리를 제대로 하려면 팬을 많이 쓸 수밖에 없었어.」

「패트스터프, 얼렁뚱땅 넘어가려고 하지 마.」

「젠장, 내가 사용한 팬의 숫자를 세어야 한단 말이야? 일하기 싫어하는 요령꾼 사역병을 위해?」

「그럼 내가 어떻게 하길 바라는 거야?」 프루가 물었다. 「내 팔이 네 개나 되는 줄 알아?」

「내가 필요로 하는 건, 네가 팬을 잘 닦아서 내가 적시에 사용할 수 있게 해주는 거야. 그래야 하루 종일 훈련받고 돌아오는 애들을 위해, 먹어야 힘이 나는 애들을 위해 요리를 할 수 있잖아.」

「그따위 헛소리는 집어치워.」 스타크가 말했다.

「오케이. 그렇게 말한다면, 내 일이 마음에 들지 않는다면 왜 지금 당장……」 윌러드는 말을 하다 멈추었다.

「조심해, 패트스터프. 네가 하려던 말을 실천할 수도 있어.」 스타크가 말했다.

「오케이, 나를 생쥐라고 생각한다면……」

「난 네가 뚱뚱한 취사병이라고 생각해.」 스타크가 말했다. 「요리도 제대로 못하는 취사병. 취사병들에게 끗발로 찍어 누르느라고 너무 바빠서 말이야. 어서 저기로 돌아가서 요리나 해. 그리고 필요 이상의 팬을 쓰지 말란 말이야. 내가 살펴볼 테니까.」

「좋아, 그렇게 말한다면.」 윌러드는 한껏 점잔을 떨면서 웃긴다는 표정으로 그 자리를 떴다.

「이젠 더 이상 너를 괴롭히지 않을 거야.」 스타크가 프루에게 말했다. 「또 그러면 나한테 와서 말해. 하지만 이미 더러워진 팬을 닦는 데는 도움이 안 되겠군.」 그가 높이 쌓인 팬을 쳐다보며 말했다. 「좋아, 내가 도와주지. 내가 씻을 테니까 넌 헹궈서 닦도록 해.」

그는 담배꽁초를 프루의 쓰레기통에다 집어 던지고 주걱을 잡더니 뛰어난 취사병답게 요령 있고 절도 있게 기름 낀 팬을 긁기 시작했다. 프루는 그 모습에 감탄하면서 전보다 더 마음이 따뜻해지는 것을 느꼈다.

「아마 이건 윌러드를 깜짝 놀라게 할 거야.」 스타크가 싱긋 웃으며 말했다. 「취사 부사관이 사역병처럼 냄비와 팬을 긁고 있으니. 본국에 있을 때는 취사장 일을 백인 일과 흑인 일로 나누었지. 냄비와 팬은 흑인의 일이었어.」

「우리 고향에는 흑인들이 없었어.」 프루는 숙달된 취사병 스타크의 속도를 따라가기 위해 더욱 열심히 일해야 했다. 하지만 전보다 더 유쾌한 기분이었고 또 다른 취사병과 사역병들이 은근슬쩍 쳐다보고 있어서 기분이 황홀했다.「우리 고향은 흑인을 발 붙이지 못하게 했어.」프루는 문득 15년 전 일이 생각났다. 한 흑인이 기차를 바꿔 타기 위해 기차역에 내렸을 때, 몇몇 술 취한 광부들이 붉은 글씨로 현수막을 써서 내걸었었다. 당시 어린 소년이던 프루는 그 현수막을 쳐다보기만 했을 뿐 별로 신경 쓰지 않았다.〈이 검둥이, 할란 땅에서 밤을 지내지는 못해!〉

「흑인이 전혀 없는 마을에서는 그런 반응이 나올 만도 하지.」스타크가 말했다.「흑인 가족이 마을에 한동안 살지 않는 한, 좋은 흑인과 나쁜 흑인을 구분하기가 어려워. 방랑하는 흑인들은 다 나쁜 놈들이야. 안 그렇다면 백인들이 그들을 잘 대우하고 정착시켜 주었을 거야. 우리 고향에는 벌써 몇 대째 흑인들이 살고 있는데 우린 흑인에 대해서 잘 알아.」

「아니, 내 말은 그런 뜻이 아니었어. 난 떠돌이 시절에 한번은 인디애나주 리치먼드에 들어갔었어. 그때 나와 내 친구는 스튜를 해먹으려고 약간의 야채와 고기 한 덩어리를 훔쳤어. 우리는 그걸 먹으려고 마을 밖 숲으로 갔지. 거기에 한 무리의 떠돌이들이 이미 와 있었어. 그중 한 명은 흑인이었어. 그런데 당시 아이이던 우리가 그 음식을 내놓으려 하지 않으니까 이 친구가 우리에게 칼을 뺐어.」

「그 흑인 놈이? 난 그런 녀석은 죽여 버리고 싶어.」

「아니, 칼을 빼 든 놈은 흑인이 아니라 백인이었어. 오히려 흑인이 그 칼 든 자를 밀쳤어. 나는 음식을 손에 든 채 나무 뒤로 가서 그 백인 놈을 계속 피해 다녔지. 그때 흑인이 개입해 그자를 넘어뜨리지 않았더라면 나는 아마도 잡혔을 거야. 그 백인 놈은 벌떡 일어나더니 칼을 들고 미친 듯이 흑인을 향해 달려갔어. 하지만 흑인은 왼쪽 팔로 막고서 오른손으로 그자를 내리쳤어. 왼쪽 팔뚝에 상당한 부상을 입었을 거야.

하지만 그자에게서 칼을 빼앗더니 죽도록 두들겨 패더군. 똥이 나올 정도로 말이야. 아무튼 그는 괜찮은 흑인이었어.」

「좋은 흑인인데.」 스타크가 말했다.

「정말 그랬지. 우리가 칼 맞지 않게 그 무리 중에서 씩씩하게 나선 사람은 그 흑인뿐이었으니까. 나머지 사람들은 서서 구경만 했어.」

「난 말이야…….」 스타크가 또 다른 팬을 건네주면서 말했다. 「흑인이 백인에게 손대는 것을 별로 좋아하지 않아. 그건 보기 좋은 광경이 아니야. 물론 네가 말한 경우는 예외지만. 그 흑인 잘했어.」

「잘했고말고! 그 백인 놈이 나를 노리고 있었으니까. 나는 그 덩치 큰 흑인이 정말 좋았어. 우리는 스튜를 끓여서 그 흑인보고 같이 먹자고 했어.」

「그가 요청할 때까지 기다리던가?」

「응, 신사였어. 뻔히 서서 구경하던 자들보다는 훨씬 신사였지. 그 구경꾼들은 우리의 스튜를 같이 먹으려고 하지도 않았어. 그 흑인을 두려워했기 때문이지.」

「난 흑인을 두려워하지 않아.」 스타크가 말했다. 「좋은 흑인이든 나쁜 흑인이든. 아무튼 그는 좋은 흑인인 것 같군. 하지만 떠돌이 흑인은 대부분 질이 나쁘고 야비해. 그 흑인만 우연히 착한 사람이었던 거야.」

「내 말을 잘 이해하지 못한 것 같아.」 프루가 설명했다. 「내가 볼 때 떠돌이 흑인들이 떠돌이 백인들보다 특별히 나쁠 것도 없어. 말이 나온 김에 하는 말인데, 떠돌이 아닌 흑인이나 백인도 그렇다고 생각해.」

「네 말을 이해해. 하지만 너는 나처럼 흑인에 대해서 잘 알지 못해. 대부분의 떠돌이 흑인은 백인을 죽였거나 백인 여자를 강간하고 달아난 자들이야. 물론 떠돌이 흑인들 중에서 좋은 친구들도 만난 적이 있어. 마을에 정착해 사는 흑인들과 마찬가지야. 어떤 흑인은 착하고 어떤 흑인은 나빠. 그렇지만 대부분의 좋은 흑인은 가정을 이루어 정착하는 데 비해, 나쁜 흑인은 떠돌이 생활을 하지. 그렇게 안 하면 린치를 당하니까. 내가 고향 마을에서 평생 보아 온 흑인들에 대하여 엉뚱한 평가를 하고 있다고는 생각 안 하지?」

「알겠어. 나쁜 흑인들이 있다는 사실을 부정하지 않아. 하지만 백인들 중에도 나쁜 놈이 있어.」

「하지만 백인의 경우는 약간 사정이 달라. 그걸 잘 들여다보면 그들이 나쁜 놈이 된 데는 그럴 만한 이유가 있어. 하지만 나쁜 흑인은 나쁜 흑인으로 태어나는 거야. 그걸 고쳐 줄 수 있는 길은 따끔하게 가르치는 방법뿐이야. 죽이거나 고치거나 둘 중 하나야. 우리 마을에도 못된 흑인이 한 놈 있었어. 마을에서 그자를 마침내 추방했지. 아니, 그보다는 따끔한 가르침을 받는 것이 싫어서 그자가 먼저 달아났어. 내 말 무슨 뜻인지 알지? 흑인들은 배짱은 없고 그저 나쁘기만 해. 젊은 녀석이고 가족들이 인플루엔자 전염병으로 죽어 가고 있는데도 그 흑인 녀석은 달아나 버렸어. 좋은 여자를 만나서 정착해 살 생각은 하지 않고 떠돌이 생활을 선택했다니까.」

「나도 같은 이유로 떠돌이 생활에 나섰어.」 프루가 그에게 말했다. 「내 가족을 죽인 것은 인플루엔자가 아니라 저 빌어먹을 탄광이었어.」

「그래? 내가 떠돌이 생활에 나선 건 말이야, 우리 집에 식량을 축내는 군입이 너무 많았기 때문이야. 자, 이렇게 해서 일이 끝났군.」 스타크가 마지막 팬을 건네주며 말했다. 일이 너무 빨리 완료되어 프루는 그 사실을 믿기 어려웠다. 스타크에게 느끼는 따뜻한 우정 때문에 일이 완료되었다는 사실이 섭섭할 정도였다.

「이제 일을 다 해치웠군.」 그가 말했다.

그는 오래 구부리고 있던 등을 쭉 펴면서 싱크대의 체인 달린 마개를 뽑아 수도꼭지 위에다 걸어 놓았다. 그의 자연스러운 일하는 스타일은 야전 취사 교범에 오를 만했다.

「이 싱크대를 깨끗이 닦은 다음에는 사역병들이 감자 껍질 벗기는 일을 도와줘. 만약 윌러드가 또다시 해코지하려 들면 내게 말해.」

「그러지.」 프루가 고마워하는 빛이 역력한 목소리로 말했다.

그는 일이 좀 덜하고 여가가 생기면 스타크에게 흑인에 대한 자신의 생각을 좀 더 자세히 말해야겠다고 생각했다. 아무래도 오늘 해준 얘기는 자신의 생각을 정확하게 전달한 것이라고 보기 어려웠다. 그는 곧 싱크대를 닦고 나서 바깥의 포치로 나갔다. 마지오, 블룸, 리돌 트레드웰이 두 개의 18호 대형 솥에 담겨 있는 감자를 꺼내 껍질을 벗기고 있었다. 그들은 오전 내내 휴식을 취하지 못했기 때문에 입이 튀어나와 있었다.

오후에 그들은 두 시간가량 휴식을 취할 수 있었다. 그처럼 힘들게 일하고 나서 얻은 휴식인지라 주머니에 돈을 잔뜩 넣고 쇼핑에 나선 부자 같은 느낌이었다. 그날 저녁에 나올 메뉴는 삶은 콩과 깡통에서 꺼낸 것이 아닌 진짜 요리한 소시지였다. 이제 그날의 취사장 사역은 끝났으므로 그들은 두 시간가량 아무것도 안 하고 카드를 하거나 빈둥거리며 보낼 수 있었다.

「자, 난 올라간다. 너도 일이 끝나면 올라와 2인 카지노나 하자.」 먼저 일을 마친 마지오가 프루에게 말했다.

「얼마 걸고?」 프루가 물었다.

「글쎄, 넌 얼마나 걸 건데?」

「난 빈털터리야.」

「그래? 그럼 아무것도 걸지 않고 놀면 되겠군. 나 또한 빈털터리야. 난 너한테 2달러 정도는 있을 거라고 생각했는데.」

「외상으로 하자.」 프루가 빙그레 웃었다.

「안 돼. 난 이번 달 봉급을 다 당겨 썼어. 내달 봉급이라면 몰라도.」

「그럼 그렇게 하지, 뭐.」

「그래 볼까. 하지만 그 봉급의 일부도 이미 가불했어. 떠버리 블룸이 올라와서 또 무슨 노가리를 깔지 걱정이로군. 지난번에 그자가 하는 말을 들어 보니 자기가 내년도 미들급 챔피언은 따놓은 당상이라고 하더군. 먼저 위층에 올라가 있을게.」

「오케이.」 프루가 대꾸했다. 윌러드는 더 이상 그를 괴롭히지 않았고, 저녁 식사 때는 냄비와 팬 청소를 블룸과 리돌 트레드웰이 접시 닦는 것보다 더 일찍 끝냈다. 그는 친구 스타크와 또 얘기를 하고 싶었다. 흑인이나 기타 화제를 놓고 얘기하려는 것이 아니라 그냥 이런저런 얘기를 다정하게 하고 싶었다. 아무리 봐도 그는 자신과 동류의 군인 같았다. 하지만 스타크는 여전히 일을 하고 있었고, 그래서 할 수 없이 2층으로 올라가 샤워를 했다. 뜨거운 물은 그의 몸에서 온갖 음식 기름을 벗겨 내주었다. 그는 샤워를 끝내자 새 카키복으로 갈아입었다. 다음 일과 시간까지 느긋하게 지낼 수 있었다.

앤전로도 새 카키복을 입고 침상에 누워 만화책을 읽고 있었다. 그의 머리카락은 아직도 축축했고 온몸이 깨끗해 보였다. 그가 들고 있는 만화책은 하도 오래 봐서 겉표지가 너덜너덜해져 있었다.

「내가 가서 카드를 가져올게.」 그가 프루에게 만화책을 건네주며 말했다. 「이봐, 난 정말 기분이 좋아. 톰 믹스와 롤스턴 스트레이트 슈터스를 읽고 있었거든. 빵! 빵!」 그는 침상 위에 누워 있던 특과병과 운동선수들을 상대로 권총 쏘는 시늉을 했다. 「빨리 총을 쏘는 사람이 언제나 이기고 수많은 인디언들은 땅에 쓰러져 먼지나 마신다.」

「〈유령 들린 목장의 신비〉, 주연 톰 믹스.」 프루가 책 제목을 읽었다. 「이건 롤스턴 스트레이트 슈터스가 아닌데. 그건 광고야.」

「그게 무슨 대수야? 나도 한때 FBI였지. 나와 에드거 후버가 한 식구였다고. 그 그림은 정말 톰 믹스 같지?」

「톰은 어떻게 된 거야? 요사이는 통 볼 수가 없어.」

「그의 말이 죽었어. 그래서 은퇴한 거야.」 마지오가 말했다.

「그의 본명은 토니였어.」 리돌 트레드웰이 화장실에서 들어오며 말했다. 배에 타월을 두르고 있었다. 살찌고 근육이 우람한 배의 한가운데에는 보조개처럼 배꼽이 박혀 있었고 그 주위의 털들은 빗으로 빗질을 해야 할 정도로 울창했다.

「벅 존스의 말 실버 기억나? 그건 진짜 말이었어.」 프루가 말했다.

「그래, 벅과 그의 말, 정말 가슴이 땅처럼 넓었지.」 마지오가 말했다.

「그는 영화계에 뛰어들기 전에는 심해 다이버였어. 『아우어 럭키 스타스』라는 잡지에서 읽었어.」 트레드웰이 침상에 앉으며 말했다.

「그는 선원이었어.」 마지오가 경멸하듯 말했다. 「잡지에 나는 쓸데없는 얘기는 안 믿는 게 좋아. 그건 과대 선전이야. 그는 선원이었고 잭 런던처럼 떠돌이 생활을 했어.」

「아무튼 벅 존스가 한번 히트 치면 그 히트는 오래갔지. 나도 끼워 줘.」 트레드웰이 말했다.

「내 담요, 물에 젖게 하지 마. 만약 적셔 놓으면 내가 너를 히트 치고(때리고), 그러면 그 히트는 오래가.」 마지오가 말했다.

「밥 스틸 기억나?」 프루가 물었고, 리디는 자기 무릎 아래 종이를 깔았다. 「정말 히트 치는 사람이었지. 타고난 매력남이었어. 특히 싸우는 모습이 일품이었어. 그가 권투 선수 출신이라는 걸 금방 알아볼 수 있어.」

「난 〈생쥐와 인간〉에 나온 그를 보았어. 보스의 동서인 컬리로 나왔지. 정말 지독한 개자식이었어.」

「하지만 자기가 만든 영화에서는 좋은 사람으로 나왔어.」 리디가 말했다.

「그걸 말이라고 해, 이 바보야?」 마지오가 인상을 쓰며 말했다. 「자기가 주인공인데 어떻게 악역을 맡겠냐? 참, 나이 든 후트 깁슨은 어떻게 되었지? 간신히 기억나는군. 내가 어렸을 때도 이미 반백이었는데.」

「아마 지금쯤 죽었을 거야.」 프루가 말했다.

「야, 영화 얘기를 하려니 팝콘 생각이 간절하군.」 마지오가 말했다.

「나도 방금 전까지 그 생각 했어.」 프루가 말했다.

「사령부 PX에는 팝콘 기계가 설치되었다던데.」 리디가 사람 좋은 목소리로 말했다.

「우린 빈털터리야.」 마지오가 말했다.

「나 또한 마찬가지야.」 리디가 아쉬운 표정을 지으며 말했다.

「토요일 오후면 정기적으로 영화관에 가서 팝콘을 먹었는데. 조니 맥 브라운 기억나?」 마지오가 물었다.

「남부 억양의?」 프루가 말했다. 「가죽 모자 줄 하고? 늘 모자를 등 뒤에 매달고 다녔지.」

「그래, 그 사람이야. 그는 어떻게 되었을까? 요즘에는 통 볼 수가 없네.」

「방금 전에도 그 말 했잖아.」 프루가 자기 카드의 패를 펴 보이며 말했다. 「그들은 죽었어, 아니면 졸업했거나 은퇴했을 거야. 다른 배우 얘기를 하는 게 어때?」

「그러니까 우리도 늙어 가고 있는 거야. 단지 느끼지 못할 뿐이지.」 이제 겨우 19세를 갓 지난 마지오가 어른스럽게 말했다.

「톰 타일러, 그 친구는 정말 멋진 배우지.」 리디가 말했다.

「난 그자가 통 마음에 안 들어. 너무 잘생겼어. 하지만 기억은 해. 지금은 악역을 주로 하지. 천연색 영화에서 말이야. 서부 서사시에서.」 마지오가 대꾸했다.

「그건 서부 서사시라고 하지 않고 서부 이야기라고 해.」 프루가 정정했다.

「이제 옛날의 카우보이들은 모두 뮤지컬 배우가 되었어. 음악이 1등이고 카우보이는 2등이야. 이제 웨스턴이 한물가고 뮤지컬의 시대가 왔거든.」 프루는 자신이 지켜보고 동참했던 아메리카의 한 단계가 사라지고 있는 것에 갑자기 서글픔을 느꼈다. 미국을 탄생시켰던 대평원 인디언 전쟁의 시대가 이미 가버렸듯이 카우보이의 시대가 가버린 것이었다. 프루는 자신도 의식하지 못한 채 그 시대의 한 부분으로 동참했다가 이제 그것이 사라지고 있는 것을 목격하는 중이었다.

「진 오트리 얘기를 하는 거로군.」 마지오가 말했다. 「로이 로저스[39]와 그의 호스트리거.」

「진 오트리가 어렸을 적에 이글 스카우트였다는 것을 잡지에서 읽었어.」 리디가 말했다.

「그거 믿을 만한 얘기야.」 마지오가 말했다. 「우리 고향에

---

39 Roy Rogers(1911~1998). 미국의 가수 겸 배우. 1940년대 카우보이 영화의 주연 배우였으며 카우보이의 왕이라고 불렸다. 그와 그의 유명한 말 트리거는 약 1백 편의 영화에 출연했다.

서 이글 스카우트에 들어가는 애들은 목사나 교사의 아들들 뿐이었어. 나도 한때는 2등급 스카우트였는데 스카우트 부장을 맡은 애와 싸우는 바람에 쫓겨났지.」

「진 오트리는 〈예수에게 오라〉에서 노래를 제대로 소화하지 못했어.」 프루가 반발하듯 말했다. 「그 뮤지컬에 나온 다른 배우들도 마찬가지야. 그런 음악은 상업화하면 죽게 되어 있어.」

「나한테 반발하지 마.」 마지오가 말했다. 「나도 그 뮤지컬 안 좋아 해. 상업화하면 뭐든지 죽게 되어 있어. 라디오를 한번 보라고.」

「하지만 그 친구들은 모두 가짜야.」 프리윗이 단정 짓듯 말했다. 그것은 그에게 아주 중요한 문제였고, 설명하려고 애를 쓰면 쓸수록 적당한 말이 생각나지 않아, 가슴에 짜증을 불러일으키는 문제였다.

「난 로이 로저스 영화를 많이 봤어.」 마지오가 말했다. 「김벨 백화점의 지하실에서 일할 때 말이야, 웨스트 84번가에 사는 유대인 여자 애하고 사귀었는데, 걔를 84번가 암스테르담에 있는 스카일러 영화관에 자주 데려갔었지.」

그는 패를 도르다 말고 웃음을 터뜨렸다. 「어느 날 밤 로이 로저스 영화 포스터가 나붙었는데, 어디에다 붙여 놓았는지 짐작 가? 벽 위에다 나무 가설물을 설치하고 포스터를 붙였는데 그 주위에 철망을 둘렀더군. 그리고 키 작은 유대인 소년이 그 앞에서 그걸 쳐다보고 있었어. 그 일대에는 다 유대인들이 살고 있었지. 내가 소년에게 물었어.

〈너 로이 로저스 좋아하니?〉

〈그럼요. 당신은요?〉

〈나도 좋아하지. 로이 로저스와 그의 호스트리거. 그런데 말이야, 난 아직도 호스트리거가 뭔지 모르겠어.〉

〈뭘 모른다고요?〉

〈호스트리거. 난 헤어트리거는 알겠는데 호스트리거는 뭔지 모르겠어.〉

〈어이 멍청한 양반, 트리거는 그의 말 이름이에요. 말이 뭔지 모르세요? 목장에서 마구 뛰어다니는 동물 말이에요. 그게 호스트리거예요. 도대체 카우보이 얘기를 못 들어 봤어요? 당신은 미국 사람이 아니라, 저 빌어먹을 웝이거나 기타 이민자로군요.〉

그러면서 그 애는 멀찌감치 떨어지는 거야. 누가 볼까 봐 겁내면서 말이야.」 마지오는 그렇게 말하고 웃음을 터뜨리며 주위를 둘러보았다. 친구들이 자신의 농담을 충분히 알아들었기를 바라면서. 「난 그 애 말에 미소를 짓지도 않고 단 한 마디 말도 하지 않았어.」

「트리거를 모르다니, 그 소년은 아직도 네가 게슈타포 스파이였다고 생각할 거야.」 알면서 모르는 척하는 그런 유머를 좋아하는 프루가 논평했다.

「존 웨인도 멋진 카우보이 배우였지.」 그들이 웃음을 그치자 리디가 배고픔이 어린 목소리로 말했다.

「지금은 아니야.」 마지오가 말했다. 「그는 모험 스토리 쪽으로 이사 갔어. 앞으로 5년 더 있으면 다시 드라마 쪽으로 이사 갈 거야.」

「그건 게리 쿠퍼도 비슷해. 그는 한때 멋진 카우보이였지.」 리디가 말했다.

「게리 쿠퍼를 존 웨인에게 비교할 수는 없어.」 마지오가 이의를 제기했다.

「그 둘을 비교하려는 게 아니야. 단지 둘 다 웨스턴으로 시작했다는 거야. 그 누구도 게리 쿠퍼를 따라올 수는 없지.」

「그럼, 따라올 사람이 없어. 게리 쿠퍼는 단지 모험극만 하는 사람이 아니야. 미국의 정신을 가장 잘 보여 주는 배우가 있다면 그가 바로 게리 쿠퍼일 거야.」마지오가 말했다.

「그건 칼럼니스트 헤다 호퍼가 한 말이지.」리디가 토를 달았다.

「헤다 호퍼, 엿 먹으라고 해. 난 내가 좋아서 게리 쿠퍼를 좋아하는 거야. 헤다 호퍼가 뭐라고 말했든 그건 내 알 바 아니야. 나의 아버지조차 게리 쿠퍼를 좋아하셨지. 그가 나오는 영화는 비 오는 날이라도 구경을 갔으니까. 아버지는 영어라고는 열 마디도 제대로 알아듣지 못했지만.」

「그래, 네 말이 맞아. 그냥 한번 해본 소리야.」리디가 뚱보 특유의 사람 좋은 목소리로 말했다. 그의 태도에서 야비한 뚱보의 사악함은 전혀 느껴지지 않았다. 사실 야비한 뚱보는 못된 여자 못지않게 사악한 것이다. 프루는 그런 생각을 하며 리디와 윌러드의 인품은 천지 차이라고 느꼈다.

「그냥이라도 그런 말을 하지 마.」마지오가 말했다.

「앤절로, 넌 내가 헤다 호퍼의 칼럼을 읽는 건 뭐라고 하지 않겠지? 내가 그걸 읽는다고 해서 나를 때리지는 않겠지?」리디가 말했다.

마지오는 빙긋이 웃더니 웃음을 터뜨렸다. 그의 불같은 이탈리아풍 분노는 갑자기 온 것처럼 갑자기 사라졌다. 「물론, 때려 줄 거야. 내가 그걸 가만 놔둘 것 같니? 난 너 같은 애들에게 쓰려고 끝부분을 잘라 낸 당구 큐대를 로커에 보관해 놓고 있어.」

「좋아, 그를 때리는 건 나중에 하고, 어서 패니 돌러.」프루가 말했다.

「야, 이거 게임이 별로 흥이 안 나는데.」마지오가 말했다. 「팔이 저려 와. 돈 없는 노름은 정말 재미없어. 난 그만둘래. 대신 내 앨범이나 보자. 내가 아까 말한 유대인 여자 사진을 보여 줄게.」

「그래, 좋아.」 역시 카드에 염증을 느끼고 있던 프루가 말했다. 게다가 추억의 영화배우 얘기도 시시해지던 차였다. 오전에 있었던 윌러드와의 불쾌한 일을 떠올리면서 이 자유 시간을 낭비하지 말고 가능한 한 유익하게 보내야겠다고 생각했다.

그는 앤절로가 앨범을 꺼내는 것을 지켜보았다. 그것은 페이지가 거의 다 채워진 커다란 앨범이었다. 전에 하도 여러 번 보아서 자기 앨범처럼 그 내용을 훤히 알고 있었다. 하지만 프루는 자신의 앨범을 갖고 있지 않았다. 늘 제스처를 취하고 있는 사진은 진짜가 아니라고 믿었기 때문이다. 설사 그게 진짜가 아니더라도 때때로 저런 앨범이 내게도 있었으면 하고 생각할 때는 있었다. 사진 그 자체는 진실이 아니지만, 사진 찍을 당시의 사람들이나 장소에 대한 진실한 추억을 불러일으키기 때문이다. 앤절로의 앨범은 분명 그런 기능을 잘 수행하고 있었다. 앤절로가 늘 먼저 보여 주는 앨범의 첫 3분의 1은 브루클린의 애틀랜틱 애버뉴에서 성장한 앤절로의 어릴 적 모습이다. 열다섯 명의 대식구를 거느린 가족의 초상화였다. 뚱뚱한 몸집, 둥근 얼굴, 지나칠 만큼 인정이 많은 듯한 앤절로 아버지. 그는 웃지 않으려고 혼신의 힘을 다했으나 불행히도 실패하고 있었다. 아버지보다 더 뚱뚱한 몸집, 성깔 있어 보이는 길쭉한 얼굴, 식료품 가게에 가면 혹독하게 값을 깎을 것 같은 인상의 앤절로 어머니는 위엄 있는 모습보다는 빙그레 웃는 얼굴을 하려고 애썼으나 성공하지 못했다. 사진기 앞에 선 사람들이 늘 그렇게 하듯이 앤절로 부모는 사진기를 속여 자신의 실제 모습보다 더 멋지게 나오기를 바라고 있었다. 나머지 열세 명의 식구들도 마냥 행복한 표정으로 카메라를 보면서 활짝 웃고 있었다. 몰래 카메라에 찍히지 않는 한 사진에 등장하는 사람들은 언제나 그런 행복한 표정을 지으려고 애쓰는 것이다(하지만 예술가들은 그 웃는 얼굴 아래의 우는 얼굴을 꿰뚫어 본다. 프루는 자신이 소등나팔을 불 때의 일이 생각났다. 그 나팔은 드러내 놓고 말하기에는 부끄러운 충동을 은밀하게 표현하는 것이다. 모든 예술가들은 그처럼 감추면서 드러내고 싶어 하는 것이다). 식구는 리틀 앤절로가 가지고 다니기 좋도록 저마다 전신 스냅 사진을 찍어 놓았다. (난 이 사진을 보면 비록 브루클린의 애틀랜틱 애버뉴에는 가본 적이 없지만, 아래는 가게이고 위층은 살림집인 식료품 가게의 소리와 냄새를 맡을 수 있을 것 같아. 마치 그 곳이 내가 늘 알고 있던 가게인 양.) 앨범의 나머지 3분의 2는 하와이와 군대 사진, 그리고 하와이와 군대의 관광용 사진이었다. 그 두 사진은 완전히 별개의 것이었다. 호놀룰루, 모르몬 교회, 와이키키 해변, 대형 호텔들(병사들은 좀처럼 가보지 못하는 할레쿨라니, 로열 하와이언, 모아나, 라우 이 차이스, 알라 와이 인 따위), 다이아몬드 헤드, 와히아와, 스코필드 부대 등을 찍은 관광용 사진들이었다. 그 사진을 보고 있으면 모든 것이 사랑스러워서 군에 입대하여 하와이에서 근무하고 싶은 생각이 저절로 나게 되어 있다. 그것은 밖에서 찍은 사진이고, 내부에서 군대를 경험하고 있는 병사들이 찍은 사진은 늘 농담의 의도를 갖고 있다. 가령 중대 앞마당에서 전투모를 쓰고 빙긋이 웃고 있는 병사, 완전 군장을 한 채 자신의 총성을 바라보며 웃고 있는 병사, 야자나무, 예배당, 볼링장 앞에서 손에 맥주병을 쥐고 어깨동무를 한 채 빙그레 웃고 있는 두세 명의 병사 등을 찍은 사진은 선량한 농담이다. 내부의 사진들 중에는 지저분한 농담도 있었다. 가령 와히아와의 창녀집 빅 수에서 일하는 프랑스·하와이계 미녀 사진이 그것이다. 처음에는 드레스 입은 그녀의 사진, 다음에는 속옷 차림, 이어 팬티 차림, 이어 알몸, 그리고 마지막에는 아주 음란한 체위를 찍은 다섯 장의 사진인데 이 시리즈 다섯 장을 모두 사면 1달러, 한 장씩 따로 사면 25센트였다. 하지만 가장 웃기는 농담은 아마도 중대 사진일 것이다. 이 사진에서 중대장은 물론이고 사진 찍기에 가담한 중대원들은 모두 활짝 웃고 있다. 이 경우 병사들은 거의 본능적으로 혹은 반사적으로 웃게 된다. 카메라 앞에서는 웃어야 한다고 어릴 적부터 배워 왔으니까. 바로 이 때문에 중대 내부에서 생활해 보지 않은 사람은 중대의 현황을 결코 알지 못할 것이라고 프루는 생각했다. 외부 사람들은 늘 우리를 순진하고 착한 청년들이라고 생각할 뿐이다. 설사 사정이 그렇지 않는다는 것을 어렴풋이 아는 사람들조차, 그런 현상을 연상시켜 주는 것들이 없기 때문에 이 사진을 있는 그대로 받아들이는 것이다. 바로 이 때문에 나는 이 빌어먹을 사진들을 수집하고 싶은 생각이 없는 것이다. 하지만 내게 나팔이 있다면 이런 실정을 소리로 기록하여 전달할 수 있을 텐데. 아, 나는 그렇게 할 수 있기를 얼마나 바랐던가.

「저 빌어먹을 관광용 사진들.」 그가 앤절로에게 씁쓸한 어조로 말했다. 벌써 몇 번째 이렇게 말했는지 모른다.

「또 그 얘기? 이게 집으로 돌아가면 가족들에게 보일 사진이라는 거 몰라? 가족들은 와후가 어떻게 생겼는지 알고 싶어 할 거라고.」

「하지만 와후는 그렇게 생겨 먹지 않았어.」

「물론 그렇지. 하지만 내 가족들은 이런 걸 보고 싶어 하지 실제 어떻게 생겨 먹었는지는 알려고 하지 않아. 여기 이 사진을 한번 봐.」 마지오는 꽃무늬 옷을 입고 베레모를 쓴 채 어깨 너머로 사랑스럽게 뒤돌아보고 있는 아름다운 중국 처녀를 가리켰다. 분명 애인을 쳐다보는 시선이었는데 아름다운 중국 처녀의 멍하고 무표정한 얼굴이었다. 하와이 전역의 PX에서 5센트면 두 장을 살 수 있기 때문에 거의 모든 병사들이 갖고 있는 사진이었다.

「야, 그 사진이라면 구역질 나.」 프루가 말했다.

「하지만 난 이 사진 좋아해.」 리디가 말했다.

「난 집에 돌아가면 이 여자하고 거의 결혼할 뻔했다고 말할 거야.」 마지오가 말했다. 「하지만 결혼은 하지 못하고 1년간 동거하다가 그만 차버렸다고 할 거야.」

〈내가 차버린 여자.〉 프루가 냉소적으로 휘파람을 불었다. 그는 생각 같아서는 벌떡 일어나 다른 데로 가버리고 싶었지만 그렇게 하지 않았다.

그들이 앨범을 들여다보고 있는데 블룸이 샤워를 마치고 화장실에서 돌아왔다. 그는 청하지 않았는데도 침상 건너편 리디 옆에 앉아서 앨범을 들여다보았다.

아무 말 없이 사진을 들여다보는 그들 네 명의 병사는 전혀 위험스러운 일을 할 것 같지 않았다. 하지만 프루는 블룸을 어느 경우에나 뒷전에 앉아 있는 것을 잘 견뎌 내지 못하는 병사라고 생각했다. 설사 그것이 앨범을 보는 일이라도 마찬가지였다. 아무도 그의 존재를 알아주려 하지 않기 때문에 위대한 블룸이 여기 왔노라 선언하고 싶어서 그렇게 말했을 것이다. 하지만 그렇게 함으로써 그는 영원한 적수 두세 명을 만들어 버리고 말았다. 블룸은 늘 적을 만들고 다니는 자였다.

그 일은 순식간에 벌이졌다. 어느 한순간 네 사람이 평화롭게 앨범을 들여다보는 풍경이 연출되었다. 그러다가 꿈속의 장면이 갑자기 흔들리는 것처럼 그 풍경이 찌그러지기 시작했다. 아주 오래된 비 새는 영화처럼 서로 관련 없는 장면들이 흐리멍덩하게 떠올라 전혀 이해할 수 없는 상황이 전개되었다. 그것은 사람이 아주 포만하여 아무것도 하기 싫고 아무것도 신경 쓰고 싶지 않은 될 대로 되라는 식의 자포자기의 느낌을 동반했다.

　블룸은 두 병사의 머리 사이로 자기 머리를 들이밀더니 자그마하고 올리브 피부에 눈꼬리가 위로 올라간 15세 소녀 사진을 가리켰다. 그 소녀는 브루클린의 여름 햇살 아래 수영복을 입고서 할리우드 스타일로 앉아 있었다. 머리 위의 타일 지붕은 지난겨울의 검댕이 완전히 벗겨지지 않은 상태였다. 소녀는 남자들이 자기를 자꾸 쳐다보기 때문에 그 어린 몸매에 자부심을 갖고 있었다. 하지만 아직 그 몸매를 실전에 사용하지 않았고 또 그 사용법에 대해서 낭만적인 생각만 갖고 있었기 때문에 성숙한 여인의 몸매라고는 할 수 없었다. 그건 아주 잘 나온 사진은 아니었다. 블룸은 농담 삼아 쾌활한 목소리로 말했다.

　「야, 한번 빠구리해 볼 만한 뜨거운 궁둥이로군.」 그는 자신의 재치 있는 말에 스스로 놀라며 웃음을 터뜨렸다.

　프루는 블룸이 거기 있는지 몰랐다. 하지만 그 소녀가 마지오의 여동생이고 또 블룸도 앨범을 여러 번 보았기 때문에 그 사실을 안다는 것을 알았다. 프루는 순간 전기 충격 같은 것이 자신의 등줄기를 타고 흐르는 것을 느꼈다. 블룸에 대한 증오심과 수치심이 뒤섞인 분노가 프루의 내부에서 솟구쳐 올랐다. 블룸은 농담이든 아니든 그런 말을 의도적으로 했고 또 잘난 척하면서 황소 같은 저돌적인 태도로 그런 말을 했다. 의도적으로 상대방을 무시하는 악의를 발휘하면서, 심지어 군대 내에서도 지켜 주는 터부를 자기 마음대로 짓밟아 버렸다. 조금만 생각이 있는 자라면 그런 말은 결코 하지 않을 것이었다. 프루는 너무나도 강력한 분노를 느껴 똥오줌을 지릴 정도로 블룸을 때려 주고 싶었다.

　하지만 프루가 정신 차릴 사이도 없이 마지오는 프루에게 앨범을 내던지더니 로커로 달려갔다. 그는 로커 문을 열고 당구 큐대를 꺼내어 살금살금 블룸에게 다가오더니 있는 힘을 다해서 블룸의 머리를 내리쳤다.

프루는 재빨리 앨범을 닫으면서 그것을 두 침상 건너의 침상으로 던져 놓았다. 그렇게 해야 파손되지 않을 것 같았다. 그는 자리에서 일어섰다. 리디는 앤절로가 다가오는 것을 보면서 옆의 통로로 내려서서 그 둘에게 공간을 남겨 주었다.

「이, 빌어먹을 놈!」 우지끈 소리가 날 정도로 머리를 얻어맞은 블룸이 소리를 내질렀다. 「이 빌어먹은 웝! 감히 나를 때려?」

「이 개새끼, 당구 큐대로 때렸다. 어쩔래? 한 번 더 때려 줄 테다.」

「뭐라고?」 블룸이 눈을 깜빡이며 말했다. 황소도 쓰러뜨렸을 법한 그 충격은 그의 두개골을 쪼개 놓지 못했고 그를 어지러워 주저앉게도 만들지 못했다. 그는 이제 사정을 파악하면서 더욱 분노하기 시작했다. 「당구 큐대로?」

「그래, 이 새끼야. 한 번 더 때려 줄 테다. 네놈이 내 침상 가까이 다가오면 언제든지 이 큐대로 때려 줄 테다.」

「뭣 때문에? 그건 싸우는 방법이 아니야. 네가 정말 싸울 의사가 있다면 도전을 해야지.」 블룸은 머리를 손으로 쓰다듬어 피를 닦아 냈다. 그는 피를 보자 광포해졌고 상대를 죽이려는 듯한 분노가 폭발했다.

「네놈하고 풀밭에서 붙어서 그냥 두드려 맞으라고?」 마지오가 말했다.

「이 빌어먹을 새끼.」 블룸이 상대의 말을 듣지 않으면서 소리쳤다. 「이 지저분하고 비겁하고 간사하고 거짓말하고 더러운.」 그는 더 이상의 욕설이 생각나지 않아 잠시 말을 멈췄다. 「이 빌어먹을 비겁한 이탈리아 놈아, 이런 식으로 싸우겠다면 그런 식으로 응수해 주지.」

블룸은 계속하여 끊임없이 욕설을 내지르며 내무반 통로를 가로질러 자기 침상으로 갔다. 병사들은 가만히 서서 지켜보기만 했다. 그는 야전 배낭을 꺼내 총검을 매달아 놓은 고리를 힘들게 떼어 냈다. 그러면서 쉴 새 없이 욕설을 퍼부었고 욕설이 생각나지 않으면 이미 써먹은 욕설을 또다시 반복했다. 블룸은 기름을 발라 놓아 사악한 빛이 번들거리는 총검을 들고 마지오가 서 있는 곳으로 달려갔다. 아무도 그를 말리려 하지 않았다. 마지오는 손에 큐대를 든 채 통로로 내려서면서 블룸을 맞이할 채비를 했다. 갑자기 내무반에 죽음의 그림자가 덮쳐 왔다. 권투 선수가 상대를 가격하기 위해 송진 바른 발을 가볍게 놀리며 표범처럼 다가서는 형상이었다.

그러나 그 둘이 중앙 무대에 다가서면서 관중들이 경악하는 쇼를 펼치려는 순간, 워든 인사계가 귀신처럼 그 상황을 파악하고 갑자기 두 병사들 사이에 나타났다. 그는 총가에서 빼 든 쇠막대를 손에 들고 두 놈이 까불면 이 쇠막대로 먼저 죽여 주겠다고 소리쳤다. 그는 시끄러운 소리에 낮잠을 깨어 밖에 나왔다가 상황을 파악하고 개입했던 것이다. 경악하면서 쳐다보던 구경꾼들에게 그는 내무반 바닥에서 갑자기 신령처럼 솟아오른 기강과 권위의 수호신처럼 보였다. 그가 현장에 나타났다는 사실만으로도 두 싸움꾼은 동작을 멈추게 되었다.

「내 중대에서 살인이 벌어질 거라면 내가 먼저 살인을 한다.」 워든은 그들을 조롱했다. 「죽은 놈을 보면 바지에 똥을 싸 갈길 두 애송이가 살인을 하겠다고? 자, 어서 해봐. 어서.」 그가 조롱했다. 워든의 그런 경멸적인 태도 앞에서 그들은 아주 우스꽝스러운 모습이 되었고, 동작 중지는 그들이 보기에 자존심에 상처를 주는 것이 아니라 자존심을 지킬 수 있는 유일한 방법이었다.

「어서 달려들지 않을 거야?」 위든이 비웃었다. 「블룸, 총검을 쓰지 않을 거라면 침상 위에다 살짝 내려놔. 착한 소년처럼. 그래 그렇게 해야지.」

블룸은 말없이 시키는 대로 했다. 그의 이마로 계속 피가 흘러내리고 있었다. 하지만 그의 얼굴에는 안도하는 표정이 역력했다.

「너희를 말리는 자가 없어서 잠시 겁먹었지?」 위든이 콧방귀를 뀌었다. 「살인자들. 터프 가이들. 피에 굶주린 자들. 진짜 살인자들. 마지오, 그 큐대를 프리웻에게 건네줘.」

마지오는 혼쭐난 표정을 지으며 큐대를 프루에게 건네주었다. 아까의 홍분은 이제 사라진 상태였다.

「야, 싸우려면 주먹으로 싸워. 풀밭에 나가서.」 누군가가 소리쳤다.

「닥치지 못해.」 위든이 소리쳤다. 「싸움은 없다. 이 두 바보가 서로 죽이는 것을 구경하고 싶어서 그런 소리를 지르는 자는 용서하지 않겠다.」 그는 눈알을 부라리며 주위를 돌아다보았다. 아무도 그의 얼굴을 정면으로 쳐다보지 못했다.

「그리고 너희 둘, 너희는 아직 정식으로 싸움을 할 정도로 대가리가 굵어지지 못했다. 싸움을 하려면 먼저 어른이 되어야 한다. 너희는 어린아이같이 행동했으므로 어린아이 대접을 받아야 한다.」

모두 조용했다.

「너희는 앞으로 싸울 일이 많다.」 위든이 말했다. 「너희가 소화할 수 없을 정도로 많은 싸움을 감당해야 한다. 또 그리 오래 기다리지 않아도 된다. 적군 저격병의 총탄이 너희 머리 위의 나무를 맞출 때, 그때 내게 와서 너희가 진정한 살인자임을 말해 달라. 그러면 너희가 진짜 살인자라는 것을 믿어 주겠다.」

역시 조용했다.

「밀러 하사.」 워든이 말했다. 「이 어린애의 총검을 치워라. 이자는 아직 총검을 가지고 놀 정도로 대가리가 굵어지지 못했다. 그리고 블룸을 자기 침상으로 데려가 조용히 앉혀 놓고 감독하라. 벽을 보고 앉게 하라. 그게 어린애를 벌주는 방법이다. 화장실 갈 때만 일어서게 하라. 그때도 같이 따라가라. 혼자서 일을 못 볼지 모르니까. 그다음에는 저자의 바지 단추를 채워 줘라.

프리윗, 너는 이 어린애 마지오에게 똑같이 해줘라. 취사장 사역을 나갈 때까지 그런 자세로 앉아 있게 하라. 저 둘은 누구와 얘기해도 안 된다. 우리 중대에 바보 모자를 씌워 줘야 할 놈이 두 놈 나왔다.

저 두 놈이 말대꾸를 하면 즉시 내게 와 보고하라. 그러면 즉시 군법 회의에 넘기겠다. 어린애를 그런 회의에 넘기는 게 좀 미안한 일이지만 태도를 고치지 않는다면 그렇게 할 수밖에 없다. 우선은 너희 둘을 감금하지 않는다. 알겠나?

자 이제, 내가 너희에게 더 이상 말해 줄 게 없을 것 같은데. 없나? 그렇다면 너희 두 애송이는 조용히 있는 게 좋겠다. 나는 돌아가서 낮잠을 자야 하니까. 알았나?」

그는 인상을 쓰면서 부사관 내무반으로 갔다. 그의 지시 사항이 잘 이행되는지 확인할 생각도 하지 않고서. 병사들은 지시대로 움직였다. 블룸이 한쪽 구석에, 마지오가 다른 쪽 구석에 앉아서 꼼짝하지 않음으로써 내무반은 평온을 되찾았다. 하지만 아무도 워든 역시 긴장했다는 사실을 알지 못했다. 워든은 마른 입술을 문지르며 자기 침상에 누워 어느 틈에 밴 이마의 땀을 씻으며 안도의 한숨을 내쉬었다. 그는 한 10분쯤 침상에 누워 있다가 갈증을 참을 수 없어서 물을 마시기 위해 내무반을 통과하여 지나갔다.

「그의 말이 맞아.」 마지오가 프리윗에게 속삭였다. 「워든은 정말 좋은 분이야, 그렇지 않아?」

「그래 맞아. 그는 너희 둘을 곧바로 영창에 집어넣을 수도 있었어. 높은 사람치고 저렇게 조치해 주는 사람은 별로 없어.」

「난 죽은 사람을 본 적이 없어.」 마지오가 속삭였다. 「아주 어렸을 때 관대에 누운 할아버지를 본 것 이외에는. 그때도 아주 무서웠지.」

「난 워든이 뭐라고 말하든, 죽은 사람 많이 봤어. 일단 죽음이라는 개념에 익숙해지면 죽은 사람은 죽은 개나 별반 다를 게 없어.」

「죽은 개라도 신경이 쓰여.」 마지오가 속삭였다. 「난 어디선가 실수를 한 것 같아. 하지만 그게 어디인지 모르겠어. 저 바보 같은 새끼가 그런 말을 하는 순간 머리가 확 돌아 버렸어.」

「네가 어디서 실수를 했는지 말해 주지. 넌 큐대를 좀 더 세게 내리쳤어야 했어. 만약 저자가 의식을 잃어버렸다면 화를 내는 일도 없었을 거야. 물론 정신을 차린 다음에 덤벼들 수는 있을지 몰라도, 그렇게 하지는 못했을 거라고 봐.」

「젠장, 난 있는 힘을 다해 내리쳤어. 그놈의 대가리는 아마도 단단한 상아인가 봐.」

「아마 그럴지도 몰라. 앞으로 저 자식이 내게 시비를 걸면 대가리를 먼저 치지는 말아야겠어.」

「아무튼 워든이 개입해서 너무 고마워.」

「나도 같은 생각이야.」 프루가 말했다.

제15장

 그들이 그렇게 앉아 있는데 취사병의 작업 호각 소리가 스크린 문을 통해 들려왔다. 그들은 각자 따로따로 취사장으로 내려갔고 서로 얘기를 하지 않았다. 그날 밤 취사장 작업병들은 얘기도 별로 안 하고 장난질도 별로 치지 않았다. 떠버리 블룸조차 얘기할 기분이 나지 않았다. 그날 오후의 사건이 그처럼 갑자기 종료되어 버리는 바람에, 자신의 명예가 더럽혀졌는지 아닌지 블룸은 확신이 서지 않았다.
 심지어 스타크도 작업병들이 너무 조용한 것을 눈치채고 프루에게 다가와 오후에 무슨 일이 있었는데 이처럼 분위기가 침울하냐고 물었다. 누군가가 이미 취사장에 달려 내려와 그 소식을 스타크에게 전했겠지만, 훌륭한 경찰관이나 부사관이 늘 그렇듯이, 그는 자신이 알고 있는 이야기를 현장의 목격자 스토리를 통해 확인하려는 것이었다. 그래서 프루는 현장을 목격한 사람으로서 그 사건을 자세하게 말해 주었다. 프루는 스타크가 자신에게 그 얘길 물어보아서 기뻤다. 그날 아침에 보여 준 호의를 생각하면 그런 요청이 없었더라도 프루 쪽에서 먼저 얘기해 주고픈 심정이었다.
 「그건 저 덩치 큰 유대인에게 한 가지 교훈을 줄 거야.」 스타크가 말했다.

「그 친구에게는 그 어떤 것도 교훈이 될 것 같지 않은데.」

「그건 그래. 유대인은 도통 뭘 배우려 들지 않아. 그들은 아직도 그들이 하느님의 선민이라고 생각해. 난 유대인을 좋아하지 않아. 하지만 블룸은 앞으로 출세할 거라고 하더군. 그 친구를 4월에 부사관 학교에 보낸다는 얘기를 들었어. 그러면 곧 하사로 진급할 거야. 만약 부사관이 되면 너와 앤절로한테 엄청 힘들게 할 거야.」

「지가 힘들게 해봤자지.」 프루가 말했다.

「그래, 훌륭한 군인에게 힘든 기합이라는 건 없지.」

「앞으로 내게 겁을 주어 권투 경기에 나가라고 하는 블룸 하사 유의 인간들이 많을 거야. 하지만 그들은 결코 성공하지 못할걸.」

「넌 조금도 겁먹지 않는구나.」

「그런 바보 같은 자식들에게 겁을 먹는다는 건 웃기는 일이야.」

「그래, 사나이가 겁먹는다는 건 안 될 일이지.」

「아무튼 내 심정을 솔직히 말했을 뿐이야. 난 허풍을 떨지 않아.」

「나도 알아. 하지만 일부러 매를 자청하여 받을 필요는 없다고 생각해.」

「난 일부러 자청한 게 아니야.」

「넌 아닐지 몰라도 그들이 그렇게 생각한다니까.」

「난 그저 가만히 내버려 두었으면 좋겠어.」

「오늘날의 세상에서……」 스타크가 말했다. 「아무도 저 혼자서 살아갈 수는 없어.」

그는 싱크대 옆의 테이블에 앉아 골든 그레인 연초 쌈지와 담배 용지 하나를 꺼냈다. 이빨로 쌈지를 연 다음 조심스럽게 연초를 쏟아 내 천천히 말기 시작했다.

「잠시 휴식을 취하도록 해.」 스타크가 말했다. 「오늘 밤에는 급한 일이 없으니까. 이봐, 취사장에 내려와 나와 함께 일하면 어떻겠나?」

「취사장 일? 취사병?」 프루가 주걱을 내려놓으며 말했다.

「응.」 스타크가 계속 담배를 말면서 말했다. 그는 프루에게 쌈지를 건넸다.

「고마워.」 그가 쌈지를 받으며 말했다. 「글쎄, 모르겠어. 난 그 생각을 해본 적이 없는데.」

「난 네가 마음에 들어.」 스타크는 가운데 봉긋한 연초를 옆으로 밀어내 담배 종이의 가장자리가 두꺼워지게 했다. 그렇게 해야 담배가 잘 말리기 때문이었다. 「우기가 끝나고 중대가 야외 훈련을 하기 시작하면 넌 아주 힘든 시간을 보내야 할 거야. 아이크 갈로비치, 윌슨, 그의 남자 친구 헨더슨, 대머리 돔, 다이너마이트, 기타 운동선수들이 너를 고깝게 보며 압박해 올 거라고. 게다가 중대 스모커 게임의 시기가 돌아오고 있어. 네가 마음을 바꾸어서 스모커 게임에 나가지 않는 한, 아주 어려운 시기가 들이닥칠 거야.」

「내가 왜 권투를 그만두었는지 얘기해 주기를 바라는 거야?」

「아니, 그럴 필요 없어. 그 얘긴 이미 다 들었으니까. 여러 번. 올드 아이크는 심심하면 그 얘기를 떠벌리니까. 프리윗, 취사장에 근무하면 그들이 너에게 기합을 넣지 못할 거야.」

「난 그 누구의 보호도 필요하지 않아.」

「자비심이 발동해 이렇게 말하는 게 아니야.」 스타크가 아주 분명하게 망설임 없이 말했다. 「취사장은 자비심만으로 운영할 수가 없어. 일을 제대로 해내지 못하면 붙어 있을 수 없어. 네가 일을 잘하지 못한다고 생각했다면 물어보지도 않았을 거야.」

「난 실내 작업을 별로 좋아하지 않아.」프루가 상대방이 진심인지 알아보고 천천히 의미심장하게 말했다. 프루 또한 스타크 같은 사람 밑에서 일하는 게 정말 좋다는 것쯤은 알고 있었다. 치프 초트 또한 훌륭한 하사였다. 그렇지만 이 부대에서는 어떻게 된 건지 하사들이 소대를 운영하는 것이 아니라 영어도 제대로 못하는 소대 부사관 대리가 운영을 맡았다. 하지만 스타크는 비록 하사라도 자신의 취사장을 완전 장악하고 자기 마음대로 운영하고 있었다.

「난 윌러드를 다른 곳에 보내야겠다고 생각한 지 오래되었어.」스타크가 말했다.「그렇게 하면 일석이조야. 심스를 선임 취사병으로 만들고 너는 견습 취사병으로 들어오는 거지. 이렇게 하면 아무도 너를 건드릴 수 없어. 그런 다음 여기서 좀 근무해 이등 취사병으로 승진하고 이어 일등병 6호봉이 되면 아무도 정실 인사라고 씹어 대지 않을 거야.」

「내가 그 일을 할 수 있다고 생각하는 건가?」

「그럼. 그렇지 않았다면 요청하지도 않았을 거야.」

「다이너마이트가 그런 거래를 승인할까? 대상자가 나라는 걸 알면?」

「내가 추진하면 승인할 거야. 나는 현재 총아 리스트에 올라 있으니까.」

「난 야외에서 일하는 게 좋아.」프루가 아주 천천히 말했다.「취사장 일은 너무 혼란스러워. 음식은 테이블 위에 올려놓았을 때는 멋진데 팬 속에 들어 있는 찌꺼기는 별로야. 그걸 보면 식욕이 달아나.」

「그렇게 말을 돌리지 마. 강요할 생각은 없어. 네가 취사병 자리를 수락하거나 수락하지 않거나 둘 중 하나야.」

「정말 수락하고 싶지만, 그렇게 할 수가 없어.」프루는 최종적으로 말했다.

「오케이, 받아들이고 말고는 네가 알아서 할 일이야.」
「잠깐만, 스타크, 내 입장을 말해 볼게. 그걸 좀 이해해 주었으면 좋겠어.」
「이해해.」
「아니, 이해하지 못하는 것 같아. 누구나 저마다 권리를 갖고 있는 거야.」
「자유, 평등, 행복의 추구 같은 것은 양도할 수 없는 권리지. 나도 그건 학교에서 배웠어.」
「그게 아니야. 그건 헌법에 나오는 거지. 하지만 요즘 헌법을 믿는 사람은 아무도 없어.」
「아니, 그들은 믿어.」 스타크가 말했다. 「단지 그걸 실천하지 않을 뿐이지. 믿기는 한다고.」
「내 말이 바로 그 말이야.」
「이 나라에서 사람들은 실천을 하지 않을 뿐 믿기는 하지. 다른 나라들은 믿는 것조차 안 해. 가령 스페인이나 독일을 한번 봐.」
「나도 그걸 믿어. 그건 나의 이상이야. 하지만 난 이상을 얘기하자는 게 아니야. 인생을 얘기하자는 거야.

모든 사람은 일정한 권리를 갖고 있어. 이상이 아니라 현실에서 말이야. 만약 당사자 자신이 그 권리를 위해 일어서지 않으면 아무도 그를 도와주지 않아.

육군 조례나 규정에 내가 이 부대를 위해 권투 선수가 되어야 한다는 건 없어. 내가 싫으면 안 해도 되는 거야. 내가 일부러 심술을 부려 안 하는 게 아니라 그렇게 결정한 충분한 이유가 있었어. 내가 원하는 대로 행동한다고 해도 남한테 피해를 주지 않는다면, 나는 사람답게 살아갈 권리가 있어. 괴롭힘을 당하지 않고 말이야. 그게 인간으로서의 권리야. 적어도 괴롭힘을 당하지 않아야 해.」

「박해를 당하지 않아야 한다는 말이군.」 스타크가 말했다.
「바로 그거야. 만약 내가 취사장에 들어간다면 내 권리를 포기하는 게 돼. 내가 잘못했다고 인정하는 꼴이 되고, 그러면 나는 권리 주장을 할 수 없게 돼. 그들은 자기들이 옳다고 생각하고 그래서 나를 박해한 것이 정당하다고 생각할 거야. 내가 권투를 하느냐 마느냐는 요점이 아니야. 그들은 여전히 나를 박해하고 있어.」

「좋아, 네 말을 이해하겠어. 하지만 나도 한 가지 얘기하고 싶군.

먼저 말이야, 넌 너무 원론적인 얘기만 하고 있어. 너는 실제 세상을 얘기하고 있는 게 아니라 세상이 이러저러하게 되어야 한다고 말하고 있어. 이 세상에서 그 어떤 사람도 권리를 가지고 있지 않아. 그 사람이 아주 힘주어 꼭 잡기 전에는 권리 따위는 없어. 그리고 그 권리를 확보하는 방법은 통상적으로 다른 사람에게서 빼앗아 오는 거야.

나한테 세상이 왜 그렇게 되어 먹었느냐고 묻지 마. 내가 아는 건 세상이 그렇게 생겼다는 거야. 어떤 사람이 어떤 것을 차지하려면 혹은 획득하려면 그 방법을 잘 알아야 해. 다른 사람들이 그 권리를 어떻게 챙기고 유지하는지 잘 보아 두었다가 그대로 따라 해야 돼.

사람들이 이렇게 하는 데 가장 잘 써먹는 방식이 바로 정치야. 그들은 영향력 있는 사람을 친구로 두었다가 필요할 때 그 영향력을 이용하는 거야. 이게 내가 써먹은 방법이었어. 포트 캄에 있을 때 내 형편은 지금의 너 못지않게 나빴어. 하지만 나는 어디로 뛰어야 할지 살펴본 다음에 움직였어. 그냥 그걸 싫다고 하지는 않았어. 그 부대 사정은 영 형편없었어. 하지만 나는 거기 참을 수 있을 때까지 있다가 더 좋은 부대를 알아봐서 옮겨 온 거야. 옛 상사 홈스가 여기 중대장으로 있다는 걸 알고 그를 찾아와 그의 영향력을 이용한 거지.」

「그렇게 한 건 잘했지.」 프루가 말했다.

「이걸 네가 나팔 소대에서 한 행동과 한번 비교해 봐. 만약 네가 영리하게 굴었다면 거기 그대로 있으면서 좀 더 좋은 곳을 알아보았을 거야. 화를 벌컥 내면서 전출을 요구하기보다는. 현재 네 입장이 어떤가 한번 살펴봐.」

「난 기댈 만한 곳이 없었어.」

「그렇다면 더욱 거기에 한동안 머물렀어야지. 그리고 지금 내가 의지할 곳을 제공했는데도 너는 싫다며 거절했어. 그건 영리하지도 못하고 합리적이지도 못한 처사야. 세상 사람들은 모두 그런 식으로 움직이는데 말이야.」

「내가 합리적이지 못하다는 건 알아. 하지만 그렇게 움직이는 게 세상 살아가는 유일한 방식이라고는 생각 안 해. 만약 그게 사실이라면, 사람의 존재라는 건 아무 의미도 없게 돼. 인간이라는 존재가 아무것도 아닌 게 돼.」

「어떻게 보면 네 말이 맞는지 몰라. 내 말은 사람 그 자체가 아니라 그가 어떤 사람을 알고 있느냐가 더 중요하다는 얘기가 되니까. 그러나 다르게 보면 네 얘기는 전혀 맞지 않는 게 돼. 왜냐하면 내 말을 좀 들어 봐. 인간의 존재 혹은 본성이라는 건 언제나 그대로야. 그 어떤 철학도, 그 어떤 기독교적 도덕도, 그 외의 다른 어떤 것들도 인간의 본성을 바꾸어 놓지는 못해. 그런데 그 인간의 본성이라는 건 각자 다른 채널을 통해 표현되는 거야. 이게 중요한 거야. 그건 강물하고 비슷해. 강물은 어떤 채널을 따라가다가 댐에 갇히고, 또 새로운 채널로 흘러들면 흐름이 강해져서 다른 방향으로 움직여 가는 거야.」

「하지만 사람들은 그것에 대해서 거짓말을 해.」 프루가 말했다. 「이게 헷갈리는 거야. 사람들은 정직한 노동으로 힘들게 노력해서 돈을 벌었다고 말하지. 하지만 속사정을 살펴보면 보스의 딸과 결혼해서 그 재산을 물려받은 거야. 그런 자들은 이렇게 말해. 보스의 딸과 결혼하는 것은, 밑바닥부터 힘들게 경쟁하면서 올라오는 것 못지않게 힘든 일이다. 이게 말이 돼?」

「말이 안 되지.」

「그런데도 아까는 이런 자가 나름대로 세상의 요령을 깨친 자라고 했잖아.」

「어떻게 보면 세상일을 잘 아는 자라고 할 수 있지. 하지만 너의 비유는 적절하다고 생각되지 않아.」 스타크가 얼굴을 찌푸리며 말했다.

「만약 이게 옳은 일이라고 한다면…….」 프루가 말했다. 「사랑은 어떻게 되는 거야? 열심히 일해서 성공하는 게 중요한 게 아니라, 보스의 딸과 결혼해서 성공하는 게 중요한 게 돼. 이럴 경우 사랑은 아예 논외가 되어 버리지. 이럴 경우 그 부부는 정말 사랑하는 걸까?」

「넌 개인적으로 그런 사랑을 하는 자들을 보았나?」

「모르겠어. 때로는 본 것 같고 때로는 못 본 것 같기도 하고. 나의 상상일지도 모르지.」

「내가 볼 때, 사람들은 뭔가 이득을 취할 수 있을 때에만 그 대상을 사랑해. 원하는 것을 제공하지 못하는 대상은 사랑하지 않아.」

「아니야.」 프루기 바이올렛을 떠올리며 말했다. 「그건 네가 틀렸어. 사랑이 로맨스나 상상 속에서만 존재한다고 밀힐 수는 없어.」

「젠장, 나도 잘 모르겠어.」 스타크가 약간 짜증 난 목소리로 말했다. 「넌 내가 이해하기 어려운 분야로 들어가는데, 내가 아는 건 이런 거야. 이 세상은 지금 지옥을 향해 가고 있어. 지구상의 5억 인구들이 심하게 동요하고 있어. 이런 세상에서 사람이 할 수 있는 것은 딱 한 가지야. 자기만의 것, 자기를 실망시키지 않는 것을 발견하고 그것을 위해 열심히 일하는 거야. 그러면 그게 보상을 해줘. 내 경우 그건 취사장이야…….」

「내 경우에는 나팔이야.」

「……그게 내가 신경 쓸 수 있는 유일한 거야. 내가 그걸 잘하는 한 나는 부끄러움을 느낄 게 아무것도 없어. 나머지는 사람들이 서로 뿔을 뽑든, 서로 죽이든, 이 빌어먹을 세상을 지옥으로 만들든, 그건 내 소관이 아니야.」

「세상이 지옥이 되어 버리면 취사장도 날아가 버릴 거야.」

「좋아. 하지만 그렇게 될 때까지 미리 걱정할 필요는 없잖아.」

「취사장이 아예 날아가 버리는데도?」

「상관없어. 그렇게 되면 나도 죽어 없어질 텐데 뭐가 걱정이야. 내가 아는 건 그것뿐이야.」

「스타크, 미안해. 난 너의 제안을 받아들일 수가 없어. 그렇다고 해서 그 제안을 고마워하지 않는다고 생각하지는 말아 줘.」 프루는 천천히 그 말을 했다. 원래는 그 말을 하고 싶지 않았다. 그 말을 안 해도 스타크가 알아서 그것을 납득해주기를 바랐다. 또한 프루는 스타크에게 화가 나기도 했다. 스타크가 설득력 있는 말을 해주기를 바랐으나 결국 프루를 설득하지 못했기 때문이었다.

「그렇게 생각 안 해.」

「내가 너의 제의를 받아들이면 지금껏 내가 해온 모든 것들이 쓸모없는 것, 내다 버려야 하는 것이 되어 버려.」

「그런 것에 매달리는 것보다 아예 다 내버리고 다시 시작하는 것도 한 방법이야.」

「아무것도 대체할 것이 없는 상황에서는 그렇게 할 수가 없어. 그 만한 것이 눈앞에 보이지 않아. 너는 취사장을 갖고 있지만.」

「오케이.」 스타크가 담배꽁초를 내던지고 일어서며 말했다. 「너무 그걸 강조하진 마. 내가 운이 좋다는 건 알아. 하지만 이걸 챙기려고 얼마나 고생했는지 몰라.」

「강조하는 건 아니야. 스타크, 너와 함께 일하고 싶지만 내 신념 때문에 못하는 거야.」

「나중에 보자, 사람들이 들어올 시간이야. 밖에 나가서 음식이 제대로 나가는지 감독해야 돼.」

프루는 그가 자리를 뜨는 것을 지켜보았다. 그의 얼굴은 여전히 좋은 경찰관 혹은 부사관의 얼굴이었다. 무표정하고 차가운 권위의 얼굴이었는데 남의 얘기를 인정 있게 들어 주려는 분위기는 사라지고 없었다. 약간의 관심 어린 눈빛을 빼놓고는 얼굴 전체에서 호기심 어린 표정이 사라졌다. 스타크와 나는 많은 것을 잃었구나, 하고 프루는 생각했다. 하지만 다른 사람들이 알지 못하는 많은 것을 얻었다는 생각도 들었다.

그는 그 문제를 완전히 잊어버리고 눈앞의 일을 재빨리 해치우기 시작했다. 그런 다음 저녁 식사 후 취사장에 들어올 냄비와 팬을 닦아야 했다.

섬에서는 혹은 바다 가까운데에서는 금방 주위가 어두워진다. 일몰은 잠깐 사이에 벌어진다. 어느 한순간 아직 해가 있어서 훤하다가 그다음 순간에 해가 꼴깍 넘어가 어두워진다. 서쪽 해변에 서서 살펴보면 바다의 깊은 목구멍이 황금 크래커를 삼키는 것을 볼 수 있다. 원형의 리즈 크래커, 하고 프루는 생각했다. 하지만 본토의 블루리지산맥이나 스모키스산맥에서는 해가 지고 난 후에도 노을이 한참을 끈다. 프리웟, 너 세상 구경 많이 했구나, 하고 프루는 혼잣말을 했다. 그는 점점 어두워지는 빛에 적응하기 위해 눈을 감빡거렸다.

중대원들은 전깃불 아래 요리한 콩과 소시지를 먹으며 요란하게 떠들어 댔고 서로 대화를 나누며 커피를 마셨다. 영내 생활에서 저녁 시간이 가장 황금 시간이다. 사병들은 자유 시간을 맞이하여 제 마음대로 시간을 보낼 수 있는 것이다. 탕자처럼 어느 한 가지 일에 그 시간을 모두 바칠 수도 있고, 아니면 어릴 적 과자 가게에서 사탕 과자 둘, 눈깔사탕 넷, 사탕 과자 하나 등 찔끔찔끔 사용하고도 여전히 5센트 동전이 두 개 남는 식으로 시간을 사용할 수도 있다.

앤더슨과 프라이데이 클라크는 식당에서 나가면서 나중에 기타를 칠 건데 함께 끼이지 않겠느냐고 프루에게 물었다. 위병소에서 보초 근무를 서야 하는 나팔병인 앤디는 권총 혁대를 차고 겨드랑이 밑으로 해서 어깨 위에 묶은 기다란 검은 지지 혁대를 차고 있었다. 근무 시 늘 소지해야 하는 나팔은 위병 근무 중에는 등 뒤에 매달아 놓았다.

「난 위병소에서 밤 9시까지 근무해야 돼.」 앤디가 말했다. 「하사가 영화관에 가는 바람에 대신 근무를 서야 해. 하지만 귀영나팔 이후에 소등나팔까지는 자유 시간이야. 이 시간에 연습하기로 하자.」

「난 아무래도 상관없어.」 프루는 전보다 더 기타 치기를 기다리면서 말했다. 「나와 앤절로는 당구대에 가서 당구 치면서 시간을 보낼까 해.」

「난 옆에서 응원을 할게.」 프라이데이가 말했다. 「프루, 구경하게 해줄 거지? 오늘 오후에 일직 사관이 나를 쫓아냈기 때문에 난 위병소에 갈 수가 없어.」

「너도 괜찮다면 당구 같이 치자.」

「아니, 난 구경할게. 난 당구 실력이 별로야.」

「좋아, 그럼 응원해. 그럼 어서 가봐. 난 여기 일 좀 끝내야 해.」

「가자, 저 친구 바쁜 거 눈에 안 보여?」 앤디가 얼굴을 찌푸리며 말했다. 「클라크, 넌 늘 뭉그적거리더라.」

「날 좀 가만히 내버려 둬.」 둘이 밖으로 나갈 때 클라크가 말했다. 「거물인 것처럼 행동하지 마. 너 오늘 보초 근무가 아니었더라면 블룸과 함께 시내로 나가 호모를 쫓아다녔을 거야. 네 기타는 로커에다 처박고 말이야.」 그건 프라이데이가 할 수 있는 최대의 비난이었다.

저녁 식사가 끝나자 중대원들은 바쁘게 움직이기 시작했다. 돈 있는 친구들은 택시를 불러 시내로 나갔고 돈 없는 많은 친구들은 고속도로로 나가서 히치하이크를 해서 시내로 나가 영화관에 가거나 우승 팀인 35연대 농구 팀이 포트 샤프터 농구 팀과 벌이는 친선 경기를 구경하기 위해 부대 내 체육관으로 갔다. 어두운 포치에서 그런 일들을 의논하는 소리가 프리윗의 귀에까지 들려왔다. 그는 일손을 더욱 빨리 놀렸다.

그가 싱크대를 청소하는데 스타크가 다시 취사장에 들렀다.

「프루, 난 오늘 밤 시내에 나갈 거야. 같이 안 갈 테야?」

「난 빈털터리야.」

「너한테 돈 있냐고 묻지 않았어. 돈은 내게 있어. 나는 월말에 한 번 크게 놀려고 늘 돈을 모아 두지. 딱 한 번 좋은 날을 골라서 나가. 그러면 시내에는 사람이 별로 없어. 봉급날 시내에 나가면 말이야 창녀집은 고사하고 바에도 자리가 제대로 없어.」

「네 돈을 가지고 놀겠다는 데야 내가 뭐래? 몇 시에?」 그는 어두운 방 안에 가운을 입고 앉아 있는 하얀 여체가 눈앞에서 어른거리는 것을 보았다. 주크박스(전축)에서 반사되는 천연색 반사광도 보였다. 가까스로 억누르고 있던 여자에 대한 욕망이 목구멍까지 치밀고 올라와 갑자기 목구멍이 걸걸해졌다.

「소등나팔 이후가 가장 좋은 시간이야. 동료랑 함께 가면 더욱 신나지. 넌 한동안 여자 구경 못한 것 같은 얼굴인데.」 스타크가 빙그레 웃으며 말했다.

「정말 그래.」 프루는 예기치 못한 초대에 대한 감사를 그런 짧은 말로 대신했다.

「우린 자정이면 거기 도착할 거야. 먼저 바에 들어가서 뜸을 들이면서 준비를 하는 거지. 그런 다음 새벽 1시쯤 그곳을 찾아가 2시까지 노닥거리다가 각자 여자 하나씩 꿰차고 긴 밤을 보내는 거야. 물론 그 중간에 쇼트타임으로 한 코 뜰 수도 있고. 난 늘 이런 식으로 놀다 와.」

「긴 밤!」 호놀룰루 창가에서 긴 밤이라고 하면 새벽 2시에서 5시까지 세 시간을 가리켰다. 「그건 두당 15달러인데!」

「그렇지. 하지만 가치가 있어. 한 달에 한 번 돈을 모아 두었다가 나가면 완전 본전 뽑고 와.」

「친구, 네가 하자는 대로 다 하겠어. 귀영에서 소등까지 한 시간 동안 기타 연습을 하기로 했어. 그러니 외출 시간에는 전혀 지장이 없겠는데.」

「우린 소등 이전에는 나가지 않을 거야. 어쩌면 나도 그 시간에 기타 연습하는 데 끼일지 모르겠어.」 스타크가 지나가듯이 말했다.

「끼이면 좋지. 기타 잘 쳐?」

「뭐 대단한 실력은 못 돼. 하지만 듣는 건 좋아해. 그럼 그때 보자.」 그는 무뚝뚝하게 말하고 얼굴을 약간 찡그리면서 취사장 밖으로 걸어 나갔다. 분명 프루의 감사 인사를 원하지 않는 태도였다.

프루는 그의 등을 쳐다보며 빙긋이 웃었다. 싱크대를 청소하는 내내 기분이 날아갈 듯 가뿐하고 상쾌했다. 그는 배가 뜨뜻해지면서 그동안 공중에 무겁게 매달려 있는 남성성이 솟구치는 것을 느꼈다. 그러다가 문득 마지오가 독서오락실에서 당구를 치기 위해 그를 기다리고 있다는 것을 기억해 냈다.

그들은 번호 통과나 지명 번호 때리기 같은 것이 없는 스트레이트 로테이션[40]을 쳤다. 이 게임과 번호 통과 게임의 차이는 스리 쿠션 게임과 아마추어용 일반 게임의 차이와 비슷했다. 그날 밤 온 세상이 형제같이 느껴지던 프루는 당구가 잘되었다. 애틀랜틱 애버뉴 출신의 챔피언과, 떠돌이 시절 낯선 동네의 당구 스타를 상대로 게임을 벌여 용돈을 벌던 프루 사이의 게임은 막상막하였다. 하지만 프루가 약간 우세했다.

프라이데이는 벽감과 독서오락실(예전에는 포치의 일부) 사이의 창문에 팔꿈치를 기대고서 구경했다. 그는 게임에 흥미를 보이기는 했지만 기타를 내올 때까지 시간 때우기에 지나지 않았다. 잠시 뒤 독서오락실에 있던 사병들도 벽감으로 들어와 구경을 했다.

마지오는 자기가 칠 차례가 아니면 큐대를 든 채 다른 창문의 턱에 걸터앉아서 구경했다. 그 모습이 꼭 자기중심적인 지빠귀새 같았다. 날을 빳빳하게 세운 모자를 뒤로 약간 젖혀 놓아서 곱슬머리가 이마 쪽으로 흘러내리게 했다. 그는 아주 어려운 번호를 프루가 포켓에 집어넣자 그 기술을 극구 칭찬했다. 구경꾼들이 잘 알아보지 못할 경우에 대비한 것이었다.

「이 친구는 꾼이야.」 그가 프루에게 엄지손가락을 치켜세우며 말했다. 「난 보면 알아. 브루클린은 뛰어난 당구 선수와 탁구 선수를 많이 배출했어. 저 친구를 우리 고장에 초빙할 수만 있다면 내 주머니에 있는 돈을 다 내놓겠어. 그에게 작업복을 입히고 밀짚모자를 씌우고 이빨 사이에 나뭇잎을 끼

---

40 공의 번호순으로 포켓에 집어넣는 게임.

우고 노름 당구에 출전시키면 큰돈을 벌 수 있을 것 같아.」

「왼쪽 레일과 위쪽 레일이 교차하는 포켓에다 9번 볼을 집어넣는다.」 프루는 그렇게 말하고서 성공했다.

「내 말대로지?」 마지오가 구경꾼들에게 웃으며 말했다.

「앤절로, 난 언젠가 네 고향을 방문해야 할 것 같아.」 프루가 큐대에 초크를 묻히며 말했다.

「안 돼, 오지 마. 우리 어머니가 우리 둘의 엉덩이를 걷어차서 쫓아낼 거야. 어머니는 보병이라면 딱 질색이야. 군부대에서 나온 병사 하나가 작은누나를 꾀어낸 이후, 어머니는 군바리라면 딱 질색이야.」

9시에 앤디가 위병소에서 돌아왔고 그의 나팔은 여전히 등 뒤에 매달려 있었다. 그들은 당구 게임을 정리했다. 「곧 나는 귀영나팔을 불어야 해. 그러면 소등나팔 때까지는 자유 시간이야.」 앤디가 다른 문으로 빠져나가며 말했다. 「누가 가서 기타를 꺼내 와.」

「내가 가져올게.」 프라이데이가 아연 정신이 살아나면서 계단 쪽으로 달려갔다.

「나도 끼여서 들어 볼 수 있을까?」 앤절로는 그게 개인 연습 시간인 걸 알고서 그렇게 말했다. 「한 마디도 안 할게. 단 한 마디도.」

「난 네가 힐빌리는 안 좋아하는 것으로 알았는데.」 프루가 빙그레 웃으며 말했다.

「안 좋아해. 하지만 너희는 힐빌리를 연주하는 게 아니야. 진 오트리는 힐빌리일지 모르지만, 너희는 진짜 음악을 하는 거야.」

「그럼 껴. 오늘 밤 블룸은 뭐 하고 있는지 모르겠네. 안 보이는데.」 프루가 중대 마당으로 나서며 말했다.

「나도 못 봤어.」 앤절로가 말했다. 「아마도 시내에 나갔을 거야. 호모를 만나러. 난 호모를 만나러 시내로 나갔다가 〈와이키키 태번〉에서 호모와 함께 있는 그를 보았어.」

「그렇다면 돈을 벗겨 먹기 위한 게 아닌가 본데.」

「아닐지도 모르지. 기대어 눈물을 흘릴 어깨가 필요한 건지도 몰라, 그 개자식.」

그들은 어두워진 중대 마당에서 만났다. 프라이데이가 기타 두 대를 끌고 나오고 있었다. 앤디가 귀영나팔을 불고 온 후 그들은 취사장의 뒷 계단에 앉아 블루스를 나지막하게 연주했다. 사람들이 몰려오는 것을 피하기 위해서였다. 그들은 음악을 아는 사람들만 모여서 독특한 의사소통 방식을 실현하고 싶었다. 중대의 사각 마당을 중심으로 당직 사관이 내무반의 불을 끄기 시작했다. 스타크는 취사장에서 나와 모퉁이의 돌부리에 걸터앉아 담배를 피웠다. 그는 음악을 듣기만 했을 뿐 단 한 마디도 말하지 않았다. 저 멀리 본부 건물을 쳐다보는 모습이 마치 두고 온 텍사스를 그리워하는 것 같았다. 계단 맨 밑동에 털 없는 원숭이처럼 앉아 있던 마지오도 스타크처럼 열심히 그 음악을 들었다. 그건 그의 고향 브루클린에서는 생소한 가락이었다.

「저 블루스 곡조는 힐빌리라기보다는 재즈처럼 들리는데.」 마지오가 잠시 뒤 입을 열었다. 「너희가 연주하는 걸로 봐서는 말이야, 슬로 재즈나 진짜 흑인 재즈 같아. 뉴욕 52번가 술집에서 연주하는 그런 거 말이야.」

프루는 연주를 멈추었고 프라이데이의 기타도 따라서 멈추었다. 「어떤 면에선 그런 점도 있어.」 프루가 말했다. 「어디서 힐빌리가 끝나고 어디서 재즈가 시작되는지 아무도 자신 있게 말할 수 없어. 서로 서로 스며드니까. 나와 앤디는 우리 직업 군인을 위한 특별한 블루스를 작곡하려고 생각 중이야. 우린 죽 그 얘기를 해왔는데 언젠가 작곡할 거야.」

「정말 그럴 생각이야.」프라이데이가 말했다.「그걸 재입대 블루스라고 할 거야. 트럭 운전사의 블루스, 소작농의 블루스는 있는데 정작 직업 군인의 블루스는 없어.」

스타크는 조용히 앉아서 그들의 연주와 대화를 들었다. 하지만 그 대화에 끼어들지는 않고 담배만 피우면서 자기 자신과의 대화를 계속했다.

「귀영나팔은 그렇게 불면 안 돼.」프루는 전문가답게 앤디에게 말했다.「귀영은 스타카토로 해야 돼. 짧고 굵게 끊는 맛이 있어야 해. 긴 가락을 내서는 안 돼. 귀영은 긴급히 돌아오라는 신호야. 빨리 불 끌 준비를 하라는 거고 더 이상 이의를 제기하지 말라는 신호야. 그래서 간결하고 정확해야 하며 가락을 늘이는 일이 없어야 해. 마지못해 이렇게 알린다는 슬픈 분위기를 그 밑에 깔고 있어야 해.」

「뭐든지 잘할 수는 없어.」앤디가 말했다.「나는 기타 연주자야. 넌 나팔을 고수하고 난 기타를 고수해.」

「알았어. 여기 받아.」그는 그리 새것이라고 할 수 없는 새 기타를 주인인 앤디에게 돌려주었다.

앤디는 기타를 돌려받아 프라이데이로부터 멜로디의 조언을 받았다. 그러면서도 어둠 속에서 계속 프루를 쳐다보았다.

「그럼 소등나팔은 네가 불어 볼 테야? 원한다면 내가 양보할게.」

프루는 잠시 생각했다.「정말 그렇게 해도 신경 쓰지 않겠니?」

「아니, 난 원래 나팔병이 아니라 기타 연주자야. 어서 가서 불어. 넌 전에 불어 본 적이 있잖아.」

「좋아, 그럼 나팔을 건네줘. 여기 네 마우스피스 가져가. 난 내 것이 있어. 마침 호주머니에 들어 있군.」

그는 낡은 위병 나팔을 받아 들고 그것을 자신의 무릎 위에 내려놓았다. 그들은 서늘한 어둠 속에 앉아서 부드럽게 기타를 연주하고 대화를 나누었다. 그러나 스타크는 아무 말도 하지 않고 기쁜 듯 혹은 시무룩한 듯 엿듣기만 했다. 취사장 근처를 지나가던 두 명의 사병이 발걸음을 멈추고 그 블루스 리듬을 귀 기울여 듣기도 했다. 스타크는 비록 말이 없었지만 기민했다. 그는 담배를 중대 마당에다 내던졌고 꽁초는 두 사병의 발아래 떨어지더니 순간적인 불꽃으로 피어올랐다. 두 사병은 그 음악을 듣고 기분이 좋아진 듯 상쾌한 발걸음으로 다른 곳으로 가버렸다.

11시 5분 전에 그들은 기타 연주를 멈추고 일어섰다. 그들 네 명은 모퉁이의 확성기 있는 곳으로 걸어갔다. 스타크는 이제 건물 벽에 기대선 채 또 다른 담배를 말아서 묵묵히 피우고 있었다. 그는 주변에서 벌어지는 일을 하나도 빼놓지 않고 모두 쳐다보았다.

프루는 석영 마우스피스를 호주머니에서 꺼내 나팔에 끼워 넣었다. 그는 커다란 주석 확성기 앞으로 가서 약간 긴장한 상태로 자신의 입술을 핥으며 서 있었다. 그는 시험 삼아 부드러운 소리를 두 번 내보더니 거칠게 마우스피스를 닦아낸 뒤 힘차게 자신의 입술을 갖다 대었다.

「입술이 좀 메말라서.」 그가 긴장한 목소리로 말했다. 「벌써 몇 달 동안 나팔을 안 만졌더니. 계속 불어야 입술이 부드러워지는데.」

그는 달빛 아래 서서 무게 중심을 이 발 저 발로 옮겨 놓으면서 나팔을 만지작거렸다. 나팔을 가볍게 흔들기도 했고 입술에 세게 가져다 대기도 했다.

「야, 이거 잘 불지 못할 것 같은 생각이 드는데. 소등나팔은 특별히 중요한 것이라서.」

「긴장을 풀고 한번 불어 봐.」 앤디가 말했다. 「충분히 할 수 있잖아.」

「좋아.」 프루가 화난 어조로 말했다. 「좋아, 내가 먼저 불겠다고 하지는 않았으니까. 그러니 긴장할 필요는 없잖아?」

「그럼, 그럼.」 앤디가 맞장구쳤다.

「긴장이 없으면 감수성, 동정심, 이해심 같은 게 생겨나지 않는데.」

「넌 안 그럴 거야.」 앤디가 말했다.

「알았어. 그만 입 닥쳐.」

그는 손목시계를 내려다보았다. 분침이 자판의 맨 위 숫자에 도달하자 계단을 올라가 나팔을 확성기에다 갖다 댔다. 아까의 긴장하던 마음은 봄눈 녹듯 사라졌고 그는 혼자가 되었다. 그 모든 것으로부터 분리되어.

첫 번째 음은 분명하면서도 자신감에 차 있었다. 이 나팔 소리에는 아무런 의문이나 장애가 없었다. 그 소리는 중대 마당을 가로질러 퍼져 나갔다. 다른 나팔수들의 소리보다 좀 더 멀리 퍼져 나갔다. 피곤한 하루에서 또 다른 피곤한 하루로 이어지는 시간의 길이를 충분히 반영하고 있었다. 30년의 세월 같았다. 두 번째 음은 짧고 급박했다. 쇼트타임 창녀와 보낸 짧은 3분처럼. 10분간 휴식처럼 짧았다. 첫 소절의 마지막 음은 약간 끊어진 리듬에서 갑자기 치솟아 올라 모든 굴욕과 타락을 이겨 내는 자존심의 수준으로 반등했다.

그는 그런 식으로 소등나팔을 불었다. 짧은 휴지 다음에 이어지는 급격한 리듬. 그 어떤 메트로놈도 그 속도를 따라가지 못할 것이었다. 이 소등나팔에는 연대 나팔의 평온한 템포 따위는 없었다. 나팔 소리는 공기 중에 크게 솟아올라 중대 마당을 내려다보았다. 그 소리는 반공에서 진동하면서 사병들의 슬픔, 인내, 자존심을 말해 주었고 그들의 진혼곡이면서 동시에 묘비명이 되어 주었다. 사병을 사랑하는 어떤 여인이 그를 포옹하며 부드럽게 말해 주는 소리였다. 그 소리는 어두운 내무반에서 잠들고 있는 사병들의 머리 위에 후광처럼 배회했다. 영내 생활의 모든 추악함을 아름다움으로 바꾸어 놓으며 동정심과 이해심을 유발했다. 그 소리는 마치 이렇게 말하는 듯했다. 여기 우리가 있습니다. 당신이 우리를 이렇게 만들었습니다. 우리를 지켜보세요. 당신의 눈을 감지 마세요. 또 이 모습에 진저리치지도 마세요. 영내 생활의 아름다움과 슬픔, 그것을 있는 그대로 보세요. 이것은 진정한 노래입니다. 전쟁 영웅이 아닌 보잘것없는 자들의 노래, 온몸에 덕지덕지 달라붙은 돌가루를 긁으며 괴로워하는 영창 재소자들의 노래, 기름 낀 냄비를 박박 긁어 내야 하는 취사장 사역병들의 노래, 여자 없는 남자들 혹은 장교 마누라의 피 묻은 월경대를 수거해야 하는 자들의 노래, 장교 클럽에서 파티가 끝난 뒤 남긴 음식을 허겁지겁 주워 먹는 자의 노래, 그 파티에 참석한 자들이 마시다 남겨 놓고 간 아쿠아-벨바를 허겁지겁 마시는 자들의 노래, 그중에는 여자의 루주가 묻은 잔들도 있지만 그것도 개의치 않는 자들의 노래.

이것은 그 어떤 위치도 갖고 있지 않는 자의 노래. 그 어떤 위치도 갖고 있지 않기 때문에 비로소 연주할 수 있는 노래. 이 노래를 들어보세요. 이 노래가 기억나지 않으세요? 이것은 당신이 매일 밤 귀를 틀어막고 잠을 청하게 하는 노래. 이것은 당신이 매일 밤 마티니를 다섯 잔씩이나 마시고 듣지 않으려 하는 노래. 이것은 사막의 바람처럼 영혼을 탈수시키는 거대한 외로움의 노래. 이것은 당신이 죽는 날에 듣게 되는 노래. 당신이 죽음을 기다리며 침대에 누워 있을 때, 의사와 간호사와 친구들이 아무 도움도 주지 못할 때, 죽는 것은 그들이 아니라 당신이기 때문에 죽음의 그 씁쓸한 맛을 조금도 완화시켜 주지 못할 때, 하룻밤의 잠과 마티니와 다정한 대화와 흥겨운 취미도 죽음을 전혀 지연시키지 못할 때, 그럴 때 당신은 이 노래를 듣고 기억하는 것이다. 이 노래는 현실 그 자체이다. 기억하는가?

>하루가 끝나고……
>해는 사라졌다……
>호수로부터
>산으로부터
>하늘로부터.
>용감한 군인이여
>평온한 안식을 누려라.
>하느님이 가까이 오셨으니……

 마지막 음은 자부심에 가득 찬 침묵으로 잦아들었다. 나팔병이 소리가 널리 퍼지도록 확성기를 돌려 놓자, 불 켜진 샐리포트 내 초이스에서 사람들이 나타났다. 「거봐, 내가 프리윗이라고 그랬지?」 내기에서 이긴 사람의 목소리가 중대 마당을 가로질러 흘러들었다. 반복음은 아까의 오열하는 눈물의 가락에 합류했다. 아주 낭랑하고 자부심 넘친 나팔 소리가 조용한 중대 마당에 퍼져 나갔다. 독서오락실에 있던 사병들은 그 소리를 더 잘 들으려고 어두운 포치로 나왔다. 그들은 모든 개인적 기호(嗜好)를 뛰어넘는, 혈연 같은 공포심을 느꼈다. 어두운 포치에 서 있던 그들은 나팔병이 그들 가까이 서 있는 느낌을 받았다. 그 나팔병 역시 군인이므로 언젠가는 죽어야 할 존재라고 느꼈다. 그들은 아까 조용하게 포치로 나왔던 것처럼 다시 조용하게 안으로 들어갔다. 그들의 감정을 그토록 노골적으로 드러낸 것, 한 남자의 알몸 영혼을 본 것 등을 부끄럽게 생각하면서.
 취사장 벽에 말없이 기대서 있던 메일런 스타크는 자신의 담배를 내려다보았다. 그의 비틀어진 입술은 우는 것 같기도 하고, 웃는 것 같기도 하고, 조롱하는 것 같기도 했다. 그는 자신에게 인생의 목표와 의미를 되돌려 준 좋은 행운을 부끄럽게 생각했다. 저 나팔병이 그의 행운을 잃어버린 것을 안타깝게 생각했다. 그는 엄지와 검지로 담뱃불을 끄면서 있는 힘을 다해 꽁초를 바닥에 내던졌다. 그런 동작과 함께, 그가 이해할 수도 없고 설명할 수도 없고 변화시킬 수도 없는 세상의 불공정을 강하게 거부했다.

프리윗은 천천히 나팔을 내리면서 확성기가 좌우로 돌아가게 내버려 두었다. 그는 아쉬운 표정으로 마우스피스를 빼내고 나팔을 앤디에게 넘겨주었다. 그의 입술은 막 연주를 끝내서 심하게 비틀려지고 또 붉었다.

「아, 물을 한잔해야겠어.」 그가 허스키한 목소리로 말했다. 「난 피곤해. 나와 스타크는 시내로 나갈 거야. 스타크는 어디 있나?」 그는 마우스피스를 만지작거리면서 내무반 쪽으로 걸어갔다. 그는 자신이 창조해 낸 슬프고도 기쁜 소동의 분위기를 의식하지 못했고 또 자랑스럽게 여길 겨를도 없었다.

「야, 저 친구 정말 나팔 끝내주게 잘 부는데.」 마지오가 말했다. 「왜 나팔을 못 불게 하는 거야? 저 친구는 나팔 소대에 있어야 해.」

「과거에 있었잖아.」 앤디가 못마땅한 어조로 말했다. 「그가 스스로 그만두었어. 나팔 소대에서는 연주하지 않으려 했어. 과거에 알링턴에서 진혼곡을 연주했으면서도 말이야.」

「그래?」 마지오는 내부반 쪽으로 사라져 가는 프루의 등을 쳐다보았다. 「아무튼 나팔 소리가 너무 멋지군.」

세 사람은 그 뒤 아무 말도 못하고 그가 사라져 가는 것을 지켜보았다. 그때 옆에서 죽 지켜보고 있던 스타크가 그들에게 다가왔다.

「그는 어디로 갔나?」

「시내에 같이 갈 거라며 당신을 찾아 나섰어요.」 앤디가 말했다. 「포치 쪽으로 갔습니다.」

「고마워. 그런 줄 몰랐군.」 스타크가 포치 쪽으로 걸어가며 말했다.

「이봐, 친구, 시내로 나가자고. 어디 가서 한판 걸쭉하게 놀아 보자고.」

제3부
캐런과 로런

제16장

그들은 뉴콩그레스 호텔의 불빛 없는 계단을 올라갔다. 불빛이 환하지만 인적이 거의 끊어진 호텔 스트리트에서 금방 실내로 들어왔기 때문에 계단은 더욱 어두워 보였다. 그들은 조심스럽게 난간을 더듬으며 술 취한 걸음으로 올라갔다. 그들은 시내의 자그마한 바에서 금방 떠나온 길이었다. 그 바는 열대풍의 환한 조명을 밝힌 우패트 레스토랑 바로 옆에 있었다. 그들은 이제 여자를 올라타려는 남자의 저 언급하기 어렵고 형언하기 어려운 가슴 떨림, 목구멍 답답함, 호흡 가쁨을 느끼고 있었다. 그것은 부대 내의 수캐들이 골목길로 달아나는 암캐를 뒤쫓을 때 내보이는 노골적인 증상과 별반 다를 바가 없었다. 그들은 영내에서 그런 개들을 보면 한껏 웃어 젖혔지만 지금은 전혀 웃을 기분이 아니었다. 따로 분리된 유방, 오목한 배, 기다란 허벅지 등 이 세상 것 같지 않은 사랑스러운 것들이 눈앞에 어른거리고 있기 때문이다.

한밤이 될 때까지 그들은 이 밀회의 기대감이 점점 커다란 즐거움으로 증폭되는 것을 느끼며, 신나게, 화끈하게, 취생몽사하듯이 즐거운 시간을 보냈다. 그때까지 몸싸움은커녕 말다툼 한 번 하지 않았다. 전에 보병이었고 하와이 원주민을 아내로 삼은 백인 출신의 택시 운전사와 가벼운 언쟁을 벌인 것 이외에는. 그 운전사는 그들의 자유를 부러워하여 가볍게 시비를 걸어 왔는데, 그런 시비쯤은 얼마든지 받아 줄 수 있었다. 스코필드 택시를 타고 종려나무로 전면을 위장하고 있는 커다란 육군·해군 YMCA 빌딩 앞에서 내린 그들은(밀회의 전망을 그들 앞에 남겨 놓은 채), 곧바로 길 건너편의 블랙캣 카페로 갔다. 한잔 간단히 걸치기에는 그 집이 최고였다. 블랙캣은 YMCA와 진주만 택시나 스코필드 택시의 승강장 바로 맞은편에 있기 때문에 장사가 잘되었다. 누구나 1차는 이 집에서 마셨고 귀대하기 전에 마지막의 씁쓸한 술잔도 이 집에서 걸쳤다. 그래서 블랙캣은 언제나 혼잡했다. 스타크와 프루는 이 집을 아주 싫어했는데 군인들의 핏줄과 허기를 빨아서 배불리는 가게라고 생각했기 때문이었다. 나중에 우패트로 가기 전에 그들은 이 가게로 되돌아와 그곳의 멍청해 보이는 중국인 샌드위치 맨에게 곧 돌아올 테니 싸가지고 갈 토스트 치즈 샌드위치 두 개를 준비해 달라고 요청했다. 그러나 그 블록을 지나쳐 다른 데 가서 놀다가 되돌아와 보니 너무 늦은 시간이라 블랙캣은 텅 비어 있었고 격자 창살의 철문이 내려져 있었다. 그 가게뿐만 아니라 그 거리에는 사람들이 보이지 않았다. 그들은 블랙캣에 한 방 먹인 것을 고소하게 여기며 기분 좋게 머리를 흔들었고(밀회의 전망이 여전히 그들 앞에 놓여 있는 상태로), 그 승리를 자축하기 위해 인근의 바로 들어갔다.

   그들은 블랙캣에서 첫 잔을 마신 후, 호텔 스트리트를 천천히 걸어 내려가면서 마음에 드는 바마다 들어가 한 잔씩 마셨다. 그리고는 동양인 여급들을 쳐다보았다(이제 밀회의 전망이 그들 앞에 놓여 있으므로 아무런 고뇌 없이 그 여자들을 쳐다볼 수 있었다). 옆에서 보면 가슴이 납작한 중국 여자들은 앞에서 보면 놀라울 정도로 굴곡이 깊었다. 일본 여자들은 유방은 크지만 다리가 짤막했으며 그에 대한 보상으로 궁둥이가 컸다. 하지만 가장 좋은 여자는 포르투갈 튀기인데, 뜨겁고 열정적인 섹시함이 남자들을 완전 녹여 버렸다. 어디서나 여자, 여자, 여자였고, 탄환이 장전된 권총 같은 그들의 몸에(하지만 밀회의 전망이 그 문제를 해결해 줄 것이었다) 알코올이 들어가자 귓속의 혈압은 더욱 높아졌다. 그들은 처음 지나갈 때는 우패트에 들르지 않았다. 몇 번의 바 사냥을 거쳐 강 쪽을 향해 내려가다가 아알라 공원이 있는 킹 지구로 들어섰다. 다리 건너편의 공원은 어두컴컴하다 못해 신비해 보였다. 그들은 두 번째 상영이 끝나 관람객들을 내뱉는 일본 영화관들을 쳐다보았다. 이어 지저분한 리버 스트리트를 따라 베레타니아까지 갔다가 YMCA 쪽으로 걸음을 되짚어 오기 시작했다. 그 과정에서 그들은 블랙캣 가게를 골려 먹을 생각을 했다. 그들은 술 취한 채 팔짱을 끼고 걸어가는 해군들과 기분 좋게 부딪쳤고 화려한 여름 양복을 입고 꼭 여자들처럼 두세 명씩 떼 지어 다니는 필리핀 사람들도 보았다. (이제 밀회의 전망을 목전에 두고 있으므로 온 대지를 사랑하는 심정으로) 그들은 1층 혹은 2층짜리 목조 가게들이 도열한 거리를 걸어갔다. 그 가게들은 저마다 그들의 상품을 뽐내고 있었는데 바, 주류 가게, 레스토랑, 실내 사격장, 사진관 등이었다. 그리고 그 뒤의 이면 도로에 2~3층짜리 집들이 있었는네(밀회의 진밍은 그 집들의 으슥함을 더욱 그리워하게 만들었다), 그 집의 어두운 계단을 올라가면 여자들이 나오는 것이었다. 그리고 이면 도로든 표면 도로든, 좌우로 펴고 닫는 격자 창살문(벽에 부착된 구식 공중전화의 전화 줄같이 생긴)이 내려진 식료품 가게들에서 풍겨져 나오는, 썩어 가는 고기와 시들어 빠진 야채의 고약한 냄새가 온 사방에 운명처럼 퍼져 있었다. 그 냄새는 사람들을 밖으로 쫓아내는가 하면 동시에 사람들을 생각에 잠기게 한다. 그것은 기이하게도 혹은 슬프게도 그다음 날의 숙취와 그다음다음 날의 숙취, 영원히 없애지는 못하는 숙취를 연상시키는 것이다. 썩어 가는 고기와 시들어 빠진 야채의 고약한 냄새는 하와이의 장미 기름으로 영원히 기억될 것이다. 하와이 하면 그 냄새를 생각하지 않을 수 없고, 그 냄새는 이어 평생 동안 우리를 따라다니면서 전혀 후회 없던 청춘을 상기시키는 것이다.

그들은 블랙캣에서 악동 같은 장난을 한 번 치고 나서 이어 호텔 스트리트로 나와 우패트로 갔다. 완탕 수프를 먹기 위해서였다. 이어 바로 옆에 붙어 있는 바로 내려오니 그곳에 있던 날씬하고 요염한 호모가 영국식 억양으로 그들에게 민간인 선원이냐고 물어 왔다. 남자인데도 여자의 교태가 느껴졌다. 호모는 그들에게 술 한잔을 사겠다고 제안했다. 스타크는 돈이 떨어져서 그런 제안을 고맙게 여길 사람에게나 사주라고 말했다. 호모는 여자 같은 태도로 스타크에게 농담을 던졌고 스타크는 그의 등을 두드려 주었다. 바텐더는 멍한 표정의 호모를 밖으로 쫓아냈다. 스타크가 그 호모보다 돈을 더 잘 쓰는 고객이었던 까닭이다. 바텐더는 돌아와 스타크와 악수를 하더니 그 자신도 호모를 별로 좋아하지 않으나 먹고 살자니 어쩔 수가 없다고 말했다. 그들은 마침내 밀회에 대비해 본격적인 술 마시기에 들어갔다. 스타크는 아주 갈급한 사람처럼 술을 마셨다. 프루는 평소 세련되고 냉정하고 침착한 사람이 그처럼 급히 술을 들이켜는 것을 보고 다소 놀랐다. 스타크는 이제 술 취한 사람의 파격적 솔직함을 내보이며 속마음을 털어놓았다. 그는 이처럼 술에 대취하지 않으면 창녀집에서 발기가 되지 않는다는 것이었다. 왜 그런지 모르지만 이렇게 해야만 일을 성사시킬 수 있다는 것이었다. 하지만 그는 이런 방식이 좋다는 말도 했다. 이제 밀회의 전망은 모든 것을 아름답게 채색했고, 모든 것에 강렬한 열기를 부여했으며, 살아 있는 모든 것에 순수한 사랑을 느끼게 했다. 이런 방식에 대해 남들이 뭐라고 하든, 스타크는 이런 방식으로 대지를 사랑하는 것은 잘못되었다고 생각하지 않았다. 그런 자들은 말이야 엿이나 먹으라고 해, 개자식들. 난 이게 잘못된 방식이라고 생각하지 않아, 하고 스타크는 말했다.

그리하여 그들은 이제 계단 꼭대기의 층계참에 올라섰다. 그 앞에는 내다보는 네모 구멍이 뚫린 거대한 철문이 가로막고 있었다. 그것은 이제 긴급하게 배출을 기다리는 대지의 사랑이 통과해 나가야 할 통로의 입구였다. 그들이 느끼는 사랑의 허기짐은 지금 당장 배식(配食)하지 않으면 그들을 아사하게 만들 지경이었다.

상당히 취했으면서도 어둠 속에서 담배를 능숙하게 만 스타크는 성냥골을 벽에 긁어 담뱃불을 붙였다. 성냥불은 그들의 마음의 메아리처럼 벽에 그려진 남녀의 알몸을 비춰 보였다. 남녀의 각종 신체 부위 혹은 불붙인 성냥골을 벽에 대어 그을린 다음 그 주위에 여자의 벌린 다리를 그려 넣어 만든 음부의 사실적 그림도 있었다. 게다가 여러 세대의 군인들, 선원들, 해병들, 카나카 구두닦이 등이 끼적거린 낙서들도 있었다. 스타크는 주먹으로 그 문을 세게 두드렸다.

네모 구멍이 살짝 열리더니 하와이 여자의 커다란 검은 얼굴이 그들을 수상쩍게 내다보았다.

「들어가게 해줘.」 스타크가 말했다. 「추운 밤에 얼어 죽겠어.」 그는 좀 슬퍼 보이게 딸꾹질을 했다.

「술 취했군. 어서 가. 우린 MP(헌병)를 불러들이고 싶지 않아. 여긴 품위 있는 곳이야. 문 닫았어. 어서 집으로 돌아가.」 그 여자는 다소 커다란 목소리로 말했다.

「미네르바, 그렇게 모질게 굴지 마.」 스타크가 빙그레 웃었다. 「안 그러면 널 말단 이등병으로 강등시킬 거야. 가서 키퍼 부인에게 넘버원 보이가 찾아왔다고 말하고, 왜 문에서 마중하지 않느냐고 말해.」

「알았어, 기다려.」 그녀가 여전히 의심스럽다는 듯이 말했다. 네모 구멍이 쾅 하고 닫혔다.

프루는 아까까지만 해도 사랑스럽게 눈앞에서 어른거리던 유방, 오목한 배, 기다란 허벅지 등이 침침하게 사라지는 것을 느꼈다. 그는 스타크를 쳐다보았다.

「저 여자는 우리가 취했다고 생각하는 거야.」 스타크가 씁쓸하게 말했다.

「그런 것 같아. 저 여자는 박쥐처럼 의심이 많은가 봐.」

「여자들은 군인을 보면 취했다고 생각해. 왜? 넌 그 이유를 알아?」

「취했기 때문이지.」

「맞아, 취한 자는 골치 아프다고 생각하는 거야. 그래서 난 이런 곳에 오는 것이 싫어. 사람에 대한 믿음이 없어. 난 2달러만 주면 서비스 룸스, 퍼시픽 룸스, 리츠 룸스, 화이트 호텔, 아무 데나 갈 수 있어. 저 여자는 이곳이 시내 유일의 창녀집이라고 생각하는 거야? 여기서 네 집 아래쪽에 일본식 전기 마사지 룸도 있어.」

「거기 한번 가보자. 한 번도 가본 적 없어.」

스타크가 껄껄 웃었다. 「지금은 안 돼. 문을 닫았어. 11시가 땡이야.」 그러다가 갑자기 깨달았다는 듯 눈을 크게 뜨며 물었다. 「그럼 일본식 마사지 룸에 한 번도 안 가봤다는 거야?」

「응.」

「하얀 표지판에 빨간색 글자가 써 있고 그 밑에는 빨간 번개가 그려져 있는 집인데.」

「아무튼 안 가봤어.」

「쯧쯧, 그럼 어디 가봤어?」

「난 이런 곳은 초짜야.」 프루가 말했다.

「쯧쯧, 와후는 말이야, 남자가 일본식 마사지를 받을 수 있는 지구상의 유일한 곳이야. 이런 좋은 기회를 너는 이용하지 않았군. 프리윗, 넌 좋은 경험을 놓친 거야. 인생 수업을 게을리 한 거라고. 우선 고객을 옆으로 눕혀. 그런 다음에 육감적인 일본 여자가 전기 진동기로 마사지를 해주는 거야. 하지만 그 여자를 만져서는 안 돼. 알몸 상태의 여자는 오로지 안마만 해주는 거야. 그 여자를 손가락 하나라도 건드려서는 안 돼. 입장하기 전에 그 사실을 다 알려 줘. 만약 누군가가 그 지시를 어긴다면? 그때는 떡대가 이따시만 한 유도 선수 출신 덩치가 나와서 그 손님을 쫓아내는 거야. 입장하기 전에 그 덩치를 미리 보여 줘.」

「하지만 난 여자를 만지는 게 더 좋아.」

「그건 나도 마찬가지야. 하지만 전기 마사지의 매력이 바로 그거야. 만지고 싶은데 만질 수 없다는 것. 아주 묘한 느낌이지. 여자가 알몸으로 바로 옆에 있는데 만지지는 못하는 거야. 평민이 공주를 쳐다보는 거나 비슷해. 아주 기이한 느낌이지. 정말 독특한 체험이야. 일본인이니까 그런 기발한 생각을 해낸 거야.」

「그걸 즐기려면 일본인이 다 되어야 하겠구나.」

「아니, 나 그걸 좋아해. 아무튼 그 마사지를 받고 있으면 말이야 몸이 너무 뜨거워서 철판도 녹을 것 같다니까. 그건 사람의 피를 끓어오르게 해. 그 전기 마사지를 받고 나면 아무 창녀집이나 달려가지 않으면 안 돼. 술 안 취한 상태에서도. 여자의 가치를 알게 해줘. 심지어 창녀라도. 인간 본성에 대해 깊은 이해를 얻게 해주지. 그게 중요해.」

「그래도 난 그런 건 싫어.」 프루가 끈덕지게 말했다.

「괜히 고집 피우는 거야. 네가 그걸 싫어하는지 어떻게 알아? 난 좋았어. 너도 좋아할지 어떻게 알아?」

「왜냐하면 만지는 걸 좋아하기 때문이지. 난 그런 것보다 직접 만지는 게 더 좋아.」

「이 여자 한 번 가더니 나오질 않는군.」 스타크가 갑자기 화제를 바꾸었다. 「너무 오래 기다리게 하는데. 이봐, 문 열어!」

네모 구멍은 그 즉시 열렸다. 거기 키 크고 얼굴이 갸름하고 미소 짓는 백인 여자가 서 있었다. 마치 거기 서서 그들의 대화를 내내 엿듣고 있었던 것처럼.

「헬로, 메일런.」 그 여자는 상냥하게 미소 지었다. 「미네르바가 누가 와 있는지 말해 주지 않았어. 어떻게 지내?」

「문을 두드려 부수려 했어. 어서 들어가게 해줘.」

「메일런, 나한테 그런 식으로 거칠게 말해서야 되겠어?」 여자가 부드러우면서도 단호한 목소리로 꾸짖었다.

프루는 그 숙녀, 그 처녀 같은 여자를 쳐다보는 순간, 온몸의 힘이 쑥 빠져나가는 것 같았다. 겨울 동안 지붕 위에 쌓여 있던 눈이 2월의 따뜻한 햇볕 아래 갑자기 녹아 그 아래의 널판을 드러내는 풍경과 비슷했다. 다른 때 다른 곳에서 늘 그랬던 것처럼, 그 순간 집으로 돌아가 버리고 싶었다. 바이올렛 오구레는 지금 이 순간 무엇을 하고 있을까, 하고 그는 생각했다.

「아니, 우리가 당신 집을 박살 낼지도 모른다는 생각 안 들었어? 젠장.」 스타크가 소리쳤다.

「전혀.」 그 여자가 미소 지었다. 「난 그 점에 대해서는 전혀 걱정 안 해. 그리고 메일런, 나한테 욕하지 마.」

「키퍼 부인.」 스타크가 갑자기 술이 깨는 듯 전략을 바꾸어 경어로 수작을 걸었다. 「부인, 당신 때문에 놀랐습니다. 내가 술이 떡이 되어 여길 찾아올 놈같이 보입니까? 솔직하게 물어볼게요. 그렇게 보입니까?」

「메일런, 그렇다고는 생각하지 않아.」 부인이 기분 좋게 거짓말을 했다. 「넌 우리 집에 오면 언제나 신사였지.」

「고맙습니다, 부인. 이제 오해가 풀린 듯하니 좀 넣어 주시겠습니까?」

「고주망태는 우리 연예 산업하고는 어울리지 않는 물건이야. 제대로 된 영업집이라면 장래의 평판도 생각해야 하거든.」

「키퍼 부인, 우리 같은 사람만 받는다면 당신 사업의 미래는 탄탄대로입니다. 약속해요.」

키퍼 부인은 기분이 우쭐해졌다. 「그렇게 약속한다니 그렇게 되겠지, 메일런.」

쇠끼리 부딪치는 소리가 나더니 문이 안쪽으로 열렸다. 프루는 세련된 모습의 여자를 보았다. 그녀는 머리를 위로 말아 올렸고 육감적인 몸매를 암사슴 가죽 색깔의 이브닝드레스로 감았으며 어깨에는 보라색 난초 코르사주를 꽂고 있었다. 손님을 저녁 식사 테이블로 안내하기 위해 〈국제 순은 식기〉 포스터에서 금방 걸어 나온 귀족적 여성 같았다. 그녀는 어머니 같은 자애로움을 보이며 그에게 미소 지었다. 프루는 이제 창녀집에 다니는 병사들이 왜 키퍼 부인을 그처럼 존경하는 어조로 말하는지 그 이유를 알게 되었다. 키퍼 부인은 아주 세련된 숙녀인 데다 그들을 늘 용서해 주기 때문이었다.

그들 뒤에서 미네르바가 문을 닫고 쇠 빗장을 다시 질렀다.

「메일런, 네 친구는 오늘 처음 보는 것 같은데?」 키퍼 부인이 말했다.

「키퍼 부인, 나한테 저런 문단속을 시키면 절대 안 돼요, 알았죠?」 스타크가 비난하는 어조로 말했다. 「이건 뭐 법원 같잖아요. 호놀룰루 최고의 창녀집이 아니라.」

「그렇게 버릇없이 말하지 마.」 키퍼 부인이 차가운 어조로 말했다. 「그건 오해라고 했잖아. 그 마지막 말은 내가 정말 싫어하는 말이라는 걸 잘 알지? 메일런, 그렇게 하기는 싫지만 그런 지저분한 말을 자꾸 쓰면 여기서 나가 달라고 할 수밖에 없어.」

스타크는 묵묵부답이었다.

「아까 한 그 마지막 말에 대해서는 나한테 사과해야 한다고 생각해.」 키퍼 부인이 말했다. 「그렇지 않아?」

「그래요, 사과합니다.」 스타크가 짜증 난 목소리로 말했다.

「아직 네 친구를 소개받지 못했는데.」

스타크는 정중하게 프루를 소개했다. 그는 소개하면서 짐짓 고개를 숙이며 경의를 표시했는데 화난 남자라기보다 떼쓰는 어린아이 같아 보였다.

「정말 매력적인 남자네.」 키퍼 부인은 프루에게 미소 지어 보였다. 스타크의 경의 표시는 논평할 가치도 없다는 듯 무시해 버렸다. 「중대의 새로 온 사병을 만나는 건 언제나 즐겁더라.」

「만나서 반갑습니다.」 프루는 떠듬떠듬 말했다. 그러면서 여자들은 어디에 있는지 의아해했다. 그는 이런 세련된 매너의 여자를 만나면 늘 당황했다. 그러면서 평생 독신으로 지낸 존 터너 외삼촌의 냉소적인 말이 기억났다. 〈애야, 여자가 이 세상을 지배한단다. 하느님이 여자들의 양다리 사이에다 모든 카드를 넣어 주었어. 우리 남자들처럼 도박을 할 필요도 없어. 우리 남자들은 그 사실을 인정해야 돼.〉 하지만 프루는 당시 어린아이였기 때문에 그 말을 이해하지 못했다.

「널 프루라고 불러도 상관없지?」 키퍼 부인이 미소 지으며 말했다. 그녀는 현관을 지나 오른쪽으로 돌아 비좁은 통로를 내려가다가 대합실 쪽으로 그들을 안내했다.

「물론입니다.」 프루는 마침내 여자들을 보았다. 그가 밖에 있을 때 마음속으로 그렸던 여자들은 아니었으나 아무튼 여자임에는 틀림없었다.「하지만 아무도 나를 프루라고 부르지 않아요.」

대합실에는 일곱 명의 여자가 있었다. 하나는 윌리처 주크박스 앞에서 한 군인과 서 있었다. 둘은 앉아서 두 명의 해군을 상대로 잡담을 나누고 있었다. 나머지 네 명은 자기들끼리 앉아 있었는데 그중 세 명은 껌을 짝짝 씹어 대고 있는 뚱뚱한 B급 여자였다. 셋은 제복 비슷한 짧은 옷을 입고서 주위를 전혀 의식하지 않는 자세로 앉아 있었다. 그들은 손님에게 불려 나갈 때 이외에는 아무런 관심도 표시하지 않았다. 봉급날의 과도한 고객 수요를 충족시키기 위한 예비 병력이었다. 네 번째 여자는 나머지 세 명과는 아주 달랐다. 그녀는 훨씬 고급 옷감의 가운을 입고 있는 갈색 머리의 여자였다. 양손을 무릎 위에 올려놓고 부드럽게 깍지를 낀 채 조용히 앉아 있었다. 그는 그녀에게 시선이 갔다.

그는 숙달된 눈으로 단번에 알아보았다. 갈색 머리의 조용한 여자를 포함한 네 명은 지퍼가 달린 전신 가운을 입고 있었는데 예비 병력 셋과는 다른 A급 여자들이었다. 또 이곳도 3달러를 창구에 지불하고 그중 한 여자를 선택하여 방으로 들어간다는 점에서 여느 창녀집과 다를 바 없었다. 중대에서 이곳이 가장 좋은 집이라고 소문이 자자하지만 운영 방식은 똑같은 것이었다. 프루는 그 모든 점을 단번에 꿰뚫어 보았다. 하지만 자기도 모르게 그 갈색 머리를 자꾸 쳐다보게 되었다. 그녀는 B급의 세 여자와는 너무나 달랐다.

「여긴 모린이야.」 키퍼 부인이 프루에게 말했다. 두 명의 해군과 같이 앉아 있던 A급 여자 중 하나가 일어섰다. 그녀는 날씬한 몸매에 매부리코, 그리고 블론드 머리였다. 그녀가 입고 있는 기다란 푸른색 가운이 살랑거렸고 사타구니의 검은 거웃이 살짝 보일 듯 말 듯 했다.

「여긴 프루야.」키퍼 부인이 모린에게 말했다.「그를 주위의 사람들에게 좀 소개시켜.」

「그러죠.」블론드는 약간 냉소적인 허스키의 목소리로 대답했고 프루의 목에 팔을 둘렀다.「자, 이리 와, 베이비 페이스(아기 얼굴). 헬로 올드 스타크, 오랜 친구. 나한테 선물 안 가지고 왔어?」모린은 스타크의 팔을 잡으며 말했다.

「어디 가져왔는지, 한번 찾아봐.」스타크가 몸을 뒤로 빼며 말했다.

키퍼 부인은 부드럽게 미소 지었다.「모린은 우리 집의 활동가야, 그렇지 않아, 모린?」

「활동을 해야 생활비를 벌죠.」모린이 부드럽게 말했다.「난 적극적으로 활동을 벌여요. 그건 맞아요.」

키퍼 부인은 여전히 웃는 표정으로 프루에게 고개를 돌렸다.「프루, 우린 네게 서두르라고 이러는 게 아니야. 얼마든지 시간을 갖고 한번 둘러봐. 네 친구 마음에 들어야 하니까. 우린 오늘 밤 붐비지 않아. 그래서 시간이 많아. 그렇지 않아, 모린?」

「예, 시간이야 많죠. 하지만 당신에게 로맨스를 안겨 줄 수는 없어요.」모린이 프루에게 직접 말했다.「베이비 페이스, 하지만 좋은 섹스를 원한다면 난 그걸 제공할 수 있어. 스타크에게 한번 물어봐. 스타크는 나와 잤어. 스타크, 나 어땠어? 좋았어?」

키퍼 부인은 몸을 돌려 홀 쪽으로 나갔다.

「좋았어. 하지만 기계적이었어.」스타크가 대꾸했다.

「젠장, 좋게 말하려면 끝까지 좋게 말하지.」그녀가 의기양양하게 웃으며 말했다. 그녀는 스타크의 팔을 잡고서 주크박스 앞으로 그를 끌어당겼다.「자, 나를 위해 음악을 한 곡 당겨 줘.」

 키퍼 부인은 다시 돌아와 문턱에 서 있던 프루에게 다가왔다.

「우린 좋은 사람을 구하는 데 애를 먹고 있어.」 그녀가 미안한 어조로 말했다. 「본국에서 평화 시 징집이 시행되어서 우리 영업에 큰 지장을 주고 있어. 정말 엄청난 피해야. 하지만 우리가 무슨 힘이 있나? 직업 소개소에서 보내는 사람으로 만족할 수밖에.」

「그런 사정을 잘 알고 있습니다.」 프루가 말했다.

「모린이 아무에게도 소개해 주지 않았나?」 키퍼 부인이 빠른 어조로 말했다. 「아무에게도 소개해 주지 않았어?」

「아니요, 단 한 명에게도.」

「저런, 저런. 하지만 신경 쓰지 마. 내가 소개해 주지. 너무 기분 나쁘게 생각하지 마.」

「괜찮습니다. 기분 나쁘지 않아요.」

「로렌, 지금 바쁘니? 여기 잠깐만 와보지 않을래?」 키퍼 부인이 말했다.

「내가 너에게 소개시키려 한 여자는 로렌이었어. 아주 좋은 여자야.」 키퍼 부인이 프루에게 말했다.

「아, 그랬었군요.」 프루는 건성으로 말했을 뿐 부인의 말을 듣고 있지 않았다. 아까부터 혼자 조용하게 앉아 있던 갈색 머리의 여자가 일어서서 그들 쪽으로 다가왔다. 〈내 딸이나 다름없는 아이…… 머릿속에 나쁜 생각은 조금도 들어 있지 않은 아이……〉 같은 말이 들려왔으나 그는 듣고 있지 않았다. 아까도 뚫어져라 그녀를 쳐다보았지만 지금은 너욱 그녀에게 집중했다. 그는 그녀의 얇은 드레스 사이로 사타구니의 삼각 거웃을 볼 수 있었다. 하지만 그 점과 관련하여 로렌은 모린과 아주 달랐다. 모린은 자신의 사타구니가 노출되어 있다는 사실을 아예 의식하지 못했다. 이 여자는 그것을 의식하기는 했지만 완전 초월한 것 같았다. 의식하되 무시하는 것이었다.

 스물서넛 정도 되었겠군, 하고 프루는 생각했다. 그녀는 아주 꼿꼿한 자세로 걸어왔고 목까지 내려오는 머리의 밑단을 둥글게 말아 놓고 있었다. 그녀는 호수처럼 시원하고 큰 눈을 갖고 있었다. 그녀는 걸음을 멈추고 그에게 미소를 지어 보였다. 비록 얼굴은 어린아이처럼 작았지만 도톰하고 육감적인 입술이 상당히 넓어 보였다. 특히 입 가장자리가 풍만했다. 정말 아름다운 얼굴인데, 하고 그는 생각했다.

 키퍼 부인은 그 둘을 서로 소개시키고, 〈오늘 처음 왔으니 안내를 좀 맡아 주지 않을래〉 하고 말했다. 「그에게 주위를 좀 구경시켜 줘.」

「그러지요.」 프루는 그녀의 목소리가 아주 나지막하고 안정감 있다고 생각했다. 그녀의 아름다운 얼굴과 어울리는 목소리였다. 「잠깐만 앉지 않을래요?」 그녀가 웃으며 말했다.

 정말 아름다운 얼굴인데, 하고 그는 다시 생각했다. 비극적인 얼굴, 고통을 받은 얼굴, 이런 곳에서는 발견할 수 없는 얼굴이었다. 〈고통은 창녀들을 아름답게 만드는 것이 아니라 추하게 만든다. 하지만 그렇게 된 것은 그들이 고통을 이해하지 못하기 때문이다. 하지만 로린은 그것을 이해하고 있었다. 내가 늘 추구해 마지않았던 이런 차분한 평온함은 위대한 지혜에서 나오는 것인데, 지혜는 대체로 고통을 깊이 이해하는 데서 나오는 것이다. 그리고 나는 내가 필요로 하는 지혜, 모든 사람이 필요로 하는 지혜를 아직 얻지 못했다. 그런 지혜를 가진 여자를 이런 창녀집에서 발견하게 될 줄이야. 아니야, 내가 지금 확대 해석하는 것인지도 몰라. 저처럼 비극적으로 아름다운 얼굴을 보고 놀란 나머지 엉뚱한 생각을 하는 것인지도 몰라. 게다가 나는 지금 술에 취해 있잖아.〉

「키퍼 부인이 그러는데 당신은 메일런 중대의 신병이라면서요?」 그녀가 나지막하고 차분한 목소리, 지혜가 담긴 목소리로 말했다. 「하와이에는 방금 도착했나요? 아니면 다른 부대에서 전입 온 건가요?」

「다른 부대에서 왔어.」 그는 헛기침을 하면서 목구멍 가득한 답답함을 덜어 내리려고 했다. 그는 머리를 쥐어짜며 멋진 말을 생각해 내려 했으나 이 지혜로운 여자 앞에서 그런 말을 할 수 있을 것 같지 않았다.

로런은 눈을 크게 뜨고 그의 다음 말을 기다렸다.

「난 와후에서 근무한 지 2년이 다 되어 가.」

「그런데도 여기는 한 번도 다녀가지 않았군요. 그거 참 이상한데요.」

「그렇지.」 남들과 비교해 보면 그럴지 모르지. 「한 번 간 곳에 자꾸 가게 돼.」 이런 것을 설명한다는 것이 우스꽝스럽다고 생각하면서 그가 말했다. 「지나다니면서 간판은 많이 봤어. 하지만 이곳을 다닌 친구는 알지 못했어. G 중대에 와서야 말을 많이 들었지.」

「난 여기 온 지 1년 됐어요.」

「그래. 이 일이 별로 마음에 들지 않지?」

「마음에 들지 않지만 신경은 안 써요. 여기 오래 있을 생각은 아니에요. 평생 있을 수도 없고.」

「그럼, 그럼. 당신이 애당초 여기 올 이유도 없었을지 몰라.」

「아니요, 그럴 만한 이유가 있었어요. 내 얘기가 혹시 지루하지 않나요? 창녀들의 곡절이란 결국 다 그렇고 그런 얘기라고 생각하는데요.」

「그럴지 모르지. 당신이 그렇게 말하고 보니 그렇네. 하지만 다른 여자들이 그런 얘기를 할 때는 신경 쓰지 않았지. 아무리 들어도 그리 진지한 얘기가 아니어서 말이야.」

「난 미리 계획을 다 짜두었어요. 여기 온 지 1년이 되었는데 2년을 채우고는 떠날 생각이에요. 여기 오기 전에 그런 계획을 미리 세웠어요.」

「뭘 계획했다고?」 프루는 스타크와 모린이 주크박스에서 자기 쪽으로 걸어오고 있는 걸 보았다.

「내가 여기 얼마나 있을지.」 그녀는 갑자기 말을 멈추었다.

「아, 그거.」 그는 스타크와 모린이 그냥 지나쳐 주기를 바랐으나 그들은 그렇게 하지 않았다.

「어이, 이게 누구야. 헬로, 공주님. 난 당신이 이미 은퇴한 줄 알았지.」 스타크가 말했다.

「헬로, 메일런.」 로런이 나지막하게 말했다. 그녀는 눈을 크게 뜨고 스타크의 속셈을 훤히 꿰뚫어 보는 듯했다. 적어도 프루에게는 그렇게 보였다.

「야, 너는 꼭대기부터 시작하는구나.」 스타크가 그에게 말했다. 「어떻게 이 공주님을 만나게 되었나?」

「키퍼 부인이. 그건 왜 물어?」 프루가 호전적인 어조로 물었다.

「정말? 키퍼 부인이 너를 소개해 주었다고? 벌써?」

「그래, 그렇다니까.」

「야, 너 정말 대접받은 거야. 난 여기 세 번이나 들른 다음에야 비로소 그녀를 소개받을 수 있었어. 그리고 그 후에도 두 번 더 온 다음에야 그녀와 잘 수 있었지. 그때도 공주님은 못마땅해하더군. 그렇지 않아요, 공주님?」

「나를 원하는 사람은 누구라도 상관없어요.」 로런이 말했다.

스타크는 그녀를 한참 쳐다보았다. 「젠장, 아무튼 그녀는 공주야. 어디로 봐도 공주란 말이야.」

모린은 허스키하게 웃었고 스타크는 그녀를 쳐다보며 윙크를 했다.

로런을 쳐다보며 프루는 갑자기 그녀가 정말 공주인 것 같다는 생각이 들었다. 인생과 사내들로부터 완전 초월한, 절대로 망가지지 않는 침착하고 온화한 공주 같았다. 순간 목구멍 답답증이 그에게 몰려왔다.

「정말 공주 같지?」 스타크가 말했다. 「로런 공주, 와이키키의 순결한 처녀. 난 가서 시장[41]하고 악수를 해야겠는데.」 그가 갑자기 말했다. 「화장실은 예전 거기 그대로인가?」

「여기는 절대로 바뀌지 않아요.」 모린이 허스키한 목소리로 말했다. 그녀는 프루의 팔을 잡고 그를 일으켜 세웠다. 「베이비 페이스, 여길 안내해 줄게.」

로런은 아무런 이의 제기도 하지 않았다. 모린은 그를 대기실 건너편 의자로 데려가 앉히더니 그 무릎에 무겁게 앉았다.

「여긴 빌리야.」 모린은 덩치가 작고 얼굴이 가무잡잡하고 유대인 같은 코를 가진 여자를 가리켰다. 그녀는 뜨거운 눈빛을 갖고 있었는데 아까 프루가 방 안에 들어섰을 때 주크박스 앞에서 한 군인과 서 있던 여자였다. 지금은 그 남자의 무릎에 앉아 있었다.

모린은 프루에게 고개를 돌렸다. 「스타크가 그러는데 당신 둘은 긴 밤을 자고 갈 거라면서? 베이비 페이스, 술을 가지고 왔나?」

「아니.」 프루가 방 건너편의 로런을 쳐다보며 말했다. 「여기는 술 반입이 안 되는 걸로 알고 있는데.」

「어느 집도 술은 안 돼. 하지만 긴 밤 자는 손님은 가지고 오게 해. 우리 집에서도 늙은 암캐가 긴 밤 손님들은 특별히 봐줘. 그녀가 홀에 나가 있을 때 몰래 가져오는 거지. 술을 이미 갖고 왔으면.」

---

41 음경의 은어.

「넌 키퍼 부인을 좋아하지 않는구나?」

「좋아해. 아니, 사랑해. 그녀는 나를 죽여 주고 있지. 하지만 그녀가 없었더라면 뭘로 기분 전환을 했겠어? 그녀와 그 빌어먹을 고상한 매너. 자기가 영부인인 줄 아나 봐.」

「그녀는 어떻게 이런 업계에 발을 들여놓게 되었지?」

「다른 업소 주인들과 마찬가지지. 맨 처음엔 밑바닥에서 시작해 지금의 반장 자리까지 오른 거야.」

「그런 경력치고는 몸매가 너무 좋은데.」

「섹스를 많이 하면 몸매가 자연 좋아진다니까.」 모린이 웃음을 터뜨렸다. 「이걸 잘만 돌리면 영국 왕비도 될 수 있어, 베이비 페이스.」 모린이 엉덩이 돌리는 시늉을 잠깐 했다. 「당신 예술가 같아. 스타크 말로는 나팔병이라며? 나를 위해 뭔가 좀 상상해 봐. 가령 당신 어머니가 당신이 일하는 창녀 집의 주인이라고 생각해 봐.」

「잘 상상이 안 되는데.」 프루가 말했다.

「그렇다면 내 말뜻을 이해할 거야. 그녀가 없었더라면 뭘로 기분 전환했겠느냐는 말.」 그녀는 프루 면전에서 하품을 하면서 가느다란 양팔을 크게 벌렸다. 「가만있어, 아까 소개를 하다 말았지? 저기 있는 애가 샌드라야.」 아까 프루가 대합실에 들어왔을 때 두 명의 해군과 앉아 있던 여자였다. 지금도 해군들과 앉아 있었는데 웃을 때마다 날렵한 코에 약간 주름이 가는 키 큰 갈색 머리였다. 그녀가 웃을 때마다 기다란 머리카락이 폭포처럼 반짝거렸다.

「저 애는 자기의 긴 머리를 자랑스럽게 생각하지.」 모린이 습관이 된 양 가볍게 조롱하며 말했다. 「자기가 대학 졸업자라고 말해. 중서부에 있는 남녀 공학 대학을 다녔대. 자신의 창녀 생활을 밑천으로 소설을 쓰고 있어. 〈이 집의 전속 창녀를 불러 줘요〉 같은 소설.」

「그래?」 프루가 빙그레 웃었다.

「그리고 저 나머지 셋은……」 모린은 B급 여자 셋을 가리켰다. 「모, 래리, 컬리야.」

「그러는 너도 한 인물 하는 것 같은데.」 프루가 크게 웃으며 말했다.

모린은 어리둥절한 표정을 지으며 그를 쳐다보았다. 「앞으로 껌을 씹지 않겠다고 약속하면 봉급날 이후 저들에게 체커판을 사줄 생각이야. 제2대합실에도 네댓 명의 여자가 더 있어. 그들은 지금쯤 아마 다 잠들었을 거야.」

「그럼 그냥 둬둬.」

「그러지. 마음도 싹싹하네. 생큐.」

「천만에.」

「이봐, 마음에 드는 여자 골라잡았어? 난 아직 긴 밤 손님 못 잡았어.」

「난 다 마음에 들어. 특히 모, 래리, 컬리가 좋군.」 그가 다시 로런 쪽을 쳐다보며 말했다.

「공주님은 좀 도도해. 그렇지 않아?」 모린이 말했다.

「좀 그렇긴 하지.」

「그녀가 긴 밤에 동의할 거라고 생각해? 내가 보기에 그녀에게 뻭 갔군. 하지만 그녀는 그리 만만치 않을걸. 상당히 공들여야 할 거야.」

「그건 그래.」

모린은 갑자기 일어서더니 드레스를 평평하게 폈다.

「난 이만 가봐야 할 것 같아. 난 너한테 별 도움이 안 되는 게 뻔해. 난 인기 있는 창녀질에 필요한 처녀 같은 특성이 좀 없어서 말이야.」

「여기 여자들은 로런을 별로 좋아하지 않는군. 왜 그렇지?」

「직업상의 질투심이라고나 할까. 딱히 더 좋은 말이 떠오르지 않는군.」 모린이 말했다.

「난 이렇게 일어서기가 싫지만 그만 가봐야겠어. 너와 함께 있는 것도 좋지만 해야 할 일이 있어서. 미네르바가 새 손님을 맞이하기 위해 문을 열고 있어. 어머니 키퍼가 말했듯이 쾌락보다 사업이 먼저지.」

「그래, 어서 가봐. 네 일을 방해해서는 안 되겠지.」 그는 모린과의 대화가 더 이상 재미없어서 그렇게 말했다. 하지만 모린이 마음에 들었기 때문에, 그녀를 떼어 버리기 위해서 그녀의 마음을 아프게 할 필요는 없다고 생각했다.

그녀는 프루의 속셈을 읽은 듯 살짝 웃어 보였다. 그녀는 살이 없는 엉덩이를 실룩거리며 방 저쪽으로 걸어갔다. 하이힐을 신은 그녀는 죽마를 신고 어깨를 불안하게 놀리는 소년 같아 보였다. 그녀의 그런 뒷모습을 쳐다보면서 프루는 소등나팔을 불 때의 저 필연적인 슬픔을 느꼈다. 하지만 그런 생각에도 불구하고 혼자 편안히 앉아서 기다리고 있는 로런을 쳐다보는 순간, 또다시 목구멍이 가래 같은 것으로 꽉 메어 오는 것을 느꼈다. 그는 귓속의 피가 뜨겁게 방망이질 치면서 혈압을 올리는 것을 느끼면서 그녀에게 돌아가야겠다고 생각했다.

그가 막 일어서려는데 모린의 어깨 너머로 입구의 철문이 쾅 하고 닫히더니 앤절로 마지오 이등병의 새된 브루클린 목소리가 의기양양하게 들려왔다.

「야, 이게 어떻게 된 일이지?」 그 고음의 목소리는 통로에 울려 퍼졌다. 「이게 누구야? 나의 오랜 친구, 전우, 동료인 취사반장 스타크 하사가 아닌가. 이 세상의 하고 많은 곳 중에서 하필이면 여기서 만나다니. 당신도 오늘 밤에 앤절로를 여기서 만나리라고는 생각하지 못했겠지?」 그 목소리는 의기양양하게 비난했다. 「내 친구 프리윗은 어디에?」

「무슨 돈이 있어서 여기 시내까지 나올 수 있었지?」 스타크는 궁금해하며 물었다.

「아, 그건 아무것도 아니었어.」 마지오의 목소리에는 느긋함이 배어 있었다. 「간단했어. 친구를 위해서라면 뭐든지 해주려는 자가 있었지.」

그 둘은 술 취한 채 어깨동무를 하고서 통로를 걸어와 모린 옆을 지나갔다. 마지오는 그녀의 엉덩이를 살짝 때리면서 〈안녕, 내 사랑!〉 하고 말했고, 모린은 웃으며 그의 귀를 잡아비틀며 〈앤절로, 나의 로미오!〉 하고 말했다. 마지오는 어깨동무를 풀고 허리 숙여 경례를 했고 통로 쪽에 있던 키퍼 부인은 앤절로에게 환히 웃어 보였다. 스타크가 앤절로를 똑바로 일으켜 세웠고 그들은 더 가까이 다가왔다. 앤절로는 만나는 사람마다 기분 좋게 손을 흔들어 보였다. 꼭 개선한 영웅 같았다.

「야, 이거 뭐야. 귀향 주간인가?」 앤절로는 술 취한 목소리로 소리치며 프루의 목에 팔을 둘렀다. 「뉴욕 대학의 동창회 행사 같네. 유대인, 웝, 폴락(폴란드인)뿐이네.」

그는 스타크와 프루의 머리를 다정하게 잡아당기며 속삭였다.

「난 취했어. 11시 반부터 샴페인 칵테일을 마셨더니 취하는데. 그리고 행복해. 키퍼 부인에게는 내가 취했다고 말하지 마. 그러면 날 내쫓을 거니까. 내가 이 펑퍼짐한 구크 셔츠 밑에 감추어 들여온 이 750밀리리터 위스키에 대해서도 말하지 마.」

그는 다시 허리를 곧게 펴고서 주위를 둘러보더니 해군들과 함께 앉아 있는 샌드라에게 손을 흔들었다.

「구크 셔츠는 멋져, 그렇지 않아, 베이비 돌? 헐렁해서 시원해. 움직일 공간도 많고. 난 구크 셔츠가 좋아. 너도 구크 셔츠 좋아?」

샌드라는 매력적인 코를 찡그리면서 웃어 보였다. 「나도 구크 셔츠 좋아해, 앤절로.」두 명의 해병은 떫은 표정으로 앤절로를 쳐다보았다.

마지오는 다시 스타크와 프루의 머리를 다정하게 잡아당겼다.「저년은 내가 찍었어. 긴 밤으로다 말이야. 물론 너희 둘이 먼저 찍지 않았다면. 우선권을 줄게. 난 키 큰 년이 좋아. 난 서커스단에서 뚱뚱한 년하고 결혼한 난쟁이야. 정반대는 서로 통한다는 말 있지, 바로 그거야.」

「내가 알고 싶은 건 말이야…….」스타크가 말했다.「네가 어디서 그 돈을 조달했느냐는 거야.」

「간단해. 아무것도 아니야…… 하지만 아주 긴 얘기야. 얘기해 줘?」

「그래.」프루가 말했다.「정말 듣고 싶은걸.」

「그걸 말해야 할까? 좋아, 그렇게 듣고 싶다면 말해 주지. 하지만 긴 얘기야. 정말 듣고 싶어? 좋아, 말해 주지. 먼저 화장실로 가자.」

「난 금방 갔다 왔어.」스타크가 말했다.

마지오는 자신의 배를 한 번 툭 쳤다.「하지만 거기서 여기에다 꼬불쳐 가지고 들어온 건 발견하지 못했을걸?」

「무슨 말인지 알았어.」세 사람은 팔짱을 끼고 암모니아 냄새가 진동하는 화장실로 갔다. 수천 명의 남자들이 들락거린 결과였다. 스타크가 위스키 병의 봉인을 뜯었고 그들은 한 모금씩 한 후에 마지오의 얘기를 들었다.

「너희가 시내로 나간 후에 난 영내에 남아 있는 게 너무 지겨웠어. 그래서 호모 친구 헬을 불렀지. 우리가 화장실에서 동전 치기 포커 게임을 했다가 빈털터리가 되었던 날 밤에 만났던 친구야. 기억나지? 그 친구에게 와히아와까지 차를 가지고 와서 나를 좀 픽업해 달라고 했지.

그자는 안 오려고 했어. 하지만 이걸 가지고 그를 위협했지.」 그는 오른손 주먹을 쥐고 가운뎃손가락만 앞으로 펴 보였다. 「하지만 부드럽게 했어. 그는 지성인인 데다 아주 민감해. 이런 어려운 때 친구를 도와주지 않으면 앞으로 친구는 없을 거다. 그랬더니 말을 알아듣더군.

그는 나를 시내로 데려가더니 라우이차이스에서 스테이크와 프렌치프라이를 사주었어. 내 말 알아들어, 라우이차이스에서 말이야. 마지오는 시시한 건 좋아하지 않아. 마지오는 일단 벌었다 하면 최고만 골라. 식사를 한 후에는 호모들의 아지트인 와이키키 태번으로 가서 샴페인 칵테일을 마셨어.

난 헬에게 중대의 20퍼센트쟁이한테 20달러를 빌렸다고 말했어. 즉시 빌린 돈을 갚지 않으면 신고하겠다고 위협한다고 얘기했어. 그러면 나는 영창에 가서 6개월을 썩어야 한다는 말도 했어. 헬은 친한 친구가 6개월이나 썩는 것을 차마 두고 보지 못했어.」

마지오는 주머니에서 지폐 더미를 꺼내 그들에게 흔들어 보였다.

「그게 이야기의 전부야. 올드 헬이 20달러를 빌려주었어. 그는 그냥 주려고 했으나 내가 못하게 했지. 빌려주는 것이 아니라면 받지 않겠다고 했어. 나는 그를 어떻게 다루어야 하는지 알고 있었어. 만약 내가 그의 돈을 벗겨 먹을 의도인 것이 들통 났다면 그는 땡전 한 푼도 내놓지 않았을 거야. 그래서 20달러를 빌린 것으로 한 거야.」 마지오는 의기양양하게 웃었다. 「그러니까 억지로 돈을 빼앗는 것보다 평생 20달러 빚지는 쪽을 택한 거지.」

스타크는 껄껄 웃더니 그에게 술병을 건네주었다. 「그러니까 20퍼센트쟁이에게 돈을 돌려주지 않으면 영창에 간다고 얘기했다는 거야? 야, 정말 황당무계한 얘기인데. 이 헬이라는 친구는 이자 받고 돈을 빌려주는 것이 육군 규정에 위배된다는 걸 모르나? 그게 불법이라는 걸 모른단 말이야?」

「그는 육군에 대해서는 아는 게 별로 없어.」 마지오가 말했다. 「잘 아는 것처럼 행동하지만 실은 잘 몰라. 하지만 해군에 대해서는 잘 알더군.」

그는 술병을 코르크로 막고서 다시 헐렁한 셔츠 아래의 허리춤에 찔러 넣었다. 「2시가 다 되어 가는데. 각자 좋은 년을 하나씩 골라야겠어. 아까 보니 해군 두 놈이 우리 시간을 까먹고 있던데.」 마지오가 말했다.

「난 이미 골랐어.」 스타크가 그들을 쳐다보지 않으면서 심술 난 목소리로 말했다.

「그래? 난 저 키 크고 몸집 좋은 샌드라를 고를 거야. 네가 이미 고르지 않았다면. 넌 누굴 골랐는데?」 마지오가 은근히 걱정하며 물었다.

「빌리.」 스타크는 여전히 그들을 쳐다보지 않으면서 심술 난 목소리로 말했다. 「저 유대인 년. 이미 얘기해서 오케이를 받았어.」

「그래? 눈빛이 뜨거운 년?」 마지오가 빙그레 웃었다.

「그래, 그년이야. 아니꼽냐?」 스타크가 화난 목소리로 물었다.

「아니꼽기는? 나도 저년하고 언젠가 한번 해볼 생각을 품고 있었어.」

「나는 내가 고르고 너는 네가 고르는데, 내가 누굴 고르든 그게 무슨 상관이야?」 여전히 스타크는 심술궂게 말했다.

「전혀 상관없지. 내가 덩치 큰 샌드라만 잡을 수 있다면. 키 크고 몸집 좋으면 누구라도 상관없어.」

「오케이, 그건 네 일이야.」 스타크가 말했다. 「난 빌리가 좋아. 빌리를 잡았으니 그건 내 일이야. 넌 샌드라를 좋아하고. 나는 우연히 빌리를 골랐고. 그래서 아니꼽다는 거야?」

「아니, 전혀 아니야. 난 그저 한번 물어볼……」

「물어볼 필요 없어. 그건 네 일이 아니야. 난 빌리가 좋아. 그뿐이야.」

「모린도 있는데.」 프루가 말했다.

「모린은 지옥에나 가라고 해. 난 누굴 원하는지 알아. 빌리가 오늘 밤의 여자야. 자꾸 시비 걸래?」

「오케이, 괜히 성깔 부리지 마. 아무튼 그년을 확보했잖아. 난 샌드라가 좋아. 야, 저 커다란 덩치, 저 커다란 유방. 아, 숨이 막히는구나. 프루, 넌 골랐어?」

「응, 골랐어.」

「빌어먹을 공주를 골랐대.」 스타크가 코웃음을 쳤다.

「정말? 농담 아니고?」

「농담 아니야.」 스타크가 심드렁하게 말했다. 「와이키키의 순결한 처녀, 로런 공주님이라니까.」

「그년은 속물이야.」 마지오가 이의를 제기했다.

「그게 어쨌다는 거야? 내가 너희보고 이런 년 저런 년 고르라고 말했어? 그러니 나보고 어떤 년 고르라고 말하지 마.」

「나도 너보고 아무 말 안 했어.」 스타크가 말했다. 「넌 원한다면 미네르바를 고를 수도 있어. 그래도 난 눈 하나 깜짝 하지 않을 거야. 네가 어떤 년을 고르든 나와는 상관없는 일이야.」

「자, 이제 나란히 있는 방 세 개를 골라야 이 위스키를 나누어 먹을 수 있어. 그걸 잊지 마. 고른 년한테 말했어?」 마지오가 프루에게 물었다.

「아니, 아직.」 프루가 마지못해 대답했다.

「그럼 빨리 가서 신청해. 아까 보니 해군 두 놈도 긴 밤 자고 잘 것 같던데.」

「너도 샌드라한테 신청 안 했지?」 프루가 말했다.

「아참, 깜빡했네. 야, 빨리 대합실로 돌아가서 신청하자.」

제17장

그들은 여러 개의 자그마한 침실들이 도열해 있는 기다란 통로를 지나, 침실의 문들만을 따로 떼어 내 보관한 여러 개의 간이 홀을 지나, 오른쪽으로 방향을 틀었고, 다시 자그마한 침실들이 도열한 통로를 지나 대합실로 들어섰다.
「창녀집치고는 큰 집이야.」 마지오가 말했다.
「일거리도 상당히 많겠는데.」 스타크가 말했다.
프루는 아무 말도 하지 않았다.
그는 아까 그 자리에서 평온하게 앉아 있는 로런을 발견했다. 그는 약간 안도가 되었다. 하지만 아까는 못 보았던 새로운 병사가 그녀 옆에 앉아서 쉴 새 없이 뭔가를 지껄이고, 그녀는 주의를 기울여 그 병사의 말을 들어 주고 있었다. 프루는 문턱에서 잠깐 멈춰 서서 두 명을 먼저 들어가게 했다. 또다시 목구멍에 탁한 가래 같은 것이 끼인 듯한 느낌이 왔고, 이번에는 양 허벅지의 뒤쪽에서 힘이 빠져나가는 느낌마저 왔다.
그는 너무 늦기 전에 빨리 가서 신청해야 한다는 것을 알았다. 하지만 너무 오래 끌어서 꽝이 되어 버린 것이 아닌가 하는 공포가 밀려왔다. 그 순간 이제 다른 여자가 아닌 바로 로런을 확보하는 것이 가장 중요한 관심사가 되었다. 너무나 중요하다고 생각되어 신청하는 것에 두려움을 느낄 정도였다. 그는 갑자기 어색함을 느끼면서 신청하지 못할 것 같다는 생각이 들었다.

이런 젠장, 그는 자신을 향해 화를 냈다. 도대체 넌 어떻게 된 거야. 저 여자는 평범한 창녀에 지나지 않아. 설사 비범한 창녀라고 할지라도 어색함을 느낄 것까지는 없어. 저 여자가 너를 거절한다고 해도 신경 쓸 거 없어. 모린에게 신청해. 그 여자는 널 좋아하더군. 네가 잘못된 건 오랫동안 여자를 품지 못했다는 거야. 그래서 아무 년이나 닥치는 대로 헤벌레하고 있는 거야. 그것뿐이야. 그러니 어색함 따위는 빨리 잊어버려. 안 되면 모린에게 가면 되는 거야.

「로런, 약속해 놓은 거 있어?」 그가 어색하게 물었다.

그 수다스러운 병사는 갑자기 말을 멈추고 고개를 쳐들더니 웃어 보였다.

저 친구의 입을 막아 놓는 것도 가끔은 있군, 하고 프루는 생각했다.

「아니 없어, 프루. 그냥 얘기하고 있는 거예요.」 그녀는 자리에서 일어나며 수다스러운 병사를 내려다보았다. 야, 어떻게 저리도 말이 많은 친구가 개그맨이 되지 않고 군인이 되었지, 하고 프루는 생각했다.

「긴 밤 약속 말이야.」 그는 다시 목구멍이 탁해지는 것을 느꼈다.

「긴 밤 말인가요? 난 지금 당장을 말하는 줄 알았어요.」

「긴 밤이야. 약속된 거 있어?」

「없어요, 프루.」

「그럼 나하고 약속하는 거야.」 그가 수다스러운 병사를 쳐다보며 말했다.

「그럼, 약속했어요. 하지만 아직 20분 전이에요. 서두를 필요는 없어요. 잠시 앉아서 긴장을 풀어요.」 그녀는 떼쓰는 아들을 달래는 어머니처럼 자기 옆의 빈자리를 가볍게 치며 초대했다. 그녀가 웃을 때면 어린아이 같은 얼굴의 풍만한 입술이 가볍게 벌어졌다.

「우린 파도타기에 대해서 얘기하던 중이었어요.」 그가 옆자리에 앉는 동안 로런이 말했다. 「빌은 드러시에서 근무하고 있는데 서핑 전문가예요. 그걸 아주 멋지게 설명해 주었어요.」

입 다물고 있던 수다스러운 병사는 슬쩍 웃어 보였다. 「서핑에 대해서 잘 모릅니까?」 그가 프루를 쳐다보며 말했다.

「모릅니다. 전혀 아는 게 없어요.」 프루가 로런 쪽으로 몸을 수그리며 말했다.

「스코필드 부대원들은 내륙에서 근무하기 때문에 서핑할 기회가 별로 많지 않았을 겁니다.」

「그렇지. 하지만 우리는 산이 있어요. 등산에 대해선 좀 압니까?」

「약간. 혹시 등산가입니까?」

「아니요. 등산에 대해 잘 모릅니다. 당신은 비행기 조종에 대해서는 좀 압니까?」

「좀 훈련을 받았습니다. 존 로저스 기지에서.」

「나는 비행기 조종에 대해서도 잘 모릅니다. 심해 다이빙도 좀 하십니까?」

수다스러운 병사의 얼굴을 마주 보며 앉아 있던 로런은 고개를 홱 돌려 프루를 쳐다보며 얼굴을 찌푸렸다.

그 병사 역시 얼굴을 찌푸렸으나 곧 미소를 지어 보였다.

「아니요, 그건 해본 적이 없습니다. 그건 재미있습니까?」 그는 의자 등받이에 몸을 기대더니 다시 로런과 사적인 대화에 들어갔고 그녀는 열심히 그의 얘기를 들어 주었다.

프루 역시 등받이에 몸을 기대고 그 병사가 멋대로 얘기하도록 내버려 두고서 엄지손가락의 거스러미를 떼어 내며 그의 말발이 줄어들기를 기다렸다. 말발이 줄어들기는커녕 오히려 더 세지면서 전혀 중지할 기미가 보이지 않았다.

「헤이.」 프루가 로런 쪽으로 몸을 기울이면서 말했다. 「빌, 왜 그녀를 침대에 데려가지 않나? 그것 때문에 여기 온 거 아니야? 그녀에게 보트 클럽에 가입할 것을 권유하기 위해 여기 온 거야?」 프루가 반말로 지껄였다.

  빌은 말을 멈추더니 슬픈 표정으로 로런에게 미소 지었다. 「입담이 센 보병도 있군.」

「난 말이야, 해안 포병 주제에 파도타기나 즐기는 병사는 아니야. 넌 그녀랑 한 번 잘 거야 말 거야?」

  로런은 몸이 굳어지면서 고개를 돌려 그를 응시했다. 이번에는 놀라는 표정이 아니라 공포스러운 표정이 역력했다. 그를 마치 진흙에서 나온 지렁이 대하듯 쳐다보았다.

  프루는 그녀에게 빙긋 웃어 주었다. 「잘 거야 말 거야?」

「빌, 방으로 갈 거예요? 나랑? 원한다면 시간은 충분히 있어요.」

「그럼, 그게 더 나을 것 같군. 여기는 공기가 아주 탁해졌어. 그렇지 않아?」

「그래. 나도 그렇게 생각한다, 이 개자식.」 프루가 욕설을 했다.

「야, 너, 말이라고……」 빌이 대응하려고 했다.

「그럼 우리 갈까요?」 로런이 그를 말렸다. 「여기 남아 있는 건 아무 의미도 없어요. 자, 가요, 빌.」 그녀는 처녀처럼 수줍어하며 그의 손을 잡았다. 「빌, 빨리 갈수록 더 많은 시간을 함께 보낼 수 있어요.」

「좋아.」 빌은 그녀가 이끄는 대로 따라 나갔다. 그녀는 문턱에서 잠시 멈춰 서더니 프루에게 아주 못마땅한 시선을 던졌고 이어 빌에게 수줍게 웃는 표정을 지어 보였다.

프루는 그녀에게 빙긋 웃었다. 「빌, 그녀에게 서핑 스냅 사진을 보여 주는 걸 잊지 마.」 프루가 그들의 등 뒤에다 대고 소리쳤다.

그들이 가버리자 프루의 얼굴에서 미소가 싹 사라졌다. 그는 의자 등받이에 몸을 기댔다. 그는 몸을 계속 기대 등과 등받이가 직각을 이루도록 했고 턱을 가슴에 파묻었다. 아이고 잘난 프리윗. 넌 어떻게 다른 병사의 마음을 그렇게 잘 읽나? 빌도 너처럼 여자와 노닥거리다가 3달러를 주고 그걸 한 번 하기 위해 창녀집에 찾아온 게 아닌가. 그런 빌의 속셈을 훤히 까발렸군. 그 친구는 너한테 그렇게 욕설을 당하고도 왜 싸움을 걸어 오지 않았을까. 그래, 왜 그렇게 싸움을 걸려고 안달이었나. 선량한 사람에게 결코 피해를 주지 않겠다고 호언장담하더니. 도덕적이고 인정미 많아서 다이너마이트의 권투부에는 절대 들어가지 않겠다고 하던 사람이. 온갖 싸움을 하여 주먹을 다져 온 킬러(싸움꾼) 프리윗. 피는 너를 섬뜩하게 하지, 그렇지 않아? 넌 그걸 좋아하지, 킬러. 넌 정말 챔피언 감이야, 그렇지 않아? 이제 로린은 너를 아주 존경해야 돼. 네 남성미에 홀딱 빠져서 말이야. 15달러를 내놓으면 그녀는 너와 긴 밤을 자겠지. 그게 네가 원하는 전부 아니야, 킬러? 네가 원하는 건 그녀가 돈 벌기 위해 파는 거, 그것 아니야, 킬러? 넌 그녀의 존경, 우정, 친밀함, 관심, 가까움 따위는 전혀 필요하지 않아. 그녀가 돈 벌기 위해 파는 거, 그것만 있으면 되는 거 아니야, 킬러? 물론 너는 다른 건 필요 없겠지. 누가 창녀의 관심이나 존경 따위를 원할까?

방 건너편에서는 마지오와 다리가 긴 샌드라가 두 명의 뚱한 해군들에게 작별 인사를 하고 있었다. 저들은 창녀의 관심을 필요로 할까? 물론 필요로 하지 않는다. 그들은 아쉽기는 하지만 옆방에 있는 다른 여자를 고르면 되는 거다.

빌리는 스타크의 무릎에 앉아서 그의 귀에다 대고 뭔가 속삭이고 있었다. 스타크는 저 눈빛이 뜨거운 창녀의 관심을 필요로 하는가? 물론 필요로 하지 않는다. 그 때문에 저렇게 빙그레 웃을 수 있는 거다. 봐라, 킬러 프리윗. 창녀의 따뜻한 마음? 사람 웃기지 마. 넌 정말 웃기는 짜장이야.

「이봐, 친구, 어떻게 했어? 다 처매 놓았나?」 스타크가 다정하게 말했다.

「응, 모두 묶어 놓았어. 부풀어 오르도록.」 그가 말했다.

킬러, 자네는 서핑이나 가는 게 좋겠어, 하고 프루는 생각했다.

「이봐, 나란히 있는 방 세 개를 달라고 했어?」 스타크가 물었다.

「아니, 그녀에게 말하는 걸 잊어버렸어.」

「오케이, 그럼 우리가 알아볼게. 하지만 그녀가 돌아오면 다시 얘기하는 거 잊지 마. 안 그러면 막판에 너만 오리알돼서 위스키 못 마셔.」 그때 빌리가 다가와 그의 귀를 살짝 깨물었다. 그는 고개를 돌려 욕설을 하다가 다시 웃음을 터뜨리며 그녀에게로 시선을 돌렸다. 그게 빌리가 원하는 바였다.

「잊지 않을게.」 그가 혼잣말을 하듯이 중얼거렸다. 「난 위스키뿐 아니라 그 어떤 것도 놓치고 싶지 않아. 하지만 왠지 뭔가 놓친 기분이야.」

마지오와 샌드라는 두 명의 해군과 사이좋게 악수를 하고 있었다. 파티를 끝내고 손님들의 귀가를 재촉하는 주인과 안주인 같았다. 두 명의 해군은 이어진 문을 통해 제2대합실로 갔다. 마지오는 안도의 한숨을 내쉬며 샌드라를 무릎 위에 앉혔다. 그러자 마지오의 상체가 전혀 보이지 않았다.

「헤이.」 마지오가 웅얼거리는 목소리로 말했다. 「이건 뭔가 좋은 그림이 아닌데. 내가 네 무릎 위에 앉는 건 어떨까? 기분 전환으로.」

「좋아요. 그것도 멋진 일이겠는데.」

그녀는 웃으며 일어섰다. 매력적인 코에 주름살을 지으며 윤기 나는 기다란 머리를 가볍게 흔들어 댔다. 마지오가 샌드라의 무릎에 앉으니 커다란 코끼리 위에 앉은 조련사 혹은 덩치가 큰 셰틀랜드 조랑말 위에 올라탄 서커스의 원숭이 같은 형상이었다.

이봐, 나를 좀 보라고. 너희도 덩치 크고 살찐 마마를 원하니? 하고 그는 노래를 불렀다. 그건 윙기 마노네가 부른 노래를 완벽하게 따라 부른 것이었다.

「살찐이라니, 무슨 소리예요?」 유방을 빼놓고는 날씬한 샌드라가 화를 내며 말했다. 「소니(아들), 난 뚱뚱하지 않아요.」

「베이비, 알고 있어.」 마지오가 말했다. 「날 소니라고 하지 마. 난 단지 비유적으로 말했을 뿐이야. 그러니 나한테 화를 낼 필요는 없어.」

「헤이, 프루.」 그가 화제를 바꾸며 말했다. 「저 해군들을 보니 아까 말해 주지 못한 게 생각나는데, 난 오늘 밤 와이키키 태번에서 블룸을 보았어.」

「엉? 누구와 함께?」 프루가 되는대로 말했다.

「토미라는 아주 덩치 큰 호모와 함께 있었어. 정말 웃기는 광경이더군.」

「그랬어?」

「정말 말이 안 되는 그림이었어. 블룸이 저 큰 어깨에 기대어 눈물을 흘리는 걸까 하는 생각이 들더군. 블룸과 시선이 마주치자 나는 그놈을 박살 낼 커다란 의자를 찾기 시작했어.」

「그자가 너를 보고 화를 냈단 얘기야?」 프루가 물었다.

마지오가 웃음을 터뜨렸다. 「대가리에 내 입만 한 반창고를 달고 있더군. 내 친구 헬이 이 토미란 자를 잘 알아. 헬이 그렇게 말했어. 그런데 토미가 블룸하고 있는 건 처음 보았다는 거야. 〈아, 불쌍한 토미, 난 그를 잘 아는데〉 하고 말했어.」

「그건 셰익스피어에게서 나온 말이에요.」 샌드라가 말했다. 「약간 바뀐 건데 셰익스피어의 『햄릿』에는 〈아, 불쌍한 요릭, 난 그를 잘 아는데〉라고 되어 있어요.」

「그래?」 앤절로가 말했다. 「그런데 내 친구 헬도 가방 끈이 길어. 아주 교육을 많이 받았다고. 또 아주 시적(詩的)이야.」

「나도 그건 알아요.」 샌드라가 빙그레 웃었다. 「그는 아주 시적인 사람이에요. 그들은 다 시적이에요. 그런 사람들이 가끔 나를 찾아와요.」

「그들이? 무슨 목적으로?」 마지오가 말했다.

「한번 짐작해 보세요.」

「짐작하고 싶지 않아.」 마지오는 그러면서 프루에게 시선을 돌렸다. 「올드 헬이 그러는데 이 토미는 헬의 차를 빌려서 블룸과의 데이트에 나간다는 거야. 올드 헬이 좋다고 하면 말이야. 헬 얘기로는 토미의 벌이가 시원치 못하대. 시내 어디선가 일하면서 부업으로 단편소설을 쓰고 있대. 그래서 블룸에게 쓸 만한 돈이 없다는 거야. 블룸에게 술 한잔 사줄 형편도 안 된대. 그래서 누가 누구한테 대주는 건지 의아하더라니까.」

「글쎄.」 프루가 뭐가 생각하는 듯 뜸을 들이다가 말했다. 「그게 맞는 얘긴지 모르겠는데.」

「난 오늘 밤 라우이차이스에서 식사를 했어. 상상이 잘 안 되지?」 마지오가 샌드라에게 자랑했다.

「라우이차이스? 거긴 내가 잘 가는 레스토랑이에요. 고급이죠. 난 늘 거기서 식사해요.」

「그들이 입장시켜 줘?」

「그럼요. 왜 안 시켜 주겠어요?」

「법에 의하면 여기서 일하는 여자들은 시외에서 살게 되어 있는데.」

「그렇죠. 하지만 라우이차이스 사람들은 내가 부유한 관광객 사모님인 줄 알아요.」

「혹시 파파야도 먹어 보았어?」

「파파야? 나 그거 매일 먹어요. 아주 좋아해요.」

「난 오늘 밤 처음 먹어 보았어. 씹히는 건 멜론 같았는데 맛은 전혀 없더군. 맛을 내기 위해 레몬주스를 치라고 하더군.」

「그건 올리브하고 비슷해요. 먼저 맛을 들여야 해요.」

「아보카도 같은 거지.」 스타크가 권위 있는 목소리로 말했다. 「혹은 달팽이 같아. 그걸 좋아하는 법을 배워야 해.」

「내 보기에……」 앤절로가 말했다. 「레몬주스를 쳐도 여전히 토사물 같은 냄새가 나더군. 난 아무리 연습해도 토사물을 좋아할 것 같진 않아.」 그는 술 취한 목소리로 요란하게 웃어 젖혔다. 너무 세게 웃어서 샌드라의 무릎에서 굴러 떨어질 뻔했다. 샌드라는 걱정하는 눈빛으로 내려다보았다.

「빌어먹을, 그러고 있으니 영락없는 뚱뚱이와 홀쭉이네. 어울리는 한 쌍이셔.」 스타크가 살짝 비아냥거렸다.

「아까 식당에서 식사할 때 구크 웨이터가 내 뒤에 서 있었어. 그는 내가 엉뚱한 포크를 집어 들어 손님들에게 충격을 줄까 봐 감시하고 있었던 거야. 그래서 그가 레몬 조각과 함께 파파야를 가지고 오자 내가 그게 뭐냐고 물었지. 〈파파야입니다, 선생님.〉 그래서 내가 레몬 조각을 파파야 위에 짜면서 〈이렇게 하는 겁니까?〉 하고 물었지.

〈그렇습니다, 선생님〉 하고 그 친구가 대답하더군.

〈이상한데. 왜 레몬주스를 여기다 짜 넣으면 토사물 같은 냄새가 나지?〉하고 내가 물었어. 웨이터는 벙쪄서 아무 말도 못하고 쳐다보기만 하더군. 그래서 내가 속삭여 주었어.〈하지만 난 토사물을 좋아해.〉」

프루를 빼놓고 모두 웃음을 터뜨렸다. 심지어 빌리도 웃었다. 앤절로는 샌드라의 무릎 위에서 빙그레 웃었다. 우리가 만화 같은 데서 자주 보았듯이, 방금 상스러운 말을 해 노처녀를 방 안에서 쫓아낸 앵무새의 모습이었다.

「올드 핼은 웃다가 배가 찢어질 뻔했어. 그랬더니 그 빌어먹을 웨이터는 더 이상 우리 테이블 주위에서 어정거리지 않더군.」

빌리는 갑자기 스타크의 무릎에서 일어섰다. 웃음이 그녀를 최면으로부터 깨어나게 한 듯했다. 그녀는 관능적인 몸을 쫙 펴며 기지개를 했다. 그녀의 단단하면서도 위로 치켜 올라간 유방은 많은 부인들이 부러워할 만큼 탐스러웠으나 동시에 여성의 미덕을 깎아내리는 물건이라고 비난할 법했다. 얇은 드레스 천 사이로 유방의 젖꼭지가 마치 눈동자처럼 스타크의 얼굴을 노려보았다.

「자, 이제 갈까, 메일런?」 빌리가 허스키한 목소리로 속삭였다. 「이제 더 이상 쇼트타임 손님은 없을 것 같아. 설사 있다 하더라도 2시 다 되어 긴 밤을 받아야 하니까 상대할 수가 없어.」 그녀는 상체를 뒤로 활짝 젖힌 채 갈급하다는 듯 유방을 내밀었다. 「하니, 우선 맛보기로 홍콩 가는 여행 어때?」

「그 쇼는 현금 박치기인 걸로 아는데?」 스타크가 걸걸한 목소리로 말했다.

「응.」

「5달러지?」

「응, 추가로 5달러야. 하지만 가치가 있어. 메일런, 정말 천국으로 보내 준다니까.」

스타크는 깊은 한숨을 내쉬었다. 「좋아, 그 여행을 받아들이지.」 그의 눈은 붉게 충혈되어 있었다.

「너희도 올 거지?」 빌리가 샌드라와 마지오에게 말했다. 「네게 술이 있잖아.」

「쉿.」 마지오가 검지로 입을 막으며 말했다.

「떨긴. 늙은 암캐는 지옥에나 가라고 해.」 빌리가 세게 말했다.

「우리도 곧 가.」 샌드라가 빌리에게 웃어 보였다.

빌리의 뜨거운 눈빛이 더욱 뜨거워져 있었다.

「난 그녀가 어떻게 그걸 할 수 있는지 모르겠어.」 샌드라가 마지오에게 말했다. 「난 그 쇼 한 번 하면 죽어. 다른 보통 여자들도 마찬가지일 거야.」

샌드라는 프루 옆을 지나가며 허리를 숙여 말했다. 「로런이 돌아오면 우리는 통로를 지나 코너를 돌아 바깥 계단 위쪽의 방들을 지나 뒤쪽으로 간다고 말해 줘. 어디인지 그녀가 알고 있어.」

「오케이.」 프루는 무관심하게 말하고 그들이 껄껄 웃으며 통로를 지나 코너를 돌아가는 것을 보았다. 젠장 아직도 2시가 안 되었잖아, 하고 그는 혼잣말을 했다. 스타크는 그 홍콩 가는 쇼를 보기 위해 추가 5달러를 지불해야 될 것이다. 앤절로는 위스키 한 병을 내놓았지만 가격 할인은 받지 못할 것이고, 술은 저 두 창녀가 다 마셔 버릴 것이다. 그러니 어쨌다는 거야. 넌 불평할 것도 없잖아.

그는 불 꺼진 월리처 주크박스가 놓여 있는 조용한 대합실에 혼자 앉아 있었다. 불 꺼진 조용한 월리처처럼 외롭게 보이는 물건도 없었다. 사람들과 동전들이 모두 사라진 뒤의 주크박스는 흉물이나 다름없었다. 그는 아까부터 되풀이하여 자신을 한심한 놈이라고 타박하고 있었다.

마침내 로런의 나지막한 목소리가 통로에서 들려오자 그는 의자에서 재빨리 일어섰다. 채신머리없이 너무 빨리 일어섰잖아. 도로 자리에 앉는 게 좋을걸. 그녀를 애타게 기다렸다는 걸 들키고 싶어? 이런 생각들이 그의 머릿속을 재빨리 흘러갔다.

하지만 그는 다시 앉지 않았다. 로런은 홀에서 포트 드러시 소속의 파도타기꾼에게 다정한 작별 인사를 했다. 프루가 보기에 그녀는 필요 이상으로 작별 인사에 많은 시간을 들였을 뿐 아니라 부자연스러울 정도로 친절을 베풀고 있었다. 나를 약살 먹이기 위한 수작인가, 하고 그는 생각했다. 그는 좋을 대로 하라는 생각이 들면서 의자 옆에 계속 서 있었다. 그가 담배를 꺼내 불을 붙이고 있는데 로런이 미소 지으며 들어섰다. 그는 그녀의 미소를 보고서 안도가 되었다.

「그렇게 행동하다니 정말 끔찍해요.」그녀가 그를 비난했다.「아까 한 행동 말이에요.」

「그건 알고 있었어. 그렇게 하지 않으려고 했는데 나도 모르게 그렇게 되었어.」

「부끄러운 줄 알아야 해요.」

「부끄러워하고 있어.」

「아무튼 당신은 돈을 가지고 있잖아요. 불쌍한 빌은 긴 밤을 자고 싶어 했지만 돈이 없었어요. 그의 행동거지로 보아 그가 내놓은 3달러도 마지막 1센트까지 다 턴 것 같아요. 그는 아마도 와이키키까지 걸어가야 할 거예요.」

「불쌍한 녀석. 나도 안되었다는 생각이 들어. 내가 야비하게 군 것을 미안하게 생각해.」그는 오늘 오전까지만 해도 빈 털터리에다 취사장 사역을 했던 자기 자신을 생각했다. 하지만 오늘 오후는 아주 먼 얘기 같군. 한 30페이지 전에 나온 사건 같아. 그런 일은 누구에게나 벌어지지. 불쌍한 빌도 그랬을지 몰라.

「당신이 오기 전까지만 해도 불쌍한 빌은 너무나 머물고 싶어서 내게 봉급날까지 15달러만 꿔달라고 했어요. 그런데 당신이 갑자기 나타나 빌을 그토록 찔러 댔으니.」

「난 질투를 느꼈어.」

「질투?」 그녀가 평온하게 미소 지었다. 「나 때문에? 평범한 창녀 때문에? 나에게 아부하려고 하지 말아요. 아무튼 당신은 부끄러운 줄 알아야 해요.」

「부끄러워. 부끄럽다고 했잖아. 그렇지만 여전히 질투를 느껴.」

「당신은 그럴 권리가 없어요.」

「알아, 하지만 그런 감정을 느껴.」

「불쌍한 빌은 내게 이자로 5달러를 주겠다고 했어요. 또 무료로 서핑을 가르쳐 주겠다고도 했어요. 그의 것을 쓰면 되니까 서프보드를 빌릴 필요도 없어요.」

「야, 되게 뻔뻔한 녀석인데.」

로런은 슬픈 표정으로 미소 지었다. 「아무튼 그가 안되었어요. 당신이 갑자기 뛰어들어 그처럼 찔러 대니까 정말 불쌍하더라고요.」

「그럼 그에게 돈을 빌려주지 그랬어. 왜 안 빌려주었어?」

「당신 때문에 안 빌려준 건 아니에요. 내가 어떻게 빌려줄 수 있겠어요. 나도 야채 가게 주인처럼 사업을 하고 있는 거예요. 난 돈을 벌기 위해 여기 왔지 이 일을 사랑하기 때문에 여기 있는 게 아니에요. 외상을 해가지고는 이 사업을 할 수가 없어요. 불쌍하다고 해서 혹은 안되었다고 해서 외상 계좌를 터준다면 내 사업은 어떻게 되겠어요? 아무튼 나는 기분이 더러웠는데 당신은 전혀 내게 도움을 주지 못했어요.」

「알아. 하지만 빌이 당신한테 그처럼 말했다니 정말 뻔뻔한 녀석이군. 그런 친구들은 말이야 아는 게 많아서 하고 싶은 것도 많아. 서핑, 등산, 비행기 조종, 심해 다이빙, 또 뭐였더라. 이런 걸 다 하려니 그렇게 뻔뻔하지 않으면 안 될 거야. 말한 그런 운동을 한다고 하고선 실제로는 하지도 않아요. 난 그런 놈들을 전에 많이 봤어.」

「아무튼 그는 서핑을 잘 알아요. 난 그가 와이키키에서 파도타기 하는 걸 직접 보았는데, 잘하더군요. 그는 서핑과 창살 낚시와 보트 클럽에 돈을 다 써요. 그래서 보통 빚이 석 달 정도 밀려 있어요. 이런 사정을 잘 알기 때문에 그에게 돈을 빌려주지 못했어요.」

그는 이쯤에서 서핑꾼 빌 얘기를 접어야겠다고 생각했다.

「샌드라가 그러는데 뒤쪽에 있는 방으로 간대. 당신이 알 거라고 하더군. 앤절로가 술병을 하나 가지고 들어왔는데 그걸 같이 마시자는 거야.」

로런은 서늘하고 침착한 눈으로 그를 쳐다보았다.

「아, 그래요? 어딘지 알아요. 따라와요.」

「잠깐만. 아까 그 일 때문에 아직도 내게 화가 난 거야?」

「아니요, 화나지 않았어요.」

「화난 것 같아. 그래서 물어보는 거야. 만약 나한테 화났다면 오늘 밤의 긴 밤 데이트는 없던 걸로 하자고.」

그녀는 그를 한참 쳐다보더니 미소 지었다. 「당신은 참 이상한 사람이네요. 나 화 안 났어요. 아까는 화가 났지만 이제 다 잇었어요.」

「당신이 내게 화내기를 바라지 않아. 그래서 물어본 거야.」

그런 말은 바보처럼 보이기 딱 좋았다. 또 그 말을 상대방이 믿어 주리라는 보장도 없었다. 그를 앞서간 수많은 자들이 아무 의미도 없이 그런 말을 지껄였을 테니까.

「당신은 아첨꾼이에요.」 로런이 교태를 부리며 말했다. 그녀의 교태를 본 건 그때가 처음이었고 그건 그를 놀라게 했다.

그녀는 그의 손을 잡고서 가볍게 팔을 돌리고 아양을 떨면서 통로 쪽으로 나가서 코너를 돌았다. 그리고 계단 위로 올라가는 통로에 들어섰다. 거기에는 양쪽으로 작은 방들이 많이 있었다. 그녀는 명랑하게 그를 안내했고 그는 그녀의 갑작스러운 교태와 명랑함에 당황했다. 그들은 천장에 달랑 알전구가 하나 켜진 통로의 닳고 닳은 카펫을 밟고 내려가, 거리를 면한 마지막에서 세 번째 방으로 들어갔다.

「봉급날 이외에는 이쪽 방들은 사용하지 않아요.」그녀가 명랑한 어조로 말했다.「그날은 손님이 물밀듯 밀려오죠. 봉급날 아닌 날에는 긴 밤 손님들을 이 방으로 안내해요. 긴 밤 손님은 특별한 손님이니까. 밤중에는 여기를 걸어 다니는 사람도 없어요. 바깥은 바로 거리인데 가끔 창문으로 버스 지나가는 소리가 들려와요. 저 뒤쪽의 방들은 이런 조용함이 없어요. 또 누군가가 잡자기 쳐들어올 위험도 없어요.」

「내가 당신의 특별 손님인가?」그가 탁한 목소리로 물었다.

그녀는 문 앞에서 걸음을 멈추고 어깨 너머로 돌아보면서 웃음을 터뜨렸다.「당신이 여기 왔으니, 그런 셈 아닌가요?」그녀는 아양 어린 목소리로 말했다.

「내가 여기 온 건 앤절로와 메일런, 그리고 술병 때문이야. 그들이 나보고 같이 마시자고 했으니까.」그는 로런이 교태를 부리면 아주 여성적인 모습이 된다는 걸 발견했다.「빌리와 샌드라가 그들을 여기 데려온 거지, 난 아니야.」

「그게 그리 중요해요?」그녀가 놀렸다.

「응, 중요해.」그가 간절한 어조로 말했다.「우리 같은 군인들이 너무 많기 때문이지. 그들은 당신에게 그냥 얼굴에 불과해. 그들 중 많은 자들이 얼굴이 아니라 육체에 불과해. 그런 기억되지 못하는 육체로 끝나고 싶지 않아. 여기 와서 떠나갈 때 적어도 상대가 우리를 기억해 주길 바라는 거야. 이런 점에서 남자들은 다 똑같지만 그렇다고 해서 개성이 똑같은 것은 아니야. 남자들은 남들과 똑같다거나 기억해 주지 않는다거나 하면 죽어 버려. 내면적으로 죽어 버리는 거야. 아내들은 창녀와 똑같은 방식으로 돈을 벌어. 비록 껍데기에 불과하지만 남편들을 간신히 기억하고 그것이 부부 관계를 유지해 주는 거야.

하지만 그런 기억이나마 사라져 버리면, 그 관계는 우물 밑바닥처럼 말라 버리고 진흙 구멍이 되어 버리고 말아. 그러면 그리로 건강한 피가 새어 나가고 부부 관계는 악취가 풍기는 쥐구멍이 되어 버리지. 우린 꼭 필요할 때 옆에 있어 달라는 얘기가 아니야. 그저 기억해 달라는 거야. 그저 기억해 달라는 것은……」

어두운 알전구 아래 그는 그녀가 놀라면서 빤히 자기를 쳐다보고 있다는 것을 발견했다. 그는 이 제방의 구멍 같은 자신의 입을 막아 버리고 싶었다. 어디에서 나오는지 알 수도 없이 말의 격랑(激浪)이 마구 튀어나와 그녀에게 튀어 오르게 하는 이 입을. 제방 구멍에 자기 혀를 갖다 댄 소년 한스 브링커, 은빛 스케이트 등이 플래시백처럼 그의 머릿속을 스쳐 지나갔다. 영웅은 대지 위로 범람하려는 홍수를 물리친다!

로런은 아무 말도 하지 않고 자의식적인 미소를 지었다.

「그게 그렇게 중요하다면 당신이 나의 특별 손님이라고 말씀드리지요.」

프루는 머리를 가로저었다. 「그건 대답이 아니야.」 그는 끈덕진 목소리로 대꾸하면서 자신의 혀로 그 작은 구멍, 그 작은 틈새, 그 아킬레스의 건을 막았다.

「그럼 어떤 대답을 원하세요?」

「모르겠어. 잊어버려. 이게 우리의 방인가?」

「예.」 그녀가 가냘프고 섬세한 손으로 그의 팔을 잡으며 말했다. 「저 소리 좀 들어 보세요!」 그녀가 약간 장난기 어린 목소리로 말했다. 그는 옆방의 침대 스프링이 리드미컬하게 삐걱거리는 소리를 들었다.

「벌써 작업 중이에요.」 그녀가 농담을 했다. 그녀는 그렇게 우스꽝스럽게 말함으로써 대화의 한 페이지를 깨끗이 삭제하고 다른 페이지를 쓰고 싶어 했으나, 불확실한 어조 때문에 그 농담을 성공시키지 못했다.

「작업 중이로군.」 프루가 그 규칙적인 리듬에 귀 기울이며 차갑게 말했다. 「아주 열심히.」 로런의 가녀린 손은 아직도 그의 팔을 잡고 있었다. 너무 섬약해 과연 그 손에 힘이 있을까 의심될 정도였다. 그는 로런의 날씬한 몸을 세게 부여잡고 강하게 키스함으로써 그녀의 호흡을 정지시키고 싶었다. 그렇게 하여 자신의 생각과 느낌을 그녀에게 생생하게 전달하고 싶었다. 하지만 창녀에게 키스하면 안 된다는 것이 화류계의 불문율이었다. 그들은 그걸 좋아하지 않았다. 그들에게 키스는 일반 여성의 육체처럼 은밀한 것이었다. 그것은 뿌리 깊은 법률이었고 그런 법률이 위반된다면 그녀는 그런 짓을 자행한 자에게 분노할 것이었다.

「농담 한번 해보았어요.」 그녀가 미안한 어조로 말했다.

그녀는 방 안의 불을 켰다. 갑자기 실내가 환히 드러났다. 얇은 매트리스가 깔린 침대와 구석에 놓아둔 작은 테이블, 그 테이블은 이 창녀집에서는 공장의 빗자루만큼이나 중요한 것이었다. 공장을 청결히 유지해 작업 라인을 잘 돌아가게 해야 하는 것처럼, 그 테이블에는 사랑에 필요한 도구가 들어 있는 것이다. 빗자루나 테이블이나 모두 오래된 전통의 한 부분인 것이다. 프루는 그 테이블을 쳐다보며 전몰장병들을 기념하는 저 오래된 전통을 생각했다. 남북 전쟁이든 세계 대전이든 앞으로 닥쳐올 전쟁이든 전쟁 중에 죽은 장병들을 위해 법원 잔디밭에 대포를 설치하고 조포(弔砲)를 쏘는 것이다. 그 조포를 공중 높이 쏘아 올림으로써 사람들은 조국을 위해 하늘나라로 간 사람들을 기억하는 것이다. 그런 전통을 기억하고 있자니 프루는 마치 집으로 돌아온 느낌이 들었다.

「먼저 돈을 받아야겠어요.」 로런이 어색한 목소리로 말했다.

「아, 그래, 깜빡했네.」 그는 지갑을 꺼내 스타크의 돈 15달러를 건네주었다. 심지어 이렇게 내놓는 돈도 네 것이 아니로구나, 하고 그는 생각했다.

그녀는 벽장에서 싸구려 이불 두 장을 꺼내 침대 위에 던지면서 그 어색함을 가리려 했다.

「미네르바의 애들은 쇼트타임 손님을 위해서만 침대를 손보아 놔요. 아무튼 우린 이불이 필요하겠군요.」 그녀는 명랑한 어조로 말했지만 그녀의 어색함을 없애 주지는 못했다. 이제 웃지 않는 프루의 화강암 얼굴은 누군가가 말했듯이 큰 바위 얼굴이었다.

「자, 이제.」 그녀가 말했다.

「오케이, 알았어.」

「당신을 재촉하자는 뜻은 아니었어요. 내 말을 못 알아들었나 해서요.」 그녀는 옷을 활활 벗어 버리는 그를 쳐다보면서 전혀 어색해하지 않는 것을 발견했다. 대부분의 남자들은 옷을 벗을 때면 어색함을 느꼈던 것이다. 그는 어색해하지도 않았고 심지어 발기가 되어 있지도 않았다. 그는 거기에 존재하지 않는 사람처럼 느껴졌다. 그녀는 자신의 속이 갑사기 출렁거리는 것을 느꼈다.

그건 물과도 같아, 하고 그는 생각했다. 일정한 공간에 가두어 놓으면 엄청난 힘을 가진 압력이 되고, 조그마한 틈새라도 발견하면 그곳으로 분출하는 거야. 조그마한 터진 곳이라도 있으면 가두어 놓은 에너지가 폭발하면서 땅, 달, 별, 해를 휩쓸어 버리는 거야. 그러다가 마침내 작은 물줄기로 줄어드는데 그때는 잔돌조차 움직일 힘이 없어. 어쩌면 그건 너의 상상력일지 몰라. 너의 눈꺼풀은 창공을 하나의 태양, 하나의 원칙으로 압축시킬 수가 없어. 난 사태의 실상이 그런 거라고 생각해.

그들은 각자 이불을 덮고 누웠으나 서로 만지지는 않았다. 방의 창문은 한밤의 어둠을 향해 열려 있었다. 행인들의 발걸음 소리가 아득하게 들려왔고 전차가 끼익 하고 멎는 소리도 멀리서 들려왔다. 어디선가 버스의 에어 브레이크 밟는 소리도 간간이 들려왔다. 그들은 서로 얘기하지 않았다. 그녀도 별로 얘기하고 싶어 하지 않았고 그도 얘기할 기분이 아니었다. 그는 방금 생각한 것 이외에는 그 어떤 것도 생각하고 싶지 않았다. 그는 쳐놓은 블라인드의 틈새로 길 건너편 집의 지붕을 쳐다보았고 앤절로가 가운데 방에 들어 있는지 궁금했다. 그나 스타크가 술을 가지고 있다면 바지를 입고 밖으로 나가 그걸 받아 와야 하지 않나 하는 생각을 했다. 그는 지금 이 순간 술 한 모금이 간절했다.

그는 시간이 얼마나 지나갔는지 몰랐다. 아주 짧은 순간인 것 같기도 하고 아주 긴 시간이 흐른 것 같기도 했다. 갑자기 방문에서 가벼운 노크 소리가 나더니 이어 문이 살짝 열렸다. 기다란 갈색 병목을 잡은 맨살의 팔이 먼저 나타났고 이어 앤절로 마지오의 웃는 얼굴이 나타났다. 프루는 로런이 무의식적으로 이불로 그녀의 가슴을 가리면서 어깨를 감싸는 것을 보았다.

「전투 소리가 들리지 않아서 말이야.」 앤절로가 빙그레 웃었다. 「그래서 10분간 휴식을 취하는 줄 알았지.」

「쉬고 있는 중이야.」 프루가 말했다.

「네게 술을 좀 가져왔어. 안 그러면 키다리 샌드라가 다 마셔 버릴 것 같아서. 그녀는 아주 좋은 여자야. 하지만 물고기처럼 술을 마셔. 내가 잠깐 들어가도 괜찮을까?」

「물론이지. 마침 나도 한 모금 생각이 간절했어.」

「너 옷을 제대로 입고 있지? 나를 당황하게 만들지는 않을 거지?」

「쓸데없는 소리 그만 하고 어서 술을 좀 가져와.」

앤절로는 맨발이었고 가슴을 훤히 노출한 채였다. 중대의 누군가에게서 헐값으로 사들인 민간인 바지를 입고 있었는데 너무 커서 한 손으로 허리춤을 부여잡아 간신히 흘러내리는 것을 막고 있었다. 그는 아마추어 음모꾼처럼 빙그레 웃으며 그들의 침대 한귀퉁이에 앉더니 프루에게 술병을 내밀었다.

「고마워.」 프루는 앤절로가 나타나면 늘 그랬듯이 빙그레 웃으며 대답했다. 「당신도 마실래?」 그는 로런에게 물었다.

「난 됐어요.」

「왜 그래? 술 안 마셔?」 앤절로가 물었다.

「별로요. 스트레이트 위스키는 더더욱 안 마셔요.」

「안 마신다고?」 프루가 물었다.

「안 마셔요. 칵테일이나 맥주는 조금씩 해요. 하지만 평소에는 잘 안 마셔요. 왜요? 창녀는 술꾼이 되어야 한다는 법이라도 있나요?」

「아니. 하지만 대부분 마시던데.」 앤절로가 말했다.

「아무튼 난 아니에요. 하지만 그게 단점이라는 걸 알아요.」

「정말 그래.」 앤절로가 말했다.

「아무튼 난 단점은 싫어해요. 당신은 좋아하나요?」 그녀가 프루에게 물었다.

「아니, 나도 단점은 싫어해. 하지만 술 마시는 건 좋아해.」

「당신의 경우 그건 단점이 아니에요. 오히려 미덕이에요.」

「무슨 소리야? 못 알아듣겠는데.」 앤절로가 말했다.

「물론 나도 확실히는 몰라요. 그렇지만 그걸 느껴요.」 그녀는 여전히 이불로 어깨까지 가린 채 프루에게 고개를 돌려 미소를 지어 보였다. 이어 그녀는 이불 아래 감추어진 몸을 비틀어 프루 쪽으로 다가갔다. 앤절로에게 앉을 공간을 더 많이 주기 위해서였다. 그녀는 다시 프루에게 귀엽게 웃었다.

「단점이 오히려 장점이 되는 사람들도 있어요.」

「야, 그거 매우 심오한 말인데. 어쩌면 그 때문에 내가 못 알아듣는 건지도 모르겠는데.」 앤절로가 말했다.

「아무튼 세상일은 그런 것 같아요.」 로런이 느긋한 목소리로 말했다.

「이봐 놀라운데!」 앤절로가 말했다. 「넌 도대체 어떻게 할 생각이야, 이 친구와 결혼이라도 할 거야? 네가 저 친구에게 웃는 모습을 보니 마치 저 친구의 마누라 같아.」

「그래요?」 로런은 프루에게 미소 지어 보였다. 그 순간 서로 쳐다보는 두 사람의 얼굴에 이런 표정이 스쳐 지나갔다. 그들은 서로 부부이고 그녀는 그의 개인적 소유물이며 그 침대는 그들의 집이라는 표정. 그리고 지금 이 방 안에 들어와 있는 마지오는 비록 프루의 친한 친구이기는 하지만 가정의 프라이버시를 침입한 이방인 혹은 제3자였다. 그 이방인은 아무리 애를 써도 프루가 그녀를 알고 있는 만큼 그녀를 알지 못할 것이었다. 그런 이방인의 존재는 두 사람 사이의 친밀감을 더욱 높여 주었다.

프루는 그녀의 굴곡진 엉덩이를 덮고 있는 이불 부분으로 손을 내놓았다. 그 순간 그 엉덩이는 진짜 그만의 소유인 것처럼 느껴졌다. 그의 손길 아래서 그녀는 가볍게 신음 소리를 냈다. 그때 처음으로 그는 하나의 놀라운 가능성에 직면했다. 그 가능성은 그가 아무리 그녀와 많이 동침한다고 발생할 수 있는 가능성이 아니었다. 그건 그가 그녀를 사랑하고 있을지 모른다는 놀라운 가능성이었다.

뭐라고, 사랑의 가능성? 하고 그는 생각했다. 이봐, 꿈 깨. 그런 가능성이 될 법이나 한 얘기야? 아니, 왜 안 된다는 거야? 이 록[42] 지역에서 군인이 창녀 말고 누구와 사랑에 빠질 수 있다는 얘기야? 이 록 지역에 사는 백인 여자들, 중산층 백인 여자들은 다 속물이야. 그리고 웃기게도 다들 자기가 중산층 이상의 여자들이라고 생각해. 이 록 지역에서는 말이야, 최하층인 구크 여자 애들도 군인하고 얘기하는 것은 치욕이라고 생각해. 그러니 창녀하고 결혼하는 것이 뭐가 안 된다는 거야? 가능할 뿐만 아니라 아주 논리적인 얘기야. 또 합리적이기도 하다고.

그 가능성은 프루가 그날 밤 이후에도 자주 생각하고 또 궁리하는 가능성이 될 터였다. 앤절로가 갑자기 방 안에 들어와서 그렇게 말했기 때문에 그런 가능성의 아이디어가 갑자기 두 사람을 강타한 것인가? 또는 앤절로가 그 방 안에 들어서지 않았더라도 결국 자연스럽게 솟아날 그런 가능성인가? 그가 오랫동안 여자의 육체를 품지 못했기 때문에 지금 이 무방비의 순간에 영원한 환상의 갈고리에 코 꿰어, 그런 황당무계한 소망 사항을 갖게 된 것인가? 아니면 가장 가능성이 떨어지는 얘기이기는 하지만 남녀 관계가 그렇듯이 우연히 만나 한 번 섹스를 한 인연을 바탕으로 그것이 남녀 간의 러브 스토리로 발전하게 되는 것인가? 아무튼 최초의 가능성이 다른 많은 가능성을 열어 젖힐 것이고, 그가 평생 동안, 혹은 죽기 전에, 그 최초의 가능성을 이해하게 된다면, 나머지 가능성들에 대해서도 이해할 수 있을 것이었다.

---

42 *Rock*. 해변이 아닌 암석 지역.

「너희 둘은 아주 행복해 보인다.」 앤절로가 진심으로 말했다. 「지금 행복하니? 난 행복해. 내가 행복해 보여?」

「아주 행복해 보여요.」 로런이 두 남자를 상대로 동시에 말했다. 그 순간 프루는 이불 아래의 부드러운 여자 손이 그의 허벅지 위에 머무는 것을 느꼈다.

「저거 좀 봐!」 앤절로가 빙그레 웃었다. 「내가 척 보니 알겠군. 프루, 저 여자를 한 번 봐! 얼굴을 붉히고 있잖아.」

로런은 붉어진 얼굴을 프루에게 돌리며 윙크했다. 그는 이불 아래서 그녀의 손을 잡아 세게 끌어당겼다.

「친구, 이 위스키가 필요하다면, 지금 잡아 놓는 게 좋을 거야. 샌드라한테 가지고 가면 다 마셔 버릴 거니까.」

「스타크는 마셨나?」

「스타크는 안 마셔. 여기 오기 전에 그의 방에 가봤어. 문에서 들어 보니 아무 소리도 안 나. 그래서 열쇠 구멍으로 들여다봤더니 아무것도 안 보여. 방 안의 문 손잡이에다 셔츠를 걸어 놨나 봐. 혹시 죽었나 싶어, 손잡이에 발을 대고 기어올라 채광창으로 들여다봤는데도 전혀 안 보여. 저 개자식이 창에다 타월을 쳐놓은 거라. 정말 매너 없더군.」

「그러니까, 그가 의심 많은 개자식이라는 거야?」

「응, 누가 채광창으로 볼까 봐서.」

앤절로가 너무 심하게 인상을 쓰니까 로런이 낄낄거리다가 마침내 큰 소리로 웃고 말았다.

「난 오래 머무르면서 민폐나 끼치는 사람은 아니야. 사라져 주어야 할 때를 잘 안다고. 이제 열심히 사랑이나 나눠.」 앤절로가 일어서면서 말했다.

「천천히 해. 너무 서두르지 마.」

「여기다 위스키를 좀 남겨 놓고 갈게. 그럼 나도 미안한 기분이 덜할 테니까. 여기 물 잔에다 따라 놓을 테니까 천천히 마셔.」

 그는 스탠드 위에 있던 물이 가득 든 물 잔을 가져다가〈창문 아래 경찰 놈이나 있어라!〉하고 말하면서 창문으로 홱 뿌렸다. 물은 스크린을 치고 나가 공중에서 흘러내렸다. 프루는 마음이 따뜻해져 왔고 마치 아버지가 아들을 쳐다보는 듯한 기분이 되었다. 위스키는 앤절로의 흥분 잘하는 마음을 안정시켰고, 그래서 그는 슬로비디오 속의 인물처럼 천천히 움직이는 것 같았다. 저 곱슬머리의 키 작은 웝이 그처럼 느긋하게 행동하는 건 처음 보았다.

「이 정도면 되겠나?」앤절로가 물었다.

「응, 충분해. 그거 다 마셔 버리면 녹아 버린 양초처럼 힘이 없겠는데.」

「오케이, 그러면 아침에 보자고. 우리 셋은 귀대하기 전에 좋은 데 가서 함께 아침을 먹도록 해. 아마도 알렉산더 영 호텔이 좋겠지. 아침 일찍 문을 열고 훌륭한 아침 식사를 제공하니까. 시내에서 하룻밤을 보낸 다음에는 아침을 든든히 먹는 게 중요해. 오케이?」

「오케이, 내일 아침에 보자고.」

「당신은 그를 좋아하는군요.」앤절로가 문을 닫고 가버리자 로런이 말했다. 「아주 좋아하는 것 같아요.」

「응, 그래. 아주 웃기는 자그마한 친구야. 하지만 그를 보며 웃을 때마다 자꾸 울고 싶어져. 그 때문에 그를 더 좋아하는지 몰라. 모르겠어. 내가 또라이라서 그런 건지. 당신도 사람들에 대해서 그런 모순된 느낌을 가져 본 적 있어?」

「예, 종종.」

「그래? 그건 대단한데.」

「앤절로에게서 그걸 느껴요. 그를 볼 때마다. 또 당신한테서도 느껴요.」

「나!」

「예, 당신은 재미있는 사람이에요. 아주 재미있는 사람.」

「내가?」

「예.」

「다른 친구들은 재미있지 않고?」

「당신 같지는 않아요. 당신은 독특한 방식으로 재미있어요.」

「그거 잘됐군. 그럼 나를 기억해 주겠는데.」

「물론 기억할 거예요.」

「그래? 내일도 기억할 거야?」

「예, 다음 주도요.」

「앞으로 한 달 후에도?」

「물론이에요.」

「못 믿겠는데.」

「아니요, 난 기억할 거예요. 진짜로요.」

「좋아, 당신 말을 믿지. 난 내가 당신을 기억하리라는 것을 알아.」

「왜요?」

「왜냐하면.」

「왜요? 왜 당신이 나를 기억한다는 거죠?」

「왜냐하면 이것 때문에.」 그는 미소를 지으며 그녀를 덮고 있던 이불 한 자락을 홱 들쳐서 옆으로 밀쳐 놓았다. 그는 로런의 알몸을 지긋이 내려다보았다.

그녀는 꼼짝하지 않았고 고개를 돌려 그를 쳐다보며 미소 지었다. 「겨우 이것 때문에?」

「아니. 또한 앤절로가 여기 와 있을 때 네가 내 몸을 만졌기 때문에.」 그는 이제 로런을 너라고 불렀다.

「그게 전부예요?」

「아니, 그 외에도 많아.」

「나하고 얘기하는 것은 좋지 않아요?」

「물론 그것도 이유가 되지. 물론 너와 얘기하는 것도 좋아해. 하지만 이것 또한 좋아.」 그가 그녀의 알몸을 내려다보며 말했다.

「아무튼 나와 얘기하는 거 좋아해요?」

「물론 그것도 좋아하지. 얘기는 중요한 거야.」

「난 얘기가 정말 중요해요.」 그녀는 귀엽게 웃어 보였다. 그는 한쪽 팔꿈치로 바닥을 집고 누워 있었다. 아까 그가 한 것처럼 그녀도 프루의 이불을 홱 걷어 젖혔다.

「와우, 당신 저 텐트 친 것 좀 봐요.」

「알아. 좀 창피한 일 아니야?」

「뭐가 저렇게 만들었을까요?」

「어쩔 수 없어. 여자의 알몸을 보면 매번 이래.」

「그럼 어서 그 텐트를 접도록 해요.」

그는 웃음을 터뜨렸고 갑자기 그들은 침상의 연인들이 쓰는 언어를 구사하기 시작했다. 그건 지금까지 사용해 온 것과는 다른 언어였다. 때로는 욕설인가 하면 때로는 칭찬이었다. 때로는 명령인가 하면 때로는 애원이었다. 아무튼 아주 다른 언어였다.

일이 끝나자 그는 고마워하는 마음으로 고개를 숙여 그녀의 입술에 키스하려 했다.

「안 돼요. 제발 그러지 말아요.」

「왜? 왜 안 돼?」

「당신이 그렇게 하지 않기를 바라기 때문이에요. 좋은 분위기를 망칠 텐데, 난 그렇게 되기를 원하지 않아요.」

「알았어. 미안해.」

「미안해하지 말아요. 아무것도 아니니까. 하지만 우리가 어디에 있는지는 잊지 말아요. 또 내가 누구인지도 잊지 말아요.」

「그런 애긴 하지 마. 난 그런 거 신경 안 써.」

「하지만 난 신경 써요. 술주정뱅이, 난폭한 자, 기타 온갖 남자들이 그걸 원해요. 마치 남들이 얻어 가지지 못한 것을 가지겠다는 듯이.」

「알았어, 네 말이 맞아. 모든 남자들이 그렇게 나온다는 걸 알아. 정말 미안해.」

「미안해할 건 없어요. 난 단지 분위기를 망치고 싶지 않다는 거예요. 적어도 지금은요. 이제 몸을 빼줘요, 어서.」 그녀는 일어서서 사랑의 뒤처리를 하고 그에게 미소 지었다.

「프루, 프루 보이, 당신은 너무 재미있는 사람이에요. 아까 키스하려고 할 때 못하게 해서 미안해요.」

「미안해하지 마.」

「미안한 일이에요. 하지만 어쩔 수 없어요. 당신이 싫어서 거절한 것이 아니라 이곳의 불문율이에요. 다른 여자 애들도 다 그렇게 하니까. 당신은 이해하지 못할 거예요.」

「이해해.」

「어떻게 이해해요? 여자도 아니면서.」

그녀는 손을 천천히 깨끗하게 씻고 다시 침대로 들어와 불을 껐다. 「눈을 좀 붙이지 않을래요?」

「응.」 그가 어둠 속에서 말했다. 「해변에 자주 가나?」

「해변? 어떤 해변?」

「와이키키 해변 말이야. 파도타기 선수 빌이 자신의 실력을 뽐내는 곳.」

「아, 거기. 매일 가요. 시간이 날 때마다. 난 해변을 좋아해요. 왜 물어요?」

「난 거기서 널 본 적이 없어.」

「설사 나를 보았다 해도 알아보지 못했을 거예요.」

「난 알아볼 것 같은데.」

「아니, 알아보지 못해요.」

「이제는 얼굴을 어느 정도, 아니 알아볼 것 같아.」

「여전히 못 알아볼 거예요. 나는 바나나 잎새 모자를 쓰고 비치 재킷을 입고 타월로 다리를 감싸거나 아니면 바지를 입어요. 선탠을 피하기 위해서죠. 혹시 나를 본다면 아주 나이 많은 관광객 여자라고 생각할 거예요.」

「여기 아닌 곳에서 너를 만나면 어떻게 너를 알아볼까 하는 생각을 했어. 이제 외출하면 누굴 눈여겨보아야 하는지 알았으니 좋지 뭐야.」

「제발, 그렇게 하지 말아요, 정말로요.」

「왜 안 된다는 거지?」

「그건 좋은 일이 아니기 때문이죠. 그게 이유예요.」

「난 그 이유를 납득하지 못하겠는데.」

「내가 그렇다고 말하면 그런 거예요.」 로런이 벌떡 일어나 앉으면서 날카롭게 말했다. 「만약 당신이 그런 짓을 한다고 하면 당신과는 일절 거래하지 않겠어요.」

「뭐라고?」 그는 그녀의 목소리에서 진심을 읽어 내고 짐짓 놀라는 어조로 말했다. 진심으로 해본 말도 아니고 다툴 생각도 없었으므로 그는 자신의 말을 농담으로 돌리려는 작전을 썼다. 「농담으로 해본 말인데 그렇게 세게 나와?」

「정말 진심이에요.」

「하지만 어떤 복장으로 해변에 나간다는 것을 방금 말했기 때문에 내가 금방 알아볼 텐데. 물론 내가 해변에서 너를 찾을 일도 없겠지만.」

「아무튼 찾으려고 하지 마세요.」 그가 농담으로 한 말임을 알고서 로런이 다소 누그러진 목소리로 말했다.

「왜 선탠을 안 하려고 하지? 넌 선탠을 하면 더 이쁠 텐데.」 그는 마음속으로 해변에 나와 있는 그녀를 상상했다. 그녀가 사는 집은 어디일지 궁금했다. 「넌 선탠을 하면 이쁠 거야. 선탠한 네 모습이 보고 싶어.」

「내가 해고되기를 바라요?」 어둠 속에서 그녀의 목소리는 웃음기를 머금고 있었다. 「호놀룰루 창녀집에는 얼마나 자주 와보았어요? 여자 애들이 결코 선탠을 하지 않는다는 사실조차 모르니.」

「난 그걸 눈치채지 못했는데.」 이 여자 애들은 섬의, 이 도시의 어느 부분에서 살까? 어느 평범한 대문을 단 집에 살까? 록 지역에서 군인들이 유일하게 만날 수 있는 이 여자 애들은.

「만약 여기 애들이 선탠을 한다면 금방 눈에 띌 거예요. 팔다리와 배가 까맣고 나머지 부분은 하얀 여자들은 파란색들 속의 빨간색처럼 금방 눈에 띌 거예요. 이 집에서는 아이들에게 절대 선탠을 못하게 하는 규칙이 있어요. 심지어 얼굴조차 선탠은 안 되는 거예요. 군인과 선원들은 창녀가 백치처럼 하얗기를 바라요.」

「아, 그런 사정이 있군! 그래도 나는 선탠이 좋을 것 같아. 특히 너는.」 어딜 가나 발견할 수 있는 여자는 이런 애들뿐이고, 여자 애들을 발견할 수 있는 곳은 이런 집들뿐이야, 하고 그는 생각했다. 술집, 가게, 해변에서 이 여자 애들을 만난다고 해도 그들을 알아보지는 못할 거야. 만약 알아볼 수 있다면 이 애들의 변장이 시원치 않은 거야. 그러니 예전에 와이키키에서 로런을 보았더라도 알아보지 못했던 거야. 그들은 이 집에서 나가서 도시의 사람들과 섞이면 아예 신분이 사라져 버리는 거야. 섞인다는 건 좋은 말이야. 섞이다. 섞이다. 야, 술 한잔 당기는데.

술잔은 앤절로가 아까 놔둔 채로 스탠드 위에 있었다. 그는 어둠 속에서 일어나 손을 휘휘 내저어 그 술잔을 찾았다. 올드 마지오가 내게 주고 간 특별 수면제지. 그는 절반을 마시고 나서 그 술잔을 가져와 침대 아래 손을 뻗으면 바로 잡을 수 있는 곳에다 놓았다. 그 절반도 곧 마셔 버리고 말았다. 하지만 그의 몸을 따뜻하게 해주지도 못했고 그의 내부에서 꿈틀거리는 공허함을 채워 주지도 못했다.

「팔다리는 까맣고 나머지 부분은 하얀 그런 알몸을 보고 싶어.」그가 로런에게 말했다.「그럼, 해변에 나가 어떻게 하얀 부분을 은폐하는지 알 수가 있잖아. 그럼 남들이 보지 못하는 것을 나는 볼 수가 있잖아.」

「당신은 재미있는 사람이에요, 프루 보이.」

「그 말은 아까 했잖아.」

「또 한 번 말할게요. 당신은 정말 재미있는 사람이에요. 잘 감이 안 잡혀요.」

「난 감 잡기 쉬운 사람이야. 네가 열쇠를 갖고 있다면.」

「아닌데요. 난 그런 열쇠가 없는 것 같아요.」

「그래, 네게는 없지.」그는 졸린 목소리로 말했다.「그래서 아주 인상적으로 보이는 거야.」

「그래요, 인상적이에요. 내가 추측할 수 없는 것은 내게 궁금증을 불러일으켜요. 나는 주변의 모든 것에 대해 미리 계산해 놓는 것을 좋아해요. 그래서 이 집에 오기 전에 모든 것을 미리 계산했었어요.」

「그랬군.」그는 그녀의 목소리가 꿈의 커튼을 통과해서 나오기 때문에 커졌다 작아졌다 한다고 생각했다. 아니, 어쩌면 내가 졸린지도 모르지 아니면 지금 내가 꿈을 꾸고 있는지도 몰라.「그 말은 아까도 했어. 그게 내게는 인상직인 말이었어. 하지만 왜 그렇게 말했는지 설명하지 않았어. 어떻게 하다가 이곳에 오게 되었는지 말해 봐.」

「난 자원했어요.」그는 로런의 목소리에 졸린 기운이 전혀 없다고 생각했다.

「당신은 아마도 이곳의 애들이 럭키 루치아노에게 납치되어 강간당한 후 이 일을 강요당했다고 생각할지 몰라요. 그러니까 모든 창녀들이 강제 징집되었다고 생각할지 몰라요. 하지만 그건 사실이 아니에요. 많은 애들이 지원한 거예요. 이 생활이 좋아서. 그런 만큼 자기가 하는 일을 별로 신경 쓰지 않아요. 어떤 애들은 자신의 처녀성을 파괴하고 떠나 버린 남자에게 반감을 품고 좀 이상한 방식으로 복수를 한다며 창녀가 되기도 했어요. 하지만 좀 지나다 보면 과거의 그런 일도 신경 쓰지 않게 돼요.

아무튼, 우리 중 상당수가 지원한 거예요.」

「그래, 많은 자들이 군에 지원했다가 그 후 30년쟁이가 되어 버리지.」

「이 집의 애들은 반드시 그렇지는 않아요. 물론 길게 가는 애들도 있지만 생각처럼 많지는 않아요. 많은 애들이 나처럼 미리 계획을 세운 후에 행동에 돌입해요. 딱 1회 근무만 하고 그다음에 손 털고 가버리는 거예요. 많은 애들이 그렇게 해요.」

「너도 그렇게 할 거야?」

「설마 내가 이 일을 평생 할 거라고 생각하는 건 아니겠죠? 이게 무슨 큰 재미가 있다고. 난 앞으로 1년만 채우면 집으로 돌아갈 거예요. 트렁크 하나 가득 지폐를 담고서. 그럼 나는 평생 편안하게 살아갈 준비가 다 되는 거예요.」

「그럼 고향에서는 뭐라고 할까?」 그는 졸린 어조로 그 목소리를 향해 말했다. 그는 이게 자신이 꾸고 있는 꿈인지, 아니면 자신이 꿈속에서 듣고 있는 환청인지 자신이 없었다. 「고향 사람들이 뭐라고 할까?」

「그들은 아무 말도 하지 않을 거예요. 아무것도 모르니까. 우리 고향에는 어머니가 아직도 살고 계세요. 내가 부쳐 준 돈으로. 나는 하와이 설탕 산업 회장의 개인 비서로 근무하고 있어요. 고향에서 나는 술집 웨이트리스로 일하면서 야학에 다녔고 그런 다음에 자격을 갖추어 이 비서 자리를 따낸 거예요. 비서 일을 하면서 돈을 착실히 모아 고향에 돌아왔고, 그리하여 병든 어머니를 착실히 모시는 거예요.」

「만약 발각되면?」 그가 몽롱한 꿈을 향해 말했다.

「어떻게 발각돼요? 우리 고향은 오리건의 작은 마을인데 거기서는 아주 부자인 사람도 시애틀까지 가본 게 끽이에요. 차분한 비서의 옷차림을 하고 고향으로 가서 약간의 돈을 마련해 은퇴했다고 하면, 과거에 내가 무슨 일을 했는지 의심할 사람은 아무도 없을 거예요.」

「그래, 그렇군. 아무도 의심하지 않을 거야. 하지만 왜? 어떻게 하다가 그런 생각을 하게 되었어?」

「내겐 남자 친구가 있었어요.」 그 유령이 말했다. 「나는 현지의 체인점에서 일하는 웨이트리스였어요. 그는 고향의 부잣집 아들이었어요. 이건 새로운 곡절도 없는 오래된 이야기예요. 난 임신 같은 것은 하지 않았어요. 그는 자기 집에서 적당하다고 생각하는 여자와 결혼했어요. 나와 2년씩이나 자고서 말이에요.」

「너무 안됐군.」 그는 중얼거렸다. 그의 몸, 그의 팔다리를 이토록 이완시키는 것은 위스키인가? 「너무 안되었어.」

「정말 뻔한 얘기죠. 그렇지 않아요? 이걸로 영화 한 편을 찍을 수도 있을 거예요.」

「그렇겠군. 한 편이 아니라 백 편도 만들 수 있을걸.」

「하지만 나의 스토리처럼 끝나지는 않겠죠. 영화에서는 이렇게 전개되잖아요. 여주인공은 배신한 남자의 결혼 집에 하녀로 들어가는 거예요. 애인 바로 곁에 있기 위해, 그들의 애를 봐주며 온갖 잡일을 다 해요. 거 뭐야, 〈공허한 의도〉라는 영화가 이런 줄거리를 갖고 있잖아요. 하지만 내 경우는 그렇지 못했어요.」

「그래, 인생은 그렇지 않지. 그런 일은 잘 안 벌어져. 내가 경험한 분야에서는.」

「인생의 다른 분야에서도 마찬가지예요. 그런 스토리는 별로 없죠. 그가 결혼한 후 나는 고향을 떠나 시애틀로 일하러 갔어요. 웨이트리스 자격으로. 그 가게에는 거물 뚱쟁이가 자주 왔어요. 모든 여자 애들이 그를 나에게 지목해 주었어요. 그가 나에게 관심을 가지고 접근하게 만드는 것은 어려운 일이 아니었어요. 정말 어려운 일은 그가 나에게 흥미를 느껴 섹스를 하게 만들고, 이어 내가 그를 사랑한다고 생각하게 만드는 거였어요. 그래야 그자가 나를 이곳에 보내 줄 테니까. 나는 그것을 교묘하게 잘해서 파나마나 멕시코로 가지 않고 하와이로 오게 되었어요. 그가 나를 사랑하고, 나도 그를 사랑하기 때문에 혜택을 베풀어 준 거죠. 하지만 그가 내 숙소에서 돌아간 후 내가 밤마다 화장실에 들어가 토했다는 걸 그자는 몰랐어요.」

「로런, 로런, 넌 상당한 용기가 있는 여자야.」 그는 여전히 꿈을 꾸고 있는지 확실치 않아 일부러 약간 큰 소리로 말했다. 「난 네가 자랑스러워. 널 잘 이해할 것 같아. 다른 친구들이 너에 대해 뭐라고 하든 너를 자랑스럽게 생각할 거야.」

「용기? 용기는 아무것도 아니에요. 그건 어떤 결과를 가져올 때에만 좋은 거예요.」

「로런, 너무 모질게 말하지 마.」

「좋은 남자들이 아내에게서 원하는 것이 특혜, 위신, 돈이라면, 좋아요, 난 그걸 얻겠어요. 그게 좋은 남자를 얻는 유일한 방법이에요. 난 돈으로 그렇게 하겠어요.

트렁크에 돈을 가득 넣어 집으로 돌아가면 나는 엄마와 내가 살 새 집을 짓겠어요. 그러는 동안에 컨트리클럽에도 들고, 골프도 치고, 평판 좋은 브리지 클럽에도 가입하고, 화요일 문학 클럽에 나가서는 〈공허한 의도〉의 감상문도 발표하겠어요. 그러면 적당한 지위를 가진 적당한 남자가 나를 발견하게 될 거예요. 나는 적당한 집을 적절히 잘 돌보면서 아이들을 적절히 잘 키우는 여자로 평가되는 거죠. 그래서 그 사람과 결혼할 거예요. 그러면 나는 행복하게 될 거예요.」

「로런.」 그가 꿈결 같은 목소리로 말했다. 「난 네가 꼭 그렇게 하길 빌어. 성공을 간절히 빌겠어.」

「성공이고 자시고 할 게 없어요. 수순이 다 정해져 있어요. 원, 투, 스리. 블랙 앤 화이트(아주 분명한 구도). 우리 고향에 이렇게 한 여자들이 많아요. 단지 그들이 직업적 창녀가 아니라 아마추어 창녀 혹은 〈정부〉였다는 점만 달라요.

그러고요……」 그 목소리가 부드럽게 말했다. 「그게 모두 조치가 되고 잘 기름칠한 시계태엽처럼 돌아가면, 과거의 생활은 말이에요, 서서히 사라져서 소멸해 버리는 거예요. 물론 과거에 꾼 꿈처럼 희미한 흔적은 남겠죠. 또 그것이 현실 생활에서 갑자기 탄로 나면 어떻게 하나 하는 두려움도 약간은 있을 테고요. 하지만 그럴 리가 없어요. 모든 외관을 제대로 갖춘다면 아주 안전할 테니까.」

「로런.」 그는 꿈을 꾸었다. 「로런, 난 너를 사랑하나 봐. 로런, 넌 용기도 있고 아름다워. 그래서 널 사랑해, 로런.」

「당신은 취했어요.」 그 꿈속의 목소리가 말했다. 「어떻게 남자가 창녀를 사랑해요? 그것도 창녀집에서 처음 만난 여자를? 당신은 술 취했어요. 어서 자는 게 좋겠어요.」

「그렇게 말할 줄 알았지.」 그가 꿈속의 유령을 향해 슬쩍 웃어 보였다. 「네가 그렇게 말할 줄 알았어.」

「어떻게 알았어요?」 그 목소리가 물었다.

「그냥 알았어. 난 널 알아, 로런. 하지만 로런, 네가 만나게 될 그 부자 녀석이 과연 너를 사랑할까? 내가 이렇게 사랑하는 것처럼 너를 사랑할까?」

「당신은 나를 사랑하지 않아요.」 꿈속의 목소리가 말했다. 「당신은 술 취했어요. 그리고 그는 부자도 아닐 거예요.」

「아까 그는 특혜, 위신, 돈을 가지고 있다고 말하지 않았어? 우리 같이 한심한 군바리는 결코 가지지 못할 그런 거 말이야. 하지만 로런, 그가 널 아주 많이 사랑해 줄 것 같지는 않아. 아무튼 그자가 널 사랑하지 않을 것 같아.」

「그는 내가 창녀였다는 사실을 결코 알지 못할 거예요. 이 세상 천지에서 그가 그걸 알아낼 방법은 없어요.」

「로런, 난 그 얘길 하는 게 아니야.」

「게다가 난 그가 날 사랑하게 만들 거예요. 그때쯤 되면 나는 그 방법을 알고 있을 테니까.」

「로런, 아무도 그렇게 완벽하게 갖춘 사람은 없어. 일부 재수 좋은 자들은 선택을 할 수 있어. 하지만 그때에도 그건 완전한 선택은 아니야. 게다가 아무도 자기가 원하는 걸 다 가진 사람은 없어. 그걸 달라고 요청할 수도 없고 그걸 위해 싸울 수도 없어. 그러니 로런, 그걸 기대하지 마. 이 부자 남자는 널 사랑하지 않을 거야. 현재의 네 마음 상태로는, 로런, 넌 남자가 너를 사랑하게 만들 수 없어. 그건 네가 결코 가지지 못할 부분, 혹은 네가 대가를 지불해야 할 부분이야. 아무도 전부를 가질 수는 없어. 네가 인생에서 그만큼 얻는 것이 있으면 그만큼 그에게 비싼 값으로 지불해야 하는 거야. 네가 정말로 소중하게 여기는 것, 그가 네게 결혼해 달라고 강요할 때에는 전혀 알지 못했던 것을 포기해야 하는 거야.」

「이제 그만 자도록 해요.」 그 목소리가 부드럽게 말했다.

「내가 취했다는 걸 알아. 하지만 로런, 취했을 때는 말이야, 정신이 멀쩡할 때는 보지도 못하고 기억하지도 못하는 것을 볼 수도 있고 기억할 수도 있어. 로런, 난 취해서 꿈을 꾸고 있어. 하지만 로런, 나는 세상의 이치를 아주 분명하게 보고 있어. 이렇게 손을 뻗으면 그걸 잡을 수 있을 것 같아.」

이어 젖꼭지와 그 아래의 검은 삼각 지대를 가리지 않은 필름 같은 유동체가, 마치 꿈속의 유령 같은 물체가 그에게 다가와 두 개의 접시를 내밀었다. 하나는 황금 나팔이 들어 있는 접시였고, 다른 하나는 C-레이션 고기와 콩이 두 깡통 들어 있는 접시였다. 그가 엉뚱한 접시를 선택했기 때문에 그 유동체는 허리를 굽혀 그의 입술에 키스를 했고 이어 흐린 하늘이 그의 몸 위로 떨어져 내렸다. 프루는 자신이 여전히 꿈을 꾸고 있다고 생각했다.

「이제 그만 자요.」

「왜 내게 키스했지? 내가 술 취해서 기억하지 못할 거라고 생각하지? 하지만 난 기억할 거야. 꼭 돌아올 거야.」

「쉿, 쉿. 물론 당신은 돌아올 거예요.」

「넌 내가 기억하지 않으리라 생각하고 있어. 하지만 난 기억할 거야. 그리고 반드시 돌아올 거야.」

「물론 그렇게 하리라는 걸 알아요.」

「봉급날 저녁에 돌아올게.」

「그럼 난 당신을 기다리고 있을 게요.」

「난 오늘 밤에 본 것을 모두 기억하고 그걸 네게 설명해 줄 거야. 난 그 모든 것을 아주 분명하고 확실하게 보았어. 난 내가 기억하리라는 것을 알아. 내가 기억하지 못할 거라고 생각하지 않는 거지?」

「당신이 기억하리라는 것을 알아요.」

「난 기억해야만 해. 이건 중요해. 로런, 가지 마. 여기 있어.」

「난 여기 있을 거예요. 어서 자요.」

「좋아, 로런.」

제18장

그는 기억했다. 아주 술 취한 상태였고 꿈을 꾸는 것 같았지만 그래도 기억했다. 다음 날 아침, 술이 제대로 깨지 않은, 그러나 심리적 압박으로부터 상당히 해방되어 해맑은 얼굴을 하고 있는 세 명의 사병은 호화로운 거울로 장식되어 있는 호놀룰루 시내의 알렉산더 영 호텔에서 와플, 달걀 프라이, 베이컨, 커피 등으로 아침 식사를 했다. 모두 훌륭한 음식이었다. 그들은 이른 아침 이슬이 내린 시가지를 가로질러 육군·해군 YMCA 앞까지 와서 부대로 돌아오는 택시를 잡았다. 물론 아침 점호에는 늦은 시간이었다. 부대까지 돌아오는 내내 프루는 지난밤을 떠올렸다.

그의 머리는 무거웠고 누가 만지기라도 하면 터질 듯이 허약해, 지난밤의 꿈과 현실을 구분하기가 대단히 어려웠다. 하지만 그녀가 자신의 입술에 키스했다는 사실은 또렷하게 기억했다. 창녀는 군인의 입에 키스를 하지 않고 자신의 인생 스토리는 더더욱 얘기해 주지 않는다. 하지만 그는 그녀가 해준 세세한 이야기들을 모두 기억했다. 그 얘기를 하는 동안 그녀가 힘들게 습득한 억양이나 침착한 어조는 모두 사라지고 진짜 로런을 보여 주었다. 냉정하고 영리하고, 다이아몬드처럼 단단한 로런. 하지만 생생하게 살아 있는 진짜 로런. 그는 진짜를 보았던 것이다. 그는 로런의 껍질을 부수고 그 안으로 들어갔다. 남자가 여자의 껍질을 부수기는 어렵고 군인이 창녀의 껍질을 부수기는 더더욱 어려운데도 그렇게 했다. 그는 봉급날 그 여자를 만나러 갈 생각이었다. 그렇게 하기 위해 돈을 훔쳐야 한다면 그것도 불사할 생각이었다. 이 기만과 허위가 넘치는 세상에서, 어려운 일 중에서도 어려운 일은 환상과 진실을 구분해 내는 일이다. 현대의 조립식 방음장치로 칸막이가 되어 있는 공간에서 벽을 대하고 어떤 존재를 만나는 것이 아니라, 얼굴과 얼굴, 눈빛과 눈빛, 호흡과 호흡을 마주하며 한 존재를 만난다는 것은 정말 어려운 일이다. 그것은 어떤 인간이 순간적으로 겉에 둘러쓰고 있는 인간성의 외피를 만나는 것이 아니라 인간 그 자체를 만나는 일이다. 이 모진 세상에서 모든 벌들은 자기의 가슴에서 나온 왁스로 자기의 벌집을 짓고 자기만의 꿀을 보호하는 것이다. 하지만 난 이번만큼은 그 외각을 뚫고 내부로 진입했다는 것을 알아, 정말 그렇게 한 것 같아, 하고 그는 생각했다.

사실 어젯밤의 일을 생각하면서, 딱 한 가지 기억나지 않는 것은, 취중에 깨달은 어떤 진실이었다. 그는 그 꿈을 향해 손을 내뻗어 엉뚱한 접시를 집어 들었을 때, 스토리가 어떻게 풀려 나가리라 암시하는 하나의 진실을 깨달았고, 그것을 하나의 문장으로 압축했다. 그것은 삼키기 좋고, 먹을 때 고통이 없는 만병통치약이었다. 그가 그 일에 대해서 기억나는 것은 그 문장을 읽기는 했지만 기억하지는 못한다는 것이었다. 하지만 그것을 반드시 기억해야겠다고 기필할 필요는 없어. 넌 평생 동안 그것을 기억하지 못했는데, 이제는 그것에 이골이 날 때도 되지 않았어?

그들은 중대원들이 아침 식사를 마치고 2층으로 막 올라가려 할 때 귀영했다. 홈스나 워든이 그들을 주시하고 있을지도 몰라 두 블록 전에 택시에서 내려 부대까지 걸어갔다. 프루는 약간 걱정을 했고 앤절로는 아주 심하게 걱정을 했다. 지난밤에 거의 잊고 있던 부대로 다시 돌아가려니 너무나 끔찍했다. 하지만 아침 점호에 참석할 필요가 없는 스타크는 전혀 걱정을 안 했고 그처럼 걱정하는 두 사병을 조롱하기까지 했다.

하지만 괜한 걱정이었다. 그들은 재수가 좋았다. 직속 상사인 치프 초트 하사가 포치에서 그들을 기다리고 있었다. 홈스도 워든도 돔 중사도 아침 점호를 취하러 나오지 않았다고 치프는 말했다. 컬페퍼 소위가 나왔는데, 치프가 분대원이 전원 영내에 있다고 보고함으로써 아침 점호는 그냥 넘어갔다. 아이크 갈로비치가 열성적이기는 해도 가끔 멍청할 때가 있어서 눈을 속일 수 있었다. 「하지만 이 친구들 도대체 어디 갔다 온 거야?」

그들은 안도하면서 2층으로 달려 올라갔다. 2루를 무사히 통과하고 3루마저 노리는 주자 같은 모습이었다. 그들은 민간 복장을 벗어 놓고 작업복으로 갈아입었다.

아까 포치에서 준비해야 할 것을 미리 말해 주지 않은 무표정한 인디언 치프 초트는 그들을 2층까지 따라왔다. 어젯밤에도 초이스에서 뻗을 때까지 맥주를 폈는지 눈알이 충혈되어 있었다.

「유니폼이 바뀌었어. 사이드암(허리의 총검)과 각반을 해.」 치프가 무거운 목소리로 말했다.

「그걸 왜 이제 말해?」 옷을 다 입었다고 생각한 마지오가 짜증을 내며 말했다.

「지금까지 그럴 기회가 없었어.」

「빨리 서둘러야겠는걸.」 마지오가 벽의 로커로 달려가며 말했다.

프루는 아무런 표정도 없는 치프의 달덩이 같은 얼굴을 쳐다보았다. 「그럼 오늘 야외로 나가서 훈련한단 얘기야?」

「제대로 보았어. 위에서 오늘 아침 일찍 훈련 스케줄을 변경했어. 우기가 끝났다면서. 너도 각반을 차.」

프루는 고개를 끄덕이며 로커로 갔다. 치프 초트는 담배 연기로 공중에 도넛을 만들면서 그들이 나올 때까지 기다렸다.

「올드 아이크가 아침 전부터 너희를 찾아 돌아다녔어. 내가 담배를 사기 위해 PX로 갔다고 둘러댔어.」

「고마워, 치프.」 프루가 말했다.

「고마워할 필요 없어.」

앤절로는 왼쪽 발의 각반을 차고서 끈을 잡아당기고 있었다. 「난 그자가 겁쟁이라는 걸 알고 있었어.」 앤절로가 빙그레 웃었다.

치프는 멍하니 그를 쳐다보았다. 「이봐, 이건 여자 궁둥이 만지는 것처럼 간단한 일이 아니야. 이건 심각한 문제야. 혹시 내 말을 못 들은 거야? 야외에서 훈련한다는 얘기?」

「아니, 듣지 못했어.」 앤절로가 말했다.

치프는 그의 말을 무시했다. 「프루, 이미 말이 쫙 나돌았어. 이제부터 그들은 너를 무자비하게 대할 거야. 야외에서 훈련할 때 내놓고 너를 못살게 굴 거라고.」

프루는 각반의 끈 사이로 발가락을 집어넣어 각반을 끌어올리기만 할 뿐 아무 말도 히지 않았다. 특별히 할 말도 없었다. 그는 이미 오래전부터 이런 일이 벌어지리라는 것을 예상하고 있었다. 그렇지만 적극적으로 기대하지는 않았다. 그건 갑작스럽게 닥치는 죽음 같았다.

「앞으로 또 아침 점호에 빠지면 네가 책임져야 해. 오늘 아침은 내가 특별히 봐주었지만 앞으로는 그런 일 없을 거야.」

「오늘 아침도 네가 봐주리라고는 기대하지 않았어.」 프루가 말했다.

「난 그럴 형편이 못 돼.」 치프가 평온하고 중립적인 어조로 말했다. 죄책감이라고는 조금도 없는 목소리였다. 「너와 나는 친군데 이렇게 말해서 기분 나쁘지?」

「아니.」

「내 입장을 이렇게 알려 놓았으니, 앞으로 내가 점호에 빠진 사실을 보고한다고 해도 나를 섭섭하게 생각하지 마.」

「오케이, 네 입장을 잘 알았어.」

「난 연대장이 어느 정도 봐줘. 하지만 그건 그리 대단한 것도 아니야. 오늘 아침은 그걸 믿고 잘 처리해 주었지만 앞으로는 그렇게 해줄 수가 없어. 난 지금의 내 위치를 소중하게 생각하고 그걸 위태롭게 만들고 싶지 않아. 난 이 부대를 좋아해.」

「그건 나도 그래. 좀 우습지?」 프루가 말했다.

「응, 아주 우스워, 하하하.」

「내가 농담 한번 해본 거야.」

「넌 권투부에 안 들겠다고 해서 거대한 조직을 상대로 싸움을 벌이는 거야. 이 부대는 권투부가 운영해. 어쩌면 연대도 마찬가지일 거야. 네가 그렇게 고집을 부려 권투부에서 빠져나가니까 너를 어떻게든 들볶아서 권투부로 복귀시키려 하는 거야.」

「내가 모르는 걸 좀 얘기해 봐.」

「오케이, 난 네가 조언을 필요로 하는 줄 알았어. 아무튼 넌 강인해. 그러니까 그들은 너를 건드리지 못할 거야.」 그는 일어서서 나갈 자세를 취했다.

「잠깐만, 내가 규정을 지키고 육군 조례대로 하는 한 그들은 나를 건드리지 못해. 내가 규정을 위반하지만 않으면 말이야.」

「어쩌면 그럴지도 모르지. 하지만 그들은 내년 겨울에 사단 챔피언 자리를 노리고 있어. 다이너마이트도 간절히 원하고.」

「그래도 내가 규정을 위반하지 않으면 그도 어떻게 하지 못할 거야.」

「나한테 농담하려 들지 마. 나한테 사기 치려 하지 마. 넌 신병이 아니야. 군대 생활을 이미 몇 년 했어. 부사관 몇 명이 작당해 병사 하나 악살 먹이는 것은 일도 아니야. 기합이라는 말, 들어서 알지?」

「들었어.」

「기합이 뭐야?」 마지오가 알고 싶어 했다.

치프는 그를 무시하고 프루에게 말했다. 「물론 그들은 포인트, VMI(Virginia Military Institute), KMI(Kansas Military Institute), 컬버 같은 군사 학교에서처럼 조직적인 기합을 넣지는 않아. 하지만 이 기합은 아주 효과적이야. 이 세상에서 그것처럼 사람의 기를 재빨리 꺾어 놓는 조치도 없어. 매에는 장사 없어. 그 사병은 어쩌면 죽게 될지도 몰라. 난 필리핀에서 근무하던 시절 기합을 직접 목격했어. 그 사병은 숲속으로 달아나 탈영했고 모로족 여자와 결혼했어. 하지만 결국 붙잡혀서 12년 형을 받았어. 그렇게 전전하다가 나중에 연방 형무소에서 종신형을 살게 되었지.」

「난 그 친구보다는 영리해. 치프, 난 그렇게 쉽게 죽지 않아.」 프루가 뻣뻣하게 웃으며 말했다. 그 뻣뻣함은 천천히 마르는 석고처럼 그의 이마 위로 퍼져 나갔다. 그는 입술을 이빨 위로 단단히 당겨 놓았고 광대뼈 밑에 깊은 주름이 잡히게 했다. 그가 의식적으로 그렇게 하는 것이 아니라 뻣뻣함이 그렇게 하는 것이었다. 사각의 링에서 상대방 선수가 그를 때리려 할 때면 그 뻣뻣함이 찾아왔다. 주점에서 술에 취해 싸움이 났는데 상대방이 칼을 빼 들었을 때, 싸움이나 위협의 기미가 있을 때, 너를 죽이겠다는 말이 공공연하게 나돌 때, 그런 뻣뻣함이 그의 얼굴에 찾아들었다. 〈죽인다〉라는 말은 이 세상에서 가장 지저분한 말이었으나, 그것을 공공연히 자랑스럽게 지껄이는 자들이 꼭 있었다.

치프 초트는 무표정하게 프루를 쳐다보았으나 옆에 있던 마지오는 감동받은 표정이었다. 이 친구 꼭 험프리 보가트 같군, 저 얼굴은 영락없는 해골이야, 입술 없고 뺨 없는 죽음의 해골을 닮았어.

「난 그들이 찍어 누르는 모든 것을 받아들일 수 있어. 좀 더 없느냐고 할 거야.」 프루가 살짝 웃으면서 말했다.

「그래, 그건 나도 그래.」 마지오가 덩달아 말했다.

「마지오, 머리 터지고 싶어?」 치프가 진지한 목소리로 물었다.

「아니.」

「그럼 그 커다란 입 다물고 있어. 이건 심각한 문제야. 네가 똑똑한 녀석이라면 이 문제에는 끼어들지 않는 게 좋아. 이건 저 친구의 싸움이야. 네가 끼어들면 그의 입장만 더 곤란해져.」

「맞아, 앤절로.」 그는 어깨가 좁은 심통쟁이 리틀 웝에게 빙그레 웃으면서 자신의 뻣뻣함이 다소 이완되는 것을 느꼈다.

「난 누군가가 악살 먹는 걸 보는 게 가슴 아파.」 마지오가 말했다.

「그렇다면 그런 광경에 익숙해지는 게 좋아.

죽기 전에 많이 보게 될 테니까. 난 네가 왜 이런 고생을 사서 하는지 모르겠어. 이건 네 군대 생활만 더 고달프게 만들 뿐이야. 하긴 네 일이니까 내가 뭐라고 할 것도 아니지만. 네가 그처럼 당하게 되는 게 너무 가슴 아파.」 치프가 프루에게 말했다.

「너도 과거에 다이너마이트의 권투부에 들어가는 걸 거부했잖아.」

「그랬지. 하지만 난 스토리의 앞뒤를 잘 재고 있었어. 연대에 어느 정도 영향력이 있었기 때문에 버틸 수 있었던 거야. 하지만 넌 그게 없잖아.」

「없지. 하지만 어디 두고 보자고. 난 지금까지 공식적인 명령은 거부한 적이 없어. 난 그들이 근무 시간 이외에도 나를 괴롭힐 수는 없다고 생각해.」

「이건 옳고 그름의 문제가 아니라, 단지 사실의 문제일 뿐이야. 과연 군인에게 근무 시간과 비 근무 시간의 구분이 칼같이 명확한지 그건 의문이야. 또 군인이 인간다운 대우를 받을 권리가 있는지도 의문이고.」

「세상은 점점 그런 구분이 희미해져 가는 것 같아.」

「꼭 군대만 그런 게 아니야.」 앤절로가 끼어들었다. 프루는 그가 김벨 백화점 지하실에서 근무하던 시절을 가리킨다고 생각했다.

「그래. 그래서 어쨌다는 거야?」 치프 초트가 말했다.

「그 근무 시간이라는 건 말이야, 전시일 때는 문제가 없어. 전시에 모든 군인은 상시 명령 체계 아래에 있으니까. 하지만 평화 시에는 얘기가 달라.」 마지오가 말했다.

「내가 입대했을 때도 이미 전시라고 했어. 13년 전에 말이야. 일단 군대에 들어오면 시간은 언제나 전시인 거야.」

「그긴 그래.」 프루가 말했다. 「평화 시의 군대라는 건 의미가 없어. 하지만 내가 의심스럽게 생각하는 선, 연내 권투부, 더 나아가 그 권투부를 위해 싸우는 것이 과연 항구적인 전시 노력의 본질적 사항이냐는 거야.」

「다이너마이트에게 어떻게 생각하는지 한번 물어보지그래. 뭐라고 하는지도 한번 들어 보고.」

「젠장, 그건 물어보나 마나야.」 앤절로가 말했다. 「다이너마이트는 입만 열면 웨스트포인트 구호를 떠벌리는 바람에 그의 귀에서 그 구호가 줄줄 흐를 지경이야. 그자의 귀 뒤를 보면 그 흔적이 아직도 남아 있다고.」

「귀 뒤에 그런 흔적이 있는지 없는지는 내 알 바 아니고, 문제는 그가 중대장이라는 거야.」 치프가 말했다.

중대 마당에서 나팔병이 훈련 소집 나팔을 크게 불었다. 치프 초트는 침상에서 일어나면서 프루를 멍하니 내려다보았다.

「또 봐.」

「영창에서.」 프루가 빙긋 웃었다. 그 덩치 큰 하사는 훈련용 장비를 챙기기 위해 통로 저쪽편에 있는 자신의 침상으로 천천히 걸어갔다. 프루는 총검 케이스를 집어 들고 세 번째 호주머니 밑에 있는 탄약 벨트에다 걸었다.

「집에 와서 받게 될 선물치고는 그럴듯하군.」 프루가 말했다.

「빌어먹을 놈들이야. 말만 그렇게 하지 아무것도 못할 놈이야. 그 깐 놈들이 뭘 할 거야?」 마지오가 말했다.

「그럼, 그렇고말고.」 프루는 총검 케이스의 갈고리를 벨트 고리에 넣어 살짝 흔들면서 고정시켰다. 치프는 야외 훈련 복장을 다 갖추었다. 총검은 그의 가슴에서는 이빨 쑤시개처럼 작게 보였고 등에 매달린 야전 배낭은 성냥갑만 하게 보였다. 크고 묵직한 스프링필드 03 소총은 치프의 커다란 손 안에서는 울워스 백화점에서 어린이 완구용으로 판매하는 모형 소총처럼 보였다.

「좋은 친구야.」 마지오가 말했다.

「응, 믿을 수 있는 친구지.」 시대가 바뀌면 그 변화를 받아들여야 하는 거다. 젭 스튜어트[43]의 시절에는 깃털 달린 모자(무공 훈장을 가진 베테랑)들과 노상강도들이 서로 기병대를 한번 해보겠다고 몰려들었었지. 그건 남북 전쟁 시절의 이야기이고 현재 얘기는 아니야. 황제의 시절에, 황제가 모스크바 전투에서 패하고 파리로 걸어서 돌아올 때 올드 가드와 영 가드들이 그에게 변함없는 충성을 바쳤지. 그것도 이미 옛날이야기고 요새 얘기는 아니야. 게다가 옛날에는 화학전 같은 것도 없었어. 옛날에는 가능하면 적을 죽이지 않으려고 애썼어. 이제 세월이 바뀌었고 그런 건 다 꾸며 낸 얘기인지도 몰라. 후대의 사람들이 그런 식으로 일이 벌어졌더라면 좋겠다는 소망 사항을 바탕으로 해서 꾸며 낸 얘기. 「옛날에 나하고 초이스에서 아침 몇 번 먹은 걸 가지고 친구 사이라고 생각해 오늘 아침에 나를 봐준 거야. 저 치프는 정말 좋은 친구야.」

「그래, 빌라도 또한 좋은 친구였지.」 마지오가 말했다.

「야, 헛소리 집어치워. 넌 그게 무슨 말인지 이해하기나 해? 네가 아는 얘기만 해.」

「오케이.」 마지오는 연초 통과 성냥을 탄약 주머니에다 집어넣었다. 「이게 필요할 거야. 아, 그런데 골치가 좀 아프군. 우린 이렇게 좆뺑이 치는데 저 스타크란 놈은 취사병 내무반에서 밤안개처럼 잠이 들었겠군. 이제 그만 나갈까?」

중대 마당의 나팔병은 다시 한번 나팔을 불어 훈련 소집을 강조했다. 아래층에 있는 돔 중사의 커다란 목소리가 스크린을 뚫고 내무반까지 흘러들어 왔다. 그의 목소리는 진짜 군인 목소리 같았다.

「서시 위층에 있는 병사들, 빨리 훈련 소집에 응하라. 모두 밖에 나와 있다. 빨리 나가자. 자, 밖으로. 훈련 나팔이 울렸다.」

「어서 가자. 모자를 쓰고 방망이를 잡아. 전쟁이 시작되었어.」 치프 초트가 말했다. 치프는 멀리까지 퍼져 나가는 자연

---

43 Jeb Stuart(1833~1864). 미국 남북 전쟁 당시 남군의 기병대 장군.

스러운 저음으로 훈련 소집 노래를 부르며 계단을 가볍게 걸어 내려갔다.

〈훈련 소집에 응하라. 젠장, 난 아직 밥을 먹지 않았는걸. 훈련 소집에 응하라고. 이제 나간다고, 젠장. 어서 나오라, 중대장님이 여기 계시다.〉

「저 친구 노래도 잘 부르네.」 앤절로가 구시렁거렸다.

넓은 내무반 안에서 준비를 끝낸 병사들은 소총을 양손으로 잡고 출입구로 나가 계단을 내려가고 있었다.

「어디 일을 개시해 볼까?」 프루가 기다란 나무와 깨끗한 쇠로 만든 견고한 소총을 집어 들며 말했다.

그는 3층 포치에서 훈련 의식의 전 과정을 내려다볼 수 있었다. 우기가 끝난 후의 첫 번째 훈련이었다. 그는 잠시 걸음을 멈추고 그것을 내려다보았다. 앤절로는 걸음을 멈추고 그를 기다리고 있었으나 그런 풍경에 대해서는 무관심했다.

하지만 이건 좋은 그림인데. 독서오락실에 꽂혀 있던 잡지의 〈팔말〉 광고에서 보았던 것과 비슷해. 이 담배 회사는 영국 귀족을 흉내 내서 펠멜이라고 발음하지. 하지만 나는 미국식으로 팔말이라고 발음하는 걸 더 좋아해. 비록 하이클래스는 못 된다 하더라도. 프루는 잡지에서 오려 낸 팔말 광고 사진을 아직도 신발장 안쪽에다 붙여 놓고 있었다. 30년쟁이가 되려고 하는 자에게는 멋진 그림이야. 중대 마당에는 푸른 작업복에 하얗게 바랜 혁대에 각반을 차고 날카로운 챙의 올리브 색깔 전투모를 쓴 병사들이 우글거렸다. 그들은 보도를 걸어 내려와 그들의 중대 앞에 섰다. 아주 군인다운 친구들이고, 전쟁에서 이길 것 같은 친구들이야, 하고 프루는 생각했다. 하지만 다른 중대들은 멀리 있는 존재처럼 느껴졌다. 심지어 나팔 소대까지도 아주 멀리 떨어져 있는 얼굴 없는 존재들처럼 여겨졌다. 우리 중대의 배경 정도밖에 안 되는 존재야. 우리 중대원들의 얼굴은 모두 알고 있기 때문에 제복이 똑같더라도 상관없어. 오히려 그게 얼굴의 개성을 더욱 높여 줘. 중대원의 얼굴은 홈스 중대장이라는 중앙의 태양을 중심으로 특별 궤도를 돌고 있지. 중대장은 어쩌면 죽은 태양인지도 몰라. 실제 태양은 위든이 아닐까. 그런 별 같은 얼굴들은 별로 크지 않아서 개별적인 궤도를 갖고 있지 못하고 너무 작아서 혹성으로 분류될 수도 없어. 가령 돔, 챔프 윌슨, 피트 카렐슨, 터프 손힐, 짐 오헤이어, 아이작 블룸, 니콜로 레바 ─ 모두 훌륭한 미국식 이름이야 ─ 등이 그런 별이지. 페더급으로 뛰게 된다는 신병 말로, 올드 아이크 갈로비치 등도 작은 별이야. 하지만 갈로비치를 별이라고 할 수 있을까. 아이크는 3류 달 정도밖에 안 돼.

그는 스크린을 통해 내려다보면서 또 다른 별인 리돌 트레드웰의 얼굴을 보았다. 트레드웰은 최근에 뚱보라는 별명이 붙었으나 맨마운틴 딘처럼 아주 뚱뚱한 사병은 아니었다. 그는 글을 잘 읽지 못하지만 그래도 무거운 브라우닝 자동 소총을 메고 돌아다닐 힘만은 알아줘야 했다. 하지만 트레드웰은 총을 메고 다니기만 할 뿐 정작 그 총을 쏘아야 할 때가 오면 사격은 다른 사람이 할 터였다. 프루는 크란델 〈더스티〉 로즈(별명은 〈학자〉)의 모습도 보았다. 로즈는 다이아몬드 반지나 고대 로마의 동전을 느닷없이 꺼내 놓으면서 정말 진품이라고 허풍을 떤 후에 상대방이 친한 친구이기 때문에 그냥 준다는 말을 자주 했다. 〈붐〉 네어(일명 〈더 스터드〉)의 모습도 보였다.

이들은 모두 중대를 구성하는 중요한 요소였다. 자그마한 기억이 사람의 생애에서 중요한 요소가 되는 것처럼. 그들은 선택된 유산의 한 부분이고, 운명의 한 부분이고, 중대라는 작은 태양계의 한 부분이었다. 중대는 연대라는 은하수의 한 부분이고, 연대는 다시 육군이라는 우주의 한 부분이었다. 이 부분이 내가 알기로 우주에 어떤 의미를 부여하고 있지, 하고 그는 생각했다. 이건 내가 알고 있는 유일한 우주야. 그리고 내가 어떤 자리를 잡은 유일한 곳이기도 하지. 그러나 그는 지금 그 자리를 신속하게 잃어 가고 있었다.

「앤절로, 빨리 와. 저기 아래로 내려가는 게 좋겠어.」 프루는 부사관들이 대머리 돔 주위에 모여 있는 것을 보면서 말했다. 모래 파는 인부의 어깨를 가진 돔은 치프 초트보다 더 덩치가 컸다.

「야, 너, 아픈 것처럼 보여.」 앤절로가 1소대와 합류하면서 프루에게 말했다.

「아프지 않아. 숙취가 덜 풀렸을 뿐이야.」 프루가 모자 아래로 슬쩍 곁눈질하면서 말했다. 하지만 그건 숙취 때문이 아니었다. 전에 이보다 더 머리가 무거운 상태로 훈련에 나갔어도 거뜬히 해치웠다. 숙취 상태로 뙤약볕 아래에서 네 시간 훈련을 받는 것은 군인 생활의 한 부분일 뿐이었다. 25밀리리터의 술을 혁대에 감추고 사격술 훈련에 나가는 것, 수통에 사케[酒]를 가득 채우고 행군 훈련에 나가는 것과 마찬가지로 군대 생활에서 얼마든지 있을 수 있는 일이었다. 군인 노릇과 술 마시기는 늘 피를 나눈 형제 사이였다. 하지만 군인 노릇이라는 게 과연 뭔데, 하고 그는 생각했다.

정말, 정말 이상한 것은, 군대 내에서 그를 이처럼 괴롭히고 있는 것들이 군인 노릇과는 하등 상관이 없다는 것이었다. 뭔가 중요한 어떤 것이 있다. 난 그걸 리얼리티라고 생각해. 리얼리티와 망상을 구분하는 것이 중요하다고 생각해. 이봐, 이봐, 프루, 넌 또 그 괴상한 철학을 내세우고 있군. 하지만 그는 자신이 외톨이라는 느낌을 떨쳐 낼 수가 없었다.

풀밭에 나와 있던 부사관들은 흩어졌다. 덩치 큰 돔이 선두의 한가운데 자리 잡았고 나머지 부사관들은 휘하 소대로 돌아갔다. 맨 앞 한가운데 혼자 서 있던 돔은 아주 우렁차고 군인다운 구령을 내렸다. 모든 중대원들은 어깨총을 하면서 행진 자세로 들어갔다. 그러한 일제 동작은 아주 군대다운 분위기를 연출했다. 하지만 프루는 그 자신을 괴롭히는 외톨이 의식으로부터 벗어나지 못했다. 그것은 외로움보다 더 나쁜 것이었다. 다른 사람들은 모르는 어떤 사실을 오로지 그만이 알고 있다는 느낌.

그들은 어깨총 자세로 북쪽의 트럭 출입구를 지나갔고 건장한 헌병이 이른 아침의 혼잡한 교통을 정리하고 있는 네거리를 통과했다. 그러자 대오의 뒤쪽에 있던 누군가가 보병들이 오래전부터 암송해 오던 대화를 지껄였다.

「누가 전쟁을 이겼는가?」

「헌병이 전쟁에서 이겼지.」 누군가가 대답했다.

「어떻게 전쟁에서 이겼나?」

「그들의 어머니와 여동생이 몸을 팔아 자유 공채[44]를 샀기 때문이지.」

키가 크고 잘생기고 건장한 헌병은 얼굴을 붉혔다. 그들이 부대 극장 #1을 지나가자 누군가가 연대의 노래를 불렀고 다들 따라 불렀다. 하지만 가사는 완전 개작된 것이었다.

> 오, 우리는 와후에 다시는 돌아오지 않을 거야.
> 와후에 다시 돌아오는 일은 없을 거야.
> 우린 얼굴이 검은 카나키 여자와 섹스를 하고
> 우린 와후의 빌어먹을 사케를 마셨지.
> 하지만 우리는 와후에 다시는 돌아오지 않을 거야.

---

44 제1차 세계 대전 때 공모했던 전시 공채.

그리고 치프 초트가 그 노래의 마지막 부분을 깊은 저음으로 혼자 불렀다.

    빨아 줘, 찰리, 내 다리 사이에
    맥주가 흐르고 있잖아.

그러자 날카로우면서도 군인다운 돔 중사의 권위 있는 목소리가 끼어들었다.
「이봐, 그 노래는 그만 불러. 안 그러면 구보 행진을 시킬 거야. 이 근처에 여자들도 많단 말이야.」
이렇게 하여 조지 중대는 콜레콜레 언덕길을 걸어 훈련장으로 갔다. 도로 양옆에 도열한 키 큰 느릅나무들은 영원할 것 같은 향기를 내뿜고 있었다. 하지만 이등병 로버트 E. 리 프리윗은 아무런 감흥도 없었다. 예전의 그 전율이 더 이상 그의 척추에 흐르고 있지 않았다. 과거 한때 그에게 유일한 리얼리티라고 생각되었던 군인 노릇이 이제는 그에게 망상인 것이 분명했다. 리얼리티는 그 진짜처럼 보이는 위장 아래쪽 어딘가에 숨어 있었다.

제19장

 그날 아침의 훈련에 장교들은 전혀 나오지 않았다. 보통 때는 한번 형식적으로 둘러보고 가는데 그날따라 그런 것조차 없었다. 그날의 훈련은 프리윗 기합 주는 날이 되어 버렸고 부사관들이 서로 돌아가며 악살을 먹였다. 그들은 그를 상당히 괴롭혔다. 프루는 그때까지 직접적인 육체적 고통을 가하지 아니하고도 그토록 사람을 괴롭힐 수 있다는 사실을 알지 못했다. 그는 그날 고통에 대해서 많은 것을 배웠다.

 훈련 제1과는 체력 단련 시간이었다. 권투부의 트레이너이기도 한 돔이 체력 단련 교관을 맡았다. 프루는 마지막 구호를 붙이지 않는, 36회 전방위 쪼그려 뛰기를 하다가 방심하여 마지막 구호를 외치는 바람에 중대원들 중 혼자서 기합을 받게 되었다. 신병 훈련 이래 쪼그려 뛰기 구호를 실수한 적이 없던 프루가 그만 실수를 한 것이었다. 그처럼 실수를 하면 분대원 전체가 기합을 받는 것이 상례이나 유독 그만 끄집어내 혼자 36회 쪼그려 뛰기를 다시 시켰다. 그가 두 번 거듭 실수를 하자, 돔은 또다시 나머지 분대원들은 그대로 두고 프루 혼자에게만 기합을 주었고 만약 한 번 더 실수를 하면 훈련 이외에 가외 과업이 부과된다고 경고했다.

프루는 돔을 잘 알기 때문에 그런 체벌에 개의치 않았다. 과거에 퇴각 훈련을 할 때, 돔은 한 신병이 대열에서 잡담을 한다는 이유로, 볼링 핀을 때리는 스트라이크 볼처럼 대열 중에 들어와 그 신병의 턱을 갈긴 적이 있었다. 그는 이 일로 강등될 뻔했으나, 잘 해결되어 없던 일로 처리되었다. 지난가을 연례 50킬로미터 행군 때 마지막 16킬로미터를 남겨 놓고 낙오하려는 병사들의 소총 네 자루와 브라우닝 자동 소총 한 자루를 혼자서 메고 중대원 전원을 낙오 없이 행군하게 만든 장본인이었다. 연대 내에서 중대원 전원이 낙오 없이 행군을 마친 부대는 G 중대뿐이었다. 지저분한 필리핀 마누라에게 항상 바가지 긁혀서 중대 내에서 공처가로 소문난 것 또한 돔이었다.

부대에서 훈련 나오기 전에 치프와 얘기하면서, 프루는 자신이 전혀 상처를 입지 않을 것이라고 말했다. 아니, 상처 입는다는 생각이 전혀 그의 머릿속에 들어오지 않았다. 할란 카운티 청년들은 신체적 고통을 견디는 능력을 타고났다. 프루는 자신의 그런 신체적 능력을 자랑스럽게 여겼다. 그들이 앞으로 그에게 두 배로 일을 시켜 나가떨어지게 해도 자신이 결코 쓰러지지 않으리라는 자신감이 있었다. 그의 아버지가 프루에게 남겨 준 유일한 재산인 끈기는 결코 닳아 빠지는 것이 아니었다. 신체적인 측면에서 보자면 그건 순전히 의지의 싸움일 뿐이었다. 하지만 어떻게 보면 그 이상의 의미가 개재되어 있었다. 그는 자신을 괴롭히는 부사관들이 그에게 어떤 의미를 갖고 있다는 사실을 내다보지 못했다. 오래전 마이어 부대에서 근무할 때, 그가 나팔 소대로 가기 위해 권투부에서 탈퇴하자 사람들은 그것을 용기 부족으로 해석했다. 그때 프루는 자신의 입장을 남에게 이해시키려는 희망을 할 수 없이 포기했다. 당연히 그는 외로웠으나 그 외로움을 받아들였다.

나팔을 너무 불고 싶어서 권투부에서 나왔다고 스스로 자위했다. 그러나 그가 임질에 걸려서 나팔 소대를 나와야 했을 때, 아무도 선뜻 앞에 나서서 그의 입장을 옹호하며 복직시키려 하지 않았다. 이 일 또한 그를 외롭게 했으나 동시에 그의 단단한 마음을 더욱 단단하게 만들었다.

이제 그는 자신이 아주 단단하기 때문에 그들이 상처 줄 수 있는 부분은 더 이상 남아 있지 않다고 생각했다. 그는 자기를 괴롭히는 사람들이 자기에게 아무 의미도 없다고 생각했다. 하지만 그는 한 가지 사실을 잊어버리고 있었다. 그들은 인간이기 때문에 역시 인간인 프루에게 아무 의미도 없을 수는 없는 것이었다. 그가 잊어버린 것은, 그들이 지난밤(오래전 일도 아닌 바로 어제) 포치에 나와 그의 소등나팔 소리를 들으며 감동했던 바로 그 사람들이라는 사실이다. 지난밤 초이스에서 중대 마당까지 건너온 말, 〈거봐, 내가 프리윗이라고 그랬지?〉를 발설했던 바로 그 사람들이었다. 어떻게 그런 사람들이 하룻밤 사이에 이처럼 달라질 수 있는지, 그는 알다가도 모를 일이었다. 그건 앞으로도 이해하기 어려운 일이 될 터였다. 그는 한 가지 사실을 의식하지 못하고 있었다. 그들의 동료 의식과 이해심을 기대하기 어렵게 된 이 마당에도, 그는 여전히 그들에게 인간적인 구석이 남아 있으리라고 생각했다. 바로 이런 생각이 그에게 상처를 주는 것이었다. 그것이 그를 아프게 했다. 그 일이 곧 시작되었다.

제2과는 올드 아이크가 교관을 맡은 제식 훈련이었다. 프루는 이 시간에 두 번 지적을 당했다. 첫 번째는 일렬종대 행진 때 방향 전환을 잘못한 것이었다(그의 앞에서 걸어가던 사병 둘도 스텝을 잘못 밟았으나 그것은 묵과되었다). 측면 행진 때 세 번 뒤로돌아 동작에서 또다시 실수를 했다(하지만 4열 횡대 중 2개 대열이 뒤로돌아를 잘못하여 전원 행진

대열에서 이탈했다). 두 번 다 올드 아이크는 프루만 앞으로 끌어내 가래 끓는 목소리로 침을 토하며 경고했다. 두 번째 경고에서는, 길 건너편 화생방 4백 미터 트랙으로 보내 앞에 총 자세로 일곱 바퀴를 돌게 했다. 특별히 부사관 한 명을 함께 보내 감시했다.

그가 땀을 뻘뻘 흘리며 시무룩하게 돌아왔을 때, 운동부 소속 병사들은 분노의 눈빛으로 그를 쳐다보았다. 반면에 운동부가 아닌 병사들은 그의 시선을 피하면서 화생방 막사의 현대적 시설을 멍하니 쳐다보고 있었다. 오직 마지오만이 그에게 빙그레 웃어 주었다. 그것은 정말 웃기는 일이었다.

밀집 대형 훈련에서 갈로비치의 엉터리 영어는 정말 문제가 있었다. 도대체 구령을 제대로 말하지 않기 때문에 정연한 대형 유지가 불가능했다. 사병들이 자꾸 웃었다. 그래서 프루도 웃었다. 그건 객관적 원칙보다 엉뚱한 상상력에 의해 움직여야 하는 대형과 비슷했다. 병사들은 아이크의 구령에 따라 움직여야 했으나, 아이크의 엉터리 영어 구령은 이해하기도 어렵거니와 때때로 엉뚱한 발에 구령이 걸리기 때문에 중대원 3분의 1의 스텝이 엉키게 되었다. 구령을 내리는 아이크는 어떤 때는 아주 겸손한 태도를 취하다가 또 어떤 때는 무솔리니 같은 폭발적 자신감을 과시했다. 이런 양극을 달리는 태도는 질서 정연한 대열 훈련에 전혀 도움을 주지 못했다. 군대 생활을 좀 해본 사람에게 그것은 고통스러운 일일 뿐만 아니라 믿기지 않는 일이었다. 그것은 군인에 대한 모독이었고 보일러병 출신이 저지를 수 있는 최대의 죄악이었다.

제3과는 터프 손힐이 교관을 맡은 은폐 훈련이었다. 팩트 레인 쪽으로 행진하여 가다가 좁은 길이 시작되는 크고 완만한 등성이의 들판에서 훈련을 하게 되었다. 훈련장 바로 위에는 골프장이 있었는데 4인 1조의 장교들 그룹과 3인 1조의

장교 아내들 그룹이 아침 라운드를 돌고 있는 게 보였다.

이 훈련은 보통 강의로 대체되었고 교관은 손힐 중사였다. 이 시간에 중대원들은 커다란 참나무 밑에 엎드려서 잭나이프 던지기 놀이를 하거나, 말을 타고 필드를 도는 장교 아내나 딸의 엉덩이를 감상했다. 이 시간에 군 생활 17년의 터프 손힐 — 키가 크고 족제비 같은 머리에 턱이 없는 미시시피 사람에다 운동부원도 아닌 부사관 — 은 프리윗이 부주의하다며 경고를 주었다. 그러고는 부사관 한 명을 딸려서 가까운 트랙으로 보내 앞에총 자세로 일곱 바퀴를 돌게 했다.

이때 마지오의 동정심이 불타올라 그도 일곱 바퀴의 체벌을 받았다. 아이크 갈로비치는 마지오가 프루에게 부사관들을 비웃는 동작(오른쪽 주먹을 공중에 내보여 가운뎃손가락만 펴는 동작)을 해 보이는 것을 보고서, 정의와 군기를 모독하는 행위를 용납할 수 없다는 이유로 마지오 역시 일곱 바퀴를 돌도록 시켰던 것이다.

이런 기합이 자꾸만 계속되었다. 부사관들은 돌아가면서 프루에게 기합을 넣었다. 평화 시 징집이 실시되어 구크 신병들이 많이 들어오면 교관 요원 차출이 있을 것인데, 그때를 대비하여 훈련병 기합 주는 요령을 익히려 하는 것 같았다.

그 무리의 왕초 격이라고 할 수 있는 챔프 윌슨은 평소에 눈빛이 차갑고 말이 없으며 무관심한 사람이었는데, 화기 훈련 시간에 프루가 기계적으로 방아쇠를 잡아당긴다면서 경고를 주었다. 화력을 충분히 분산시키지 않는다는 지적이었다.

다른 부사관들의 지적 때도 그랬지만, 프루는 송구에 몸을 기댄 채 윌슨의 지적을 무심히 들었다. 지적을 받을 때는 그런 태도를 취하는 것이 좋았다. 하지만 그는 이제 챔프가 하는 말을 절반도 채 듣지 않았다. 왜냐하면 그는 거기에 있지 않았기 때문이다. 챔프와 함께 서 있지만 그의 마음은 문제의 본질을 생각하고 있었다. 그는 마음속에서 그 모든 것을 볼 수 있었다. 그것은 양손 사이에서 돌아가는 영화 필름같이 전개되었다. 각 그림은 앞의 그림을 따라가고, 하나가 끝나면 다른 하나가 시작되었다. 원, 투, 스리, 그런 식으로 계속되었다.

유일한 문제는, 이 일의 시작이 바닥에 엉켜 뒹굴고 있는 필름 더미 속에 파묻혀 있기 때문에 볼 수 없고, 또 현재 필름이 계속 돌아가고 있기 때문에 마지막 부분을 볼 수 없다는 것이었다.

그는 자신에게 기합 주는 게임에 참가하지 않은 부사관은 치프 초트와 올드 피트 카렐슨뿐이라는 것을 알았다. 두 사람은 프루의 친구인 것으로 널리 알려져 있었다. 심지어 이 두 사람도 기합 줄 수 있는 기회를 제공받았다. 그럴 때마다 그들은 운동부원이 아닌 일등병처럼 불안하게 공중을 쳐다보며 못 본 척했다. 또는 날씨 좋은 날이면 하늘에 나타나는 적층운(積層雲)이나 검은 산 너머의 하얀 산을 쳐다보았다.

그래, 너는 그들이 너를 위해 뭘 해주기를 바라는 거야? 프루는 생각했다. 반역이라도 일으켜 너를 구제해 주기를 바라나? 넌 이런 기합을 받도록 강요당한 게 아니야. 너도 알다시피 너는 자유 의지로 이런 결과를 선택했어. 그렇지 않아? 네가 자유 의지를 주장하다 보니 이런 사태가 온 거라고.

자유 의지. 그래, 자유 의지라는 게 있지. 또 자유로운 사랑이라는 것도 있어. 그걸 잊지 마. 또 자유로운 건 뭐가 있나? 에, 자유 — 그래, 자유 정치도 있겠군. 아니야, 자유 정치라는 건 좀 말이 안 되는데. 그럼 자유로운 게 뭐가 있나? 그래, 자유(공짜) 맥주가 있군. 자유 의지, 자유 사랑, 자유 맥주.

그래, 문제는 자유 의지야. 너의 자유 의지가 이런 일을 빚어낸 거라고. 저들이 이런 짓을 하는 게 아니야. 그들은 단지 너의 자유 의지에 자유 선택을 주는 것뿐이야. 선택안은 다음 세 가지야. 첫째, 권투부에 들어간다. 둘째, 권투부에 들어가지 않고 화를 내며 반격한다. 반격할 경우 너는 영창에 가지. 셋째, 권투부에 들어가지도 않고 반격도 하지 않는다. 이 경우 너는 이런 불쾌한 고통을 계속 당해야 하는 거지. 넌 민감하고 예술가 기질이 있는 나팔병이기 때문에 그런 고통을 불쾌하게 생각해. 네가 그냥 권투 선수이기만 했더라면 문제는 아주 간단했을 텐데. 네가 자유롭게 선택했고 아무런 악의도 없는 이 불쾌한 현상을 계속 감수한다면(이런 기합은 앞으로도 줄기차게 계속될 터인데), 논리적 결론은 이런 거야. 중대는 너를 능력 부족으로 처벌할 것이고, 가외 업무를 부과할 것이고, 외출 금지를 명령하겠지. 그리고 최종적으로 영창행이 되겠지.

이런 과정을 좀 더 간단하게 간추려 본다면 권투부에 들어가거나 영창에 가거나 둘 중 하나로군. 네가 여기 서서 네 잘못을 지적한 윌슨처럼 단순 무식한 권투 선수가 아니기 때문에, 다시 말해 너는 예술적인 나팔병이기 때문에, 첫 번째 것은 선택안이 될 수 없지. 그래서 문제는 이렇게 간단히 정리돼. 첫째, 지금 즉시 영창으로 간다. 둘째, 조금 더 있다가 영창으로 간다. 선택은 네게 달려 있어. 어느 것을 선택하든 결론은 똑같군. 이게 너의 자유에 대해 부과된 자유로운 선택안이야. 논리적이고, 무사 공평하고, 개인적 악의가 없고, 야비한 정신이 배제된 선택안이지.

차라리 저자들이 나를 미워했으면 좋겠군. 소국과 국가의 성스러운 이름 아래 작당하여 법률과 질서의 망치로 나를 압박했으면 좋겠어. 가령 나치가 유대인을 압박한 것처럼, 영국인이 인도인을 압박한 것처럼, 혹은 미국인이 흑인을 압박한 것처럼. 그러면 나는 미움받지 않는 숫자(군번 6915544, 영내 근무 중이며 임무를 충실히 수행하는 병력)라기보다 미움받는 인간이 될 터인데. 하지만 인간은 모든 것을 갖출 수는 없어.

넌 그들이 네게 이런 일을 하리라고 진정으로 믿지는 않았지? 그래 믿지 않았어. 왜냐하면 너 자신이 이런 일을 그 누구에게도 하고 싶어 하지 않는 사람이기 때문이지. 너 자신 평생 정의를 숭배하면서 살아왔잖아. 평생 동안 힘없는 사람들의 옹호자가 되겠다고 말해 왔잖아(어쩌면 네가 그런 힘없는 사람들 중 하나였기 때문이지 몰라).

프루는 평생 힘센 사람을 상대로 힘없는 사람 편을 들어 싸우는 것을 신봉해 왔다. 그는 가정, 학교, 교회에서 그것을 배운 게 아니었다. 그는 사회적 양심의 건설자인 제4의 힘으로부터 그것을 배웠다. 그 힘은 바로 영화였다. 루스벨트가 대통령으로 취임한 이후에 나오기 시작한 영화들로부터 그것을 배웠다.

그는 당시 어린아이였다. 아직 떠돌이 생활을 하기 전이었다. 그는 1932년과 1937년 사이에 만들어진 영화들을 보며 자랐다. 그 당시의 영화들은 오늘날 제작되는 〈막다른 골목의 주인공〉 시리즈 같은 상업적 영화들이 아니었다. 그는 막다른 골목 영화의 최초의 것, 「윈터세트」, 「분노의 포도」, 「먼지는 나의 운명」 같은 영화를 보며 자랐다. 그런 영화에는 존 가필드나 레인 자매 같은 배우들이 나왔다. 또 제임스 캐그니, 조지 래프트, 헨리 폰다 등이 출연한 떠돌이 영화 혹은 감방 영화들도 보았다.

그는 아직 어린애에 불과했으나 이런 영화들을 보면서 힘없는 자들을 위해, 힘센 자와 맞서 싸워야 한다는 것을 배웠다. 그는 영화로부터 자신의 인생철학을 정립했다. 그래서 스페인에서 공산주의자들이 힘없는 자들일 때, 그들을 위해 싸워야 한다고 생각했다. 그러나 러시아에서는 공산주의자들이 힘센 자들이라는 것을 알았을 때는 반역자들(러시아어로 반역자를 가리켜 뭐라고 하지?)을 위해 싸워야 한다고 생각했다. 그는 독일에서는 유대인을 위해 싸워야 하고 월스트리트와 할리우드에서는 유대인에 반대하여 싸워야 한다고 생각했다. 미국에서는 자본가가 힘센 자이고 프롤레타리아가 힘없는 자였다. 따라서 프롤레타리아 편에 서서 자본가에 대항하여 싸워야 한다고 생각했다. 이런 뿌리 깊은 인생철학 때문에 남부 출신인 그는 흑인들 편에 서서 백인을 상대로 싸워야 한다고 생각하게 되었다. 어디를 둘러봐도 흑인이 힘센 자인 곳은 없었기 때문이다.

하지만 누구나 힘센 자가 되고 싶어 하는 유혹을 느낀다고 그는 생각했다. 물론 정확하게 알 수는 없는 일이었다. 그는 한 번도 힘센 자가 되어 본 적이 없으니까. 하지만 그게 어떤 것인지 상상할 수는 있었다. 자기 자신이 장교가 되었다고 상상하면 되는 것이었다. 그러면 힘센 자가 어떤 것인지 금방 느낌이 왔다.

하지만 그가 봐도 그건 좀 표변하는 인생철학, 카멜레온 철학이었다. 수시로 색깔이 바뀌니까. 어느 날에는 공산주의자였다가 또 어느 날에는 반공주의자가 되니까. 하지만 현대는 표변하는 시대였고, 화려한 스코틀랜드 격자무늬 같은 카멜레온의 시대였다.

하지만 오늘은 자본가를 지지했다가 내일은 자본가에 반대하는 것이 뭐 어쨌단 말인가? 오늘은 짓밟히는 유대인을 옹호하여 외치다가 내일은 이기적인 유대인을 반대하여 비난하는 것이 어쨌단 말인가? 그게 비합리적이고 감정적인 철학이라는 건 인정하겠다. 미국의 생활, 이 해체된 세상에서의 생활이 이런 가변적인 철학을 강요하는 것이다.

그렇다면 너는 정치적으로 어떤 입장인가? 너의 정치 철학은 무엇인가?

그 질문은 그냥 넘어가고 싶군. 그건 엉뚱한 질문이야. 어떤 고정된 정치적 입장을 가지고 있어야 한다고 전제하는 질문이야. 따라서 불공정한 질문이야. 그 고정된 입장에 따라 대답을 내놓을 수밖에 없을 테니까. 공화당원, 민주당원, 공산당원 등이 네게 물어볼 법한 질문이야. 게다가 너는 군에 있어서 투표를 할 수도 없어. 그들은 네게 관심도 없다고.

그러니 그 문제는 그냥 넘어가도 돼. 하지만 그 질문에 꼭 대답해야 된다면, 가령 네가 권투부에 안 들어간다는 이유로 다이스 씨[45]가 반(反)미국적 행위 위원회를 소집하여 청문회를 연다면 너는 이렇게 대답해야겠지. 나는 극좌 혁명가이다. 러시아의 혁명을 성공시켰고 현재는 공산당이 박멸하려고 애쓰는 그런 혁명가이다. 완벽한 범죄자 타입, 아주 위험하고 광적인 자, 힘없는 자를 무조건 사랑하는 미친 자, 바로 이것이 나라는 사람이다.

하지만 프리윗, 꼭 필요한 상황이 아니라면 일부러 그렇게 말할 필요는 없어. 그들은 너를 정신병동에 집어넣어 버릴 거니까. 왜냐하면 여기 미국에서는 말이야, 누구나 힘센 자가 되려고 하지 힘없는 자가 되려고 하지 않기 때문이야. 그래서 한때 힘없는 자였다가 나중에 힘센 자가 된 자는 말이야, 투쟁할 목표가 없어지게 돼. 그래서 비실비실 시들어서 죽거나 뚱뚱해져서 숨을 헐떡거리다가 죽게 돼. 힘센 자의 상태를 유지하는 것, 이미 확보한 것을 지키는 것 이외에는 투쟁 대상이 없기 때문에.

이 모든 게, 프리윗, 네게 별로 도움이 될 것 같지 않아. 한

---

45 Martin Dies(1901~1972). 미국의 정치가. 하원의 반미국적 행위 위원회의 초대 위원장.

순간 기분을 좋게 해준다는 것 이외에. 지금 돌아가는 여러 가지 상황으로 볼 때, 네가 힘센 자가 되어 뚱뚱해져 숨을 헐떡거리다가 죽을 가능성은 별로 없는 것 같아. 네가 뚱뚱해져서 숨을 헐떡거릴 가능성을 염려한다면, 그건 말이야 지금의 이 좆뺑이를 참고 견디는 힘을 줄 거야. 어쩌면 그들이 네게 고생 끝의 낙을 선사하려고 하는데 네가 그걸 모르고 있는 건지도 몰라. 그러니 그걸 그들에게 말하지 마. 그들에게 내색하지 말라고.

그런데 왜 일이 이렇게 꼬였지. 난 내 일에 신경 쓰고 나 자신이 되려고 했어. 남의 일에는 조금도 관심이 없어. 그런데 내게 벌어진 일을 한번 보라고. 지금 어떻게 됐나. 똥구멍에서 창자까지 진흙으로 가득 차지 않았냐 말이야. 어떤 친구가 권투부에 들어가느냐 마느냐를 놓고 다 큰 자들이 작당하여 너를 괴롭히고 있지 않느냔 말이야. 갑자기 이 모든 일이 너무 우스꽝스럽게 느껴져. 이런 심각한 결과가 그런 사소한 일로부터 파생하다니 믿기지 않아.

프루는 권투부 거부 행위로부터 이런 결과가 나올 수도 있고 또 필연적으로 나오리라는 것을 알고 있었다. 한 무리의 사람들이 일치단결하여 지지하는 가치를 거부하면 그들은 그 거부한 자에게 분노하는 것이다. 어떤 사람들이 빌어먹을 사상이나 사물에 목매달고 있는데, 그들에게 그 사상이나 사물이 영 돼먹지 않은 것(이것은 어디까지나 그렇게 지적하는 사람의 개인적 의견일 뿐이다)이라고 지적한다면, 그로부터 심각한 결과가 나오지 않을 수 없는 것이다. 그런 식으로 지적한다면 그들의 삶은 무의미하다고 말하는 꼴이 되기 때문에 그들을 화나게 하는 것이다. 사람들은 본성상 아무것에도 매이지 않기보다는 어떤 것에 매이기를 더 좋아하는 것이다. 독일의 나치를 한번 보라. 그자들도 엉뚱한 사상에 목매달지 않았는가.

그렇다면 말이야, 프리윗, 너는 왜 어떤 사상이나 사물에 목매달지 않나? 가령 나무에 한번 목매달아 보지그래. 그러면 많은 사람들의 고통과 불편을 면제해 줄 텐데.

생각이 거기에 미치자 둔탁한 반항 의식이 그의 내면에서 솟구치기 시작했다. 그는 봉급날 나름대로 계획이 있었다. 하지만 이런 우둔한 행동을 하다 보면 봉급날 취사장 사역이 그에게 떨어질 수도 있었다.

좋아. 그들이 그렇게 놀기를 원한다면 나도 그렇게 놀아 주지. 그들이 증오를 좋아한다면 증오해 주지. 나도 그 어떤 사람 못지않게 증오할 수 있어. 나도 어릴 때 사람 미워하는 짓 많이 해보았어. 남을 멍들게 하고, 불태우고, 병신 만들고, 죽이고, 고문해 놓고 그걸 자상하고 사려 깊은 기강 확립이라고 한다면, 좋아, 나도 그들 못지않게 은근하고 표 안 나게 기강을 확립해 줄 수 있다 이거야. 증오의 게임을 펼치면서 그걸 개인적 창의에 바탕을 둔 자유 경쟁이라고 불러 줄 수 있다 이거야.

이 상황에 대응할 수 있는 방법은 그것밖에 없어. 미워하면서도 완벽한 군인 노릇을 하는 거야. 미워하면서도 모든 명령을 철저하게 이행하는 거야. 미워하면서도 말대꾸는 하지 않는 거야. 단 하나의 규칙도 위반하지 않는 거야. 단 하나의 실수도 하지 않는 거야. 그렇지만 속으로는 미워하는 거야. 저자들이 그걸 눈치채고 또 저자들의 수작이 내게 통하지 않는다는 걸 알게 하는 거야. 저자들은 내게 시비 걸 수 있는 거리를 발견하지 못할 거야.

프루는 오전 내내 그러한 역할을 충실히 수행했다. 그리고 그것은 통했다. 그들은 당황하면서 난감해했다. 그가 그들을 증오하면서 또 완벽한 군인 노릇을 해냈기 때문에 그들은 아주 기분 나쁘게 생각했다. 어떤 자들은 그에게 화를 내기도 했다. 그에게 그런 반응을 보일 권리는 없다는 것이었다. 그는 사람을 물고 떨어지지 않는 고집 센 불도그 같았다. 아무리 겁을 주고 아무리 흔들어 대도 떨어져 나가지 않았다. 불도그는 상대의 살을 뭉텅 뜯어낸 후에나 떨어져 나갈 듯했다. 하지만 프루는 그런 행동을 할 수가 없었다.

그는 긴장하면서도 내심 빙그레 웃었다. 그들의 아픈 곳을 찔렀다는 것을 알았고, 봉급날까지 그에게 과외 작업을 시킬 건수를 찾아내지 못하리라는 것을 알았다. 그는 잠시 저들이 이런 기합이 무의미하다고 생각하여 그만둘지도 모른다는 착각에 빠지기도 했다. 하지만 기합이 계속되자 그의 유일한 희망은 오전 일과가 끝나고 오후에 작업을 나가는 것이었다. 그러나 오후 일과에서도 그의 고통은 경감되지 않았다. 왜냐하면 오후 사역에서 오전에 벌어 놓았던 점수를 다 까먹었을 뿐만 아니라 위기에 빠져 들었기 때문이다.

그건 그의 잘못이었다. 그는 아이크 갈로비치가 감독하는 중대 막사 작업조에 들어 있었다.

그는 오래전부터 사역 집합 나팔이 울리면 마지막 순간까지 내무반에서 뭉그적거리는 습관이 있었다. 그것은 줄의 맨 뒤에 서겠다는 의도인데, 워든이 벌이는 〈프리윗에게 씌워라〉 게임을 우회하기 위해서였다. 연대에서 매일 내려오는 일일 사역 차출병을 제외하면, 중대 병력의 절반 혹은 3분의 1 정도가 늘 중대 믹시 청소 작업에 투입되었다. 홈스 중대장이 워든에게 특별 지시해 놓아, 중대 막사 작업은 늘 아이크 갈로비치 담당이었다. 만약 프루가 작업병 줄의 맨 뒤에 서 있게 되면 워든도 손을 댈 수가 없고, 그리하여 그의 게임을 돌파할 수 있는 것이었다. 이렇게 하면 장교 클럽 작업이나 골프장 작업 같은 한량한 일은 걸리지 않게 된다. 동시에 쓰레기 트럭이나 정육소 사역 또한 면제된다. 워든은 마음만 먹으면 연대 차출병과 중대 작업병의 순서를 거꾸로 할 수도 있었다. 가령 아이크에게 중대 작업병을 먼저 떼어 주고 가장 지저분한 사역은 맨 나중으로 돌렸다가 내려 줄 수도 있었다. 하지만 프루는 워든이 그런 짓은 절대로 하지 않는다는 것을 알았다. 이등병 시절부터 몸에 익힌 은밀하면서도 칼 같은 공평의 원칙 ― 하지만 워든에게만 보이고 다른 사람들에게는 보이지 않는 원칙 ― 에 입각하여, 그처럼 자신에게 일방적으로 유리하게만 상황을 몰고 가지는 않았다. 프루가 자신의 작전을 깜빡 잊어버리고 앞줄에 서 있을 때에만, 워든은 너 웬일이냐는 식으로 장난꾸러기 같은 웃음을 빙그레 지으며 그날의 최고 힘든 사역을 앞부분에 배정하는 것이었다. 하지만 프루가 맨 뒤에 처져 있는 한 언제나 안전했다. 워든은 평생 자신에게 어떤 원칙을 일관되게 부여하며 살아온 것 같았는데, 그 원칙은 운동 경기의 그것과 비슷했다. 가령 미식축구에서 껴안기, 농구에서 워킹, 낚시에서 고기 잡기가 훨씬 수월한 무거운 태클(밧줄과 도르래) 사용 등은 프로 세계에서 벌점이 주어지는데, 이렇게 성공을 어렵게 만드는 조건을 부과함으로써 그것을 뚫고 성공했을 때의 쾌감을 더욱 높이는 것이다. 가령 낚시의 예를 들자면 가벼운 6-9 태클은 바다 낚시의 실전에 사용하기가 어려운데도 꾼들은 그 태클을 사용해 고기를 낚아야 꾼으로 인정해 주는 것이다. 그래서 꾼들은 휴가를 나가서 꾼들 사이의 경쟁이 전혀 없을 때에만 가벼운 태클을 사용한다. 워든은 이런 제한 규칙을 정해 놓고 평생 그것을 지키며 살아온 사람 같았다. 프루는 그 원칙을 알고 있었기 때문에 가끔 기분이 동할 때면 앞줄에 서서 워든이 그날의 상황에 따라 내려 줄 수 있는 힘든 일 혹은 쉬운 일의 승부를 걸면서 베팅을 했다. 워든이 판단 착오로 쉬운 일을 내릴 수도 있었기 때문이다. 프루가 베팅에서 이긴 것은 딱 한 번뿐이었다. 워든은 자신이 판단 착오를 일으켰다는 것을 알고서 마치 자기 자신에게 벌을 주는 것처럼 그다음 주 내내 프루에게 장교 클럽 사역을 배정했다. 워든은 그처럼 자신을 징벌하는 것을 프루를 징벌하는 것처럼 즐기는 듯했다. 그것은 인생의 단조로움을 깨뜨려 주는 재미있는 놀이였다. 또 그와 워든 사이에는 어떤 암묵적인 이해와 친밀함이 있었는데, 때때로 그것이 마지오에게 느끼는 친밀함보다 더 강력한 친밀감을 주었다. 프루가 그 게임이 시들해져서 줄의 맨 뒤에 서 있으면 워든은 그를 건드리지 않았다. 그것은 어린 시절 술래잡기 놀이에서 왕을 가리키는 X자 표시를 단 아이는 술래로 잡지 않는 것과 비슷했다. 여기서는 그 표시가 오용되는 것이 아니라 명예롭게 존중되었다. 워든은 명예가 무엇인지 아는 사람 같았다. 마지오 또한 프루와 함께 있는 시간이 많고 명예를 존중하여 친밀하고 좋아하는 동료이지만, 그가 워든에게 느끼는 그런 친밀감 혹은 사랑에는 미치지 못했다. 아무튼 프루는 그런 감정이 어디서 오는지 알지 못했다. 하지만 그날 그는 워든과 게임을 펼치고 싶지 않았다.

워든이 그날의 사역 분담을 불러 주자 올드 아이크는 자신이 맡은 작업병을 집합시켰고, 다른 사역병들은 중대 마당을 건너 사역 장소로 행진해 갔다. 그들은 점심을 먹어 졸린 나른한 몸을 이끌고 어깨가 처지고 힘없는 발걸음으로, 학교 가기 싫어 꾸물거리는 학동처럼 작업장을 향해 걸어갔다.

아이크는 길쭉한 원숭이 같은 턱을 앞으로 내밀고 얇은 입술을 나풀거리며 중대 막사 사역병들을 상대로 말했다. 「자, 오늘은 막사 내부 청소를 할 예정이다. 위층과 아래층의 유리창을 모두 닦는 거다. 또 독서오락실, 당구대, 당직 부사관실의 통로, 벽 등을 청소할 예정이다. 중대장님이 내일 청소

결과를 검사할 거니까 일을 제대로 해야 하고 요령을 피워서는 안 된다. 오케이? 질문 있나?」

작업병들은 이미 전에 그 일을 다섯 번 이상씩 해본 자들이었다. 질문 같은 것은 있을 게 없었다.

「오케이?」 아이크가 밀집 대형 구호를 외치는 것처럼 가슴을 쫙 펴며 소리쳤다. 「위층과 아래층의 유리창 청소는 각자 구역을 정해 혼자서 한다. 벽 청소는 2인 1조로 한다. 오케이?」

그들은 각자 혼자 할 사람, 2인 1조로 할 사람을 정했다. 프리윗과 마지오는 일부러 혼자 하는 작업을 피하여 함께 2인 1조가 되었다. 단독 작업조는 보급실로 가서 걸레와 모래 비누를 가져왔다. 모래 비누는 노란 포장지에 귀엽고 털이 보송보송한 노란 병아리 그림 밑에 〈보나미〉라는 레이블이 붙어 있었는데, 그 비누로 매일 벽의 모래를 닦아 내는 병사들은 그 그림에 심한 불쾌감을 느꼈다. 평범한 밴텀급 권투 선수인 린지 중사가 단독 작업조의 감독이었다. 2인 1조는 취사장으로 가서 군용 비누와 솔을 가져왔다. 중간 이하의 라이트급 권투 선수이며 챔프 윌슨의 연습 상대인 밀러 하사가 2인 1조 작업조를 맡았다.

「이봐, 너희 둘, 프루와 마지오, 이리 좀 와봐. 어떻게 너희가 2인 1조가 되었나?」 아이크가 소리쳤다.

「아이크, 아까 이렇게 분류했잖아.」 앤절로가 말했다.

「야, 이 올드 아이크에게 엉뚱한 장난질을 걸려고 그래?」 아이크는 덥수룩한 눈썹 아래의 자그마한 빨간 눈알을 굴리면서 의심스럽게 말했다. 「야, 너희 감히 내 눈을 속이려고 그래? 난 너희 둘을 단독 작업조로 분리한다. 오케이? 마지오, 너는 위층으로 가서 혼자 일해라. 린지 중사한테 말해서 트레드웰을 여기 2인 1조로 내려 보내라고 해. 이건 사역이야. 여인네들의 한가한 재봉틀 놀이가 아니라고. 이 사역은 내가 담당이다. 난 요령 피우는 것을 일절 허용하지 않는다. 오케이?」

「나중에 보자, 프루.」 앤절로가 얼굴을 찌푸리며 말했다.

「오케이.」 프루가 완벽한 군인의 냉정한 침착성을 발휘하며 말했다.

「어서, 빨리빨리 움직여. 시간이 자꾸 간다. 프루, 넌 2인 1조로 뛰어. 내 눈에서 벗어날 생각 말고, 오케이? 난 주위에 있으면서 널 감시할 거야. 넌 아무리 영리하게 굴어도 내 눈을 벗어나지 못해.」

아이크는 정말 자기 말대로 행동했다. 그는 통로에 죽치고 앉아서 2인 1조가 사다리 위에 널빤지를 발판 삼아 놓고 작업하는 곳을 계속 쳐다보았다. 프루는 그곳에서 작업하고 있었는데 처음에는 널빤지 위에서, 이어 그것을 타고 앉아서, 마지막으로 바닥에 엎드려서 벽 청소를 했다. 모래가 잔뜩 낀 석회 벽을 천장에서 바닥까지 구석구석 닦아 내는 일이었다.

「프리윗, 이건 작업이지 오락이 아니야.」 아이크는 기다랗고 노란 원숭이 턱을 이죽거리면서 느릿느릿 말했다. 「난 널 감시하고 있어.」

아이크는 그 말대로 했다. 프리윗이 발판에서 내려와 걸레를 빨러 갈 때, 밖에 나가서 양동이의 물을 갈아 가지고 올 때, 군용 브러시에 비누를 먹이러 갈 때마다 올드 아이크는 그의 앞에 나타나 의심하는 자그마한 눈을 번들거리며 감시했다. 그 눈빛의 번들거림은 목재 벌채 인부의 격자무늬 셔츠에 꽂힌 뻘간 단추가 불빛을 반사하는 것처럼 번쩍거렸다.

「프리윗, 이건 작업이지 오락이 아니야.」

하지만 프루의 기를 꺾어 놓으려는 아이크의 희망은 근거 없는 것이었다. 오후 사역은 오전 훈련보다 더 사정이 열악했지만 프루는 완벽한 군인 노릇을 수행하면서 꿋꿋이 견뎌 냈다. 돔이 병사들에게 주었던 다양한 기합에 비해 볼 때 아이크의 노력은 한심한 것이었다. 그것은 프루의 신경을 건드리지 못했다. 지저분한 비눗물의 코를 찌르는 냄새, 물에 분 그의 하얀 손가락, 젖은 석고 벽에서 나는 썩은 크래커 냄새, 이런 것들도 그는 개의치 않았다.

그러다가 다이너마이트 홈스 대위가 샤워를 하고 면도를 하고 샴푸를 한 후 중대 마당을 건너와 번쩍거리는 군화를 빛내며 들어선 그 순간, 기이하게도 그 모든 것이 갑자기 프루의 신경을 건드리기 시작했다.

「수고하는군, 갈로비치 중사.」 홈스가 문턱에 멈춰 서며 빙그레 웃었다.

「추웅서엉.」 아이크가 차려 자세를 취하며 큰 소리로 구호를 외치고 경례를 붙였다. 충성이라는 두 자를 말하는 그의 커다란 몸은 갑자기 활처럼 뒤쪽으로 절반쯤 휘어졌다. 작업병들은 작업을 계속했다.

「중사, 모든 게 잘되어 가지?」 홈스가 다정하게 물었다. 「내일 아침까지 이곳을 아주 반들반들하게 닦아 놓을 생각이지?」

「예, 중대장님.」 아이크는 양손의 엄지손가락을 무릎 근처의 바지 주름에 밀착시키며 커다란 목소리로 대답했다. 「열심히 청소하고 있습니다. 모든 걸 중대장님 말씀대로 처리하고 있습니다.」

「좋아, 좋아.」 홈스는 벽 쪽으로 한 걸음 다가서 검사하는 척하면서 고개를 끄덕였다. 「좋군, 중사. 완전 A급으로 만들어 놓았군. 계속 열심히 일해.」

「옛, 중대장님.」 아이크는 여전히 차려 자세를 유지한 채 힘차게 말했다. 원숭이처럼 좁은 어깨와 가슴이 터져 나갈 것처럼 확대되었다. 아이크는 뻣뻣하고 기이한 자세로 경례를 붙였고 머리에 올려붙인 오른손은 눈을 뚫고 들어갈 지경이었다.

「좋아, 계속하게, 중사.」 그는 행정실로 들어갔고 올드 아이크는 등 뒤에다 대고 소리쳤다. 「추웅서엉.」 충성이라는 두 자를 말하는 그의 커다란 몸은 활처럼 뒤쪽으로 절반쯤 휘어 졌다. 작업병들은 작업을 계속했다.

프루는 걸레로 금방 씻어 낸 석고 벽의 틈을 닦아 나갔다. 그러나 갑자기 구역질이 나면서 이유 없이 턱이 뻣뻣해지는 것을 느꼈다. 방금 신참 나팔병이 호모 소대장의 유혹에 넘어 가는 광경을 목격한 느낌이었다.

「자, 자, 열심히 해!」 아이크는 통로를 위아래로 오가며 소리쳤다. 「아까부터 열심히 일해야 한다고 말했지? 중대장님이 나오셨다고 일을 적당히 해도 된다고 생각하지 마. 알았나! 이건 작업이지 오락이 아니야.」

작업병들은 작업을 계속했다. 그들은 아이크의 갑작스러운 호령을 예상하고 있었기 때문에 별로 신경 쓰지 않았다. 그들과 함께 있던 프루는 갑자기 젖은 석고 냄새가 기도를 덮쳐 와 숨을 쉴 수가 없었다. 반짝거리는 신발을 신고 있었더라면 얼마나 좋을까 하는 생각도 났다.

「이봐, 프리윗.」 아이크가 별로 시빗거리가 없는데도 커다란 목소리로 짜증을 냈다. 「좀 활기차게 해봐. 이건 작업이지 오락이 아니야. 여자들의 수다 떨기 대회가 아니라고. 얼마나 많이 말해 줘야 알겠나? 좀 활기차게 해보라고.」

홈스가 행정실에서 듣고 있는 상황에서, 아이크가 자신의 이름만 부르지 않았더라도, 프루는 묵묵히 넘겼을 것이다. 하지만 그 말이 갑자기 귀에 거슬렸고, 그는 본능적으로 그 말을 털어 내기 위해 머리를 흔들었다.

「도대체 나한테 뭘 바라는 거야? 나보고 팔 네 개 가진 사람이 되라는 거야?」 그는 갑자기 크게 소리쳤다. 그 맹렬한 외침은 아이크의 말소리를 압도했다. 프루는 행정실에 앉아 총애하는 중사의 작업 명령을 느긋하게 듣고 있던 홈스가 상상되었다. 프루가 보기에, 홈스는 중사의 부하들이 그 중사를 어떻게 생각하고 있는지 알아야 할 필요가 있었다.

「뭐, 뭐라고?」 아이크가 깜짝 놀라며 소리쳤다.

「이 일을 그처럼 빠르고 완벽하게 하고 싶다면 당신도 걸레를 들고 직접 뛰지그래? 거기 서서 아무도 귀담아듣지 않는 명령만 내리지 말고 말이야.」

작업병들은 걸레질을 멈추고 멍한 표정으로 프루를 쳐다보았다. 프루 또한 멍한 표정으로 작업병들을 쳐다보았다. 분노가 그의 온몸에 차오르기 시작했다. 그는 그게 무의미한 일이고 심지어 위험한 일이라는 것을 알았다. 하지만 적어도 그 순간만은 가슴이 뿌듯했다.

「이봐, 내 말 들어. 네 말대꾸 따위는 듣고 싶지도 않아. 입술 닥치고 일이나 똑바로 하란 말이야.」

「터진 입이라고 함부로 지껄이지 마.」 프루가 기계적으로 벽을 닦으면서 거세게 말했다. 「난 일하고 있어. 내가 뭘 하고 있다고 생각하나? 내가 담배꽁초를 빨고 있다고 생각하나?」

「뭐, 뭐?」 아이크는 콱 숨이 막혔다.

「동작 그만! 이게 웬 소동인가, 프리윗?」 홈스 중대장이 문앞에 나타나며 말했다.

「예, 중대장님.」 아이크가 차려 자세를 취하며 말했다. 「이 볼셰비키 같은 작자가 부사관에게 말대꾸를 했습니다.」

「프리윗, 뭐가 문제인가?」 홈스 대위는 총애하는 중사의 이미지가 깨져 버린 것을 잠시 접어 놓고 엄중한 목소리로 물었다. 「그런 불손한 어조로 부사관에게 말대꾸를 해서는 안 된다는 것쯤은 알고 있을 텐데.」

「예, 중대장님, 그렇게 말해서는 안 된다는 걸 압니다. 하지만 아무리 이등병이라도 이유 없는 모욕을 당해야 한다고는 생각지 않습니다. 부사관이든 뭐든 말입니다.」여덟 개의 놀란 눈이 그를 지켜보았다.

워든도 문 앞에 나타나 홈스 뒤에서 그 광경을 지켜보았다. 그는 생각에 잠긴 듯 눈을 가느다랗게 뜨고 있었으나, 초연한 표정이었다.

홈스는 누군가가 아무 이유도 없이 찬물을 그의 얼굴에 끼얹은 듯한 표정이었다. 믿기지 않는다는 듯 눈썹을 치켜떴고 기분 나쁜지 눈을 동그랗게 떴으며 놀란 나머지 입을 헤벌리고 있었다. 그는 분노와 경악이 가득한 목소리로 말했다.

「프리윗 이등병, 자네는 갈로비치 중사와 나에게 사과해야 한다고 생각하네.」그는 말을 멈추고 기다렸다.

프루는 대답하지 않았다. 이 어리석은 행동이 봉급날의 계획에 미칠 악영향을 생각하니 가슴이 철렁 내려앉았다. 무슨 악령이 씌어서 이런 짓을 저질렀을까, 하는 생각도 났다.

「자, 대답해.」홈스가 권위 있는 목소리로 말했다. 그는 머릿속에 떠오른 그 말을 그냥 내뱉었다는 사실에 프루 못지않게 놀라고 있었다. 하지만 그것을 내색할 수는 없었다. 이제 그 말의 결과를 얻어 내야 했다. 「프리윗, 사과하게.」

「나는 누구에게도 사과할 이유가 없다고 봅니다.」프루가 고집을 부리며 강하게 말했다. 「만약 누군가 사과를 해야 한다면 오히려 제가 사과를 받아야 할 입장이라고 생각합니다.」그는 무모할 정도로 거침없이 말했다. 그러면서 떼쓰는 아이를 위협하여 말을 듣게 하려는 어머니 같은, 그 코미디 상황에 웃음을 터뜨리고 싶었다. 하지만 그들은 사병을 늘 그런 식으로 다루었다.

「뭐라고!」홈스는 사병이 감히 지휘관의 말을 거부한다는 건 생각조차 하지 못했다. 그는 이제 올드 아이크 못지않게 당황했고 보통 크기였던 눈이 왕방울만 하게 커졌다. 그는 도움을 요청하는 것처럼 갈로비치를 쳐다보았고 이어 고개를 돌려 뒤에 있던 위든을 쳐다보더니 통로 저쪽을 멍하니 쳐다보았다. 마침 그때 팔루소 하사가 포치에 내놓은 등 없는 의자에 앉아 있다가 안쪽을 들여다보고 있었다. 흉악하게 못생긴 얼굴을 가진 팔루소는 연대 미식축구 경기에서 2진급 태클로 뛰는 자인데, 그 못생긴 얼굴을 보상하기 위해 늘 황당무계한 유머를 구사하는 부사관이었다. 아까 오전 훈련 때 다른 부사관 못지않게 프루를 괴롭힌 자였다. 그 못생긴 얼굴에 박힌 역시 못생긴 눈을 홈스만큼이나 크게 뜨고 있었다.

「팔루소 하사.」 홈스가 연대 내에서 최고라는 우렁찬 밀집 대형 구령으로 하사를 불렀다.

「예, 중대장님.」 팔루소가 마치 칼에 맞은 사람처럼 의자에서 일어서더니 안으로 달려왔다.

「이 친구를 위층으로 데려가 완전 군장을 꾸리게 하고 철모와 예비 군화까지 달게 해서 콜레콜레 언덕까지 행군시키고 와. 자네는 자전거를 타고 가도록 해. 저 친구가 행군할 때 요령을 피우지 못하게 감시해. 그리고 행군이 끝나면 내게 데려와.」 그것은 밀집 대형 구령으로 말하기에는 좀 긴 내용이었다. 구령은 짧게 내리는 게 보통이었다.

「예, 중대장님. 따라와, 프리윗.」

프루는 아무 말도 하지 않고 널빤지에서 내려왔다. 위든은 몸을 홱 돌리더니 얼굴을 찌푸리며 행정실 안으로 들어갔다. 팔루소는 그를 데리고 계단 쪽으로 갔고 통로에서 흘러나오는 충격의 정적은 구름처럼 그들을 감쌌다.

프루는 입술을 꼭 깨물었다. 그는 로커에서 포장 모포를, 침상 발치에서 야전 배낭을 가져와 바닥에 놓고 배낭을 열었다. 내무반에 있던 사람들은 말없이 일어나 앉아 그를 지켜보았다. 그들은 병든 말이 죽을 시간을 놓고 내기 돈을 건 사람들 같았다.

「예비 군화도 함께 싸는 걸 잊지 마.」 팔루소가 미안한 목소리로 말했다. 그것은 시체에게 말을 걸 때와 비슷한 목소리였다.

그는 신발장의 시렁에 걸려 있던 예비 군화를 갖고 와 그것을 함께 싸기 위해 모포를 다시 풀어야 했다. 그는 괴괴한 정적 속에서 완전 군장을 꾸렸다.

「철모도 잊지 마.」 팔루소가 역시 미안한 목소리로 말했다.

그는 고기 캔 휴대통의 고리에다 철모를 걸고 줄과 쇠로 콘크리트 더미처럼 단단하게 꾸린 완전 군장을 어깨에 메고는 이어 총가에서 소총을 집어 들었다. 그는 한시바삐 그 슬프고도 갑갑한 정적의 소굴로부터 빠져나가고 싶었다.

「내가 자전거를 가져올 때까지 기다려.」 계단을 내려오면서 팔루소가 미안한 목소리로 말했다.

프루는 풀밭에 서서 기다렸다. 30킬로그램 무게의 완전 군장은 벌써 그의 어깨를 짓눌러 왔고 팔뚝의 혈액 순환을 가로막고 있었다. 언덕 꼭대기까지는 약 8킬로미터 거리였다. 통로에는 아직도 깊은 정적이 흐르고 있었다.

「오케이. 자, 가자.」 그들은 이제 계단 아래에 내려와 있었기 때문에 팔루소가 공식적인 어조로 말했다.

프루는 소총을 둘러멨다. 두 사람은 아무 말 없이 트럭 출입구를 따라 부대를 빠져나갔다. 중대 마당을 벗어나 보니 다른 부대들은 아무 일 없었다는 듯 바쁘게 움직이고 있었다. 그들은 극장 #1과 부대 체육관과 연대 연병장을 지나 햇볕이 내리쬐는 길로 들어섰다. 팔루소는 어색하게 그의 옆에서 따라왔다. 자전거는 속도가 너무 느리기 때문에 앞바퀴가 비틀거렸다.

「담배 피울래?」 팔루소가 미안한 목소리로 물었다.

프루는 고개를 저었다.

「어서 하나 피워. 나한테 화를 낼 필요는 없잖아. 나도 너 못지않게 이 일을 싫어해.」

「난 네게 화내는 게 아니야.」

「그럼 한 대 피워.」

「좋아.」 그는 담배를 받았다.

팔루소는 안도의 표정을 짓더니 자전거로 앞서 나갔다. 그는 한참 앞으로 달려 나가다가 그 못생긴 얼굴로 뒤돌아보며 빙그레 웃었다. 프루를 웃기려는 기색이 역연했다. 프루는 희미하게 웃어 주었다. 팔루소는 그것이 시들해졌는지 곧 그의 옆에 붙어서 천천히 페달을 밟았다. 이어 그는 또 다른 아이디어를 생각해 냈는지 1백 미터 전방까지 빨리 달려갔다가 프루 뒤쪽으로 1백 미터 후방까지 빨리 달려갔다. 프루를 스쳐 지나갈 때는 팔을 흔들기까지 했다. 이어 발의 힘이 자라는 데까지 페달을 빨리 밟아 프리윗 옆을 지나쳤다. 이것마저 지겨워지자 그는 자전거에서 내려 한동안 걸어갔다.

그들은 골프장과 그 옆의 장교용 소로, 팩트레인, 화생방 훈련실, 위수지의 마지막 초소 등을 지나갔다. 프루는 예전에 배웠던 하이킹 리듬에 집중하면서 뚜벅뚜벅 걸어갔다. 그것은 발을 힘차게 들어 올렸다가 가볍게 내려놓는 리듬이었다. 발을 들어 올릴 때는 정강이, 발목, 발의 근육을 사용하지 않고 허벅지 근육만 사용하고 내려놓을 때는 힘을 완전히 빼줌으로써 허벅지 근육이 다음 들어 올리기를 준비하도록 여유를 주는 것이다. 그는 오래전 마이어 부대에서 고참으로부터 이 하이킹 방법을 배웠다. 그는 속으로 욕설을 퍼부었다. 젠장, 이런 완전 군장 두 개를 메고, 15킬로미터를 거꾸로 매달려서 간다고 해도, 난 눈 하나 까딱 하지 않아. 하지만 땀이 그의 척추와 다리를 타고 흘러내렸고, 겨드랑이와 이마에서도 쉴 새 없이 흘러내렸다. 일부 땀은 눈 속으로 들어왔다가 다시 뺨을 타고 흘러내렸다.

그들이 언덕 꼭대기로 올라가는 커브 지점에 도달했을 때, 팔루소는 자전거를 멈추고 땅에 내려섰다.

「자, 여기서 돌아가자. 꼭대기까지 올라갈 필요는 없어. 그는 알지도 못할 거라고.」

「알든 말든 난 신경 안 써. 아무튼 그는 꼭대기까지 갔다 오라고 했어.」

그는 커브의 오른쪽, 언덕의 중턱쯤에 조성되어 있는 채석장을 쳐다보았다. 그것은 영창 당국이 죄수들을 노동시키는 곳이기도 했다. 넌 내일 이맘때면 저기 들어가 있겠지. 영창? 내가 겁먹을 줄 알아? 좋다, 이거야. 죽기로 작정한 놈이 어디로 간들 무슨 상관일까. 개자식들, 내 관을 들 여섯 명을 제외하곤 다 뒈져 버려라.

「야, 너 왜 그래? 너 미쳤어?」 팔루소가 화난 목소리로 말했다.

「그래, 미쳤어.」

「난 이 자전거 끌고 저 위에까지 못 올라가. 난 여기서 기다릴게.」

죄수들은 푸른 죄수복 등에 죄수*prisoner*를 가리키는 대문자 P가 찍힌 옷을 입고 먼지 가득한 채석장에서 일하고 있었다. 그들은 프루와 팔루소를 쳐다보고 체벌과 영내 생활이 견딜 만하냐고 야유를 보내왔다. 그러자 덩치 큰 헌병 간수가 나타나 죄수들에게 욕을 퍼부었고, 그들은 입을 다물고 다시 작업으로 돌아갔다.

팔루소는 고개 아래쪽에서 담배를 피우며 기다렸고 프루는 뚜벅뚜벅 걸어 올라갔다. 비탈길이어서 아까보다 땀이 더 많이 흘렀다. 꼭대기에 올라서니 계속 불어오는 산들바람이 땀을 적셔 주어 약간 한기마저 느껴졌다. 그는 약 3백 미터 거리를 뱀처럼 구불구불 내려가는 길을 바라보았다. 그 길은 날카로운 화성암들 사이로 빠져나가 와이아나에까지 이르고 있었다. 매년 9월, 부대는 그곳으로 프루가 좋아하는 기관 단총 사격 연습을 나가는데, 지난해에도 갔다 왔다. 다섯 발마다 탄환 위에 빨간 점(예광탄의 표시)이 찍혀 있는 오리발 모양의 탄약 벨트를 기관 단총 옆구리에 집어넣고 엄지와 검지로 방아쇠를 가볍게 당기면 권총 그립이 손안에 가득 잡혀 왔다. 탄약 벨트가 옆으로 밀려 나가면서 서쪽 저수지 위의 끌려가는 목표물로 총알이 쉴 새 없이 날아갔고 예광탄은 어두운 밤중에 유성과 같이 꼬리를 빛내며 날아갔다. 프루는 그때를 회상하며 언덕 꼭대기의 산들바람을 깊이 들이쉬었다. 이어 산을 내려오기 시작하자 바람이 갑자기 잦아들었고 언덕 아래에서는 팔루소가 지루한 표정으로 기다리고 있었다.

그들이 부대에 도착했을 때, 그의 상의와 바지는 무릎까지 완전히 젖어 있었다. 팔루소는 〈여기서 기다려〉라고 말한 뒤 행정실 안으로 들어가 보고했고 홈스 대위가 그와 함께 나왔다. 프루는 어깨에 메고 있던 총을 풀어서 차려 자세를 취한 뒤 거총 경례를 했다.

「그래, 돌아왔군.」 홈스가 약간 다정한 목소리로 말했다. 은근한 유머 의식이 매부리코의 날카로운 윤곽을 다소 부드럽게 해주었다. 「자넨 아직도 부사관에게 작업 지도 요령을 훈수해야 한다고 생각하나, 프리윗?」

프루는 대답하지 않았다. 우선 그는 중대장의 그런 은근한 유머를 기대하지 않았다. 통로에서는 작업병들이 두 시간 전과 마찬가지로 열심히 벽을 닦고 있었다. 그들은 그 피곤하고 지루한 단조로움 속에서 안전함을 느끼고 있는 것 같았다.

「그렇다면, 갈로비치 중사와 나에게 사과할 용의가 있는 것으로 생각하는데.」홈스가 여전히 유머가 깃든 어조로 말했다.

「그럴 용의가 없습니다, 중대장님.」왜 중대장은 사과를 요구하는가? 왜 일을 이 정도에서 놔두지 못하는가? 왜 그런 식으로 끝까지 요구하는가? 그가 지금 하고 있는 일은 불가능한 일이라는 걸 왜 모르는가?

뒤에 있던 팔루소는 깜짝 놀라는 소리를 내더니 이어 곧 송구스러운 침묵 속으로 빠져 들었다. 홈스의 눈은 전에 비해 별로 크게 떠지지 않았다. 그는 이번에는 자신을 잘 절제했다. 이미 그런 대응을 예상하고 있었던 것이다. 얼굴의 부드러운 선과 윤곽은 사라지고, 더 이상 유머나 은근함 같은 것은 보이지 않았다.

홈스는 턱으로 언덕 쪽을 가리켰다.「팔루소, 이자를 데리고 한 번 더 갔다 와. 아직도 정신을 못 차렸군.」

「예, 중대장님.」팔루소는 자전거의 손잡이를 왼손으로 잡고 오른손으로 경례를 했다.

「다음번에는 저 친구가 어떻게 말하는지 한번 보자고.」홈스는 차갑게 말했다. 그의 얼굴이 서서히 상기되기 시작했다.「난 오늘 밤 내내 아무 스케줄도 없어.」

「예, 중대장님. 가자, 프리윗.」

프루는 몸을 돌려 그를 따라갔다. 속에서 한없는 메스꺼움이 몰려왔고 아주, 아주 피곤했다.

「세징.」그들이 부대를 벗어나자 팔루소가 툴툴거렸다.「넌 또라이야. 아주 미친놈이라고. 넌 지금 네 무덤을 파고 있다는 걸 모르나? 너야 죽든 말든 알 바 아니지만, 난 이게 뭐야? 내 생각도 좀 해줘야지. 다리 아파 죽겠다고.」그는 미안한 목소리로 말했다.

프루는 이번에는 희미한 웃음이나마 웃을 수가 없었다. 중대장의 은근한 유머에 뭔가 기대 볼 수도 있었으나 이제 그런 기회마저 날아갔다. 바로 이런 방식으로 영창에 가는 것이다. 그는 30킬로그램 무게의 완전 군장을 메고 다시 16킬로미터 길을 떠났다. 영창으로 가게 될 것이라는 예상은 그의 등짐에 추가 무게를 얹어 놓았다.

프루가 한 가지 모르는 것이 있었다. 홈스는 처음 행군을 보낼 때에는 행정실 안에서 그런대로 느긋한 마음으로 유머까지 보였으나, 두 번째 보내고 나서는 전혀 그렇지 못했다.

그의 얼굴은 붉은 벽돌처럼 굳어져 있었다. 그는 행정실 안으로 바삐 걸어 들어오더니 프루 앞에서 감추고 있던 분노의 수문을 활짝 열어 놓았다.

「인사계, 자네와 자네의 그 리더십, 볼셰비키를 부드럽게 다루어야 한다는 자네의 그 잘난 생각, 그것 때문에 다 이렇게 된 게 아닌가?」 그는 워든에게 벌컥 화를 냈다.

워든은 창문 앞에 서 있었다. 그는 밖에서 벌어진 광경을 다 보고 있었다. 그는 몸을 돌리면서 저 입, 저 칼, 저 불붙은 칼이 밖으로 나가서 아이크에게나 말을 걸었으면 좋지, 하고 생각했다. 그러면 워든은 파일 캐비닛을 열고 감추어 둔 위스키를 꺼내 한 모금 할 수 있을 터였다.

「워든 상사.」 중대장은 탁한 목소리로 말했다. 「프리윗에 대한 군법 회의 서류를 준비해. 죄목은 명령 불복종과 장교의 직접 지시 거부로 하고. 지금 당장 작성해.」

「예, 중대장님.」

「오늘 오후에 연대 본부에 보내.」

「예.」 그는 빈 양식을 넣어 둔 캐비닛으로 갔다. 그곳은 꺼낼 수 없는 위스키가 몰래 감추어져 있는 곳이기도 했다. 그는 2매 1조의 8절지 양식 넉 장을 꺼내고 문을 닫은 다음 그 서류를 타자기에 끼워 넣었다.

「저런 고집 센 자는 봐줄 수가 없어.」 중대장은 탁한 목소리로 말했다. 「우리 부대에 온 이래로 골칫덩어리였어. 이번에 따끔하게 한 수 가르쳐 주어야겠어. 군대에서는 사자를 길들이지 오냐오냐 하지 않아.」

「즉결로 할까요, 특별로 할까요?」 위든이 무심하게 물었다.

「특별로 해.」 그의 얼굴은 더욱 붉어졌다. 「젠장, 가능하다면 고등 군법 회의에 돌리고 싶어. 자네와 자네의 그 잘난 생각 때문에 이 모양이 되었어.」

「전 아무래도 좋습니다.」 위든은 어깨를 한 번 으쓱하고 나서 타이핑을 시작했다. 「그런데 말이죠, 지난 6주 동안 우리 중대의 군법 회의 회부 건수가 세 건이나 되어, 이건 아무래도 기록상 모양새가 좋지 않습니다.」

「기록 따위는 알게 뭐야.」 중대장은 소리를 버럭 지르려다가 간신히 참았다. 그는 피곤한 듯 회전의자에 앉아 등받이에 등을 기대더니 자신이 조심스럽게 달아 놓은 통로 쪽 문을 멍하니 쳐다보았다.

「알겠습니다.」 위든이 계속 타이핑을 하면서 말했다.

중대장은 남의 말을 듣는 것 같지 않았다. 하지만 위든은 타이핑을 하면서 조심스럽게 중대장을 관찰했고 울화가 혹시 꼭짓점에 도달했는지 살폈다. 이번 건은 아무래도 지난번 건처럼 다룰 수가 없었다. 이건 더 강도가 셌다. 지난번의 곱빼기 강도니까 그에 대한 접근법도 두 배나 강해야 한다. 울화의 꼭짓점이 지나가면 이 사건도 원만하게 무마할 수가 있다. 하지만 과연 그럴 가치가 있을까? 아니, 가치기 없다. 특히 내 운신의 폭을 좁히는 조치라면 더욱 그러하다. 대홍수 이전 시절만 생각하는 저 무쇠 고집의 애송이가 세상의 흐름에 역류하면서 이 진보적 세상에 의해 참수된다고 한들 그게 너에게 무슨 상관이란 말이냐? 개인적 성실성이라는, 낭만적이기는 하지만 후지기 짝이 없는 꿈같은 세상에 살고 있는 자를 도울 필요가 무엇인가? 그런 바보 같은 자를 옆에서 계속 봐준다고 해도 결코 그를 도와주지는 못해. 그럴 만한 가치는 없어. 하지만 이번에도 또다시 일을 성공시킨다면 그건 진짜 모자의 깃털(훈장)이 될 거야. 정말 힘들지만 한번 시도해 볼 만해. 그냥 그 자체로 시도해 볼 만한 거야. 만약 위든이 그런 일을 시도한다면, 현대인이 되기를 거부하고 철들기를 거부하는 무모한 애송이를 보살피는 것이 그의 책임이라고 느껴서가 아니었다. 그보다는 그런 위험한 일을 성공시킬 때의 쾌감을 얻기 위해서였다. 인간의 성실성을 철석같이 믿는 멍청한 바보를 위해서 그렇게 중뿔나게 나선 것은 결코 아니었다.

「저런 웰터급 선수를 하나 잃게 되어서 실망스럽습니다.」 위든은 무심히 말했다. 중대장은 아무 말 없이 문 앞에 앉아 있었다. 그는 타자기에서 서류 양식을 꺼내 두 번째 페이지 사이에 먹지를 집어넣었다.

「뭐라고? 무슨 소리야?」 중대장이 고개를 쳐들며 말했다.

「중대 스모커 시즌이 돌아오면 그는 감방에 가 있을 것 아닙니까.」

「중대 스모커 따위는 잊어버려.」 중대장은 잠시 생각하더니 말했다. 「좋아, 그렇다면 즉결로 고쳐.」

「이미 타이핑을 다 했는데요.」

「그럼 바꾸도록 해, 상사. 그거 하나 바꾸는 것이 귀찮아서 병사가 영창에서 5개월씩 썩도록 두나?」

「그렇군요.」 위든은 자리에서 일어나 서류 양식 캐비닛으로 갔다. 「이 켄터키 산간 오지 출신들은 흑인들보다 더 골칫거리입니다. 이런 자들에게 따끔한 교훈을 주려면 아무래도 특별 군법 회의가 제격입니다.」

「그자는 따끔한 교훈이 필요하기는 해.」

「그럼요.」 워든이 열띤 목소리로 말했다. 「이런 친구들의 문제점은, 통 배우려 들지 않는다는 겁니다. 그런 자들이 영창에 가는 걸 많이 봤습니다. 하여간 일만 만드는 자들이에요. 영창에서 나온 지 2주도 되지 않아 또 들어가는 자들입니다. 자기 잘못을 인정하느니 차라리 죽어 버리겠다는 자들이에요. 당나귀처럼 고집만 센 겁니다. 금년 12월에 연대 권투 경기에 투입할 만하면 사고를 쳐서 영창에 들어가 버릴 거예요. 중대장님에게 복수하려고 말입니다. 그런 산간 오지 출신들을 많이 보았습니다. 그자들은 이 나라의 자유에 위협이 되는 존재들이에요.」

「난 그자가 무얼 하든 신경 안 써.」 중대장이 허리를 쭉 펴고 곧추 앉으며 소리쳤다. 「연대 권투 경기 따위는 잊어버려. 챔피언 쟁탈전도 잊어버려. 난 그런 건방진 태도는 그대로 두고 볼 수 없어. 절대 용납하지 않을 거야. 난 미 육군의 장교지 보일러병이 아니야.」 그 모욕이 다시 생각나는지 중대장의 얼굴이 붉어졌다. 그는 워든을 노려보았다.

워든은 얼굴 색깔의 농도가 옅어지기를 기다려 적당한 때가 되자 중대장의 현재 상태에 대해 지적했다.

「그게 중대장님의 본마음은 아니라고 생각합니다.」 워든은 약간 놀라는 표정을 지으며 부드럽게 말했다. 「지금 화가 나신 겁니다. 화가 나 있지 않다면 그렇게 말하지 않았을 겁니다. 한 번 화난 걸 가지고, 금년 겨울의 챔피언십을 잊어버릴 거라곤 생각하지 않습니다.」

「뭐? 내가 화났다고, 상사?」 그는 갑자기 피가 몰려오는 것을 느끼며 양손으로 얼굴을 비볐다. 「맞아, 그건 자네 말이 맞아. 화를 벌컥 낸 나머지, 생각지도 않은 일을 저지르면서 자기 얼굴에 복수한다고 자기 코를 베는 것은 웃기는 일이야. 어쩌면 그자는 불손하게 나올 생각이 아니었는지도 몰라.」 중대장은 한숨을 내쉬었다. 「그 새 양식에 타이핑을 시작했나?」

「아직 안 했습니다.」

「그럼 도로 갖다 두게.」

「그자에게 엄중한 중대 차원의 징벌을 내리는 것도 한 방법일 듯합니다.」

「내가 이 부대의 권투 코치만 아니었더라면 정말 군법 회의에 회부했을 거야. 그자는 운이 좋아 이번에는 그냥 빠져나가는군. 좋아, 중대 징계부에다 적어 넣게. 3주 외출 금지로. 난 지금 퇴근하겠네.」 중대장이 혼잣말을 하듯 중얼거렸다. 「내일 그 녀석을 불러들여 훈시를 하겠네. 그리고 징계부에다 서명하기로 하지.」

「알겠습니다, 중대장님. 지시하신 대로 조치하겠습니다.」 그는 뻣뻣한 가죽 장정의 중대 징계부를 책상 서류꽂이에서 꺼내 펜을 집어 들었다. 중대장은 피곤한 미소를 한 번 짓더니 퇴근했다. 워든은 징계부를 도로 닫고서 서류꽂이에 꽂은 다음, 창문으로 걸어가 중대장이 중대 마당을 가로질러 퇴근하는 모습을 지켜보았다. 워든은 어떻게 보면 중대장이 안되었다는 생각이 들었다. 하지만 그건 그의 자업자득이었다.

그다음 날 홈스가 징계부를 가져오라고 하자, 워든은 그 장부를 꺼내 들었으나 페이지는 여전히 백지였다. 그는 죄송한 얼굴을 하면서 다른 급한 일로 깜빡 잊었다고 둘러댔다. 중대장은 그 순간 클럽으로 올라가야 했으므로 서두르고 있었다. 그는 워든에게 내일까지 준비해 놓으라고 말했다. 「알겠습니다, 중대장님. 지금 즉시 조치하겠습니다.」 그는 펜을 꺼내 들었다. 중대장은 행정실에서 나갔다. 그는 펜을 다시 내려놓았다.

그다음 날 홈스는 다른 급한 일이 발생해 징계부 건은 아예 잊어버리고 말았다.

그 애송이가 3주 외출 금지를 먹든 말든 그건 내 알 바 아니야, 하고 워든은 생각했다. 어쩌면 3주 외출 금지가 프리윗에게 이득을 가져올지도 몰랐다. 스타크가 들려준 얘기에 의하면, 그 친구는 키퍼 부인 집의 어떤 거만한 창녀에게 머리가 홀딱 돌아 버렸다는 것이었다. 3주 동안 영내에서 썩는다면 프리윗은 그 창녀를 잊어버릴지도 몰랐다. 워든은 프루를 그대로 놓아주어 자기 자신의 입장만 어려워지는 괜한 짓을 하는 게 아닌가 하는 생각이 들었다. 워든은 프루가 안되었다는 생각이 조금도 들지 않았다. 그건 프리윗의 자업자득이었다. 하지만 키퍼 부인 집의 냉정한 창녀에게 머리가 돌아 버리다니. 그건 그 애송이의 운수소관이었다. 프리윗은 자업자득일 뿐만 아니라 그걸 무릎 꿇고 빌고 있는 꼴이었다. 워든은 불쾌하다는 듯 콧방귀를 뀌었다.

프리윗은 두 번째 행군을 끝내고 돌아왔을 때 홈스가 행정실에 있지 않아 안도감을 느꼈다. 팔루소 또한 안도감을 느꼈다. 그는 프리윗을 놓아주고 시야에서 사라지기 위해 재빨리 PX로 갔다. 두 사람은 사태가 그걸로 종결되었다고 생각하지 않았다. 프루는 절뚝거리며 위층으로 올라가 완전 군장을 풀어 관물을 원위치시킨 뒤 샤워를 한 다음 깨끗한 옷으로 갈아입고 침상 위에 누워 일직 사관이나 위병 중사가 다가오기를 기다렸다. 식사 시간이 되어도 그들이 오지 않자 그는 아예 오지 않으리라는 것을 알았다. 그는 한 시간 반 가까이 그들을 기다렸다.

식사 호각이 울리자 그는 그 자신과 운명 사이에 뭔가가 끼어들었다는 것을 알았다. 유일한 답은 워든이었다. 뭔지 알 수 없는 그 자신만의 독특한 이유로 그가 끼어들어 일의 방향을 살짝 돌려 놓은 것이었다. 그는 저녁 식사를 위해 취사장으로 내려가면서 젠장 내 일에 왜 그가 끼어들어, 하고 투덜거렸다. 왜 내 일에서 좀 빠져 주지 못하는 거야?

식사를 마친 그는 침상에 누워 너무나 피곤한 발을 모포 위에 올려놓았다. 그때 마지오가 다가와 치하의 인사를 했다.

「난 네가 자랑스러워. 현장에 있어서 네 모습을 볼 수 있었더라면 더 좋았을 텐데. 저 엉터리 영어를 사용하는 빌어먹을 갈로비치만 아니었더라면 나도 거기 있었을 텐데. 아무튼 네가 자랑스러워.」

「아니, 뭘.」 프루는 피곤한 목소리로 말했다. 그는 어디서 일의 방향이 이렇게 휘어졌는지 의아했다. 그들에게 추가 사역 기회를 주었을 뿐만 아니라, 영창으로 바로 보낼 수 있는 기회를 주었던 것이다. 완벽한 군인 노릇을 하여 그들의 의도를 완전 물거품으로 만들어 버린다는 계획이 박살 날 뻔했다. 기합이 가해진 지 한 달, 한 주, 혹은 이틀이 되어서 이런 일이 벌어진 것이 아니라, 기합이 주어진 바로 첫날에 이런 불상사가 발생했다. 그는 기합을 이겨 낸다는 것이 그리 간단한 일이 아님을 깨달았다. 기합에는 감추어진 교묘함이 있었다. 그가 생각했던 것보다 훨씬 더 교묘하게 인간성을 괴롭히는 측면이 있었다. 그는 고통을 안겨 주는 기합의 힘을 과소평가했거나, 아니면 그 힘을 이겨 낼 수 있는 자신의 능력을 과대평가했던 것이다. 기합은 그 피해 당사자가 가장 강하게 생각하는 부분에 집중했다. 그 자신이 어엿한 인간이라는 자부심, 바로 그것을 겨냥했다. 그것은 또한 그의 가장 약한 부분이기도 할까?

오늘 오후에 벌어진 일을 다시 생각하자 바보 같은 짓을 했다는 느낌이 엄습해 왔다. 자기 자신을 절제하지 못하고 이렇게 하면 결국 영창에 가게 된다는 공포가 더욱 그의 분노를 부채질했다.

그는 다음 날 좀 더 슬프지만 더 현명해진 상태로 훈련에 임했다. 그는 그들에게 한 수 따끔하게 가르쳐 주겠다거나 그들의 인간성을 기대하는 태도를 완전히 버렸다. 그는 더 이상 즉각적인 승리를 희망하거나 기대하지 않았다. 어제 중지되었던 그 지점에서 기합이 바로 시작되자, 그는 완벽한 군인 노릇으로 되돌아가 수비에만 치중했다. 그가 자가 발전한 증오심의 느리면서도 숨 막히는 침묵을 이겨 내는 유일한 대책은 로런과 봉급날을 생각하는 것이었다. 그 생각은 독한 술처럼 그의 몸을 따뜻하게 했고 천천히 그를 동사시키려는 증오의 혹한을 녹여 주는 유일한 군불이었다.

〈중권에 계속〉

열린책들 세계문학 070 지상에서 영원으로 상

옮긴이 이종인 1954년 서울에서 태어나 고려대학교 영어영문학과를 졸업했다. 한국 브리태니커 편집국장과 성균관대학교 전문 번역가 양성 과정 교수를 역임했다. 니코스 카잔차키스의 『향연 외』, 『돌의 정원』, 『모레아 기행』, 『일본·중국 기행』, 『영국 기행』, 폴 오스터의 『어둠 속의 남자』, 『폴 오스터의 뉴욕 통신』, 크리스토퍼 드 하멜의 『성서의 역사』, 프랭크 로이드 라이트의 『자서전』, 존 르카레의 『팅커, 테일러, 솔저, 스파이』, 앤디 앤드루스의 『폰더 씨의 위대한 하루』, 줌파 라히리의 『축복받은 집』, 조셉 골드스타인의 『비블리오테라피』, 스티븐 앰브로스 외의 『만약에』, 사이먼 윈체스터의 『영어의 탄생』 등 1백여 권을 번역했고, 번역 입문 강의서 『전문 번역가로 가는 길』을 펴냈다.

지은이 제임스 존스 **옮긴이** 이종인 **발행인** 홍지웅·홍예빈
발행처 주식회사 열린책들 **주소** 경기도 파주시 문발로 253 파주출판도시
전화 031-955-4000 **팩스** 031-955-4004 **홈페이지** www.openbooks.co.kr
Copyright (C) 주식회사 열린책들, 2008, 2009, *Printed in Korea.*
ISBN 978-89-329-0987-5 04840 **ISBN** 978-89-329-1499-2 (세트)
발행일 2008년 5월 20일 초판 1쇄 2009년 11월 30일 세계문학판 1쇄 2020년 8월 10일 세계문학판 2쇄

이 도서의 국립중앙도서관 출판예정도서목록(CIP)은 서지정보유통지원시스템 홈페이지(http://seoji.nl.go.kr)와 국가자료공동목록시스템(http://www.nl.go.kr/kolisnet)에서 이용하실 수 있습니다.(CIP제어번호:CIP2009003373)